ro
ro
ro

Wenn es darum ging, ob man ehrenvoll starb, mit einem Schwert in der Hand und toten Feinden zu Füßen, oder ein kurzes, elendes Leben in den Minen oder Arenen Roms führte – wenn es galt, zwischen dem Tod und einem lebenden Tod zu wählen, wer hätte da Letzteres vorgezogen?

Robert Fabbri, geboren 1961, lebt in London und Berlin. Er arbeitete nach seinem Studium an der University of London 25 Jahre lang als Regieassistent und war an so unterschiedlichen Filmen beteiligt wie «Die Stunde der Patrioten», «Hellraiser», «Hornblower» und «Billy Elliot – I Will Dance». Aus Leidenschaft für antike Geschichte bemalte er 3500 mazedonische, thrakische, galatische, römische und viele andere Zinnsoldaten – und begann schließlich zu schreiben. Mit seiner epischen historischen Romanserie «Vespasian» über das Leben des römischen Kaisers wurde Robert Fabbri Bestsellerautor.

Mehr zum Autor und zu seinen Büchern:
www.robertfabbri.com

«Ein Roman über Mut, militärische Inkompetenz, politischen Neid, Stolz und eine Warnung, dass die Götter mitunter sehr nachtragend sind. Einmal angefangen, kann man kaum aufhören zu lesen!»
Historical Novel Society

«Wie der Autor diesen Band mit der ‹Vespasian›-Serie verlinkt, ist unterhaltsam und klug. (…) Dies ist wohl einer der beeindruckendsten Titel der Reihe, mit originellem Stil und erstaunlicher Sichtweite, unglaublich komplex und unterhaltsam.»
Parmenionbooks

ROBERT FABBRI

ARMINIUS

DER BLUTIGE VERRAT

Historischer Roman

Aus dem Englischen
von Anja Schünemann

Rowohlt Taschenbuch Verlag

Die Originalausgabe erschien 2017
unter dem Titel «Arminius. The Limits of Empire»
bei Corvus/Atlantic Books Ltd., London.

Deutsche Erstausgabe
Veröffentlicht im Rowohlt Taschenbuch Verlag,
Hamburg, August 2021

Redaktion Tobias Schumacher-Hernández
Karte © Peter Palm, Berlin
Covergestaltung Hauptmann & Kompanie Werbeagentur, Zürich
Coverabbildung Stephen Mulcahey/Trevillion Images;
Hauptmann & Kompanie
Satz aus der Stempel Garamond
bei hanseatenSatz-bremen, Bremen
Druck und Bindung GGP Media GmbH, Pößneck, Germany
ISBN 978-3-499-00594-7

Für Leo und Jodi Fabbri –
ich wünsche euch beiden ein
langes und glückliches gemein-
sames Leben. Willkommen in der
Familie, Jodi – und natürlich
der kleine Carl!

Prolog

Ravenna, A. D. 37

«Gegen Synatos den *Retiarius* tritt nun an: der *Secutor* Licus von Germanien!»

Das Gebrüll der Menge übertönte die Stimme des Leiters der Spiele, doch für Thumelicaz drang es nur als dumpfes Dröhnen durch den Bronzehelm, der seinen Kopf umschloss. Er schritt in die Arena und reckte sein Kurzschwert in die Höhe. Die Leute schrien im Chor «Licus! Licus!», die Kurzform seines latinisierten Namens: Thumelicus. Er stieß im Rhythmus des Sprechchors sein Schwert in die Luft, seinen rechteckigen, halbzylindrischen Schild mit dem Keilerkopf vor sich haltend, und drehte sich nach allen Seiten, um die gesamte zehntausendköpfige Menge in dem ovalen Sandsteinbau zu grüßen.

In seinen fünf Jahren in der Arena hatte Thumelicaz von seinem *Lanista* Orosius, seinem Besitzer und Ausbilder, gelernt, die Gunst der Menge für sich zu gewinnen, ganz gleich, was er gegen diese Leute empfinden mochte: Ein beliebter Gladiator, der den Rückhalt der Massen genoss, war in jedem Kampf im Vorteil, und wenn er geschlagen wurde, konnte er auf ihre Gnade zählen. Orosius verfügte über einen reichen Erfahrungsschatz, nachdem er selbst vor fünfzehn Jahren nach dreiundfünfzig Kämpfen das hölzerne Schwert der Freiheit erlangt hatte. Heute würde Thumelicaz bis auf einen Kampf an diese Zahl heranreichen, was hauptsächlich den Lehren seines Lanista zu verdanken war. Thumelicaz hielt sein Schwert in die Richtung seines Mentors, der in der Menge saß. Orosius, den er einst gefürchtet und verabscheut hatte, inzwischen aber widerwillig respektierte, neigte dankend den Kopf.

Endlich grüßte Thumelicaz den Stifter der Spiele, der unter dem einzigen Baldachin saß, mit der vorgeschriebenen Formel eines Gladiators, welcher im Begriff war, auf Leben und Tod zu kämpfen. Mit huldvoller Geste signalisierte der Stifter, der neue Präfekt der kleinen Stadt Ravenna, seine Bereitschaft, das Blutvergießen anzusehen. Er richtete seine weiße Toga mit dem schmalen Purpurstreifen, dem Zeichen des Ritterstandes, und nahm den Jubel der Menge mit ausgestreckten Händen entgegen.

Schweiß lief unter der Filzkappe hervor, die Thumelicaz unter seinem Helm trug, und rann ihm übers Gesicht. Er blinzelte und drehte den Kopf, um durch die zwei kleinen Augenlöcher in dem glatten Gesichtsschutz nach Synatos zu suchen, dem helmlosen Retiarius mit Wurfnetz und Dreizack. Nachdem er seinen Widersacher gefunden hatte, behielt er ihn fest im Auge, denn er wusste, der leichter gerüstete, wendigere Kämpfer würde versuchen, flink aus seinem Blickfeld zu verschwinden. Er selbst war mit Helm, Schild und dem breiten Ledergürtel über seinem Lendenschurz beschwert. Außerdem trug er einen dicken Armschutz aus gefüttertem Leinen am rechten Arm, einen ebensolchen Schutz am rechten Unterschenkel und eine Schiene aus Leder am linken Bein. Somit war der Secutor vergleichsweise langsam, und Thumelicaz wusste aus Erfahrung, dass es entscheidend war, diesen Kampf rasch zu Ende zu bringen, ehe seine Kräfte ihn verließen.

Er griff nach dem Amulett in Form eines Hammers, das er um den Hals trug. «Donar, schärfe meine Klinge, führe meine Hand und gib mir Kraft, Großer Donnerer.»

Dann schnellte zwischen den beiden Kämpfern die *Rudis* herab, der hölzerne Stab des Schiedsrichters, des *Summa Rudis*. Die Menge verstummte. Das Geräusch von Thumelicaz' schnellen, heftigen Atemzügen wurde durch den Helm verstärkt, die Atmosphäre darin war erstickend. Er stellte den linken Fuß vor und holte mit dem Schwertarm hoch aus, die Klinge schräg nach unten gerichtet, sodass die Spitze auf Höhe seiner Augen war. Den Schild vor sich haltend, starrte er Synatos über die Kante hinweg an. Der Retiarius erwiderte den Blick, die Augen gegen den aufgewirbelten Staub zusammengekniffen, der sich in seinen schwarzen Locken festsetzte. Geduckt stand er da, den muskulösen, geölten Körper seitlich gedreht, die linke Schulter vorn. Mit der rechten Hand schwang er sein mit Gewichten beschwertes Netz vor sich, mit dem Dreizack in der Linken führte er versuchsweise kleine Stöße. Der Arm war mit einem dicken Leinenschutz versehen, und ein Schulterschutz aus Kettenpanzer vervollständigte die spärliche Rüstung.

Noch immer war die Rudis zwischen ihnen. Thumelicaz blickte Synatos fest in die Augen und versuchte, seinen ersten Zug zu erraten. Sie hatten viele Male im

Ludus, der Gladiatorenschule, miteinander gekämpft, sodass jeder mit dem Kampfstil des anderen gut vertraut war. Auch in der Arena waren sie bereits einmal gegeneinander angetreten. Es war vor fünf Monaten gewesen, und nach hartem Kampf hatte Thumelicaz schließlich gesiegt, hatte Synatos entwaffnet und ihm die Verletzung beigebracht, von der eine wulstige Narbe am rechten Unterarm zurückgeblieben war. Die Menge hatte die Leistung gewürdigt, indem sie dem Verlierer das Leben geschenkt hatte. Thumelicaz war erleichtert gewesen. Zwar schauten alle Gladiatoren, die mit dem Schwert kämpften, auf den Retiarius hinab, da er kein Gladiator im strengen Wortsinn war, doch für Thumelicaz war Synatos so etwas wie ein Freund, sofern er sich überhaupt gestattete, in der abgeschlossenen Welt des Ludus einen Freund zu haben, wo Männer dazu ausgebildet wurden, unterschiedslos Leben auszulöschen.

Er wird einen Sprung nach links machen und mit seinem Dreizack auf meinen ungeschützten rechten Oberschenkel zielen, dachte Thumelicaz, als er bemerkte, wie der Blick des Gegners kurz zu dieser Körperstelle huschte. *Dann, wenn ich den Stich abzuwehren versuche, wird er das Netz nach meiner Hand auswerfen, um mir das Schwert zu entreißen.*

Der Summa Rudis bellte das Kommando zum Kampf und hob seinen Stab. Die Menge brüllte vor Blutdurst. Synatos sprang nach links und stach blitzschnell mit seinem Dreizack nach Thumelicaz' rechtem Schenkel. Thumelicaz, der mit diesem Angriff gerechnet hatte, stieß sein Schwert schräg abwärts zwischen zwei der mit Widerhaken versehenen Spitzen des Dreizacks. Funken sprühten, und der Dreizack glitt scharrend an seiner Klinge entlang, bis er mit einem metallischen Laut gegen den ovalen Handschutz prallte. Thumelicaz stieß seinen Schild nach vorn, um das Netz abzuwehren und zu verhindern, dass es sich an seiner rechten Hand verfing. Dann rückte er dem Gegner zu Leibe, denn der Retiarius hatte für den Nahkampf nichts als einen *Pugio*, einen kurzen Dolch. Synatos erkannte die Gefahr und machte einen Satz rückwärts. Das Netz ließ er wie einen runden Schatten vor sich auf dem Boden liegen, um Thumelicaz darin zu fangen, sollte dieser ihn verfolgen.

Ein Stoß mit dem Dreizack, auf seinen Hals gezielt, zwang Thumelicaz, den Schild zu heben, und er wich zurück, als die drei gefährlich scharfen Spitzen sich in das lederbezogene Holz bohrten. Durch die Wucht des Treffers schlug der Schild ihm mit der Kante gegen den Gesichtsschutz. Der Aufprall klang so laut in dem Helm wider, dass ihm die Ohren klingelten. Er riss seinen Schild zurück in der Hoffnung, dass der Dreizack feststeckte und er ihn Synatos' Griff entreißen könnte, doch die Waffe löste sich. Im selben Moment fiel das Netz über seinen Kopf. Thumelicaz fühlte, wie es sich augenblicklich zuzog und ihn einzufangen drohte. Der Helm der Secutores war völlig glatt, ohne jegliche vorstehenden Ränder, Grate oder Kanten, die sich im Netz der Retiarii verfangen könnten. Thumelicaz zog den Kopf unter dem Netz heraus und hob sein Schwert, sodass die Klinge die Schnüre durchtrennte. Behände wich er weiter zurück, während er wiederholte Stöße mit dem Dreizack abwehrte, und schnitt das Netz entzwei, bis er die Zugschnur durchschnitt und die Waffe damit nahezu nutzlos machte.

Wieder bohrte sich der Dreizack mit Wucht in seinen Schild. Synatos warf nun das Netz von sich und packte den langen Schaft mit beiden Händen, um kräftiger zustoßen zu können. Dadurch wurde der Dreizack zu einer gefährlichen Angriffswaffe. Unter dem tosenden Beifall der Menge stach Synatos wieder und wieder nach Thumelicaz' ungeschützten Füßen und zwang ihn so, beständig zu tänzeln und seinen Schild immer tiefer zu halten. Thumelicaz hieb mit seinem Schwert nach den Metallzinken und dem dicken Schaft, während er das Unvermeidliche erwartete.

Als es kam, war er bereit.

Die drei Spitzen schnellten plötzlich hoch, über den gesenkten Schild hinweg auf seine Halsgrube zu. Er duckte sich und hörte den Dreizack oben über seinen Helm schrammen, während er sich nach vorn warf und dem Gegner seinen Schild gegen die Brust schmetterte. Alle Luft wich aus Synatos' Lunge; er taumelte, doch es gelang ihm, Thumelicaz den Schaft seiner Waffe krachend auf die Schultern zu schmettern. Der stieß seinerseits mit dem Schwert nach dem Herzen des Retiarius, doch durch die Wucht des Aufpralls verfehlte er sein Ziel. Die Spitze bohrte sich stattdessen in Synatos' Schulterschutz, ohne ernsthaften Schaden anzurichten. Beide Gladiatoren stürzten heftig zu Boden, und sofort klebte Sand an ihren verschwitzten Leibern. Der Lärm der Zuschauer schwoll immer mehr an, denn nun begann der erbitterte Nahkampf auf Leben und Tod.

Wieder schmetterte Synatos mit beiden Händen den

Schaft seines Dreizacks krachend auf Thumelicaz' Schulterblätter. Stöhnend vor Schmerz schlug der mit der Faust, in der er das Schwert hielt, dem Retiarius seitlich gegen den ungeschützten Kopf, während der Gegner, noch immer unter dem Schild eingeklemmt, vergeblich nach Luft rang. Thumelicaz spürte, wie Synatos hinter seinem Rücken versuchte umzugreifen, den Dreizack zu drehen, um ihm die Spitzen in den Rücken zu bohren. Rittlings über dem liegenden Gegner kniend, richtete er sich mit einem Ruck auf und schlug ihm dabei die Waffe aus den bereits geschwächten Händen. Weiß glühender Schmerz raubte Thumelicaz für einen Moment die Sicht, da Synatos ihm sein Schienbein mit Wucht aufwärts zwischen die Beine rammte. Sein ganzer Körper wollte sich zusammenkrümmen, um diesen kostbaren Teil seiner Anatomie zu schützen, doch Thumelicaz widerstand dem Drang und warf sich stattdessen nach hinten, während der Schmerz in seinem Unterleib raste wie unzählige Messerstiche. Sein Magen hob sich, und aus seinem Mund ergoss sich Erbrochenes über die Innenseite seines Gesichtsschutzes.

Synatos zog flink seinen Pugio, kam gleichzeitig auf die Beine und stürzte sich auf Thumelicaz. Noch immer keuchend vor Schmerz, brachte der eben noch die Geistesgegenwart auf, seinen Schild hochzureißen, um erst die Klinge und dann den Körper des Gegners abzuwehren, der sie führte. Er wälzte sich nach links und kam mühsam auf die Knie hoch. Indessen stürzte Synatos auf den Sand, sprang jedoch mit der Schnelligkeit einer Eidechse wieder auf und wirbelte zu seinem Gegner herum. Thumelicaz stützte sich auf sein Schwert, um sich hochzustemmen. Er brachte nicht die Kraft auf, zu verhindern, dass Synatos seinen Dreizack wieder aufhob. Seine wichtigste Waffe in der rechten Hand, den Dolch in der linken, stand der Retiarius Thumelicaz frontal gegenüber. Das Gebrüll der Menge klang selbst durch den Bronzehelm hindurch ohrenbetäubend. Die Leute jubelten, da beide Gladiatoren wieder gleiche Chancen zu haben schienen und der Kampf weiterging. Dann erhob sich über den allgemeinen Lärm wieder der Sprechchor «Licus! Licus!».

Noch immer von Schmerzen gepeinigt und durch seine schwere Rüstung stärker eingeschränkt als sein Gegner, wusste Thumelicaz, dass er die Sache nun schnell zu Ende bringen musste. Bald würde er vor Erschöpfung zu keinem wirksamen Angriff mehr fähig sein. Er ließ seinen Schild ein wenig sinken, den Schwertarm herabhängen und tat, als drohte er, in die Knie zu gehen, so als wäre er bereits am Ende seiner Kräfte. Mit einem triumphierenden Fauchen machte der Retiarius einen Ausfall nach vorn und stieß mit seinem Dreizack in Brusthöhe zu. Mit einer schnellen, heftigen Bewegung seines Schildes lenkte Thumelicaz den Stoß ab, dann riss er sein Schwert hoch und traf den sogleich vorschnellenden Dolch. Mit metallischem Scheppern flog die Waffe hoch durch die Luft. Thumelicaz setzte die Bewegung fort und schmetterte seine rechte Faust, die noch immer das Schwert umklammerte, Synatos ins Gesicht. Knorpel knirschte, als die Nase brach. Der Retiarius wurde zurückgeschleudert, wobei er in der Luft eine Spur aus Blutstropfen hinter sich herzog, der Dreizack entglitt ihm, und mit einem heftigen Aufprall, der ihm den Atem raubte, landete er im Sand der Arena. Thumelicaz trat an seinen Gegner heran, der zu ihm aufsah und sofort den rechten Zeigefinger hob, das Zeichen, dass er sich ergab. Der Summa Rudis beendete den Kampf, indem er Thumelicaz seinen Stab quer vor die Brust hielt, um ihm Einhalt zu gebieten. Thumelicaz atmete tief und keuchend die nach Erbrochenem stinkende Luft ein. Schweiß brannte ihm in den Augen, während er auf den Mann hinunterschaute, der beinahe ein Freund für ihn war und nun geschlagen zu seinen Füßen lag.

Jetzt oblag es dem Stifter der Spiele, die Stimmung der Menge einzuschätzen und über Synatos' Schicksal zu entscheiden.

«Licus! Licus!», erscholl noch immer der Sprechchor. Der Sieger hob sein Schwert, dem Stifter der Spiele zugewandt, und alle wussten, was diese Geste bedeutete: Leben oder Tod? Der Präfekt erhob sich langsam, die rechte Hand vor der Brust zur Faust geballt. Er schaute sich in dem Amphitheater um.

Der Ton der Masse wandelte sich. Langsam zunächst, aber unerbittlich änderte sich der Sprechchor, bis deutlich zu hören war: «Tod! Tod!» Die Leute hatten ein gutes Gedächtnis und waren nicht geneigt, einen Mann zu verschonen, der zweimal vom selben Gegner besiegt worden war.

Synatos hörte die Aufforderung, ihn kaltblütig zu töten, und er drehte langsam den Kopf, um den Präfekten anzuschauen. Ihre Blicke trafen sich. Eine kleine Weile sahen sie sich in die Augen, während die Menge verstummte, dann streckte der Präfekt von Ravenna den rechten Arm vor, den Daumen noch immer fest in der Faust wie ein Schwert, das in der Scheide steckte. Er hielt inne, um die dramatische Wirkung zu steigern, holte in der eintretenden Stille tief Luft und genoss die Macht über Leben und Tod. Dann schnellte sein Daumen plötzlich horizontal aus der Faust, das Zeichen für ein gezogenes Schwert: Tod.

Synatos schaute Thumelicaz an, rang sich ein ergebenes Lächeln ab und richtete sich auf ein Knie auf.

Die Zuschauer brüllten vor Begeisterung, viele, unter ihren Tuniken sichtbar erregt, spielten an sich selbst – manche fieberhaft, andere langsam und genüsslich – und warteten darauf, dass wieder einmal zu ihrem Ergötzen ein Leben ausgelöscht würde.

Thumelicaz drehte sich langsam auf der Stelle, das Schwert in die Höhe gereckt. Auf seinem Gesicht, das noch immer in dem Helm verborgen war, zeichnete sich Abscheu ab, während er einzelne Zuschauer ansah: Bäcker, Schreiber, kleine Magistrate, professionelle Schmeichler und Speichellecker, Ladenbesitzer, Lustknaben, Kaufleute und andere, alle ebenso unkriegerisch wie die Weiber, deren Furche sie pflügten. Der nutzlose Speck des Imperiums, dessen einzige Daseinsberechtigung darin bestand, dass er nun einmal geboren war, schrie nach dem Tod eines Mannes, der das elende Leben der meisten von ihnen in weniger als zehn Herzschlägen hätte auslöschen können. Hatten die Römer hierfür ihr Imperium erschaffen? Damit die Furchtsamen und Schlaffen ihre kämpferischen Phantasien stellvertretend ausleben konnten, ihren

Samen verspritzen, während bessere Männer im Sand der Arena ihr Blut vergossen?

Thumelicaz nahm vor Synatos Aufstellung.

Der verurteilte Retiarius umklammerte seinen rechten Oberschenkel, hob den Kopf und blickte dem Mann, der ihn töten würde, fest in die Augen. «Tue es sauber, mein Freund.»

«Willst du keine Waffe in der Hand halten?»

«Nein, ich gehe einen anderen Weg als du. Meiner führt zum Fährmann, nicht nach Walhalla.»

Thumelicaz neigte den Kopf, dann hielt er sein Schwert senkrecht und setzte es zwischen Synatos' Hals und dem Schlüsselbein an, dicht neben dem Schulterschutz. Mit beiden Händen, links über rechts, umklammerte er den Schwertgriff.

Der Lärm der Menge hatte sich schier ins Unmögliche gesteigert.

Synatos schluckte, schaute kurz in die Sonne, die von einem blauen, wolkenlosen Himmel brannte, und nickte.

Mit aller Kraft seiner Schultern stieß Thumelicaz die Klinge abwärts durch Haut, Fleisch und Lunge, bis die Spitze den Muskel des Organs durchdrang, das nun dreimal so schnell wie gewöhnlich pumpte. Synatos' Augen weiteten sich vor Schmerz, seine Brust verkrampfte sich, und er stieß die Luft mit einem tiefen Stöhnen aus, das in einem Schwall Blut erstickte. Thumelicaz fühlte, wie der Griff des Sterbenden um seinen Schenkel sich verstärkte, die Fingernägel bohrten sich in die Haut, doch er achtete nicht weiter darauf – das geschah jedes Mal. Er drehte die Klinge nach links und rechts, um die Wunde zu vergrößern, dann packte er mit der rechten Hand Synatos' Schulter und zog das Schwert mit einem schmatzenden Geräusch heraus.

Synatos blieb noch ein paar Augenblicke aufrecht auf den Knien, Blut quoll ihm aus Mund und Nase und lief in Strömen über das Kinn, die Augen waren leer, das Gesicht starr: tot. Die Menge stieß einen Seufzer bestialischer Befriedigung aus, und die Leiche kippte hintenüber in den Sand.

Thumelicaz reckte sein Schwert in die Höhe, um die zu grüßen, die er verachtete, und wünschte insgeheim jedem den Tod, der das Leben nicht verdiente, was in seinen Augen die meisten waren. Ohne einen weiteren Blick auf sein Opfer wandte er sich zu den Toren, die sich langsam öffneten. Acht Bogenschützen einer Auxiliartruppe marschierten herein, vier links und vier rechts, mit aufgelegten Pfeilen, die Bogen jedoch nicht ausgezogen.

Thumelicaz blieb stehen und warf sein Schwert auf den Boden.

Hinter den Bogenschützen erblickte er die Silhouetten zweier Personen, eine mit Toga.

Thumelicaz erkannte die muskelbepackte Gestalt seines Lanista Orosius. Mit einem raschen Blick zu dem Platz, wo der Stifter der Spiele gesessen hatte, vergewisserte er sich, wer der andere Mann sein musste. Der Präfekt von Ravenna schritt mit erhobenen Armen zur Mitte der Arena. Orosius blieb im Tor stehen und beobachtete die Szene.

Die Menge jubelte ihrem Präfekten zu, zurückhaltend, wie man einen Mann bejubelte, dessen Macht größer war als seine Beliebtheit. Falls der Präfekt das wahrnahm, so war es ihm nicht anzusehen. Er ging auf Thumelicaz zu und gebot mit Gesten Ruhe. Die Menge verstummte bereitwillig.

Thumelicaz war völlig überrascht, konnte sich aber denken, was gleich geschehen würde. Dennoch empfand er keine Begeisterung, keinen Stolz, keine Erleichterung, nachdem er fünf Jahre lang regelmäßig um sein Leben hatte kämpfen müssen. Sein einziger Gedanke galt seiner Heimat, die er nie gesehen, von der er nie geglaubt hatte, dass er sie einmal sehen würde. Diese Heimat kannte er nur aus den Erzählungen seiner Mutter, die an Rom ausgeliefert worden war, als sie ihn im Leib getragen hatte. Allzu wenig Zeit war ihr geblieben, ihm davon zu erzählen, ehe er ihr mit acht Jahren weggenommen wurde, um für ein Leben in der Arena ausgebildet zu werden. Und weil er der Sohn seines Vaters war, hatte er damit gerechnet, in der Arena zu sterben.

Der Präfekt sprach nun zur Menge, doch Thumelicaz nahm seine Worte kaum wahr. Vor seinem inneren Auge stand flammend das Bild des Vaters, den er nie kennengelernt hatte, und er stellte sich vor, wie er in das Land zurückkehrte, das dieser sechs Jahre vor Thumelicaz' Geburt von der römischen Herrschaft befreit hatte: die Germania Magna. Binnen vier Tagen hatte sein Vater Erminaz, bei den Römern nur unter seinem latinisierten Namen Arminius bekannt, in einer Reihe von Schlachten im Teutoburger Wald die Armee von Publius Quinctilius Varus vernichtet, drei Legionen mitsamt Auxiliartruppen. Thumelicaz' Mutter hatte ihm großartige Geschichten von dem Massaker erzählt. Drei Adler waren erbeutet worden, und Rom hatte sich daraufhin über den Rhenus zurückgezogen. Thumelicaz würde in ein freies Land zurückkehren, ein Land, in dem der Wert eines Mannes nach seiner Tapferkeit und Tüchtigkeit bemessen wurde und wo kleinherzige Menschen nicht zählten, ganz gleich, wie viel Silber sie besaßen.

Er fühlte, wie ihn jemand am Arm fasste, und mit einem Ruck kehrten seine Gedanken in die Gegenwart zurück. Der Präfekt redete in einem Ton, als wiederholte er sich. «Nimm deinen Helm ab, Licus von Germanien.»

Thumelicaz hakte die Daumen unter den Rand und schob den bronzenen Helm hoch. Sogleich fiel ihm das Atmen leichter. Die tiefliegenden blassblauen Augen unter den dicken schwarzen Brauen zusammengekniffen, schaute er auf den Präfekten hinunter, der zurückzuckte. Thumelicaz fuhr sich mit dem Handrücken über das glattrasierte Gesicht mit der langen, schmalen Nase, um es einigermaßen von dem halb eingetrockneten Erbrochenen zu befreien. Anschließend hielt er mit einem Finger erst ein Nasenloch zu, dann das andere und schnäuzte die saure Flüssigkeit aus.

Der Präfekt betrachtete ihn angewidert. Thumelicaz fragte sich, ob er es sich anders überlegen würde, doch dann wurde ihm klar: Der Präfekt würde das Gesicht verlieren, wenn er einem Gladiator nicht die Freiheit schenkte, nur weil er dessen Aussehen nach einem Kampf unappetitlich fand. Er zog die Nase hoch und spuckte blutigen Schleim in den Sand.

Der Präfekt griff in den Faltenbausch seiner Toga und

förderte ein hölzernes Übungsschwert zutage. Mit einem solchen Schwert hatte Thumelicaz einst jahrelang Tag für Tag viele Stunden die vorgeschriebenen Bewegungen in jeder erdenklichen Kombination eingeübt, bis sie ihm so selbstverständlich geworden waren wie das Atmen.

Mit theatralischer Geste hielt der Präfekt das Holzschwert in die Höhe. «Ich, Marcus Vibius Vibianus, Präfekt der Stadt Ravenna, schenke dem Gladiator Licus von Germanien nach fünf Jahren in der Arena die Freiheit.» Er bot Thumelicaz das Schwert mit beiden Händen dar, und dieser nahm es ohne Dank entgegen.

Thumelicaz wusste, dass er es sich nicht leisten konnte, die Menge zu beleidigen. Also reckte er das Symbol für die Freilassung eines Gladiators in die Luft und drehte sich unter dem Beifall der Bürger von Ravenna einmal um sich selbst. Dabei hoffte er insgeheim, diesen Beifall zum letzten Mal zu hören.

«Du darfst mein Klient werden und meinen Namen annehmen», sagte Vibianus gönnerhaft.

Thumelicaz schaute den Präfekten an, als könne er nicht glauben, was er soeben gehört hatte. «Eher würde ich deine Hure werden und deine mickrigen Welpen gebären, Römer.» Damit ließ er den Präfekten stehen und marschierte entschlossenen Schrittes zum Tor. Im Gehen befreite er sich demonstrativ von der Rüstung, die ihn als Secutor kenntlich machte, und warf sie unter dem Jubel der Menge von sich. Er wusste, solange er das Volk auf seiner Seite hatte, konnte Vibianus nichts gegen ihn unternehmen.

In dem Versuch, das Beste aus der Situation zu machen,

folgte ihm der Präfekt erhobenen Hauptes, das Inbild eines hochnäsigen Magistrats.

«Mir scheint, du und unser geschätzter Präfekt werdet künftig keine Tischgenossen», kommentierte Orosius und schloss sich Thumelicaz an, als der durch das Tor hinausging. Er gab ihm eine Papyrusrolle. «Das hier ist dein Freilassungsbrief.»

Thumelicaz nahm das Dokument entgegen, ohne es zu lesen. «Danke, Orosius. Wie ist es dazu gekommen? Ich dachte, ich sei dazu bestimmt, in der Arena zu sterben.»

«Das warst du auch, aber niemand hatte sich die Mühe gemacht, unserem neuen Präfekten vor seinem Amtsantritt diesen Umstand zur Kenntnis zu bringen. Und als er mir mitteilte, er wolle sich die Gunst der Plebs durch deine Freilassung erkaufen, wer wäre ich, ein bloßer Lanista, da gewesen, ihm zu widersprechen?»

Thumelicaz verlangsamte seinen Schritt. Sie gingen jetzt durch die von Fackelschein erhellten, verräucherten Eingeweide des Amphitheaters. Hier drängten sich verängstigte Gefangene in Ketten, die ihr Ende in den Fängen wilder Tiere erwarteten. Das Gebrüll der Bestien hallte von dem rauchfleckigen Ziegelgewölbe wider. Von der Decke tropfte Wasser in grüne, schleimige Pfützen auf dem abgenutzten Steinboden. «Warum hast du das für mich getan? Du schuldest mir nichts. Ganz im Gegenteil, ich verdanke dir alles, schließlich hast du mich persönlich ausgebildet.»

Orosius lächelte und schaute seinen vormaligen Schützling von der Seite an. «Würdest du mir glauben, wenn ich sage, ich wollte verhindern, dass du meine Erfolge in den Schatten stellst und der berühmteste Gladiator wirst, den Ravenna je hatte?»

«Blödsinn. Niemand schert sich einen Furz darum, in diesem Dreckloch irgendetwas zu gelten.»

«Da irrst du dich, der Präfekt schert sich durchaus darum. Er will die Gunst des neuen Kaisers Gaius Caligula erlangen, indem er dafür sorgt, dass mehr Steuern aus dieser Stadt in die kaiserliche Kasse fließen. Das beabsichtigt er zu erreichen, indem er sich zunächst das Wohlwollen der Bürger erkauft und dann Einsparungen vornimmt. Zu diesen zählt auch, wie viel er mir für meine Waren und Dienstleistungen zahlt – die Summe, die er mir als Entschädigung für deine Freilassung geboten hat, war lächerlich. Ich denke, wenn der Kaiser erfährt, dass Marcus Vibius Vibianus in seinem Bestreben, sich beliebt zu machen, Arminius' Sohn freigelassen hat, wird er ihn nach Rom zurückrufen. Vibianus wird sich für diese neuartige Methode, unsere Feinde in Schach zu halten, erklären müssen. Selbst wenn er glimpflich davonkommt, wird er zumindest jegliche senatorischen Ambitionen vergessen können.»

«Und hier wird für dich alles wieder so werden wie früher?»

«Das ist alles, was ich will. Du solltest also lieber unverzüglich von hier verschwinden, ehe jemand den Präfekten darauf hinweist, dass er einen überaus törichten Fehler begangen hat.»

«Vorher habe ich noch etwas zu erledigen.»

«Nein, das hast du nicht, ich habe dein Preisgeld aus dem Ludus mitgebracht. Du bist ein reicher Mann, du könntest es dir beinahe leisten, dich selbst zu kaufen.»

«Behalte das Geld als Ausgleich dafür, dass deine Entschädigung so gering ausgefallen ist.»

«Dafür ist es mehr als genug.» Orosius gab den beiden Wachen am Tor zur Außenwelt ein Zeichen, es zu öffnen. «Was sonst ist so wichtig, dass es dich hindert, sofort die Stadt zu verlassen?»

Thumelicaz trat auf die Straße hinaus, zum ersten Mal frei zu gehen, wohin er wollte. Er wies mit einer Kopfbewegung auf das Schwert, das Orosius trug. «Darf ich?»

Orosius löste die Scheide von seinem Gürtel und gab sie Thumelicaz.

«Danke, Orosius. Ich muss meine Mutter holen, sie lebt als Sklavin im Haus meines Onkels.»

Thumelicaz hämmerte mit der Faust gegen die Tür eines herrschaftlichen Hauses an der breiten, belebten Straße, die Ravennas Forum mit der Festung der Stadt verband. Nach wenigen Augenblicken wurde ein Sehschlitz geöffnet, und ein dunkles Auge spähte forschend hindurch.

«Ich komme, um mit Tiberius Claudius Flavus zu sprechen.» Thumelicaz bemühte sich, die Anspannung in seiner Stimme zu unterdrücken.

«Wen darf ich ankündigen, Herr?»

«Sage ihm, der Sohn seines Bruders ist hier.»

Der Sehschlitz wurde abrupt wieder geschlossen.

Thumelicaz wartete in wachsender Ungeduld. Er fragte sich, ob sein Onkel Flavus, den er als Chlodochar kannte, es wagen würde, ihm nach so langer Abwesenheit die Tür zu öffnen.

Das Scharren eines Riegels und das Klappern eines Schlüssels beantworteten seine Frage.

Die Tür schwang nach innen.

Eine Hand am Heft seines Schwertes, schritt Thumelicaz durch die Vorhalle ins Atrium. Es war das erste Mal seit vierzehn Jahren, dass er das Haus seines Onkels betrat.

Das Atrium war das eines Römers, nicht eines germanischen Kriegers aus dem Stamm der Cherusker, dem sowohl Thumelicaz als auch sein Onkel angehörten. Ein kunstvoller Mosaikboden mit Szenen aus der *Aeneis* umgab das Impluvium in der Mitte des rechteckigen Raumes. Der Springbrunnen darin stellte Salacia, die Gefährtin Neptuns, in Gestalt einer Nymphe mit einem Kranz aus Seetang dar. An den Wänden hingen weder Waffen noch anderes Kriegsgerät, keine Hauer von Keilern, keine Geweihe, nichts, das die Wände im Langhaus eines Edelmannes zierte, wie Thumelicaz aus den Erzählungen seiner Mutter wusste. Es gab auch keine langen hölzernen Tische und Bänke, wo seine Gefolgsleute Gelage halten und singen konnten, nur niedrige Tischchen aus poliertem Marmor auf kunstvollen Beinen, und darauf standen Glasschalen und Bronzefiguren von römischen Gottheiten. Für Thumelicaz sah es aus wie irgendeines der römischen Häuser, in denen er gezwungen worden war, zum Ergötzen der Reichen von Ravenna bei ihren üppigen, verschwenderischen Gastmählern seine Künste im Schwertkampf zu zeigen. Er spuckte auf den Boden.

«Das ist genau das Benehmen, das ich von einem Sklaven und Gladiator erwartet hätte», ertönte vom anderen Ende des Raumes eine zutiefst verächtliche Stimme. «Warum bist du noch nicht tot, und wie kommt es, dass man dir erlaubt hat, mich zu besuchen?»

Thumelicaz blickte auf und sah einen hochgewachsenen, stattlichen Mann in der Toga des Ritterstandes ins Atrium kommen. Sein blondes, angegrautes Haar war kurz geschnitten, das feiste, gerötete Gesicht an der Stelle, wo sein rechtes Auge hätte sein sollen, von einer hässlichen Narbe entstellt.

Thumelicaz spuckte noch einmal aus, diesmal mehr aus Verachtung für den Mann, den er vor sich sah, als für die Kultur, mit der dieser sich umgab. «Ich bin nicht tot, weil ich den Schutz Donars genieße, eines Gottes der Krieger. Und ich bin hier, weil ich niemandes Erlaubnis brauche, um irgendwohin zu gehen, denn ich bin kein Sklave und kein Gladiator mehr, *Onkel.*»

Flavus blieb abrupt stehen, und sein eben noch höhnisch herablassendes Gesicht nahm einen Ausdruck der Bestürzung und Besorgnis an, kaum dass Thumelicaz die Worte ausgesprochen hatte. «Du lügst. Wachen!»

Thumelicaz zog das hölzerne Schwert aus seinem Gürtel und ging weiter in den Raum hinein, während vier große, kräftige Leibwächter mit gezogenen Schwertern hinter Flavus eintraten. Links neben dem Impluvium blieb Thumelicaz stehen.

Flavus hielt seine Männer mit einer Handbewegung zurück. «Wer hat dir das gegeben?»

«*Dein* Präfekt, vor nicht einmal einer Stunde.»

«Dann werde ich ihm sagen, er muss es dir wieder abnehmen.»

«Das könnte er nicht, selbst wenn er es versuchen

würde. Meine *Manumissio* ist schriftlich bestätigt, ich bin ein freigelassener Bürger Roms. Ich könnte an den neuen Caesar appellieren, und er müsste mir recht geben.»

«Oder er könnte dich einfach töten lassen, wie Tiberius es schon vor Jahren hätte tun sollen.»

Nun war es an Thumelicaz, höhnisch zu grinsen. «Du weißt sehr wohl, warum Tiberius mich nicht töten ließ. Aus demselben Grund, aus dem er ablehnte, als Hadgan, der Fürst der Chatten, ihm anbot, meinen Vater zu vergiften: weil er Ehrgefühl besaß – etwas, das du schon vor Jahren vergessen hast. Nun gib mir meine Mutter heraus, dann lasse ich dich in Ruhe. Mögest du in den widerlichen Früchten deines Verrats verfaulen.»

«Ich kann sie nicht herausgeben, sie gehört Rom. Ich habe sie nur in meiner Obhut.»

«Sie ist die Frau deines Bruders. Da er tot ist, hast du das Recht, mit ihr zu verfahren, wie es dir beliebt. Überlasse sie mir, dann werde ich fortan eine etwas höhere Meinung von dir haben. Ich werde auf die Rache meines Vaters verzichten, die nun rechtmäßig die meine wäre, und du wirst nie wieder von mir hören.»

«Und wenn ich es vorziehe, das nicht zu tun?»

«Dann werde ich es vorziehen, sie mir zu holen und Rache für meinen Vater an dir zu üben, Rache für einen Mann, der von seinem Bruder ermordet wurde.»

Flavus lachte hohl und freudlos. Er wies mit dem Daumen über die Schulter. «Und du denkst, *sie* würden das zulassen?»

Thumelicaz betrachtete die Reihe der Leibwächter. Er nahm an, dass es Germanen aus einer Auxiliartruppe waren, die ihre Zeit abgeleistet hatten und danach weiter im Dienst ihres Befehlshabers geblieben waren. «Wenn ich mir Gedanken um sie machen müsste, dann würde ich sie mir einen nach dem anderen vornehmen.» Im Stillen bemerkte Thumelicaz besonders den dunkelhaarigen Mann ganz rechts und den älteren Mann mit blondem Vollbart daneben.

Etwas an dem beiläufigen Ton, in dem sein Neffe ihm antwortete, ließ Flavus einen Moment lang zögern, dann verhärtete sich der Blick seines verbliebenen Auges. Er trat zur Seite. «Tötet ihn!»

Die vier Leibwächter stürmten ohne Zögern vorwärts, zugleich, in einer Reihe nebeneinander. Thumelicaz wusste, dass sie damit einen schweren Fehler begingen. Er sprang nach rechts auf die Umrandung des Impluviums, als auch schon das Schwert des dunkelhaarigen Mannes niedersauste, wo er eben noch gestanden hatte. Thumelicaz zog sein Schwert aus der Scheide und setzte die Aufwärtsbewegung fort, sodass die Klinge den Kiefer des Mannes zerschmetterte. Gleichzeitig zielte der blonde Leibwächter mit einem waagerechten Schlag auf seinen Oberschenkel. Thumelicaz ließ mit der linken Hand das Übungsschwert hinabschnellen, sodass der Schlag durch das gehärtete Holz abgelenkt und gedämpft wurde und die Klinge nur noch mit geringer Kraft in seine Wade schnitt. Er verbiss den Schmerz und rammte dem blonden Mann den zersplitterten Stumpf des Holzschwerts ins Auge, sodass der mit einem gellenden Schrei rücklings stürzte. Thumelicaz zog seine Klinge mit einem Ruck aus seinem ersten Opfer, das röchelnd zusammenbrach, und richtete sie auf die zwei verbliebenen Wachen. Diese hielten inne, unsicher, wie sie einen Gegner angehen sollten, der soeben ihre beiden Kameraden in weniger als fünf Herzschlägen zur Strecke gebracht hatte. Thumelicaz ließ ihnen keine Zeit zum Pläneschmieden. Er wechselte die Waffe von der rechten in die linke Hand und schlug mit der Rückhand auf den Mann ein, der ihm am nächsten war. Die Klinge fuhr im Bogen durch die Luft, so schnell, dass die Bewegung nur verschwommen wahrnehmbar war, und ein dumpfer Laut war zu hören, als hätte das Beil eines Metzgers eine Schweinekeule zerteilt. Der Kopf des Mannes kippte auf die rechte Schulter, nur noch von ein paar Sehnen gehalten, und starrte voller Grauen auf den Kameraden an seiner Seite, während das Herz mit ein paar letzten mächtigen Schlägen eine Blutfontäne in die Luft pumpte. Dann fiel der Kopf nach vorn und zog den Körper mit. Indessen stach Thumelicaz' Klinge bereits in den ungläubig aufgerissenen Mund des vierten Leibwächters, dass die Spitze im Nacken wieder austrat. Noch ehe das Opfer wusste, wie ihm geschah, wandte Thumelicaz sich ab und schaute sich im Raum um, doch sein Onkel war verschwunden.

Dann hallte der Schrei einer Frau durch das Atrium. Er kam aus dem Garten im hinteren Bereich des Hauses. Thumelicaz sah zu, wie sein letztes Opfer auf dem blutbesudelten Mosaikboden zusammenbrach und dabei seine Schwertklinge wieder freigab. Mit einem raschen Blick vergewisserte er sich, dass keine weiteren Bediensteten im Raum waren, die ihren Herrn verteidigen wollten, dann rannte Thumelicaz durch das *Tablinum* am hinteren Ende des Atriums hinaus in den Garten.

«Wirf dein Schwert weg, dann bleibt deine Mutter am Leben!» Flavus stand zwischen zwei Säulen der Kolonnade auf der anderen Seite des Gartens. Eine Frau in den Sechzigern, groß, mit wirrem grauem Haar und hängenden Brüsten unter einer dünnen, knielangen Tunika, wand sich in seinem Griff, ein Messer an der Kehle.

Ihre blauen Augen weiteten sich, als sie den Eindringling erkannte. «Thumelicaz!»

Thumelicaz hob eine Hand. «Bleib ruhig, Mutter.»

Hinter Flavus stand in einer offenen Tür eine weitere Frau in ähnlichem Alter, jedoch kleiner und stämmiger gebaut. In ihrer Hand blitzte ein Dolch, ihr Gesicht war vor Hass verzerrt. «Töte die Hündin doch einfach, Mann, und dann kümmern wir uns um ihren Welpen.»

«Schweig, Gunda! Thumelicus, lass deine Waffe fallen.»

«Und was, wenn ich es nicht tue?»

«Dann schneide ich Thusnelda die Kehle durch.»

Thumelicaz ging weiter, an einem großen Feigenbaum in der Mitte des Gartens vorbei. «Und was geschieht dann?»

«Dann bist du an der Reihe.»

Thumelicaz schnaubte verächtlich. «Du bist ein alter Mann, Onkel. Und wenn meiner Mutter ein Leid geschieht, wirst du nicht mehr einen Tag älter.» Zwei Schritt vor Flavus und Thusnelda blieb er stehen und senkte demonstrativ sein Schwert, behielt es jedoch fest im Griff. «Also, Onkel, was ziehst du vor – den Tod für euch beide oder das Leben?»

Flavus schaute seinen Neffen über Thusneldas Schulter hinweg an; in seinen Augen schienen Unsicherheit und Angst auf.

Thumelicaz hielt seinem Blick stand, und ein belustigter Ausdruck huschte über sein Gesicht. «Du hast schon immer zu sehr am Leben gehangen, Onkel. Deshalb hast du es auch der Ehre vorgezogen und meinen Vater ermordet.»

«Arminius hätte mich töten lassen. Nur einer von uns konnte überleben.»

«Mein Mann hat dich geliebt, Flavus!», stieß Thusnelda hervor. «Du warst sein kleiner Bruder. Er hätte dir verziehen, wenn du nach Germanien zurückgekehrt wärst und Rom abgeschworen hättest. Deshalb hat er sich in jener Nacht allein mit dir und meinem Vater getroffen – er glaubte deine Lüge, du wolltest zu ihm heimkehren und mich und meinen Sohn mitbringen. Aber du hast sein Vertrauen und die Blutsbande verraten, du Verräter hast ihn ermordet.»

«Ich habe getan, was das Beste für …»

Ein schriller Schrei, und Gunda stürzte mit wehendem Rock und Haar aus dem Schatten hervor, die Zähne gebleckt, den Dolch hoch erhoben, die Klinge über die Schulter ihres Mannes hinweg auf Thusneldas Hals gerichtet.

Flavus fuhr herum, wobei er Thusnelda mitriss, sodass nun ihr ganzer Körper dem Angriff ausgesetzt war, doch zugleich schnellte blankes Eisen wie ein Blitz von unten aufwärts; Thumelicaz' Schwert trennte die Faust mit dem Dolch von Gundas rechtem Arm ab. Entsetzen zeichnete sich auf Flavus' Gesicht ab, als er die blutige Hand seiner Frau durch die Luft fliegen sah, dann wich der Ausdruck dem von Schreck und Schmerz, da Thusneldas spitze Zähne sich in seinen Daumenballen gruben. Mit zwei heftigen Kopfbewegungen riss sie das Fleisch vom Knochen, sodass das Gelenk bloßlag. Zugleich rammte sie ihrem Schwager den Ellenbogen ins Zwerchfell. Der Dolch an ihrer Kehle fiel scheppernd zu Boden, doch das Geräusch wurde von Gundas schrillem Geschrei übertönt. Ihr Blick zuckte zwischen ihrer abgeschlagenen Hand am Boden und dem frischen Stumpf hin und her, den sie mit der Linken umklammert hielt. Blut sprudelte pulsierend heraus.

Thusnelda stieß Flavus' Messer mit dem Fuß weg, während sie sich aus seiner Umklammerung befreite. Sie bückte sich noch rasch, um Gundas Hand vom Boden aufzuheben, dann war sie auch schon bei ihrem Sohn, der schützend den linken Arm um sie legte. Thusnelda drehte sich zu den zweien um, die sie in Gefangenschaft gehalten hatten und die nun beide auf die Knie gesunken waren. Ihr Kiefer arbeitete angestrengt, dann spuckte sie Flavus den halbzerkauten Fleischklumpen ins Gesicht. «Jetzt bin ich an der Reihe, Chlodochar; jetzt werdet du und deine Hündin von einer Frau sehen, wovon ich die letzten zweiundzwanzig Jahre geträumt habe.» Kalt lächelnd richtete sie den Blick auf Gunda, die wimmerte und ihren Unterarm fest umklammerte, um die Blutung zu stillen. «Und sei unbesorgt, meine Liebe, wenn du nicht mehr bist, wird man dich nicht so bald vergessen.» Sie hielt die abgetrennte Hand hoch. «Deine Fingerknochen werden einen reizenden Haarschmuck für mich abgeben.»

Thumelicaz zog an einem Strick und band ihn dann an einen der unteren Äste des Feigenbaums. Flavus hing an den Handgelenken, seine Füße berührten gerade eben nicht mehr den Boden.

Thusnelda hob den Kopf. «Donar, halte deine Hände über mich und meinen Sohn, wenn wir durch fremde Länder ziehen, und gib, dass wir nach Germanien zurückkehren. Nimm dieses Blutopfer, außer meinem eigenen Sohn die kostbarste Gabe, die ich dir darbringen könnte: das Blut einer Verwandten, die ein Kind geboren hat.» Thusnelda wandte den Blick vom Himmel ab zu Gunda, die an den Baumstamm gefesselt war. «Der Große Donnerer wird dich nehmen, Hündin. Du solltest mir dankbar sein, dass ich deinem elenden Dasein einen Wert gegeben habe.»

Gunda spuckte Thusnelda ins Gesicht. «Unser Sohn Italicus wird uns rächen.»

«Italicus! Was für ein Name ist das für einen Sohn Donars?» Thusnelda hob ihr Messer und setzte es Gunda an die Kehle. «Du hast alles verloren, womit du geboren wurdest, sogar die Fähigkeit, einen ehrenhaften Namen für einen Sohn auszusuchen.» Sie machte eine ruckartige Bewegung; geschärftes Eisen schnitt durch Fleisch.

Gundas Augen weiteten sich, aus ihrer Kehle drang ein gurgelndes Geräusch, und ihr Körper zuckte in den Fesseln.

Thumelicaz hob sein Schwert und trat an Flavus heran, der an dem Ast baumelnd voller Grauen die Todeszuckungen seiner Frau mit ansah. «Donar, führe uns heim und strecke mich mit Donner und Blitz nieder, wenn ich mich je wieder mit Rom oder seinem Volk einlasse. Ich will nichts von Rom, ich bin fertig mit Rom – achte, dass ich meinen Schwur halte.» Die Spitze seiner Klinge drang in Flavus' Unterleib, und dem aufgehängten Mann entfuhr ein Stöhnen. Thumelicaz packte die Waffe nun mit beiden Händen und schnitt mit sägenden Bewegungen aufwärts. Muskeln und Eingeweide wurden durchtrennt, widerwärtige Gase und Flüssigkeiten entwichen, und Flavus schrie und schrie in seiner Qual. Als die Klinge den Brustkorb erreichte, zog Thumelicaz sie heraus und ging um seinen Onkel herum. Er fasste von hinten mit beiden Armen um den sich windenden Körper herum, griff mit den Händen in die Wunde und riss sie auf. Graue, dampfende Darmschlingen quollen heraus, streiften im Fallen Flavus' Beine und häuften sich zu seinen Füßen auf dem Boden auf. Seine Schreie wärmten Thumelicaz und Thusnelda das Herz.

Sie schauten sich an und lächelten.

«Du hast mir gefehlt, mein Sohn.»

«Ich weiß, Mutter. Lass uns heimgehen.»

I

Germania Magna, Frühjahr A. D. 41

Thumelicaz beobachtete, wie drei Krieger zu Pferde sich von Westen näherten. Am anderen Rand des Tals, etwa eine halbe Meile entfernt, ritten sie den Hang hinunter. Sie suchten sich ihren Weg am Rand eines gepflügten und eingesäten Feldes, einer *Rode*, die frühere Generationen in schweißtreibender Arbeit aus dem umgebenden Wald geschlagen hatten. Im Tal angekommen, machten die Reiter einen Bogen um eine sumpfige Fläche am Ufer eines Flusses, der in einen schilfgesäumten See mündete. Eine sanfte Brise kräuselte die Oberfläche, die in der sinkenden Sonne silbern und golden funkelte – ein scharfer Kontrast zu den mit Koniferen bestandenen Bergen, die das Tal umgaben. In der warmen Luft lag der süßliche Geruch vom Harz all der Bäume, dem diese hohe Bergkette im Herzen der Germania Magna ihren Namen verdankte: In der Sprache des Stammes der Cherusker hieß sie *Harzland* – das Land des Harzes.

Dass bewaffnete Männer nahten, beunruhigte Thumelicaz und seine Leute nicht weiter, denn die Fremden hatten als Zeichen ihrer friedlichen Absichten Buchenzweige mit frischem Laub an ihren Speerspitzen befestigt. Dennoch hatten die zwölf Männer, die in der kleinen Siedlung lebten, ihre Waffen aus dem Langhaus in der Mitte geholt und sich auf dem Wehrgang der umgebenden Palisade postiert. Einzig Thumelicaz blieb unbewaffnet, er stand im offenen Tor. Doch er war nicht schutzlos: Zu beiden Seiten von ihm standen zwei riesenhafte, kurzhaarige, gestromte Jagdhunde. Sie knurrten grollend, als die drei Reiter näher kamen.

Thumelicaz klopfte beiden Hunden auf die Schnauze. «Beißer, Reißer, still!» Die Hunde verstummten augenblicklich und schauten zu ihrem Herrn auf. Sie warteten ab, wie er auf die Neuankömmlinge reagierte, um dann seinem Beispiel zu folgen.

Thumelicaz blinzelte mit tiefliegenden Augen in die sinkende Sonne. Er rieb sich den Bart, der nunmehr so üppig spross, dass er fast die hohen Wangenknochen erreichte. Dann strich er mit einem Finger über seine schmalen, blassen Lippen, während er die drei Krieger forschend musterte. Sie waren nur noch hundert Schritt entfernt. Stirnrunzelnd sah Thumelicaz zu dem Mann auf, der zu seiner Linken auf der Palisade stand. «Chatten?»

Der Mann knurrte, dann nickte er. «Ja, Herr, sie tragen eiserne Halsreife. Fußsoldaten, die in vorderster Front kämpfen – die tapfersten unter ihren Kriegern.»

«Wie lange ist es her, dass Chatten sich zuletzt auf unser Gebiet vorgewagt haben, Aldhard?»

«Fünf Jahre. Es war in dem Jahr, bevor du zurückkehrtest, Herr. Aber damals kamen sie mit gezogenen Schwertern und blanken Speerspitzen. Wir stellten uns ihnen entgegen, als sie versuchten, den Visurgis zu überqueren. Es war ein harter Kampf, und wir verloren an jenem Tag zahlreiche Männer. Das Blutgeld für sie ist noch nicht gezahlt.»

Thumelicaz nickte. Er kannte die Lieder über den letzten Einfall der Chatten in das Gebiet der Cherusker in dem Jahr, bevor er das hölzerne Schwert errungen hatte. Dem Jahr, bevor er und seine Mutter den strapaziösen Weg über die Berge angetreten hatten, um aus Italien nach Germanien zu fliehen.

Die drei Krieger legten das letzte Stück über offenes Gelände in leichtem Galopp zurück. Zwanzig Schritt vor Thumelicaz brachten sie ihre Pferde zum Stehen und hielten ihre mit Laub verzierten Speere hoch in die Luft, um unverkennbar ihre Absicht kundzutun.

Thumelicaz musterte die Männer. Alle hatten langes, flachsblondes Haar, das auf dem Kopf zu einem Knoten gebunden war, und ihre wallenden, gepflegten Bärte verdeckten teilweise die drei Finger breiten eisernen Halsreife. Zwei von ihnen waren in seinem Alter, Mitte zwanzig, doch der blonde Bart des mittleren Reiters wies silberne Strähnen auf, und um seine eisblauen Augen zeichneten sich deutliche Falten ab. Thumelicaz redete ihn an. «Was führt euch so weit von eurer Heimat fort?»

«Mein Name ist Warinhari, und ich komme aus der Halle von Hadgan, dem Fürsten der Chatten. Ich bin sein Sohn. Mein Vater sendet Thumelicaz, dem Sohn des Erminaz, seine Grüße – habe ich die Ehre, mit ihm zu sprechen?»

«Ich bin der, den du suchst.»

«Es ist ein Privileg, dem Sohn des größten Kriegers Germaniens zu begegnen. Im Herbst vor zweiunddreißig Jahren, als ich erst sechzehn Sommer zählte, kämpfte ich mit deinem Vater im Teutoburger Wald.»

Thumelicaz schmunzelte. Im Norden der Germania Magna gab es nicht einen Krieger über fünfundvierzig, der nicht von sich behauptet hätte, bei jener Schlacht dabei gewesen zu sein, die Roms Vormarsch nach Osten aufgehalten und dem Imperium seine Grenzen aufgezeigt hatte. «Wie ich hörte, haben die Chatten tapfer gekämpft – als sie sich denn einmal auf den Kampf einließen.»

Warinhari neigte den Kopf zu dem Kompliment, ohne auf den Seitenhieb einzugehen: Die Chatten hatten sich die ersten zwei Tage zurückgehalten und sich erst an den Kämpfen beteiligt, als der Ausgang schon so gut wie sicher war. «Die Chatten kämpfen immer tapfer.»

«Was hat Hadgan mir zu sagen? Als er zuletzt etwas von meiner Familie wollte, war es der Tod meines Vaters.»

«Das liegt eine Generation zurück. Er musste seinen Stand absichern, nachdem das Bündnis, das dein Vater geschmiedet hatte, zerbrochen war. Nun liegen die Dinge anders, und mein Vater möchte dir einen Vorschlag machen, der die Sicherheit aller germanischen Stämme betrifft. Es ist eine Angelegenheit, die am Herdfeuer erörtert gehört, nicht im Freien. Wir sollten die Sache zügig besprechen, denn bis morgen, zwei Tage vor dem Vollmond, muss eine Entscheidung gefallen sein.»

Thumelicaz sah zu Aldhard auf, der das Gespräch mit angehört hatte. Mit diskretem Kopfnicken signalisierte dieser seine Zustimmung. Thumelicaz wandte sich wieder an die Besucher. «Also schön, ich akzeptiere die Zeichen eurer friedlichen Absicht, ihr dürft hereinkommen. Tragt eure Waffen mit Ehre und tut drinnen niemandem ein Leid an.»

Obwohl es ein warmer Tag war, brannte in der runden Feuerstelle in der Mitte des Langhauses ein Feuer. Sein Rauch sammelte sich unter dem strohgedeckten Giebeldach, ehe er durch ein Loch im First abzog. An den Dachbalken hingen Schinken und Fische zum Räuchern. Abgesehen von ein paar Tischen und Bänken auf dem mit Binsen bedeckten Boden war das Langhaus leer. Thumelicaz führte Warinhari zu einem schlichten Holztisch beim Feuer und forderte ihn auf, sich auf einer Bank daran niederzulassen. Er selbst nahm dem Besucher gegenüber Platz und klatschte in die Hände, woraufhin durch einen Ledervorhang am hinteren Ende des Raumes ein alter Sklave eintrat. Sein dünnes graues Haar war nach römischer Sitte kurz geschnitten, sein Bart jedoch lang und zottig.

Der Sklave verbeugte sich. «Ja, Herr.»

«Bringe uns Bier, geräuchertes Fleisch und Brot, und jemand soll meiner Mutter Bescheid geben, damit sie sich uns anschließt.»

«Ja, Herr.» Der alte Sklave wandte sich zum Gehen, den Blick fest auf den Boden gerichtet.

«Und, Aius …»

Der Sklave hielt inne und drehte sich zu seinem Herrn um.

«Bringe den Gefährten dieses Mannes, die draußen warten, zu essen und zu trinken und sage Tiburtius, er soll die Pferde meiner Gäste abreiben.»

«Ja, Herr.»

Während Aius sich entfernte, wandte Thumelicaz sich an Warinhari. «Dieser Sklave und sein Kamerad Tiburtius haben schon meinem Vater gedient.»

«Römer?»

«Natürlich, aus Varus' Armee, im Teutoburger Wald gefangen genommen.»

Warinhari runzelte fragend die Stirn.

«Sie haben bei all ihren Göttern geschworen, nie die Flucht zu versuchen, deshalb hat mein Vater sie vom Feuer unserer Götter verschont. Sie haben ihm selbst über den Tod hinaus treu gedient. Als ich zurückkam, fand ich sie noch immer im Langhaus meines Vaters vor, sie versorgten seine Pferde und Jagdhunde, polierten seine Waffen und seine Rüstung, erneuerten die Binsen auf dem Boden und hielten sein Herdfeuer in Gang. Ganz so, als wäre er nicht bereits seit fünfzehn Jahren tot.»

«Sie scheinen ihn geliebt zu haben.»

«Ihn geliebt? Das bezweifle ich. Du solltest wissen, dass mein Vater kein Mann war, der geliebt wurde. Aber alle, die ihn kannten, fürchteten ihn, denn es gab nichts, das er nicht gewagt hätte – keine Grenzen, die er nicht überschritten, keine Beschränkungen, über die er sich nicht hinweggesetzt hätte.»

Warinhari nickte mit abwesendem Blick. «Er war ein gefährlicher Mann, für seine Freunde ebenso wie für seine Feinde.»

«Und für seine Verwandten», sagte eine Frau, deren Silhouette eben in der Tür erschien. Ihr Haar hing wirr und war mit Knochen geschmückt, die klapperten, wenn sie sich bewegte.

Thumelicaz erhob sich. «Mutter, dieser Mann heißt Warinhari. Er kommt unter einem Friedenszweig, um mir einen Vorschlag von seinem Vater zu unterbreiten, dem Fürsten Hadgan. Ich möchte, dass du ihn gemeinsam mit mir anhörst.»

Thusnelda starrte Warinhari an, während dieser von der Bank aufstand und sich verbeugte. Ihre tiefblauen Augen verengten sich zu Schlitzen, und ihr vom Alter gefurchtes Gesicht verfinsterte sich. «Weshalb sollte ich den Boten des Mannes anhören, der dem Kaiser Tiberius angeboten hat, meinen Gemahl zu töten?»

«Weil wir in anderen Zeiten leben, Mutter. Außerdem hat Tiberius das Angebot ausgeschlagen.»

Thusnelda spuckte auf die Binsen. «Weil er, obwohl ein Römer, mehr Ehre besaß als dieses Wiesel von einem Chattenfürsten.»

«Mutter, das alles ist Vergangenheit. Hadgan hätte nicht seinen Sohn hierhergeschickt, wenn ihm nicht daran gelegen wäre, dass sein Vorschlag sehr ernst genommen wird. Wir sollten ihn anhören.»

Thusnelda steckte die Hand in einen ledernen Beutel an ihrem Gürtel und kramte darin herum; es schien sie zu beruhigen. «Also gut», gab sie nach, indes Aius mit einem Tablett wieder hereingeschlurft kam. «Aber ich warne dich, Thumelicaz, dieser Mann wird dich versuchen, einen Schwur zu brechen – die Knochen haben gesprochen.»

Thusnelda setzte sich neben ihren Sohn und funkelte den Besucher an, während Aius jedem ein Trinkhorn mit Bier füllte und sie allein ließ. Zwischen ihnen auf dem Tisch stand eine Platte mit Brot und kaltem Fleisch, daneben flackerte eine Talgkerze.

Thumelicaz trank einen tiefen Zug von seinem Bier und stellte das Horn ab. «Also, Warinhari, welchen Vorschlag hält dein Vater für so wichtig, dass er das Risiko eingeht, einen Sohn damit zu mir zu schicken?»

«Es hat etwas mit Rom zu tun.»

«Dann vergeudest du deine Zeit. Rom hat meine Familie auseinandergerissen.» Thumelicaz zog aus dem Ausschnitt seiner Tunika ein Amulett in Form eines Hammers, das um seinen Hals hing. «Ich habe Donar dem Donnerer geschworen, mich niemals wieder mit dem Imperium, dieser raffgierigen Bestie, einzulassen. Ich habe den Schwur besiegelt, indem ich meinen Onkel, den Verräter, und seine Frau opferte. Und dann, nachdem der Donnerer seinen Teil des Handels erfüllt und meine Mutter und mich heimgeführt hatte, bekräftigte ich meinen Schwur noch einmal mit drei römischen Kaufleuten, die in Weidenmännern verbrannt wurden, in demselben heiligen Hain, in dem einst mein Großvater Sigimer gezwungen wurde, dem römischen General Drusus seine beiden Söhne als Geiseln auszuliefern.»

«Die Geschichte ist wohlbekannt: Als dein Vater neun

Jahre alt war, wurden er und sein jüngerer Bruder nach Rom gebracht.»

Thusnelda beugte sich vor und legte einen Arm um Thumelicaz. «Und auch ich wurde verschleppt, und Erminaz hat seinen Sohn nie kennengelernt. Mein treuloser Vater Segestes lieferte mich an Germanicus aus, als ich schwanger war. Ich wurde nach Rom gebracht und gebar dort mein Kind. Zwei Jahre später schaute mein Vater als geehrter Gast des Kaisers zu, wie ich und mein Sohn in Germanicus' Triumphzug durch die Straßen geführt wurden. Seine Treue galt mehr den Reichtümern Roms und der Macht, die sie ihm einbringen konnten, als seinen eigenen Verwandten. Als letzten Beweis dafür beteiligte er sich an der Ermordung meines Mannes, zusammen mit dessen eigenem jüngerem Bruder. Wir wollen nie wieder etwas mit Rom zu tun haben. Und nun geh!»

Warinhari starrte über den Tisch hinweg Mutter und Sohn an, sah ihre verbissenen Gesichter; er leerte sein Trinkhorn. «Ich verstehe eure starken Gefühle, und glaubt mir, wenn ich sage, ich und mein Vater empfinden den gleichen Hass auf Rom. Nichtsdestoweniger ist Rom überall. Selbst hier in der Germania Magna fühlen wir seine Macht. Welcher Stamm zwischen den Flüssen Rhenus und Albis hätte nicht Verträge mit Rom, die ihn zwingen, junge Männer für die Hilfstruppen zu stellen und Tribut in die römischen Kassen zu zahlen? Jeder Stamm hat solche Verträge – die Chatten, die Friesen, die Chauken, die Angrivarier, alle, sogar ihr, die Cherusker.»

Thumelicaz schlug mit der flachen Hand auf den Tisch,

sodass die Kerze flackerte und Talg verspritzte. «Das beweist nichts!»

«Es beweist, dass Rom einen langen Arm hat und die Stämme Germaniens zu schwach sind, um ihm zu widerstehen.»

«Aber wir sind immer noch frei, Warinhari, es gibt hier keinen römischen Statthalter. Die Siedlungen, die die Römer erbaut haben, ehe mein Vater sie besiegte, sind verfallen und wieder dem Wald einverleibt, und wir leben glücklich nach unseren eigenen Gesetzen. Wie viel mehr Freiheit können wir erhoffen?»

«Die Freiheit, die daraus erwächst, nicht jedes Jahr in Furcht vor einer neuen Invasion zu leben.»

«Roms Expansion nach Osten ist zum Stillstand gekommen, dafür hat mein Vater gesorgt.»

«Aber ist sie wirklich dauerhaft zum Stillstand gekommen oder doch nur zeitweilig ins Stocken geraten? Kannst du im Herzen sicher sein, dass Rom es nicht erneut versuchen wird?»

Thumelicaz rieb sich mit beiden Händen den Bart, die Ellenbogen auf den Tisch gestützt, und starrte auf das dünne Rauchfähnchen, das sich von der soeben erloschenen Kerze aufwärtskringelte. «Nein», sagte er nach kurzem Schweigen. «Nein, das kann ich nicht. Indem Rom expandiert, wächst auch die Zahl der Bürger, die in seinen Legionen dienen können. Solange nicht eine Seuche ausbricht, wird die römische Streitmacht immer größer werden. Bald werden die drei Legionen, die mein Vater vernichtet hat, ersetzt sein, und dann kann es sehr wohl geschehen, dass sie erneut einfallen.»

«So ist es. Deshalb müssen wir dafür sorgen, dass Rom anderswo zu beschäftigt ist, um uns wieder angreifen zu können.»

Thumelicaz hob den Blick und schaute Warinhari in die Augen. «Wie das?»

«Vor zwei Tagen kamen ein paar Römer zur Halle meines Vaters in Mattium. Sie waren auf der Suche nach dir. Sie haben ein Messer, das deinem Vater gehörte. Sie möchten es dir zurückgeben und hoffen, dass du im Gegenzug zu einem Treffen mit ihnen bereit bist.»

«Das Messer meines Vaters? Wie können sie gewiss sein, dass es seines war?»

«Auf der Klinge ist in Runen ‹Erminaz› eingraviert. Ich habe es selbst gesehen, es scheint echt zu sein.»

«Wie ist es in ihren Besitz gelangt?»

«Zwei von ihnen behaupten, die Söhne des Centurios zu sein, der deinen Vater als Geisel von seinem Volk zum Rhenus und weiter nach Rom eskortierte.»

«Erminaz hat dem Centurio wirklich sein Messer gegeben», bestätigte Thusnelda. «Er hat mir erzählt, er habe ihn gebeten, es seiner Mutter zu bringen, wenn er zurückkäme – das hat er nie getan, das unehrliche römische Schwein. Weshalb denkst du, den Söhnen eines Diebes könne man trauen?»

«Mein Vater Hadgan spricht stets die Wahrheit, deshalb erkennt er eine Lüge. Diese Männer sind aufrichtig.»

«Warum wollen sie sich mit mir treffen?», fragte Thumelicaz, griff nach dem Krug und füllte Warinharis Trinkhorn neu.

«Sie wollen wissen, wo der verlorene Adler der Siebzehnten Legion zu finden ist, den dein Vater im Teutoburger Wald erbeutet hat.»

Thumelicaz stellte den Krug so heftig wieder auf den Tisch, dass das Bier überschwappte, und brach in freudloses Gelächter aus. «Sie wollen ein Messer gegen einen Adler eintauschen? Nicht einmal Erminaz selbst hätte den Wert seiner Klinge so hoch geschätzt.»

Warinhari stimmte nicht in das Lachen ein. «Solange dieser Adler sich auf germanischem Boden befindet, wird Rom immer wieder herkommen und nach ihm suchen. Germanicus ist fünf Jahre nach der Schlacht im Teutoburger Wald zurückgekehrt und im folgenden Jahr noch einmal, und er hat deinen Vater dreimal geschlagen. Er ist nicht nur gekommen, um Rache zu üben, sondern auch, um die römische Ehre wiederherzustellen. Um die drei Adler zurückzuholen, die im Teutoburger Wald verloren gingen. Denkst du, er wäre wiedergekommen, wenn die Adler nicht gewesen wären? Wie dem auch sei, er hatte erst die beiden Adler der Achtzehnten und der Neunzehnten Legion gefunden, als Tiberius, eifersüchtig auf seine Erfolge und von Angst erfüllt, ihn nach Rom zurückrief.»

«Und seither ist niemand mehr gekommen.»

«Bis jetzt.»

«Ein paar Römer mit einem Messer?»

«Das ist nur der Anfang. Niemand anders als dein Vater wusste, welche der sechs Stämme, die an der Schlacht beteiligt waren, die Adler bekamen. Germanicus fand einen bei den Marsern und einen bei den Brukterern, und wir hatten das Steinbockemblem der Neunzehnten Legion bekommen. Somit bleiben noch dein Stamm, die

Chauken und die Sugambrer. Weißt du, wo dieser Adler ist?»

Thumelicaz zögerte, dann nickte er. «Ja, ich weiß es.»

«Wirst du diesen Römern helfen, ihn zurückzuholen?»

Thumelicaz griff nach dem Amulett in Form eines Hammers an seinem Hals. «Wenn ich das täte, würde ich meinen Schwur brechen, und Donar würde mich von oben mit einem Blitz erschlagen.»

«Selbst wenn dein Handeln die Freiheit seines Volkes auf Generationen hinaus sichern würde?»

«Wie sollte die Rückgabe eines Adlers Rom daran hindern, je wieder seine Grenzen über den Rhenus ausdehnen zu wollen?»

Warinhari lächelte und beugte sich über den Tisch vor. «Rom hat einen neuen Kaiser, Claudius, einen sabbernden Schwachkopf, wie man sagt. Die Männer, die davon profitieren, dass er an der Macht ist, wollen ihn natürlich in seinem Amt halten. Dazu müssen sie erreichen, dass die Legionen Claudius lieben, damit sie einen so großen Sieg für ihn erringen, dass sein Volk hinter ihm steht und er sicher ist.»

«Und dieser Adler wird Claudius die Liebe seiner Armee einbringen?»

«Ja, Rom empfindet den Verlust noch immer als Schande. Wenn Claudius sich rühmen könnte, den Adler zurückgeholt zu haben, dann würden seine Legionen vielleicht tun, was sie für seinen Vorgänger Caligula nicht getan haben: sich einschiffen, um in Britannien einzumarschieren.»

Allmählich begriff Thumelicaz, und ein Lächeln breitete sich auf seinem Gesicht aus. «Vier, vielleicht fünf Legionen mitsamt ihren Hilfstruppen.»

Warinhari nickte. «Ganz genau, und alle diese Legionen werden entweder von der Grenze am Rhenus oder von der am Danuvius südlich von uns abgezogen. Wenn so viele Truppen jenseits des nördlichen Meeres unabkömmlich sind, dann sind wir …»

«… auf Generationen hinaus vor einer Invasion sicher», beendete Thumelicaz den Satz.

«Ja, für hundert oder zweihundert Jahre sicher, und bis dahin sind wir vielleicht stärker als Rom und können seine westlichen Provinzen bedrohen.»

«Und das Imperium zurückschlagen, um eine germanische Zukunft für den Westen zu sichern.»

«Vielleicht.»

«Wo sind diese Römer?»

Thusnelda packte ihren Sohn am Arm. «Was ist mit deinem Schwur, mein Sohn?»

«Mutter, der Donnerer wird verstehen, weshalb ich das tue, und mir dieses eine Mal verzeihen. Ich werde diesen Römern den Adler zeigen und sein Volk vor Eroberung bewahren, damit es erstarken kann.»

«Du tust das Richtige, Thumelicaz», sagte Warinhari. «In drei Tagen, bei Vollmond, werden die Römer am Kalkriesen in den nördlichen Ausläufern des Teutoburger Waldes sein, dem Berg, in dessen Schatten Varus im Teutoburger Pass am vierten Tag der Schlacht sein letztes Gefecht schlug.»

Thumelicaz blickte Warinhari einige Momente lang schweigend in die Augen, während sein Entschluss sich verfestigte. Langsam nickte er. «Ich werde dort sein, Warinhari, das schwöre ich. Ich werde mir anhören, was die Römer zu sagen haben, und wenn ich sie für ehrenhaft erachte, werde ich ihnen helfen, ihren Adler zurückzuholen, koste es, was es wolle.»

Eine kräftige Brise wehte von Süden und blähte die ledernen Segel der vier dickbauchigen Langboote, die mit der Strömung den Visurgis hinunterfuhren. Am Morgen hatten Thumelicaz und seine Leute in einem halbverfallenen römischen Flusshafen ihr Gepäck und ihre Pferde in die Boote verladen und waren gen Norden losgesegelt. Bereits am Tag nach Warinharis Ankunft im Harz waren sie zu Pferde gen Westen aufgebrochen und hatten das Flachland überquert, bis sie abends den Fluss erreichten und am Ufer ihr Lager aufschlugen. Aldhard war mit vier Mann über Nacht vorausgeritten, um den Ort des Treffens nach den Wünschen ihres Herrn vorzubereiten.

Thumelicaz stand mit seiner Mutter auf der Gefechtsplattform im Bug des ersten Bootes, atmete tief die frische Morgenluft ein und beobachtete die Wasservögel, die in Ufernähe tauchten. «Die Luft wird kälter, die Eisgötter sind nahe. Ich denke, es wird nur noch zwei oder drei Tage dauern, bis sie kommen.»

Thusnelda fluchte leise.

«Was ist, Mutter?»

«Die Zeit der Eisgötter ist für uns nicht glückverheißend. Während der drei Tage im Mai, an denen sie auf der Erde wandeln und Frost bringen, wurde damals dein Vater als Geisel an Rom ausgeliefert. Zur gleichen Jahreszeit wurde ich von meinem eigenen Vater an Germanicus verraten, und er und Chlodochar töteten Erminaz ebenfalls im Frühjahr, als morgens Eis auf den Seen war.»

«Das ist bloß Zufall.»

«Es gibt keine Zufälle. Die drei Nornen sitzen und spinnen den Schicksalsfaden eines jeden Menschen, alles ist vorherbestimmt.» Ihre Hand glitt in den Lederbeutel an ihrem Gürtel und förderte fünf dünne, gerade, geschnitzte Knochen zutage, die an allen vier Seiten mit Runen bedeckt waren. «Wenn es nicht so wäre, wie könnten die Runenknochen dann die Zukunft vorhersagen?»

«Als du sie gestern Abend und heute früh geworfen hast, was haben sie da gesagt?»

Thusnelda schaute auf die Knochen in ihrer Hand und schüttelte langsam den Kopf. «Ich habe sie weder gestern Abend noch heute früh geworfen und werde sie auch heute Abend nicht werfen.»

Thumelicaz runzelte die Stirn. «Warum nicht, Mutter? Du hast die Knochen immer beim Aufgang der Sonne und bei ihrem Untergang gelesen.»

«Ich fürchte zu sehen, dass sie sagen, was ich im Herzen schon weiß.»

«Du glaubst, Donar wird mich nicht von meinem Schwur entbinden?»

«Ich weiß, dass der Donnerer das nicht tun wird. Ein Schwur an ihn ist für alle Zeit bindend.»

«Mutter, wenn er es wirklich für Recht erachtet, mich

niederzustrecken, weil ich dazu beitrage, seinem ganzen Volk die Freiheit zu sichern, dann bin ich bereit, nach Walhalla zu gehen. Diese Tat wird Roms Legionen an unseren Grenzen ausdünnen. Wir können wieder untereinander kämpfen wie früher, und Rom wird uns nicht als Gefahr ansehen. Entlang dem Rhenus und dem Danuvius wird ein Gleichgewicht entstehen; Rom wird nicht mehr die nötigen Legionen zur Verfügung haben, um auf unserem Gebiet einzufallen, weil die Truppen in Britannien gebraucht werden, aber Rom wird das auch nicht für nötig erachten, weil wir untereinander so uneinig sind, dass wir für Gallien keine Bedrohung darstellen. Und dann warten wir – vielleicht generationenlang –, bis Krankheit, Verweichlichung und die Jahre des Friedens ihren Tribut von Rom fordern, und dann strömen wir über den Rhenus.»

«Aber du bist tot.»

«Natürlich bin ich dann tot, bis dahin wird viel Zeit vergehen.»

«Nein, ich meine, wenn du das tust, was du vorhast, bist du tot.»

«Meinst du?»

«Ich bin sicher.»

«Dann wirf die Runenknochen, damit wir Gewissheit haben, ob Donar mich in diesem einen Fall von meinem Schwur entbindet.»

Mit einem trauervollen Blick auf ihren Sohn hob Thusnelda die Knochen an den Mund und blies viermal darauf, dann schüttelte sie sie in den hohlen Händen. «Ich rufe die Luft an, den Geist des Frühjahrs und des Sonnenaufgangs, den Atem neuen Lebens und neuen Wachstums. Ich rufe das Feuer an, den Geist des Sommers und der Mittagssonne, der Hitze des Lebens und der Fülle. Ich rufe das Wasser an, den Geist des Herbstes und der Dämmerung, des offenen Meeres, der strömenden Flüsse und des reinigenden Regens. Ich rufe die Erde an, den Geist des Winters und der Nacht, der tiefen Wurzeln, uralten Steine und des Winterschnees. Ich rufe alle diese Geister an, Luft, Feuer, Wasser und Erde, nun zu kommen und diese Knochen zu lenken.» Sie warf die fünf Knochen Thumelicaz vor die Füße; sie rollten klappernd über das Deck und blieben dann liegen.

Thusnelda kniete sich hin, strich mit den Händen über die Knochen und betrachtete sie. Sie lagen kreuz und quer übereinander, doch nur einer berührte alle vier anderen. Ihr Gesicht verdüsterte sich. «Wenn du diesen Weg weitergehst, kann alles so kommen, wie du es gesagt hast. Die Knochen sagen mir, dass du viel wagst, vielleicht sogar den Tod, aber sie können nicht in den Geist des Donnerers blicken. Es ist nicht klar, ob er dich aus deinem Schwur entlässt. Klar ist jedoch, dass einer kommt, der eines Tages das Schicksal der Germania Magna in seinen Händen halten wird. Dieser Mann muss das bekommen, weshalb er hier ist, damit er keinen Grund hat, jemals wiederzukommen.»

Thumelicaz schaute sich im Boot um, vorbei an Aius und Tiburtius, die sich um die Pferde kümmerten, zu dem aufgemalten Keilerkopf auf dem Segel: Es war der Keiler der Cherusker, das Emblem des Stammes, den er liebte wie sein Leben; des Stammes, der für ihn all die Jahre, die er im Imperium gelebt hatte, nur durch Thusneldas Geschichten existiert hatte, der nun jedoch handfeste Realität war. «Was zählt mein Leben im Vergleich zum Überleben der Cherusker und der übrigen Stämme unseres Vaterlandes? Ich werde den Zorn des Donnerers riskieren, indem ich für seine Kinder meinen Schwur breche. Wenn mein Leben verwirkt ist, dann sei es so. Es kümmert mich nicht, Mutter, denn ich habe so gehandelt, wie mein Vater es getan hätte.»

Thusnelda lächelte schwach, den Blick auf die endlose Prozession der Bäume am Ufer gerichtet. «Daran besteht kein Zweifel.»

Die Pferdehufe knirschten auf den grün verfärbten menschlichen Knochen jeder Form und Größe. Alles lag da am Weg verstreut, vom kleinsten Finger bis zum Beckenknochen, und von allem reichlich.

Thumelicaz warf einen Blick auf die Schädel, die zu beiden Seiten des Weges an Baumstämme genagelt waren. Eben ritt er zwischen den Bäumen hervor auf eine Lichtung, die fast eine Meile lang und dreihundert Schritt breit war, zu einer Seite von einem niedrigen bewaldeten Hügel begrenzt, zur anderen von einem stinkenden Sumpf. Der Boden bestand hier überwiegend aus Sand und hätte eine gelbe Farbe gehabt, wären da nicht die zigtausend Knochen gewesen – die Knochen von Varus' Legionären, die noch immer auf dem Feld lagen, wo sie am letzten Tag der Schlacht niedergemetzelt worden waren. Germanicus hatte diesen Ort aufgesucht, und seine Männer hatten Tage damit zugebracht, die Toten zu begraben, doch Thumelicaz hatte nach seiner Rückkehr viele von ihnen, wenigstens die Hälfte, wieder ausgraben und ihre Gebeine an diesem Ort des Tötens verteilen lassen.

«Das ist eine passende Gedenkstätte für deinen Vater», stellte Thusnelda fest, als sie diesen grausigen Teppich des Todes erblickte.

«Ich bin nicht sicher, ob Aius und Tiburtius dem zustimmen würden, Mutter.»

Thusnelda warf einen Blick über die Schulter zu den beiden römischen Sklaven. Diese betrachteten mit tränenüberströmten Gesichtern die Gebeine ihrer einstigen Kameraden, denen in der Niederlage keine Würde geblieben war.

Obwohl es sich um die Überreste von Soldaten des verhassten Imperiums handelte, schauderte Thumelicaz angesichts solch massenhafter Auslöschung von Leben – etwa siebentausend waren hier in Varus' letztem Gefecht gefallen.

Aldhard kam den bewaldeten Hang heruntergeritten und überquerte die letzte verzweifelte Abwehr von Varus' Legionen: einen niedrigen Erdwall, der sich am Fuß der Anhöhe fast über die gesamte Länge der Lichtung erstreckte. Er war an vielen Stellen eingebrochen wie von Hunderten Füßen niedergetrampelt; an einer Stelle ragte der verweste Huf eines Maultiers heraus.

«Ist alles bereit?», rief Thumelicaz, lenkte sein Pferd nach links und ritt Aldhard entgegen.

«Ja, Herr, das Zelt ist aufgebaut und eingerichtet, und soeben wird das erforderliche Opfer gebracht.»

«Gut. Wurden die Hüter der Knochen schon belohnt und fortgeschickt?»

«Ja, sie werden aufbrechen, nachdem sie Odila bei dem Opfer geholfen haben. Für die nächsten drei Tage werden sie nicht wiederkommen.» Er wies auf die Knochen ringsum. «In dieser Zeit wird die Witterung nicht viel ausrichten. Und wir sind hier mit der Priesterin des Hains allein.»

«Danke, Aldhard, du hast deine Sache gut gemacht. Ein paar Männer sollen hier unten bleiben, um die Römer hinaufzuführen, wenn sie eintreffen.»

«Ja, Herr.»

«Ich warte oben auf der Anhöhe.»

Die Anhöhe war kein richtiger Berg, nur dreihundertfünfzig Fuß hoch. Der Hang war dicht bewaldet, doch Thumelicaz führte seine Mutter und die Sklaven zügig hinauf. Als sie sich der Kuppe näherten, kamen sie auf eine Lichtung mit einem Buchenhain in der Mitte; dort war ein weißes Pferd angebunden und graste friedlich nahe einem Altar, von dem Blut troff. Eine Frau mit wirrem Haar, die schnell vor sich hin redete, band gerade einen frisch abgeschlagenen Kopf mit den Haaren an einen Ast am Rand der Lichtung. Nicht weit davon hingen zwei weitere Köpfe in unterschiedlichen Stadien der Verwesung, und überall auf dem Gelände lagen Schädel herum, an denen noch Fetzen von Fleisch und Haarbüschel hingen. In den Schatten der Bäume jenseits der Lichtung konnte Thumelicaz eben noch zwei Männer ausmachen, die eine kopflose Leiche fortschleiften.

«Odila hat die Anhöhe gereinigt», bemerkte Aldhard mit beifälligem Nicken. «Alles ist bereit. Nun müssen wir warten und sehen, was die Nornen für dich gesponnen haben.»

«Du kanntest meinen Vater gut, Aldhard – glaubte er daran, dass das Schicksal eines jeden Menschen vorherbestimmt und unausweichlich ist?»

«Natürlich, deshalb wagte er so viel. Er wusste, wenn er eine Gelegenheit erkannte, dann sollte er sie ergreifen, so abwegig und waghalsig die Unternehmung auch sein mochte, denn die bloße Tatsache, dass er sie gesehen hatte, bedeutete, dass die Nornen sie bereits gesponnen haben mussten. Daher war es sein Schicksal, diesen Weg einzuschlagen.»

«Zum Beispiel drei Legionen zu vernichten?»

«Genau, und deine Mutter am Tag ihrer Hochzeit aus dem Hause ihres Vaters zu entführen.»

Der Hang flachte ab, und sie erreichten die Kuppe. Sie war gerodet, von einer Wiese mit Wildblumen bedeckt. In der Mitte stand neben einer einzelnen uralten Eiche ein Zelt aus rotem Leder, zehn Fuß hoch und fünfzig Fuß im Durchmesser.

«Du hast einiges geleistet, das mit der Hilfe von nur vier Männern aufzubauen, Aldhard», bemerkte Thumelicaz und schwang sich vom Pferd.

«Zwanzig Sklaven hätten nur zwei Stunden gebraucht, um Varus' Kommandozelt aufzubauen, wir fünf waren allerdings den größten Teil des gestrigen Tages damit beschäftigt. Das Leder ist feucht und schimmlig, es wurde nicht mehr ausgepackt, seit dein Vater vor zweiunddreißig

Jahren Varus' Gepäck erbeutete. Aber wir haben es gesäubert, so gut es ging, und auch die Möbel und das Silbergeschirr geputzt.»

«Und seine Uniform?»

«Seine Uniform ist poliert, Herr. Sie liegt im Schlafbereich für dich bereit.»

Thumelicaz betrachtete sich in einem halbhohen Bronzespiegel, während Aius und Tiburtius ihm die genagelten Sandalen schnürten. Er schauderte bei dem Anblick. Aus dem Blech schaute ihm verzerrt ein römischer Statthalter in voller Militäruniform entgegen: ein bronzener Muskelkürass, an den Rändern mit silbernen Einlegearbeiten verziert, welche die Hausgötter des einstigen Besitzers sowie den Mars Victor darstellten; eine karminrote Schärpe um die Leibesmitte und ein Mantel von gleicher Farbe, der eine Schulter bedeckte und über die andere zurückgestreift war. An einem Gürtel aus rotem Leder hingen ein Pugio und ein Gladius – das glatte, tödliche zwei Fuß lange Schwert, das mit Leichtigkeit Bäuche aufschlitzte. Thumelicaz vervollständigte die Erscheinung, indem er sich einen Helm aus poliertem Eisen mit breiten geformten Wangenklappen auf den Kopf setzte, mit bronzenen Einlegearbeiten verziert und von einem hohen Helmbusch aus rot gefärbtem Rosshaar gekrönt. Nun glich er denen, die er am meisten verachtete: Römern der Offiziersklasse. Eines jedoch passte nicht ins Bild: sein Vollbart. Wenigstens der unterschied ihn von dem verhassten Feind.

«Du treibst es zu weit», murmelte Thusnelda mit besorgtem Stirnrunzeln.

«Ich tue das, um den Römern die Realität ihrer Niederlage vor all den Jahren vor Augen zu führen. Um ihre Wunden erneut aufzureißen und Salz hineinzustreuen.» Er wandte sich an Aius und Tiburtius, die beiseitegetreten waren, nachdem sie ihren Herrn fertig angekleidet hatten. «Stimmt alles?»

Die beiden Sklaven betrachteten ihn einen Moment lang, dann nickten sie stumm und wandten den Blick rasch wieder von der lebhaften Erinnerung an ihr früheres Leben ab.

«Und das Essen?»

«Ist bereit, Herr», antwortete Aius. «Ebenso wie wir, falls Ihr eine Lesung wünschen solltet.»

«Darüber habe ich noch nicht entschieden.» Thumelicaz warf noch einen Blick auf sein Spiegelbild, dann schritt er durch die Tür in den Hauptraum des Zeltes. Drinnen war es dämmrig – durch die wenigen offenen Zeltklappen drang schwaches Licht herein, und zusätzlich brannten überall im Raum Talgkerzen. Thumelicaz nahm die elegante Einrichtung in Augenschein: Sofas, kunstvoll geschnitzte Stühle und Tische, auf denen kleine Bronzefiguren sowie Schalen und Gefäße aus Glas und Keramik standen. Hölzerne Säulen trugen die Decke, das Holz war bemalt, sodass es wie Marmor wirkte. Der Boden aus gewachstem Eichenholz war zum leichteren Transport in drei Fuß große Quadrate zerlegbar. Thumelicaz ging zu dem kurulischen Stuhl neben einem soliden hölzernen Schreibtisch, auf dem Schriftrollen lagen, ließ sich nieder und wartete.

Der Schlaf hatte ihn beinahe übermannt, und er schwebte in einem Zwischenzustand zwischen klaren Gedanken und gestaltlosen Träumen, als das Geräusch von Schritten seinen Frieden störte.

Aldhard steckte den Kopf zwischen den Zeltklappen am hinteren Ende des Raumes herein. «Sie sind hier, Herr.»

«Wie viele?»

«Vier, die dich sprechen möchten. Ihre Eskorte besteht aus etwa fünf *Turmae* einer batavischen Hilfstruppe, rund einhundertfünfzig Mann.»

«Schicke die Römer herein und gib Anweisungen, dass ihre Eskorte auf der Lichtung ihr Lager für die Nacht aufschlagen soll.»

Aldhard nickte und verschwand wieder. Augenblicke später waren erneut Schritte zu hören, dann wurde das Leder am Eingang zurückgeschlagen, und zum Vorschein kamen vier Römer in den Kettentuniken berittener Auxiliareinheiten. Zwei waren offensichtlich Brüder: Beide hatten das gleiche runde, sonnenverbrannte Gesicht, dunkle Augen und ähnlich große, beinahe knollige Nasen. Der jüngere der beiden hatte ein offeneres, gefälligeres Gesicht, und zu Thumelicaz' Überraschung schien er der Anführer des Trupps zu sein, denn er trat als Erster ein. Von den beiden anderen Männern war einer jung und unverkennbar patrizisch mit langer, schmaler Nase und überheblichem Gesichtsausdruck; der andere, der Älteste der Gruppe, hatte ein hartes, von Kampfspuren gezeichnetes Gesicht, Blumenkohlohren und flinke, forschende Augen, denen gewiss kein Detail entging: zweifellos ein

Straßenkämpfer. Welch sonderbaren Umgang diese Offiziere pflegten, dachte Thumelicaz, der keine Anstalten machte, sich zu erheben – dabei war er versucht, es zu tun, nur um diese Vertreter des kleinwüchsigen Volkes, das so viel Elend über die Welt gebracht hatte, mit seiner Größe zu überragen.

«Willkommen, meine Herren, ich bin Thumelicaz, Sohn des Erminaz.»

Der Anführer öffnete den Mund, um Thumelicaz zu begrüßen, doch der gebot ihm mit erhobener Hand Einhalt.

«Nennt mir nicht Eure Namen, Römer, ich wünsche sie nicht zu erfahren. Nachdem ich aus Eurem Reich entkommen war, beschwor ich Donar den Donnerer, er solle mich von oben mit einem Blitz erschlagen, wenn ich mich jemals wieder mit Rom einließe. Jedoch habe ich auf das Ersuchen meines alten Feindes Hadgan – Ihr kennt ihn unter dem Namen Adgandestrius – den Gott gebeten, dieses eine Mal eine Ausnahme zu machen, für das Wohl meines Stammes und Germaniens.» Er wies auf die Sofas, die im Raum verteilt standen. «Setzt Euch.» Die Römer folgten der Aufforderung und ließen sich jeder auf einem Sofa nieder. «Hadgan hat mir mitgeteilt, Ihr wünschtet, dass ich Euch helfe, den letzten der Adler zu finden, welche Eure Legionen beim Sieg meines Vaters hier im Teutoburger Wald verloren haben.»

«So ist es», erwiderte der jüngere Bruder und begegnete dabei selbstbewusst Thumelicaz' Blick.

«Und warum denkt Ihr, ich würde Euch helfen?»

«Es wäre in Eurem eigenen Interesse.»

«Wie könnte es in meinem Interesse liegen, Rom zu helfen? Im Alter von zwei Jahren wurde ich zusammen mit meiner Mutter Thusnelda im Triumphzug des Germanicus in Rom vorgeführt – eine Schmach für meinen Vater. Um ihn noch tiefer zu demütigen, wurden wir anschließend nach Ravenna geschickt, wo wir bei der Frau seines Bruders Flavus lebten – Flavus, der stets für Rom gekämpft hat, sogar gegen sein eigenes Volk. Und als dritte Schmach wurde ich mit acht Jahren gezwungen, eine Ausbildung zum Gladiator zu beginnen. Ich, der Sohn des Befreiers von Germanien, musste im Sand der Arena zum Ergötzen des Pöbels in irgendeiner Provinzstadt kämpfen. Ich trat mit sechzehn zu meinem ersten Kampf an und gewann zweiundfünfzig Kämpfe später mein hölzernes Schwert der Freiheit. Das war vor vier Jahren, ich war zwanzig. Sobald ich frei war, beglich ich zuerst meine Rechnung mit meinem Onkel Flavus und seiner Frau, dann kehrte ich mit meiner Mutter hierher zu meinem Stamm zurück. Wie könnten nach allem, was Rom mir angetan hat, meine Interessen und die Euren jemals zusammenfallen?»

Der jüngere Bruder erzählte ihm von der geplanten Invasion Britanniens und von Adgandestrius' strategischer Sicht auf die Konsequenzen.

Thumelicaz hörte zu und erfuhr dabei nichts, das er nicht bereits wusste, doch er war erfreut, es aus dem Mund eines Römers bestätigt zu hören. «Und Ihr könnt garantieren, dass Rom nicht einfach drei oder vier zusätzliche Legionen aufstellen wird, um jene zu ersetzen, die in Britannien gebraucht werden?», fragte er. «Natürlich nicht. Rom hat genügend Männer für viele weitere Legionen, das sollte Hadgan, dem alten Mann, auch klar sein. Solange nicht eine verheerende Seuche das Imperium heimsucht, wird seine Bevölkerung weiter anwachsen. Immer mehr Gemeinden in allen Provinzen bekommen die Bürgerrechte zugesprochen. Laufend werden Sklaven freigelassen – sie selbst können nicht in die Legionen eintreten, wohl aber ihre Söhne. Auf kurze Sicht stimme ich Hadgan allerdings zu: Durch eine Invasion Britanniens wären wir höchstwahrscheinlich für ein paar Generationen sicher.» Thumelicaz nahm den Helm mit dem Helmbusch ab und legte ihn auf den Schreibtisch. Das Haar fiel ihm bis auf die Schultern. «Wäre mein Vater nicht gewesen, dann würde heute noch ein Römer in Germanien diese Uniform tragen. Doch dank ihm kann nun ich sie tragen, während ich mit den Nachfolgern des Mannes verhandele, dem sie einst gehörte. Ich kann sie in seinem Zelt empfangen und ihnen auf seinem Geschirr eine Stärkung servieren lassen.» Er klatschte zweimal laut in die Hände. Daraufhin schlurften Aius und Tiburtius mit Tabletts herein, die mit silbernen Bechern, Bierkrügen und Tellern mit Essen beladen waren. Während sie durch den Raum gingen und Speisen und Getränke auf Tischen abstellten, bemerkte Thumelicaz das Erschrecken in den Gesichtern der Römer, als sie die römische Haartracht der alten Sklaven bemerkten. «Ja, Aius und Tiburtius wurden beide hier gefangen genommen, vor bald zweiunddreißig Jahren. Seither sind sie Sklaven. Sie haben nicht versucht zu fliehen, nicht wahr, Aius?»

«Nein, Herr.»

«Sage ihnen, warum nicht, Aius.»

«Ich kann nicht nach Rom zurückkehren.»

«Weshalb nicht?»

«Wegen der Schande, Herr.»

«Was für eine Schande, Aius?»

Aius warf einen ängstlichen Blick zu dem jüngeren Römer, dann schaute er wieder seinen Herrn an.

«Du kannst es ihnen sagen, Aius, sie sind nicht gekommen, um dich zurückzuholen.»

«Die Schande, den Adler verloren zu haben, Herr.»

«Den Adler verloren?», wiederholte Thumelicaz bedächtig, die blauen Augen auf den alten Soldaten gerichtet.

Die Jahre der Knechtschaft und Schande schienen plötzlich schwer auf Aius zu lasten, er ließ den Kopf hängen, und seine Brust bebte von unterdrückten Schluchzern.

«Und du, Tiburtius?», fragte Thumelicaz und starrte nun seinen anderen Sklaven an. «Empfindest du die Schande noch?»

Tiburtius nickte nur stumm und stellte das letzte Gefäß neben seinem Herrn auf dem Tisch ab.

Thumelicaz sah belustigt, wie das Erschrecken im Gesicht des jüngeren Bruders in Entrüstung umschlug.

«Warum habt ihr nicht getan, was die Ehre gebietet, und euch selbst getötet?», fragte der junge Mann mit kaum verhohlenem Abscheu.

Ein Lächeln umspielte Thumelicaz' Mundwinkel. «Du darfst ihm antworten, Aius.»

«Erminaz hat uns vor die Wahl gestellt, in einem ihrer

Weidenkäfige als Opfer verbrannt zu werden oder bei all unseren Göttern zu schwören, am Leben zu bleiben, um zu tun, was er von uns verlangte. Niemand, der ein Opfer im Weidenkäfig mit angesehen und angehört hat, würde das Feuer wählen. Wir haben so entschieden, wie jeder Mann es getan hätte.»

«Da kann ich nicht widersprechen, Kumpel», mischte sich der Mann ein, der wie ein Straßenkämpfer aussah. Thumelicaz bemerkte, dass beim Klang des Straßenlateins ein Ausdruck vager Sehnsucht über Aius' Gesicht huschte. «Bei der Aussicht, dass meine Eier über dem Feuer gebraten werden, würde ich alles schwören.»

Thumelicaz nahm den Deckel von dem Gefäß neben sich. «Aber sie wären ja nicht gebraten worden. Wir entfernen die Hoden immer vorher.»

«Das ist aber wirklich sehr fürsorglich von Euch.»

«Ich kann dir versichern, es geschieht nicht aus Sorge um die Opfer.» Thumelicaz steckte die Finger in das Gefäß, zog etwas Kleines, Weißgraues, Eiförmiges heraus und biss die Hälfte ab. «Wir glauben, dass es uns Stärke und Manneskraft verleiht, die Hoden unserer Feinde zu essen.» Er kaute geräuschvoll und tat, als genösse er den Geschmack, während er sich insgeheim an den entsetzten Gesichtern seiner Gäste weidete. Er steckte die andere Hälfte in den Mund und verspeiste sie mit ebensolchem Anschein von Genuss. Dabei gab er seinen Sklaven einen Wink, an der anderen Seite des Tisches Platz zu nehmen.

Er nahm einen Schluck von seinem Bier, um den sehr männlichen Geschmack hinunterzuspülen. «Nach der Schlacht hier und all den Schlachten und Kämpfen, die mein Vater in unserem Ringen um die Freiheit ausgefochten hat, ließen wir fast sechzigtausend Hoden einlegen, und mein Vater verteilte sie unter den Stämmen. Dieses Gefäß enthält die letzten, die den Cheruskern noch geblieben sind. Ich spare sie für besondere Anlässe auf. Vielleicht sollten wir darüber nachdenken, unsere Vorräte bald aufzufüllen?»

«Ihr wäret verrückt, es zu versuchen», entgegnete der ältere Bruder. «Ihr könntet niemals über den Rhenus kommen.»

Thumelicaz neigte zustimmend den Kopf. «Nicht, solange wir untereinander so uneinig sind wie jetzt. Und selbst wenn es uns gelänge, würdet Ihr Verstärkung aus anderen Teilen Eures Reiches schicken und uns bald wieder zurückschlagen. Hingegen besitzt Ihr umgekehrt noch immer die Stärke, über den Fluss zu kommen, und deshalb bin ich hier und rede mit Euch, entgegen all meinen Prinzipien. Soweit ich informiert bin, hat einer von Euch etwas, das er mir zeigen will.»

Der jüngere Bruder zog ein Messer hervor und reichte es Thumelicaz. Der nahm die Klinge in Augenschein und stellte fest, dass darauf tatsächlich der Name seines Vaters eingraviert war. «Wie ist das in Euren Besitz gelangt?»

«Unser Vater war ein niederrangiger Centurio in der Zwanzigsten Legion in Drusus' Armee. Nachdem Arminius …» Er unterbrach sich, als Thumelicaz ihm einen finsteren Blick zuwarf. «Entschuldigung, Erminaz. Nachdem Erminaz und sein Bruder als Geiseln ausgeliefert worden waren, stellte der General, Drusus, die Centurie meines Vaters dazu ab, die beiden zu seinem Haus in Rom zu eskortieren. Sie waren zwei Monate unterwegs, und während dieser Zeit lernte mein Vater Erminaz recht gut kennen. Je weiter sie nach Westen und dann nach Süden kamen, umso deutlicher begriff Erminaz, wie weit er von seiner Heimat fortgebracht wurde. Er begann an der Vorstellung zu verzweifeln, er werde seine Eltern nie wiedersehen, vor allem seine Mutter. An dem Morgen, als unser Vater ihn und seinen Bruder in Drusus' Haus ablieferte, gab Erminaz ihm dieses Messer und nahm ihm das Versprechen ab, es seiner Mutter zu bringen. Unser Vater sagte ihm das zu, da er dachte, er werde wieder zu seiner Legion in den Osten zurückkehren. Doch auf dem Rückweg kam ihnen Drusus' Leichenzug entgegen: Der Feldherr war vom Pferd gestürzt, drei Monate nachdem sie aufgebrochen waren, und einen Monat später an seinen Verletzungen gestorben. Die Legion meines Vaters brachte den Leichnam nach Rom, und er schloss sich wieder seinen Kameraden an. Als Nächstes wurden sie in Illyrien stationiert. Ein paar Jahre später gingen sie mit Tiberius erneut in der Germania Magna auf Feldzug, doch diesmal marschierten sie von Süden ein, um gegen die Markomannen zu kämpfen, und drangen nicht bis in das Gebiet Eures Vaters vor. Später, bei einem anderen Feldzug, wurde er durch einen Speerstoß schwer verwundet und schied als Invalide aus der Legion aus. So kam er nie wieder in das Land der Cherusker und hatte keine Gelegenheit, Erminaz' Mutter das Messer zu überbringen.»

Thumelicaz starrte noch immer nachdenklich auf die eingravierte Runeninschrift. Schließlich nickte er. «Ihr sprecht die Wahrheit. Genauso hat mein Vater es in seinen Memoiren berichtet.»

«Er hat seine Memoiren geschrieben!», rief der jüngere Bruder aus, unfähig, seinen Unglauben zu verhehlen.

Thumelicaz unterdrückte den plötzlichen Zorn, den die herablassende Überraschung des Römers in ihm auslöste. «Ihr vergesst, dass er ab dem Alter von neun Jahren in Rom erzogen wurde. Er hat Lesen und Schreiben gelernt, wenn auch nicht sonderlich gut, da es ihm eingeprügelt werden musste. Wir erachten diese Fertigkeiten für unmännlich. Aber er hatte eine bessere Idee: Er beschloss, seinen unterworfenen Feinden seine Memoiren zu diktieren und sie am Leben zu halten, damit sie sie vorlesen könnten, wann immer es nötig sein sollte. Heute ist es vielleicht nötig. Mutter, möchtest du dich uns anschließen?»

Thusnelda trat ein. Sie schaute die Römer mit einem Ausdruck tiefster Verachtung an, dann wandte sie sich ihrem Sohn zu.

«Mutter, ist es erforderlich, diesen Römern Vaters Geschichte zu erzählen? Was sagen die Knochen?»

Thusnelda zog ihre Runenknochen aus dem Beutel, blies darauf und murmelte ihre Beschwörung der Luft, des Feuers, des Wassers und der Erde, dann warf sie die Knochen auf den Boden.

Sie beugte sich darüber, berührte sie und studierte eine kleine Weile, wie sie gefallen waren. «Mein Mann würde wollen, dass diese Männer seine Geschichte erfahren. Um dich zu verstehen, müssen sie verstehen, woher du kommst, mein Sohn.»

Thumelicaz nickte. «Dann sei es so, Mutter. Wir wollen beginnen.»

Als Aius und Tiburtius anfingen, die Schriftstücke auf dem Tisch zu entrollen, zeigte der jüngere Bruder auf sie und fragte: «Er hat also diese zwei verschont, damit sie seine Lebensgeschichte niederschreiben und vorlesen?»

«Ja, wer wäre besser geeignet, vom Leben des Erminaz zu erzählen, als die *Aquiliferi* – die Adlerträger – der Siebzehnten und Neunzehnten Legion?»

II

Die Geschichte meines Vaters beginnt fast auf den Tag genau vor fünfzig Jahren», teilte Thumelicaz den Römern mit, «in der Zeit, da Drusus, Augustus' Stiefsohn, versuchte, die Eroberung der Germania Magna zu vollenden.» Er nickte Aius zu, der eine Schriftrolle auf dem Tisch ausbreitete, sich räusperte und zu lesen begann.

Es geschah zur Zeit der Eisgötter in meinem neunten Jahr, dass meine Mutter meinen Bruder Chlodochar und mich früh weckte, noch vor der Morgendämmerung.

«Ihr beide müsst schnell mitkommen», sagte sie, strich mir über die Stirn und sah mich mit einem seltsamen Ausdruck an, den ich nie zuvor bei ihr gesehen hatte. Ihre liebevollen Augen glänzten im schwachen Schein der Glut in der Feuerstelle.

Nun schaue ich zurück und erkenne, dass es ein Blick voller Sehnsucht war – Sehnsucht nach einem Leben, das nie sein würde, einem Leben, in dem sie ihre beiden Söhne zu Cheruskerkriegern herangezogen hätte. In diesem Moment wusste sie, dass sie jenes Leben für immer verloren hatte; ich wusste es nicht.

«Was ist, Mutter?», fragte ich, entschlossen, mich von ihrem Ausdruck nicht ängstigen zu lassen.

«Euer Vater und euer Stamm brauchen euch. Ihr beide müsst jetzt tapfer sein und darauf vertrauen, dass das, was euch abverlangt wird, zu unser aller Bestem ist.»

Ich erinnere mich an das erregende Gefühl, da ich aufgefordert wurde, tapfer zu sein, tapfer wie ein Krieger, tapfer wie mein Vater Sigimer, der Fürst der Cherusker. Ich kroch aus den Fellen der Bettstatt in einer Ecke im Langhaus meines Vaters, die ich mir mit meiner älteren Schwester und meinem jüngeren Bruder teilte. Überall im Raum erhoben sich Männer von ihren Schlafstätten, sprachen leise miteinander, zündeten Talgkerzen an, kämmten sich Haar und Bart und legten ihre Kriegerausrüstung an. Meine kindliche Aufregung wuchs, als ich in meine Hosen stieg und dann meine Stiefel aus Hirschleder anzog: Vielleicht sollte ich meinen Vater zu einem Überfall auf die verhassten Invasoren in unserem Land begleiten, die eisengerüsteten Männer Roms. Doch ein Blick in das verwirrte Gesicht meines siebenjährigen Bruders, dem meine Schwester Erminhild beim Ankleiden half, trieb mir diese Vorstellung wieder aus. Dennoch fasziniert, schloss ich meinen Gürtel über der Tunika und befestigte meinen kostbarsten Besitz daran: ein Messer, das mein Vater mir geschenkt hatte und auf dessen Klinge mein Name in Runen eingraviert war.

Ich zog meinen Mantel um die Schultern und nahm rasch eine Scheibe geräuchertes Wildfleisch und einen trockenen Brotkanten von einer Platte, die noch vom Nachtmahl des Vorabends auf dem Tisch stand. Während ich nachdenklich daran kaute, trat ich in die Kälte hinaus. Sofort bildete mein Atem Dampfwolken, und der reifbedeckte Boden knirschte unter meinen Stiefeln. In der Nacht waren die Eisgötter durchs Land gezogen.

Sklaven hielten im flackernden Schein der Fackeln die Pferde der Männer bereit, bis ihre Herren aus dem Langhaus kamen. Ich schaute mich unter den Kriegern um, während sie aufsaßen, und erkannte, dass sie in düsterer Stimmung waren, nicht von der freudigen Erregung erfüllt, die ich als Vorzeichen eines Kampfes kannte. So hatte ich die Männer zuletzt einen halben Mond zuvor erlebt, am letzten Tag der Sammlung der cheruskischen Truppen hier in den hohen Bergen unserer natürlichen Festung, des Harzes. An jenem Tag hatte mein Vater mehr als zehntausend Mann ostwärts zum Fluss Albis geführt, hinter einer großen römischen Streitmacht her, die im Bogen nördlich um den Harz herumgezogen war. Er hatte gehofft, die Invasoren zu überrumpeln. Was von dem Cheruskerheer übrig blieb, kam in den folgenden Tagen nach und nach wieder, geschlagene Männer, düster, aber trotzig. Schließlich kehrte auch mein Vater zurück, und er saß zwei Tage und Nächte lang mit den Anführern aller Clans des Stammes zu Rate. Am Ende der Versammlung erneuerte jeder Mann seinen Eid auf meinen Vater, und er beschenkte sie mit Silber, ehe sie auseinandergingen und in ihre jeweiligen Gebiete zurückkehrten.

Ich fragte meinen Vater, weshalb es nötig gewesen sei, den Eid zu erneuern, der die Stämme aneinander band, solange diese Mittelerde existierte. Seine Antwort war rätselhaft: «Die Lage hat sich gewandelt.» Mehr bekam ich nicht aus ihm heraus. Doch seine Worte schienen sich zu bestätigen, als vier Tage später Berichte eintrafen, mehr als eintausend Gefangene in Ketten seien gesichtet worden, einstmals stolze schwerttragende Cherusker, die nun gen Westen in die Sklaverei geführt wurden.

Die Männer meines Vaters saßen also auf, doch er selbst war nirgends zu sehen. Solange ich nicht mit ihm gesprochen hatte, wusste ich nicht, was von mir erwartet wurde. So stand ich da, stampfte mit den Füßen und schlug die Arme um mich, um den kalten Hauch der Eisgötter abzuwehren, die unser Land in jedem Frühjahr besuchen. Dann kehren sie in ihre eisigen Hallen unter der Mittelerde zurück, um ihre Kräfte zu erneuern, während mildere Götter das Land beherrschen. Mein Vetter Aldhard, im selben Sommer wie ich geboren, tauchte aus den tiefen Schatten beim Abtritt auf und schnürte zitternd seine Hosen zu.

«Was geht hier vor sich?», fragte er.

Ich zuckte die Schultern.

Er bemerkte meinen Mantel. «Du gehst mit ihnen?»

«Ja, ich glaube schon. Mein Vater hat mich holen lassen.»

Da kam unter den Männern Bewegung auf, und mein Vater trat aus dem Langhaus, mit seinem besten Bärenfellmantel bekleidet und mit einem dicken goldenen Torc um den Hals. Er hob meinen Bruder hoch und setzte ihn vor meinem Onkel Inguiomer aufs Pferd. Dann gab er zwei Sklaven, die sich im Schatten bereithielten, einen Wink. Sie traten vor, Bündel von Buchenzweigen mit frisch gesprossenem Laub in den Armen, und fingen an, sie unter den Männern zu verteilen, die sie an ihren Speerspitzen befestigten. Da wurde mir klar, dass es keinen Kampf geben würde.

«Anscheinend ziehen wir zu Verhandlungen aus», sagte ich zu Aldhard.

«Warum nimmt er dann dich und deinen Bruder mit?»

«Vielleicht will er uns etwas lehren.»

Ein wehmütiger Ausdruck zog über Aldhards Gesicht, und ich verfluchte mich selbst für meine Taktlosigkeit: Sein Vater Wulferam, der Bruder meiner Mutter, war nicht aus der Schlacht zurückgekehrt, und Aldhard wusste nicht, ob er gefallen oder versklavt war. Die Römer hatten die Gefangenen gezwungen, die Leichen massenhaft auf großen Scheiterhaufen zu verbrennen, sodass man nicht wissen konnte, wer tot und wer noch am Leben war. Ich wusste aber, was Aldhard in dieser schrecklichen Ungewissheit wünschte, was wir alle wünschten: Wenn es darum ging, ob man ehrenvoll starb, mit einem Schwert in der Hand und toten Feinden zu Füßen, oder ein kurzes, elendes Leben in den Minen oder Arenen Roms führte – wenn es galt, zwischen dem Tod und einem lebenden Tod zu wählen, wer hätte da Letzteres vorgezogen?

Mein Vater bestieg sein Pferd, schaute sich nach mir um und winkte mich zu sich. Ich klopfte Aldhard auf die Schulter, dann ging ich zu ihm hinüber. Dabei hielt ich nach meiner Mutter und Schwester Ausschau, um mich zu verabschieden, doch sie waren nicht zu sehen. Ich dachte mir nichts dabei, als ich vor meinem Vater aufs Pferd kletterte – am Abend würde ich sie wiedersehen oder vielleicht am nächsten Tag. Er trieb das Pferd an und lenkte es zum Tor, das sich langsam öffnete. Ich schaute nicht zurück, als wir hindurchritten; hätte ich es getan, dann hätte ich vielleicht einen Blick auf meine Mutter erhaschen können, wie sie in der Tür zum Langhaus stand und weinte, einen Arm um meine Schwester gelegt. Ich weiß es nicht. Ich weiß nur, dass ich meine Mutter erst wiedersah, als ich schon ein Mann war, und meine Schwester nie mehr.

Die Verhandlungen waren bereits abgeschlossen.

Wir ritten schweigend, während vor uns die Morgendämmerung heraufzog, frisch und klar. Ostwärts folgten wir dem Weg durch die von Reif überzogenen, bewaldeten Berge des Harzes. Das Schnauben der Pferde und ihr stetiger Hufschlag, der Morgengesang der Vögel und das Rauschen und Plätschern des Baches zu unserer Linken, dessen Lauf wir folgten, waren die einzigen Geräusche. Mein Vater hatte einen Arm fest um mich gelegt, und ich saß da und genoss die seltene Nähe, während ich darauf wartete, dass er etwas sagte. Doch er brach das Schweigen erst, als die Sonne zwei Handbreit über dem Horizont stand und wir in die Ebene hinunterritten, die sich zwischen dem Harz und dem Fluss Albis erstreckt.

«Im Leben eines jeden Mannes gibt es eine Zeit, Erminaz», sagte er mir beinahe flüsternd ins Ohr, «da er erkennen muss, dass es töricht wäre, unter widrigen Umständen einen eingeschlagenen Weg weiterzuverfolgen. Für mich kam diese Zeit, als die Blüte der Cherusker an den schildbewehrten Reihen der Römer brach.»

Ich wollte mich umdrehen, um ihm in die Augen zu schauen, doch er verstärkte seinen Griff und ließ es nicht zu. «Aber du wirst doch gewiss wieder kämpfen, Vater?»

«Natürlich, aber nicht auf die gleiche Weise, wie wir es jüngst getan haben, das steht fest. Es wäre töricht, Rom noch einmal allein in einer offenen Feldschlacht gegenüberzutreten – so können wir die Legionen nicht besiegen.»

Mein naiver Glaube an die Tüchtigkeit und Tapferkeit unserer Krieger trübte mein jugendliches Urteilsvermögen, und mich überkam eine Welle des Zorns auf meinen Vater, der es wagte, so etwas zu sagen. «Aber sie sind Schwächlinge, kleinwüchsige Kümmerlinge, das hast du mir selbst gesagt. Unsere Krieger überragen sie weit.»

Mein Vater nahm den Zorn in meiner Stimme wahr und erhob die seine. «Die Größe eines einzelnen Mannes zählt nur im Zweikampf oder in offener Formation, Junge. Aber wenn Tausende gemeinsam kämpfen wie ein Mann, dann spielt es keine Rolle, wie groß oder klein ein jeder von ihnen ist, solange man nicht ihren Schildwall durchbrechen und zwischen sie vorstoßen kann, um seine größere Kraft zu nutzen. Meine Krieger sind zu Hunderten gestorben, niedergemetzelt von Männern, die uns an Ausbildung und Disziplin weit überlegen sind und so unseren körperlichen Vorteil nichtig machen. Ich werde nicht zusehen, wie noch mehr von ihnen in vergeblichen Kämpfen ihr Leben lassen; ich werde das Überleben der Cherusker nicht aufs Spiel setzen. Ich will nicht als letzter Fürst unseres Stammes nach Walhalla gehen – wie sollte ich meinen Vorvätern gegenübertreten, wenn diese Schande über meinem Haupt hinge?»

«Wie willst du ihnen dann begegnen, wenn du nicht kämpfst?»

Ich konnte den Gesichtsausdruck meines Vaters nicht sehen, doch ich spürte, dass da Bedauern war und vielleicht auch Trauer. Seine Stimme blieb fest und entschlossen, doch diese Gefühle schwangen darin mit. «Ich habe gekämpft, und ich habe gut gekämpft, dennoch wurden wir geschlagen. Aber nun ist die Zeit des Kämpfens einstweilen vorbei, die Cherusker werden den Legionen Roms nicht erneut direkt und ohne Unterstützung entgegentreten. Ich glaube, wir müssen nun auf lange Sicht planen und eine Strategie entwickeln, die darauf abzielt, Rom letztendlich aus unserem Land und den Ländern aller Stämme östlich des Rhenus zu vertreiben. Und was ich gelernt habe, mein Sohn, ist dies: Wir Cherusker sind nicht stark genug, um das allein zu erreichen.»

Diese Feststellung widersprach allem, was man mir bisher über meinen Stamm erzählt hatte und woran ich mit Inbrunst glaubte. Doch der Ton meines Vaters überzeugte mich, dass er die Wahrheit sprach, und ich nahm sie als solche hin. «Mit wem willst du denn ein Bündnis schmieden? Mit den Chatten? Den Chauken?

Den Marsern? Sie alle sind unsere Feinde, das hast du mir selbst gesagt.»

Wieder spürte ich, wie sich der Ausdruck meines Vaters veränderte, ich stellte mir ein schwaches Lächeln vor, denn in seiner Stimme nahm ich einen Anflug von Belustigung wahr. «Ja, und als ich dir das sagte, war es richtig. Aber nun hat sich die Lage gewandelt. Irgendwann wirst du verstehen, dass deine größten Feinde immer die in der Nähe sind, so lange, bis ein anderer Feind, einer von weiter weg, euch alle bedroht. Dann, wenn es ums Überleben geht, werden deine größten Feinde zu deinen wertvollsten Verbündeten. Wir brauchen jetzt die Chatten, die Chauken, die Marser und alle anderen Stämme Germaniens, denn nur gemeinsam können wir uns von Rom befreien. Ich beabsichtige, ein Bündnis gegen Rom aufzubauen, nicht nur ein Bündnis der Stämme, denn das wird zerbrechen. Es muss tiefer gehen: Es muss ein Bündnis *Aller Mannen* sein, geeint in unserem Kampf gegen den gemeinsamen Feind unseres Vaterlandes. Mit anderen Worten: ein vereintes Germanien.»

Wir ritten eine Weile schweigend weiter, während ich darüber nachdachte, was das bedeuten würde. Ich hatte keine Vorstellung davon, wie weit sich das Gebiet Germaniens erstreckte, denn ich kannte nur den Harz und seine Umgebung. Ich war nie gereist, doch das sollte sich sehr bald ändern.

«Wer wäre der Anführer dieses Bündnisses Aller Mannen?», fragte ich schließlich.

Mein Vater lachte. «Man sagt, ein Kind könne direkt

auf den Grund einer Sache blicken, Erminaz, und du hast es soeben bewiesen. Das wird das Problem sein. Eigentlich sollte ich es sein, da es meine Idee ist, doch das Gegenteil trifft ebenso zu: Gerade weil es meine Idee ist, kann ich es nicht sein, denn dann würden die anderen Häuptlinge argwöhnen, mein eigentliches Ziel sei es, Macht über sie zu erlangen. Wenn eines so sicher ist wie der Wechsel der Jahreszeiten, dann das: Männer treten ihre Macht nicht bereitwillig ab.»

«Deshalb musst du es als Erster tun, also kannst du nicht der Anführer sein.»

Ich erinnere mich lebhaft an dieses Gespräch, denn es brachte mir ein seltenes Lob meines Vaters ein. Er drückte meine Schulter und gab ein anerkennendes Knurren von sich. «Du wirst einmal ein tiefer Denker, Erminaz, das sehe ich, und es erfüllt mich mit Stolz. Ja, ich werde meinem Anspruch auf die Führerschaft entsagen und hoffen, dass ich damit andere ermutige, dasselbe zu tun, damit der beste Mann uns anführt, nicht der überheblichste.»

Nun war es an mir, zu lachen, und ich tat es in ungezwungener Kameradschaft, meinem jugendlichen Alter zum Trotz, als wären wir Gleichgestellte und nicht Vater und Sohn. «Ich kann mir nicht vorstellen, dass das geschieht.»

«Nicht, solange wir mit Rom im Krieg liegen. Aber in künftigen Jahren, wenn Rom glaubt, wir hätten seine Herrschaft angenommen und uns dareingefügt, so zu werden wie die drei gallischen Provinzen, dann haben wir eine Chance.»

Ich war bestürzt über die Tragweite dieser Worte. «Du wirst dich unterwerfen?»

«Nur sehr wenige Stämme stehen Rom noch offen feindlich gegenüber, und ich hoffe, wenn ich die Kapitulation der Cherusker erkläre, wird der vereinzelte Widerstand der anderen umso schneller enden. Dann, wenn wir Frieden haben und Rom anfängt, uns seine Steuern und Gesetze aufzuerlegen, wird der Groll wachsen, und dann kann es mir gelingen, auf der Grundlage unseres gemeinsamen Hasses ein Bündnis zu schmieden, in dem alle bereit sind, geschlossen in die Rebellion zu gehen. Wir werden uns gemeinsam erheben, zum ersten Mal vereint, aber nicht um Rom in einer offenen Schlacht gegenüberzutreten, die wir niemals gewinnen könnten – nein, wir müssen es anders angehen, ich habe noch keine klare Vorstellung, wie. Doch ich werde eine Möglichkeit ersinnen, und dann werden wir die römischen Legionen hier in der Germania Magna mit einem Schlag auslöschen, ihnen eine so vernichtende Niederlage beibringen, dass sie niemals wiederkommen.»

«Wie lange wird es dauern, das zu erreichen, Vater?»

«Ich werde wenigstens zehn Jahre warten müssen, ebenso wie viele andere Häuptlinge – manche vielleicht noch länger –, aber irgendwann werden alle frei sein zu handeln. Doch zuerst müssen wir Frieden schließen.»

«Sind wir dazu unterwegs? Um mit Rom einen Friedensschluss auszuhandeln?»

«Wir sind unterwegs zu einem Treffen mit Drusus, dem Stiefsohn des Kaisers Augustus. Er ist der römische Feldherr in Germanien, ein Ehrenmann und auf dem Schlachtfeld ebenso fähig wie ich – ein Mann, vor dem ich bereit bin, das Haupt zu beugen. Doch wir werden nicht verhandeln, die Bedingungen wurden bereits festgelegt. Nun gilt es, ihm das Pfand zu übergeben, das er als Sicherheit braucht.»

Das traf mich wie ein Speerstoß ins Herz. «Das ist der Grund, weshalb du wenigstens zehn Jahre warten musst, nicht wahr?»

«Ja, mein Sohn. Aber du und dein kleiner Bruder, ihr müsst diese Zeit nutzen. Ihr werdet ihre Sitten kennenlernen, euch mit ihnen anfreunden, für sie kämpfen. Ihr müsst ihr Vertrauen erlangen, sodass sie glauben, ihr beide wäret ihresgleichen geworden. Nur dann werden sie zulassen, dass ihr zurückkehrt, und ich werde endlich frei sein zu handeln. Hast du mich verstanden, Erminaz?»

Trotz der plötzlichen, Übelkeit erregenden Leere in meinem Bauch brachte ich es fertig zu antworten. «Ja, Vater. Wenn du es von mir verlangst, dann werde ich es tun.»

Nun verstand ich, weshalb meine Mutter mich an diesem Morgen so angeschaut und mir zugeredet hatte, tapfer zu sein, für meinen Vater und für meinen Stamm: Sie hatte sich selbst ebenso zugeredet wie mir, ihrem ältesten Sohn, den sie zum letzten Mal als Kind sah; ihrem ältesten Sohn, der im Begriff war, als Geisel nach Rom zu gehen.

Ich hatte noch nie einen Römer gesehen, nicht einmal aus der Ferne. Aber ich hatte die Helme, die Rüstungen,

Schilde und Waffen gesehen, die unsere Krieger von ihren Scharmützeln als Trophäen heimgebracht hatten, deshalb war ich auf das fremdartige Aussehen dieser Männer vorbereitet. Ganz und gar nicht vorbereitet war ich hingegen auf die disziplinierte, planvolle Art, in der sie anscheinend alles taten. Die Legionäre warteten, alle in exakt der gleichen Haltung in geraden Reihen mit gleichmäßigem Abstand stehend. Wenn sie sich in Bewegung setzten, taten sie auch das in Reih und Glied, alle hielten dabei ihre Waffen und Ausrüstung in der gleichen Hand und gingen – oder marschierten, wie sie es nannten – im Gleichschritt. Jeder Mann schien seinen Platz zu kennen und auf die Befehle ihrer Centurionen und Optiones genau zu wissen, wohin er sich als Nächstes zu bewegen hatte und wie schnell.

Natürlich ist das alles andere als überraschend für jemanden, der die Legionen Roms gesehen hat, was zweifellos auf alle zutrifft, die dies künftig lesen oder hören werden; doch für mich als neunjährigen Knaben war es neu und äußerst lehrreich, nachdem ich bisher nur unsere Kriegertrupps gesehen hatte, wie sie zu Überfällen aufbrachen oder davon zurückkehrten, in einer Weise, die ich heute nicht anders als chaotisch nennen kann. Wir trafen am Fluss Albis mit ihrem General Drusus und seiner Kohorte zusammen, und binnen einer Stunde verstand ich, was mein Vater gemeint hatte: Es war kaum vorstellbar, dass unsere tapferen, aber ungeordneten Krieger über eine solch disziplinierte Kriegsmaschine triumphieren könnten.

Drusus behandelte meinen Vater höchst respektvoll. Er grüßte ihn als Gleichgestellten, stieg vom Pferd, sobald mein Vater abgesessen war, und ergriff seinen Arm, statt zu erwarten, dass mein Vater sich vor ihm verbeugte wie ein geschlagener Feind. Auch dieses Verhalten überraschte mich – fast so sehr wie die Tatsache, dass Drusus unsere Sprache fließend beherrschte: Ich hatte mir vorgestellt, die Kapitulation vor Rom werde eine endlose Abfolge von Erniedrigungen bedeuten, durch welche die Besiegten vollends entmannt werden sollten. Doch kein Tribut wurde gefordert; mein Vater und alle seine Krieger durften ihre Waffen behalten, und Drusus bestätigte meinen Vater als Fürsten.

Nur eine einzige Schmach galt es zu ertragen, nämlich einen Treueeid in einem unserer heiligen Haine am Westufer des Albis. Das war unvermeidlich, wie mein Vater mir erklärte, während wir die römische Kolonne dorthin führten: Drusus akzeptierte seinen Schwur nur, wenn er vor unseren Göttern an ihrer heiligen Stätte geleistet wurde. «Allerdings», fügte er mit durchtriebenem Grinsen hinzu, «ist der Schwur für mich nicht bindend, denn die Römer verabscheuen Menschenopfer. Ich habe Drusus gesagt, dass wir normalerweise einen solchen Eid mit dem Blut eines der besiegten Krieger besiegeln würden, doch er hat es verboten und stattdessen verlangt, dass wir zwei unserer Pferde opfern. Weder Wotan der Allvater noch Donar der Donnerer wird einen so unzureichend mit Blut besiegelten Schwur für bindend erachten, deshalb habe ich auch von den übrigen Göttern nichts zu befürchten, wenn ich ihn breche.» Dann wurde er wieder sehr ernst. «Und ich werde ihn brechen, Erminaz, sobald du und dein Bruder aus Rom zurück seid. Dann werde ich einen Sieg erringen, der meines Namens würdig ist.»

Ich lächelte, denn der Name meines Vaters, Sigimer, bedeutet in unserer Sprache «berühmter Sieg».

Der Schwur wurde unter Leitung der Priesterin des Hains auf einem Altar aus Granit unter den uralten Eichen besiegelt, knorrigen Bäumen, welche die Götter vor Zeiten jenseits des Nebels der Erinnerung gepflanzt hatten. Während des komplizierten Rituals mit seinen vielen Formeln und Sprüchen hatte ich Gelegenheit, Drusus aus der Nähe zu betrachten. Er war größer, als ich es bei einem Römer erwartet hätte – nur einen halben Kopf kleiner als mein Vater, der selbst für unsere Verhältnisse hochgewachsen war. Mit seinem runden, heiteren Gesicht mit der ausgeprägten, geraden Nase und den vollen Lippen, die sich seiner würdevollen Haltung zum Trotz oft zu einem Lächeln verzogen, war Nero Claudius Drusus ein Mann, der Autorität ausstrahlte. An der Art, wie seine Offiziere sich in seiner Gegenwart betrugen, konnte ich erkennen, dass er bei seinen Männern beliebt war; sie hätten ihr Leben für ihn gelassen, wenn er sie dazu aufgefordert hätte. Viele hatten es während dieser Feldzugsaison bereits getan, als sie auf dem Durchmarsch zu unserer Unterwerfung die Mattiaker besiegt hatten, und noch viele mehr würden umkommen, wenn er es mit den Markomannen aufnahm. Für mich jedoch war es interessant, einen Feind zu sehen, der seine Männer offenbar in gleichem Maße zu inspirieren vermochte wie mein Vater, und doch war mein Vater nun hier, um sich ihm zu unterwerfen. Ich erkannte zum ersten Mal die offensichtliche Tatsache, dass Führerschaft nicht nur eine Frage der Tapferkeit ist, der Schläue und der Beliebtheit bei seinen Anhängern; es muss mehr dahinterstecken, doch jung, wie ich war, konnte ich die fehlende Zutat nicht ausmachen. Als ich Jahre später endlich verstand, tat sich die Welt vor mir auf.

Als das Leben aus dem zweiten Pferd wich und sein Blut über den Altar in das Zinnbecken darunter lief, war der Schwur so vollständig, wie die Skrupel der Römer es eben zuließen, und die Zeremonie war beendet. Drusus bedeutete mir und meinem Bruder vorzutreten. Wir folgten der Aufforderung, ich mit hocherhobenem Kopf in dem Bewusstsein, dass ich der älteste Sohn des Fürsten der Cherusker war, mein jüngerer Bruder mit kindlicher Schüchternheit.

«Nun, was hast du herausgefunden?», fragte Drusus mich. Als er meine verständnislose Miene sah, lächelte er. «Du hast mich während der ganzen Zeremonie angestarrt, du musst doch etwas herausgefunden haben.»

Ich spürte, wie ich errötete, war jedoch entschlossen, mich nicht in Verlegenheit bringen zu lassen. «In dir habe ich zum ersten Mal Rom gesehen, und ich habe erkannt, dass bei allen Unterschieden in der äußeren Erscheinung unserer Völker und der Art, wie wir kämpfen, die Qualitäten, die ein Anführer braucht, doch die gleichen sind. Wärest du mein Vater gewesen und mein Vater der römische General, so wäre das Ergebnis doch dasselbe gewesen: Auch dann würde ich als Geisel nach Rom gehen.»

Drusus warf den Kopf zurück und lachte ehrlich erheitert. «Dein Sohn ist weise für seine Jahre, Sigimer.» Er streckte die Hand aus, als wollte er mir das Haar zausen, doch dann hielt er inne und fasste mich stattdessen an der Schulter. «Ein vielversprechender Knabe, dass er das allein durch Beobachtung erkennt.»

«Er besitzt die Fähigkeit zu tiefen Gedanken», bestätigte mein Vater.

Drusus blickte mir einen Moment lang forschend in die Augen, dann wandte er sich erneut an meinen Vater. «Ich lasse ihn von einer Centurie meiner Männer nach Rom eskortieren, wo er in meinem eigenen Haus leben wird, Sigimer. Ich werde dafür sorgen, dass ihm kein Leid geschieht und er mit Respekt behandelt wird, so wie es deinem Rang angemessen ist. Er wird alles lernen, was einem jungen Römer von edler Geburt zu lernen ansteht, und wenn er heimkehrt, wird er der römischen Provinz Germania Magna zur Ehre gereichen.»

Mein Vater verbeugte sich dankend; ich argwöhnte, dass er schwieg, damit ihm nichts Unpassendes herausrutschte.

Drusus schaute nun auf Chlodochar hinunter und zauste sein blondes Haar. «Und was seinen jüngeren Bruder betrifft: Mein Erstgeborener ist etwa in seinem Alter, sie sollen gemeinsam erzogen werden. Vielleicht werden sie gute Freunde.»

In Bezug auf meinen Bruder bewahrheiteten sich seine Worte, nicht jedoch in Bezug auf mich. Chlodochars engster Freund sollte später einmal mein erbittertster Feind werden.

Der Handel war geschlossen, und Drusus wollte ohne weiteren Aufschub gen Süden marschieren, um gegen die Markomannen zu kämpfen. Er war ein Mann von rascher Tat und kühnen Entschlüssen, und so blieb keine Zeit für das übliche Essen und Trinkgelage, mit dem die Cherusker normalerweise das Ritual eines Treueeids abgeschlossen hätten. Ich bin sicher, meinem Vater kam das ganz gelegen, denn in seinen Augen muss es ein weiterer Grund gewesen sein, seinen Schwur für ungültig zu erachten. Doch sein Gesicht zeigte keinerlei Freude, als Drusus mit einem Centurio auf ihn zukam.

«Dies ist Titus Flavius Sabinus, Centurio der vierten Centurie der zehnten Kohorte der Zwanzigsten Legion», teilte Drusus meinem Vater mit. «Er und seine Männer werden deine Söhne nach Rom eskortieren. Ich habe ihn ausgewählt, weil er als Einziger unter meinen niederrangigen Centurionen ein wenig eure Sprache spricht.»

Der Centurio nickte meinem Vater knapp zu und beäugte mich und meinen Bruder ohne große Begeisterung. Er wies über die Schulter auf einen Trupp Männer in Kolonne. «Wir sind bereit.» Dann salutierte er vor seinem General, drehte sich forsch um und marschierte zu seiner Centurie zurück.

«Halte mir die Treue, Sigimer», sagte Drusus warnend, und seine Miene verhärtete sich, «dann sind deine Söhne sicher. Wenn du dein Wort brichst, kann ich nicht dafür garantieren, was mein Stiefvater Augustus unternehmen wird.»

«Die Cherusker haben jetzt Frieden mit Rom. Unsere jungen Krieger werden in euren Hilfstruppen dienen, und unsere Steuern werden eure Kassen füllen.»

Drusus deutete über den Albis, der an dieser Stelle mehr als hundert Schritt breit war. «Trage Sorge dafür, dann wird Rom euch vor den Stämmen schützen, die dort im Osten umherstreifen, weiter, als die Vorstellung reicht, und ihr werdet auch von unseren Gesetzen profitieren.» Er streckte den Arm aus, und mein Vater ergriff ihn fest. «In vier Monaten, wenn ich mit den Markomannen fertig bin, werde ich auf dem gleichen Weg zurückkommen. Sorge dafür, dass beim vollen Mond im September die ersten zweitausend deiner Krieger hier bei diesem Hain bereitstehen, die Hälfte zu Fuß und die Hälfte beritten. Die besten sechzehnhundert werden über den Winter ausgebildet, aus ihnen sollen die ersten zwei cheruskischen Kohorten entstehen.»

«Sie werden hier sein, General.»

Mit einem angedeuteten Lächeln und einer leichten Neigung des Kopfes löste Drusus sich von meinem Vater und ging davon.

Mein Vater legte mir einen Arm um die Schultern, nahm die Hand meines Bruders und führte uns zu dem wartenden Centurio Sabinus hinüber. Dabei schaute er mit selbstgefälligem Lächeln auf mich herunter und sagte: «Rom wird selbst die Kämpfer ausbilden, die einmal das Rückgrat der Armee sein werden, welche uns von Rom befreit. Das nenne ich einen befriedigenden Ausgang unseres Handels.»

Wir marschierten mit Centurio Sabinus' Centurie gen Westen. Mir fiel es nicht schwer, mit den Legionären Schritt zu halten, Chlodochar hingegen litt. Nach zwei Tagen waren seine Füße wund, doch er ertrug es ohne Jammern und ohne Tränen. Am dritten Tag hinkte er und musste sich auf mich stützen, doch ihm kam noch immer kein Wort der Klage über die Lippen. Ich sagte zu ihm, dass unser Vater stolz auf ihn wäre, und er lächelte schwach, biss die Zähne zusammen und schleppte sich weiter. Als die Legionäre sich nach der Mittagspause wieder formierten, erteilte Centurio Sabinus einem seiner Männer einen Befehl und zeigte auf Chlodochar. Der Mann gab die Tragestange mit seinem Gepäck einem Kameraden und hob meinen Bruder auf die Schultern.

«Danke», sagte ich zu Centurio Sabinus.

Der knurrte, dann erwiderte er: «Er war tapfer, er verdient die Hilfe.»

Von da an wechselten die Männer sich damit ab, Chlodochar zu tragen, und wir folgten Pfaden durch Wälder und über offenes Gelände. Nach weiteren drei Tagen stießen wir auf die römische Militärstraße, die gerade gebaut wurde, um den Rhenus mit dem Albis zu verbinden. Wegen all der Flüsse, über die diese Straße führte, wurde sie die Straße der Langen Brücken genannt. Inzwischen waren Chlodochars Füße geheilt, aber die Legionäre trugen ihn noch immer – er schien für sie inzwischen so etwas wie ein Maskottchen zu sein. Da sie seinen Namen nicht aussprechen konnten, nannten sie ihn einfach «Flavus», das heißt «Blonder», und sie brachten ihm Legionärslatein bei und lachten über seine Aussprache der Schimpfwörter, deren Bedeutung er nicht verstand.

Froh, dass mein Bruder gut versorgt wurde, brachte ich meine Tage an der Spitze der Kolonne bei Centurio Sabinus zu. Ein Gefühl der Hilflosigkeit überkam mich, da wir uns immer weiter und weiter von meiner Heimat entfernten, und allmählich erkannte ich, dass Germanien viel größer war, als ich es mir je vorgestellt hatte. Anfangs redeten wir nicht viel miteinander, doch nach einer Weile begannen wir, stockende Gespräche zu führen, und ich lernte zum ersten Mal einen Römer kennen.

Er war ein kleiner, stämmiger, rundgesichtiger Mann, dessen große, unförmige Nase aussah, als wäre sie ohne Rücksicht auf die Proportionen seines Gesichts gemacht worden. Seine Augen jedoch blickten freundlich, und auch wenn ich mich nicht für ihn erwärmen konnte, da er nun einmal ein Römer war, unterhielt ich mich doch gern mit ihm und begann, ein paar Brocken Latein zu lernen.

«Das ist noch nicht weit», sagte er am siebten Tag zu mir, nachdem ich meine Furcht geäußert hatte, wir kämen so weit nach Westen, dass ich nie wieder heimkehren könnte. «Wir sind erst etwas über zweihundert Meilen marschiert. Das Imperium misst in jeder Richtung das Zehnfache dieser Strecke.»

«Aber wie finden die Leute sich zurecht?», fragte ich und versuchte vergeblich, mir solche riesigen Entfernungen vorzustellen.

«Sie folgen Straßen wie dieser.»

Die Straße war gerade und mit Steinen gepflastert, die genau zusammenpassten, nach oben gewölbt, damit sich auf der Oberfläche kein Wasser sammelte. Zu beiden Seiten war der Wald auf fünfzig Schritt abgeholzt – das allein war schon eine gewaltige Leistung, vom Pflastern der Straße ganz zu schweigen. «Es gibt Straßen, die über so weite Strecken führen, wie du gesagt hast?»

«Ja, Dutzende.»

«Aber wer hat sie gebaut?»

Sabinus zuckte die Schultern. «Sklaven.»

Da begriff ich zwei Dinge über Rom und sein Imperium: erstens das Ausmaß. Heute ist es für mich selbstverständlich, aber damals als neunjähriger Knabe, dem es schien, als müsse ein Marsch von sieben Tagen schon fast ans Ende der Welt führen, fand ich eine solche Ausdehnung einfach unfassbar, mir wurde schwindlig bei der Vorstellung. Noch weit größer und ehrfurchteinflößender war jedoch mein erster flüchtiger Eindruck von der Macht dieses Imperiums: Wie viele Sklaven waren wohl nötig gewesen, um all diese Straßen über so viele Meilen zu bauen? Wie viele unterworfene Völker gab es, dass Rom so groß hatte werden können?

Ein kaum hörbares Zischen, mehrere dumpfe Laute in rascher Folge und ein paar Schmerzensschreie von weiter hinten in der Kolonne rissen mich aus meinen Gedanken, und gleich darauf sollte ich noch zwei Dinge über Rom erfahren, diesmal über seine Legionen.

«Schilde!», schrie Sabinus, dann folgte noch ein Kommando, das ich nicht verstand. Er stieß mich nach hinten zwischen seine Leute, als der noch unsichtbare Gegner auch schon die nächste Salve losließ. Die achtzig Mann der Centurie lösten bereits ihre Schilde von den Tragestangen mit dem Gepäck und warfen Letzteres von sich, jeder behielt nur seine zwei *Pila* – eine Art Wurfspeere – in der rechten Hand. Sie stiegen über die wenigen Toten und Verwundeten hinweg und hatten binnen zwanzig Herzschlägen ihre vier Mann breite Marschkolonne aufgelöst und eine Gefechtsformation mit einem Schildwall nach vorn gebildet. Die Männer der zweiten Reihe hielten ihre Schilde über die Köpfe der Kameraden vor ihnen und bildeten so ein Dach. Geschlossen rückten sie zehn Schritt vor, hinunter von der Straße, sodass sie nun statt der Pflastersteine griffigeren Boden unter den Füßen hatten. Abgesehen von Sabinus' Befehl und dem Stöhnen der paar Verwundeten hatte keiner einen Laut von sich gegeben.

Geduckt lief ich etwa zehn Schritt hinter der Linie entlang zu meinem Bruder, den sie einfach abgesetzt hatten. Ich zog ihn auf die Beine und von der Straße hinunter. Wir drückten uns dicht an die hinterste Reihe, als die nächste Salve Pfeile mit dumpfen Lauten in den Schildwall einschlug. Ein paar rutschten über das Dach und fielen hinter uns zu Boden, dicht neben einem Legionär mit durchbohrter Wade, der versuchte, einen schwerer verletzten, bewusstlosen Kameraden fortzuschleifen und in Sicherheit zu bringen. Blut quoll pulsierend aus einer Pfeilwunde an seinem Oberschenkel und lief aus einer üblen Platzwunde an der Stirn, die er sich beim Sturz auf das Pflaster zugezogen hatte.

«Halte dich dicht bei der hintersten Reihe», befahl ich Chlodochar und drückte ihn in die Hocke hinunter, dann rannte ich auf die verletzten Legionäre zu. Ich spürte einen Luftzug an meinem Ohr und sah im nächsten Moment einen Pfeil so heftig vom Straßenpflaster abprallen, dass es krachte und Funken schlug.

Der Legionär knurrte etwas auf Latein und deutete auf das Handgelenk seines Kameraden, als ich schlitternd zum Stehen kam.

Ich folgte der Aufforderung und zog an dem schlaffen Arm, strengte jeden Muskel in meinem Knabenkörper an, während der Legionär alle Kraft seines unverletzten Beins einsetzte, und so schafften wir es gemeinsam, den bewusstlosen Mann von der Straße zu zerren. Auf dem glatten grauen Stein blieb eine Blutspur zurück. Gerade als wir bei meinem Bruder anlangten, erscholl aus dem Waldrand mächtiges Geschrei. Ich erkannte es als Germanisch, und mit einem Schlag traf mich die Erkenntnis, dass ich die Feinde unseres Landes gegen meine Landsleute unterstützte, die sie für immer loswerden wollten: Wenn dieser Verwundete durch meine Hilfe überlebte, wie viele germanische Kinder würde er noch zu Waisen machen? Ich hatte den Impuls, diese Gelegenheit zu nutzen und die Flucht zu versuchen, doch wo war ich? Wie sollte ich nach Hause kommen? Welcher Stamm war es, der uns da überfiel, und was würden sie mit mir und Chlodochar machen, wenn sie herausfänden, dass wir Sigimers Söhne waren? Ich beschloss, dass es das Beste wäre, abzuwarten, wie sich der Kampf entwickelte, und dann mein Glück mit den Siegern zu wagen – eine Haltung, die ich seither auch bei anderen Völkern beobachtet habe, nicht nur bei den Germanenstämmen.

Ich ließ den Arm des Bewusstlosen los – sein Kamerad klopfte mir auf die Schulter und murmelte etwas, das ich für einen Dank hielt – und ergriff die Hand meines Bruders, während ich mit der anderen mein Messer zog.

Auf ein weiteres barsches Kommando von Sabinus nahmen ganz rechts in der Linie die Männer der zweiten Reihe ihre Schilde herunter, hoben mit der Rechten ihre Pila und holten aus. Dabei hätte einer von ihnen mir mit dem Schaftende beinahe den Schädel eingeschlagen. Ich hörte das wüste Gebrüll der angreifenden Kriegerhorde näher kommen und spürte die Anspannung der Legionäre, die ihr schweigend entgegenblickten. Grauen stieg in mir hoch, und ich bemerkte, dass das Messer in meiner Hand zitterte; ich stählte mich, doch die Klinge zitterte noch immer. Ein paar Augenblicke später hörte ich Sabinus erneut brüllen; die Legionäre schleuderten ihre Pila vorwärts wie ein Mann, und die Waffen schnellten in flacher Flugbahn dem heranstürmenden Feind entgegen. Im selben Augenblick packten die Männer bereits das zweite Pilum, das sie zusammen mit dem Schild in der Linken gehalten hatten, und warfen gleichzeitig die nächste Salve, diesmal noch flacher. Ich sah erst später, welche Verheerung diese Waffen anrichteten, und es war ein Anblick, den ich mein Lebtag nicht vergessen werde, auch wenn ich seither weit größere Schlachten miterlebt habe.

Noch während die Pila flogen, zogen die Legionäre

ihr Kurzschwert aus der Scheide an der rechten Hüfte und setzten sich zu meiner Überraschung im Laufschritt in Bewegung. Ich zog Chlodochar mit mir – er sah völlig verängstigt aus, wie ich selbst zweifellos auch – und hielt mit ihnen Schritt; wir brauchten nicht weit zu laufen. Ich fühlte die Wucht des Anpralls durch die dünne Linie der Legionäre fahren, als die beiden Seiten aufeinandertrafen, und zum ersten Mal seit Beginn des Überfalls stießen die Römer einen kurzen, kehligen Schlachtruf aus.

Dann setzte das Geschrei ein.

Ich hatte schon zuvor gequälte Schmerzensschreie gehört – die Laute eines Mannes, der lebendigen Leibes in einem Weidenkäfig über den Feuern der Götter verbrannt wird, sind schwer zu ertragen –, doch dieses Geschrei war zehnfach verstärkt und kam aus so vielen Richtungen zugleich, in so unterschiedlichen Tonlagen, begleitet von metallisch schepperndem Waffenlärm und dem hohlen Poltern von Holz, dass es war, als schlüge Donar selbst mit seinem Hammer abwechselnd auf einen gewaltigen Amboss und gegen die massiven Tore von Walhalla. In diesem Moment wurde mir klar: Um zu überleben, musste ich für einen Sieg der Römer beten, denn dieser Angriff war so überwältigend in seiner Wucht, dass keiner überleben würde, wenn die Linie einmal zerriss. Jeder, der hinter den römischen Reihen entdeckt würde, wäre bereits zerstückelt, ehe der Blutdurst der Angreifer nachließ.

Doch zu wem unter allen Göttern meines Volkes konnte ich beten, den Römern den Sieg zu schenken?

Ich war mit dem Konzept der Ironie noch nicht vertraut, sonst hätte ich wohl freudlos gelächelt und den Kopf geschüttelt angesichts einer solch absurden Situation. Stattdessen schlug ich einen diplomatischen Weg ein, umklammerte das Amulett in Form von Donars Hammer, das ich um den Hals trug, und betete zweideutig um mein Überleben und das meines Bruders.

Dann begann die römische Linie vorzurücken. Ich packte mein Messer fester, hielt meinen Bruder an der Hand und folgte den Männern.

Die Legionäre in der zweiten Reihe drückten ihre Schilde nun fest gegen die Rücken der Kameraden vor ihnen und schoben sie so nach vorn, während diese ihre Schwerter durch die Lücken zwischen ihren Schilden vorschnellen ließen, um die Feinde zu durchbohren und den Weg freizumachen. Stück für Stück rückten wir weiter vor, und ich bemerkte, dass die Männer in der zweiten Reihe nun mit ihren Schwertern nach unten zustießen: Sie stiegen über die Körper der niedergemetzelten Feinde hinweg und wollten sichergehen, dass diese wirklich tot waren. Bald waren wir weit genug vorgerückt, dass ich zum ersten Mal direkt in das Gesicht eines Mannes blickte, der in der Schlacht gefallen war. Es war ein Schock. Nicht nur weil er tot war – das war ein vertrauter Anblick –, sondern weil sein Schwertarm abgetrennt, sein Hals durchbohrt und sein blonder Bart blutverklebt war. Die weit aufgerissenen Augen wirkten überrascht: Er hatte nicht damit gerechnet zu sterben, als er am Morgen erwacht war, er hatte nicht einmal damit gerechnet zu sterben, als er eine römische Formation angriff, und doch lag er nun da, tot. So wie zahlreiche andere, sowohl Germanen als auch Römer, die leblos am Boden lagen, war auch er unerwartet aus dem Leben gerissen worden. Ich fragte mich, was gewesen wäre, wenn er sein Schicksal in diesem kleinen Scharmützel vorhergesehen hätte – welche Kraft der Natur hätte ihn dann vorwärtstreiben können, da es doch so wenig zu gewinnen gab? Für hehre Ideale zu sterben ist annehmbar, doch die Männer, deren Leben hier ausgelöscht worden war, hatten lediglich versucht, eine Centurie der Invasoren zu vernichten – eine wahre Vergeudung. Mein Vater hatte recht gehabt: Kleinteiliger Widerstand war vergeblich; Germanien brauchte eine kühne Strategie, einen großen Plan mit gewaltigen Schlachten, in denen man den Tod in Kauf nahm, um einen größeren Sieg zu erringen. Was ich hier miterlebte, war jämmerlich.

Voller Abscheu sah ich von dem Gesicht des Toten auf. Während dieser paar nachdenklichen Augenblicke hatte ich meine Angst vergessen, doch nun kehrte sie mit aller Macht zurück. Denn plötzlich steigerte sich der Schlachtenlärm, und die Mitte der römischen Linie begann nachzugeben.

Allmählich wich sie zurück, sodass die Abstände zwischen den Männern größer wurden und einige aus der zweiten Reihe in die Lücken treten mussten, da sich die Linie immer stärker einwärtsbog.

Und dann zerriss sie für einen Moment.

Ehe es den Legionären gelang, die Lücke wieder zu schließen, war bereits ein halbes Dutzend Krieger hindurchgestürmt, nur zwanzig Schritt von mir und meinem Bruder entfernt. Die verbliebenen Männer der zweiten Reihe drehten sich um, damit der Feind ihnen nicht in den Rücken fiel. Die Krieger, die durchgebrochen waren, fanden sich nun von ihrer Horde abgeschnitten und konnten nicht zurück, da ein Schildwall ihnen den Weg versperrte. So schwenkten sie zur Seite, um die Römer an der rechten Flanke zu umgehen, und rannten dabei direkt auf uns zu. Ich war wie versteinert angesichts dieser großen, blutverschmierten Männer, die mit verzerrten Gesichtern heranstürmten, ihre langen, bluttriefenden Schwerter und Speere erhoben. Starr stand ich da, einen Arm um Chlodochar gelegt, die Augen entsetzt aufgerissen. In meiner zitternden Hand hielt ich das Messer, fuchtelte nach den Männern, die den Tod brachten.

Alle Luft entwich aus meiner Lunge, als ich zu Boden gestoßen wurde, und in meiner Erstarrung brauchte ich einige Augenblicke, um zu begreifen, dass ich nach vorn geschleudert worden war, nicht zurück. Ich lag auf Chlodochar. Über mir hörte ich heftige Kampfgeräusche, und heißes Blut spritzte auf meinen Hals und Kopf; die verzweifelten Schreie von Männern in Todesqual gellten mir in den Ohren. Als ich die Augen öffnete, sah ich eine abgetrennte Hand, die noch ein Langschwert umklammerte, und römische Legionärssandalen, dahinter Tote mit Bärten und langem Haar. Während ich hinschaute, ging der nächste Krieger mit einem Aufschrei krachend zu Boden. Ich besann mich und kroch rückwärts, meinen Bruder mit mir ziehend.

Als wir ein Stück von den Füßen des Legionärs entfernt waren, kam ich auf die Knie hoch. Eben fiel der letzte der sechs Krieger mit herausquellenden Eingeweiden. Dann erblickte ich Centurio Sabinus, der acht Mann bei sich hatte und sie antrieb, die Mitte zu verstärken. Sie rannten los, um den Befehl auszuführen, und Sabinus wandte sich an mich. «Ich dachte schon, wir hätten euch verloren.»

Ich zitterte, und zu meiner Schande muss ich gestehen, dass ich eine warme Nässe in meinen Hosen fühlte. Es gelang mir, mich so weit zusammenzunehmen, dass ich krächzend herausbrachte: «Danke.»

Sabinus nickte. «Bleibt da.» Damit lief er hinter seinen Männern her, durch deren Verstärkung es inzwischen gelungen war, die römische Front wieder in eine gerade Linie zu bringen. Nun rückte sie erneut geschlossen vor.

Den Rest der Kämpfe nahm ich nur verschwommen wahr – ich weiß nicht, wie lange sie noch andauerten, wahrscheinlich nicht lange und gewiss kürzer, als es mir vorkam. Irgendwann wurde mir bewusst, dass es vergleichsweise still geworden war – statt der Schreie Sterbender war nur noch das klägliche Stöhnen der Verwundeten zu hören. Ich schaute mich um und sah, dass die Legionäre nun zwischen den Toten und Verletzten umhergingen, ihre eigenen Leute versorgten und den Gegnern den Rest gaben. Ich rappelte mich auf, zog Chlodochar mit mir hoch und ging zu Sabinus, der die Bergung der römischen Toten beaufsichtigte. Es waren insgesamt etwa ein Dutzend.

Sabinus musterte uns von oben bis unten. «Ich hoffe, ihr beide seid nicht zu Schaden gekommen.»

«Nein, dank dir, Centurio.»

Er grinste. «Ich habe meinem General versprochen, euch beide wohlbehalten in seinem Haus abzuliefern, und ein Versprechen an Drusus bricht man nicht. Allerdings muss ich zugeben, es war Glück, dass ich zum rechten Zeitpunkt zur Stelle war – Glück oder der Wille der Götter. Vielleicht haben sie noch etwas mit euch im Sinn.»

Ich habe oft an dieses Gespräch zurückgedacht und kann nur annehmen, dass es sich tatsächlich so verhielt, denn ich war wirklich um Haaresbreite mit dem Leben davongekommen. Manchmal frage ich mich, ob Centurio Sabinus – sofern er lange genug lebte, um von meinem Sieg im Teutoburger Wald zu erfahren – die Ironie darin erkannte, dass er einst das Leben des Jungen gerettet hatte, der später einmal für den Tod so vieler seiner Landsleute verantwortlich sein würde.

«Wie viele waren es?», fragte ich und betrachtete die Leichen, die überall herumlagen.

«Etwa zwei- bis dreimal so viele wie wir, denke ich. Wir haben ungefähr die Hälfte von ihnen getötet, der Rest hat die Flucht ergriffen. An die hundert sind gar nicht erst mit uns in Kontakt gekommen.» Er zeigte auf eine Linie toter Krieger zwanzig Schritt entfernt, die kreuz und quer zwischen Dutzenden Pila lagen. Von den langen Eisenspitzen durchbohrt, manche mit zerschmetterten Gesichtern von den Bleikugeln, die den Schaft hinter der Spitze beschwerten und diese Waffe so tödlich machten. Die meisten der Leichen sahen aus, als seien sie durch die Wucht des Einschlags etliche Schritt weit zurückgeschleudert worden. In diesem Moment erkannte ich, wie wirksam die wichtigste Waffe der Legionäre war, und wieder einmal stellte ich fest, dass mein Vater recht hatte: Gegner, die über solche Waffen verfügten, konnte man nicht im direkten, offenen Kampf schlagen.

«Die zwei Salven Pila haben ihrem Angriff die Wucht genommen, sonst wären wir zweifellos überwältigt worden.» Sabinus schüttelte den Kopf und spuckte auf die Leiche eines Kriegers mit herausgequollenen Eingeweiden. «Dieses Gebiet gilt als befriedet, die Marser haben Eide geschworen und Geiseln ausgeliefert. Deren Leben dürfte wohl verwirkt sein, wenn ich das hier in Vetera am Rhenus berichte.»

Ich schauderte beim Gedanken an das Schicksal der Männer und Knaben, die sich in der gleichen Lage befanden wie ich. Dann bemerkte ich etwas am Hals des ausgeweideten Kriegers, fast vollständig unter seinem Bart verborgen: einen eisernen Halsreif, zwei Daumen breit. Als ich mich umschaute, stellte ich fest, dass viele der Krieger einen ebensolchen trugen. «Das sind keine Marser, Centurio.»

«Nicht? Wie kommst du darauf?»

«Solche eisernen Halsreife tragen nur die Chatten, das weiß ich von meinem Vater.»

«Chatten? So weit im Norden?» Er betrachtete ein paar der toten Krieger, dann nickte er. «Du hast recht, Erminaz. Mir scheint, du hast ein paar Marsern das Leben gerettet.»

«Aber dafür Geiseln der Chatten zum Tode verurteilt.»

Sabinus richtete den Blick auf die römischen Toten, die nun zusammen auf einen Scheiterhaufen gelegt wurden. «Um die würde ich mir keine Gedanken machen – ihre Leute haben meine Männer getötet, und wofür? Für nichts. Sie hatten es nicht verdient, hier zu sterben.»

Vielleicht nicht, dachte ich, doch andererseits hätten sie gar nicht hier sein sollen. Aber diesen Gedanken behielt ich für mich.

Schließlich war der Scheiterhaufen entzündet, die Verwundeten waren auf provisorische Tragen aus Mänteln und Pilumschäften geladen, und wir zogen weiter. Zwei Tage später erreichten wir das Kastell von Vetera am Rhenus. Hier sah ich zum ersten Mal etwas so Großes, wie ich es noch nie gesehen hatte, und dieses Erlebnis sollte sich auf dem Rest des Weges noch viele Male wiederholen. Ich will die Dinge der Reihe nach aufzählen. Ich hatte immer geglaubt, einen größeren Fluss als den Albis könne es auf der ganzen Welt nicht geben, doch nun sah ich den Rhenus – er war so breit, dass man sehr scharfe Augen brauchte, um die Menschen am anderen Ufer ausmachen zu können, fünfmal breiter als der Albis. Die ungeheure Größe dieses Flusses machte das Nächste, das ich sah, umso eindrucksvoller: eine Brücke darüber. Eine hölzerne Brücke, getragen von ganzen Baumstämmen, die irgendwie in das Flussbett gesenkt worden waren und ein Gerüst mit einer Straße trugen, breit genug, dass acht Mann nebeneinander darübermarschieren konnten. Mein Staunen verzehnfachte sich, als Sabinus mir erklärte, das sei nur eine provisorische Brücke, die Drusus gebaut habe, um seine Armee zum diesjährigen Feldzug über den Fluss zu führen, und nach seiner Rückkehr werde man sie abreißen. Was waren diese Römer, dass sie solche Bauwerke errichten und sie einfach so nach derart kurzer Zeit wieder zerstören konnten? Später sollte ich erkennen, dass sie ein praktisches Volk sind und den Wert der Dinge nicht nach dem Aufwand bemessen, der zu ihrer Herstellung nötig war, sondern nach ihrem Nutzen.

Dieses Wunder der Baukunst, das ein Wunder der Natur überspannte, führte zu einem dritten Wunder: einer Stadt aus Stein mit mehr Gebäuden, als ich je im Leben gesehen hatte, und darin mehr Menschen, als ich je an einem Platz gesehen hatte, außer wenn der Stamm all seine Krieger versammelte. Doch die Sammlung der Krieger dauert nur wenige Tage; hier lebten sie das ganze Jahr hindurch dicht beisammen. Wie konnte man so viele Leute ernähren? Um das zu leisten, musste alles Land im Umkreis von Meilen bewirtschaftet sein, und natürlich war es das.

Wir blieben zwei Tage und zwei Nächte in Vetera. Mein Bruder und ich schliefen in einem Raum, der über einem anderen Raum lag und zu dem man über eine Treppe hinaufstieg, ein Erlebnis, das ich sicher noch aufregender gefunden hätte, wäre mein Kopf nicht schon so voll von neuen Eindrücken gewesen.

Am dritten Tag gab es ein weiteres Wunder: ein Schiff mit zwei Reihen Rudern und einem geschlossenen

Deck, das die Ruderer vor Beschuss schützte. Dieses neue Wunder trug uns meilenweit den Rhenus hinauf. Ich hätte nicht für möglich gehalten, dass ein Fluss so weit fließen könnte, und als Sabinus zu mir sagte, wir hätten noch nicht einmal die Hälfte des Weges nach Rom zurückgelegt, verlor ich die Hoffnung, jemals wieder heimzukehren.

Wir verließen den Rhenus und marschierten über Land weiter, vorbei an Bergen, die so hoch waren, dass auf ihren Gipfeln selbst im Sommer Schnee lag, zu einem Hafen am Rhodanus. Von dort fuhren wir mit einem Schiff flussabwärts zum bislang größten Wunder: dem Meer. Niemals hätte ich mir etwas so Gewaltiges vorstellen können; es erstreckte sich weiter, als das Auge reichte. Sabinus teilte mir mit, man bräuchte sieben Tage, um es von Norden nach Süden zu überqueren, oder dreißig Tage von Osten nach Westen, und dann verblüffte er mich vollends, indem er sagte, dass alle Länder, die an dieses Meer grenzten, entweder zu Rom gehörten oder Tribut an Rom zahlten.

Angesichts all dessen beeindruckte es mich kaum noch, dass wir nun an Bord eines Schiffes gingen, das doppelt so lang war wie die beiden, mit denen wir zuvor gefahren waren – ich empfand nicht mehr als einen Anflug von Staunen, als ich die Landungsbrücke hinaufging. Vier Tage lang fuhren wir an der Küste entlang nach Osten und dann nach Süden, bis wir Anfang Juli einen Hafen erreichten, der Vetera im Vergleich wie eine Ansammlung schäbiger Hütten erscheinen ließ. Doch ich werde keine Zeit damit vergeuden, Ostia zu beschreiben, denn vier Stunden nach unserer Ankunft dort kam ich nach Rom.

Hatte ich Hass auf Rom empfunden, bevor ich die Via Ostiensis hinaufmarschierte, so war das nichts im Vergleich zu meinen Gefühlen, als ich durch die Porta Trigemina mit ihren drei Bögen ging, im Schatten des stellenweise von Bäumen bestandenen Aventin, vorbei an den Scharen der Bettler, und dann auf das Forum Boarium kam. Rom war großartig: Zu meiner Rechten erhob sich der Circus Maximus, noch überragt vom neu gebauten, marmorverkleideten Palast des Augustus auf dem Palatin mit dem strahlenden Apollontempel dahinter. Voraus und ein wenig links von mir erhoben sich über dem Forum Romanum die uralten Tempel auf dem Kapitolinischen Hügel, als thronten Jupiter und Juno über dem Herzen des Imperiums ihrer Kinder.

Natürlich kannte ich die Namen und Funktionen all dieser Gebäude noch nicht, als ich sie an jenem Tag zum ersten Mal erblickte. Doch das brauchte ich auch nicht, um sie für das zu hassen, wofür sie standen. Als ich mich umschaute – zweifellos mit vor Staunen offenem Mund –, hatte ich nur einen Gedanken im Kopf: warum? Wenn sie all das besaßen, warum wollten sie immer noch mehr? Was konnte Rom denn von den Cheruskern nehmen, das die Pracht, die mich hier umgab, noch irgendwie verschönert hätte? Mir schien, Rom bräuchte nichts anderes mehr als ein Gegenmittel gegen Habsucht, und von diesem Augenblick an hasste ich Rom für seine unstillbare Gier.

Sabinus führte Chlodochar und mich durch die von

Menschen wimmelnden Straßen. Nur zwei seiner Männer begleiteten uns, ihrer Uniformen entledigt und mit schlichten Tuniken bekleidet. Die übrigen hatten vor den Mauern ihr Lager aufgeschlagen, da bewaffnete Soldaten die Stadt nicht betreten durften. Während wir den Nordhang des Palatins erklommen, zeigte Sabinus auf die anderen sechs Hügel Roms und nannte die Namen einiger Gebäude darauf. Er sprach jetzt Latein, denn nachdem wir fast zwei Monate unterwegs gewesen waren, hatten wir die Sprache recht gut gelernt. Doch seine Worte drangen kaum in mein Bewusstsein, da ich tief in meine eigenen Gedanken versunken war. Nun, da wir das Ziel unserer Reise erreicht hatten, fühlte ich mich so fern von zu Hause und so verloren in einer Stadt, deren schiere Größe mich überwältigte, dass ich vollends jede Hoffnung verloren hatte, die Wälder meiner Heimat jemals wiederzusehen.

«Wohin gehst du, wenn du uns in Drusus' Haus abgeliefert hast, Sabinus?», fragte ich, als wir den Gipfel des Palatins erreichten.

«Ich erlaube meinen Männern, eine Nacht in der Stadt zu verbringen, und morgen machen wir uns auf den Rückweg nach Germanien.»

«Gehst du ins Land der Cherusker?»

«Davon gehe ich aus. Zum Vollmond im September trifft Drusus sich mit deinem Vater, um die Rekruten für seine Auxiliartruppe in Empfang zu nehmen, bis dahin sind wir gewiss wieder zurück.»

«Würdest du meiner Mutter etwas von mir überbringen?» Ich löste mein Messer vom Gürtel und gab es ihm.

«Weshalb willst du dich davon trennen?»

«Ich trenne mich nicht für immer davon, ich will nur, dass meine Mutter es hat, solange ich fort bin. Sage ihr, es tut mir leid, dass ich mich nicht von ihr verabschiedet habe, und ich hoffe, mir das Messer eines Tages von ihr zurückzuholen.»

Sabinus nahm das Messer, befestigte es an seinem Gürtel und schaute lächelnd auf mich herab. «Du wirst wieder heimkehren.»

«Meinst du?»

«Deine Götter haben dich in höchster Gefahr beschützt – warum hätten sie sich die Mühe machen sollen, nur um dich dann in so weiter Ferne umkommen zu lassen?»

Ich zuckte die Achseln und überdachte die Worte kopfschüttelnd, und ich muss gestehen, sie machten mir Mut. Als wir uns einem großen Haus näherten, das weniger prunkvoll wirkte als die benachbarten Häuser auf dem Palatin, griff ich nach dem Amulett an meinem Hals und befahl mich Donar an, damit er mich sicher heimführte.

Wir stiegen die paar Stufen zur Haustür hinauf, und Sabinus zog an einer Kette. Ich hörte drinnen eine Glocke läuten, dann wurde ein Sehschlitz geöffnet, und ein Augenpaar schaute heraus.

«Centurio Titus Flavius Sabinus ist hier im Auftrag von Nero Claudius Drusus, um zwei Geiseln der Cherusker in dieses Haus zu überbringen.»

Die Tür öffnete sich, und wir gingen hinein. Unsere Eskorte blieb draußen zurück. Ich fand mich in einem

Raum wieder, in dem das ganze Langhaus meines Vaters Platz gehabt hätte und der mit mehr Reichtümern angefüllt war, als der gesamte Stamm der Cherusker besaß: Auf niedrigen Marmortischen mit Beinen in Tiergestalt standen goldene und silberne Ziergegenstände und Schalen; es gab Statuen, die so lebensecht bemalt waren, dass ich auf den ersten Blick damit rechnete, sie würden sich jeden Moment bewegen oder anfangen zu sprechen; der aus winzigen Steinchen zusammengesetzte Fußboden zeigte Bilder von Tieren und Menschen, umrahmt von geometrischen Mustern. Doch das Unglaublichste war eine Statue, aus deren Mund unentwegt Wasser in ein rechteckiges Becken in der Mitte des Raumes sprudelte. An allen vier Ecken ragten weiße Marmorsäulen zur Decke auf, die an dieser Stelle anscheinend unfertig geblieben war, sodass die Sonne hereinschien – ein breiter Streifen goldenen Lichtes durchschnitt die ruhige Atmosphäre des Raumes und spiegelte sich in schwindelerregender Farbenpracht auf den vielen Kostbarkeiten.

Während meine Augen all diese Dinge aufnahmen, wechselte ein älterer Mann in edler Tunika ein paar Worte mit Sabinus, dann folgten wir ihm in einen hohen, breiten Korridor, in dem es trotz der Julihitze draußen kühl war, und weiter in einen kleineren Raum – der allerdings immer noch größer war als alle anderen Räume, die ich je im Leben gesehen hatte. Dieser war noch prunkvoller eingerichtet und mit farbenprächtigen Fresken dekoriert. Unter der hohen Decke hing Dunst, als hätten sich dort Wolken gebildet, aus denen jeden Moment ein leichter Sommerregen fallen könnte. Doch gleich darauf erkannte ich, dass es die Dünste der zahlreichen Öllampen und Kerzenleuchter waren, die den Raum zusätzlich erhellten, obwohl durch drei Fenster in der hinteren Wand Licht hereinfiel. Durch die Fenster sah ich einen Garten in voller Blüte. Der ältere Mann ließ uns allein, ohne dass er uns aufgefordert hätte, auf einem der üppig gepolsterten Sofas Platz zu nehmen. So stand ich da, einen Arm um die Schultern meines Bruders gelegt. Seine Augen waren rund wie Schleudergeschosse, und er betrachtete in ungläubigem Staunen die Pracht, die uns umgab. Sabinus nahm an einer Seite vor einem Vorhangpaar Aufstellung, in das mit Silberfaden rätselhafte Zeichen eingewebt waren. Während ich sie anschaute und versuchte zu ergründen, was sie bedeuteten, bewegten sich die Vorhänge, und ein kleines Auge lugte durch den Spalt. Ich begegnete dem Blick und fragte mich, wer uns da beobachtete, doch dann waren von der Tür her Schritte zu hören, das Auge verschwand, und der Vorhang wurde hastig wieder geschlossen.

«Centurio», sagte eine weibliche Stimme, die sanft und gebieterisch zugleich klang.

Ich drehte mich um und sah eine Frau von herausragender Schönheit hereinkommen; ihre Bewegungen waren so geschmeidig, dass sie zu schweben schien.

«Ich bin Antonia. Mein Gemahl hat mir eine Nachricht geschickt, um euer Kommen anzukündigen. Danke, dass du deine Aufgabe erfüllt hast, du darfst gehen.»

Sabinus salutierte – für mich ein befremdlicher Anblick, da ich nie zuvor gesehen hatte, wie ein Mann sich gegenüber einer Frau so ehrerbietig verhielt. Er nickte meinem Bruder und mir kurz zu, wobei er ein Lächeln andeutete, und marschierte hinaus. Es war das letzte Mal, dass ich ihn sah. Ich bete zu den Göttern, dass er eine gute Entschuldigung dafür hat, mein Messer nie meiner Mutter überbracht zu haben, denn ich kann nicht glauben, dass er es willentlich unterschlagen hat; für ihn wäre es nichts wert gewesen. Vielleicht ist er auf dem Rückweg umgekommen.

Aius hörte auf zu lesen und rollte das Schriftstück zusammen.

Thumelicaz betrachtete wiederum das Messer, dann schaute er die zwei Brüder an. «Nun wissen wir also, warum Euer Vater das Messer nie meiner Großmutter übergab – aber weshalb hat er es meinem Vater nicht zurückgegeben?»

Der jüngere Bruder fuhr gereizt auf. «Er hat es nicht unterschlagen, falls es das ist, was Ihr andeuten wollt. Der Feldzug, in dem er so schwer verwundet wurde, dass er aus der Legion ausschied, ereignete sich sieben Jahre nach seiner Begegnung mit Eurem Vater. Als er sich im folgenden Jahr von seiner Verletzung erholt hatte und nach Rom zurückkehrte, diente Erminaz bereits als Tribun bei einer *Ala* einer Auxiliartruppe. Mein Vater hat versucht, das Messer zurückzugeben, das hat er uns erzählt, als er es uns vorigen Monat gab.»

Thumelicaz blickte dem jüngeren Bruder forschend

ins Gesicht und spürte, dass er die Wahrheit sagte. Er überlegte ein wenig. «Nun, die zeitliche Abfolge passt, Erminaz hat tatsächlich mit siebzehn Jahren den Militärdienst für Rom angetreten. Doch wir greifen vor.» Er wandte sich an Tiburtius, der das zweite Schriftstück entrollt hatte. «Fang an.»

III

Die werte Antonia musterte meinen Bruder und mich eine Weile lang scharf aus auffallend grünen Augen. Ich fühlte, wie sich ihr Blick in mich bohrte, und musste mich selbst daran erinnern, dass ich der Sohn des Cheruskerfürsten war, sonst hätte ich den Kopf vor ihr geneigt. Mein geschlechtliches Interesse an Frauen war noch nicht erwacht, dennoch schlug mein Herz angesichts ihrer Schönheit schneller: blasse Haut, volle Lippen, die in sinnlichem Rosa geschminkt waren, hohe Wangenknochen und volles, rötliches Haar, das kunstvoll geflochten und auf dem Kopf hoch aufgetürmt war. Die Frisur war teilweise von einem langen türkisfarbenen Gewand bedeckt, das um ihre Schultern fiel, um ihren Körper geschlungen und über einen Arm drapiert war. Darunter trug sie ein knöchellanges tiefrotes Kleid mit üppigen Falten, das mit jedem Schritt leicht mitschwang. Ich war hingerissen. Nie zuvor hatte ich solche Schönheit und Eleganz gesehen. Ich sog ihren Duft ein, und er weckte ein Verlangen in mir, das ich nicht begreifen konnte – erst ein paar Jahre später sollte ich erkennen, welche Macht der Geruchssinn auf Männer wie Frauen ausübt.

Antonia lächelte wohlwollend und ein wenig belustigt, und mir wurde bewusst, dass mein Gesicht verraten musste, was in mir vorging. Sofort setzte ich eine trotzige Miene auf.

«Wie heißt ihr?», fragte sie, setzte sich auf ein Sofa und legte die Hände in den Schoß.

«Ich bin Erminaz, und das hier ist mein …»

«Lass den Jungen für sich selbst sprechen.» Sie schaute Chlodochar an, der die Augen niederschlug.

«Chlodochar», flüsterte er.

«Sprich lauter, Kind.»

«Chlodochar!» Er schrie es fast hinaus.

«Chlotgelar? Nein, nein, das geht nicht, das kann sich ja kein Mensch merken.»

Mein Bruder hob den Blick und schaute sie ängstlich an. «Die Soldaten haben mich Flavus genannt, weil ich blonde Haare habe.»

«Wie überaus vernünftig von ihnen. Also dann, Flavus.» Sie wandte sich wieder an mich. «Arminetz klingt viel zu vulgär. Arminus … nein, Arminius, ja, das ist gut, du wirst hier in Rom Arminius heißen.»

«Ja, Antonia.»

Ihre Augen sprühten Blitze. «Du wirst mich stets mit ‹Herrin› anreden.»

Ich nickte im Bewusstsein der Macht, die in diesem Blick lag. Ich wollte nicht noch einmal ihren Unmut auf mich ziehen.

«Schön. Mein Mann hat mir geschrieben, er wünsche, dass ihr beide hier in diesem Hause erzogen werdet, und so soll es geschehen. Wir werden die barbarischen

Falten glätten und euch zu vorzeigbaren Menschen machen. Aber seid gewarnt: Wenn ihr eure Lektionen vernachlässigt, aufsässig oder ungehorsam seid, werdet ihr bestraft und aus dem Stand von Gästen in den von Geiseln hinabgestuft. Dann werden eure Freiheiten drastisch beschnitten, und ihr werdet es kaum besser haben als Sklaven. Habt ihr mich verstanden?»

Ehrlich gesagt, gebe ich diese Ansprache mit eigenen Worten wieder, denn ich hatte den Inhalt nur in groben Zügen erfasst. Aber ihr Ton und die Worte, die ich verstanden hatte, genügten, und so nickte ich wieder. «Ich werde es Chlodochar erklären.»

Antonias Augen blitzten neuerlich auf. «Wem wirst du es erklären, Arminius?»

«Flavus, Herrin.»

«Gut, du machst Fortschritte.» Dann richtete sie den Blick an mir vorbei. «Ich weiß, dass du dort drin bist, also komm heraus!»

Ich drehte mich um und sah, wie sich die Vorhänge teilten. Aus der Nische dahinter trat ein Junge, kaum älter als Flavus. Selbstbewusster, als es seinem Alter entsprochen hätte, ging er auf Antonia zu, grinste und küsste sie auf die Wange, die sie ihm auffordernd zuwandte.

«Diese beiden Knaben werden künftig an deinen Lektionen teilnehmen», erklärte Antonia, während sie ihm liebevoll das Haar zauste.

Er schaute uns an und machte ein finsteres Gesicht, doch dabei zwinkerte er schelmisch. «Sie sehen nicht gerade sauber aus, Mutter.»

Und so lernte ich einen der größten Feldherren Roms kennen, den ältesten Sohn von Drusus und Antonia, Tiberius Claudius Nero, der später unter dem Namen Germanicus bekannt werden sollte.

Die Bildung der Römer besteht aus einer Abfolge hart erarbeiteter Lektionen, von denen jede schwieriger ist als die vorige. Da ich nie im Leben eine einzige formale Unterrichtsstunde gehabt hatte, war es für mich zu Beginn ein Schock. Ich hatte bereits Schrift gesehen – beispielsweise wusste ich, dass die Runen auf der Klinge meines Messers «Erminaz» bedeuteten –, aber ich hätte nie gedacht, dass ich einmal lernen müsste, solche Zeichen zu entziffern. Bei uns gab es Sklaven, die diese niedere Arbeit übernahmen. Doch zu Beginn meiner ersten Lektion zeigte mein *Litterator* mir eine Liste mit Zeichen und erklärte, das seien Buchstaben und ich müsse sie mir einprägen und lernen, für welchen Laut ein jeder von ihnen stehe, und das in einer Sprache, die ich kaum beherrschte. Als wäre das noch nicht schlimm genug gewesen, saß ich neben zwei Jungen, die drei Jahre jünger waren als ich und von denen einer, Germanicus – ich werde ihn künftig so nennen, auch wenn er seinen Beinamen erst später bekam –, diese scheinbar magische Kunst schon fast gemeistert hatte. Er lachte, wenn ich stockend buchstabierte. Vor Scham darüber geriet ich erst recht ins Stammeln und wurde immer unsicherer, sodass dem Litterator am Ende nichts anderes übrig blieb, als die Rute zu gebrauchen. Vor Jüngeren geschlagen zu werden, vergrößerte meine Schmach noch, und hinzu kam, dass Flavus mit Leichtigkeit erlernte, was mir einfach nicht gelingen wollte.

Dennoch machte ich Fortschritte, die Rute wurde seltener gebraucht, und auch das stundenlange Sitzen auf der harten Holzbank wurde allmählich erträglich. Als unsere Leistungen besser wurden, durften wir uns zur Belohnung mannhafteren Tätigkeiten wie dem Ringkampf und dem Gebrauch des Schwertes widmen. Doch da ich so viel größer war als Flavus und Germanicus, bildeten die beiden stets ein Paar, und ich musste mit demjenigen üben, der uns unterwies. Die Folge war, dass ich niemals in irgendetwas gewinnen konnte, während Flavus und Germanicus enge Freunde wurden. Ich begann, mich sehr einsam zu fühlen, und dieses Gefühl wurde noch stärker, als Germanicus seine Mutter bat, Flavus aus unserem gemeinsamen Zimmer in seines umziehen zu lassen. Sie gewährte die Bitte, und Flavus freute sich darüber.

So vergingen meine ersten zwei Monate in Drusus' Haus; doch ich will mich nicht länger mit Schilderungen aufhalten, denn spät im September geschah etwas, das vieles veränderte.

Wir saßen gerade im *Peristyl*, dem von Säulengängen umgebenen Garten im hinteren Bereich des Hauses, und mühten uns, Arithmetik zu begreifen, als ein Bote, noch vom Schmutz der Straße bedeckt, an uns vorbei zu einem Raum am hinteren Ende des Gartens geführt wurde, der Antonias privates Reich war. Ich dachte mir nichts dabei, als die schwarz lackierte Tür geöffnet wurde, um ihn einzulassen. Doch kurz darauf kam

Antonia zum Vorschein; merkwürdig aufrecht, als müsse sie sich zwingen, nicht zusammenzubrechen, kam sie auf unsere kleine Gruppe unter dem mit Früchten beladenen Apfelbaum zu.

Sie schaute Germanicus mit ausdruckslosem Blick an und sagte ohne Umschweife: «Dein Vater ist an einer Verletzung gestorben, die er sich zugezogen hat, als er in Germanien vom Pferd stürzte. Von nun an bist du der Familienvorstand, und nächsten Monat, wenn sein Leichnam in Rom eintrifft, wird von dir erwartet, bei seinem Begräbnis die entsprechenden Aufgaben zu übernehmen. Enttäusche die Familie nicht.» Damit wandte sie sich ab und ging ins Haus, so schnell ihre Würde es zuließ. Im Rückblick ist mir klar, dass sie möglichst bald mit ihrer tiefen Trauer allein sein wollte; ihr in der Öffentlichkeit freien Lauf zu lassen – oder auch nur feuchte Augen zu bekommen –, wäre aus ihrer Sicht inakzeptabel gewesen.

Flavus und ich schauten Germanicus an, dessen Gesicht keine Regung verriet. Er legte seinen Stilus und die Wachstafel neben sich auf die steinerne Bank, stand auf und sagte zu dem Litterator: «Du wirst mich gewiss entschuldigen.» Dann folgte er seiner Mutter in der gleichen gefassten Haltung ins Haus, und ich hatte meine erste Lektion in römischer Zurückhaltung und Selbstbeherrschung erhalten.

Dass Germanicus, jung, wie er war, seine Gefühle über den Tod seines Vaters so in sich verschließen konnte, verwunderte mich – in meinen Augen war es nahezu unmenschlich. Flavus erzählte mir, während der ganzen Zeit, in der Drusus' Leichenzug nach Rom unterwegs war, hörte er ihn nicht ein einziges Mal nachts weinen. Tagsüber nahm Germanicus weiter an den Lektionen teil, als sei nichts geschehen. Der einzige Unterschied, den ich bemerkte, war, dass er nicht mehr lachte, wenn ich wieder einmal einen Fehler machte; er lachte überhaupt nicht mehr.

Und dann kam der Tag, da Drusus' Leichnam in Rom eintraf.

In den wenigen Monaten, die ich nun in der Stadt war, hatte ich das Haus nicht verlassen dürfen, doch am Tag von Drusus' Begräbnis wurde von Flavus und mir als Gästen des Hauses erwartet, uns an der Trauer der Familie zu beteiligen, und so wurden wir lange vor Tagesanbruch geweckt. Im Haus herrschte düstere Geschäftigkeit, ruhig und geordnet machten die Sklaven alles für die Rückkehr ihres Herrn bereit. Flavus und ich bekamen rasch etwas zu essen, dann platzierte der Verwalter des Hauses uns im hintersten Winkel des Atriums und wies uns an, der Familie in respektvollem Abstand zu folgen.

Als die Sonne über den östlichen Horizont stieg, wurden die Türen geöffnet, um Drusus' Klienten einzulassen. Es waren mehr als zweihundert, später erfuhr ich allerdings, dass dies nur die angesehensten der paar tausend Bürger waren, die Drusus als ihren Patron betrachteten. Angetan mit dunkelgrauer Toga – die, wie ich bald erfuhr, *Toga pulla* hieß –, schritten sie mit feierlichem Ernst ins Atrium und nahmen an den

Wänden Aufstellung. Dann erschien Germanicus, gefolgt von seiner Mutter und Schwester, und mir stockte vor Überraschung fast der Atem: Antonia hielt einen Säugling in den Armen. Ich hatte nie von einem dritten Geschwister gehört, keiner hatte das Kind je erwähnt. Doch meine Neugier war bald vergessen; als wir der Familie hinaus in den kühlen Morgen folgten, um vor dem Haus den Leichenzug zu erwarten, scholl aus der Stadt unten ein Laut herauf, den ich nie zuvor gehört hatte: zigtausend Stimmen, in gemeinsamer Trauer erhoben. Allmählich schwoll der Lärm an, kam näher und näher, bis schließlich die Spitze der Prozession in Sicht kam. Drusus' Leichnam lag auf einer Bahre, von sechs Männern auf den Schultern getragen. Ich schaute zu Germanicus und Antonia hinüber – keinem von beiden war irgendeine Gefühlsregung anzusehen, als ihr toter Vater beziehungsweise Ehemann zum letzten Mal heimkehrte.

Der Verwesungsgestank wehte der Bahre voraus, doch alle taten, als nähmen sie ihn nicht wahr. Ich war geistesgegenwärtig genug, Flavus' Hand wieder hinunterzudrücken, als er sich die Nase zuhalten wollte.

Antonia tippte Germanicus auf die Schulter, als die Prozession vor dem Haus zum Stehen kam. Er trat vor, neigte den Kopf und machte dann kehrt, um vor der Bahre her die Stufen zum Haus hinaufzugehen. Plötzlich musste ich mir ein Grinsen über den absurden Anblick verbeißen: Die beiden vordersten Träger waren von so ungleichem Wuchs, dass die Bahre bei jedem Schritt bedrohlich schwankte. Der Mann auf der linken Seite war selbst nach unseren Maßstäben groß, mit breiten Schultern und massiger Brust; die Züge seines verständlicherweise düsteren Gesichts und sein Alter – Anfang dreißig – ließen darauf schließen, dass er Drusus' Bruder war. Der Träger auf der rechten Seite hingegen war Mitte fünfzig, viel kleiner und dünner, geradezu spindeldürr. Da alle Männer graue Trauertogen trugen, konnte ich den Rang des unscheinbaren Mannes nicht einschätzen, doch mir taten die anderen Träger leid, die alle Mühe hatten, zu verhindern, dass der Leichnam von der Bahre rutschte.

Hinter ihnen kam eine Frau, ein wenig jünger als der dürre Mann. Sie hatte volle Wangen, eine ausgeprägte, gerade Nase und große Augen, die sie keinen Moment von Drusus' Leichnam wandte. Sie ging sehr aufrecht, wirkte jedoch entrückt, und ich erriet, dass sie Drusus' Mutter sein musste. Hingegen vermochte ich nicht zu erahnen, wer die jüngere Frau war, um die sich fünf Kinder im Alter zwischen drei und zwölf Jahren scharten, alle wie von einer Wolke der Trauer umfangen.

Der Rest des Gefolges blieb draußen, und Antonia führte nun die Familie hinein. Flavus und ich traten als Letzte über die Schwelle. Damals war es mir nicht bewusst, aber als die Tür geschlossen wurde, war die gesamte kaiserliche Familie Roms im Raum versammelt; ich befand mich im Zentrum der Macht.

Die Trauernden hatten viele Male den Namen des Verstorbenen gerufen, und schier endlose Gebete waren gesprochen worden, ehe Drusus endlich eine Münze für den Fährmann in den Mund gelegt wurde und wir das Haus verließen, um zum Campus Martius zu ziehen. Dort, nordwestlich der Stadtmauer, war der Scheiterhaufen errichtet worden. Scharen von Menschen folgten uns und säumten den Weg, und sie trugen ihre Trauer theatralisch zur Schau: Frauen rauften sich unter schrillem Klagegeschrei das Haar und zerrissen ihre Kleidung, während Männer sich nicht scheuten, offen zu weinen. Ich erkannte bald, dass Trauer in Rom ein öffentliches Gut war, nicht etwas, dem man sich im Privaten hingab, und nun verstand ich Germanicus' scheinbaren Mangel an Gefühlen über den Tod seines Vaters. Auf diesem Trauerzug ließ er nun seinen Tränen freien Lauf, ebenso wie Antonia und alle anderen in der Prozession, auch die Bahrenträger. Voran ging ein Schauspieler, der Drusus' Totenmaske trug und gekleidet war wie er, in voller Militäruniform, und ihm folgten andere mit den Totenmasken seiner Vorväter. Professionelle Totenkläger peitschten mit schier selbstzerfleischenden Zurschaustellungen von Trauer die Menge auf. Die Atmosphäre verdüsterte sich immer mehr, je näher wir dem Scheiterhaufen kamen – die hohen Gebäude am Weg schienen das Geheul und Klagegeschrei einzuschließen, sodass es von den Mauern widerhallte und nicht zum Himmel aufsteigen konnte.

Die Trauer wirkte ansteckend, und ehe wir unser Ziel erreichten, war meine Stimmung so schwarz, als hätte ich selbst meinen Vater verloren. Tränen liefen mir über die Wangen, Tränen um einen Mann, den ich kaum gekannt, der mein Volk besiegt und mich als Geisel genommen hatte. Die Bahre wurde auf dem rechteckigen Stapel aus gleichmäßig aufgeschichteten Scheiten abgestellt, der aussah wie ein Gebäude, und die Familie stieg auf eine große erhöhte Plattform daneben; mein Bruder und ich blieben am Fuß der Stufen stehen. Die Totenkläger steigerten ihre Lautstärke ins schier Unmögliche, und die Maskenträger verharrten reglos in Trauerposen, während die zigtausend Zuschauer wehklagten, als gälte es ihrem eigenen Tod.

Als mir von dem Getöse bereits die Ohren klingelten, trat der dürre Mann vor und brachte mit einer einzigen Geste die riesige Menge in einem Augenblick zum Schweigen. Dann ergriff er das Wort, und ich erkannte mit Bestürzung, wer er war.

«Wir beklagen heute einen Sohn Roms, einen Mann, der mir so lieb war wie meine Adoptivsöhne Gaius Iulius Caesar und Lucius Iulius Caesar, die leiblichen Söhne meiner Tochter Iulia.»

Der spindeldürre Mann war der mächtigste Mann der Welt: Augustus, der Kaiser der Römer. Er deutete auf die beiden ältesten Jungen unter den fünf Geschwistern.

«Ich bete, dass sie, wenn einmal für ihre Söhne die Zeit kommt, ihre Trauerrede zu halten, ebenso viel Ehre im Namen Roms errungen haben werden wie Drusus, ein Mann, den ich nicht weniger als meinen Erben betrachtete denn diese beiden Knaben.»

Es verwunderte mich, dass ein äußerlich so unscheinbarer Mann, ein Mann, der nicht aus einer Menge herausragen konnte, sondern leicht zu übersehen war, es bis an die Spitze dieses kriegerischen Volkes gebracht hatte. Und während Augustus nun seine einstündige Grabrede hielt, betrachtete ich ihn forschend und suchte nach einem Anzeichen seiner Macht. Obwohl klein und schmächtig, war er tadellos proportioniert – hätte man ihn allein gesehen, so hätte nichts auf seine geringe Größe hingedeutet, und man hätte ihn ganz selbstverständlich weit größer eingeschätzt, als er tatsächlich war. Offenbar war er sich seines geringen Wuchses bewusst, denn ich bemerkte, dass seine Schuhe dicke Sohlen und Absätze hatten, die ihn wenigstens zwei Daumenbreit größer erscheinen ließen. In meiner Heimat hätte man einen Mann für solche Eitelkeit verspottet. Sein Gesicht war blass, sein sandfarbenes, lockiges Haar wirr, und die Augenbrauen trafen sich über der römischen Nase. Ich sah nichts in ihm, das mich glauben machte, er könne Männer beherrschen, bis sein Blick in meine Richtung wanderte und für einen Moment dem meinen begegnete. Da verstand ich. Seine Augen waren hell und klar und so blau, dass sie fast grau wirkten. Es waren die Augen eines Mannes von ungeheurer Willensstärke, sie leuchteten mit solcher Intensität, dass es fast unmöglich war, ihrem Blick längere Zeit standzuhalten. Ein Mann mit solchen Augen konnte andere dazu bringen zu tun, was immer er wünschte.

Augustus gab Antonia, Drusus' Mutter und seinem Bruder einen Wink vorzutreten; er präsentierte sie seinem gebannten Publikum. «Mitbürger, ich fordere Euch auf, Anteil an der Trauer seiner Frau Antonia und seiner drei Kinder zu nehmen; Anteil an der Trauer einer Mutter, Livia Drusilla, meiner Frau; und Anteil an der Trauer eines Bruders, Tiberius Claudius Nero.» Alle drei streckten bittend die Hände aus, damit das Volk von Rom ihre Trauer teilte, und das tat es hemmungslos.

Augustus ließ die Klagen eine ganze Weile andauern, ehe er erneut Ruhe gebot, die augenblicklich eintrat. Er schaute zu einer Gruppe aus etwa fünfhundert Mann hinüber, die auf den Stufen vor einem Gebäude auf der anderen Seite des Scheiterhaufens standen – später erfuhr ich, dass es das Theater des Pompeius war. «Patres Conscripti des Senats, helft, unsere Trauer zu lindern, ehrt Drusus im Tode so, wie ich Euch schon zu seinen Lebzeiten hätte bitten sollen, ihn zu ehren. Der Fehler liegt bei mir, da ich Euch nicht ersucht habe, ihm den Titel zuzusprechen, den er verdient; ich nehme die Schuld auf mich, Patres Conscripti, und ich bereue meine Unterlassung. Für seine Siege in der Germania Magna und die Friedensverträge, die er dort geschmiedet hat – der Beweis dafür steht vor mir.» Er richtete den Blick auf Flavus und mich, dann zeigte er auf uns. «Die Söhne germanischer Häuptlinge sind hier in Rom, nicht nur als Geiseln für das Wohlverhalten ihrer Väter, sondern auch damit wir sie zu Römern machen. Drusus hat für uns eine neue Provinz erschaffen, unsere Grenzen weit im Osten gesichert; ich beschwöre Euch, Patres Conscripti, ehrt ihn und seine Nachkommen mit dem Namen, den er gewiss verdient hat: Verleiht ihm posthum den Namen Germanicus, und sein ältester Sohn soll zum Gedenken an seinen Vater fortan diesen Namen tragen.»

So viel Gefühl lag in seiner Stimme und so inbrünstig trug er seine Bitte vor, dass der Senat beinahe wie ein Mann rief: «Germanicus!» Der Ruf wurde vom Volk Roms aufgenommen, und während der Sprechchor anschwoll, schritt Augustus zu dem Scheiterhaufen hinüber, nahm eine brennende Fackel, die ein Sklave bereithielt, und stieß sie in das ölgetränkte Holz. Augenblicklich loderten die Flammen hoch auf, züngelten um die Bahre, und dunkler Rauch wölkte durch die vor Hitze flimmernde Luft himmelwärts. Neben dem Scheiterhaufen opferten Männer, die ihre Togen über die Köpfe gezogen hatten, einen Ochsen, einen Widder und einen Keiler und entnahmen die Herzen, um sie in das Feuer zu werfen. Als die Hitze stärker wurde, das Holz knackte und prasselte und das tote Fleisch zischte, schwoll auch der Sprechgesang weiter an, bis ihn sämtliche Götter hören mussten, römische wie germanische.

Der Senat und das römische Volk hörten nicht auf, ihren geliebten Sohn zu ehren, bis das Feuer herunterbrannte und von dem Leichnam nichts als verkohlte Knochen übrig waren. Erst dann löste sich die Versammlung allmählich auf, und es begann eine offizielle Trauerzeit, die mit den Begräbnisspielen neun Tage später enden sollte.

Wir kehrten auf den Palatin zurück, und das Leben ging wieder seinen gewohnten Gang, mit zwei Ausnahmen: Wir durften nun hin und wieder unter Aufsicht das Haus verlassen, um uns mit den anderen Knaben auf dem Campus Martius in Gymnastik, Ringkampf, dem Gebrauch von Waffen und dem Reiten zu üben.

Die zweite Neuerung war weniger angenehm: Zwar habe ich Germanicus in meiner Erzählung von Anfang an so bezeichnet, aber tatsächlich hatte er bislang Nero geheißen. Erst jetzt mussten wir ihn Germanicus nennen, und so wurde ich jedes Mal, wenn ich seinen Namen aussprach, an die Niederlage meines Stammes erinnert. So begann ich ihn zu hassen, obwohl er mir nichts getan hatte, einzig seines Namens wegen.

In den folgenden paar Jahren wurde Rom mein Leben, und obwohl es mir nie behagte, eine römische Bildung zu durchlaufen, begann ich doch, mich in Leibesübungen hervorzutun und im Schulzimmer angemessene Leistungen zu erbringen. Meine Schenkel, Brust und Schultern entwickelten sich, ich konnte Latein und Griechisch lesen und schreiben und beide Sprachen auch fast akzentfrei sprechen. Als ich die Pubertät hinter mir hatte, war ich nicht mehr von den Jungen zu unterscheiden, mit denen ich auf dem Campus Martius übte – kurz, ich wurde ein Römer. Mein Haar wurde regelmäßig gestutzt, mein spärlicher Bartwuchs täglich rasiert, und ich hatte seit fünf Jahren keine Hosen mehr getragen. Ich wusste, wie der Staat regiert wurde, verstand die starre Hierarchie der Gesellschaft und kannte die Befehlsstruktur und die Funktionsweise der Legionen. Doch trotz alledem hegte ich heimlich in meinem Herzen noch immer eine tiefe Liebe zu den Cheruskern und einen glühenden Hass auf das Volk, das mich gezwungen hatte, die Sitten des meinen abzulegen.

Auf Flavus traf das nicht zu. Seine Freundschaft

mit Germanicus war gewachsen, die beiden waren inzwischen unzertrennlich, und seine Liebe zu allem Römischen bestimmte sein Leben. Er weigerte sich sogar, mit mir in unserer Muttersprache zu sprechen, wenn wir miteinander allein waren. Seine Erinnerung an unsere Heimat verblasste, und er begann, die «primitive» Lebensweise der Cherusker, wie er sie nannte, zu verachten. Er warf mir vor, das Großartige, das mich umgab, nicht zu sehen und die Macht, die es repräsentierte, nicht zu begreifen. Er wurde wahrhaft romanisiert: Er verehrte ihre Götter, genoss ihre Spiele in den Arenen und dem Circus Maximus und entwickelte eine Vorliebe für ihre Speisen.

Wir stritten viel in dieser Zeit, oft auch handgreiflich. Da ich älter und größer war, erteilte ich ihm heftige Prügel – für die ich in der Regel bestraft wurde –, und das entfremdete ihn mir noch mehr und stärkte seine Nähe zu Germanicus, den er mit der Zeit mehr für seinen Bruder ansah als mich, sein eigen Fleisch und Blut.

Da ich niemanden mehr hatte, mit dem ich meine Erinnerungen an die verlorene Kindheit teilen konnte, fühlte ich mich immer einsamer, und meine Bitterkeit schwelte in mir. Das äußerte sich in extremen Gewaltausbrüchen, und bald war ich beim Ringkampf gefürchtet; wenn ich zu verlieren drohte, entflammte mein Temperament, und alle Rücksicht auf die Regeln und die Etikette des Sports war in einem Augenblick dahin. Am Ende musste mich der Ringkampflehrer von meinem blutenden Gegner herunterzerren und mir eine Tracht Prügel erteilen.

Nach einem solchen Zwischenfall drängte sich ein Jüngling, der etwa in meinem Alter war, durch die Menge und grinste mich höhnisch an, als ich einige derbe Schläge mit der Rute erhielt.

«Lass ihn!», befahl er meinem Peiniger. «Ich werde ihm auf dem Kampfplatz eine Lektion in römischem Benimm erteilen.»

Der Ringkampflehrer ließ von mir ab; ich richtete mich auf und sah meinen Herausforderer an. Er kam mir vertraut vor, doch ich konnte mich nicht darauf besinnen, woher ich ihn kannte. Jedenfalls hatte ich ihn nie zuvor auf dem Campus Martius üben sehen. Aber ich durfte auch nur gelegentlich herkommen, also war es durchaus möglich, dass unsere Wege sich nie gekreuzt hatten. Er war für einen Jüngling von etwa vierzehn Jahren nicht kräftig gebaut und etwas kleiner als ich. Mit seinen großen blauen Augen, den vollen Lippen und dem hellbraunen Haar sah er eher nach einem Lustknaben aus – ich hatte solche Jungen in den Straßen der weniger angesehenen Gegenden Roms umherstreifen sehen, die ich mitunter erkundete, wenn es mir gelang, meinen Aufpassern zu entwischen.

Er trat auf die Sandfläche, ließ die Schultern kreisen und fixierte mich mit entschlossenem Blick. Er war nackt, ebenso wie ich. An seiner geölten Haut klebte stellenweise Sand von einem früheren Kampf, und an seinen Armen und der Brust waren Blutergüsse zu sehen, als hätte er kürzlich eine Niederlage eingesteckt.

Auch ich ging auf die Kampffläche, wobei ich mir nicht anmerken ließ, dass die Striemen von den eben bezogenen Prügeln schmerzten. Ich musterte ihn mit der Selbstgewissheit eines Menschen, der einzig nach dem Augenschein urteilte. «Ich blicke meiner Lektion freudig entgegen.»

«Das ist gut, denn ich kann dir versichern, du wirst nicht mit dem gleichen Gefühl auf sie zurückblicken.»

«Ich bin sicher, dass ich sie umso mehr genießen werde.»

«Arrogante Barbaren müssen an ihren Platz verwiesen werden.» Er baute sich in geduckter Haltung vor mir auf, ich nahm die gleiche Pose ein und begann ihn zu umkreisen, wobei ich immer wieder die Richtung wechselte. Er schlug indessen nach meinen Schultern und Oberarmen und suchte an der geölten Haut nach festem Halt.

Ich tat es ihm gleich und wehrte dazwischen mit den Unterarmen seine Versuche ab, mich zu packen. Ein Trick, den ich gelernt hatte, bestand darin, meine Füße unregelmäßig zu bewegen, sodass der Gegner die nächsten Schritte und Richtungswechsel nicht vorhersehen konnte, doch dieser Jüngling ließ sich davon überhaupt nicht beirren. So umkreisten wir uns abwechselnd links- und rechtsherum, schlugen einander mit der flachen Hand, und die Treffer verursachten einen brennenden Schmerz, doch keiner bekam den anderen richtig zu fassen. Plötzlich traf mich ein seitlicher Schlag an den Kopf mit solcher Wucht, dass mir die Ohren klingelten, was meinem Gegner den Beifall der wachsenden Zuschauerschar einbrachte. Ich riss den rechten Arm hoch und schlug so den seinen weg, bevor er die Hand um meinen Nacken legen konnte. Dann konterte ich mit einer Finte nach links und ließ meinen rechten Fuß vorschnellen, um ihn in seine Kniekehle zu haken. Doch er durchschaute das Manöver sofort, machte einen Sprung rückwärts und griff mit der linken Hand nach meiner Wade. Er zog heftig nach oben, während seine rechte Hand gleichzeitig meinen Fuß packte und ihn mit einem brutalen Ruck verdrehte. Mein Körper war gezwungen, mit der Bewegung zu gehen, sonst wären die Sehnen in meinem Knöchel unerträglich überdehnt worden. Augenblicklich drehte ich mich in der Luft, während er den Griff an meinem Fuß verstärkte, dann warf er sich nach vorn und winkelte mein Knie mit solcher Kraft an, dass meine Ferse fast in mein Gesäß trat, und so prallte ich mit dem Gesicht nach unten heftig auf den Boden. Sand stob auf, und die Zuschauer jubelten und lachten. Der raue Sand schürfte mir die Haut von Kinn, Nasenspitze und Stirn ab und drang in meine tränenden Augen. Ich wälzte mich auf den Rücken, unablässig blinzelnd, meine Sicht war verschwommen, und ich spürte, wie mit der wachsenden Schmach zugleich Wut in mir aufstieg.

Als ich mir den Sand aus den Augen rieb, sah ich den Jüngling über mir stehen. Höhnisch grinsend bedeutete er mir aufzustehen; die Menge klatschte langsam und rhythmisch, und da verlor ich die Beherrschung.

Ich stieß mich mit beiden Händen ab, warf meinen schmerzenden Körper nach vorn und stürzte mich mit einem schrillen Wutschrei auf meinen Gegner. Ohne Rücksicht auf die Regeln fiel ich mit geballten Fäusten über ihn her. Krachend trafen meine Fingerknöchel ihn am Kinn, dann an der Schläfe. Er reagierte nicht, sondern stand nur da und grinste gehässig. Ich schlug wild mit den Fäusten auf ihn ein, brüllte unartikuliert, und dann geschah etwas, das meine Sicht auf das Leben für immer verändern sollte: Blitzschnell packte der Jüngling meine beiden Fäuste, umklammerte sie fest mit seinen Händen und drückte sie langsam nach unten.

«Was nutzt es, nur ein klein wenig zu betrügen?», zischte er mit zusammengebissenen Zähnen und verdrehte meine Handgelenke auswärts. «Entweder du spielst nach den Regeln, oder du setzt dich so kühn über sie hinweg, dass dein Gegner völlig überrumpelt wird und alle dich fürchten, weil du es wagst, so weit zu gehen.»

Er verstärkte den Druck, und ich fiel mit schmerzverzerrtem Gesicht auf die Knie. Plötzlich ließ er meine linke Faust los und drückte die rechte noch weiter nach außen; mit der freien Hand packte er meinen Ellenbogen und stieß meinen Arm nach unten, während er zugleich sein Knie hochriss. Schmerz durchfuhr mich wie ein weißer Blitz, ich hörte meinen Unterarm brechen wie totes Holz, und ich muss geschrien haben, allerdings kann ich mich nicht daran erinnern.

«So bricht man die Regeln. Alles andere ist jämmerlich und erniedrigt dich selbst ebenso wie deinen Gegner.»

Ich fiel auf den Boden, meinen gebrochenen Arm umklammernd, Tränen strömten über mein schmerzverzerrtes Gesicht und mischten sich mit dem Sand, der daran klebte.

Nachdem ich mich einige Augenblicke lang in Qualen gewunden hatte, wurde mir bewusst, dass es um mich herum völlig still geworden war. Ich öffnete die Augen und sah, dass die Zuschauer mit offenen Mündern verblüfft den Jüngling anstarrten, der mich besiegt hatte.

Er trat vor und zog mich hoch. «Es ist ein glatter Bruch, er wird gut heilen. Ich schicke den Arzt meines Vaters zu dir nach Hause, er soll ihn richten.» Damit legte er mir seinen Arm um die Schultern und führte mich durch die Zuschauermenge, die sich wortlos vor uns teilte. Mein Aufpasser, ein älterer Sklave des Haushalts, zog mir meine Tunika über den Kopf, nahm meine Sandalen und folgte uns zurück zum Palatin.

Der Jüngling begleitete mich bis zu Antonias Haus.

Der Arzt traf schneller ein, als ich erwartet hätte, und während er meinen Arm untersuchte, fragte ich ihn, wie der Jüngling hieß.

Der Arzt schaute mich erstaunt an, als müsse jeder den Namen des Jungen kennen. «Er ist der jüngste Adoptivsohn meines Herrn.»

In diesem Moment begriff ich, weshalb sein Gesicht mir so bekannt vorgekommen war: Ich hatte ihn bereits bei Drusus' Begräbnis gesehen, er war Lucius Iulius Caesar.

Lucius besuchte mich am nächsten Tag, und zu meiner großen Überraschung und Verwirrung schien er mir überaus freundschaftlich gesinnt.

«Wie geht es deinem Arm?», erkundigte er sich, als er unangekündigt in mein Zimmer kam.

Ich schaute ihn überrascht an. «Er pocht», platzte ich heraus.

«Das wird wohl noch ein paar Tage anhalten.» Er setzte sich auf einen Schemel in der Ecke, lehnte sich mit dem Rücken an die Wand und legte die Füße auf den niedrigen Tisch neben meinem Bett. Eine Weile lang betrachtete er mich schweigend.

Zuerst wusste ich nicht, was ich davon halten sollte, dann fing es an, mich zu ärgern. «Was schaust du?»

«Das ist eine dumme Frage.»

Ich knurrte, da ich dieser Feststellung nicht widersprechen konnte, dann erwiderte ich seinen Blick. «Warum hast du mir erst absichtlich den Arm gebrochen und kommst dann her, um dich zu erkundigen, wie es mir geht?»

«Das ist schon besser.» Er lächelte vor sich hin.

«Und?»

«Ich glaube, ich hatte Langeweile.»

«Langeweile?»

«Ja, Langeweile. Weißt du, mein Geist war unzureichend beschäftigt, da das Leben so eintönig ist.»

«Ich weiß, was Langeweile bedeutet!»

«Warum hast du dann gefragt?»

«Ich habe nicht gefragt, was es bedeutet, ich meinte, ich meinte … nun ja, warum?»

«Ich wollte sehen, wie du es aufnimmst.»

«Schlecht.»

«Nein, bemerkenswert gut. Wenigstens hatte ich den Eindruck. Und ich wollte sehen, ob du etwas daraus gelernt hast.»

Ich kniff die Augen zusammen. «Oh ja, ich habe daraus gelernt, und die Lektion war sehr schmerzhaft.»

«Das sind die besten immer.»

«Das ist nicht wahr.»

Lucius dachte kurz nach. «Nein, mir scheint, das war Unfug – ich hatte erst gestern Abend eine überaus angenehme, schmerzfreie Lektion.»

Ich brachte ein schwaches Lächeln zustande.

«Und?»

«Was und?»

«Und was hast du gelernt?»

«Dass ich, wenn ich das nächste Mal mit dir ringe, dir die Eier abreißen und dir anschließend beide Arme brechen werde, und dann sage ich, alles Geringere wäre jämmerlich und würde uns beide erniedrigen.»

«Ha!» Er klatschte in die Hände. «Ich wusste, du würdest es verstehen. Du wirst perfekt sein.»

«Perfekt wofür?»

«Perfekt für mich, nun, da mein Bruder den größten Teil seines Lebens damit zubringt, Politik zu spielen. Ein Sechzehnjähriger, der im Senat sitzt! Was für ein Unsinn.»

«Aber er ist Augustus' Erbe.»

«Das bin ich auch. Nun, soll er nur machen. Ich will erst meinen Spaß haben, ehe ich gezwungen werde, erwachsen zu sein und mich zu benehmen wie ein gichtgeplagter vormaliger Konsul. Mit den anderen Jungen meines Standes kann ich mich nicht zu sehr anfreunden, weil ich nicht dumm bin – sie würden die Freundschaft zu ihrem eigenen künftigen Vorteil nutzen, oder die Freundschaft würde mein Urteilsvermögen trüben. Also muss ich mich anderswo nach Kameradschaft umsehen.»

«Und da kommt dir ein Barbar ganz gelegen?»

«So ist es.»

«Weil ich niemals eine Rolle in der Politik eures Imperiums spielen werde?»

«Ganz recht.»

«Und deshalb kann ich aus unserer Freundschaft keinen Vorteil ziehen.»

«Genau.»

«Du kannst mich also als echten Freund ansehen, nicht als Schmeichler?»

«Ja, aber was wichtiger ist: Mein Adoptivvater wird es so sehen, deshalb wird er nichts dagegen haben, dass du mein Gefährte wirst.»

«Weshalb sollte er sich darum Gedanken machen?»

«Weil du natürlich im Palast wohnen musst. Wie sonst könnten wir zusammen erzogen werden?»

«Habe ich dabei auch mitzureden?»

«Natürlich.»

«Und was, wenn ich nein sage?»

«Ach, ich denke nicht, dass du das tun wirst.»

«Warum nicht?»

«Weil dir eine Menge Spaß entgehen würde. Ich bin der Adoptivsohn des Kaisers, deshalb kann ich fast alles tun, was ich will.»

Und so zog ich ins Haus des Augustus um und wurde der Freund des Miterben des kaiserlichen Purpur.

Tiburtius rollte das Schriftstück zusammen.

Thumelicaz lächelte die Römer ohne Wärme an. «Ich finde es eine hübsche Ironie, dass die Person, die meinem Vater zeigte, dass man im Leben bis an die äußersten Grenzen gehen muss und dass der Mann, der sich am weitesten vorwagt, stets der Sieger sein wird, einmal dazu bestimmt war, Euer Kaiser zu werden.»

Der jüngere Bruder winkte ab. «Lucius wäre niemals Kaiser geworden. Sein älterer Bruder Gaius wurde für dieses Amt erzogen.»

«Dennoch, auch Lucius war ein Miterbe des Augustus, und wäre er nicht zwei Jahre vor seinem Bruder gestorben, wer weiß, wie anders die Geschichte dann verlaufen wäre?»

Thusnelda zeigte mit ausgestrecktem Finger auf die Römer. «Eines ist sicher: Lucius hatte großen Einfluss auf meinen Mann. Er akzeptierte keine Grenzen, ob es ums Vergnügen ging, um Gewalt, Rache oder Wagemut. Erminaz hat mir viele Geschichten über ihre Eskapaden erzählt: Straßenkämpfe, sexuelle Ausschweifungen, Brandstiftung, Sakrileg, praktisch alles, was man sich nur vorstellen kann. Nichts war heilig, nichts war unantastbar, und keine noch so hochgestellte Person war vor ihren Machenschaften sicher.»

«Bis auf den Kaiser und seine Frau Livia», warf Thumelicaz ein.

«Ja, bis auf diese beiden. Lucius war sehr schlau – vor ihnen benahm er sich untadelig, stets der wohlerzogene, vielversprechende Jüngling. Wann immer eine seiner Taten Augustus zur Kenntnis gebracht wurde, machte Lucius große Augen und stritt entrüstet alles ab, beteuerte, er könne unmöglich für das verantwortlich sein, was ihm da angelastet werde – was immer es sein mochte –, denn er habe zu der Zeit gemeinsam mit Erminaz Vergil auswendig gelernt oder was auch immer. Und zum Beweis rezitierte er Hunderte Verse fehlerfrei und wunderschön, und Augustus glaubte ihm. Livia hingegen nicht; sie hasste Lucius und seinen Bruder, denn aus ihrer Sicht standen sie ihrem einzigen überlebenden Sohn Tiberius in der Thronfolge im Weg. Zu dieser Zeit hatte Tiberius Rom verlassen und sich nach Rhodos zurückgezogen – angeblich weil er das unzüchtige Benehmen seiner Frau Iulia nicht mehr ertragen konnte, die Augustus' Tochter und die Mutter von Lucius und Gaius war. Livia wusste, wenn Iulia und ihre Söhne aus dem Weg geschafft würden, könnte Tiberius zurückkehren und Augustus' Erbe werden. Also schmiedete sie entsprechende Pläne. Augustus weigerte sich, irgendetwas Schlechtes über Mitglieder seiner Familie zu glauben – deshalb kam Lucius mit seinen Streichen immer wieder davon –, doch Livia träufelte ihm behutsam ihr Gift in die Ohren, bis er schließlich Iulia auf eine kahle Insel verbannte und ihre Ehe mit Tiberius annullieren ließ. Und von da an war das Leben der beiden Jungen in großer Gefahr.»

Thumelicaz hob eine Hand, um ihr Einhalt zu gebieten. «Mutter, du greifst vor. Zuerst wollen wir das eine Beispiel anhören, das Erminaz von seinem und Lucius' Betragen gibt, und wir werden sehen, wie sehr Lucius' Art, Probleme zu lösen, meinen Vater beeinflusste, als er später überlegte, wie er Varus besiegen könnte. Aius, lies weiter.»

IIII

Mit Lucius befreundet zu sein, war beileibe nicht langweilig, jedoch wäre es langweilig, wenn ich alle Schandtaten aufzählen wollte, die wir verübten. Ich werde nur eine einzige schildern, denn sie veranschaulicht vortrefflich, in welch großen Maßstäben Lucius dachte, und außerdem betrifft sie jemanden, der in meiner Erzählung bereits erwähnt wurde.

Ich lebte inzwischen seit fast zwei Jahren bei Lucius im Hause des Augustus und hatte diese Zeit sehr genossen. Lucius hinterließ eine Spur der Verwüstung, wohin er auch ging, und ich fand es herrlich, in seinem Kielwasser mitzuschwimmen. Es fühlte sich an, als rächte ich mich in gewisser Weise an der Stadt, die mich gefangen hielt, indem ich Lucius half, in ihren Straßen und unter ihrer Bevölkerung Chaos und Verwüstung zu stiften. Und wenn ich ehrlich bin, hatte ich mich inzwischen auch mit meiner Gefangenschaft abgefunden und litt nicht mehr unter dem Gefühl, gegen meinen Willen festgehalten zu werden. Vielleicht wurde ich wider Willen allmählich doch zu einem Römer.

Ein besonders bevorzugter Zeitvertreib von Lucius waren die Gladiatorenspiele, und er ließ keine Gelegenheit aus, welche zu besuchen. Er fand ein perverses Vergnügen daran, immer die Entscheidung zu fordern, die der Stimmung der Menge entgegengesetzt war – wenn das Publikum einen unterlegenen Gladiator verschonen wollte, forderte er lautstark dessen Tod, und umgekehrt. Da er Augustus' Adoptivsohn war, wollten die Stifter der Spiele es ihm recht machen, deshalb entschieden sie oft gegen den Wunsch der Menge, nur um sich bei dem möglichen künftigen Kaiser beliebt zu machen. Er genoss es auszutesten, wie weit er den Stifter beeinflussen konnte; einmal trieb er es so weit, dass in dem Amphitheater ein Tumult ausbrach, bei dem mehr als hundert Zuschauer zu Tode kamen.

Natürlich tat er dergleichen nie, wenn Augustus anwesend war, denn er hätte niemals etwas unternommen, das seinem Ansehen bei Augustus geschadet hätte. Dazu war er viel zu schlau.

Wir saßen in einer riesigen hölzernen Arena, die zu den Plebejerspielen dieses Jahres auf dem Campus Martius errichtet worden war, und hatten eben einen Kampf zwischen einem *Murmillo* und einem *Thraex* verfolgt. Der Kampf war unspektakulär verlaufen, und der Murmillo war rasch ermüdet; er schien recht alt zu sein und war vermutlich zu einem baldigen Ende bestimmt. Der Thraex hatte ihn bald überwältigt und dem rücklings am Boden liegenden Gegner die Spitze seines Schwertes an die Kehle gesetzt, während die Menge zischte und buhte und im Chor seinen Tod forderte.

«Das wird sie verärgern», sagte Lucius mit dem

boshaften Grinsen, das stets anzeigte, dass er im Begriff war, mutwillig Unheil zu stiften. «Leben! Leben!», brüllte er dem Prätor zu, der Stifter der Spiele war und das letzte Wort über das Schicksal des Besiegten hatte. «Leben! Leben!»

Der Prätor schaute sich nervös um und schätzte die Stimmung der Menge ein, die lauthals nach dem Tod des Mannes schrie.

Lucius hielt dagegen. «Leben! Leben!» Er schlug im Takt mit der Faust in die flache Hand und brüllte den Prätor unablässig an.

Der Stifter der Spiele erhob sich und streckte den Arm aus, die Faust geballt. Die Menge starrte ihn an und wartete darauf, dass er den Daumen ausstreckte, das Zeichen für ein gezogenes Schwert – den Tod. Reglos stand er da, den Daumen fest in der Faust. Die Menge fing an, ihn mit Gegenständen zu bewerfen, doch er änderte das Zeichen nicht, und Lucius setzte seine rhythmischen Rufe fort. Der Summa Rudis folgte dem Signal und ließ den Thraex zurücktreten, sodass der Murmillo sich aufrappeln konnte. Die Menge geriet außer Rand und Band, schrie und beschimpfte den Stifter der Spiele, während der Murmillo sich anschickte, die Arena zu verlassen. Kurz bevor er das Tor erreichte, setzte er den Helm ab, und ich schnappte nach Luft.

«Was ist?», fragte Lucius lachend.

Ich starrte den Gladiator ungläubig an. «Ich kenne ihn.»

«Ach ja? Wer ist der Glückliche denn?»

Ich schaute angestrengt hin, um mich zu vergewissern, dass ich mich nicht getäuscht hatte, doch obwohl der Bart fehlte und das Haar nach römischer Sitte kurz geschnitten war, wusste ich, dass er es war. «Er ist der Bruder meiner Mutter, Wulferam, der Vater meines Vetters Aldhard. Wir wussten nicht, ob er in unserer letzten Schlacht gegen euer Volk umgekommen oder in Gefangenschaft geraten war.»

Lucius' Gesicht wurde schlagartig ernst. «Ein Verwandter also? Dann ist es deine Pflicht, ihn zu befreien, und es ist meine Pflicht als dein Freund, dir dabei zu helfen.»

«Das ist der einzige Weg hinein und heraus», stellte Lucius fest. Wir beendeten eben unseren Rundgang um die Gladiatorenschule, zu der Wulferam gehörte. Es war ein zweistöckiger Bau außerhalb der Stadtmauern auf dem Campus Martius, durch die Via Flaminia von dem Mausoleum getrennt, das Augustus gerade für sich selbst und seine Familie bauen ließ. «Und auch wenn wir uns leicht Zutritt verschaffen könnten, wäre es unmöglich, mit einem ihrer Gladiatoren wieder hinauszugelangen.»

Ich betrachtete die eisernen Gittertore, die fest geschlossen waren und von vier muskelbepackten einstigen Insassen der Einrichtung bewacht wurden, nicht so sehr zum Schutz vor Eindringlingen, sondern vielmehr um Ausbrüche zu verhindern. «Ich denke immer noch, wir sollten einfach dem Lanista ein Angebot machen und ihn freikaufen. Das wäre so viel leichter.»

Lucius schaute mich mit gerunzelter Stirn und gequälter Miene an. «Wo bleibt da der Spaß, wenn man den leichtesten Weg wählt? Einfache Lösungen müssen herhalten, wenn keine Zeit für große Gesten ist, für das Außerordentliche, das Ungeheuerliche. Wir aber haben reichlich Zeit, Arminius – dein Onkel wird erst frühestens in einem Monat oder zweien wieder kämpfen, und so lange brauchen wir nicht, um zu überlegen, wie wir diesen Bau niederbrennen.»

«Ihn niederbrennen?»

Lucius grinste. «Natürlich, welche bessere Methode gäbe es, dafür zu sorgen, dass das Tor geöffnet wird? In dem Chaos schaffen wir deinen Onkel fort, und man wird einfach annehmen, er sei einer der unglücklichen Insassen, deren verkohlte Leichen in den Trümmern liegen.»

«Hoffen wir, dass er nicht wirklich so endet und dass wir nicht dasselbe Schicksal teilen.»

«Gerade dieses Risiko macht die ganze Sache zu einem besonderen Vergnügen.»

Ich erinnere mich, dass ich mir ein Lächeln nicht verbeißen konnte, als ich die Begierde nach Gefahr und Abenteuer in seinen Augen sah. «Und was ist mit all den anderen, die vielleicht weniger Glück haben als wir?»

«Welchen Unterschied macht es für die, ob sie im Feuer umkommen oder im Sand der Arena?»

«Aber vielleicht ist es ihnen bestimmt, bis ins hohe Alter zu überleben.»

«Dann werden sie es tun. Im Feuer werden nur die umkommen, denen es so bestimmt ist; und dieses Feuer ist ebenfalls vorherbestimmt, denn ich sehe schon vor mir, wie es ausbricht.»

Und natürlich brach das Feuer aus. Doch was darauf folgte, geriet nicht ganz so, wie wir es geplant hatten.

Lucius hatte ohne Schwierigkeiten erreicht, dass man uns in die Schule einließ – dem Lanista, Cassianus Crispus, war es eine Ehre, dass der Adoptivsohn des Kaisers sich so für seine Gladiatoren interessierte. Er gestattete uns, jederzeit zu kommen und bei der Ausbildung zuzuschauen. Das nutzte uns in zweierlei Hinsicht: Erstens hatten wir Gelegenheit, den Komplex zu erkunden, und zweitens konnte ich Wulferam sehen. Zwar fand ich keine Möglichkeit, mit ihm zu sprechen, doch durch einen bestochenen Sklaven erfuhren wir, welches seine Zelle war, und konnten ihm eine Nachricht zukommen lassen. Er wusste nun also, dass ich ihn befreien würde.

Ungefähr zehn Tage nachdem wir die Gebäude erstmals in Augenschein genommen hatten, näherten wir uns ihnen in tiefster Nacht in einem geschlossenen Fuhrwerk. Selbst zu dieser Stunde war der Campus Martius nicht verlassen – auch in den kältesten Nächten wird es nur in ganz wenigen Gegenden Roms jemals wirklich ruhig, da in der Stadt tagsüber keine Fuhrwerke verkehren dürfen. Doch uns kam das zupass, denn so fielen wir nicht weiter auf – man hätte denken können, wir kämen einfach von einer nächtlichen Lieferung zurück. Wir brachten das Fuhrwerk an der rückwärtigen Mauer des Komplexes zum Stehen, weit vom Tor entfernt und im Schatten, wo der Schein des

Viertelmondes uns nicht erreichte. Dann spannten wir das Pferd aus und jagten es davon.

«Halt fest, Arminius», flüsterte Lucius, als wir die Leiter angelegt hatten, die bis auf zwei Fuß an die Mauerkrone heranreichte. Im Handumdrehen war er auf dem Dach und ließ ein Seil herunter, das nach dem Öl roch, in welchem wir es für zwei Tage getränkt hatten. Ich band den ersten von vier Säcken daran, die unsere Ausrüstung enthielten. Als der letzte Sack hochgezogen war, folgte ich über die Leiter.

Der Gebäudekomplex umschloss einen rechteckigen Innenhof, in dem die Gladiatoren übten. Ihre Zellen befanden sich an den beiden Längsseiten ebenerdig und im ersten Stockwerk, während rechts und links neben dem Tor die Schmieden und sonstigen Werkstätten, Rüstkammern und Lagerräume untergebracht waren. Die Seite, die wir uns ausgesucht hatten, war den Küchen, dem Essbereich, der Krankenstube und den Sklavenquartieren vorbehalten, kurz: Hier befand sich am meisten brennbares Material.

Ich warf das Seilende wieder hinunter, sodass es auf dem Verdeck des Fuhrwerks landete, das ebenfalls gründlich mit Öl getränkt war. Dann kroch ich zu Lucius ans andere Ende des leicht schrägen Daches. Wir hatten ausgekundschaftet, dass unter diesem Teil der Lagerraum für Sanitätsmaterial lag. Lucius hatte an der Stelle ein Dutzend Dachziegel entfernt, nun ließ er ein zweites Seil durch das entstandene Loch hinunter und band es an den freigelegten Balken.

Lucius verschwand durch das Loch. «Perfekt», murmelte er, als er den Boden erreichte. «Alles ist voll mit Verbänden, Decken und Lumpen, die geradezu um eine Flamme betteln.»

Ich ließ die Säcke zu ihm hinunter und behielt nur eine Pechfackel sowie das Werkzeug zurück, um sie zu entzünden. Dann wartete ich. Von unten war zu hören, wie Lucius im Lagerraum Öl aus einer Amphore verteilte.

«Wenn ich draußen mit dem Laufgang fertig bin, pfeife ich drei ansteigende Töne», flüsterte er, während er noch zwei Amphoren aus einem Sack holte. Im Raum wurde es ein klein wenig heller, als Lucius die Tür öffnete und auf den hölzernen Laufgang hinaustrat, der entlang des gesamten Obergeschosses verlief und über den sämtliche Zellen der Gladiatoren zu erreichen waren.

Mein Herz hämmerte in der Brust, und meine Hände schwitzten trotz der Kälte. Das Warten kam mir ewig vor, auch wenn es in Wirklichkeit wohl nicht länger war, als man braucht, um nach einem langen Abend in den Schankstuben seine Blase zu entleeren. Endlich kam das Signal. Ich kratzte mit meinem Eisen über den Feuerstein, und bald flogen Funken in den Zunder, die ich behutsam zu einer Flamme anblies. Als die Fackel aufloderte, rutschte ich auf dem Dach wieder hinunter und hielt sie an das ölgetränkte Seil. Sofort brannte es mit bläulicher Flamme, die in gemächlichem Tempo am Seil abwärtskroch, während mein Herz immer schneller schlug. Endlich erreichte die Flamme das Verdeck des Fuhrwerks, das augenblicklich in Flammen aufging.

Ich spähte hinunter, sah zu, wie das Feuer um sich griff, das Holz erfasste und die Plane verzehrte, sodass die zahlreichen Amphoren im Inneren sichtbar wurden. Im Hals einer jeden steckte ein ölgetränkter Lumpen; auch sie fingen Feuer.

Ich kroch hastig wieder das Dach hinauf und ließ mich an dem Seil in den Lagerraum hinunter, meine Fackel noch in der Hand.

Lucius' Silhouette zeichnete sich in der Tür ab. «Brennt es?»

Statt einer Antwort grinste ich nur.

«Dann komm mit.» Er verschwand in die Nacht hinaus. Ich warf die Fackel auf einen Haufen Verbände; sie gingen in hell goldenen Flammen auf, die sich rasch nach links und rechts ausbreiteten und auch die Öllache auf dem Boden erfassten. Sobald diese brannte, lief ich hinaus, Lucius nach. Eine züngelnde Flamme jagte mich über den mit Öl begossenen hölzernen Laufgang.

Augenblicke später wurden die ersten Rufe laut, und als wir die Treppe erreichten, die hinunter zum Übungsplatz führte, erhellte ein Lichtblitz den Himmel über uns: Die Wagenladung Amphoren war explodiert, brennendes Öl hatte sich über die Außenmauer ergossen, und der leuchtend orangefarbene Schein vertrieb die Dunkelheit.

Wir nahmen zwei Stufen auf einmal, Lucius mit den drei übrigen Säcken über der Schulter, ich von den Flammen verfolgt, die an meinen Fersen leckten. Unten auf dem Sand angekommen, rannten wir nach rechts in den tiefen Schatten unter dem Laufgang. Schon liefen vom Tor auf der anderen Seite des Hofes dunkle Gestalten auf uns zu. Lucius kam schlitternd vor einer verschlossenen Tür zum Stehen, zog eine Brechstange aus einem der Säcke hervor und schob das Ende zwischen Tür und Rahmen. «Drei, zwei, eins!» Wir warfen uns mit vereinten Kräften gegen die Brechstange, die Tür sprang krachend und splitternd auf, und wir stolperten in die Küchen.

«Hol die Eimer!», rief Lucius und deutete auf den Lagerraum links des großen Kochbereichs, denn von unseren Erkundungen wussten wir, dass dort Küchengerätschaften aufbewahrt wurden.

Ich packte so viele Eimer, wie ich tragen konnte, und rannte zurück durch die Küche. Lucius legte indessen zwei der letzten Säcke auf das Gitter über den noch glühenden Kohlen, wo sie sofort zu schwelen begannen.

«Hier herüber!», rief ich laut, während ich auf den Hof hinausstürmte. Dabei winkte ich mit den Eimern, um die Männer auf mich aufmerksam zu machen, die vom Tor her auf das Feuer zurannten.

Derjenige, der mir am nächsten war, schwenkte in meine Richtung. Ich warf ihm einen Eimer zu und lief zum nächsten Wasserfass; um den Hof herum standen mehrere Fässer mit Trinkwasser, damit die Gladiatoren während der Übungen ihren Durst stillen konnten. Ich rief den übrigen Männern zu, sie sollten mir folgen, und im Handumdrehen hatte ich eine Eimerkette organisiert, um das Feuer zu bekämpfen, das sich nun die Stufen herunter ausbreitete.

Lucius rannte mit einem weiteren halben Dutzend

Eimern heraus, während mehr Männer erschienen, um beim Löschen zu helfen. Wir richteten eine zweite Eimerkette ein, dann liefen wir zurück, um mehr Eimer für die stetig zunehmenden Löschbemühungen zu holen. In der Küche standen die Säcke mittlerweile in Flammen, die Amphoren darin wurden heiß. Lucius holte den letzten Sack, den er neben der Tür abgelegt hatte, und wir rannten zum letzten Mal aus der Küche.

Niemand stellte uns Fragen, denn scheinbar halfen wir ja mit, den gemeinsamen Gegner zu bekämpfen: das Feuer. Niemandem fiel auf, dass wir nicht hierhergehörten, da wir durch unser Verhalten ins Bild passten. Niemand achtete überhaupt auf uns, wir waren der Feind im Inneren und doch unsichtbar. Insgeheim hätte ich mich totlachen können.

Überall um uns herum hatten nun die Gladiatoren angefangen, an ihre verschlossenen Türen zu hämmern, und sie schrien, man solle sie herauslassen, während die Flammen allen Bemühungen der Löschtrupps zum Trotz weiter um sich griffen. Der Lärm der Eingeschlossenen übertönte die Rufe der Männer in den Eimerketten und derer in der Krankenstube im oberen Stockwerk, wo diejenigen, die laufen konnten, den anderen halfen, sich in Sicherheit zu bringen, ehe der ganze Laufgang in Flammen stand. Über alles andere erhoben sich die Schreie aus den Sklavenquartieren, denn die Feuersbrunst war ihren verriegelten Türen bereits gefährlich nahe.

Lucius und ich eilten umher und feuerten die Männer mit Rufen an, beteiligten uns jedoch nicht selbst an den

Arbeiten und achteten darauf, uns von der Tür zur Küche fernzuhalten. Der Lärm schwoll in gleichem Maße an, wie das Feuer größer wurde und auch die Verzweiflung der Gladiatoren wuchs. Die Sklaven schrien aus Leibeskräften, da das Feuer ihre Quartiere nun erreicht hatte. Dann schlug mit einem Schwall erhitzter Luft ein Feuerball aus der Küchentür, denn die letzten Amphoren waren explodiert. Das Haar zweier Männer, die der Tür am nächsten waren, fing Feuer, und sie stürzten schreiend zum nächsten Wasserfass, um den Kopf hineinzutauchen. Flammen wüteten in der Küche, und das Dach darüber brannte lichterloh.

«Befreit die Gladiatoren! Befreit die Gladiatoren!», brüllte eine Stimme über den infernalischen Lärm hinweg – Lucius.

Ich stimmte ein und trieb Männer an, die Zellentüren zu entriegeln.

«Auch die im oberen Stockwerk!», schrie Lucius und zeigte auf die Treppen, die ein Stück entfernt zu beiden Seiten vom Hof hinaufführten und vom Feuer noch unberührt waren. Zwei Männer mit mir ziehend, sprintete ich hinter Lucius her auf die linke zu. Wir nahmen zwei Stufen auf einmal.

Oben angekommen, zeigte ich nach links und schrie den beiden Männern zu: «Ihr übernehmt die Seite! Wir gehen nach rechts.» Zur Rechten lag Wulferams Zelle. Im Vorbeilaufen öffneten wir die Riegel an den Türen und ließen die Gladiatoren heraus – viele von ihnen waren in Gesellschaft von Frauen. Sie strömten über den Laufgang, nackt oder nur mit einem Lendenschurz bekleidet, während wir uns weiter vorarbeiteten, bis ich eine Tür aufriss und Wulferam vor mir sah. Auch er hatte eine Frau bei sich; sie hatte ihre Tunika an, er hingegen nur seinen Lendenschurz. Ich zerrte die Frau aus der Zelle und stieß sie über den Laufgang.

Lucius warf Wulferam den Sack zu. «Zieh dich an!»

Mein Onkel leerte den Inhalt auf die niedrige Pritsche: eine Tunika, einen Mantel, einen Gürtel und ein Paar Sandalen. Ich öffnete inzwischen die restlichen Zellentüren, und als ich zurückkam, war mein Onkel angekleidet.

«Wie hast du mich gefunden?», fragte er in unserer Sprache.

«Glück. Ich habe gesehen, wie du gekämpft hast – und verloren.»

«Was immer ihr da zu besprechen habt, jetzt ist keine Zeit dafür», schrie Lucius auf Latein und rannte aus der Zelle in das Chaos auf dem Laufgang hinaus.

«Halte den Kopf gesenkt», zischte ich Wulferam zu.

Rempelnd und drängelnd bahnten wir uns einen Weg hinunter auf den Übungsplatz und schlossen uns dem Strom zum Haupttor an, das noch verschlossen war. Hinter uns hatte sich das Feuer inzwischen nach beiden Seiten über den Laufgang ausgebreitet, sodass die ersten paar Gladiatorenzellen nun abgeschnitten waren und zweifellos in Flammen standen. Im ganzen Komplex herrschte sengende Hitze, die Männer schwitzten im Feuerschein. Alle Versuche, den Brand zu bekämpfen, waren aufgegeben worden, alle hatten sich von dem Feuer zurückgezogen – alle bis auf die

Unglücklichen, die von den Flammen eingeschlossen worden waren. Sie lagen nun als schwelende Leichen da oder – schlimmer noch – wälzten sich in Qualen am Boden, wo der Sand ihre grässlichen Verbrennungen noch schmerzhafter machte.

Der Lärm am Tor schwoll an, doch es blieb verschlossen. Unter den Gladiatoren machte sich rasender Zorn breit, da man sie anscheinend hier verbrennen lassen wollte.

«Ich kann das Tor nicht öffnen, ehe Cassianus Crispus mir die Erlaubnis erteilt, sein Eigentum freizulassen», schrie der Befehlshaber der Wache eine Abordnung erboster Insassen an.

«Und wo ist der Lanista?», kam die hitzige Erwiderung vom Anführer der Gruppe, einem muskulösen Thraex.

«In seinem Haus auf dem Quirinal. Wir haben ihm eine Nachricht geschickt, er wird bald hier sein.»

Der Thraex schaute sich um. Eben brachen die ersten Abschnitte des Laufgangs ein, und der glutheiße Luftstrom fachte die Feuersbrunst noch mehr an.

«Bis dahin laufen wir hier alle herum wie zweibeinige Fackeln – auch ihr.»

«Ich kann euch nicht hinauslassen!»

«Das werden wir ja sehen!»

Die Wachen wurden rasch überwältigt und entwaffnet, und in höchster Bedrängnis gaben sie preis, wo die Schlüssel zum Tor und zur Rüstkammer aufbewahrt wurden. Die Tür zur Wachstube wurde aufgebrochen, die Schlüssel wurden herausgeholt, und nachdem die

Rüstkammer geplündert war, wurde das Tor geöffnet. Eben gingen unmittelbar davor auf der Via Flaminia zwei Centurien einer der jüngst neu gebildeten Cohortes urbanae in Stellung, um das einzudämmen, was nunmehr ein Massenausbruch von mehr als hundert bewaffneten Männern war – Männern, die zum Töten ausgebildet waren.

Lucius und ich hielten uns mit Wulferam zurück, als die Torflügel aufschwangen und die Gladiatoren hinausströmten, die Werkzeuge ihres Handwerks schwingend, geradewegs dem Schildwall entgegen, der zwischen ihnen und der Freiheit stand.

Lucius grinste mir und Wulferam zu, als der Menschenstrom so sehr an Schwung gewann, dass er nicht mehr aufzuhalten war. «Geradewegs zum Tor hinaus, draußen scharf nach links und das Kämpfen denen überlassen, deren Beruf es ist?»

«Klingt vernünftig.»

«Wohin dann?», rief Wulferam, während wir uns dem Strom derer anschlossen, die vor den Flammen flohen.

«Die Porta Salutaris ist am nächsten», antwortete Lucius, da übertönte plötzlich das metallische Klirren aufeinanderprallender Klingen die Kakophonie aus lautstarken Flüchen und Drohungen.

Als die ersten Schmerzensschreie sich in den Lärm mischten, waren wir bereits durchs Tor und hielten uns dicht an der Mauer zu unserer Linken. Direkt gegenüber dem Tor konnten indessen die Centurien der Cohortes urbanae dem Druck nicht standhalten, da

Dutzende Männer, in hervorragender körperlicher Verfassung und von Kampfgeist erfüllt, explosionsartig durch das Tor stürmten – die Reihen der römischen Soldaten gaben nach.

Wir versuchten, die äußerste rechte Flanke der Linie zu erreichen, zusammen mit rund einem Dutzend Gladiatoren, die mehr an einer schnellen Flucht interessiert waren als daran, sich den Weg freizukämpfen. Dadurch, dass die Linie in der Mitte nachgegeben hatte, waren die Enden einwärtsgezogen worden, doch noch immer waren weniger als zwei Schritt Abstand zwischen der Mauer und den äußersten Soldaten, die bislang nicht in Kämpfe verwickelt waren. Als sie uns kommen sahen, hoben sie ihre Schilde und starrten uns über den Rand entschlossen entgegen, den linken Fuß vorgestellt, den rechten Arm zurückgezogen, bereit, mit ihren Schwertern durch die Lücken im Schildwall zu stoßen.

Lucius verringerte sein Tempo, sodass sich ein paar Männer zwischen die Soldaten und uns drängten. Wulferam und ich drückten uns dicht an ihn und rückten hinter ihm vorsichtig weiter vor. Indessen gelang es den Gladiatoren nicht, den disziplinierten Zusammenhalt der Männer aufzubrechen, die dazu ausgebildet waren, als geschlossene Einheit zu kämpfen – sie selbst waren an den Einzelkampf gewöhnt. Langsam wichen die Ausbrecher zurück, und ich erkannte: Wenn uns jetzt nicht der Durchbruch gelang, würden wir an der Mauer zerquetscht oder, schlimmer noch, gefangen genommen und enttarnt werden.

Zu meiner Rechten erlag ein Gladiator einem tiefen

Stich mit einem Gladius; Blut ergoss sich über den Boden, schwarz und im Feuerschein schwach orange glänzend. Sein Schwert fiel scheppernd aufs Pflaster. Ich bückte mich und hob es auf.

«Gib mir das», verlangte Wulferam und packte mein Handgelenk. Er nahm die Waffe, wog sie in seiner Hand. «Lauft!», rief er und stieß mich gegen Lucius' Rücken.

Ohne seinen Befehl zu hinterfragen, sprinteten wir los, dicht an der Mauer entlang, während die Flanke der Linie vorrückte, um die Lücke zu schließen. Wulferam neben mir beschleunigte und brüllte dabei einen Schlachtruf unseres Volkes, den ich seit Jahren nicht mehr gehört hatte. Der altvertraute Laut verlieh meinen Beinen neue Kraft, und sie trugen mich weiter, während Wulferam in vollem Lauf auf den äußersten rechten Soldaten zustürmte, die Spitze seiner Klinge genau zwischen dessen Augen gerichtet. Der Mann hob sogleich seinen Schild und stieß ihn nach vorn und aufwärts, um Wulferams Schlag abzuwehren. Dadurch war er abgelenkt, sodass Lucius und ich durch die Lücke schlüpfen konnten, während Wulferam sich mit der Schulter gegen den Schild warf und mit seinem Schwert klirrend die Klinge des Römers ablenkte, die nach meinem Bein stieß. Da der Soldat an seiner rechten Seite keinen Kameraden hatte, der ihn unterstützt hätte, ging er krachend zu Boden und brachte dabei den nachfolgenden Mann ins Straucheln, als der versuchte, die Lücke zu schließen. Lucius und ich rannten aus Leibeskräften, während Wulferam über den gestürzten Soldaten hinwegsprang. Zu dritt sprinteten wir um unser Leben über die von Gräbern gesäumte Via Flaminia in die Dunkelheit hinein, fort von dem Inferno und dem Blutbad, das wir angerichtet hatten, um einen einzigen Mann zu befreien.

Ich hatte die Bedeutung der großen Geste vorgeführt bekommen und war begeistert. Mehr noch, ich hatte eine entscheidende Lektion gelernt: Die wichtigste Voraussetzung, um Menschen führen zu können, ist die Vision.

Nach ein paar hundert Schritt wurden wir langsamer, da uns niemand verfolgte. Wir schlüpften zwischen den Grabdenkmälern zu unserer Linken hindurch und überquerten den Campus Agrippae, um zur Porta Salutaris zu gelangen.

«Wenn wir in der Stadt sind», sagte Lucius, schwer atmend vor Anstrengung und zweifellos auch vor Begeisterung, «gehen wir über den Quirinal hinunter aufs Forum Romanum und dann weiter auf den Palatin. Wir können deinen Onkel in den Palast schmuggeln – niemand würde es wagen, meine Räume zu durchsuchen, selbst wenn man uns verdächtigen sollte, etwas mit einem solch abscheulichen Vorfall zu tun zu haben.»

«Warum hattet Ihr denn etwas damit zu tun?», wollte Wulferam wissen. «Ich weiß, wer Ihr seid, ich habe drei- oder viermal vor Euch gekämpft.»

Lucius schaute Wulferam an, während wir uns dem von Fackeln beleuchteten Tor näherten. «Wenn du weißt, wer ich bin, dann wirst du verstehen, wenn ich dir sage: Ich habe es getan, weil ich es konnte.»

«All die Leben, nur um einen einzigen Mann zu befreien.»

«Ja, denk nur, wie wertvoll dein Leben dadurch geworden ist, also vergeude es nicht. Jetzt hülle dich fest in deinen Mantel und spiele unseren Leibwächter, während wir durch das Tor gehen.»

Die Soldaten, die an der Porta Salutaris Dienst taten, gaben den Weg frei, als Lucius seinen Namen nannte, und wir gingen unter dem Torbogen hindurch. Gleichzeitig eilte eine andere Gruppe in die entgegengesetzte Richtung. Als wir im Fackelschein aneinander vorbeikamen, warf ihr Anführer einen Blick auf uns und hielt abrupt inne. «Lucius Iulius Caesar, verzeiht, dass ich Euch nicht mehr Respekt erweise, aber ich bin in einer dringenden Angelegenheit unterwegs.»

«Schon gut, Cassianus Crispus, bitte lasse dich von mir nicht aufhalten.»

Der Lanista nickte mir zu, dann fiel sein Blick auf Wulferam, der versuchte, sein Gesicht im Schatten zu verbergen. Cassianus Crispus runzelte die Stirn und schien noch einmal genauer hinschauen zu wollen, doch dann eilte er davon, dorthin, wo gerade das Feuer seine Lebensgrundlage verschlang.

Lucius sah ihm nach und schlug mit der flachen Hand gegen die Mauer. «Scheiße!»

Zwei Tage später saßen Lucius und ich auf einer steinernen Bank im Garten im Herzen von Augustus' Palast. Wir warteten bereits seit drei Stunden, seit wir bei Tagesanbruch Bescheid bekommen hatten, wir sollten uns hier bereithalten, bis der Kaiser Zeit für uns hätte. Für uns gab es keinen Zweifel daran, um was es ging.

«Ich werde natürlich alles abstreiten», erklärte Lucius wenigstens zum zehnten Mal, «und du auch.»

«Crispus hat uns gesehen, und er hat Wulferam erkannt. Wie oft müssen wir das alles noch durchsprechen? Du kannst leugnen, so viel du willst, dein Adoptivvater wird dir nicht glauben.»

«Natürlich wird er das. Er glaubt nichts Schlechtes, das ihm über mich zugetragen wird, denn in seinen Augen war mein Betragen stets untadelig.»

«Da wäre ich mir nicht so sicher, Lucius», ertönte zu unserer Überraschung eine Frauenstimme.

Wir schauten uns um. Dort in dem Säulengang, der den Garten umgab, stand halb verborgen Livia, Augustus' Gemahlin, schön, streng, unnahbar. Ich hatte nie persönlich mit dieser eleganten Frau zu tun gehabt, die – wenn man den Gerüchten Glauben schenken durfte – in der römischen Politik eine weit größere Rolle spielte als nur die von Augustus' Ehefrau.

«Augustus sieht sehr viel mehr, als du vielleicht denkst, und er hört noch mehr. Er ist durchaus über einige deiner unerfreulichen kleinen Zeitvertreibe im Bilde, Lucius. Bislang war er nachsichtig gegen dich und dein Verhalten, weil es ihn kein Geld gekostet hat. Doch nun ist da ein sehr beliebter Lanista, der behauptet, der Sohn des Kaisers habe seine Gladiatorenschule niedergebrannt und sei schuld daran, dass mehr als die Hälfte seines Bestandes tot oder geflohen ist und die Übrigen bestraft werden müssen. Ich denke, wenn du versuchst, dich mit Lügen aus dieser Angelegenheit herauszuwinden, wirst du deinen Vater nur noch zorniger machen – und ich kann dir versichern, er ist bereits überaus zornig.» Sie lächelte, als fände sie den Gedanken an den Zorn des Kaisers aufregend, doch dabei starrte sie Lucius mit unverminderter Kälte an. Dann fiel ihr Blick kurz auf mich, und ich schauderte, als ich ihre Entschlossenheit spürte. «Was den Barbaren betrifft, so schlage ich vor, du hältst dich künftig von ihm fern, Lucius. Er scheint mir kein guter Gefährte zu sein. Er hat zu viel von den Wäldern an sich, aus denen er stammt, so etwas kann man niemals durch Erziehung auslöschen. Man kann den Barbaren aus der Wildnis holen, aber er bleibt doch immer ein Wilder.»

Ohne mich noch eines Blickes zu würdigen, wandte sie sich ab und ging davon. Wir blieben im vollen Bewusstsein des Ernstes unserer Lage zurück, doch ich empfand eine seltsame Dankbarkeit, dass sie uns davor bewahrt hatte, alles noch schlimmer zu machen.

Lucius schluckte und sah ihr nach. Seine angeborene patrizische Selbstgewissheit war dahin, und zum ersten Mal las ich in seinem Gesicht Verunsicherung.

«Was wirst du tun?», fragte ich.

«Tun? Ich weiß nicht, ich muss nachdenken.»

Wir saßen etwa eine halbe Stunde lang schweigend da und dachten über Livias Rat nach, bis unser unbehaglicher Frieden durch die Ankunft des ersten Mannes von Rom unterbrochen wurde. Er kam ohne Gefolge, mit einer schlichten Tunika bekleidet; in der Hand hielt er ein Gartenmesser.

Ich war ein gutes Stück gewachsen, seit ich ihn zuletzt gesehen hatte, und mit meinen siebzehn Jahren war ich größer als dieser mächtigste aller Männer, obwohl er Schuhe mit dicken Sohlen und zwei Daumenbreit hohen Absätzen trug. Doch körperliche Größe war nicht von Bedeutung, wenn man mit Augustus sprach; seine kleine Gestalt strahlte schon durch ihre gelassene Haltung Autorität aus. Es war, als habe er grenzenloses Vertrauen in jede seiner Bewegungen – noch die geringste Regung eines kleinen Fingers wirkte, als sei sie sorgfältig im Voraus geplant und in diesem Moment ausgeführt worden, weil es genau die richtige Regung war, um seine Gedanken zu unterstreichen. «Was soll ich diesem Mann sagen, Lucius?», fragte er ohne Umschweife. Er hielt nichts von belanglosem Geplauder, es sei denn natürlich, er benutzte es, um seinen Gesprächspartner zu verunsichern.

Ich schaute Lucius aus dem Augenwinkel an und war völlig verblüfft: Sein Gesicht war das Inbild der Unschuld. Er schlug Livias Rat in den Wind und ließ es darauf ankommen. «Welchem Mann, Vater?»

Augustus lächelte seinen Adoptivsohn und Enkel an und blickte ihm eine ganze Weile in die Augen. Lucius hielt dem Blick mit fragendem, beiläufig interessiertem Ausdruck stand.

Augustus fasste ihn an der Schulter und drückte sie. «Ich hatte gehofft, dass du so reagieren würdest, mein Junge, ja, ich war mir sicher. Livia schien zu glauben, du hättest die Schandtat verübt.»

«Welche Schandtat, Vater?»

Daraufhin berichtete Augustus in knappen Sätzen von dem Brand in der Gladiatorenschule. Seine Darstellung war bemerkenswert zutreffend, bis auf unseren Anteil an den Ereignissen.

«Crispus denkt also, wir hätten das getan, nur weil wir vergangene Nacht in der Porta Salutaris an ihm vorbeigekommen sind.»

«Er sagt, einer seiner Gladiatoren sei bei dir gewesen.»

«Nein, Vater, ich war mit Arminius zusammen. Ein anderer Mann ist dicht vor uns durch das Tor gegangen. Ich hatte ihn noch nie gesehen; er war gerannt und überholte uns, kurz bevor wir an den Wachen vorbeigingen. Ich habe nicht weiter auf ihn geachtet, aber wenn ich nun darüber nachdenke, spricht nichts dagegen, dass er einer der geflohenen Gladiatoren gewesen sein könnte. Sobald er durch das Tor war, lief er in großer Eile den Quirinal hinauf.»

Augustus richtete seine Aufmerksamkeit auf ein Gesträuch und begann, abgestorbene Zweige und Blätter davon zu entfernen. «Und wozu wart ihr beide überhaupt zu dieser nächtlichen Stunde draußen auf dem Campus Martius?»

«Wir kamen gerade vom Tempel der Flora zurück. Wir hatten ihr eine Gabe geweiht, da ja ihr Fest in wenigen Tagen beginnt.»

Augustus konzentrierte sich ein paar Augenblicke auf seine Gartenarbeit. «Ja, die Floralien sind Ende April. Seit wann interessierst du dich für sie?»

«Ich opfere ihr immer zu Beginn des Frühjahrs.»

«Mitten in der Nacht?»

Lucius zuckte die Achseln. «Wir waren nicht müde, deshalb dachten wir uns, wir …»

«Lügner!», fauchte Livia, die sich hinter Augustus näherte.

Augustus widmete sich weiter dem Strauch, ohne sich nach ihr umzuschauen. «Meine Liebste, es besteht kein Grund, so aggressiv zu sein.»

«Und für dich besteht kein Grund, so leichtgläubig zu sein.»

«Leichtgläubig?»

«Ja, leichtgläubig.» Livia zeigte mit dem Finger auf Lucius. «Du glaubst alles, was er dir erzählt hat, nicht wahr?»

«Jedenfalls glaube ich nicht, dass er eine Gladiatorenschule in Brand gesteckt und den Tod von mehr als zwanzig Gladiatoren sowie die Flucht vieler weiterer verschuldet hat. Weshalb hätte er das tun sollen?»

Livia schaute ihren Mann ungläubig an, dann ließ sie eine Tirade gegen ihn los, weil er so leicht den Täuschungen eines manipulativen Jünglings erlag. Augustus ließ den Wortschwall über sich hinwegbranden und fuhr fort, den Strauch zu beschneiden, als sei er allein und zur Entspannung hier. Lucius warf mir einen Seitenblick zu, und ich sah den Triumph in seinen Augen. Indessen raste Livia vor Wut, da er sich durch ihre Lügen nicht hatte hinreißen lassen, vor Augustus seine Schuld einzugestehen, und sie ließ ihren Gefühlen freien Lauf – ohne Erfolg.

In diesem Moment verstand ich den Wert des Misstrauens und wie es einen schützen kann.

«Bist du endlich fertig, Weib?», fragte Augustus gelassen, als Livia kurz innehielt, um Atem zu schöpfen. «Ich schlage vor, du kommst zum Ende, ehe ich die Geduld verliere.»

In seiner Stimme lag ein gefährlicher Unterton, eiskalt und drohend.

Livia öffnete den Mund, besann sich jedoch eines Besseren und schwieg. Sie warf Lucius einen zutiefst boshaften Blick zu, dann schaute sie ihren Mann mitleidig an und verließ den Garten schließlich in einer Haltung, die in Anbetracht ihres vorangegangenen Wutausbruchs überraschend würdevoll war.

Augustus kicherte. «Frauen, wie, Jungs? Solche argwöhnischen Geschöpfe, stets bereit, voreilige Schlüsse zu ziehen und von anderen das Schlimmste anzunehmen, schneller, als man Spargel kochen kann.»

Lucius bückte sich und begann, all die abgestorbenen Zweige und Blätter vom Boden aufzusammeln. «Allerdings, Vater, selbst wenn es unlogisch ist. Welchen Nutzen könnte ich davon haben, eine Gladiatorenschule niederzubrennen?»

Augustus überdachte die Frage ein paar Augenblicke lang. «Das habe ich mich auch gefragt – es ergibt keinen Sinn.» Er schwieg versonnen. Offensichtlich ahnte er nicht, dass die Tat verübt worden war, um meinen Onkel zu befreien, der anschließend aus Rom hinausgeschmuggelt worden war und sich nun auf dem Heimweg nach Germanien befand, sodass er nicht mehr als Beweis gegen uns benutzt werden konnte. «Wie dem auch sei, du scheinst Livia irgendwie verärgert zu haben, deshalb halte ich es für das Beste, wenn du ihr für eine Weile nicht unter die Augen trittst. Dein Bruder Gaius ist im Begriff, in den Osten aufzubrechen, um einen Vertrag mit dem Partherkönig Phraates zu schließen. Dieser scheint zu glauben, wenn er sich in Armenien einmischt, würde ich seine vier Halbbrüder hinrichten, die wir hier als Geiseln festhalten und die ihm den Thron streitig machen könnten. Ich habe Gaius angewiesen, zwei Legionen mitzunehmen und die westlichen Provinzen des Partherreiches zu bedrohen. Einstweilen habe ich Boten zu Phraates gesandt, um ihm mitzuteilen, dass ich seine Rivalen – wenngleich sie Geiseln für das Wohlverhalten Parthiens sind – gewiss nicht hinrichten werde, wenn er sich in Armenien einmischt. Ich würde allerdings in Betracht ziehen, es zu tun, wenn er und Gaius sich auf einen Vertrag einigen könnten, der Roms Interessen in Armenien angemessen absichert. Du bist nun sechzehn Jahre alt, daher denke ich, es stünde dir an, deinen Bruder zu begleiten. Es ist an der Zeit, dass du eine Uniform trägst und militärische und diplomatische Erfahrung sammelst. Was sagst du dazu?»

«Aber Vater, ich würde lieber in Rom bleiben.»

«Damit man dich noch weiterer Schandtaten bezichtigen kann?» Augustus kicherte wieder und klopfte Lucius auf die Schulter. «Sieh mal, mein Junge, ich glaube nicht, dass du es getan hast, aber das heißt nicht, dass du es tatsächlich nicht warst. Wo Rauch ist, da ist auch Feuer – wenn du das Wortspiel gestattest –, und du wurdest bereits zahlreicher anderer Eskapaden und

Untaten beschuldigt, die du allesamt abgestritten hast. Stets hast du sehr gute Gründe vorgebracht, weshalb du überhaupt nicht am betreffenden Ort warst. Diesmal nun belegen ein Zeuge und dein eigenes Eingeständnis, dass du in der Nähe warst, als das Verbrechen verübt wurde. Ein Mann sollte stets seine eigenen Schwächen im Blick haben: Womöglich lasse ich als liebender alter Vater mich von dir täuschen. Zu unser aller Bestem wirst du daher deinen Bruder auf seiner Mission in den Osten begleiten. Es wird dir guttun. Außerdem, wie kannst du mein Miterbe sein, wenn du nicht die Gewässer kennst, in denen ich schwimme?» Er schaute mich an. «Arminius wird mit dir gehen, damit er sieht, wie weit das römische Imperium reicht. Ihr beide könnt als Militärtribune in Gaius' Stab dienen.»

Lucius und ich wechselten einen Blick und grinsten. Wir waren mit Brandstiftung und Mord davongekommen, und nun sollten wir zur Belohnung den Osten kennenlernen.

V

Thumelicaz ließ den Blick über seine vier römischen Besucher wandern, während Aius das Schriftstück zusammenrollte und Tiburtius sich bereit machte, den nächsten Teil vorzulesen. «Noch ein gerüttelt Maß an Ironie, wie Ihr wohl einräumen werdet, meine Herren: Die Kaiserin von Rom führte durch ihre Bosheit meinem Vater den Wert des Misstrauens vor Augen und wie wichtig es ist, gegenüber jemandem, der bereits zuvor der Lüge überführt wurde, die Nerven zu behalten – und das trifft auf so ziemlich jeden zu, der sich in eine Machtposition manövriert hat.»

Der jüngere Bruder regte sich, als erwachte er aus einem Tagtraum. «Lucius ging ein kalkuliertes Risiko ein, indem er vor Augustus alles abstritt – er hatte nichts zu verlieren. Ich an seiner Stelle hätte dasselbe getan.»

Thumelicaz zog die Augenbrauen hoch. «Nichts zu verlieren? Er war Augustus' Miterbe.»

«Ja, aber schon damals muss ihm bewusst gewesen sein, welchen Ehrgeiz Livia für ihre Söhne hegte. Sie hatte Augustus dazu überredet, Drusus zum obersten Feldherrn des Imperiums zu machen. Hätte er länger gelebt, dann wäre angesichts all des Ruhms, den er bereits errungen hatte, zweifellos er und nicht sein griesgrämiger älterer Bruder Tiberius Augustus' Nachfolger geworden, wenn Lucius und Gaius irgendwie verschwunden wären. Doch nun, da Drusus tot war und Tiberius im selbst auferlegten Exil auf Rhodos lebte, schmiedete sie Pläne, um Gaius und Lucius aus dem Weg zu schaffen, damit Augustus gezwungen wäre, auf Tiberius zurückzugreifen. Lucius rechnete sich aus, wenn sie log, um ihn zu ängstigen, damit er vor Augustus seine Schuld eingestand – wodurch er all seine früheren Unschuldsbeteuerungen verdächtig gemacht hätte und in der Gunst seines Adoptivvaters tief gesunken wäre –, dann würde Augustus ihm glauben, wenn er den Vorwurf abstritt. Wenn sie hingegen nicht log und Augustus tatsächlich wusste, dass Lucius für die Brandstiftung verantwortlich war, dann konnte er es ebenso gut zunächst leugnen und erst später gestehen, wenn er in die Enge getrieben wurde, denn das Ergebnis wäre dasselbe: All seine früheren Missetaten würden ans Licht kommen, und er stünde vor Augustus schlechter da.»

«Ihr glaubt also, Lucius dachte sich, dass Livia versuchte, seine Stellung zu untergraben?»

«Natürlich tat sie das, und die meisten Leute verdächtigen sie, letztendlich für den Tod der beiden Brüder verantwortlich gewesen zu sein.»

Thumelicaz hielt sein Gefäß mit eingelegten Hoden auffordernd in die Runde, doch niemand nahm davon. «Mein Vater kommt später in seiner Erzählung noch darauf zu sprechen, aber er hatte nie einen echten Beweis, lediglich Indizien.»

«Diese Indizien sind allerdings interessant», bemerkte

der Straßenkämpfer. «Wer wurde nach Augustus Kaiser? Livias älterer Sohn Tiberius, weil Gaius und Lucius beide früh starben. Und wenn nur die Hälfte der Gerüchte über Livia wahr ist, dann würde ich sagen, die Hinweise sind alles andere als vage, wenn Ihr versteht, was ich meine?»

«Gewiss», räumte Thumelicaz ein, «doch die Wahrheit wird man nie mit Sicherheit kennen. Aber wir greifen schon wieder vor, Erminaz geht später auf diese Todesfälle ein. Zunächst kommt die Mission zu den Parthern. Tiburtius, überspringe den Reisebericht, er besteht hauptsächlich aus Schilderungen der Orte am Weg. Die einzig interessanten Punkte sind wiederholte Streitigkeiten zwischen Lucius und Gaius. Sie fuhren übers Meer nach Griechenland, dann ging es über Land hinunter nach Athen und von dort wieder mit dem Schiff nach Antiochia in Syrien, wo sie mit zwei Legionen und deren Hilfstruppen zusammentrafen. Von dort marschierten sie nach Thapsacus am Euphrates, an der Grenze zwischen dem römischen Imperium und dem Partherreich. Nahe der Stadt liegt eine Insel mitten im Fluss.» Er nahm Tiburtius das nächste Schriftstück aus den Händen und überflog es rasch. «Lies von dieser Zeile an: ‹Zugleich mit Gaius' Autorität hatte auch seine Torheit zugenommen.›»

«Ja, Herr.» Der alte Sklave nahm das Dokument zurück und fand rasch die Stelle.

Obgleich er nur Augustus' Stellvertreter war und nicht der Kaiser selbst, bestand Gaius darauf, nicht vor Phraates auf die Insel überzusetzen – ein Römer, so fand er, sollte niemals auf einen Barbaren warten müssen. Offensichtlich sah Phraates die Sache genau umgekehrt, und mit größerer Berechtigung, immerhin war er ein König – um genau zu sein, sogar ein König vieler Könige.

«Wenn du nicht nachgibst, sitzen wir noch ewig hier herum!», schrie Lucius Gaius an, als dieser sich wieder einmal seiner Bitte verweigerte, zu der Insel hinüberzufahren, wo bereits Pavillons für das Treffen aufgebaut waren. Gaius' Stab, der im *Praetorium* – dem Kommandozelt in der Mitte des Lagers – versammelt war, blickte angesichts dieses öffentlichen Streits der beiden Brüder betreten drein.

Doch Gaius ließ sich nicht umstimmen. «Ich beginne die Verhandlungen nicht aus einer Position der Schwäche heraus.»

«Die Verhandlungen haben bereits stattgefunden, du Schwachkopf. Du bist nur hier, um die Angelegenheit zum Abschluss zu bringen und den Vertrag in Augustus' Namen zu unterzeichnen, damit Armenien wieder in unsere Einflusssphäre übergeht. Wer schert sich einen Furz darum, wer als Erster auf dieser Insel eintrifft?»

«Ich.» Gaius wandte sich an den ranghöchsten Militärtribun in seinem Stab, den Sohn des neu ernannten Präfekten der Prätorianergarde. «Seianus, geleitet meinen Bruder und ...» Er schaute mich an und grinste höhnisch. «... sein Haustier hinaus.»

Lucius Aelius Seianus komplimentierte Lucius und mich mit größter Höflichkeit und unter zahlreichen Entschuldigungen aus dem Zelt; er war stets ängstlich darauf bedacht, sich bei Leuten von Stand beliebt zu machen. Lucius, schäumend über die Unnachgiebigkeit seines Bruders, schüttelte Seianus ab, der ihn am Arm gefasst hatte, und stürmte aus dem Zelt.

Ich denke, an diesem Punkt erkannte Lucius, dass er, verglichen mit seinem Bruder, der flexiblere und pragmatischere Charakter war. Zwar könnte ich nicht behaupten, er habe Gaius gehasst, jedoch entwickelte er in der kurzen Lebensspanne, die ihm noch blieb, eine Abneigung gegen ihn und hörte auf, zu ihm als älterem Bruder aufzublicken. Er begann, sich mir gegenüber unverblümt kritisch über Gaius zu äußern, und ich glaube, die Feinde Roms müssten den Tod der Brüder eigentlich zutiefst bedauern: Wären beide am Leben geblieben, so wäre wohl ihre wechselseitige Antipathie, die in diesem Moment aufkeimte, weiter gewachsen, und wenn sie beide Augustus' Erben geblieben wären, hätte das nach seinem Tod einen Bürgerkrieg ausgelöst. Doch so sollte es nicht kommen.

Zwei Tage lang starrten Gaius und Phraates sich über den Fluss hinweg an, umgeben von ihren Armeen. Die Parther waren mit zehntausend berittenen Bogenschützen und halb so vielen Kataphrakten – schweren Panzerreitern – angerückt, ein Meer leuchtender Farben: Die Pferde trugen prächtige Schabracken, Flaggen und Banner wehten, und auch die Parther selbst waren farbenfroh gekleidet. Sie lagerten wahllos über das Gelände verteilt, in krassem Gegensatz zu dem römischen Lager mit seinen tristen Farben und geordneten Reihen. Ich fühlte mich augenblicklich zu den Parthern hingezogen, denn die bunten Farben, die Regellosigkeit und der Stolz dieser Leute erinnerten mich an mein eigenes Volk mit seinem freien, ungeordneten Leben. Bei uns konnte ein Mann seinen Reichtum und seine Tüchtigkeit durch seine Kleidung zur Schau tragen, ganz anders als bei den Römern, wo alle die gleiche farblose Toga oder bräunlich rote Legionärstunika trugen. Dort jenseits des Flusses sah ich Individuen, zum ersten Mal, seit ich nach Rom gekommen war, und meine Sehnsucht nach der Heimat wurde stärker. Nicht dass Römer keine Individuen wären, sie zeigen es nur auf andere Weise, sodass sie für einen Außenstehenden alle sehr ähnlich erscheinen. Und während ich so dastand und die Parther betrachtete, eine Viertelmeile entfernt am anderen Flussufer, erkannte ich den Kern des römischen Wesens: Ihre Soldaten sehen alle gleich aus; ihre Elite im Senatoren- und Ritterstand kleidet sich gleich und verfolgt die gleiche Laufbahn, und auch wenn sie untereinander heftig um Rang und Stand rivalisieren, wollen sie doch alle das Gleiche für Rom und sind bereit, persönliche Differenzen hintanzustellen, um sich gemeinsam dafür einzusetzen. Wenn das stimmte, so sagte ich mir, dann wären sie berechenbar – unter bestimmten Umständen, die eine Bedrohung für Rom darstellten und somit auch für sie selbst und ihre Familien, würden sie sich alle gleich verhalten. Ihre Stärke lag in der Einigkeit, in ihrer Fähigkeit, geschlossen zu handeln, und deshalb sind ihre Legionen unbesiegbar, wenn man ihnen im offenen Kampf begegnet. Doch ebendiese Stärke konnte auch ihre Schwäche sein.

Wenn ich sie zu einem vorhersehbaren Verhalten zwingen konnte, bräuchte ich ihnen nicht offen gegenüberzutreten, denn ich könnte sie dazu bringen, auf mich zuzukommen, an einen Ort meiner Wahl, wo sie nicht mit mir rechneten. Es war der Keim zu einem Plan, nach dem mein Vater bislang vergeblich gesucht hatte, um Germanien von den Eindringlingen zu befreien. Diese Idee ging mir im Kopf herum, als ich mich Lucius in seinem nächsten kühnen Streich anschloss.

In Thapsacus gab es viele Boote, von denen die meisten Fischern gehörten, und so war es ein Leichtes für uns, den Fluss zu überqueren und das Partherlager zu erreichen. Um keinen Zweifel daran aufkommen zu lassen, dass wir römische Militärtribune waren und keine Spione, trugen wir beide unsere bronzenen Muskelpanzer, Beinschienen, Militärmäntel und Helme – meiner war ein prächtiger Kavalleriehelm mit einer lebensecht gestalteten abnehmbaren Gesichtsmaske. Lucius hatte ihn mir geschenkt, als wir uns in Rom ausgestattet hatten; er hatte die Idee mit der Maske amüsant gefunden und gesagt, so sähe ich römischer aus, da sie meine barbarischen Gesichtszüge verbarg.

«Mein Name ist Lucius Iulius Caesar», teilte Lucius den parthischen Wachen auf dem Anlegesteg auf Griechisch mit, als unser Fischer das Boot geschickt an den Steg steuerte, «und ich wünsche mit König Phraates zu sprechen.»

Seit Alexanders Eroberungszug ist Griechisch die Gemeinsprache der bessergestellten Menschen im Osten – es heißt, man könne bis ins weit entfernte Indien reisen und sich überall auf dem Weg verständigen, wenn man nur Griechisch spräche.

Der Befehlshaber der Wache schaute Lucius zuerst verblüfft an, als dieser aus dem Boot sprang, dann brach er in Gelächter aus. «Es gibt nur einen Römer, mit dem der Großkönig zu sprechen wünscht, und ich kann dir versichern, junger Bursche, das bist nicht du.»

Lucius hatte wenig Geduld mit Untergebenen und noch weniger mit Untergebenen, die er ungezogen und herablassend fand. Ohne Rücksicht darauf, dass er sich im feindlichen Lager befand, ging er auf den parthischen Offizier zu, der doppelt so alt war wie er, packte ihn am Bart und zog ihn so dicht zu sich heran, dass ihre Nasen sich fast berührten. «Offensichtlich ist dir nicht bewusst, mit wem du redest, also will ich dir die Sache mit einfachen Worten erklären. Soweit ich weiß, findet dein Herr Phraates großes Vergnügen daran, Leute, die ihn verärgern, zu pfählen. Wenn er erfährt, dass du die Nachricht nicht weitergegeben hast, dass der jüngere Sohn des römischen Kaisers ihn sprechen wollte, dann denke ich, das wird ihn ungemein verärgern. Hast du schon einmal die Erfahrung gemacht, dass dir etwas Größeres als ein Schwanz in deinen Arsch gesteckt wird?»

Der erschrockene Offizier hatte diese Erfahrung offenbar noch nicht gemacht und schien auch jetzt nicht geneigt, mit größeren Objekten zu experimentieren. Sein Gesicht verriet seine Verunsicherung, während er den sechzehnjährigen Jüngling anstarrte, der ihn noch immer am Bart gepackt hielt, und überlegte, ob er der war, für den er sich ausgab. Seine Männer traten vor und zogen ihre Schwerter, doch der Offizier gab ihnen einen Wink, sich wieder zurückzuziehen. Er griff nach Lucius' Hand und löste sie von seinem Bart. Obwohl seine Würde in Scherben lag, hatte er entschieden, mit dem arroganten jungen Römer zu kooperieren. «Ich bitte ergebenst um Verzeihung, edler Herr. Ihr müsst verstehen, ich konnte ja nicht ahnen, dass Ihr der seid, der Ihr sagt.»

«Ich muss nichts dergleichen verstehen. Das Einzige, was ich verstehen würde, ist: ‹Würdet Ihr mir bitte folgen, ich werde Euch zum Zelt des Großkönigs führen und seinem Hofmeister mitteilen, dass Ihr um eine Audienz ersucht.›»

Der Offizier rang sich ein mattes Lächeln ab, nun vollends geschlagen. «Edler Herr, bitte folgt mir.»

«Was, wenn er dich gefangen nimmt und als Geisel festhält?», fragte ich Lucius, während wir darauf warteten, zum Großkönig vorgelassen zu werden. Man hatte uns ein schaumiges Getränk serviert, das auf der Zunge prickelte und bemerkenswert erfrischend war.

«Und weshalb sollte Phraates das tun?»

«Um den Druck auf Gaius zu erhöhen, damit der als Erster auf die Insel kommt.»

«Und zugleich Augustus gründlich gegen sich aufzubringen? Er müsste verrückt sein, das zu tun, nachdem er gerade eine Einigung mit ihm erzielt hat, die schätzungsweise eine Generation lang halten dürfte und vielleicht sogar die Hinrichtung seiner vier Halbbrüder zur Folge haben wird. Nein, Phraates wird sich anhören, was ich zu sagen habe, und dann wird er meinen Rat annehmen, und bald können wir alle sehr glücklich wieder von dannen ziehen, ausgenommen dieses selbstherrliche Arschloch, mein Bruder Gaius. Nicht wahr, du sagst mir doch Bescheid, wenn ich anfange, mich wie einer dieser fünfzigjährigen Männer zu benehmen, die nie eine Armee geführt und es nie zum Konsul gebracht haben und sich dann in ihrer Würde aufblasen, um darüber hinwegzutäuschen, dass sie in ihrem Leben nichts erreicht haben?»

«Du kannst Gaius keinen Vorwurf machen – es ist nicht seine Schuld, dass Augustus ihm den Rang und die Macht verliehen hat, die kein Achtzehnjähriger vor ihm je innehatte.»

«Aber es ist seine Schuld, dass er sich mit dem Großkönig der Parther an Würde messen will.» Lucius deutete auf das riesige Zelt, in dem wir warteten – es war doppelt so groß wie jedes römische, dabei diente es nur als Warteraum für Besucher, ehe sie in das eigentliche Audienzzelt eingelassen wurden. «Gaius begreift nicht, dass die Parther die Dinge ganz anders handhaben als wir. Schau dir diese unnötige Extravaganz an – braucht Phraates wirklich solch ein großes Zelt, damit wir darin warten und Erfrischungen zu uns nehmen können? Natürlich nicht, aber wahrscheinlich weiß er nicht einmal, dass er es hat. Seine Höflinge sind es, die diesen Aufwand treiben, denn je größer sie ihren König machen, umso wichtiger kommen sie sich selbst vor. Es geht um Stolz, und ihr Stolz wird nicht zulassen, dass ihr Großkönig gegenüber einem achtzehnjährigen Römer als untergeordnet dasteht, auch wenn es sich um den Adoptivsohn des Kaisers handelt. Phraates weiß das, und deshalb wird er sich nicht dazu herablassen, als Erster auf die Insel zu gehen, denn das wäre ein Zeichen von Schwäche, und Schwäche bei einem parthischen Großkönig kann die Todesstrafe von der Hand eines Usurpators nach sich ziehen. Gaius hingegen braucht dergleichen nicht zu befürchten, deshalb sollte er einfach pragmatisch sein und die Angelegenheit zu Ende bringen. Niemand hier wird ihn auslachen, weil er auf Phraates wartet. Die Macht Roms wird nicht geschmälert, wenn der kleine Gaius eine Stunde oder zwei auf einer Insel herumhocken muss; Augustus wird ihn nicht dafür rügen, dass er zuerst geblinzelt hat. Niemand in Rom schert sich einen Furz darum.»

Ein Kämmerer trat ein. Er räusperte sich leise, während er die Vorhänge teilte und geschmeidigen Schrittes in den Raum kam. «Der König der Könige, das Licht der Sonne, der Herr des Ostens und des Westens und Schrecken des Nordens geruht Euch nun zu empfangen.»

«Wie gnädig von ihm», erwiderte Lucius ohne eine Spur von Ironie, dann sagte er so leise, dass nur ich es hören konnte: «Und ich werde nun geruhen, dem stolzen Hurensohn einen Weg aufzuzeigen, sein bärtiges Gesicht zu wahren.»

Missbilligendes Raunen erhob sich, da weder Lucius noch ich auch nur den Kopf neigten, ganz zu schweigen davon, uns bäuchlings vor Phraates niederzuwerfen, wie das Protokoll es vorschrieb. Der Kämmerer hatte uns auf dem Weg ins Audienzzelt eingeschärft, die *Proskynesis* zu vollziehen. Nun starrte er uns entsetzt an, als wir vor dem König stehen blieben, während er auf dem Bauch lag – zweifellos fürchtete er, die Schuld für unser ungehobeltes Benehmen werde auf ihn zurückfallen. Lucius mochte sich darüber beklagt haben, dass Gaius zu sehr auf seiner Würde beharrte, aber er selbst dachte nicht daran, vor einem Orientalen am Boden zu kriechen, um keinen Preis und erst recht nicht vor einem, der nur wenige Jahre älter war als er selbst. Phraates jedoch schien sich nicht an dem Mangel an Zeremoniell zu stören. Überhaupt sah er nicht aus, als könnte ihn irgendetwas stören, wie er da auf seinem hohen Thron saß und stumpf über unsere Köpfe hinweg ins Leere starrte. Sein Bart, dessen spärlicher Wuchs seine Jugend verriet – er war zu der Zeit achtzehn –, war purpurrot gefärbt, und auf seinem schulterlangen, zu Ringellöckchen gedrehten Haar saß ein goldenes Königsdiadem, das über und über mit Rubinen und Perlen besetzt war. Nichts deutete darauf hin, dass er wahrgenommen hatte, wie wir in den Pavillon gekommen waren, der den riesigen Warteraum mehr als rechtfertigte. An den Seiten war die Plane hochgezogen, sodass eine kühlende Brise zwischen den vielen geschnitzten Holzpfosten hindurchstreichen konnte, die das hohe Dach trugen. Der ganze Boden war mit Teppichen bedeckt, so kunstvoll gewebt und so farbenprächtig, dass jeder für sich ein Meisterwerk zu sein schien. Und in diesem riesigen Raum standen – nachdem sie alle die Proskynesis ausgeführt hatten – die Edelleute des Partherreiches.

Neben dem Thron stand ein hochbetagter Mann, der sich auf einen Stab stützte. Sein Rücken war vom Alter gebeugt, Bart und Haar schütter, die Augen gerötet. «Was führt Euch über den Fluss, Lucius Iulius Caesar? Weshalb stört Ihr den Frieden des Lichtes der Sonne?»

Lucius stand sehr aufrecht, den Blick direkt auf den König gerichtet, während er dessen Sprachrohr antwortete. «Wir hoffen, dem Licht der Sonne keine Unannehmlichkeiten zu bereiten. Im Gegenteil, wir sind über den Fluss gekommen, um eine Lösung zu einem Problem vorzuschlagen und ihn damit von einer Sorge zu befreien.»

Ein Ausdruck des Interesses huschte über das ansonsten unbewegte Gesicht des Großkönigs.

«So sprecht», befahl das Sprachrohr, «damit das Licht der Sonne über Eure Worte urteilen kann.»

Lucius schwieg ein paar Augenblicke lang und schaute auf seine gefalteten Hände hinunter, als müsse er sich seine Worte für den Großkönig erst zurechtlegen. «Es gibt Zeiten, da man um des äußeren Scheins willen einen anderen Schein erwecken muss. Das Licht der Sonne will nicht vor meinem Bruder Gaius auf die Insel kommen, und er wiederum will nicht vor dem Licht der Sonne auf die Insel kommen. Wie immer nun Recht und Unrecht in dieser Frage gelagert sein mögen, das Ergebnis ist eine Pattsituation, die dazu führt, dass der zwischen unseren beiden großen Mächten ausgehandelte Vertrag nicht unterzeichnet wird, während wir hier in der Bruthitze herumsitzen und nichts erreichen. Deshalb habe ich einen Vorschlag: Gaius wird auf die Insel kommen, wenn das Licht der Sonne bereits dort eingetroffen zu sein *scheint*. Es ist nichts weiter erforderlich, als dass das Gefolge des Großkönigs mit seinen Bannern den Fluss überquert. Wenn Gaius das sieht, wird er glauben, er habe gewonnen, und wird übersetzen. Dann kann das Licht der Sonne ein Boot besteigen und nach ihm eintreffen.» Lucius breitete die Hände aus und zog die Augenbrauen hoch, um die Einfachheit seines Plans zu unterstreichen. Alle Blicke richteten sich erwartungsvoll auf Phraates.

Seine Reaktion kam langsam, und als sie endlich kam, war sie überraschend: Phraates wandte sich an den alten Mann, der sein Sprachrohr war, und fragte ihn nach seiner Meinung.

Das Sprachrohr trat vor. «Ich kann das nicht gutheißen. Es würde bedeuten, dass ich und alle Eure gehorsamen Diener uns von Euch trennen und die Ankunft eines römischen Welpen abwarten müssten ...»

«Eure Würde ist hier nicht das Thema, alter Mann!» Lucius zeigte mit dem Finger auf ihn. «Das Licht der Sonne hat Euch gefragt, wie Ihr über meinen Vorschlag denkt, nicht ob er Euch persönlich zupasskommt.»

Das Sprachrohr fuhr ob einer solch schroffen Zurechtweisung durch einen Jüngling zusammen und schaute seinen Herrn flehentlich an; Phraates starrte ausdruckslos vor sich hin.

Lucius ließ nicht locker. «Antwortet, alter Mann: Wollt Ihr, dass Euer Herr meinen Rat annimmt, um den Preis gewisser persönlicher Unannehmlichkeiten für Euch selbst, oder wollt Ihr lieber, dass er Eure Ehre bewahrt und von hier fortgeht als der Großkönig, der vor einem achtzehnjährigen Römer einen Rückzieher machte?» Alle Anwesenden schnappten hörbar nach Luft, da jemand es wagte anzudeuten, der Großkönig könne womöglich nicht unfehlbar sein. Wieder richteten sich alle Blicke auf Phraates, um seine Reaktion abzuschätzen.

Phraates deutete kaum wahrnehmbar ein Nicken an, und seine Mundwinkel zuckten, sodass man es als Lächeln deuten konnte. «Geht, Sohn des Augustus, und sorgt dafür, dass Eure Männer morgen kurz nach Tagesanbruch den Fluss beobachten.»

Wiederum gegen jedes Protokoll kehrten wir dem Großkönig den Rücken und wollten uns entfernen.

«Aber Euer Freund bleibt als Sicherheit hier. Wenn ich bei meiner Ankunft auf der Insel Gaius dort nicht antreffe, werde ich unverzüglich wieder gehen und ihn zurücklassen, allein und gepfählt.»

Ich spürte, wie Lucius neben mir sich anspannte, und er warf mir einen Seitenblick zu, ehe er sich wieder zu Phraates umdrehte. «Wenn Ihr jemanden hierzubehalten wünscht, so lasst mich bleiben, Licht der Sonne.»

«Wenn ich Euch, einen Sohn des Augustus, auf einen angespitzten Pfahl setzen würde, hätten wir erneut Krieg. Aber wer würde um einen relativen Niemand aus den düsteren Wäldern im Norden trauern – außer vielleicht Ihr, Lucius Iulius Caesar, da Ihr nun seit etwa fünf Jahren Gefährten seid. Nun geht!»

Verblüfft, dass der Großkönig so gut informiert war, setzte Lucius zum Sprechen an, doch dann besann er sich eines Besseren, wandte sich ab und verließ den Pavillon. Ich blieb zurück, verwundert, dass Phraates wusste, wer ich war.

«Ihr werdet heute Abend mit meiner Mutter und mir an meiner Tafel speisen, Erminaz», sagte er und erhob sich von seinem Thron. Dass er meinen germanischen Namen gebrauchte, verblüffte mich vollends. Alle im Pavillon warfen sich vor dem stehenden Großkönig zu Boden; in meiner Verwirrung fand ich mich unversehens selbst auf dem Bauch liegen.

Wir hatten bereits fast eine Stunde lang gespeist und dabei kaum gesprochen. Zur Unterhaltung spielte eine – wenigstens für meine Ohren – misstönende Musik, zusammengesetzt aus verschiedenen Flöten, seltsam geformten Harfen und sanft geschlagenen Trommeln, die Töne in unterschiedlicher Höhe hervorbrachten. Ich erinnere mich, dass ich mich ein wenig unbehaglich fühlte, denn da ich keine andere Kleidung bei mir hatte, trug ich noch immer die Militäruniform. Seltsam fand ich, dass die Mutter des Großkönigs nicht zugegen war, wie er angekündigt hatte. Überhaupt bestand die Gesellschaft ausschließlich aus Männern – einem Dutzend, darunter auch das Sprachrohr –, doch ich sagte mir, dass das wohl nur natürlich war, da die Parther noch mehr als die Griechen darauf bedacht sind, ihre Frauen vor fremden Blicken zu verbergen. Das Mahl jedoch war opulent, wie man es an der Tafel des Königs aller Könige des Partherreiches erwartet hätte. Es gab kleine weiße Körner, die ich noch nie gesehen hatte, von leichter Textur, vermischt mit getrockneten Aprikosen, Rosinen und Nüssen von grüner Farbe, dazu gebratenes Lamm, das so zart war, dass mir beim ersten Bissen das Wasser im Mund zusammenlief; außerdem Eintöpfe aus Kichererbsen mit …

«Ich denke, das alles können wir überspringen, Tiburtius», unterbrach Thumelicaz den alten Sklaven. Keiner seiner vier römischen Besucher schien Einwände zu haben. «Ihr werdet mir gewiss beipflichten, meine Herren, dass die Schilderung der Speisenfolge, der parthischen Tischsitten und der Bekleidung für unsere Zwecke nicht von Belang ist.» Er nahm das Schriftstück und überflog die folgenden Passagen. «Das einzig Interessante ist, dass mein Vater beschreibt, wie Augustus einst Phraates' Vater – der ebenfalls Phraates hieß und der Vierte dieses Namens war – eine griechische Konkubine von herausragender Schönheit schenkte. Es geschah im Zuge der Verhandlungen um die Rückgabe der Adler, die Crassus in Carrhae verloren hatte. Diese Frau, Musa, wurde bald Phraates' Lieblingsfrau, und er machte ihren Sohn zu seinem Erben. Dann überredete Musa Phraates, seine anderen Söhne als Geiseln, die siebzehn Jahre später für einen neuen Vertrag gefordert wurden, nach Rom zu schicken. Nachdem alle potenziellen Rivalen ihres Sohnes in den Händen der Römer waren, vergiftete sie den Großkönig und brachte ihren Sohn auf den Thron, als fünften König mit dem Namen Phraates. Das wäre für sich genommen noch nicht weiter bemerkenswert, interessant ist jedoch, was dann geschah.» Er gab Tiburtius die Schriftrolle zurück und wies auf eine Zeile. «Beginne hier.»

Phraates wischte sich die Finger ab, dann legte er eine Hand auf die Brust und gab einen gewaltigen Rülpser von sich, bei den Parthern ein Zeichen von Zufriedenheit und Sättigung. Alle anderen am Tisch folgten seinem Beispiel und übertönten dabei fast die Musik, während Sklaven ernst umhergingen und die Überreste der Mahlzeit abräumten.

Nachdem die Würdigung des Mahls hinreichend zum Ausdruck gebracht war, schien Phraates mich zum ersten Mal an diesem Abend wahrzunehmen. «Ich weiß bemerkenswert viel über die verschiedenen Geiseln, die sich derzeit in Rom befinden, Erminaz – Ihr müsst wissen, meine Halbbrüder zählen auch zu dieser Personengruppe, und ich habe Mittelsmänner, die sie ständig beobachten. Sie erstatten mir nicht nur über meine Halbbrüder Bericht, sondern auch über die anderen Geiseln. Ich weiß, dass Ihr und Lucius in Rom Chaos stiftet und Augustus nichts unternimmt, um Euch Einhalt zu gebieten – er scheint nicht einmal zu glauben, was ihm über Eure Taten zugetragen wird. Ich weiß, dass Ihr der Sohn von Sigimer seid, dem Fürsten der Cherusker, und dass Ihr einmal sein Nachfolger werdet, wenn es Euch gelingt, in Eure Heimat zurückzukehren. Ich weiß auch, dass Ihr und Euer jüngerer Bruder Chlodochar nicht mehr miteinander sprecht, weil er sich in Euren Augen zu stark romanisiert hat – demnach betrachtet Ihr Euch selbst nicht als romanisiert. Ich denke, ich kann daraus folgern, dass Ihr, ungeachtet Eurer Freundschaft mit Lucius Iulius Caesar, kein Freund Roms seid. Habe ich recht?»

Verblüfft über den Scharfblick dieses jugendlichen Herrschers, zögerte ich einige Augenblicke, ehe ich etwas erwiderte. Mir schien, dass es zu meiner eigenen Sicherheit wäre, ihm die Wahrheit zu sagen – wenn ich ein Feind Roms war, wäre es weniger wahrscheinlich, dass er mich auf einen Pfahl setzen würde, sollte Gaius nicht als Erster auf der Insel sein. Dennoch antwortete ich zurückhaltend. «Wenn ich dereinst mein rechtmäßiges Erbe antrete, Licht der Sonne, werde ich meinem eigenen Volk verpflichtet sein.»

Phraates lächelte und hob seinen juwelenbesetzten Kelch, um mir zuzuprosten. «So antwortet ein Mann, der argwöhnt, dass Augustus seine Ohren überall hat, sogar in diesem Zelt. Zwar kann ich Euch versichern, dass nichts, das Ihr hier sagt, nach außen dringen wird, dennoch werde ich in dieser Angelegenheit nicht weiter in Euch dringen. Es mag genügen zu sagen, dass ich denke, wir könnten Freunde werden.» Mit einer winzigen Geste seiner rechten Hand entließ er die anderen Gäste, die sich mit einer tiefen Verbeugung rückwärts aus der Gegenwart des Großkönigs entfernten. Nur das Sprachrohr blieb.

Als die Gäste das Zelt verlassen hatten, wurde ein Vorhang hinter Phraates geöffnet, und eine Frau trat ein. Sie war so schön, dass ich bei ihrem Anblick einen lauten Ausruf unterdrücken musste – sie war buchstäblich atemberaubend. Ihre langen, seidenen Gewänder verhüllten jede Bewegung der unteren Körperhälfte, sodass sie dahinzugleiten schien. Sie hielt den Kopf gesenkt und die mit Schminke umrandeten Augen niedergeschlagen, aber was ich von ihrem Gesicht sah, genügte, um glühende Begierde in mir zu wecken, obwohl sie mehr als doppelt so alt war wie ich. Ihre Haut war blass wie die Morgendämmerung am ersten Tag, an dem im Mai die Eisgötter durchs Land ziehen. Ihr Mund, klein, aber mit vollen Lippen, bildete einen Kontrast zu ihren Wangen, wie eine frühe Rosenblüte sich vom Frost der Eisgötter abhebt; er schien zu schmollen, als dürfe man ihr nicht die geringste Laune verwehren. Doch trotz der Schönheit ihres Gesichts war es ihr Haar, das den Blick des Betrachters auf sich zog, hoch aufgetürmt und von einem seidenen Band gehalten, das kunstvoll mit den vorderen Strähnen verflochten war, sodass es wie ein Diadem um ihren Kopf lag: Es war rotgolden wie die aufgehende Sonne über einem gefrorenen See; wie Gold, vermischt mit Kupfer und so strahlend poliert, dass ich das Gefühl hatte, es zu berühren hieße, das Kostbarste auf dieser Mittelerde zu berühren.

Und ich war nicht der einzige Mann im Raum, den sie in Bann schlug. Als sie sich näherte, konnte Phraates, der sonst so erhaben und entrückt ins Leere starrte, den Blick nicht von ihr lassen. Er erhob sich von seinem Sofa und streckte ihr beide Hände entgegen. Während sie sie ergriff, schaute er auf sie hinunter und seufzte bezaubert, als sähe er diese Schönheit zum ersten Mal. Sie hob den Blick, um ihm in die Augen zu schauen, die so von Liebe und Verlangen erfüllt waren, dass sie trotz ihrer eisblauen Blässe warm wirkten. Er streichelte ihre Wange, dann beugte er sich hinunter und küsste sie, ihre

Lippen berührten sich, öffneten sich, und ich musste meinen Blick von ihnen losreißen, um nicht von Eifersucht auf diesen König überwältigt zu werden, der eine solche Frau besaß. Stattdessen schaute ich das Sprachrohr des Königs an, und der runzlige alte Mann lächelte mir zu, als wüsste er, was ich empfand, und weidete sich daran, weil seine welken Lenden nicht mehr zu solchen Begierden fähig waren.

«Hattest du einen angenehmen Tag, Mutter?»

Ich drehte ruckartig den Kopf, um zu sehen, wer diese Worte gesprochen hatte, doch außer uns vieren war niemand anwesend.

«Ja, mein Sohn», erwiderte die Frau. «Aber ich habe die Stunden bis zu diesem Moment gezählt.»

Ich hoffte, das Entsetzen möge nicht an meinem Gesicht abzulesen sein, als ich schlagartig die Wahrheit erkannte.

«Erminaz», sagte Phraates, ohne den Blick von ihren Augen zu wenden, «dies ist meine Mutter, Musa. Als sie hörte, dass Ihr Lucius begleitet, hatte sie den Wunsch, Euch kennenzulernen, sofern Ihr für unsere Zwecke geeignet wäret.»

«Es ist mir eine Ehre», brachte ich heiser heraus.

Musa löste sich aus den Armen ihres Sohnes und ließ sich auf einem Sofa nieder. Sie bedeutete mir, dasselbe zu tun, während Phraates es sich neben ihr bequem machte. Der alte Mann hatte aufgehört zu lächeln, er war nun wieder das Inbild höflicher Ernsthaftigkeit.

Musa musterte mich ein paar Augenblicke lang, als wolle sie meinen Charakter ergründen. Ich fühlte mich unter ihrem Blick unbehaglich und versuchte, mir nicht vorzustellen, was sie und ihr Sohn miteinander taten. «Ihr wisst, wie es ist, wenn man aus seiner Heimat gerissen und gezwungen wird, in der Fremde zu leben, nicht wahr, Erminaz?»

«Ja, äh … Herrin.» Ich wusste nicht recht, wie ich eine inzestuöse Königin anreden sollte.

Musa schien nicht übermäßig auf ihren korrekten Titel bedacht. «Ich wurde vor zwanzig Jahren von Augustus aus meiner Heimat Korinth entführt. Ich war frei geboren und trotz meiner Jugend die erfolgreichste *Hetaira* in meiner Stadt – wer einen Abend in meiner Gesellschaft verbringen wollte, zahlte mir ein kleines Vermögen. Meine Mutter war eine gefeierte Hetaira gewesen und hatte mich gründlich in der Kunst unterwiesen, Männern Lust zu verschaffen. Doch die Schönheit ist janusköpfig, und als Gerüchte über die meine dem Kaiser zu Ohren kamen, machte er mich trotz meines Standes als Freigeborene zu seinem Eigentum und verschenkte mich an einen ausländischen König, um einen Vertrag abzusichern, als sei ich nichts weiter als ein vulgär bemalter Ziergegenstand oder ein dressierter Affe.» Sie schwieg kurz und streichelte ihrem Sohn den Bart, während sie mich anlächelte. «Ihr fragt Euch wahrscheinlich, worüber ich mich wohl beklagen könnte: Immerhin bin ich die Mutter des Großkönigs, und wir herrschen gemeinsam. Ich verfüge über mehr Macht und Reichtum, als ich zu Hause in Korinth jemals hätte erlangen können.»

In mehr als einer Hinsicht, dachte ich.

Musas Blick verhärtete sich. «Man hat mir meinen Stolz genommen. Man hat mir die Kontrolle über meinen Körper genommen. Anstatt in einer Welt voller Männer zu leben, unter denen ich nach Belieben wählen konnte, jede Nacht einen anderen – zu manchen, die mir besonders gefielen, kehrte ich mitunter auch zurück, sei es wegen ihrer Manneskraft oder wegen der Gespräche, die wir führten … Eine Hetaira ist nicht einfach eine Prostituierte, wisst Ihr?»

Ich wusste es nicht, nickte aber dennoch.

«Die Fertigkeiten unseres Gewerbes umfassen die ganze Bandbreite abendlicher Unterhaltung: gehobene Konversation, Musik und Tanz ebenso wie die sinnlichen Akte, die Männer dazu bringen, sich von ihrem Geld zu trennen, in einer Weise, die ich schon immer amüsant gefunden habe. Aber was nutzen diese Fertigkeiten, wenn man plötzlich in ein Reich von lauter Frauen hineingestoßen wird, in die Welt des Harems? Eine Welt, die sich nur um einen einzigen Mann dreht, und alle Frauen buhlen eifersüchtig um seine Aufmerksamkeit, seine Gunst und eine einzige Nacht, in der sie die Gelegenheit bekommen, schwanger zu werden und einen Knaben zur Welt zu bringen – ein Kind als Mittel, sich über die anderen Frauen zu erheben. Und ich habe meine Chance genutzt, bin schwanger geworden und habe mich über die Jahre in der Hierarchie hochgearbeitet, wobei ich meinen Sohn als Waffe benutzte, bis ich alle meine Rivalinnen aus dem Weg geräumt hatte, alle anderen möglichen Erben und schließlich sogar den Großkönig selbst. Aber eines bin ich noch immer nicht losgeworden, und das ist der Grund für den Verlust meines Stolzes: Rom. Rom, das mich aus eigennützigem Interesse wie eine Tauschware benutzt hat, um die in Carrhae verlorenen Adler zurückzuholen. Und nun, da Rom seine Adler zurückbekommen hat, will ich sie ihm wieder wegnehmen.»

Ich war verblüfft über die Heftigkeit, in die sie sich beim Reden hineingesteigert hatte, doch ihren Groll, ihren Hass verstand ich. Sie hatte recht: Ich wusste, wie es ist, wenn einem der Stolz genommen, die Kontrolle über das eigene Leben entrissen und man gegen seinen Willen in eine Umgebung versetzt wird, in der man nicht heimisch ist. Ich wusste das nur zu gut; und hier war nun diese inzestuöse, gattenmordende Königin, und ich sympathisierte mit ihr. «Ich würde zu gern sehen, wie Ihr das tut, Herrin.»

Sie warf den Kopf zurück und stieß ein kurzes Lachen aus. «Ich auch, mein starker junger Germanenkrieger, ich auch. Aber ich fürchte, ich werde es niemals vollbringen. Nicht einmal die Römer sind so dumm, dass sie aus Carrhae nichts gelernt hätten – sie werden sich nie wieder draußen in der offenen Wüste der Gnade unserer versammelten Reiterei ausliefern. Künftig werden wir nur noch kleine Kriege gegen sie führen, Scharmützel im Vergleich zum Feldzug von Carrhae. In Eurem Land jedoch ziehen Legionen umher, Legionen mit Adlern – Adlern, die nur darauf warten, zu fallen. Ihr könntet tun, was ich nicht mehr vermag, Ihr könntet Rom abermals seine Adler abnehmen und mir helfen, meinen Stolz wiederherzustellen.»

Ich schaute sie an, diese Mörderin, diese Geliebte ihres eigenen Sohnes, diese Schönheit, von kaltem Hass erfüllt, diese Eiskönigin, und ich wusste: Trotz allem, was sie war, konnte und würde ich ihr die Bitte nicht abschlagen. Selbst wenn ich keinerlei Bedürfnis gehabt hätte, Rom so zu demütigen, wie sie es wollte, hätte ich es doch für sie getan, um jeden Preis. Nur hatte ich keine Ahnung, wie. «Weshalb denkt Ihr, ich könnte etwas Derartiges vollbringen, Herrin?»

Musa lächelte, dass es mir schier das Herz durchbohrte. «Rom vertraut Euch bereits; Ihr seid Lucius' Gefährte, und Augustus selbst hat Euch als seinen Begleiter hierhergeschickt. Ihr seid eine besonders angesehene Geisel, und weil die Arroganz der Römer keine Grenzen kennt, gehen sie davon aus, wenn Ihr Euch ihnen angleicht, würdet Ihr für immer so bleiben wie sie. Sie können sich gar nicht vorstellen, dass jemand, der die Früchte und Annehmlichkeiten Roms gekostet hat, dem Imperium wieder den Rücken kehren will. Euer Weg wird nicht der Cursus Honorum sein; Ihr werdet eine rein militärische Laufbahn antreten. Man wird Euch Befehlsgewalt und Verantwortung übertragen, nicht in den Legionen, aber in den Hilfstruppen.»

In diesem Moment fiel mir wieder ein, was mein Vater als Letztes zu mir gesagt hatte, ehe ich fast acht Jahre zuvor mit Centurio Sabinus nach Rom aufgebrochen war: *Rom wird selbst die Kämpfer ausbilden, die einmal das Rückgrat der Armee sein werden, welche uns von Rom befreit. Das nenne ich einen befriedigenden Ausgang unseres Handels.* Der Keim eines Gedankens, den ich bereits in mir trug, begann sich zu entfalten: Mir dämmerte, wie ich Rom besiegen und welchen Weg ich dazu einschlagen musste. Mit wachsender Gewissheit sagte ich: «Ich werde Rom in seinen Hilfstruppen gute Dienste leisten, und dann, wenn der Kaiser mir vorbehaltlos vertraut und mich schätzt, werde ich darum bitten, meine eigenen Männer anführen zu dürfen.» Ich schaute auf den Kavalleriehelm mit der Gesichtsmaske hinunter, den ich neben mir auf dem Boden abgestellt hatte. «Lucius' Geschenk wird mir noch gute Dienste leisten. Ich werde den Kaiser dazu bringen, mich zum Präfekten der cheruskischen Ala in der Auxiliartruppe zu machen.»

Musa lächelte wieder, und ich musste das Verlangen unterdrücken, sie zu packen, sie festzuhalten, zu besitzen. «Ganz recht, mein tapferer Germanenkrieger. Die Römer beharren nach wie vor auf der gefährlichen Torheit, ihre Hilfstruppen in deren Heimatprovinzen dienen zu lassen. Die Cherusker, Chatten, Friesen, sie alle haben Verträge mit Rom, die sie verpflichten, Männer für die Auxiliarkohorten zu stellen, und viele dieser Kohorten dienen in der Germania Magna und schützen die Legionen, die dort stationiert sind.»

Nun war es an mir, zu lächeln. «Einmal geplant, wäre es ganz leicht.»

«Ja, nicht wahr? Derzeit sind in der Germania Magna drei Legionen stationiert. Ihr müsstet lediglich einen Weg finden, den Statthalter dazu zu veranlassen, dass er eine von ihnen in eine angreifbare Position bringt.»

«Er müsste eine bestimmte Sorte Mann sein, einer,

der berechenbar römisch handelt», sagte ich. Dabei dachte ich an meine Theorie, dass alle Römer unter gewissen Umständen, die eine unmittelbare Bedrohung für Rom darstellten, auf dieselbe vorhersehbare Weise handeln würden. «Aber ich bin sicher, mit genügend Zeit könnte ich es einrichten, den Statthalter an einen Ort meiner Wahl zu locken, wo die Bedrohung so groß wäre, dass es selbst dem unkriegerischsten Mann klug erscheinen müsste, die Auxiliareinheiten als Kundschafter an den Flanken zu halten.»

«Und dann könntet Ihr diese Legion mit ebenden Truppen vernichten, die dazu ausgebildet wurden, sie zu schützen.»

«Die große Geste wäre, auch die anderen beiden Legionen zu vernichten, wenn sie ihren Kameraden zu Hilfe eilen.»

Musa schaute mich verwirrt an. «Wie bitte?»

«Die große Geste – das hat Lucius mich gelehrt. Wenn man etwas unternimmt, dann soll man es in einer Weise tun, die so monumental ist, dass es nicht mehr ungeschehen gemacht werden kann. So wird es sein. Ich habe immer davon geträumt, mein Volk in eine Revolte gegen Rom zu führen, doch das wäre nichts im Vergleich zu dem hier. Wenn es mir gelänge, mich mit den Hilfstruppen der anderen Stämme zu verbünden und auch die Stämme selbst hinter mir zu versammeln, könnte ich auf diese Weise mit nur drei Schlägen Roms Präsenz östlich des Rhenus und nördlich des Danuvius auslöschen.»

Sie streckte die Hand nach mir aus, und ich ergriff

sie mit Freuden. «Ich wusste, Ihr würdet verstehen. Nun konzentriert Euch einzig und allein auf dieses Ziel. Holt ihre Adler zurück und stellt Euren und meinen Stolz wieder her.»

Und damit war mein Lebensweg bestimmt.

Am folgenden Tage …

Thumelicaz gebot Tiburtius mit erhobener Hand Einhalt. «Ich denke, wie Phraates Gaius täuschte, damit dieser über den Fluss kam, brauchen wir nicht in allen ermüdenden Einzelheiten zu hören. Gaius war rasend wütend und wollte wieder gehen, aber Lucius überzeugte ihn, dass das seiner Würde erst recht abträglich wäre – er wäre dann nicht nur von einem Orientalen überlistet worden, sondern zudem auch noch vor ihm davongelaufen. Und wie Ihr Römer sicher wisst, wurde der Vertrag unterzeichnet.»

Der Patrizier stand auf und streckte seine Beine. «Was wurde aus Phraates?»

«Mein Vater erwähnt etwas später, dass er ein paar Jahre nach dieser Begegnung seine Mutter heiratete und versuchte, sie zur Königin zu machen. Das war selbst für die parthischen Edelleute zu viel, und sie töteten ihn. Was Musa betrifft – nun, sie starb zur gleichen Zeit und, wie ich die Parther kenne, vermutlich mit etwas Größerem zwischen den Beinen, als sie dort je gehabt hatte. Doch nach den Morden, die sie angestiftet hatte, braucht man kein Mitleid mit ihr zu empfinden. Ebenso wenig brauchen wir hier nun die nächste Schriftrolle, denn sie handelt nur von den letzten paar Jahren, die mein Vater nach seiner Rückkehr noch in Rom verbrachte. Wir werden die Geschichte fast drei Jahre später wieder aufgreifen, nachdem mein Vater Augustus bereits von seiner unbedingten Treue überzeugt hat. Aius, diese Schriftrolle, bitte.»

VI

Chlodochar schaute mich mit unverhohlenem Hass an. «Niemals, Arminius, niemals. Ich werde nicht mit dir und deinen dreckigen Cheruskern reiten.»

Er hatte auf Latein auf die Frage geantwortet, die ich ihm in unserer Sprache gestellt hatte – das machte nur allzu deutlich, wie weit wir uns voneinander entfernt hatten. Ich versuchte es auf andere Weise in der Hoffnung, ihn im letzten Moment doch noch umstimmen zu können, denn unser Schiff würde mittags nach Massalia in See stechen. «Wenn du mit mir gehst und bei den Hilfstruppen dienst, kommen wir irgendwann nach Hause. Wir werden unsere Eltern wiedersehen, unsere Schwester, unsere Heimat ...»

Chlodochar spuckte aus. «Das alles ist für mich gestorben. Ich bin kein Wilder, und ich bin auch nicht dumm: Augustus mag dir genügend trauen, um dir den Befehl über die cheruskische Ala zu übertragen, aber ich weiß, dass du dich bei der ersten Gelegenheit gegen ihn wenden und die Hand beißen wirst, die dich füttert. Damit will ich nichts zu tun haben, ich werde nicht für deinen Verrat leiden. Rom ist alles, was ich brauche.»

«Täte ich das, dann würdest du sterben, denn wenn du hierbleibst, bist du weiterhin eine Geisel.»

«Ich bin ein Freund von Germanicus, ein Römer und Angehöriger des Ritterstandes. Ich bin keine Geisel für das Wohlverhalten eines barbarischen Vaters oder Bruders.»

Ich starrte ihn an, wir maßen uns mit Blicken, ohne zu blinzeln, und ich erkannte, dass er für mich und meinen Stamm ganz und gar verloren war. Es gab nichts weiter zu sagen. Ich machte kehrt und verließ zum letzten Mal Antonias Haus, um eine Reise anzutreten, von der ich hoffte, dass sie mich in die Heimat führen würde. Mein Herz fühlte sich abwechselnd schwer an, da ich meinen Bruder verloren hatte, und leicht bei der Aussicht, Rom endlich zu verlassen. Ich schloss mich Lucius und seiner kleinen Gruppe Stabsoffiziere an, um den kurzen Ritt zum Hafen von Ostia anzutreten, denn wir hatten für das erste kleine Stück der Reise denselben Weg.

Normalerweise standen entlang der Straße nach Ostia nicht so viele Kreuze, doch als wir durch das Tor und an den Kornspeichern vorbeiritten und Rom hinter uns ließen, fiel mir auf, wie viele Nichtbürger hier jüngst hingerichtet worden waren. Rom zeigte allen, die sich seinen Toren näherten, welches Schicksal jeden erwartete, der ihm feindlich entgegentrat.

«Es gab eine kleine Revolte der öffentlichen Sklaven in Ostia», erklärte Lucius, als er bemerkte, dass ich über die Menge der Hinrichtungen den Kopf schüttelte.

Seianus – der Lucius' Stab zugeteilt worden war, nun,

da Gaius all seine Zeit im Senat zubrachte – zog die Nase hoch und spuckte Schleim auf die blutigen, gebrochenen Beine eines sterbenden Opfers. «Der Kaiser hat zu meinem Vater gesagt, er solle keine Gnade gegen sie walten lassen, deshalb hat er die Gefangenen in zwei Gruppen aufgeteilt.» Er grinste. «Diese hier sind die Glücklichen.»

«Und die anderen?», fragte ich.

«Wurden in die Marmorbrüche von Carrara geschickt. Dort brauchen sie zwei Jahre zum Sterben anstatt nur zwei Tage.» Er lachte; die anderen fielen ein.

Ich lachte zum Schein mit, doch in diesem Moment fiel mir etwas an einem der Toten ins Auge. Auf der blutverschmierten Brust befand sich über dem Herzen eine Tätowierung, die ich sofort erkannte, denn ich hatte sie in meiner Kindheit viele Male gesehen und hoffte, dieses Zeichen eines Tages selbst zu tragen: Es war ein Wolf, der Wolf der Cherusker.

Das falsche Lachen blieb mir im Halse stecken, und ich schaute den einst tapferen Krieger an, der ohne eine Waffe in der Hand aus dieser Mittelerde geschieden war – wie würde er nun nach Walhalla finden?

Rom würde für vieles bezahlen müssen.

Die Hafenstadt Massalia ist eine gemischte Stadt, einst von den Griechen in jenem Teil Galliens gegründet, der heute Narbonensis heißt und den die Römer einfach die Provinz nennen, da sie schon seit so langer Zeit darüber herrschen. Seit Generationen ist es der Hauptumschlagplatz im gallorömischen Handel, und so besteht die Bevölkerung hauptsächlich aus Kaufleuten und Dieben – wobei nach meiner Erfahrung diese beiden Gewerbe austauschbar sind.

Augustus hatte mir keine detaillierten Befehle für den Weg nach Oppidum Ubiorum erteilt, der Provinzhauptstadt der Germania Inferior am Rhenus – ich sollte lediglich bis Mitte Juni dort sein, um mit der cheruskischen Ala zusammenzutreffen, die ich künftig befehligen würde. Deshalb hatte ich beschlossen, Lucius zu begleiten, da wir bis Lugdunum denselben Weg hatten. Dies war wahrscheinlich die letzte Gelegenheit, Zeit mit ihm zu verbringen, ehe der Militärdienst uns getrennte Wege führte, ihn in die Legionen, mich zu den Auxiliartruppen. Und wenn ich erst einmal meine Loyalität weiter unter Beweis gestellt hatte, indem ich im Dienste Roms mit meiner Einheit cheruskischer Kavallerie Feinde des Imperiums tötete, war ich entschlossen, sie heim nach Germanien zu führen, und dann … Nun, dann würde ich nicht zurückkehren, das stand für mich fest, und Lucius und ich würden Feinde werden.

Doch am Ende blieb mir das erspart.

Sobald wir im Militärhafen von Massalia an Land gingen, spürte ich, dass mit Lucius etwas nicht stimmte: Er wirkte seltsam kraftlos, und das lag nicht an der sechstägigen Seereise von Ostia hierher. Ich hatte bereits etwa ein halbes Dutzend Reisen mit ihm unternommen und wusste daher, dass er nicht seekrank wurde. Normalerweise pflegte er nach der Ankunft in einer neuen Stadt ein Trinkgelage von bacchanalischem

Ausmaß vorzuschlagen, das ein paar äußerst vergnügliche Tage andauerte und eine Spur aus Verwüstung, Schulden und Toten hinterließ. In Massalia jedoch beschränkte Lucius sich darauf, Augustus' Anweisungen zu befolgen und die vier Kohorten neu rekrutierter Legionäre zu mustern, die ihn hier erwarteten. Zwei Tage lang schaute er ihnen beim Exerzieren zu und vergewisserte sich, dass sie angemessen ausgebildet waren, während die übrigen Offiziere seines Stabs die Quartiermeister nötigten, ihre Lagerhäuser zu leeren – ein paar von ihnen wurden kurzerhand hingerichtet, woraufhin der Rest kooperierte.

«Den Hurensöhnen muss man eine Lektion erteilen», erklärte Lucius seinem Stab in seiner abendlichen Besprechung in der prächtigen Residenz des Garnisonspräfekten. Es war unser dritter Tag in Massalia. «Seianus, organisiert ein paar unangekündigte Inspektionen. Wenn Ihr irgendwelche Hinweise darauf entdeckt, dass noch ein Quartiermeister Ausrüstung hortet, um sich persönlich zu bereichern, dann schlagt auch ihm den Kopf ab. Dass es gängige Praxis ist, gilt in meinen Augen nicht als Entschuldigung. Ich lasse meine Männer nicht fünfhundert Meilen marschieren, ohne dass sie ausreichend mit Zelten, Ersatzstiefeln, Tuniken und Mänteln ausgestattet sind, außerdem mit genügend Proviant und Waffen, um den Feind zu töten, wenn wir erst einmal dort sind, und natürlich mit den nötigen Maultieren und Fuhrwerken, um das alles zu transportieren.» Er blickte finster in die Runde, Entrüstung in den Augen. Im Lampenschein glänzten Schweißperlen auf seiner Stirn. «Wenn wir endlich alles haben, was wir benötigen, werden die übrigen Quartiermeister in den Rang gewöhnlicher Legionäre degradiert – sie können mit uns kommen, um wieder einmal selbst die Erfahrung zu machen, wie wichtig Reserveausrüstung ist.»

«Die ehrlichen auch, Herr?», fragte ein junger Tribun mit schmalen Streifen.

«Ich habe noch nie von einem ehrlichen Quartiermeister gehört, also ja. Dann werde ich vielleicht das nächste Mal, wenn ich irgendwo ankomme und Ausrüstung brauche, mit etwas mehr Respekt behandelt.»

«Oder sie geben sich vor Eurer Ankunft größere Mühe, ihre Vorräte zu verstecken», gab Oppius, der Präfekt der kleinen Garnison von Massalia, zu bedenken. «Sie sind äußerst verschlagen, ich muss es wissen. Sie betrachten alles in ihren Lagerhäusern als ihr persönliches Eigentum und trennen sich äußerst ungern davon.»

«Ihr hättet es gar nicht erst so weit kommen lassen dürfen. Was zahlen sie Euch dafür, dass Ihr die Augen verschließt?» Lucius gestikulierte mit seinem Weinbecher nach den Büsten aus Marmor und Bronze, dem kostbaren Glas und Silber und den Möbeln in dem verschwenderisch eingerichteten Raum, dann trank er einen Schluck. «Und Euer Wein scheint vom Feinsten zu sein, guter italienischer Falerner, nicht dieses nachgemachte gallische Gesöff.» Er zeigte auf zwei Amphoren, die in einer Ecke standen. «Und reichlich davon.»

«Ich verwahre mich gegen die Anschuldigung, Caesar. Ich überwache die Nachschublinie durch diese Stadt und hinauf zur Grenze am Rhenus gewissenhaft.»

«Warum waren meine Offiziere dann gezwungen, zwei der Quartiermeister hinzurichten?»

«Weil diese *allzu* gierig waren.»

Lucius wandte sich ihm heftig zu, und sein Gesicht wurde bleich – wir alle nahmen an, es sei vor Zorn über die gleichgültige Haltung des Mannes zum Diebstahl militärischen Eigentums, doch dann röchelte Lucius plötzlich und schien keine Luft mehr zu bekommen. Ich und ein paar andere stürzten herbei, als ihm die Beine wegknickten und seine Augen hervortraten. Wir legten ihn auf ein Sofa; seine Brust hob und senkte sich krampfhaft, und es gelang ihm nun, flach zu atmen. «Tretet zurück, gebt ihm Raum», rief ich. Wie selbstverständlich übernahm ich das Kommando, schließlich war es mein Freund, der hier litt. Ich öffnete Lucius' Mund, und da nichts zu sehen war, das ihm in der Kehle stecken geblieben sein könnte, steckte ich einen Finger tief hinein und drehte seinen Kopf zur Seite. Er krampfte, dann erbrach er sich mit gewaltiger Anstrengung, sodass sein Mageninhalt auf die Füße der Umstehenden spritzte. Er würgte und brachte noch einen Schwall hervor, dann begann er, heftig und stoßweise zu keuchen. Er schloss die Augen, und nach kurzer Zeit brachte er seinen Atem unter Kontrolle.

«Hinaus», murmelte er, «alle hinaus.»

Einen Moment lang verharrten wir unschlüssig, dann begannen wir, uns zurückzuziehen. Lucius packte mich am Arm. «Du nicht, Arminius. Ich brauche etwas zu trinken von jemandem, dem ich vertrauen kann.»

«Vertrauen?»

«Ja, vertrauen. Jemand, von dem ich weiß, dass er nicht in Livias Diensten steht.»

Ich goss ihm einen Becher Wasser aus dem Krug auf Oppius' Schreibtisch ein.

Lucius schüttelte den Kopf. «Nein, Arminius, nicht davon, schütte das weg. Bringe mir Wein aus einer der versiegelten Amphoren, die bereits hier waren, nicht aus einer von denen, die wir mitgebracht haben.»

Ich goss das Wasser auf den Boden aus, holte eine der Amphoren aus der Ecke, brach das Wachssiegel, zog den Stöpsel heraus und füllte den Krug neu. «Weshalb argwöhnst du, dass Livia versucht, dich zu vergiften?» Ich füllte seinen Becher und gab ihn ihm in die zitternde Hand.

«Wenn sie mich aus dem Weg schafft, bleibt Augustus nur noch Gaius als Erbe. Jeder weise Herrscher sollte wenigstens einen Ersatz haben. Aber wenn Gaius ebenfalls jung sterben sollte?»

Ich begriff sofort. «Dann wäre Augustus gezwungen, Tiberius von Rhodos zurückzurufen?»

Lucius trank einen Schluck, wobei ihm ein guter Teil das Kinn hinunterlief. «So bekommt Livia ihren Sohn wieder und kann mehr oder weniger ihre Bedingungen stellen. Mir wurde klar, dass das ihr Plan ist, als ich mich auf der Reise hierher immer schwächer fühlte – jemand vergiftete mich, und ich konnte nicht herausfinden, wie, da wir alle uns die Speisen und Getränke teilten. Aber ich habe herausgefunden, warum.»

«Und du bist sicher, dass Livia dahintersteckt?»

«Wer sonst hätte einen Nutzen von meinem Tod?»

Ich füllte seinen Becher noch einmal, und diesmal trank er sicherer. Auch sein Atem beruhigte sich. «Wie können wir sie aufhalten?»

Lucius schüttelte den Kopf. «Ich glaube, es ist zu spät. Irgendwie muss es ihr schon vor unserer Abreise gelungen sein, mir eine tödliche Dosis eines langsam wirkenden Giftes zu verabreichen. Seither habe ich nichts gegessen oder getrunken, das wir nicht alle miteinander teilten, und ich habe sehr darauf geachtet, welchen Becher oder Teller ich benutze, habe immer unter irgendeinem Vorwand mit jemand anderem getauscht. Dennoch geht es mir immer schlechter, manchmal fällt mir das Atmen schwer, und ich sehe verschwommen. Ich habe an Gaius geschrieben, um ihn zu warnen, dass er der Nächste sein wird, aber du weißt ja, wie er ist – er wird mir nicht glauben. Livia wird gewinnen.»

Ich stand auf. «Ich rufe einen Arzt.»

Lucius lachte; es klang schwach und voller Bedauern. «Spare dir die Mühe, mein Freund, mir kann kein Arzt mehr helfen. Livia wäre nicht so töricht, etwas zu benutzen, wozu es ein Gegenmittel gibt, dazu ist sie viel zu raffiniert.»

«Was können wir dann tun?»

«Nichts. Aber du musst mir etwas versprechen, um unserer Freundschaft willen.»

«Das werde ich, sofern ich kann.»

«Weshalb solltest du nicht können?»

«Ich weiß nicht, es ist nur …» Ich verstummte. Ich konnte ihm den Grund nicht nennen, denn der bestand darin, dass ich nicht beabsichtigte, jemals nach Rom zurückzukehren. «Was ist es, das ich für dich tun soll?»

«Nur das eine: Räche mich.»

Am nächsten Morgen schickten wir Lucius' Leichnam zurück nach Rom; er war um Mitternacht gestorben. Zu meiner Trauer kam die Sorge, wie ich mein Versprechen an meinen sterbenden Freund einlösen könnte, da ich doch hoffte, niemals wieder nach Rom zu gehen. Doch das Schicksal, das die Nornen für uns spinnen, ist stets voller unerwarteter Wendungen, und wir sind blind für ihre Absichten.

Ich war nicht länger als achtzehn Monate in Oppidum Ubiorum, als das eintrat, was Lucius vorhergesagt hatte: Gaius starb plötzlich in Armenien, und Tiberius wurde von Rhodos zurückgerufen. Der Preis, den Livia von Augustus forderte, war, dass er ein militärisches Kommando bekam – ein gewaltiges: Er wurde der militärische Oberbefehlshaber der Germania Magna. Das Ziel dieses Kommandos bestand darin, das südliche Sumpfland Germaniens, das an den Danuvius grenzte, zu unterwerfen und dem Imperium einzuverleiben. Dazu mussten die Markomannen in Boiohaemum besiegt werden, wohin sie kürzlich übersiedelt waren. Sie hatten dabei den romfreundlichen keltischen Stamm der Boier aus diesem Gebiet vertrieben, das nach ihm benannt war: Boio-haemum, Heim der Boier. Zur Erreichung des Ziels befahl Augustus nun dort die größte Ansammlung von Truppen seit den Bürgerkriegen, durch die er an die Macht gelangt war. Zehn Legionen und entsprechend viele Auxiliartruppen wurden in die Provinz Rätien beordert, darunter auch meine cheruskische Ala. Ich war begeistert über diesen Auftrag, da er mich meinem eigenen Ziel näher bringen würde: Sollte Tiberius erfolgreich sein – und angesichts seiner riesigen Streitmacht bestand kein Grund, etwas anderes anzunehmen –, dann hätten wir unsere Treue zu Rom bewiesen, indem wir uns an einem gewaltigen Sieg gegen einen germanischen Stamm beteiligt hätten. Somit wäre es wahrscheinlicher, dass man uns erlauben würde, näher an unserer Heimat zu dienen.

Mit diesem glücklichen Gedanken im Kopf führte ich meine Ala im folgenden Jahr gen Süden, am Rhenus entlang und dann ostwärts nach Rätien hinein zu Tiberius' Lager in Augusta Vindelicum. Meine Männer kamen alle aus meinem Stamm, und viele kannte ich dem Ruf ihrer Väter nach, an den ich mich aus meiner Kindheit erinnerte. Auch wenn sie alle sich freiwillig gemeldet hatten, in einer Hilfstruppe der römischen Armee zu dienen, waren sie doch im Inneren noch immer zutiefst cheruskisch. Sie respektierten meinen Vater, der noch am Leben war, mich jedoch betrachteten sie mehr als Römer denn als Cherusker, obwohl ich sie bereits seit fast drei Jahren befehligte und mir den Wolf der Cherusker auf die Brust hatte tätowieren lassen. Wie konnte ich sie mit Worten vom Gegenteil überzeugen? Ich, der ich all die Jahre in Rom gewesen und vom Kaiser selbst in den Ritterstand erhoben worden war? Ich, der ich mittlerweile flüssiger Latein sprach als meine Muttersprache? Ich, der ich von Rom zu ihrem Befehlshaber gemacht worden war? Einzig mein Onkel Wulferam und mein Vetter Aldhard, die aus Dankesschuld gekommen waren und nun als meine obersten Decurionen dienten, kannten mein wahres Wesen. Für meine übrigen Landsleute war ich, kurz gesagt, ein Fremder.

Doch das sollte sich nun bald ändern.

Als ich kurz nach unserer Ankunft in Augusta Vindelicum Tiberius' Praetorium betrat, sah er noch stumpfsinniger aus, als ich ihn in Erinnerung hatte.

Er schaute mich aus traurigen Augen an, als hätte er kürzlich schlechte Nachrichten erhalten. «Ihr seid also der Sohn von Segimerus – ich erinnere mich, Euch ein paarmal in Rom gesehen zu haben.»

«Jawohl, General, auch wenn wir uns nie offiziell begegnet sind.»

«Nein, wohl nicht.» Er seufzte, als trüge er an einer solch schweren Last, dass er es kaum länger ertragen könne. «Vielleicht werden wir einander auf dem bevorstehenden Feldzug besser kennenlernen.»

«Das wäre mein größter Wunsch.» Ich hatte von Lucius die Kunst der Schmeichelei erlernt und beherrschte sie ausgezeichnet.

Tiberius jedoch, der selbst kein Schmeichler war, durchschaute meine Worte. «Dies ist ein Militärlager, kein Gastmahl auf dem Palatin, Arminius. Hier erwarte ich, dass Männer sich wie Männer benehmen, nicht wie Speichellecker. Ich brauche Soldaten, keine Höflinge.»

Ich muss gestehen, dass er mir auf Anhieb gefiel. «Ich bitte um Verzeihung, General, ich war zu lange in Rom.»

«Und ich war zu lange nicht dort, um zu wünschen, dass Rom mir hierher folgt. Eurer Ala wurden ihre Quartiere zugewiesen?»

«Jawohl, General.»

«Gut. Seht zu, dass Eure Männer sich einrichten, und kommt heute Abend zu einem Arbeitsessen mit mir und meinem Stab. Ihr werdet hier viel zu tun haben, Präfekt, die Kavallerie ist meine Augen und Ohren, und ich muss auf sehr weite Entfernungen scharf sehen und hören können.»

«Wir marschieren in zwei Tagen los und werden den Danuvius bei Sorviodurum überqueren», verkündete Tiberius dem gedrängt vollen Triclinium. Er brach ein Stück von dem harten Legionärsbrot ab, dann reichte er den Laib an seinen Nebenmann weiter; an seinem Tisch gab es auf dem Feldzug keinen Luxus. «Von dort sind es etwa zweihundert Meilen bis nach Maroboden, der Hauptstadt der Markomannen. Meine Informanten berichten, Maroboduus, ihr Fürst, werde sich den kommenden Monat über dort aufhalten – reichlich Zeit, um hinzumarschieren und sie zur Schlacht zu nötigen. Schlagt sie und tötet am besten auch gleich den Fürsten, dann habt Ihr den Stamm an den Eiern.» Er schaute in die Gesichter der versammelten Legati und Auxiliarpräfekten; im Schein der wenigen Lampen, die Tiberius sich gönnte, nickten sie in ernster Zustimmung. Nachdem er sich überzeugt hatte, dass seine Untergebenen hinter ihm standen, wandte er sich an mich. «Arminius, Eure Cherusker und die batavischen Alae werden mit

Transportbooten übersetzen, zwei Nächte bevor die Haupttruppe die Flussüberquerung beginnt, deshalb brecht Ihr bereits morgen auf. Zehn Meilen vom Fluss gibt es eine hohe, dreißig Meilen tiefe Bergkette. Ein Pass führt in nördlicher Richtung hindurch. Zu beiden Seiten des Passes erstreckt sich überaus unwirtlicher Wald, Gelände, wie Eure Cherusker es meines Wissens gewohnt sind.»

Ich grinste und hob meinen Becher. «Sie werden sich dort ganz wie zu Hause fühlen, General.»

Jeglicher Ansatz zu Scherzen war an Tiberius verloren. «Das dachte ich mir. Bis die übrige Armee zwei Tage später über den Fluss ist, will ich Berichte von der gesamten Länge des Passes haben. Die Batavier werden Euch unterstützen, eine Ala im Pass und die andere am Zugang, damit Ihr auf sie zurückgreifen könnt, falls sich Feinde in größerer Zahl in der Gegend aufhalten sollten.» Er nahm eine Handvoll Knoblauchzehen aus einer Schale auf dem Tisch und steckte eine ganze in den Mund. Während er kaute, wandte er sich an seinen Nachbarn. «Varus, Ihr habt das Oberkommando über die Kolonne. Ihr nehmt die berittenen Legionäre der Neunten Hispana als Eskorte und Meldegänger mit. Ich bin sicher, Legatus Bibaculus hat nichts dagegen, sie Euch zu leihen.»

Ein korpulenter Mann gegenüber von mir gestikulierte mit einem Hühnerbein. «Für das größere Wohl, General, für das größere Wohl.»

Publius Quinctilius Varus warf sich in die Brust, offensichtlich geschmeichelt, dass er persönlich das Kommando über die Vorhut übertragen bekam. «Ich werde Euch gut informiert halten, General.»

«Tut das, Varus, und denkt an das Versprechen meines Stiefvaters.»

«Wie könnte ich es vergessen?»

Ich wandte mich mit fragendem Blick an den Präfekten einer der batavischen Alae, der neben mir lag.

«Ihm wurde die Statthalterschaft der Germania Magna in Aussicht gestellt, wenn sie vom militärischen Befehlsbereich in den Status einer Provinz übergeht», ließ der Präfekt mich wissen.

«Ach, tatsächlich?» Ich schaute zu dem Mann hinüber, der dazu ausersehen war, die Macht über Leben und Tod meines Volkes zu haben, und entschied, dass ich mich mit ihm gut stellen sollte. Es galt herauszufinden, ob er für mein Vorhaben die richtige Sorte Römer war.

Und so begann ich am nächsten Tag, mich mit Publius Quinctilius Varus bekanntzumachen, während wir ostwärts zum Danuvius ritten.

«Natürlich war es eine große Ehre, gemeinsam mit Tiberius zum Konsul ernannt zu werden», teilte Varus mir mit der Art von Herablassung mit, zu der nur der Sohn eines Patriziergeschlechts mit langer, edler Ahnenreihe fähig war. «Allerdings kam es nicht überraschend, da wir beide zu der Zeit mit Agrippas Töchtern verheiratet waren. Ich kann nicht leugnen, dass es meine Aussichten verbessert hat, und seither stand meinem weiteren Aufstieg nichts mehr im Wege. Ganz so, wie es dem ältesten lebenden Spross der Quinctilier gebührt. Mittlerweile bin ich der Statthalter, der am höchsten in

Augustus' Gunst steht.» Unerklärlicherweise schien er diesen Kommentar überaus amüsant zu finden – ohne Rücksicht auf seine patrizische Würde brach er in etwas aus, das ich nur als weibisches Gekicher beschreiben kann. Endlich fasste er sich wieder. «Seht Ihr, es wird mein dritter Statthalterposten sein, seit meine Amtszeit als Konsul endete. Syrien, Africa und nun die Germania Magna – alles militärische Provinzen mit Legionen, was zeigt, welch großes Vertrauen der Kaiser in meine Fähigkeiten setzt.» Er tätschelte sein Pferd, als müsse er das Tier ermutigen und ihm versichern, dass es hinreichend geeignet sei, eine solch große Persönlichkeit zu tragen. «Ich nehme an, Germanien wird die bisher größte Herausforderung, denn sämtlichen Berichten zufolge soll es ein barbarisches Land sein – würdet Ihr das nicht auch sagen, Arminius?»

«Als ich es vor sechzehn Jahren verließ, war es das. Zwischen dem Rhenus und dem Albis gab es kaum ein Gebäude aus Stein.»

«Dann werde ich mich darum zuerst kümmern, wenn ich als Statthalter bestätigt werde. Wir brauchen öffentliche Gebäude, die groß genug sind, um den Einheimischen Ehrfurcht einzuflößen. Nur so können wir mit einer gewissen Autorität beginnen, römische Gerechtigkeit walten zu lassen.»

«Gewiss, Varus», sagte ich, obwohl ich keine Ahnung hatte, was er damit sagen wollte. Aber es war mit ihm wie mit allen Männern, die eine übersteigerte Meinung von sich selbst haben: Wenn man sich bei ihnen einschmeicheln will, braucht man ihnen nur beizupflichten. «Und ich bin überzeugt, der Kaiser wird Eure Ernennung bestätigen.»

«Es geht nicht darum, ob ich Statthalter werde – das steht fest. Nein, es geht darum, ob Germanien einen Statthalter brauchen wird, denn wenn es nicht zum befriedeten Gebiet erklärt wird, bleibt es ein militärischer Befehlsbereich und wird keine Provinz. Das ist die strittige Frage: Ist die Germania Magna bereit für eine zivile Regierung?»

«Nun, Statthalter», sagte ich ohne eine Spur von Ironie, «Ihr und ich, wir wollen dafür sorgen.»

Varus schaute mich an, lachte auf und beugte sich hinüber, um mir auf den Rücken zu klopfen. «Ich sehe schon, wir werden prächtig miteinander auskommen, Arminius.»

Und das taten wir; ich sorgte dafür.

«Hier können wir nun erkennen, wie weit mein Vater vorausplante», unterbrach Thumelicaz die Lesung. «Und es fiel ihm nicht schwer, das rückhaltlose Vertrauen des Mannes zu gewinnen, den er künftig zu verraten gedachte.» Er nickte dem Sklaven zu. «Überspringe den Teil bis zur Flussüberquerung.»

Eine nächtliche Flussüberquerung ist immer eine riskante Angelegenheit, erst recht wenn der Fluss so breit ist wie der Danuvius. Aber die Überquerung zu beginnen, ohne zuvor durch Kundschafter in Erfahrung zu bringen, ob der Feind das andere Ufer besetzt hielt, war die Tat eines Toren. Die Fähigkeiten, derer Varus sich gerühmt hatte und die der Kaiser so hoch zu schätzen schien, waren offenbar stark übertrieben. Glücklicherweise erwartete uns keine große Streitmacht; dennoch wurde unsere Überquerung bemerkt, was ein paar Kundschafter vielleicht hätten verhindern können. Dieser Fehler sollte viele Leben kosten, und ich folgerte daraus, dass Varus der richtige Mann für meine Zwecke war: ein typischer Römer, den ich dazu bringen konnte, so zu reagieren, wie ich es wollte. Ich frohlockte insgeheim. Nun musste ich nur noch meine eigenen Leute dazu bringen, nach meinem Willen zu handeln. Allerdings wusste ich, dass das nicht leicht zu erreichen sein würde.

Das Land jenseits des Danuvius ist fruchtbar und bewirtschaftet, es sieht nicht anders aus als auf der Seite des Imperiums: Gehöfte, ordentliche Obstgärten und üppige Weiden, auf denen Vieh grast – einfaches Gelände, in dem man selbst im Dunkeln schnell vorankommt. Erst wenn man die Berge erreicht, beherrscht der wilde Wald, den die Römer so sehr fürchten, das Land. Als sich im ersten Licht der Morgendämmerung die zerklüfteten Gipfel der Bergkette vor uns abzeichneten, begannen wir den Aufstieg zu dem Pass, der sie in der Mitte durchschnitt.

«Ihr könnt anfangen, die Berge auszukundschaften, Arminius», sagte Varus, als ich mein Pferd neben seinem anhielt und die Gesichtsmaske meines Helms öffnete. «Die Hälfte Eurer Ala geht nach Norden, die andere Hälfte nach Süden. Zwei Meilen zu jeder Seite sollten genügen, um einen etwaigen Hinterhalt zu entdecken. Ich schicke die beiden batavischen Alae in gemächlichem Tempo ostwärts, sodass Ihr auf sie zurückgreifen könnt, falls Ihr in Schwierigkeiten geraten solltet.»

Ich stutzte. «Beide?»

«Selbstverständlich.»

«Aber was ist mit Eurer Rückendeckung? Sollte nicht eine der Alae hier am Zugang zum Pass bleiben für den Fall, dass der Feind versucht, uns einzukesseln?»

Varus lachte, und wieder klang es sehr feminin. «Das würden sie nicht wagen, da die Haupttruppe der Armee sich eben anschickt, den Fluss zu überqueren – selbst wenn sie hier wären, was ich stark bezweifle, da wir bislang keinen Hinweis darauf gesehen haben.»

«Weil es eben erst hell wird.»

Er schaute mich mit einem Ausdruck an, der an Entrüstung grenzte, weil ich seine Entscheidungen hinterfragte.

«Ihr habt recht, Herr», bestätigte ich hastig, «zehn Legionen dürften mehr als genug Rückendeckung für uns sein.»

Die flapsige Bemerkung erhellte Varus' Miene. «Ganz recht. Schließlich werden sie etwa im Laufe des nächsten Tages nach und nach das Westufer erreichen.»

Ich salutierte vor ihm. Dabei fragte ich mich, wie er draußen in Syrien überlebt hatte, wenn er es anscheinend unter seiner Würde fand, sich um die Sicherheit seiner Leute zu sorgen. Allerdings sagte mein Gefühl mir, dass er vermutlich recht hatte: Keine feindliche Streitmacht würde uns in den Rücken fallen in dem

Wissen, dass hinter ihr zehn Legionen stetig vorrückten. Und so teilte ich meine Einheit auf, übernahm selbst das Kommando über den Teil, der die Südseite auskundschaftete, und führte acht Turmae zu je zweiunddreißig Mann in die Berge, während Wulferam die gleiche Anzahl auf die Nordseite führte.

Auf feindlichem Gebiet zu kundschaften ist ein Unterfangen, das man stets mit Vorsicht angehen muss, und so arbeiteten wir uns mit methodischer Gründlichkeit vor. Ich organisierte meine Turmae so, dass jede eine halbe Meile in der Breite abdeckte, während ich mich mit vier Turmae Reserve hinter der Frontlinie hielt, bereit, jeder meiner Einheiten zu Hilfe zu eilen, sollte sie in Schwierigkeiten geraten. Langsam rückten wir vor, stets in Kontakt mit Varus' Haupttrupp, der den Pass hinaufmarschierte, sodass wir nicht dahinter zurückfielen. Ich machte mir nicht einmal die Mühe zu überprüfen, ob Varus Kundschafter vorausschicke, da ich gar nicht auf den Gedanken kam, er könnte eine so grundlegende Vorsichtsmaßnahme vernachlässigen. Auf diese Weise hatten wir bis zur zehnten Stunde fast die Hälfte des dreißig Meilen langen Passes hinter uns gebracht, ohne etwas vom Feind zu sehen. Meine Meldegänger kamen und gingen in regelmäßigen Abständen und berichteten, dass es bei der Haupttruppe keine Vorfälle gab, dass Wulferam mit seinen Leuten auf der Nordseite im selben Tempo vorrückte wie wir und dass auch sie bislang niemandem begegnet waren. Kurz, die Übung verlief nach Plan, und dieser Umstand verleitete wohl den ohnehin bereits nachlässigen Varus zu noch größerer Sorglosigkeit. In dieser Nacht lagerten wir mit der Haupttruppe im Pass, und es war bemerkenswert, dass wir keine Palisade errichteten und nur wenige Wachen postierten. Varus war überzeugt, dass die Markomannen keine Bedrohung darstellten, da sie viel zu große Angst vor der Armee hinter uns hätten. Und in dieser Nacht bestätigte sich seine Einschätzung: Als wir erwachten, hörten wir lediglich von drei Männern, die Fahnenflucht begangen hatten. Außerdem war ein Mann den Verletzungen erlegen, die er sich tags zuvor bei einem Sturz zugezogen hatte.

Also frühstückten wir und kehrten dann auf unsere Positionen zurück, um weiterzumarschieren und hoffentlich bis zum Abend das Ende des Passes zu erreichen. Zu dieser Zeit würde die Überquerung des Danuvius bereits in vollem Gange sein.

Zuerst war es nur ein einziger Schrei, schrill und durchdringend, ein Schrei anhaltender Qual, nicht wie von einem Mann, der im Kampf verwundet wurde, und er kam von hinter uns. Ein einzelner Schrei war für mich kein Grund, meine Männer zurückzurufen und zu Varus zu eilen, um ihn zu schützen, schließlich gab es dafür viele mögliche Erklärungen – auch wenn zugegebenermaßen keine davon angenehm für den Mann war, der den Schrei ausgestoßen hatte. Der zweite Schrei, ebenso grauenhaft wie der erste, war schon beunruhigender, und der dritte, der gleich darauf den zweiten begleitete, versetzte mich ernsthaft in Sorge. In diesem Moment kam eben wieder ein Meldegänger von Varus zurück; er hatte nichts Neues zu berichten und sagte, er sei vor dem ersten Schrei losgeritten, allerdings habe es für ihn geklungen, als ob alle drei Schreie aus derselben Richtung kämen. Da stellte ich die Verbindung her: Drei Schreie, drei Fahnenflüchtige in der Nacht – was, wenn diese Männer sich gar nicht aus freien Stücken abgesetzt hatten, sondern entführt worden waren? Falls es sich so verhielt, wäre dies eine Absichtserklärung: Wir waren nicht allein, und diese drei Männer waren soeben geopfert worden, um einen Sieg sicherzustellen – jeder germanische Stamm hätte so gehandelt. Noch während dieser Gedanke in meinem Kopf Gestalt annahm, wurde die Richtigkeit durch den unverkennbaren Lärm eines Germanenangriffs bestätigt: Hörner und Kriegsgeschrei hallten von den Bergen wider, sodass schier unmöglich auszumachen war, aus welcher Richtung sie kamen, ob von vorn oder hinten. Sicher war jedoch, dass Varus' Truppe angegriffen wurde. Ich schickte Reiter nach den ausgeschwärmten Turmae aus, um ihnen den Befehl zu erteilen, mir nach Norden zu folgen. Ich selbst ritt indessen mit den vier Einheiten, die ich hatte, nordwärts dorthin, wo nach den Angaben des Meldegängers Varus' letzter Standort war.

Wir ritten so schnell, wie es in dem dichten Wald möglich war. Der Kampflärm schwoll an, und in gleichem Maße wuchs meine Überzeugung, nicht viel ausrichten zu können: Wer zwei Alae Batavier angriff und glaubte, sie besiegen zu können, musste über eine gewaltige Streitmacht verfügen. Dagegen würden meine zweihundertfünfzig Mann Verstärkung kaum einen

Unterschied machen, es sei denn vielleicht, Wulferams Männer von der anderen Seite kämen gleichzeitig an.

Ich brach zwischen den Bäumen hindurch und konnte den Pass nun bereits sehen. Die Batavier hundert Fuß unter uns wurden von Osten und Westen zugleich heftig bedrängt. Varus hatte den klassischen Fehler eines aristokratischen römischen Befehlshabers begangen, der Fähigkeit für ein Geburtsrecht hielt: Er hatte weder Kundschafter vorausgeschickt noch für Rückendeckung gesorgt und sich so umzingeln lassen. Er war wirklich der ideale Mann für meine Zwecke. Ungefähr zweihundert unberittene Markomannenkrieger hatten sich herangepirscht, um ihm in den Rücken zu fallen, während eine ähnliche Zahl ihm durch den Pass frontal entgegengestürmt war. Seine Kavallerie hatte sich nicht umformieren können, da der Pass zu schmal war, und so nutzte ihre zahlenmäßige Stärke ihnen nichts, denn nach vorn und hinten konnten jeweils nicht mehr als zehn Mann gleichzeitig kämpfen. Die Übrigen versuchten, in der Enge der Kolonne ihre Pferde zu beruhigen. Das Gedränge wurde immer dichter, denn auch an den steilen Hängen zu beiden Seiten des Passes wimmelte es von Markomannen, die sie einkesselten. Es war ein einziges Chaos, und binnen einer Stunde würde der größte Teil von Varus' Truppe entweder tot oder in Gefangenschaft sein.

Es gab nur eine Option: Ich musste ihm zu Hilfe kommen und dadurch seine Dankbarkeit und sein Vertrauen gewinnen.

«Absitzen!», rief ich, und mein Herz schlug schneller,

da ich im Begriff war, meine Männer zum ersten Mal in die Schlacht zu führen. Nun würden sie Gelegenheit bekommen, meinen Mut zu sehen, auch wenn ich nicht frei von Beklommenheit war, denn abgesehen von ein paar unbedeutenden Scharmützeln war dies meine erste Schlacht.

Die Decurionen gaben meine Befehle weiter, und binnen weniger Augenblicke waren aus meinen Reitern Fußsoldaten geworden, weit besser dazu geeignet, die steilen Hänge zum Pass hinunterzustürmen und den nichtsahnenden Markomannen westlich von Varus in den Rücken zu fallen. Wenn es mir gelang, sie auseinanderzutreiben, konnte Varus seine Männer zurück zum Fluss führen und sich wieder mit der Haupttruppe von Tiberius' Armee zusammenschließen.

Für taktische Planung blieb keine Zeit. Ich wusste, wäre Lucius dabei gewesen, dann hätte er dafür plädiert, sofort und mit aller Heftigkeit anzugreifen – und genau das taten wir.

Ich stieß zum ersten Mal den Schlachtruf meines Volkes im Zorn aus, schloss meine Gesichtsmaske, zog meine *Spatha* und schwang sie über meinem Kopf, während ich losstürmte. Hals über Kopf ging es den steilen Hang hinunter, wobei manche den Halt verloren, stürzten und sich überschlugen, und so fielen wir den Kriegern in die Flanke, die Varus von Tiberius abschnitten.

Die Markomannen waren so damit beschäftigt, die eingekeilten, unbeweglichen Reiter von ihren Pferden zu zerren, um sie abzuschlachten, und der Kampflärm war so ohrenbetäubend, dass unser Ansturm unbemerkt blieb, bis meine Klinge sich in den bloßen Kopf eines jungen Kriegers grub. Ich trennte das Schädeldach ab wie die Kappe von einem makabren gekochten Ei, dessen Dotter grau anstatt gelb war, und dieser Dotter spritzte nun auf seine Kameraden und machte sie auf uns aufmerksam. Doch von einem Überraschungsangriff von der Flanke erholt man sich nur sehr schwer, da durch die Wucht des ersten Anpralls Männer seitlich stürzen und daher rasch der Zusammenhalt verlorengeht, sodass der Gegner in die Formation eindringen kann. So stürmten wir durch ihre Schar, ernteten mit blutigen Schwertstreichen und Speerstößen Gliedmaßen und Leben und verloren dabei an Tempo, da die Markomannen vor uns zusammengedrängt wurden. Doch als die berittenen Batavier sahen, dass wir ihnen zu Hilfe kamen, schöpften sie neue Kräfte und kämpften umso erbitterter. Sie machten sich den Umstand zunutze, dass der Feind aus der Ordnung gebracht war, und trieben ihre Pferde dazu, sich aufzubäumen und mit den Vorderhufen zu schlagen, sodass Schädel zertrümmert und Schlüsselbeine gebrochen wurden. Binnen weniger Herzschläge wurden die Markomannen in zwei Richtungen zurückgedrängt, zurück blieben grausig zugerichtete Leichen und schreiende Verwundete. Ich selbst war blutverschmiert und gebrauchte mein Schwert mit wachsender Begeisterung, nicht so sehr weil mein Angriff gelungen war, sondern hauptsächlich weil diese Markomannen mir gezeigt hatten, wie eine kleine Truppe einheimischer Krieger es so anstellen konnte, dass den Römern ihre zahlenmäßige Überlegenheit und ihre bessere Disziplin nichts nutzten. Wären wir nicht von der Flanke zur Rettung geeilt, hätten sie Varus vernichtet. Und was wäre geschehen, wenn wir auf der Seite der Markomannen gewesen wären?, ging es mir durch den Kopf, während die Krieger kehrtmachten, um dorthin zu fliehen, von wo sie gekommen waren, und wir sie mit aller Grausamkeit, derer wir fähig waren, verfolgten. Wenn die Truppen, welche die Flanke einer römischen Kolonne schützten, dazu gebracht werden könnten, sich gegen ihre Schützlinge zu wenden, dann konnte man die Kolonne umzingeln. Mit einem Schlag wurde mir bewusst, wie recht mein Vater mit seinen letzten Worten an mich gehabt hatte: *Rom wird selbst die Kämpfer ausbilden, die einmal das Rückgrat der Armee sein werden, welche uns von Rom befreit.* Nun sah ich den Beweis für Musas Vision davon, wie eine Legion vernichtet werden könnte, und ich verstand erst wirklich, in welche Richtung der Gedanke meines Vaters führte: Wenn meine cheruskische Ala und all die anderen germanischen Hilfstruppen, die eine marschierende Kolonne sicherten, sich gegen die Legionäre wenden würden, die sie eigentlich schützen sollten, und wenn dann Krieger aus den Stämmen sich ihnen anschlössen, wäre es – geeignetes Gelände und günstige Umstände vorausgesetzt – nur eine Frage der Zeit, diese Kolonne zu vernichten.

Und dann war es mir, als hörte ich Lucius' Stimme: Weshalb nur eine Kolonne? Weshalb nicht eine ganze

Armee? Die Armee der Germania Magna, die Streitmacht, deren Befehlshaber bald der Mann sein würde, der es unter seiner Würde fand, Kundschafter vorauszuschicken oder für seine Rückendeckung zu sorgen, der Mann, dem ich soeben das Leben gerettet hatte. Das wäre die größte Geste: die Vernichtung sämtlicher römischer Soldaten auf dem Boden der Germania Magna.

Während mir all das durch den Kopf ging, kam Varus auf mich zu, sprang vom Pferd und umarmte mich. «Mein Freund, wir alle stehen tief in Eurer Schuld. Mit nur wenigen Männern habt Ihr uns aus einer äußerst misslichen Lage gerettet, das werde ich Euch nie vergessen.»

Ich neigte den Kopf. «Ich habe lediglich meine Pflicht getan, Herr.»

«Eine Pflicht, die nur ein Römer verstehen kann: seinen bedrängten Kameraden das Leben zu retten, statt sich selbst in Sicherheit zu bringen. Ich sehe nun, was Eure Zeit in Rom aus Euch gemacht hat, Arminius.»

Ich unternahm keinen Versuch, ihn von dieser Sichtweise abzubringen. Eben traf ein Meldegänger von der Haupttruppe der Armee ein, dem es endlich gelungen war, zu uns vorzudringen.

«Nun?», fragte Varus den Mann. «Wie geht es mit der Flussüberquerung voran?»

«Gar nicht, Herr. Sie wurde abgebrochen.»

«Abgebrochen?»

«Ja, Herr. Ich wurde ausgeschickt, um Euch ans Westufer zurückzurufen. Kurz nachdem Ihr den Fluss überquert hattet, kam ein Kurier vom Kaiser an – es gab einen riesigen Aufstand in Pannonien, der immer weiter um sich greift, und Augustus hat Tiberius befohlen, seine Armee gen Süden zu führen, um ihn mit aller erforderlichen Gewalt niederzuschlagen. Die Vorhut ist bereits aufgebrochen.»

«Und so begann die Revolte in Pannonien», sagte Thumelicaz, «doch sie ist für uns nicht weiter von Interesse. Mein Vater machte sich dort überaus verdient, er führte gnadenlose Strafaktionen an, brannte Dörfer nieder, überfiel Kriegertrupps aus dem Hinterhalt und dergleichen – es war ein schmutziger Zermürbungskrieg. Doch obwohl die Markomannen nicht offiziell unterworfen waren, wurde Varus als Statthalter der Germania Magna bestätigt und trat im folgenden Jahr sein Amt an. Zwei Jahre später, nachdem die Rebellion in Pannonien unter Kontrolle gebracht war, wurde die Ala meines Vaters im Norden stationiert; er kam endlich wieder in seine Heimat, nachdem er diese Heimkehr so lange Zeit geplant hatte. Lies weiter, Aius.»

VII

Wir überquerten den Rhenus bei Vetera, wo die Achtzehnte Legion ihr Winterquartier hatte, und folgten dann der Straße der Langen Brücken entlang dem Fluss Lupia, der Grenze zwischen dem Gebiet der Marser im Süden und dem der Brukterer am nördlichen Ufer. Auch wenn die Erinnerung an das Land meiner Ahnen in den sechzehn Jahren meiner Abwesenheit verblasst war, schien sich doch wenig verändert zu haben: Die Siedlungen und Gehöfte waren noch immer in der vertrauten Weise um das Langhaus der ranghöchsten Familie in der Mitte angeordnet; die umgebenden Felder waren in kleine Flächen unterteilt, nicht wie auf den Höfen der Römer, wo Sklaven auf riesigen Feldern arbeiteten; und die Leute, die sie beackerten, trugen noch immer germanische Kleidung. Der einzige Unterschied war die Militärstraße, der wir nun folgten und die bis ins Herz Germaniens führte, sodass die Legionen Roms nach Belieben ungestraft dort eindringen konnten.

Wenn meine Männer froh über die Aussicht waren, nach sechs Dienstjahren heimzukehren, so kann man nur erahnen, wie mir nach meinem langen Exil zumute war. Aber hier war ich, kehrte heim als römischer Bürger und Angehöriger des Ritterstandes an der Spitze von vierhundert berittenen Soldaten einer Auxiliartruppe, stolzen Männern meines Stammes, der Cherusker, die Rom dazu ausgebildet hatte, in seinem Dienst zu kämpfen. Nun jedoch, da sie in meine Hände gegeben waren, würden sie eines der Werkzeuge zum Untergang Roms in Germanien werden.

Ich hatte den Befehl, mich beim Statthalter, meinem alten Bekannten Publius Quinctilius Varus, zu melden. Da er wegen des Vorfalls in Rätien noch immer in meiner Schuld stand, hoffte ich, mich leicht bei ihm einschmeicheln zu können. Wenn ich den Mann zu Fall bringen wollte, war es entscheidend, dass er mir rückhaltlos vertraute. Vom Präfekten des Lagers von Vetera hatte ich erfahren, dass Varus zu Beginn der Feldzugsaison mit drei Legionen – der Siebzehnten, Achtzehnten und Neunzehnten – gen Osten aufgebrochen war. Er wollte durch Germanien marschieren, um die Herrschaft Roms über die neue Provinz zu demonstrieren und der Bevölkerung eine Kostprobe von römischem Recht und Gesetz zu geben. Man hätte für dieses heikle Unterfangen keinen weniger fähigen Politiker, Rechtsgelehrten und Soldaten auswählen können.

«Er erwartete von uns, Gerechtigkeit im römischen Gesetz und den römischen Steuern zu sehen», beklagte Mallovendaz, der junge Fürst der Marser, sich bei mir, als wir in seiner Halle saßen und miteinander tranken. Es war der vierte Abend meines Marsches gen Osten. «Er nimmt keinerlei Rücksicht auf die Sitten unseres Volkes, wenn er seine Urteile fällt, sodass oft sowohl der Kläger als auch der Beklagte darüber empört sind.» Mallovendaz wies mit abfälliger Geste auf meine Uniform eines Auxiliarpräfekten. «Und schlimmer noch, er verlangt uns das Äußerste an Steuern ab, um Geld für die römische Expansion östlich des Albis zu beschaffen. Aber ich nehme an, du wirst sein Verhalten verteidigen, da du ja nun einer der ihren bist.»

Diese Beleidigung machte mich wütend, doch es gelang mir, meine Regung zu verbergen, indem ich einen großen Schluck von meinem Bier trank. Es wäre meinem Vorhaben nicht dienlich gewesen, es mir mit diesem jungen, stolzen Fürsten zu verderben. Überhaupt wäre es meinem Vorhaben nicht dienlich, es mir mit irgendeinem der germanischen Stammesführer diesseits des Albis zu verderben. «Wie viele deiner Männer dienen in der römischen Armee?»

Mallovendaz blickte mich mit seinen blassblauen Augen lächelnd und berechnend über den Rand seines Trinkhorns an. «Es steht meinen Männern frei, Roms Silber anzunehmen.»

«Damit du ihnen nicht das deine zu geben brauchst?»

Der Marserfürst schmetterte sein Horn auf den Tisch, sodass schäumendes Bier überschwappte. Die Gespräche um uns herum verstummten, und meine zwölf Begleiter wurden sichtlich nervös. Sie schienen die Marser zu zählen, die auf langen aneinandergereihten Bänken überall in der rauchverschleierten Halle saßen. «Du wagst es, in meiner eigenen Halle meine Großzügigkeit gegen meine Leute in Frage zu stellen, Erminaz? Du, der du den größten Teil deines Lebens von den

Brosamen Roms gelebt hast? Du, der du keine anderen Männer hinter dir hast als jene, die Rom dir gegeben hat?»

Ich hob die geöffneten Hände und neigte den Kopf zur Seite, um zu signalisieren, dass ich diesen Punkt einräumte und keinen Streit wünschte. «Ich entschuldige mich.»

Er knurrte und hielt sein Trinkhorn hoch, damit ein Diener es neu füllte. Die Krieger um uns herum nahmen ihre Gespräche wieder auf, da klar war, dass die Meinungsverschiedenheit zwischen ihrem Herrn und mir nicht eskalieren würde.

Ich beugte mich über den Tisch zu ihm vor. «Aber ernsthaft, Mallovendaz, wie viele Männer aus deinem Stamm dienen Rom?»

Er beäugte mich argwöhnisch, konnte jedoch in meinem Gesicht keine Anzeichen von Tücke entdecken – es war eine aufrichtige Frage, kein Versuch, ihn in eine Falle zu locken. «Um die achthundert unberittene Krieger dienen in der ersten marsischen Kohorte. Die Befehlshaber sind ebenfalls Landsleute von uns, keine Römer.»

«Selbst der Präfekt?»

«Ja, er ist mein Vetter Egino.»

Ich grinste, belustigt über die Arroganz und Dummheit Roms. «Das ist ideal.»

Der Marserfürst schaute mich fragend an. «Ach ja? Inwiefern?»

«Du hast noch immer Kontrolle über sie. Wie viele deiner Leute nehmen sonst noch das Silber der Römer an?»

«Weitere vierhundert dienen in der ersten germanischen Kohorte. Deren andere Hälfte besteht aus Brukterern.»

«Ich kann mir vorstellen, dass es in dieser Kohorte erhebliche Spannungen gibt.»

Mallovendaz schüttelte bedauernd den Kopf. «Das ist es ja, was ich eben meinte: Sie nehmen keine Rücksicht auf unsere Sitten und zwingen meine Männer, Seite an Seite mit unseren Nachbarn zu dienen, mit denen ich normalerweise – wenn wir nicht unter römischer Besatzung stünden – im Krieg läge.»

Ich war mir der wechselseitigen Abneigung zwischen den Marsern und ihren Nachbarn nördlich der Lupia wohl bewusst, so wie jeder in der Germania Magna und den beiden germanischen Provinzen Roms westlich des Rhenus. Ich senkte die Stimme. «Aber wir stehen nun einmal unter römischer Besatzung, deshalb liegst du derzeit nicht im Krieg mit den Brukterern, und folglich könnte man sagen, sie sind …?»

Er wischte sich den Schaum aus seinem langen blonden Bart und zog fragend eine Augenbraue hoch. «Sie sind derzeit nicht wirklich unsere Feinde?» Er kicherte über seinen eigenen lahmen Witz.

«Wenn du es so ausdrücken möchtest. Worauf ich hinauswill: Du hast über tausend voll ausgebildete und bewaffnete Männer innerhalb der römischen Besatzungsstreitmacht …»

«Zuzüglich einer Ala bei der Kavallerie.»

«Also zwölfhundert unberittene und fast fünfhundert berittene Krieger. Und was haben die Brukterer?»

Er überlegte kurz. «Ungefähr gleich viele unberittene und doppelt so viele berittene.»

Nun wusste ich, dass ich seine Aufmerksamkeit gewonnen hatte: Es musste ihn große Überwindung gekostet haben, seinen Stolz hintanzustellen und zuzugeben, dass die Brukterer die Marser in irgendetwas übertrafen, selbst wenn es sich um den Dienst für Rom handelte. «Und wie viele Krieger könntet ihr beide insgesamt zu den Waffen rufen?»

Er trank in tiefen Zügen von seinem Bier, während er im Kopf rechnete. «Zusammen könnten wir achttausend gut bewaffnete Krieger mobilisieren und weitere fünftausend notdürftig kampftüchtige Männer, außerdem jeweils um die fünfhundert Reiter.»

«Wenn man nun diese Krieger mit den Auxiliareinheiten zusammenzählt, was hätte man dann?»

Er grinste bei dem Gedanken. «Ich sehe, worauf du hinauswillst, mein Freund. Aber selbst diese Streitmacht wäre nicht groß genug, um es mit drei Legionen aufzunehmen.»

«Gewiss nicht», räumte ich ein. «Sie wäre nicht groß genug, um es mit drei Legionen in Formation aufzunehmen. Aber wenn wir ein Bündnis mit vier anderen Stämmen schlössen, in dem kein einzelner Stamm die Vorherrschaft hätte, ein Bündnis Aller Mannen, und wenn die drei Legionen in Marschordnung weit auseinandergezogen wären?»

Er starrte mich bestürzt an. «Wie könnte man drei Legionen in eine Position bringen, in der man sie so aus dem Hinterhalt angreifen könnte?»

«Überlasse das nur mir, Mallovendaz. Die entscheidende Frage ist: Wenn ich das bewerkstellige, wärst du dann bereit, mit den anderen Stämmen, mit denen du von alters her verfeindet bist, zusammenzustehen und gegen den gemeinsamen Feind zu kämpfen?» Ich fixierte ihn mit durchdringendem Blick, packte sein linkes Handgelenk und senkte die Stimme zu einem scharfen Flüstern. «Wenn du frei sein willst, wieder gegen deine Feinde zu kämpfen, wann immer es dir beliebt, dann musst du dich zuvor mit ihnen verbünden, und ihr müsst geeint hinter mir stehen. Ich beabsichtige, dieses Land in einer Weise zu befreien, dass es auch frei bleibt, und dazu müssen wir jeden einzelnen römischen Soldaten hier töten, damit sie zu große Angst haben, um wiederzukommen.»

Seine Augen wurden schmal. «Warum solltest du der Anführer sein? Du bist nicht einmal ein Stammesfürst.»

«Ebendeshalb, Mallovendaz: Ich bin kein Stammesfürst, und wie du so zutreffend und taktvoll angemerkt hast, habe ich den größten Teil meines Lebens von den Brosamen Roms gelebt und habe keine Männer bis auf jene, die Rom mir gegeben hat. Mein Vater Sigimer ist noch am Leben und nach wie vor der Fürst der Cherusker, somit habe ich in Germanien keine andere Position als diejenige, die Rom mir verliehen hat: Ich bin der Präfekt der cheruskischen Ala der Auxiliartruppen. Ich kann damit rechnen, dass Varus mir vertraut, weil er mich mehr als Römer denn als Germanen sieht – dieses Vertrauen kann niemand anders als ich gewinnen, und dieses Vertrauen wird sein Verderben sein. Schließe dich mir an, und ich werde ein Bündnis der vereinigten Stämme schmieden – alle gleichgestellt in der Allianz Aller Mannen.»

Mallovendaz überdachte das über ein paar Schlucken Bier. Eben stimmten seine Männer und die meinen lauthals ein Trinklied an, schlugen dabei im Takt mit ihren Hörnern auf den Tisch und klatschten sich auf die Schenkel. «Ich kann dir nicht mein Wort geben, dass ich mich dir anschließen werde, noch nicht. Eines kann ich aber bereits sagen: Ich werde nicht gegen dich arbeiten. Ich werde nichts von dem weitergeben, was du heute Abend gesagt hast, und ich werde bereit sein, dir zu helfen, wenn es aussieht, als werde dein Plan gelingen.»

«Mit anderen Worten, du wirst nicht riskieren, auf der Verliererseite zu stehen?»

Er zuckte die Schultern. «Ich stehe bereits jetzt auf der Verliererseite, weshalb sollte ich meine Lage noch verschlimmern?»

Mir war klar, dass ich ihm keine weitergehende Zusage abringen würde, und tatsächlich war seine Haltung ja vernünftig. Wer bei klarem Verstand hätte verbindlich zugesagt, es mit drei römischen Legionen aufzunehmen?

Engilram, der alternde Fürst der Brukterer, reagierte ähnlich auf meinen Vorschlag, als ich ihn am übernächsten Abend in seiner Halle aufsuchte. Sie befand sich unweit nördlich von Aliso, dem bedeutendsten römischen Kastell an der Straße. Ich hatte den größten

Teil meiner Ala in ihrem Lager außerhalb der Mauern von Aliso zurückgelassen, hatte nur mit einem Dutzend Gefährten die Lupia überquert und war die zwanzig Meilen zur Hauptsiedlung der Brukterer am Rand des Teutoburger Waldes geritten, des großen Waldes im Norden. Hier wurde ich höflich empfangen, zur Keilerjagd eingeladen, bekam Fleisch und Bier vom Besten vorgesetzt, und mein Anliegen wurde höflich und aufmerksam gehört. Dann wurde ich mit der vagen Zusage verabschiedet, man werde mich unterstützen, sollten die Umstände vorteilhaft erscheinen, der Zeitpunkt günstig und dergleichen Plattitüden. Wiederum konnte ich Engilram seine Zurückhaltung nicht verübeln; immerhin war er hoch an Jahren und hatte dieses Alter gewiss nicht durch überstürztes Handeln erreicht. Ebenso wenig konnte ich Hadgan einen Vorwurf machen, dem jungen Fürsten der Chatten, der entschlossen schien, Engilram in seiner Langlebigkeit nachzueifern, indem er sich ebenfalls weigerte, mir vorbehaltlos seine Unterstützung zuzusichern. Dabei war ich fast sechzig Meilen von meinem Weg abgewichen, um ihn in seiner Halle in Mattium, der Hauptsiedlung der Chatten, zu besuchen.

«Meine Leute werden mir gegen Rom nur folgen, wenn ihnen der Sieg gewiss ist», teilte Hadgan mir mit, als wir in einer Ecke seiner großen Halle unter vier Augen miteinander sprachen. «Zu Zeiten meines Vaters haben wir zu viele Leben bei Vergeltungsaktionen für gescheiterte Angriffe auf Rom verloren. Nun, da er in Walhalla schmaust, bin ich entschlossen, ihm nicht unnötig noch mehr meiner Krieger zur Gesellschaft zu schicken. Drei Legionen werden schwer zu vernichten sein, selbst wenn es dir gelingt, sie an einen Ort zu locken, wo sie keinen Raum zum Manövrieren haben. Weshalb hast du eigentlich den Teutoburger Wald gewählt?»

«Ich war vor ein paar Tagen dort und habe mit Engilram gesprochen ...»

Hadgan spuckte verächtlich aus, als er den Namen hörte. «Du erwartest doch nicht etwa, dass diese Schlange dich unterstützt?»

«Im Augenblick erwarte ich von überhaupt niemandem Unterstützung, denn alle scheinen mehr um ihr Leben besorgt als um ihre Ehre.»

Hadgans Augen blitzten zornig auf, doch er blieb äußerlich ruhig. «Deinen Gastgeber zu beleidigen, zeugt nicht von guten Manieren.»

«Ich meinte es nicht als Beleidigung, lediglich als Feststellung einer Tatsache.» Ehe er etwas entgegnen konnte, hob ich die Hand. «Alle, mit denen ich bislang gesprochen habe, sind begeistert von der Vorstellung, die Germania Magna von Rom zu befreien, aber niemand ist bereit, den ersten Schlag zu führen, aus Angst, das Ziel weit zu verfehlen. Wenn ich diesen Plan verwirklichen will, brauche ich Gewissheit, dass die Stämme mir folgen. Was würde es mir nutzen, Varus zu überlisten, sodass er seine Armee in den Teutoburger Wald führt, wenn ich dann nur drei oder vier Auxiliarkohorten hätte, um es mit ihm aufzunehmen? Tausende Krieger müssen sich dort bereithalten, um von den Hängen zu beiden Seiten über ihn herzufallen, sobald er erkannt hat, dass seine eigenen Hilfstruppen ihn verraten haben. Wir müssen ihn mit aller Macht angreifen, mit so vielen Kriegern wie möglich, solange er überrumpelt ist. Nur so können wir ihn vernichten. Wenn wir ihn entkommen lassen, werden wir ihn tagelang verfolgen, es wird immer wieder Kämpfe geben, und am Ende würden wir vielleicht nie die Oberhand gewinnen.» Ich schlug mit der Faust in meine Handfläche und blickte den jungen Chattenfürsten mit kalten Augen an. «Im Teutoburger Wald können wir genügend Männer verstecken, um Rom ein für alle Mal Einhalt zu gebieten. Aber alle diese Männer werden nicht dort sein, wenn ihre Fürsten sie nicht hinführen.»

Obwohl wir ungefähr gleichaltrig waren, lachte Hadgan mich aus, als sei ich ein kleines Kind, das maßlos übertriebene und unrealistische Dinge behauptete. «Glaubst du wirklich, du könntest das vollbringen? Du? Genug Stämme zu vereinen, um drei Legionen zu vernichten? Jeder wird in dir nur einen Handlanger Roms sehen, der in seiner Uniform einherstolziert, welche sie dir gaben, als du dein eigenes Volk verleugnetest und ein römischer Bürger wurdest.»

Nun war es an mir, zornig zu werden, doch ich wusste: Einen Streit mit diesem überheblichen jungen Fürsten anzufangen, würde mich der Vernichtung Roms keinen Schritt näher bringen. Also biss ich mir auf die Zunge und versuchte, meinen Atem zu beruhigen. «Das ist ja gerade das Entscheidende – bist du zu begriffsstutzig, um zu erkennen, dass diese Uniform der Schlüssel zu unserem Sieg ist? Wenn sämtliche germanischen Krieger in der Uniform Roms sich zugleich völlig überraschend gegen Rom wenden, dann wird das Überraschungsmoment ihre Kampfkraft verdoppeln. Aber wir brauchen Verstärkung: Du, Engilram, Malovendaz, die Fürsten der Chauken, der Sugambrer und auch mein eigener Stamm, die Cherusker, müssen ihre Männer zu dem von mir bestimmten Zeitpunkt in den Teutoburger Wald führen. Denk doch, Hadgan, was für eine Armee wir haben könnten; denk nur, was diese Armee ausrichten könnte, wenn sie drei Legionen in Kolonne überraschend angreift.»

Hadgan wickelte eine Strähne seines Bartes um den Finger, während er sich das Bild ausmalte. «Wann soll es geschehen?»

Erleichterung durchströmte mich. «Nicht mehr in diesem Jahr, denn zuvor muss ich mir Varus' Vertrauen sichern. Es wird nächstes Jahr geschehen, wenn er am Ende der Feldzugsaison über die Straße der Langen Brücken westwärts marschiert. Wenn ich eine Rebellion im Norden fingiere, wird er von seinem Weg abweichen, um sie niederzuschlagen. Der richtige Zeitpunkt ist entscheidend: Ich muss ihn dazu bringen, sich nach Norden zu wenden und den Weg durch den Teutoburger Wald zu nehmen. Wenn unsere Hilfstruppen ihn führen, können wir ihn an einen Ort lotsen, wo er in der Falle sitzt, und es dort zu Ende bringen.»

Der Chattenfürst lächelte vor sich hin. «Also gut, Erminaz, ich werde auf Nachricht von dir warten, und ich werde meine Krieger zum Ort des Hinterhalts führen. Aber unter einem Vorbehalt.»

«Und der wäre?»

«Wenn es zu Beginn nicht gut verläuft, werden wir uns nicht beteiligen.»

«Wenn der erste Angriff scheitert, würdet ihr also die Flucht ergreifen und uns unserem Schicksal überlassen.»

Hadgan zuckte die Schultern. «Mein Vater hat mich gelehrt, dass eine der obersten Regeln des Krieges ist, sich niemals einer verlorenen Sache anzuschließen.»

Ich beendete den Besuch in dem Wissen, dass ich keine festere Zusage von ihm bekommen würde. Immerhin würden seine Männer vor Ort sein, und er hätte völlig recht, den Rat seines Vaters zu befolgen. Ich musste eben sicherstellen, dass der erste Angriff nicht scheiterte.

Dieses Problem beschäftigte mich, während wir durch den düsteren Wald ritten und dann den Visurgis überquerten, um endlich wieder ins Land der Cherusker zu gelangen. Der Plan war in meinem Kopf entstanden, seit ich auf der Jagd mit Engilram den riesigen, dichten Teutoburger Wald gesehen hatte: Die Landschaft war bergig, dicht bewaldet und von zahlreichen Schluchten durchzogen, und wenn eine Armee so unbesonnen wäre, sich hineinzuwagen, käme sie gefährlich langsam voran.

Doch das war nicht der größte Vorteil des Waldes. Was mich wirklich zum Nachdenken brachte, war seine Lage direkt nördlich der Straße der Langen Brücken. Auf einer Länge von mehr als hundert Meilen führte die Straße am südlichen Rand des Waldes entlang, und über diese Straße marschierten die Legionen Roms jeden Herbst zurück zu ihren Winterquartieren am Rhenus. Wenn ich Varus eine fingierte Nachricht von einer Rebellion im Norden zuspielte, nachdem er gerade ein Viertel des Weges zurückgelegt hatte, gäbe es für ihn drei Möglichkeiten: umkehren und außen um den Wald herummarschieren, weitergehen und ihn auf der anderen Seite außen umgehen oder sich direkt nach Norden wenden und den Wald durchqueren. Der dritte Weg würde ihm als der schnellste erscheinen, weil er in gerader Linie verlief. Mit seinen germanischen Hilfstruppen als Führern würde er sich sicher genug fühlen – bis sie sich gegen ihn wandten. Und das würden sie ohne Zögern tun, weil sie unter ihren eigenen Landsleuten dienten.

Um diesen Plan erfolgreich umzusetzen, müsste ich allerdings bereits wenigstens zwanzigtausend Mann in dem Wald versteckt haben, und das war die eigentliche Herausforderung: Wie konnte ich zwanzigtausend bewaffnete Krieger aus dem ganzen Land an einem Ort versammeln, ohne dass die Römer es bemerkten? Und wenn das gelungen war, wie sollte ich sie so lange verpflegen, bis ich Varus und seine Legionen zu ihnen führen konnte?

Während ich also über das logistische Problem grübelte, durchquerten wir das fruchtbare Land der Cherusker. Vor uns sahen wir das Gebirgsmassiv des Harzes mit seinem höchsten Berg, dem Brocken, immer größer werden. Und bis wir den gewundenen Pfad hinaufritten, der zur Halle meines Vaters führte, war ich der Lösung näher gekommen – sie erschien offensichtlich. Doch dann vertrieb der Anblick des Zuhauses, das ich seit sechzehn Jahren nicht gesehen hatte, alle anderen Gedanken, mich durchströmte die Freude, zu meiner Familie zurückzukehren, und ich trieb mein Pferd auf der letzten Viertelmeile zum Galopp an.

Mein Wiedersehen mit meinem Vater und meiner Mutter war ebenso bitter wie süß; meine Schwester war im Mai dieses Jahres zur Zeit der Eisgötter gestorben, auf den Tag genau sechzehn Jahre nachdem mein Bruder und ich nach Rom aufgebrochen waren. Tränen nässten den Bart meines Vaters, als er es mir mitteilte und mir erzählte, sie habe für den Rest ihres Lebens den Verlust ihrer beiden Brüder betrauert, so sehr darunter gelitten, dass sie keine Kinder empfangen konnte, sodass er keine Enkel hatte.

«Und was ist aus Chlodochar geworden?», erkundigte sich mein Vater, als wir in seiner Halle am Feuer saßen und tranken, tief in Erinnerungen an die Frau versunken, die mir nur verschwommen als junges Mädchen im Gedächtnis geblieben war.

Ich wischte mir mit dem Handrücken das Bier vom Mund und setzte mein Trinkhorn ab. «Er ist für uns verloren, Vater. Er liebt alles Römische und erinnert sich nicht mehr an sein Leben hier.»

Das Gesicht meines Vaters verdüsterte sich. «Wie konntest du es so weit kommen lassen? Es war deine Aufgabe, auf ihn achtzugeben.»

«Ich konnte nichts tun, Vater. Er wurde der besondere Freund von Germanicus, einem der jungen Fürsten Roms, und weigerte sich, mit mir in unserer Sprache zu sprechen. Ich bezweifle, dass er sich noch an mehr als ein Dutzend Wörter daraus erinnerte – er sagte, es sei eine Sprache für Wilde. Er weigerte sich auch, mit mir in der cheruskischen Ala zu dienen, und blieb stattdessen bei Germanicus. Ich habe ihn zuletzt vor zwei Jahren gesehen, als wir gemeinsam in Pannonien dienten. Da wollte er schon gar nicht mehr mit mir sprechen, nicht einmal auf Latein.»

Mein Vater überdachte meine Worte einige Augenblicke lang. «Dieser Germanicus – ist er der Sohn von Drusus?»

«Ja, Vater.»

«Dann wird er wahrscheinlich ein ebenso großer Feldherr werden, wie Drusus einer war, und Chlodochar wird unter ihm dienen.»

«Das wird er, tatsächlich ist er bereits auf dem Weg dazu. Und das bedeutet, Chlodochar und ich werden uns eines Tages auf dem Schlachtfeld gegenüberstehen, wenn Germanicus wegen dessen, was ich getan habe, nach mir sucht.»

«Was hast du denn getan, mein Sohn?»

«Ich habe zu träumen gewagt. Erinnerst du dich an das Letzte, was du zu mir gesagt hast?»

«Das ist lange her.»

«Aber es ist mir in Erinnerung geblieben. Du sagtest: ‹Rom wird selbst die Kämpfer ausbilden, die einmal das Rückgrat der Armee sein werden, welche uns von Rom befreit.› Dieser Gedanke hat sich in mir festgesetzt, und nun weiß ich, wie ich diese Truppen einsetzen kann, die Rom uns freundlicherweise gegeben hat.» Ich umriss meinen Plan zu Varus' Vernichtung und die Probleme, die ich vorhersah. Mein Vater starrte mich nur sprachlos an.

«Du planst, mit einem einzigen Schlag jeden einzelnen Legionär in der Germania Magna zu töten?»

«Ja, Vater. Eine große Geste.»

«Allerdings, eine sehr große.»

«Und das habe ich von einem Römer gelernt.» Ich lächelte bei der Erinnerung an Lucius und fragte mich, was er wohl von meinem Plan gehalten hätte. Zweifellos hätte er das Konzept gutgeheißen, wenn auch nicht das Ziel. «Ich werde es zeitlich so einrichten, dass die zurückgelassenen Truppenteile niedergemetzelt werden, sobald wir Kontakt mit Varus' Armee haben. Dann besetzen wir die Straße der Langen Brücken und verteidigen sie gegen jegliche Einheiten, die den geordneten Rückzug versuchen, und wir suchen das Land nach versprengten Legionären ab. Es wird keine Gnade geben. Ein paar werden über den Rhenus entkommen, doch das kann uns nur recht sein: Sie werden vom Zorn der Germania Magna berichten, und ihre Kameraden werden Angst haben, sich noch einmal in dieses Land vorzuwagen, um ihre Toten zu rächen. Früher oder später werden sie dennoch wiederkommen, und dann müssen wir sie ins Herz des Landes locken. Wir treten ihnen nicht am Rhenus entgegen, sondern lassen sie kommen. Erst am Albis werden wir gegen sie kämpfen, weit von ihren Stützpunkten entfernt. Wir werden ihre Nachschublinien angreifen, sodass sie fürchten müssen, so fern ihrer Heimat abgeschnitten zu werden und in unseren Wäldern verloren zu gehen. Kurz gesagt, Vater, wir werden ihnen vor Augen führen, dass es für Rom hier keine Zukunft gibt und dass sie besser daran täten, uns unsere eigenen Angelegenheiten regeln zu lassen. Unsere Männer werden weiter in ihren Hilfstruppen dienen, unsere Kaufleute werden noch immer Handel mit dem Imperium treiben, aber ihre Steuerpächter, ihre Gesetze und ihre Sprache werden auf der anderen Seite des Rhenus bleiben. Die germanische Kultur wird unberührt von lateinischem Einfluss weiterleben, dennoch werden unsere Landsleute vom Silber Roms profitieren.»

Mein Vater schüttelte den Kopf, eher staunend als ungläubig. «Es war auch mein Traum, die Truppen, die Rom ausgebildet hat, gegen Rom zu benutzen. In den Jahren, in denen du fort warst, mein Sohn, habe ich gewartet und nach einer Gelegenheit gesucht, ebendas zu tun, wovon du gesprochen hast, allerdings nur für die Cherusker und nur gegen eine Legion. Meine Hoffnung war, unser Sieg werde die anderen Stämme ermutigen, den Übrigen entgegenzutreten, wenn sie kämen, um sich an uns zu rächen.»

«Aber tief im Inneren weißt du, Vater, dass die anderen Stämme nichts unternehmen würden. Sie würden zusehen, wie Rom dich in Stücke reißt, und noch dazu jubeln. So ist es doch in Wahrheit um die Einheit in Germanien bestellt.»

«Ich fürchte, du hast recht, Erminaz. Es ist mir nicht

gelungen, auch nur einen einzigen Fürsten für die Idee gemeinsamen Handelns zu gewinnen.»

«Weil du selbst ein Fürst bist, und welcher Fürst würde sich einem anderen unterordnen wollen?»

«Ganz genau.» Dann schwieg er und schaute mich an, und langsam dämmerte es ihm. «Aber du bist kein Fürst. Du bist nur ein Mann mit einem Traum, einem germanischen Traum, dem Fürsten sich anschließen könnten, ohne ihre Würde an einen anderen zu verlieren. Wie wirst du sie einen?»

«Ich habe bereits mit Hadgan gesprochen, mit Engilram, Mallovendaz und nun mit dir.»

«An wen wirst du dich noch wenden?»

«Nur noch an die Chauken und die Sugambrer.»

«Alle Stämme um den Teutoburger Wald. Was ist mit Marbod von den Markomannen im Süden? Wenn sie sich unserer Sache anschlössen, wäre das ein erheblicher Zuwachs, da sie so zahlreich sind.»

«Nein, Vater, es müssen nur diese sechs sein. Wenn große Kriegerscharen durchs Land ziehen, werden die Spione Roms auf sie aufmerksam, und Varus wird Verdacht schöpfen. Damit dieser Plan gelingen kann, muss ich wenigstens einen Monat vor dem Angriff beginnen, die Männer im Wald zu versammeln, jeden Tag nur ein paar hundert von unterschiedlichen Stämmen.»

«Sie alle müssten verpflegt werden.»

«Ich weiß. Das Wild im Wald, die Beeren und Pilze werden nicht genügen, deshalb werde ich noch in diesem Jahr anfangen, Getreidespeicher und Lager mit Pökelfleisch anzulegen.»

«Das ist ein gewaltiges Unterfangen.»

«Diese Sache kann man nicht ohne vorausschauende Planung angehen. Alles muss gründlich vorbereitet werden.»

«Woher wirst du die Nahrung bekommen?»

«Alle drei Fürsten, mit denen ich bislang gesprochen habe, sagten, sie seien bereit, mich zu unterstützen, wenn der erste Angriff gelänge. Sie werden ihre Männer in den Wald führen, aber nicht in den Kampf gegen Rom, solange nicht unsere Leute und die Hilfstruppen die Kolonne mit sichtbarem Erfolg angreifen.» Ich hob die Hand, ehe mein Vater seine Entrüstung äußern konnte. «Ich weiß, was du denkst, Vater, ich denke dasselbe. Aber man kann ihnen keinen Vorwurf machen: Wenn diese Sache schiefläuft, wird die Rache an uns lang und blutig sein. Immerhin sind sie aber bereit, ihre Männer in der Nähe bereitzuhalten, um beim ersten Angriff zuzuschauen. Und für dieses Privileg werde ich sie bezahlen lassen: Sie werden das Getreide und das Vieh bereitstellen. Wenn sie die Chance auf Ruhm wollen, dann zu meinen Bedingungen.»

«Und was ist mit unseren Leuten?»

«Unsere Leute nehmen das größte Risiko auf sich; wir tragen nicht zu den Vorräten bei, aber wir werden die Lager im Wald anlegen. Wir sollten unseren Männern schon einmal auftragen, ein paar Roden anzulegen, damit wir Gras für Weiden aussäen können.»

Mein Vater grinste – er durchschaute meinen Plan. «Wir werden also als Einzige die Standorte der Vorratslager kennen.»

«Und wir werden sie nur verraten, wenn es nötig wird.»

«Sodass wir jeglichen Überschuss behalten und unser Volk gut durch den Winter bringen können, falls der Angriff scheitert und wir im Harz unter Belagerung stehen.»

«Ganz genau, aber er wird nicht scheitern, Vater. Ich werde dafür Sorge tragen, dass an alles gedacht ist. Zuerst muss ich allerdings Varus finden und mich bei ihm melden.»

«Ich begleite dich morgen. Er hält am Ufer des Albis Hof und spricht römisches Recht.»

Und dort trafen wir ihn an, einen Tagesritt entfernt, auf einem kurulischen Stuhl in einem Pavillon am Westufer des Albis, im Land der Sueben.

«Sie scheinen in ausgezeichneter Verfassung zu sein», bemerkte Varus und klopfte mir auf den Rücken, als er meine Ala inspizierte. Sein Gericht hatte er vertagt. «Haben sie viele Kämpfe erlebt, seit ich sie zuletzt gesehen habe?»

«Strafaktionen in Pannonien, Jagd auf versprengte Rebellen, aber nichts, das mit dem Zusammenstoß mit den Markomannen in Boiohaemum vergleichbar wäre», erwiderte ich und spielte den Vorfall bewusst hoch, um Varus daran zu erinnern, dass er mir und meinen Männern sein Leben verdankte. Ich spürte den Blick meines Vaters und sah, wie er die Stirn runzelte.

Varus klopfte mir abermals auf den Rücken. «Das war ein blutiger Tag. Ich werde nie begreifen, wie sie so plötzlich über uns herfallen konnten.»

Weil du so unprofessionell warst, keine Kundschafter auszuschicken, dachte ich, doch ich sprach es nicht aus.

«Aber Eure Jungs haben sie in die Flucht geschlagen. Es freut mich, sie und Euch wiederzusehen, Arminius. Ich habe immer gern vielversprechende junge Offiziere in meinem Stab.»

Sein Ton war gönnerhaft und überheblich, doch ich lächelte dankend zu seiner Begrüßung und nahm seine Einladung, am Abend mit ihm zu speisen, freudig an. Mein Vater wurde nicht eingeladen.

Wir schauten ihm nach, als er davonging, und mein Vater spuckte auf den Boden. «Weshalb hast du ihm das Leben gerettet?»

«In Anbetracht aller Umstände würde ich sagen, es ist ein Glück, dass ich es getan habe.»

«Dieses Jahr beabsichtige ich ein paar Vorstöße über den Albis zu unternehmen, um den Kampfgeist der Semnonen auf die Probe zu stellen», verkündete Varus, als seine Gäste sich zu Tisch gelegt hatten. «Ich denke, es ist an der Zeit, ihnen beizubringen, dass Rom dauerhaft auf dieser Seite des Flusses zu bleiben gedenkt und wir keine Überfälle durch egal wie ungewaschene Barbaren von der anderen Seite hinnehmen werden.»

Ein paar seiner Offiziere kicherten über diese Bemerkung.

«Beabsichtigen wir, drüben eine ständige Niederlassung einzurichten?», erkundigte sich Numonius Vala, der Präfekt einer der gallischen Alae.

«Nein, Vala. Der Kaiser hat mir nur befohlen, unsere Ostgrenze entlang des Albis zu sichern, allerdings soll ich von den Stämmen zwischen diesem und dem nächsten großen Fluss, der Viadua, Tribut eintreiben und Auxiliartruppen rekrutieren. Ich nehme an, seine langfristige Politik sieht vor, sie durch den Kontakt und Handel ein wenig zu zivilisieren und auch dadurch, dass ihre jungen Krieger in unserer Armee dienen, wo sie unsere Sprache lernen und Geschmack an unserem Silber finden. Wenn das erreicht ist, wird er diese Länder als neue Provinz namens Germania Ultima dem Imperium einverleiben, und der Fluss Viadua wird die Grenze sein.»

Vala war sichtlich beeindruckt. «Was kommt als Nächstes?»

«Ich weiß es nicht. Kaufleute haben von einem weiteren Fluss namens Vistula noch zweihundert Meilen östlich der Viadua berichtet, aber ob Augustus den Wunsch hegt, die Grenzen des Imperiums so weit auszudehnen, ist fraglich. Zumal ich gehört habe, die Stämme dort draußen – die Goten, Vandalen und Burgunden – seien noch wilder als die Semnonen und ihre Körperhygiene noch abscheulicher als nur abscheulich.»

Schmeichlerisches Gelächter erhob sich in der Runde, und es fielen ein paar abfällige Bemerkungen über die Reinlichkeit der Germanen, ohne dass irgendjemand peinlich berührt in meine Richtung geschaut hätte. Mir wurde klar, dass ich mich gänzlich eingefügt hatte: Mit meinem kurzen Haar und meiner Tunika sah ich aus wie ein Römer, und dank meinem tadellosen Latein klang ich auch so. Es war wie in der Nacht des Brandes, als wir Wulferam befreiten: Da ich richtig erschien, argwöhnte niemand, dass ich falsch war. Es kam ihnen gar nicht in den Sinn, dass ich im Herzen ein Germane war. Deshalb stimmte ich in das Gelächter und die Scherze ein, um meine wahre Loyalität weiterhin verborgen zu halten.

«Aber im Ernst, meine Herren», fuhr Varus fort, als die Heiterkeit versiegte, «unser Ziel in diesem Jahr ist, die Befriedung des Ostufers des Albis zu beginnen, nicht, es bereits zu besetzen. Augustus hat zu mir gesagt, bevor wir das tun, solle ich diesen Leuten beibringen, sich zu waschen!»

Das rief eine weitere Welle von Heiterkeit und Späßen hervor, in die ich ebenso laut wie die anderen einstimmte. Eben wurde der Vorspeisengang, die *Gustatio*, aufgetragen. Ich betrachtete die diversen Speisen, die auf dem Tisch verteilt wurden – sie waren elegant angerichtet und bestanden aus einer raffinierten Zusammenstellung von Zutaten. Ich jedoch empfand Verachtung für das aufwendige Mahl und sehnte mich nach einer Wildkeule über einem offenen Feuer auf einer Lichtung tief im Wald, statt hier nach den Sitten meines Feindes zu speisen und über seine Witze auf Kosten meines Volkes zu lachen.

«Und da war er also», sagte Thumelicaz, der die Lesung mit einer Handbewegung beendete, «als Offizier in Varus' Stab. Von seinen Kollegen als einer der ihren anerkannt, nicht anders als jene mit latinischem, gallischem oder hispanischem Blut, da er einen römischen Namen hatte, eine römische Uniform und einen römischen Akzent. Wie konnte er da irgendetwas anderes sein als ein Römer? Weshalb sollte er irgendetwas anderes sein wollen als ein Römer? Ihr könnt Euch einfach nicht vorstellen, dass irgendjemand, der Eure *kostbare* Gabe der Bürgerrechte erhalten hat, sie ablehnen könnte, wie?»

Er schwieg und lächelte, während seine römischen Gäste unbehaglich auf ihren Plätzen herumrutschten, da ihnen klar war, dass er die Wahrheit sprach. «Ach, Rom, du bist selbst dein ärgster Feind: Weil du dich für so perfekt hältst, kannst du nicht begreifen, dass irgendjemand etwas an dir auszusetzen haben könnte. Und aufgrund dieser Arroganz, dieser Blindheit, dieser überheblichen Selbstzufriedenheit nahm Varus den Mann, der ihm das Leben gerettet hatte, in seinen Kreis auf, ohne zu erkennen, dass dieser sein Leben lang insgeheim Rom abgelehnt hatte; ohne zu erkennen, dass dieser Mann, Erminaz, plante, jeden einzelnen römischen Soldaten in der Germania Magna zu töten.»

VIII

Jetzt ist mir wohler», sagte der Straßenkämpfer, als er wieder ins Zelt trat. Er richtete mit zufriedener Miene seine Kleidung. «Dieses Bier, auf das ihr hier so versessen seid, fließt einfach durch mich durch.» Er schaute Aius und Tiburtius an und grinste. «Ich weiß nicht, wie ihr Jungs damit klarkommt – man muss schon drei- oder viermal pissen, ehe man überhaupt anfängt, die Wirkung zu spüren.»

Die alten Sklaven warfen einen Blick zu Thumelicaz, der ihnen mit einem Kopfnicken erlaubte zu sprechen.

Aius war es, der antwortete. «Der Herr gestattet uns von Zeit zu Zeit Wein. Nun, da die Weingärten, die Ihr Römer angelegt habt …»

«*Wir* Römer», korrigierte der Straßenkämpfer, während er wieder Platz nahm.

Aius schüttelte langsam und traurig den Kopf. «Nein, Ihr Römer. Wir haben das Recht verloren, uns so zu nennen, als wir unsere Adler verloren.»

«Wie du meinst, Kumpel.»

«Nun, da die Weingärten, die Ihr Römer in der gallischen Provinz und den beiden germanischen angelegt habt, Früchte tragen, ist der Wein aus diesen Gebieten billig und reichlich zu haben.»

Der Straßenkämpfer schenkte sich Bier nach. «Aber taugt er auch was?»

«Für Sklaven ist er gut genug.»

«Ich glaube nicht, dass ich ihnen etwas Gutes tue, indem ich ihnen Wein kaufe», bemerkte Thumelicaz. «Ich würde eher meinen, dass es eine Qual für sie sein muss, an ihre Heimat erinnert zu werden, nachdem sie geschworen haben, niemals dorthin zurückzukehren – aber das ist der Preis dafür, in unser Land einzumarschieren und dann nach der Gefangennahme nicht in unseren Feuern brennen zu wollen. Wie dem auch sei, ich kaufe ihnen den Wein, und sie trinken ihn in Dankbarkeit. Vielleicht lindert er ein wenig ihr selbstgewähltes Elend, jedenfalls haben sie mich nie gebeten, ihnen keinen mehr zu kaufen.» Er schaute die beiden betagten Adlerträger an, die den Blick auf die Schriftrollen auf dem Tisch senkten. «Aber wer weiß schon, was in den Köpfen derer vorgeht, die keinen Stolz besitzen – und wen kümmert es überhaupt? Sie sind hier, um eine Funktion zu erfüllen, also wollen wir uns nicht unnötig Gedanken um sie machen.»

Er griff nach der nächsten Schriftrolle und überflog sie rasch. «Mein Vater arbeitete also mit Varus zusammen und half ihm, gemäß Augustus' Befehlen mit der Befriedung des Ostufers des Albis zu beginnen. Er führte viele Male seine Ala hinüber, um Stämme zu bestrafen, die Einfälle auf unsere Seite unternommen hatten, er machte Gefangene, darunter auch Häuptlinge, und brannte Dörfer nieder. Weder er noch einer seiner Männer beklagte sich, denn sie kämpften gegen Stämme, die den Cheruskern in der Vergangenheit Schaden zugefügt hatten, und nun konnte er dafür Vergeltung üben und es so aussehen lassen, als täte er es im Dienste Roms. Varus ließ sich durch den Schein trügen, doch es gab einen Menschen, der Erminaz irgendwie durchschaute. Dieser Mann war kein Römer, sondern Germane und aus demselben Stamm wie Erminaz selbst. Er war sogar ein Verwandter von ihm, Sigimers Vetter Segestes. Ob er eine tiefe Liebe zu Rom hegte oder ob er Erminaz einfach hasste – die möglichen Gründe dafür werden noch zur Sprache kommen –, jedenfalls bemühte Segestes sich nach Kräften, Varus von der Heimtücke meines Vaters zu überzeugen.» Er gab Aius das Schriftstück zurück. «Lies ab dieser Stelle.»

Der alte Sklave kniff im Lampenschein die Augen zusammen und begann.

Ich hatte noch nie eine wie sie gesehen; sie übertraf selbst Musa und stellte jede Frau in ihrer Umgebung weit in den Schatten. Ihre Schönheit war jung und frisch wie ein Schössling im Frühjahr, sie schäumte vor Kraft und Lebensfreude über wie ein Lamm, das an einem sonnigen Morgen umhersprang. Haar, so blond, dass es nicht mit Gold aufzuwiegen war, Haut, so glatt und blass, dass sie zu schimmern schien, und Augen, die … nun, Augen, in denen ein Mann sich für immer verlieren konnte: Blau und tief wie das Meer an einem Sommertag, konnten sie einem Mann mit einem einzigen Blick jede Gewissheit rauben und ihn zu einem zitternden Wrack machen, ganz in ihren Bann geschlagen. Ich sah sie, Thusnelda, zum ersten Mal, als der Schnee schmolz und die Fürsten und Unterhäuptlinge der sechs Stämme in der Halle meines Vaters zusammenkamen, und ich wusste, ich musste sie haben. Doch sie galt noch als einen Sommer zu jung für die Ehe, und darüber hinaus gab es ein großes Hindernis für jegliche Pläne, die ich in dieser Richtung haben mochte: ihren Vater Segestes, einen Vetter meines Vaters. Er hasste Sigimer, weil er fand, er selbst sollte der Anführer der Cherusker sein, und so hasste er auch mich, Sigimers Sohn. Doch als sie mit Segestes' Gefolge auf das Grundstück meines Vaters geritten kam, schaute ich sie an wie ein Verdurstender einen kühlen Bach – ich sehnte mich danach, sie überall zu spüren, mich an ihr zu laben. Doch selbst wenn es dieses Hindernis nicht gegeben hätte und der Weg für mich frei gewesen wäre, sie noch am selben Tag zu besitzen, hätte ich es nicht getan – nicht an diesem Punkt. Denn als ich sie zum ersten Mal sah, waren meine Pläne bereits weit vorangeschritten, und ich wusste, ich würde keine Zeit für die Wonnen einer jungen Frau haben, bis diese Pläne erfolgreich zur Frucht gediehen waren.

Im ersten Winter, den ich wieder in Germanien verbrachte, hatte ich die Fürsten der Chauken und der Sugambrer aufgesucht und von beiden genau die gleiche Antwort erhalten wie von den übrigen: Sie würden ihre Männer in den Teutoburger Wald führen, sich jedoch nicht an den Kämpfen beteiligen, ehe sie des Sieges gewiss waren. Ich verabschiedete mich von diesen beiden großen Männern in ihren Hallen mit Worten des Dankes und des Lobes für ihren Mut und kühnen Weitblick, da sie überhaupt in Erwägung zogen, Teil einer

Streitmacht zu werden, die unser Land von den gewaltsamen Eroberern befreien würde. Immerhin rang ich jedem von ihnen ein festes Versprechen ab: Sie würden Vorräte beisteuern. So sammelten meine Cherusker also Säcke mit Getreide und Viehfutter ein und trieben Rinder und Schafe in den Wald, um sie auf den Roden einzupferchen, von denen wir im Laufe des vergangenen Jahres ein rundes Dutzend angelegt hatten. Ich suchte indessen die anderen drei Fürsten erneut auf.

«So», sagte Hadgan, während er am lodernden Feuer in der Mitte seiner Halle meine Worte überdachte, «du willst also, dass wir für die Ehre bezahlen, dabei zu sein und deinem ersten Angriff zuzusehen, ist es das?»

Ich bemühte mich nach Kräften, meine Ungeduld zu beherrschen – der Mann stellte sich absichtlich dumm. «Du weißt genau, dass es nicht so ist, Hadgan. Ich plane lediglich vorausschauend. Wenn du dein Wort hältst …»

«Und es gibt keinen Grund anzunehmen, dass ich es nicht tun werde, die Chatten halten immer ihr Wort.»

«Gewiss. Wenn du dein Versprechen erfüllst und deine Krieger in den Teutoburger Wald führst, dann brauchen sie Nahrung. Manche von ihnen werden sich einen Mond lang dort versteckt halten müssen.»

«Einen Mond lang?»

«Ja, einen ganzen Mond. Wir müssen Varus dazu bringen, an den Ort zu kommen, wo wir ihn erwarten. Und dazu müssen wir im Voraus an Ort und Stelle sein, lange im Voraus.»

«Und was, wenn ich beschließe, meine Krieger nicht im Voraus dorthin zu führen – *lange* im Voraus?»

«Dann entgeht dir die Gelegenheit, an der Ehre, Rom zu vernichten, Anteil zu haben.» Ich blickte ihm fest in die Augen. «Und du hättest dein Wort nicht gehalten, und wenn wir siegen, wird jeder Stamm in Germanien wissen, wer dort war und wer zwar versprochen hatte, dort zu sein, dann aber doch nicht kam. Kein Mann wird mehr mit dir und deinen Kriegern an einem Tisch sitzen wollen. Ihr alle würdet von den anderen Stämmen als Männer von geringem Wert angesehen werden – und auch von euren eigenen Frauen.»

Das rief die beabsichtigte Reaktion hervor: Hadgan schlug mit der Faust auf den Tisch und sprang so heftig auf, dass seine Bank umstürzte und polternd auf den mit Binsen bedeckten Boden schlug. Die Köpfe seiner Männer fuhren bei dem Lärm abrupt herum. Ihr Herr zog seinen Dolch und rammte die Spitze in die Tischplatte, sodass die Waffe zitternd vor mir stecken blieb. Ich saß reglos da und blickte ihm fest in die Augen.

«Du wagst es, mich und die Chatten herabzusetzen, du, du Sohn eines Römerfreundes, eines Mannes, der tatenlos zugesehen hat, wie Rom sein Volk durch Steuern in die Armut trieb, der vor Varus den Speichellecker spielt, während der kreuz und quer durch sein Land trampelt. Eines Mannes, der ...»

«Denke doch einmal praktisch, Hadgan, praktisch! Ihr alle habt euch so verhalten. Mag sein, dass dein Vater einen vorteilhafteren Vertrag mit Rom hat, mag sein, dass er nicht seine Söhne als Geiseln ausliefern musste, aber nur weil er gar nicht erst versucht hat, Rom im Kampf zu schlagen. Mein Vater hat mit Drusus verhandelt, nachdem er eine große Schlacht verloren hatte, in der die Blüte der Cherusker niedergemäht wurde. Mein Vater konnte sich die Bedingungen nicht aussuchen, er hatte keine Wahl. Aber ich habe jetzt eine, und du kannst dich beteiligen oder es sein lassen. Deine Ehre möge entscheiden.» Ich stützte mich mit den flachen Händen auf den Tisch und erhob mich, ohne den Blick von seinen Augen zu wenden. «Wie sollen eure Frauen euch ansehen, Hadgan? Wie sollen die Chatten dastehen? Denke darüber nach, denn du allein kannst diese Frage entscheiden.»

Ich wandte mich ab und ging davon. Ich wusste, dass ich mir einen Feind fürs Leben gemacht hatte.

Dennoch, meine Schilderung einer Zukunft, in der die Chatten ihre Ehre verloren hätten, brachte Hadgan zum Nachdenken, und er begann, Vorräte in den Teutoburger Wald zu schicken. Allerdings tat er dabei so, als sei es seine eigene Idee gewesen und ich hätte törichterweise nicht selbst daran gedacht. Engilram von den Brukterern und Mallovendaz von den Marsern waren leichter zu überzeugen. Ersterer erkannte mit der Weisheit des Alters die offensichtliche Notwendigkeit, und Letzterer hasste Rom so sehr, dass er mit allem einverstanden war, das zur Vernichtung Roms beitragen konnte, auch wenn es die Idee eines anderen war.

Und so füllten wir unsere Vorratsspeicher nach und nach im Schutz des Winters, da die Legionen in ihren Winterquartieren weilten und die in Germanien verbliebenen Garnisonstruppen sich selten weiter aus ihren Lagern wagten als bis zu den zugefrorenen Flüssen, wo sie das Eis aufhackten, um Trinkwasser zu holen. Als es im Frühjahr taute, hatten wir genügend Vorräte angelegt, um zwanzigtausend Krieger einen Monat lang zu verpflegen. Diese Nachricht wurde mit mehr oder weniger Beifall aufgenommen, als ich die Fürsten und ihre Unterhäuptlinge darüber informierte; wir waren um einen großen Tisch in der vom Feuer und Fackelschein erhellten Halle meines Vaters im Harz versammelt. Es war einer der letzten Tage, ehe Rom aus seinem Winterschlaf erwachte und seine Legionen vom Rhenus gen Osten marschierten, um ihre Herrschaft über Germanien neu zu bestätigen – zum letzten Mal, wie ich hoffte.

«Und weshalb solltest du derjenige sein, der die Vorräte bewacht, Sigimer?», fragte Hadgan meinen Vater, fächelte mit der Hand den Rauch vor seinem Gesicht fort und warf einen verärgerten Blick zu der Feuerstelle in der Mitte der Halle; die Scheite waren feucht von der Schneeschmelze.

«Diese Frage sollte nicht ich beantworten, Hadgan. Erminaz führt hier das Kommando, wie du sehr wohl weißt, damit kein Fürst sich über einen anderen erhebt.»

Mein Onkel Inguiomer nickte zustimmend. «Das ist nur folgerichtig.»

Segestes, der Vetter meines Vaters, spuckte auf die Binsen. «Es ist also folgerichtig, sich stattdessen einem Knaben unterzuordnen.»

Erst bei dieser Versammlung hatte ich die Unterhäuptlinge der Stämme in den Plan eingeweiht, zuvor hatte ich mich nur mit den Fürsten beraten, und viele – insbesondere Segestes – waren beleidigt, weil sie unwissend gehalten worden waren.

«Was hat dieser *Knabe*, dass er sich einbildet, er könne drei Legionen besiegen?», fuhr Segestes fort. Seine Stimme troff von Verachtung, und seine Augen blitzten zornig im Fackelschein.

«Ich habe die Vision, Segestes. Ich habe die Vision, den Willen, den Hass und den Plan, aber vor allem habe ich Varus' Vertrauen erlangt. Ich trage als Einziger hier die Uniform Roms. Ja, ihr kämpft an der Seite Roms, aber als germanische Verbündete, nicht wie ich als Präfekt einer Auxiliareinheit. Mich sehen sie als Römer an und daher als vertrauenswürdig; euch sehen sie als kaum kultivierte Barbaren, ungefähr so vertrauenswürdig wie Parther.»

Segestes brauste auf. «Wir halten unser Wort!»

«Das tun die Parther auch, aber die Römer ziehen es vor, nicht daran zu glauben. Es ist eine Frage der Wahrnehmung: In mir sehen sie einen glattrasierten, kurzhaarigen Soldaten mit Kürass, Tunika und rotem Mantel, der fließend Latein mit patrizischem Akzent spricht. Sage mir, was sehen sie, wenn sie dich anschauen?»

Mein Verwandter blickte in die Runde der versammelten Fürsten und Häuptlinge mit ihren Haarknoten auf dem Kopf, ihren langen Bärten, den Hosen und verschlungenen Tätowierungen. «Wollt ihr euch diese Beleidigung von einem Welpen gefallen lassen? Einem Welpen Roms!»

«Es war nicht als Beleidigung gemeint, lediglich als

Beobachtung und Teil der Antwort auf deine Frage, weshalb ich glaube, drei Legionen schlagen zu können. Ich kann sie schlagen, weil ich sie aus dem Inneren angreifen kann. Ihr hingegen, ihr alle, könnt sie nur von außen angreifen, ihnen direkt gegenübertreten. Und wir alle wissen, was geschieht, wenn man sich Rom direkt entgegenstellt.»

Segestes zog die Nase hoch und spuckte noch einmal aus. «Ich höre mir das Gerede dieses Kümmerlings nicht länger an.» Er stand auf und verließ erhobenen Hauptes die Halle.

Ich schaute ihm mit tiefem Bedauern nach – nicht weil er sich unserer Sache nicht anschloss, auch wenn das ärgerlich war, sondern weil ich an diesem Morgen, als er mit seinem Gefolge und seiner Familie eingetroffen war, Thusnelda zum ersten Mal gesehen hatte. Nun fragte ich mich, wie ich je seine Einwilligung erlangen sollte, seine Tochter zu heiraten. Aber diese Sorge wurde durch das, was mein Vater wenig später sagte, in den Hintergrund gedrängt.

«Ich werde dafür sorgen, dass er nichts Unbedachtes unternimmt», raunte Ingiuomer mir ins Ohr, als die Versammelten begannen, untereinander das Für und Wider dessen zu erörtern, was sie eben mit angehört hatten.

Ich schaute meinen Onkel bestürzt an. «Meinst du etwa, er würde uns verraten?»

Er zuckte die Schultern.

Mein Vater beugte sich vor und sprach mit leiser Stimme. «Er ist ein stolzer, aber nachtragender jüngerer Vetter. Er war nie mehr als der Häuptling eines Unterstammes der Cherusker. Nun sieht er, wie du nach Jahren aus dem Exil zurückkehrst und dich anschickst, größeren Ruhm zu erringen, als er sich je erträumt hätte. Fürsten und andere Häuptlinge folgen deinem Willen, und das ist ihm unerträglich. Er würde lieber sehen, dass du scheiterst und Germanien zur Sklaverei verdammt wird, als dass er selbst lediglich als ein Verwandter des großen Erminaz in Erinnerung bleibt.»

«Was, wenn er als mein Schwiegervater in Erinnerung bliebe?», flüsterte ich.

Mein Vater runzelte die Stirn und schaute mich unter seinen buschigen Augenbrauen an, während er versuchte, meinen Worten einen Sinn abzugewinnen. «Du willst Thusnelda zur Frau nehmen?»

«Warum nicht? Sie ist schön, nächstes Frühjahr wird sie alt genug sein, und es würde Segestes enger an mich binden.»

Er schüttelte den Kopf. «Alles, was du sagst, ist wahr, aber selbst wenn Segestes sich überreden ließe, dir seine jüngere Tochter zur Frau zu geben, könnte er es doch nicht tun, ohne einen Schwur gegenüber Hadgan zu brechen.»

«Hadgan?»

«Ja, Thusnelda ist ihm versprochen.»

Ich schaute über den Tisch zum Fürsten der Chatten hinüber und schwor mir selbst beim Großen Donnerer, dass solche Lebendigkeit und Schönheit niemals von dem Mann beschmutzt werden sollte, der sich zu meinem Feind gemacht hatte. Dann unterdrückte ich meine Bitterkeit, rief die Versammlung wieder zur Ordnung und wartete, bis endlich Ruhe einkehrte.

«Nun, da die Vorräte bereit sind, warten wir also bis September. In der Zwischenzeit unternehmen wir nichts, das Varus misstrauisch machen könnte. Wir tun, was er sagt, und zahlen unsere Steuern an Rom. Wenn er euch auffordert, Krieger zu stellen, die seine Hilfstruppen bei ihren Kämpfen östlich des Albis unterstützen, dann schickt ihr ihm welche, oder noch besser, ihr führt sie selbst an. Wir sind ganz und gar gefügige Untertanen, wir heißen Rom willkommen und sind vollauf einverstanden mit Augustus' Plan, dass Varus die Gebiete am Ostufer des Albis für den Anschluss ans Imperium vorbereitet. Wir freuen uns auf die Erschaffung der Germania Ultima und werden alles tun, was in unserer Macht steht, um Varus dieses Jahr entlang dem Albis beschäftigt zu halten. Es wird keine Unruhen in anderen Teilen Germaniens geben, nichts, das ihn veranlassen könnte, aus dem Osten abzuziehen. So wird er zur Tagundnachtgleiche im September, wenn es an der Zeit ist, in sein Winterquartier zurückzukehren, über die Straße der Langen Brücken wieder gen Westen marschieren. Und dann werde ich zu ihm kommen und ihm von einem fiktiven Aufstand der Ampsivarier nördlich des Teutoburger Waldes berichten.»

Ich hielt inne und blickte in die Runde; alle hörten mir konzentriert zu, und nicht einmal Hadgan schien Einwände zu haben. Daher wagte ich es, meine erste Anweisung auszusprechen. «Der Mond wird früh im

September voll sein, dann beginnen wir, unsere Streitmacht im Wald zusammenzuziehen. Wenn der Mond abnimmt, fangt ihr an, eure Krieger in Gruppen zu nicht mehr als hundert Mann loszuschicken. Wenn möglich, sollen sie bei Nacht unterwegs sein, damit die Bewegungen weniger auffallen. Wir treffen uns am Tag nach der Tagundnachtgleiche beim Hain des Donar, dem südlichen, nicht dem nördlichen, und warten auf die Nachricht meines Vaters, dass Varus sich nach Westen in Bewegung gesetzt hat. Und dann, meine Freunde, nehmen wir es mit ihm auf, und wir werden ihm einen Schlag versetzen, der durch die Zeiten widerhallen wird.»

«Und was ist mit den Hilfstruppen?», fragte Engilram.

«Sie werden eingeweiht, wenn der Zeitpunkt näher rückt. Schickt euren Anführern bei den Auxiliarkohorten Nachricht, sie sollen zu gegebener Zeit meine Befehle befolgen, als kämen sie von ihren eigenen Fürsten. Das wird der alles entscheidende Moment: Wenn ich die Hilfstruppen, die das Gelände vor der Kolonne der Legionäre und seitlich davon auskundschaften, gegen diese wenden kann, dann wird es ihnen und meinen cheruskischen Kriegern vereint gelingen, die Kolonne in zwei oder drei Teile aufzuspalten. Wenn wir das vollbringen, meine Freunde, haben wir die Götter auf unserer Seite, und wir können die Legionen nacheinander vernichten. Das wäre der Moment, da ich euch auffordere, uns mit euren Kriegern zu verstärken; das wäre der Moment, da wir unseren Vorteil nutzen und uns den Sieg sichern müssen. Wenn wir ihnen Gelegenheit geben, sich neu zu formieren, werden sie in Abwehrstellung gehen. Wir haben nicht die nötige Disziplin, eine Belagerung durchzuhalten, unsere Männer würden sich nach und nach absetzen. Wir müssen die Sache also am ersten Tag zu Ende bringen.» Ich schlug kräftig mit der Faust auf den Tisch. «Am ersten Tag, meine Freunde; am ersten Tag, sonst sind wir gescheitert. Bis zum Mittag des ersten Tages müsst ihr eure Entscheidung treffen, euch mir anzuschließen.»

Hadgan lächelte ohne Wärme. «Und falls wir uns dagegen entscheiden sollten, unsere Krieger zu schicken, was dann? Unsere Männer in den Hilfstruppen haben sich dann bereits gegen Rom gewendet, das wird nicht zu leugnen sein. Varus wird annehmen, wir hätten es ihnen befohlen, und wird uns ebenso bestrafen wie sie.»

Ich schaute ihn an und fragte mich, wie einem Mann mit so wenig Rückgrat ein solches Geschenk wie Thusnelda vergönnt sein konnte. «Varus kann nicht alle Männer in der ganzen Germania Magna kreuzigen. Er wird sich zuerst an die Cherusker halten. Wir sind der Stamm, der am meisten zu verlieren hat, wir werden unter ihm zu leiden haben, wenn wir scheitern. Du hingegen kannst ihm Geiseln schicken, ihn um Verzeihung bitten, behaupten, du habest nichts davon gewusst, dass der Schurke Erminaz den Geist deiner Männer vergiftete. Oder du kannst einen beliebigen anderen Weg finden, dich herauszuwinden, Hadgan, aber bedenke dies: Solltest du beschließen, deinen Stamm nicht in die Schlacht zu führen, dann hätten wir die

Chance, unser Vaterland zu befreien, für immer vertan. Ich sage, soll Varus mit uns verfahren, wie er will, wenn wir scheitern – was könnte er tun, das schlimmer wäre, als uns unser Land wegzunehmen und uns vor unseren Müttern, unseren Frauen und Töchtern als schwach erscheinen zu lassen?»

Zuerst war es nur ein einzelnes leises Klopfen auf den Tisch, dann kam das gleiche Geräusch von einer anderen Ecke. Ein Dritter fiel ein, und es entstand ein rhythmisches, stetiges Klopfen, das langsam anschwoll. Mein Vater schlug mit der flachen Hand im Takt so kräftig auf die Holzplatte, dass mein Trinkhorn hochsprang. Ich blickte in die Runde: Jeder Mann am Tisch schlug den Takt mit, jeder Mann äußerte seinen Beifall zu meinem Plan – jeder bis auf einen: Hadgan. Ich lächelte ihm triumphierend zu, und er erwiderte meinen Blick mit finsterer Miene, ehe er mit übertriebenen Gesten in das Klopfen einstimmte.

Doch ich ließ mich nicht dazu herab, seinen Sarkasmus zu beachten, denn in diesem Moment wusste ich, dass ich die Chauken, die Marser, die Brukterer und die Sugambrer auf meiner Seite hatte. Wenn alle diese Krieger sich mit den Cheruskern meines Vaters zusammenschlossen, konnte diese Unternehmung gewiss gelingen, ganz gleich, wie sich die Chatten verhielten. Hadgan würde am Ende doch zu seinem Wort stehen; er würde nicht riskieren, das Gesicht zu verlieren, indem er sich mit eingekniffenem Schwanz davonmachte. Er würde nicht der einzige Fürst sein wollen, der nicht die Eier hatte, seinen Anteil zur Vernichtung dreier Legionen beizutragen. Seine Krieger würden mitkämpfen und ihren Ruhm verdienen, mochte ihr Fürst auch zögern.

Als das Klopfen sich steigerte, gab mein Vater einem Gefolgsmann ein Zeichen, die Krieger einzulassen, die draußen warteten, und die gebratenen Keiler, das Wild und die Fässer mit Bier hereinzubringen, damit das Gelage beginnen konnte. Die Männer strömten durch alle drei Türen herein, jubelnd, ohne zu wissen, wozu – sie schlossen sich einfach dem Beifall ihrer Herren an, und ich sah es mit einem Lächeln auf dem Gesicht. Doch ich lächelte nicht nur aus Zufriedenheit, weil mein Plan auf Beifall stieß, auch wenn das gut war; nein, noch ein anderer Gedanke verlieh meinem Lächeln Wärme, denn mir war eben eine Idee gekommen, wie ich Hadgan demütigen und zugleich bekommen konnte, was ich begehrte. Es war ein süßer Gedanke, umso süßer, da es eine große Geste sein würde. Lucius wäre stolz auf mich gewesen.

VIIII

Thumelicaz ließ die Schultern kreisen und die Fingerknöchel knacken und lächelte seine römischen Besucher an, während Aius das Schriftstück zusammenrollte. «An diesem Punkt wurde mein Vater zum Anführer des Bündnisses der Stämme, welches dafür sorgen sollte, dass Germanien germanisch blieb. Und ebenfalls in diesem Moment besiegelte mein Vater sein Schicksal und verurteilte sich selbst zu einem frühen Tod. Anders als bei Euch Römern liegt es nicht in unserer Kultur, uns von einem einzelnen Mann beherrschen zu lassen.»

«Vor hundertfünfzig Jahren hätte man dasselbe auch von uns sagen können», erwiderte der jüngere Bruder. «Als wir noch eine Republik waren, hätte nicht ein einzelner Mann die Stadt beherrschen können.»

Thumelicaz kratzte sich in seinem Bart. «Bis Gaius Marius die Bedingungen des Militärdienstes änderte und eine Berufsarmee schuf: bestehend aus bezahlten Soldaten, denen bei ihrer Entlassung ein Stück Land zusteht, anstatt aus allen Bürgern mit Grundbesitz, die zum Militärdienst verpflichtet sind, weil sie alle Anteil an der Gesellschaft haben und diese es wert ist, verteidigt zu werden. Ich kenne Eure Geschichte und die Folgen: Sobald Soldaten die Klienten ihrer Generäle wurden, die sie nach fünfundzwanzig Dienstjahren mit Grundbesitz belohnten, war es nur noch eine Frage der Zeit, bis Einzelne Macht anhäuften, um allen anderen ihren Willen aufzwingen zu können; erst Marius, dann Sulla, Cinna, Pompeius, Antonius, Caesar, und seht, wohin Euch das geführt hat: Nun habt Ihr einen Kaiser.» Er zog eine Laus aus seinem Bart und betrachtete sie, ehe er sie zwischen den Fingern zerquetschte. «Wir hingegen sind in Stämmen organisiert und könnten niemals einen Caesar dulden. Die Fürsten und Häuptlinge sind zu stolz, um sich unterzuordnen, und mein Vater wusste das, als er die Führung des Bündnisses übernahm. Aber er wusste auch, dass er weiter seinen Einfluss geltend machen musste, um die Allianz zusammenzuhalten und jeden Versuch Roms, Germanien zurückzuerobern, abzuwehren. Ich bin überzeugt, dass er damals schon erkannte, wie es enden würde. Dennoch verfolgte er seinen Plan weiter, bis … Doch ich greife vor.»

Er trank einen Schluck von seinem Bier, während die alten Sklaven mit ihren Schriftrollen hantierten. Dann setzte er das Trinkhorn ab und betrachtete seine Gäste, die mit ausdrucksloser Miene dasaßen und auf den nächsten Teil der Erzählung warteten. «Varus kam also mit drei Legionen und acht Hilfstruppen wieder, von denen fünf germanisch waren. In dieser Feldzugsaison unternahm er gemäß Augustus' Befehlen Vorstöße ans Ostufer des Albis, stellte die Entschlossenheit der Anführer der Sachsen und Semnonen auf die Probe, teilte Geschenke und Drohungen in gleichem Maße aus, wie er beides auch empfing, tat jedoch nichts, das als Kriegsgrund gewertet werden konnte. Häuptlinge von noch weiter östlich schickten Gesandte, um ihn ihrer Freundschaft zu versichern und ihre Armut zu beteuern in der Hoffnung, Rom werde nicht so weit vordringen oder, falls doch, Milde gegen sie walten lassen.

Und so verging der Sommer, die Tagundnachtgleiche rückte näher, und mein Vater setzte den ersten Teil seines Plans um: Aufgrund all der Kontakte mit den östlichen Stämmen forderte er die Fürsten des Bündnisses auf, einzeln an Varus heranzutreten – sie sollten ihn bitten, in ihren Gebieten Schutztruppen zurückzulassen für den Fall, dass diese östlichen Stämme im Winter, wenn der Albis zugefroren und leicht zu überqueren war, bei ihnen einfallen sollten. Das war natürlich höchst unwahrscheinlich, doch mein Vater fand beim Statthalter Gehör, und er hatte immer wieder seine Sorge geäußert, den östlichen Stämmen sei nicht zu trauen: Sie würden die Germania Magna sehr wahrscheinlich ihrer Reichtümer wegen überfallen. Er hatte argumentiert, sie selbst hätten ja betont, wie arm sie seien. Als nun die Fürsten nacheinander ihre Bitten vorbrachten, nahm Varus sie daher ernst und ließ zwölf Truppen von je einer halben Kohorte an verschiedenen Standorten in der Provinz zurück. So verringerte er seine Kampfkraft um fast dreitausend Mann.»

Thumelicaz griff nach der Schriftrolle, die Tiburtius vor sich liegen hatte, und warf einen Blick darauf, dann gab er sie dem Sklaven zurück und zeigte auf eine Stelle. «Von da.» Er wandte sich wieder an seine Besucher. «Nun war also für Varus die Zeit gekommen, wieder gen Westen zu marschieren. Er war mit dem Werk des Sommers zufrieden, und die Schutztruppen, die er zurückgelassen hatte, verstärkten noch sein Gefühl des Wohlergehens und der Sicherheit. Er erteilte den meisten seiner ranghohen Befehlshaber die Erlaubnis, über den Winter nach Rom heimzukehren. Daher waren beim Festmahl zum Abschluss der erfolgreichen Saison kurz vor seinem Aufbruch neben den Fürsten und Unterhäuptlingen des Bündnisses kaum noch Römer anwesend. Tiburtius.»

Es war eine kleine Gesellschaft, aber das Essen war gut: Es gab nicht die raffiniert zubereiteten Speisen, die bei den Römern üblicherweise auf den Tisch kamen, sondern gebratenes Fleisch, gesalzenen Kohl, Karpfen, Barsch, Brot und Käse – germanisches Essen. Vermutlich lag es daran, dass Varus von Germanen umgeben war, da er die meisten seiner Befehlshaber entweder nach Rom zurückgeschickt oder bei einer der Garnisonen stationiert hatte, die er gutgläubig zurückließ. Er schien jedoch nicht wahrzunehmen, in welche Gefahr er sich selbst gebracht hatte, und trank den ganzen Abend reichlich von seinem römischen Wein, während wir Germanen – ich, mein Vater, Segestes, Engilram von den Brukterern und ein paar seiner Unterhäuptlinge – Bier soffen, bis unsere Tuniken vorn durchnässt und unsere Blasen reichlich gefüllt waren.

«Auf den Erfolg unserer Unternehmung im nächsten Jahr», rief Varus und hob seinen Weinbecher, sodass die rote Flüssigkeit ihm übers Handgelenk schwappte. «Mögen die Götter unserer Völker ihre Hände über uns halten, wenn wir weiter in den Osten vorstoßen.»

«Auf den Osten!», erwiderte mein Vater lautstark, ehe er unter dem Beifall fast aller Anwesenden sein Trinkhorn in einem einzigen Zug bis zur Neige austrank.

Nur Segestes machte ein finsteres Gesicht und starrte stirnrunzelnd in sein Horn, das er in beiden Händen hielt. Er brütete schon seit Beginn des Gelages vor sich hin. Dabei saß er aufrecht auf seinem Sofa, statt sich nach römischer Sitte niederzulegen – der Rest der Gesellschaft hatte sich inzwischen an die seltsame Haltung der Römer bei Tische gewöhnt, und auch wenn es sich für uns merkwürdig anfühlte, hatten wir es übernommen, um zu zeigen, wie bereitwillig wir uns den römischen Sitten anpassten.

Varus hielt seinen Becher hoch, damit ein Sklave ihm nachschenkte. «Ich rechne vollauf damit, dass der Kaiser in der nächsten Saison den vollständigen Anschluss des Ostufers befiehlt.»

«Taktisch erscheint es sinnvoll», bemerkte Engilram, dessen grauer Bart von Bier troff. «Wenn die Markomannen in Boiohaemum sich umzingelt sähen, wären sie wohl weit eher geneigt, eine Einigung auszuhandeln, anstatt sich weiter gegen das Unabwendbare zu sträuben.»

Varus nickte zustimmend. «Die Strafaktionen von Rätien und Noricum aus scheinen Maroboduus in seiner Entschlossenheit nur bestärkt zu haben. Seit Tiberius vor drei Jahren seine Invasion abbrechen musste, um den Aufstand in Pannonien niederzuschlagen, betrachtet er die kleineren Einfälle als Zeichen der

Schwäche. Wenn wir jedoch über den Albis vorrücken, wird er Rom an allen seinen Grenzen sehen, und dann steht er vor einer einfachen Entscheidung: Er kann sich unterwerfen und ein Klientelfürst Roms werden oder einer Invasion seines bergigen Herrschaftsgebiets von Norden, Süden, Osten und Westen entgegenblicken. Die Wahl dürfte ihm nicht schwerfallen.»

Das wurde mit begeisterter Zustimmung aufgenommen, wiederum wurden Trinksprüche ausgebracht und Hörner geleert.

«Und dann», fuhr Varus fort, «wenn dieser letzte Teil der Germania Magna unterworfen und die Germania Ultima befriedet ist, kann ich nach Rom zurückkehren, um mich der Gunst des Augustus zu erfreuen und des Lohns für meine Leistung, ganz Germanien unter römische Herrschaft gebracht zu haben.» Er blickte mit selbstgefälligem Lächeln in die Runde, während unser zustimmendes Raunen in Glückwünsche überging. Unsere Gesichter verrieten nicht unseren Abscheu gegen diesen Römer, der in seiner Prahlerei den Stolz der Germanen mit Füßen trat.

Nur einer unter uns reagierte anders.

Segestes warf sein Horn auf den Tisch, sodass es zerbrach und das Bier in die Runde spritzte. «Ihr glaubt, das alles sei so leicht, wir würden uns einfach auf den Rücken wälzen und unsere Kehle darbieten wie geschlagene Hündinnen! Ihr wandelt mit geschlossenen Augen, blind seid Ihr! Jeder Germane hier im Raum wünscht Euren Tod, jeder außer mir.» Er zeigte mit dem Finger auf mich. «Und er ist derjenige, der ihn geplant hat: Erminaz. Erminaz, der sich so loyal gibt, der stets bereit ist zu tun, was Ihr wünscht, und seine *treuen* Hilfstruppen führt, wohin auch immer Ihr befehlt. Er will Euch noch in diesem Monat töten!»

Sämtliche germanischen Gäste starrten ungläubig auf Segestes, der aufgestanden war und vor Trunkenheit schwankte, starrten ihn mit offenen Mündern und bohrenden Blicken an angesichts solchen Verrats. Ich war drauf und dran, seine Anschuldigung abzustreiten, als zu meiner Linken das belustigte nasale Lachen ertönte, das ich von der Elite Roms kannte: Varus lachte. Ich verbiss mir meine Verteidigung – die wahrscheinlich lahm geklungen und mich eher noch verdächtiger gemacht hätte – und stimmte in das Gelächter ein. Mein Vater folgte sogleich meinem Beispiel, und die übrigen Tischgenossen taten es ihm einer nach dem anderen gleich, bis Segestes inmitten unverhohlenen Spotts dastand.

«Und weshalb», fragte Varus zwischen zwei Lachsalven, «sollte der Mann, der mir das Leben gerettet hat, mich jetzt töten wollen? Er hätte sich die Mühe sparen können, wenn er vor drei Jahren zugelassen hätte, dass die Markomannen mich in Boiohaemum vernichteten.»

«Ja, Segestes», rief ich über die anschwellende Heiterkeit hinweg, mit der wir alle unsere Erleichterung überspielten, «sage mir, weshalb sollte ich den Mann töten, der so tief in meiner Schuld steht? Den Mann, der mir als Statthalter der Germania Magna seine Gunst erweisen kann.»

Mein Vater tat, als müsse er vor Heiterkeit erst um

Fassung ringen, ehe er herausbrachte: «Genau, mein Vetter, verrate uns doch: Was hätte Erminaz durch den Tod unseres Statthalters zu gewinnen?»

«Ja, verrate es uns», drängte auch Inguiomer in verächtlichem Ton.

Segestes fuhr meinen Vater und meinen Onkel erbost an. «Ihr wisst sehr wohl, dass es nicht nur um Varus' Tod geht, sondern um den Tod jedes einzelnen Legionärs in Germanien.»

«Jedes einzelnen Legionärs in Germanien!», platzte Varus heraus. «Und wie sollte jemand das bewerkstelligen? Indem er uns frontal angreift? Ihr würdet zermalmt werden, ganz gleich, wie viele Krieger Ihr gegen uns ins Feld führt.»

«Natürlich nicht, Ihr Schwachkopf, er plant, Euch in einen Hinterhalt zu locken.»

Varus sprang auf. «Schwachkopf? Du nennst mich einen Schwachkopf? Du, du haariger Barbar, wagst es, einen Angehörigen des Patriziergeschlechts der Quinctilier öffentlich einen Schwachkopf zu nennen? Ich sollte dich in Ketten legen, damit du lernst, wie …»

«Dann legt mich doch in Ketten», brüllte Segestes ihn über den Tisch hinweg an, «Schwachkopf! Aber tut dasselbe auch mit Erminaz. Ja, verhaftet doch uns alle hier und nehmt uns mit in Euer Winterquartier. Ich sage Euch, Varus, nur so könnt Ihr Euer Leben retten.»

Varus öffnete den Mund, um Segestes anzuschreien, doch dann hielt er inne und überlegte. «Warum erzählt Ihr mir das? Wenn es wirklich eine Verschwörung gäbe, Germanien von mir und meinen Legionen zu befreien, dann würdet Ihr sie doch gewiss unterstützen oder sie wenigstens nicht verraten, sodass Ihr vor Euren eigenen Landsleuten als Verräter dasteht?»

«Welche Loyalität schulde ich ihnen? Ich bin doch nur der jüngere Vetter, auf den man stets herabschaut, dem nur der bloße Anschein von Ehre zugestanden wird.» Er warf mir einen Blick zu, und seine Augen sprühten vor Hass. «Und nun will dieser Kümmerling sich über mich erheben: Er will sich zum Retter der Germania Magna aufschwingen, dabei ist er nicht einmal ein Fürst, da sein Vater noch lebt. Ich hingegen kann allenfalls darauf hoffen, meine Tochter einem Fürsten zur Frau zu geben, sodass ich mich einmal eines Enkels werde rühmen können, der ein Fürst ist.» Er schüttelte langsam den Kopf. Wir alle starrten ihn gebannt an, als diese Worte langgehegten Grolls aus ihm herausströmten. «Nein, Varus, ich empfinde keine Loyalität zu einem Volk, das mich dazu verdammt, ein unbedeutender Mann zu sein. Ein Mann, den niemand achtet.» Er spuckte auf den Tisch. «Nein, ich habe mich entschieden, ich werde Rom unterstützen, weil Rom mir eine Gelegenheit bietet, mein Schicksal zu wenden. Durch Rom kann ich mich in den Stand erheben, der mir gebührt. Aber Rom hat in Germanien keine Zukunft, wenn Ihr nicht aufhört, ihm zu vertrauen.»

Wieder zeigte er mit dem Finger auf mich, und auch wenn er vorhin vor Trunkenheit geschwankt hatte, war seine Hand nun fest. Energisch und anklagend zeigte er auf mich. Alle Blicke richteten sich auf Varus, um zu sehen, ob er sich umstimmen ließ.

«Geh – mir – aus den Augen!»

Es dauerte einen Moment, bis alle begriffen, dass Varus Segestes meinte und nicht mich. Die Überraschung im Gesicht meines Verwandten schlug rasch in Unglauben um, dann wandte er sich ab und verließ den Raum. Wir alle blieben in verblüfftem Schweigen zurück.

Mein Vater erholte sich als Erster. «Mein Vetter ist nicht mehr derselbe, seit mein älterer Sohn heimgekehrt ist», erklärte er Varus. «Ich denke, er hegte Hoffnungen, keiner von beiden werde je zurückkehren und mein jüngerer Bruder werde früh sterben – dann wäre er mein Erbe geworden.»

Varus schüttelte den Kopf und schürzte die Lippen, als verstünde er das nur allzu gut. «Deshalb versucht er also, ihn mit falschen Anschuldigungen in Misskredit zu bringen?»

«Ganz genau.»

«Gebt mir nur eine Gelegenheit, meine Treue zu beweisen», bat ich ernsthaft in meinem besten Latein, das ebenso elegant war wie das von Varus selbst. Ich ließ mir von einem Sklaven einen Becher Wein einschenken, um meine Bindung an Rom hervorzuheben.

Varus sank lächelnd auf sein Sofa zurück. «Die Gelegenheit sollt Ihr bekommen, Arminius, dafür werde ich sorgen. Und wenn das geschehen ist, lasse ich Euren Verwandten für sein schlechtes Benehmen hinrichten.»

«Ich bitte Euch, tut das nicht.» Mir drehte sich vor Ekel der Magen um, als ich mich selbst förmlich betteln hörte. «Ihn trieb nur die Eifersucht. Schließlich bin ich nicht bloß der Erbe des Fürsten der Cherusker, sondern habe zudem den Rang eines Präfekten inne und gehöre dem Ritterstand an. Das ist ihm unerträglich.»

«Vielleicht sollte ich dem Kaiser in meinem nächsten Schreiben nahelegen, Segestes ebenfalls in den Ritterstand zu erheben in der Hoffnung, dass seine Manieren sich dann bessern?» Varus lachte über seinen eigenen lahmen Witz und stürzte den Rest von seinem Wein hinunter.

Wir stimmten schmeichlerisch ein, klatschten uns vor Erheiterung auf die Schenkel und schlugen vor, Segestes wäre möglicherweise erst glücklich, wenn man ihn zum Konsul machte und seine Familie in den Patrizierstand erhoben würde.

«Allerdings», witzelte ich in überaus gewähltem Ton, «müsste sich sein Latein dazu wirklich drastisch verbessern!»

Das löste bei Varus einen neuerlichen Lachanfall aus, und während die anderen einfielen, schaute ich in ihre Gesichter. Diejenigen, deren Blicke ich auffing, lachten nur mit dem Mund, ihre Augen hingegen verrieten ihr Staunen über Varus' Leichtgläubigkeit.

Dünne Dunstschwaden zogen durch die kalte Morgenluft und leuchteten orange im Schein Hunderter Fackeln, die vor der Morgendämmerung das riesige Lager erhellten. Es war errichtet worden, um drei Legionen und ihren Auxiliartruppen Quartier zu bieten – insgesamt fast zwanzigtausend Mann, Hilfspersonal nicht mitgerechnet. Dies war die Ausgangsbasis für den sommerlichen Feldzug gewesen, daher hatte das Lager nur ganz zu Beginn der Saison alle drei Legionen beherbergt. Erst jetzt waren sie wieder hierher zurückgekehrt, um sich für den langen Marsch zurück nach Westen zu sammeln.

Ich stand mit den anderen Auxiliarpräfekten neben Varus auf den Stufen zum Praetorium, einem der wenigen festen Gebäude inmitten eines Meers von Zelten, und sah zu, wie unter den barschen Befehlen der Centurionen und ihrer Optiones die Legionäre sich in *Contubernia* – Einheiten zu acht Mann – formierten und dann je zehn von diesen sich zu einer Centurie zusammenschlossen. Überall im Lager stampften genagelte Stiefel, Ausrüstung schepperte und klirrte, Atem dampfte, poliertes Metall glänzte, gebellte Befehle und *Bucinae* erschollen, und Standarten wurden hochgehalten, während die Streitmacht Roms in der Germania Magna Marschordnung einnahm. Die Legionäre blickten verschlafen drein und kauten noch an den letzten Bissen ihres Frühstücks. Im Hintergrund begannen Hunderte Sklaven, die nunmehr verlassenen Zelte abzubauen und Kochfeuer zu löschen, wobei Dampfwolken aufstiegen. Andere spannten Maultiere vor Karren und luden Vorräte auf.

Die erste Legion hinter der Vorhut aus Hilfstruppen sollte die Siebzehnte sein. Ihre Legionäre sah ich nun in Formation mit Tragestange über der rechten Schulter und Schild auf dem Rücken antreten. Mit kaltem Herzen überblickte ich ihre Reihen auf der *Principia*, dem Platz in der Mitte des Lagers, und der Via Principalis, die von Osten nach Westen durch das Lager verlief. Es konnte keine Gnade geben, denn wenn ich meinen Plan ausführen wollte, musste jeder Einzelne dieser Männer sterben. In diesem Moment trübte Zweifel meine Entschlossenheit, und ich drohte zu verzagen, als ich mir das schiere Ausmaß des Unterfangens bewusst machte – was hier vor mir antrat, war nur eine einzige Legion. Trotz der Kälte brach mir der Schweiß aus.

Unter Hornsignalen und dem Gebrüll der Centurionen und ihrer Optiones salutierten die Männer vor ihrem General. Der wartete, bis der Lärm erstarb, ehe er das Wort an sie richtete.

«Männer der Siebzehnten Legion, ihr habt eurem Kaiser in diesem Jahr gut gedient und verdient, euch den Winter über auszuruhen. Für viele von euch war dies das letzte Jahr unter dem Adler der Siebzehnten, und ihr werdet bei eurer Ankunft am Rhenus aus dem Dienst entlassen. Ich danke euch für eure treuen Dienste und wünsche euch ein langes Leben, zahlreiche Söhne und Wohlergehen auf dem Land, das ihr erhalten werdet. Rom grüßt euch.»

Varus schlug sich mit der rechten Faust an die Brust; irgendwo in der Düsternis brüllte jemand ein Kommando. Der Aquilifer hob seine Adlerstandarte, und die der Kohorten wurden abgesenkt. Die ganze Legion wandte sich nach rechts wie ein Mann und setzte sich gen Westen in Marsch, durch das linke Tor hinaus auf die Militärstraße, die auf den zweihundert Meilen bis zum Rhenus über so viele Brücken führte. Die Auxiliarkohorten hatten sich bereits vor dem Lager formiert, um ihre Positionen als Vorhut und an den Flanken der Legion einzunehmen, während diese ausmarschierte.

Als fast eine halbe Stunde später die letzten Männer der Siebzehnten Legion durch das Tor verschwanden, traten an ihrer Stelle die Legionäre der Achtzehnten auf der Via Principalis an, und bald richtete Varus die gleiche Ansprache an sie. Währenddessen wurde es stetig heller, und als die Neunzehnte vor Varus stand, waren die Gesichter der Männer bereits deutlich zu erkennen. Ihnen war anzusehen, wie freudig sie in ihr Winterquartier zurückkehrten, das relativen Frieden und Bequemlichkeit versprach.

Hinter ihnen in dem von Rauchschwaden durchzogenen Lager bauten Sklaven noch immer die leeren Zelte ab, packten jedes auf das Maultier des betreffenden Contuberniums und beluden dann das Fuhrwerk jeder Centurie mit ihren Mahlsteinen, dem Zelt des Centurios, Säcken voller Getreide und Kichererbsen, der Carroballista der Einheit sowie weiterer Ausrüstung, die nicht von den Legionären getragen wurde und für die Packmaultiere zu schwer war.

Überall um uns herum nahm der Tumult des Aufbruchs seinen Fortgang, während der Gepäcktross sich formierte und die Zivilpersonen, die der Truppe folgten – hauptsächlich Huren und Händler –, sich dem Ende der Kolonne anschlossen. Deren Spitze war indessen bereits über die pfeilgerade Straße in der Ferne verschwunden. Die eben aufgegangene Sonne überflutete die Gepäckbündel und Helme der Männer mit warmem Morgenlicht, sodass die Kolonne leuchtete wie ein flammender Speer, der über das flache Kernland Germaniens gen Westen geschleudert wurde.

«Fünfzehn Meilen pro Tag, meine Herren», sagte Varus zu uns Präfekten, während er sein Pferd bestieg. Ein Stallsklave hielt das Tier, damit es ruhig stand. «Wir werden rudimentäre Lager errichten – nur ein Graben, damit die Männer am Ende jedes Tagesmarsches etwas zu tun haben –, denn auf dem Weg droht uns keine große Gefahr. Mit etwas Glück sind wir in ungefähr vierzehn Tagen zurück in Vetera. Macht Euch keine zu großen Umstände, das Gelände zu beiden Seiten auszukundschaften – schickt einfach hin und wieder ein paar Patrouillen aus, haltet Eure Jungs aber im Wesentlichen in der Kolonne. Was das Vorauskundschaften betrifft, so genügt es, der Form halber kleine Reitertrupps zu entsenden – sie sollen überprüfen, ob die Brücken nicht etwa durch Hochwasser beschädigt wurden oder dergleichen. Arminius, das wird Eure Aufgabe sein. Erstattet mir täglich im Morgengrauen, zu Mittag und bei Sonnenuntergang Bericht. Nun zurück zu Euren Einheiten, meine Herren.» Mit einem knappen Nicken trieb er sein Pferd an, um rasch an der Kolonne vorbeizureiten und seinen Platz zwischen der Siebzehnten und der Achtzehnten Legion einzunehmen. Als meine Präfektenkollegen ihm folgen wollten, hielt ich zwei von ihnen zurück, die beide Infanteriekohorten befehligten: Egino von den Marsern und Gernot von den Brukterern.

«Habt ihr etwas von euren Fürsten gehört?», fragte ich, während wir langsam an der Kolonne entlangritten.

Die Legionen hatten ein lautes Marschlied angestimmt, sodass ich die Stimme heben musste.

Gernot warf mir einen Seitenblick zu. «Was meinst du, Erminaz?»

«Was das Gewicht meiner Worte betrifft.»

Sie wechselten einen Blick, dann nickten beide.

«Wir sollen sie befolgen, als kämen sie von unseren Herren persönlich», bestätigte Egino.

Ich lächelte. «Gut. Nun, wenn die Kolonne in ein paar Tagen von der Straße abweicht und beginnt, nach Nordwesten in den Teutoburger Wald zu marschieren, dann warnt Varus vor der Gefahr durch Hinterhalte im Wald und schlagt vor, dass eure beiden Einheiten und die anderen zwei germanischen Infanteriekohorten den Marsch nach beiden Seiten abschirmen. Er wird erkennen, dass das eine kluge Vorsichtsmaßnahme ist, da er annehmen wird, auf eine Revolte zuzumarschieren. Wenn ihr an seinen Flanken in Position seid, lauscht auf meine Stimme. Ich werde für eure Fürsten sprechen.»

Die beiden Präfekten versicherten mir, meiner Aufforderung in allen Teilen zu folgen. Ich trieb nun mein Pferd an, um mit den Präfekten der anderen zwei germanischen Kohorten zu sprechen. Nachdem ich von ihnen die gleiche Zusicherung erhalten hatte, schloss ich mich wieder meiner Ala an und richtete mich aufs Warten ein.

Ich wartete zwei Tage. Die ganze Zeit über wuchs die Spannung in mir, da ich keine Gewissheit hatte, ob im Teutoburger Wald alles vorbereitet war. Waren die

Krieger eingetroffen? Wurden sie verpflegt, damit sie nicht in Versuchung gerieten, wieder abzuziehen? Hatten die Fürsten und Häuptlinge ihre Gefolgsleute unter Kontrolle, sodass es keine Spannungen und möglichst wenig Kämpfe zwischen den Stämmen gab? Diese und weitere Sorgen gingen mir im Kopf herum, während ich auf den Anblick wartete, der eine Abfolge von Ereignissen in Gang setzen sollte, die letztendlich zum Tod Tausender Männer führen würden. Doch ob es Germanen oder Römer sein würden, hing davon ab, wie sich die Dinge in den nächsten paar Tagen entwickelten. Und noch immer befielen mich täglich Zweifel beim Anblick der endlos langen Kolonne – wie konnte man all diese Männer töten? Wie sollte das möglich sein?

Am Abend des zweiten Tages, als wir auf halbem Weg zwischen den Flüssen Albis und Visurgis am Nordrand des Harzes unterwegs waren, kam das in Sicht, wonach ich Ausschau gehalten hatte: Wulferam galoppierte mit einem kleinen Trupp cheruskischer Kavallerie von Norden heran und hielt auf den Kommandoposten zwischen den ersten zwei Legionen zu, wo Varus ritt. Sofort trieb ich mein Pferd an und ritt ebenfalls dorthin. Dabei brauchte ich nicht erst zu hören, was sie zu sagen hatten, da ich selbst ihnen die Worte in den Mund gelegt hatte.

«Was gibt es, Herr?», fragte ich Varus, als ich mein Pferd neben ihm anhielt.

Wulferam und seine Kameraden hatten sich zurückgezogen und warteten in respektvollem Abstand, nachdem ihre Botschaft überbracht war.

Varus kaute auf der Unterlippe, ehe er erwiderte: «Anscheinend haben die Ampsivarier im Norden die Gelegenheit genutzt, gegen uns zu rebellieren, und ermorden alle Steuerpächter und Kaufleute auf dem Gebiet ihres Stammes.» Er zeigte auf Wulferam. «Kennt Ihr diesen Mann, Arminius?»

Ich bejahte und erklärte, er sei ein Onkel von mir, der Bruder meiner Mutter, außerdem mein ranghöchster Decurio und man könne ihm vertrauen.

«Ich sollte einen Abstecher nach Norden machen und mich des Problems annehmen. Es kann nicht mehr als vier oder fünf Tagesmärsche abseits unseres Weges sein, und so lange hält das Wetter sicher noch.»

Nun hatte ich ihn. «Lasst mich mit meiner Ala gehen. Wir können in der Hälfte der Zeit dort sein, und wenn es nur eine lokal begrenzte Revolte ist, habe ich genügend Männer, um sie niederzuschlagen.»

Varus musterte mich abschätzend. «Eine Gelegenheit, Eure Treue zu beweisen, Arminius – also schön, geht. Aber wenn es zu viel für eine Ala ist, schickt mir Nachricht. Ich will nicht in den Westen marschieren, wenn diese Sache hinter meinem Rücken weiter schwelt. Feuer neigt dazu, um sich zu greifen, wenn man nicht achtgibt.»

«Keine Sorge, Herr, ich werde mich nicht scheuen, Hilfe anzufordern, sollte die Situation außer Kontrolle sein. Aber ich bin überzeugt, dass wir des Problems Herr werden. Ihr könnt mir vertrauen.»

Varus nickte. «Das weiß ich.» Dann fügte er grinsend hinzu: «Euch kann ich mein Leben anvertrauen.»

«Jawohl, Herr, Euer Leben.» Ich salutierte ein letztes Mal vor ihm, wendete mein Pferd, gab Wulferam und seinen Kameraden einen Wink, mir zu folgen, und ritt schnell entgegen der Marschrichtung an der Kolonne entlang, um meine Ala zu holen. Ich schickte Meldegänger aus, um die Patrouille zurückzurufen, die vorausgeritten war, dann führte ich meine Männer nach Norden. Nun galt es, den rechten Zeitpunkt abzupassen: Ich musste warten, bis Varus den Visurgis überquert und die südlichen Ausläufer des Teutoburger Waldes erreicht hatte. An diesem Punkt würde ich meinen Hilferuf senden, und dann würde sich zeigen, ob er wirklich der vertrauensselige Schwachkopf war, für den ich ihn hielt. Dann würde sich zeigen, ob er drei Legionen in dicht bewaldetes Gelände führen würde, um dem Mann zu Hilfe zu kommen, der ihm das Leben gerettet hatte, und bei der Niederschlagung einer fiktiven Rebellion mitzuhelfen.

Dann würde sich zeigen, ob er aus freien Stücken an den Ort kommen würde, wo ich seine Legionen vernichten wollte.

X

«Wird er kommen?», fragte mein Vater, als ich am folgenden Tag mit Wulferam und seinen Männern in den von Schädeln gesäumten Hain des Donar im südlichen Teutoburger Wald ritt.

Ich saß ab, ohne auf die Frage einzugehen, denn die Antwort wäre reine Spekulation gewesen. Mein Vater beharrte nicht darauf, denn auch er hatte erkannt, dass es eine törichte Frage war. «Sind alle Stämme hier?»

«Die Chatten sind vor zwei Tagen als Letzte eingetroffen.» Er deutete auf frisch abgeschlagene Köpfe, die an den Ästen zahlreicher Bäume des heiligen Hains hingen. «Die erforderlichen Opfer wurden dargebracht, und die Priesterinnen haben verkündet, die Zeit sei für unser Vorhaben günstig.»

Ich versuchte, mir meine Erleichterung nicht allzu deutlich anmerken zu lassen – diese Nachricht linderte meine wachsende Sorge über das Ausmaß des geplanten Gemetzels erheblich. «Dann werden wir uns heute Abend mit den Fürsten und Unterhäuptlingen beraten.» Ich wandte mich wieder an Wulferam. «Lasse Boten zu allen Stämmen aussenden: Ich werde bei Sonnenuntergang hier bei diesem Hain einen Kriegsrat halten.»

Im Westen versank die Sonne hinter den Bergen des Teutoburger Waldes, sodass sich Düsternis über die Täler und Schluchten legte. Im Hain des Donar und um ihn herum waren große Feuer entfacht worden, welche die überhängenden Zweige von unten mit flackerndem goldenem Schein überzogen, und die grausigen Früchte, die daran hingen, warfen gespenstische Schatten. Um eines der Feuer hatte ich Tische im Geviert aufstellen lassen, sodass kein Mann – insbesondere nicht ich selbst – von sich behaupten konnte, am Kopfende zu sitzen. Allen musste das gleiche Maß an Ehre zugestanden werden, wenn dieses zerbrechliche Bündnis halten sollte. Hadgan brachte es dennoch fertig, sich in seiner Würde herabgesetzt zu fühlen, da die Bank, auf der er und seine Gefolgsleute saßen, angeblich niedriger war als die anderen, aber nachdem ich mit ihm die Bank getauscht hatte, war der Streit beigelegt, und der Rat konnte tagen.

Wir tranken drei volle Hörner Bier auf unsere Götter, unsere Vorväter und unsere Frauen, dann stand ich auf und blickte in die Runde bärtiger, vom Feuer beschienener Gesichter. Alle, junge wie alte, zeigten einen Ausdruck kaum verhohlener Erwartung wie Kinder am Vorabend der Wintersonnenwende. Selbst Hadgan wirkte eifrig.

Ich hieß jeden einzeln willkommen. «Ich will wissen, wie stark unsere Streitmacht ist, deshalb werde ich reihum die Vertreter aller Stämme hier am Tisch fragen, wie viele Krieger sie hergeführt haben. Bitte nennt die Zahl ohne Übertreibung. Es genügt, dass ihr hier seid, es spielt keine Rolle, ob ihr mehr oder weniger Männer mitgebracht habt als eure Nachbarn.»

Sigimer ergriff zuerst das Wort und verkündete, achttausend Cherusker seien versammelt, was ihm einen ungläubigen Blick von Hadgan eintrug. Dieser erklärte, er sei mit fünftausend Mann gekommen, und argumentierte alsdann, fünftausend Chatten könnten es ohne weiteres mit achttausend Cheruskern aufnehmen. Ich packte meinen Vater an der Schulter und hielt ihn zurück, als er aufspringen und die Behauptung zurückweisen wollte, denn das hätte so sicher zu einem Streit geführt, wie der Tag auf die Nacht folgt.

«Wir werden nichts erreichen, wenn wir fortwährend untereinander zanken und versuchen, uns gegenseitig mit Prahlerei zu übertreffen», sagte ich so ruhig und leise, wie es möglich war, ohne dass meine Stimme vom Prasseln des Feuers in unserer Mitte übertönt wurde. «Danke für deine fünftausend, Hadgan, mögen sie wacker kämpfen.»

«Sie werden kämpfen wie Götter des Krieges.»

«Zweifellos, wenn du sie lässt.» Mit dieser gezielten Spitze brachte ich den arroganten Fürsten der Chatten zum Schweigen.

Die anderen vier Fürsten nannten ihre Zahlen, und ich überschlug, dass wir insgesamt etwas mehr als dreißigtausend Krieger versammelt hatten. «Zuzüglich meiner vierhundertachtzig Reiter und der dreitausendzweihundert Mann der vier germanischen Auxiliarkohorten verfügen wir über eine Streitmacht von knapp fünfunddreißigtausend. Das, meine Freunde, sollte genügen, wenn wir sie alle zugleich in die Schlacht führen.» Ich schwieg kurz und schaute die Fürsten nacheinander an. «Aber dazu müsst ihr an unseren Sieg glauben. Wenn die Hilfstruppen zusammen mit den achttausend Cheruskern meines Vaters die Kolonne angreifen, dann müsst ihr darauf vertrauen, dass wir die Oberhand gewinnen werden und dass es uns gelingt, die Kolonne in drei Teile zu spalten. Wenn ihr euren Stämmen an diesem Punkt nicht den Befehl zum Angriff erteilt, riskieren wir, unseren bislang gewonnenen Vorteil gänzlich einzubüßen. Varus hätte dann Gelegenheit, sich neu zu formieren und eine Verteidigungsstellung aufzubauen, aus der wir ihn nicht wieder herauslocken können. Vergeltung wird folgen, und Rom wird uns nie wieder trauen. Germanien wäre verloren, und der Westen würde für immer römisch. Noch die Kinder unserer Kindeskinder würden uns dafür verfluchen, und glaubt mir, wenn ich sage, sie werden uns nicht in unserer Sprache verfluchen, sondern in der Sprache unseres Feindes.»

Am Tisch herrschte Schweigen, während alle meine düsteren Worte verarbeiteten. Vielleicht hatte ich um des Effekts willen übertrieben, aber keiner konnte mich dessen bezichtigen, ohne sich selbst dem Vorwurf auszusetzen, er unterschätze die Bedrohung unserer Kultur. Allmählich entspannen sich leise Wortwechsel, da die Fürsten sich mit ihren jeweiligen Gefolgsleuten berieten. Wir von den Cheruskern saßen schweigend, da unser Weg beschlossen war: Wir würden den Angriff anführen.

Schließlich stand Engilram von den Brukterern auf und schlug mit der Faust auf den Tisch, sodass alle Blicke sich auf ihn richteten. «Die Brukterer werden nicht tatenlos zusehen, wenn die Cherusker kämpfen – wir schließen uns dem ersten Angriff an, und ich werde meine Krieger persönlich anführen und als Erster meines Stammes römisches Blut vergießen.» Seine Unterhäuptlinge jubelten dem alten Fürsten zu, als er wieder Platz nahm. Die übrigen Versammelten machten finstere Gesichter und raunten untereinander, bis Hadgan aufstand und mit dem Finger auf mich zeigte. «Du vertraust auf die Führerschaft dieses Welpen, Engilram? Willst du das Leben deiner Leute in einem …»

«Es reicht!», brüllte ich mit einer Heftigkeit, die mich selbst erschreckte. «Versuche nicht, die Entscheidung eines anderen zu beeinflussen, Hadgan. Die Brukterer werden an der Seite der Cherusker kämpfen, nimm das hin. Du hast gesagt, du wirst abwarten, wie sich die Dinge entwickeln, ehe du entscheidest, ob die Chatten sich beteiligen oder sich davonmachen, um sich dem Zorn Roms zu entziehen, falls es so aussehen sollte, als würden wir scheitern. Es freut mich, dass du wenigstens hier bist – belassen wir es dabei.» Ich stand langsam auf und senkte die Stimme. «Jeder Mann hier soll das tun, was er für sein Volk als das Beste erachtet, keiner soll versuchen, einem anderen seine Meinung aufzudrängen. Lasst uns untereinander friedlich sein.» Da und dort in der Runde wurde leise Zustimmung geäußert. «Meine Kundschafter berichten, dass Varus sich nun unmittelbar südlich des Teutoburger Waldes befindet. Ich werde ihm also morgen die erste Nachricht schicken und um seine Unterstützung im Norden bitten. Um ihn nicht misstrauisch zu machen, werde ich ihn nur ersuchen, eine Legion zu entsenden, und dann, meine Freunde, werden wir sehen, ob er alle mitbringt.»

Hadgan spuckte verächtlich aus. «Er kann nicht einmal garantieren, dass wir überhaupt eine Gelegenheit bekommen werden, Varus aus dem Hinterhalt zu überfallen.»

Hrodulf von den Chauken schlug auf den Tisch. «Nein, Hadgan, das kann er nicht, aber wenigstens verschafft er uns eine Chance. Also seien wir dankbar und beten zu den Göttern dieses Landes, dass Varus in seiner römischen Arroganz unbedacht in diesen Wald marschiert. Die Chauken werden ebenfalls an Erminaz' Seite kämpfen.»

Da nun schon der dritte Stamm sich verpflichtete, sich dem ersten Angriff anzuschließen, wuchs meine Hoffnung auf Erfolg. «Ich danke dir, Hrodulf, möge der Donnerer seine Hände über dich und dein Volk halten.» Ich setzte mich wieder und atmete tief durch. Wir standen kurz vor dem Punkt, von dem an es kein Zurück mehr gab. «Der Bote wird morgen Mittag aufbrechen. Das heißt, wenn Varus mit allen drei Legionen kommt, müsste er in drei Tagen etwa um diese Zeit hier sein. Drei Tage, meine Freunde, drei weitere Tage, die wir noch als Sklaven zu leben haben.»

Hadgan wollte etwas anmerken, doch als er meinen Blick auffing, besann er sich eines Besseren und hielt den Mund. Allerdings konnte ich mir denken, was er sagen wollte, und er hätte recht gehabt: oder drei weitere Tage, die wir überhaupt noch zu leben haben.

Egino berichtete mir später, Varus habe nicht gezögert, als er meine erste Nachricht erhielt. Er ließ die Kolonne anhalten und begann, eine neue Marschordnung zu bilden, um den Teutoburger Wald zu durchqueren. Zwar erhoben die wenigen noch anwesenden römischen Offiziere Einwände, doch er ließ sich nicht davon abbringen. Zu meinem Bedauern muss ich sagen, dass er meine Freundschaft als wichtigsten Grund nannte, weshalb er die gesamte Kolonne durch den Wald führte. Ich bedaure das deshalb, weil es eine niedere List ist, jemanden durch vorgetäuschte Freundschaft zu manipulieren, so gerecht die Sache auch sein mag. Wie dem auch sei, jedenfalls wandte er sich nach Norden, aber nicht nur mit den Legionen und Auxiliarkohorten – der Schwachkopf nahm auch den ganzen Gepäcktross und sämtliches zivile Gefolge mit. Selbst zu besten Zeiten, wenn man über eine gerade, gut befestigte Straße marschiert, wäre das eine gewaltige Beschwernis, doch in bergigem Gelände mit dichtem Wald und Unterholz verlangsamten die Fuhrwerke und die Frauen die Kolonne auf unter zehn Meilen am Tag. Und nicht nur das – der schwerfällige Tross zog die ohnehin bereits fast drei Meilen lange Kolonne noch weiter in die Länge, sodass sie an die vier Meilen erreichte. Damit stiegen meine Chancen, sie in drei Teile zu spalten und Stück für Stück zu erledigen.

Und so schickte ich Nachrichten an die vier Auxiliarpräfekten, die getreu ihrem Wort Varus davon überzeugt hatten, sie das Gelände voraus nach Osten und Westen auskundschaften zu lassen. Sie hielten mich über Varus' Marschroute auf dem Laufenden, während Engilram, Hrodulf und ich unsere Krieger zu beiden Seiten eines dicht bewaldeten Tals in Stellung brachten, das direkt auf dem Weg der Römer zu liegen schien. Dort warteten wir und erhielten alle paar Stunden Berichte über den Fortschritt der langsam marschierenden Kolonne. Damit die Formation nicht ihren Zusammenhalt verlor, hatte Varus umsichtigerweise Pioniere vorausgeschickt, die eine breite Schneise durch den Wald schlugen und viele Bäume auf dem Weg fällten. So konnte die Kolonne in geschlossener Formation geradeaus hindurchmarschieren. Allerdings war das eine langwierige Arbeit, er konnte immer nur eine Stunde marschieren, ehe er wieder für zwei Stunden anhalten musste, während die Vorhut mit Äxten und Sägen den Weg für die acht Mann breite Kolonne freimachte.

Sie brauchten zwei Tage, um den Ort zu erreichen, den ich für den Angriff ausersehen hatte, und die ganze Zeit über schickte ich immer dringlichere Botschaften, Varus möge sich beeilen. Doch schließlich, an einem Tag mit Donner und Regen, dem viertletzten des Monats, den die Römer September nennen, kamen im strömenden Regen die ersten berittenen Kundschafter in Sicht. Hinter ihnen in der Ferne waren die Äxte und Sägen der Pioniere zu hören. Varus hatte aus freien Stücken seine Armee an den Ort des Massakers geführt.

«Halte an dieser Stelle ein, Tiburtius», unterbrach Thumelicaz. «Vielleicht kannst du meinen Gästen einen Einblick verschaffen, wie es während eures langsamen Marsches durch den Wald in der Kolonne zuging. Als Adlerträger der Neunzehnten Legion musst du recht weit hinten marschiert sein.»

Der alte Sklave schaute seinen Herrn an, und seine triefenden Augen blinzelten ein paarmal. Dann legte er das Schriftstück ab, blickte ins Leere und erinnerte sich an eine längst vergangene, lange vergessene Zeit.

Alle im Zelt warteten schweigend, während der alte Mann in tief vergrabenen Erinnerungen fischte, um diejenigen an die Oberfläche zu holen, nach denen sein Herr verlangt hatte.

«Wir vertrauten nicht auf das Urteilsvermögen des Feldherrn», begann Tiburtius, und seine Stimme wurde allmählich fester und weniger zögerlich. «Natürlich mussten wir dorthin und mithelfen, den Aufstand niederzuschlagen, daran zweifelte niemand. Aber jeder mit einem Funken militärischem Verstand konnte erkennen, dass es gelinde gesagt töricht war, sich durch bergiges Gelände zu kämpfen, das mehr bewaldet als bewirtschaftet war, und sich dabei noch mit dem Gepäcktross zu beschweren. Meine Legion marschierte weit hinten in der Kolonne, direkt vor der Nachhut.» Er unterdrückte ein Lächeln, das sich auf sein Gesicht stehlen wollte, als er an seine Legion dachte. «An diesem Morgen hatten wir zwei Stunden lang in Marschordnung vor dem Lager der vergangenen Nacht gewartet, während die Spitze der Kolonne loszog, ehe wir überhaupt den ersten Schritt tun konnten. Die Jungs waren nervös, sie wussten genug über die Wälder Germaniens, um sich vor den Geistern zu fürchten, die darin hausen, und niemand wollte auch nur einen Moment länger als nötig an diesem unheimlichen Ort verweilen. Ihr Unbehagen wurde noch dadurch gesteigert, dass die meisten ranghohen Offiziere abwesend waren, da Varus sie für den Winter nach Rom entlassen hatte.» Er schüttelte bedauernd den Kopf. «Ich denke, das war einer der entscheidenden Faktoren, die zu der Katastrophe führten.»

«Zum Sieg», korrigierte Thumelicaz ihn, wenn auch nicht allzu schroff.

«Ja, Herr, gewiss, zum Sieg. Uns fehlten Männer von Rang und Erfahrung, das machte die Jungs nervös, als sie an jenem Morgen darauf warteten, dass das Ende der Kolonne sich in Bewegung setzte. Unser Legatus und der Lagerpräfekt waren bereits auf dem Weg nach Rom, deshalb wurden wir von Marcellus Acilius angeführt, dem Militärtribun mit breiten Streifen. Wie Ihr Euch denken könnt, war er ein junger Mann, noch nicht ganz zwanzig, aus einer Patrizierfamilie und ohne militärische Erfahrung, denn er diente erst seit diesem Sommer in der Legion.»

«Ungefähr so brauchbar wie eine Vestalin bei einem Wettbewerb im Schwanzlutschen», kommentierte der Straßenkämpfer wissend.

Tiburtius stutzte, dann stieß er ein paar heisere Laute aus, die fast wie Husten klangen, als habe er seit sehr langer Zeit nicht mehr gelacht. «Genau. Sogar noch weniger brauchbar, denn er bildete sich ein, alles zu wissen, was es über die Armee überhaupt zu wissen gab, weil sein Vater, Großvater und jeder erdenkliche andere Vorfahr unter den Adlern gedient hatten. Mit seiner Arroganz eines verwöhnten Jünglings richtete er als Befehlshaber der Legion wohl mehr Schaden als Nutzen an.»

«Schlimmer, als ganz ohne Befehlshaber zu sein.»

«Ja, ganz recht, so dachten wir alle. Jedenfalls kamen wir in ein Tal, etwa zwei Drittel einer Meile breit, die Hänge zu beiden Seiten waren mit Buchen und Kiefern bewaldet. Als wir in das Tal marschierten, verdüsterte sich der Himmel, und wir alle spürten die beklemmende Atmosphäre dieser Landschaft. Die Centurionen und ihre Optiones bemühten sich nach Kräften, die Jungs zu ermutigen, aber Ihr wisst ja, was für ein abergläubischer Haufen die Legionäre sind. In jeder Centurie gab es Männer, die ihre Kameraden verunsicherten, viele spuckten aus und drückten ihre Daumen, um Unglück abzuwehren, und schauten sich ständig nach allen Seiten um. Der ranghöchste Centurio – es war nicht der Primus Pilus, denn der war schon nach Rom aufgebrochen – versuchte, ein paar Lieder anzustimmen, aber die Jungs sangen nur halbherzig mit und gerieten nach ein paar Zeilen ins Stocken. Dann fing es an zu regnen, anfangs nicht stark, aber genug, dass alles klamm wurde, sodass wir uns noch elender fühlten. Nach ungefähr einer Stunde ging es richtig los, als pissten sämtliche Götter auf uns herab, und Donner grollte, als hätten sie alle gleichzeitig gefurzt. So stapften wir verdrossen weiter. Etwa jede halbe Meile kam die Kolonne von der Spitze her zum Stehen und wurde dabei ineinandergestaucht, wenn vor uns weitere Bäume gefällt wurden oder ein Fluss überbrückt werden musste. Dann stapften wir weiter durch die Scheiße und Pisse vom Gepäcktross, der vor uns herschlich. Hin und wieder kamen wir an zurückgelassenen Fuhrwerken vorbei, deren Achsen an herausstehenden Baumwurzeln zerbrochen waren, oder an lahmen Maultieren, die man ihrem Schicksal überlassen hatte. Im Rückblick denke ich, diese Maultiere hatten wohl noch Glück. Den ganzen Tag stolperten wir so daher und mühten uns, unsere Achterreihen in Formation zu halten, während der Boden immer morastiger wurde, von den Tausenden Kameraden und den Packtieren vor uns zu einer Masse aufgewühlt, die sich anfühlte wie Leim. Selbst wenn die Kolonne uns nicht gebremst hätte, wären wir doch nicht schneller vorangekommen, denn unsere Beine begannen, bei jedem Schritt im Morast zu schmerzen, und als die sechste Stunde kam, waren wir erschöpft. Dann trafen uns die ersten Wurfspeere.»

Thumelicaz hob die Hand. «Das genügt, Tiburtius, du greifst der Erzählung meines Vaters vor. Lies weiter.»

Der alte Sklave nahm seine Schriftrolle und blinzelte im schwächer werdenden Licht.

Dort zwischen den Bäumen unten im Tal, klein in der Ferne, tauchten die vordersten von Varus' Männern auf, und ich wusste, die nächste Stunde konnte den Lauf der Geschichte für immer verändern. Ich lenkte mein Pferd nach rechts, wo die ersten Kundschafter der Hilfstruppen ungeordnet nahten, und entdeckte Egino dicht hinter ihnen vor dem Haupttrupp seiner Männer. «Halte deine Leute hier an, Egino. Wir lassen die Kolonne weiterziehen, bis die zweite Kohorte der vorderen Legion mit euch auf gleicher Höhe ist, dann greift ihr sie an. Schicke einen Meldegänger nach hinten zu

Gernot, er soll sich entsprechend in Position bringen, um die zweite Kohorte der dritten Legion anzugreifen. Hrodulf und Engilram erteilen den beiden Kohorten am Hang gegenüber die gleichen Anweisungen.»

«Und wo sind deine Krieger?», fragte Egino und hielt hangaufwärts Ausschau. Wir befanden uns fünfzig Schritt unterhalb des Höhenrückens.

«Auf dem abseitigen Hang knapp unterhalb des Kamms halten sich achttausend Cherusker bereit, und auf der anderen Seite sind die Chauken und Brukterer in Stellung, zusammen ebenfalls achttausend Mann. Meine Ala wartet eine halbe Meile voraus, um es mit den Kundschaftertrupps aus berittenen Legionären aufzunehmen. Die Marser und die Chatten halten sich hinter den cheruskischen Kriegern, um zu beobachten, wie der erste Angriff verläuft, und die Sugambrer sind dort drüben hinter den Chauken.» Ich zeigte auf den gegenüberliegenden Hang, der etwas mehr als eine halbe Meile entfernt war. Insgeheim betete ich, dass es sich so verhielt, wie ich gesagt hatte, und dass keiner der Stämme es sich im letzten Moment anders überlegt hatte und abgezogen war. «Der Regen ist vorteilhaft für uns.»

Egino nickte mit verbissener Miene – kein Wunder, immerhin waren wir im Begriff, es mit drei Legionen aufzunehmen. Er ließ seine Kohorte anhalten und befahl einem seiner rangniederen Offiziere, zurück zu Gernot zu reiten und ihm die Nachricht zu überbringen. Während sich die Kohorte vier Reihen tief formierte, die Front talwärts ausgerichtet, ritt ich zum Höhenkamm hinauf. Dort traf ich meinen Vater an, der prächtig gerüstet war: Die Hauer eines Keilers zierten seinen Helm, er trug eine Kettentunika, silberne Armspangen, lederne Hosen, und seitlich an seinem Gürtel hingen ein Langschwert in einer reichverzierten Scheide sowie ein großes Kriegshorn. Als ich näher kam, hob er grüßend seinen Speer und den ovalen Schild, auf dem der Wolf der Cherusker prangte. Wasser tropfte ihm vom Helm in den angegrauten Bart; er mimte das Gebrüll, das er jetzt gern ausgestoßen hätte, wäre nicht Heimlichkeit das oberste Gebot gewesen. Mein Herz hüpfte vor Freude: Nach all den Jahren würden wir nun endlich Rache üben. Hinter meinem Vater erblickte ich Segestes, der an einen Baum gefesselt war. Blut lief aus seinen geschwollenen, aufgeplatzten Lippen und mischte sich mit dem Regenwasser. Mein Onkel bewachte ihn.

«Du lässt ihn wieder frei, wenn das hier vorüber ist?», fragte ich, während ich neben meinem Vater vom Pferd stieg.

«Natürlich, ich will nicht der Mörder meines Vetters sein.»

«Er wäre der deine, wenn er jetzt zu Varus laufen könnte.»

«Das kann er aber nicht, und ich werde ihn am Leben lassen. Ist Varus schon in Sicht?»

Ich nickte, dann umarmte ich meinen Vater, wobei unsere Kettentuniken aneinanderscharrten. «Das ist für die Zeit, die sie uns gestohlen haben, Vater, für die Trauer meiner Mutter, die ihre Söhne nicht aufwachsen sah, und für den Verlust meiner Schwester, der ihre Brüder genommen wurden.»

Er klopfte mir auf den Rücken, dann fasste er mich an den Schultern, hielt mich auf Armeslänge von sich und schaute mich an, als sei es das letzte Mal. «Über Varus' Leiche werden wir wieder zusammenkommen.»

«Das werden wir, Vater.»

Er wandte sich ab und winkte Wulferam zu, der hundert Schritt entfernt zwischen den Bäumen stand. Der stieß sein gezogenes Schwert in die Luft, und plötzlich richteten sich hinter ihm Tausende Krieger aus dem Unterholz auf. Zu meiner Rechten setzte sich die Bewegung in Richtung des hinteren Endes der römischen Kolonne fort, so weit ich blicken konnte. Schweigend rückten sie vor, die Wohlhabenderen mit Schwertern und Speeren bewaffnet und mit Helm, Rüstung und Schild bewehrt, die Ärmeren barhäuptig und ohne einen anderen Schutz als ein ledernes Wams und einen geflochtenen Schild, lediglich mit einem Speer und ein paar grob zugeschnittenen Wurfspeeren bewaffnet. Doch so ungleich ihre kriegerische Ausstattung sein mochte, alle waren vom gleichen Verlangen erfüllt, die Niederlage zu rächen, die Drusus ihnen vor all den Jahren beigebracht hatte – jene Niederlage, aufgrund derer mein Vater seine Söhne als Geiseln an Rom hatte ausliefern müssen und der Stolz der Cherusker unter römischen Tributforderungen begraben worden war.

Gemeinsam führten mein Vater und ich unsere Krieger auf den Bergkamm. Mein Herz schlug bei jedem Schritt schneller, und ich betete, dass Engilram und Hrodulf auf der gegenüberliegenden Seite des Tals nun ebenfalls ihre Krieger vorrücken ließen, um die Auxiliartruppen dort drüben zu verstärken. Und wenn sie es taten, würden sie meine Befehle befolgen?

Doch diese Sorgen traten in den Hintergrund, als ich den höchsten Punkt erreichte und ins Tal hinunterschaute. Durch Regen und Bäume war die erste Kohorte der Siebzehnten zu sehen; es war die Eliteeinheit der Legion, daher wollte ich sie vom Rest abschneiden und zuerst vernichten.

Nun war der Zeitpunkt gekommen. Ich wusste mit Sicherheit, dass wir jetzt zuschlagen mussten, jetzt, da die Lücke zwischen der ersten und zweiten Kohorte eben in Sicht kam. Ich klappte meine Gesichtsmaske herunter und gab meinem Vater ein Zeichen. Er hob sein Kriegshorn an die Lippen und blies einen mächtigen Ton, der zwischen den Bäumen dröhnte.

Unter Jubelgeschrei stürmten die Cherusker los, schwangen ihre Speere und warfen sie, als sie auf gleicher Höhe mit den beiden Auxiliarkohorten waren. Diese lösten ebenfalls ihre erste Salve aus eintausendsechshundert Speeren. In den ersten Momenten des Angriffs hagelten fast zehntausend tödliche Wurfgeschosse auf die schutzlosen Legionäre hinab. Zwar bohrten sich viele in Bäume, wo sie zitternd stecken blieben, aber ein guter Teil fand sein Ziel. Augenblicke später folgte die zweite, fast ebenso große Salve und richtete in der rasch aus der Ordnung gebrachten Kolonne blutiges Gemetzel und Chaos an. Ich selbst schleuderte einen Wurfspeer und stieß dabei den Kriegsschrei unserer Vorväter aus, dann stürmte ich den Hang hinunter und zog im Laufen mein Schwert. Überall entlang der römischen

Marschlinie wanden sich Männer am Boden, niedergestreckt vom tödlichen Hagel, der inmitten des Regengusses niederging. Blut mischte sich in das Wasser, das den Weg in einen Morast verwandelte.

Doch während viele Legionäre zu Boden gingen, blieben noch viel mehr auf den Beinen, und als Elitesoldaten ihrer Legion hatten sie binnen weniger Augenblicke ihre Schilde vom Rücken genommen, um eine geschlossene Front zu bilden. Die acht Mann breite Kolonne schwenkte herum und stand uns als acht Reihen tiefe Linie gegenüber. Das war der Moment, den Hrodulf und Engilram auf mein Geheiß abpassen sollten.

Und das taten sie.

Wir stürmten unter hasserfülltem Gebrüll den Hang hinunter, die Zähne gebleckt, die Bärte vom Wind gezaust, die Augen vor Angst und Kampflust weit aufgerissen, da schlug ihre erste Salve von hinten in die römische Linie ein – die Salve, von der ich hoffte, dass sie die Formation zerreißen würde. Wurfspeere bohrten sich in ungeschützte Nacken und Gliedmaßen, und in den hinteren Reihen machte sich Entsetzen breit, als die Legionäre erkannten, dass sie von zwei Seiten zugleich angegriffen wurden. Doch trotz des Schrecks über den zweiten Hinterhalt wahrten sie ihre Disziplin. Ein weiterer tödlicher Hagel prasselte auf sie nieder, als die hintersten Reihen sich bereits umdrehten, um der neuen Bedrohung zu begegnen. Wieder gingen Dutzende zu Boden, und Lücken entstanden, welche die Legionäre hastig zu schließen versuchten. Indessen kamen wir immer näher.

Nun konnten sie ihre Gegner sehen, und auf vielen Gesichtern zeichnete sich Entsetzen ab, als sie nicht nur germanische Stammeskrieger erkannten, sondern auch die vertrauten Uniformen und Schilde ihrer Auxiliartruppen. Der eigentliche Daseinszweck dieser Einheiten war es, die Legionen zu schützen und ihr geringer bewertetes Leben zu opfern, um das kostbare Leben der Bürger in den Legionen zu bewahren. Doch nun taten die Auxiliartruppen etwas Unvorstellbares: Sie wandten sich gegen jene, die ihnen übergeordnet waren. Mit einem durchdringenden Scheppern von Eisen, das beinahe die Schlachtrufe und die verzweifelten Schreie der Verwundeten übertönte, fielen Eginos Männer über die Siebzehnte Legion her. Dabei konzentrierten sie sich auf die Lücke zwischen der ersten und zweiten Kohorte. Im nächsten Moment warfen sich meine Cheruskerkrieger gegen den Rest dieser Legion und die nachfolgende Achtzehnte, gerade als eine dritte Salve von Hrodulfs und Engilrams Männern in den neu gebildeten Schildwall einschlug, dem sie sich jetzt gegenübersahen. Ich schmetterte meinen Schildbuckel gegen den rechteckigen Schild des Legionärs vor mir und stieß zugleich mit meinem Schwert von oben nach seinem Kopf, doch er duckte sich schnell, sodass meine Klinge an seinem Helm abglitt. Im selben Moment fühlte ich, wie ein Ruck durch die römischen Linien lief, da sie von hinten angefallen wurden, und die acht Reihen wurden zusammengeschoben, sodass die Männer Mühe hatten, in der Enge noch ihre Schwerter zu gebrauchen.

Meine Cherusker nahmen die Bedrängnis ihrer Gegner ebenfalls wahr und jubelten, während sie mit ihren Schwertern auf Schilde einhieben und ihre Speere in die breiten Lücken dazwischen stießen. Sie durchbohrten und zerschnitten Körperteile, brachen Knochen und verursachten schwere Verletzungen, und all das mit der Begeisterung von Männern, die lange unterjocht gelebt hatten und nun dem angestauten Zorn über diese Schmach freien Lauf ließen.

Sie metzelten und verstümmelten, dass das Blut in Strömen floss und der Regen es kaum zu verdünnen vermochte, ehe es den Boden erreichte. Der Schlamm klebte an den Füßen und machte sowohl den Legionären als auch den Stammeskriegern jeden Schritt mühsam. Das Ganze wäre in chaotisches Handgemenge übergegangen, wäre da nicht ein entscheidender Faktor gewesen: Legionäre kämpfen als geschlossene Einheit, meine Krieger hingegen als eine große Zahl von Individuen. Die Kämpfe Mann gegen Mann wurden daher weniger, als die Legionäre vorwärtsdrängten und sich Schulter an Schulter zusammenschlossen – sie wussten, alles andere hätte ihre Vernichtung bedeutet. Die Linien richteten sich wieder gerade aus und bildeten einen Wall aus lederverstärktem Holz. Die gefürchteten Klingen der römischen Kriegsmaschine, unser aller Albtraum, begannen ihr tödliches Werk, indem sie blitzschnell durch die nunmehr schmalen Lücken zwischen den Schilden vorschnellten. Sie stachen in unser Fleisch wie die Stachel eines Hornissenschwarms. Meine Krieger, erbost über den Widerstand, wichen zurück, dann warfen sie sich gegen den Wall, schmetterten ihre Schilde nach vorn, indem sie sich mit der Schulter dagegenstemmten, oder traten im Ansturm mit einem Stiefel zu. Der Angriff erfolgte nicht gleichzeitig, sondern jeder Einzelne stürmte los, wenn er eben den Mut aufbrachte, nachdem der letzte Durchbruchsversuch an der koordinierten Zusammenarbeit der römischen Truppe gescheitert war. Und obwohl die Legion nun nach vorn und hinten kämpfen musste, hielt sie dennoch zusammen.

Ich zog mich aus dem Getümmel zurück – vorbei an den furchtsameren unserer Männer, die ihre Tüchtigkeit lieber in Form von Beschimpfungen und Scheinangriffen zeigten – und lief ein Stück den Hang hinauf. Mein Vater schloss sich mir an. Von meinem Aussichtsposten konnte ich erkennen, dass die Siebzehnte Legion trotz ihrer schier aussichtslosen Lage standhielt. Nur Eginos Hilfstruppe zu meiner Rechten hatte Erfolge zu verzeichnen: Gemeinsam mit der Auxiliarkohorte vom gegenüberliegenden Hang war es ihr gelungen, die erste Kohorte von der Legion abzuschneiden. Doch in dem abgetrennten Kopf steckte noch reichlich Leben, er kämpfte wie ein Wolf mit geifernden Lefzen.

An diesem Punkt erkannte ich, dass es uns nicht gelingen würde, sie zu brechen – diesmal nicht. Aber vielleicht konnten wir wenigstens diesen abgetrennten Kopf überwältigen.

«Genug, Tiburtius», warf Thumelicaz ein und holte seine Gäste mit einem Ruck in die Gegenwart zurück. Er wandte sich an den zweiten Sklaven. «Aius, du warst Teil dieses Kopfes – schildere uns deine Erinnerungen.»

Die Augen des einst stolzen Adlerträgers der Siebzehnten blickten verschleiert, als er sich in die letzten Erinnerungen an sein früheres Leben zurückversetzte. «Es kam ganz plötzlich von Osten. Es gab keine Vorwarnung – wie auch, da doch ebendie Einheiten, die uns eigentlich hätten warnen sollen, uns angriffen? Wurfspeere der Auxiliartruppen zischten um mich herum durch die Luft, ein paar krachten gegen die Stange, an der ich den Adler hochhielt, sodass er schwankte und ich vor Anstrengung, ihn aufrecht zu halten, ins Stolpern geriet – wäre er gefallen, so wäre dies das denkbar schlimmste Omen gewesen. Hörner dröhnten, und Centurionen brüllten Kommandos. Ich fing mich ab, indem ich mich auf ein Knie sinken ließ, und das rettete mir das Leben, denn neben mir brachte Pompilius, der *Cornicen*, auf seinem Horn plötzlich einen erstickten Ton heraus und kippte zur Seite, einen Wurfspeer in der Schläfe, Überraschung in den Augen. Von vorn kamen die Pioniere, die den Weg freigemacht hatten, auf uns zugerannt, während bereits die nächste Salve einschlug. Und dann erkannte ich, dass es unsere Auxiliartruppe war, die Kohorte der Marser, wenn mein Gedächtnis mich nicht trügt. Ihre Gestalten kamen zwischen den Bäumen zum Vorschein, vom Regen verschleiert, und manifestierten sich wie unser schlimmster Albtraum: Verbündete, die zu Verrätern geworden waren. Ich fühlte, wie meine Kameraden mich in ihre Mitte zogen, um unseren Vogel zu schützen, wie wir den Adler gern nannten. Dann erschütterte die Wucht des Anpralls unsere Reihen. Sie hatten sich gegen die hintere Hälfte der Kohorte geworfen, aber wir in den vorderen Reihen fühlten es dennoch, und während wir versuchten, kehrtzumachen und unsere Kameraden hinter uns zu unterstützen, ging wiederum ein Hagel aus Wurfgeschossen auf uns nieder, diesmal von Westen. Fabius, der Primus Pilus, war für den Winterurlaub nach Rom gegangen, daher hatte der nächstoberste Centurio die Führung übernommen. Er zerschmetterte mit der Breitseite seiner Klinge Schädel, während er seine Centurie nach Westen herumschwenken ließ, der neuen Bedrohung entgegen. Da schlug die nächste Speersalve ein. Nun schlossen die Pioniere sich uns an. Sie schrien etwas von feindlicher Reiterei voraus, welche unsere Vorhut aus hundertzwanzig berittenen Legionären vernichtet habe. Die Falle musste außerordentlich raffiniert gestellt sein, wenn keiner hatte entkommen können.

Dann erfolgte von Westen der zweite Schlag – mehr Auxiliartruppen, doch diesmal traf der Ansturm die Front unserer Kohorte. Die Wucht riss uns herum, sodass ich von meiner Position aus an der ganzen Kolonne entlangschauen konnte, und der Anblick verschlug mir den Atem: Tausende Barbar… Tausende germanische Krieger waren vom Hang heruntergestürmt, über die gesamte Länge unserer Legion – das bedeutet standardmäßig eine Länge von eintausendzweihundert Schritt. Und zweifellos erstreckte sich die Front noch über die Achtzehnte hinter uns, vielleicht reichte sie sogar bis zum Gepäcktross und der Neunzehnten. Kameraden gingen zu Boden, Blut spritzte, Flüche gellten mir in den Ohren, während ich reglos dastand und unseren Vogel hochhielt. Neben mir tat der Standartenträger der ersten Kohorte dasselbe, sodass unsere Jungs einen Punkt hatten, um den sie sich formieren konnten. Und sie formierten sich – langsam überwanden sie den Schrecken und das Entsetzen über den Überraschungsangriff, und die tief verwurzelte Disziplin gewann wieder die Oberhand, die Disziplin, welche jedem Legionär eingebläut wurde und den Veteranen der ersten Kohorte eine zweite Natur ist. Schilde wurden erhoben, Männer gingen in Schulterschluss, und die Kameraden in der zweiten, dritten und vierten Reihe in jeder Richtung bildeten ein Dach. Allerdings gingen inzwischen nur noch wenige Speere nieder, denn nun hatte der Nahkampf begonnen. Und in diesem waren wir den Auxiliartruppen überlegen, denn sie kämpfen weniger geschlossen, da sie in unwegsamem Gelände manövrieren müssen und Raum brauchen, um ihre längeren Spathae zu schwingen. Wir jedoch rückten dicht zusammen, sodass immer drei Legionäre auf je zwei Männer der Auxiliartruppen kamen. Zwar war es ihnen gelungen, uns von der Kolonne abzuschneiden, aber nun waren wir fest in Stellung und fingen jeden Ansturm von ihnen ab, ohne sie je in unsere Reihen eindringen zu lassen.» Aius lächelte bei der Erinnerung. «Sie hätten ebenso gut das Badehaus des Lagers angreifen können.

Und dann ertönte eine Stimme, über den Schlachtenlärm und den Regen hinweg kaum zu hören: ‹Vorwärts! Vorwärts! Weiter, Männer der Siebzehnten! Weiter! Wenn ihr stehen bleibt, werdet ihr sterben.› Der Ruf wurde von den Centurionen und Optiones aufgenommen, und wir begannen, uns Schritt für Schritt vorwärtszuschieben. Indessen hielten die äußeren Reihen dem Feind stand, fingen Schläge mit ihren Schilden ab und ließen zwischendurch auf gut Glück ihre Klingen nach den Angreifern vorschnellen. Ich weiß nicht, wie lange wir so vorrückten, doch nach einiger Zeit wurde hinter mir Jubel laut, römischer Jubel, und wenig später lief die Kunde durch die Kohorte, dass wir nicht länger isoliert waren: Die zweite Kohorte hatte aufgeschlossen, die Kolonne war wieder intakt, und der Feldherr war bis an die Spitze vorgedrungen. Varus war bei uns und trieb uns an weiterzumarschieren, irgendwohin, wo wir ein Lager errichten könnten. Diese Vorstellung flößte uns neue Hoffnung ein, und ich senkte den Adler ab zum Zeichen, dass die Legion vorrückte, als befänden wir uns auf einem gewöhnlichen Marsch und kämpften uns nicht durch ein bewaldetes Tal, wo wir von beiden Seiten von Feinden bedrängt wurden.»

«Das ist das Herausragende an der berühmten Disziplin der römischen Legionäre», unterbrach Thumelicaz Aius' Monolog. «Indem sie handeln wie ein Mann, können sie Gegner in großer Zahl abwehren. Welcher Feldherr war es doch gleich, der es für durchaus vernünftig hielt, es mit einem zahlenmäßig siebenfach überlegenen Feind aufzunehmen? Egal. Aius, die nächste Schriftrolle, und beginne an der Stelle, wo ich dich unterbrochen habe: als Varus die Spitze der Kolonne erreicht.»

XI

Ich hätte vor Enttäuschung weinen mögen: Da sah ich diesen Feind im Schutze seines schier undurchdringlichen Panzers aus Leder und Holz langsam vorrücken und im Marschieren die unkoordinierten Angriffe meiner Männer abwehren, und ich konnte nichts tun. Wie sehr ich in diesem Moment wünschte, ich hätte Artillerie – doch das waren müßige Gedanken.

Jetzt musste ich mir etwas einfallen lassen, um die Abwehr der Kolonne aufzubrechen, sie zu spalten und gleichzeitig im Inneren und von außen anzugreifen. Eines war gewiss: Es nutzte nichts, wenn meine Krieger ihr Leben opferten, indem sie sich gegen diesen Panzer warfen, nur um ihre Tapferkeit unter Beweis zu stellen. Mein Vater war derselben Meinung; er und Wulferam kamen dazu, während ich ohnmächtig zusah, wie die drei Legionen sich im strömenden Regen weiter vorwärtsmühten. Mein Vater holte tief Luft und blies drei durchdringende Töne auf seinem Horn, dass es im ganzen Tal widerhallte. Unterhäuptlinge nahmen das Signal auf, und allmählich ließen die Krieger und Auxiliartruppen vom Gegner ab und zogen sich auf die Hänge zu beiden Seiten zurück. Die Kolonne bewegte sich schwerfällig weiter nach Nordwesten, in die Richtung, von der meine Boten behauptet hatten, dort sei der Aufstand im Gange.

Das brachte mich auf eine Idee. «Vater, wir lassen sie weitermarschieren. Unsere Männer sollen sie immer wieder kurz angreifen und sich sofort wieder zurückziehen, nur um sie nervös zu machen. Sie werden anhalten, sobald sie einen geeigneten Lagerplatz erreichen.»

Mein Vater schaute mich skeptisch an. «Und wie holen wir sie wieder aus dem Schutz ihres Lagers heraus, wenn es erst errichtet ist? Du hast selbst gesagt, unseren Leuten fehlt es an der nötigen Disziplin, um eine Belagerung durchzuhalten.»

«Das brauchen wir auch nicht. Ich werde dafür sorgen, dass Varus morgen seinen Marsch nach Nordwesten fortsetzt. So reiben wir ihn langsam auf und zwingen ihn dann an einen Ort unserer Wahl. Ich muss mit Engilram sprechen.»

«Nun bist du also gescheitert, und das Leben der Cherusker ist verwirkt», stellte eine unangenehme Stimme hinter mir voller Häme fest.

Ich brauchte mich nicht umzuschauen, um zu wissen, dass es Hadgan war, der den Hang herunterkam. «Nein, wir sind nicht gescheitert, Hadgan. Wir waren nur noch nicht siegreich.»

«Du hast gesagt, der erste Angriff müsse gelingen, du müsstest ihren Zusammenhalt aufbrechen und in die Formation eindringen.» Er deutete auf die Kolonne hinunter, die schwerfällig weiterzog, von unseren Männern aus sicherer Entfernung geschmäht und verhöhnt. «Und was ist das, Erminaz? Das ist eine intakte römische Formation.»

Ich fuhr zu ihm herum und packte ihn am Kragen seiner Tunika. «Defätismus ist die Zuflucht der Furchtsamen, Hadgan, und ich will nichts davon hören. Du hast recht: Das Leben der Cherusker ist verwirkt, wenn Varus überlebt und jemand ihm erzählt, dass ich für das hier verantwortlich bin. Und ich bin sicher, *jemand* wird es ihm erzählen. Deshalb haben wir keine andere Wahl, als weiterzumachen und dafür zu sorgen, dass Varus nicht überlebt. Wir verfolgen sie – in diesem Wetter kommen sie nur langsam voran – und greifen immer wieder an, um ihre Zahl allmählich zu verringern. Wenn du willst, dann geh und führe deine Krieger wieder heim, damit ihre Weiber sie verspotten. Aber die Cherusker bleiben hier und die Chauken und Brukterer hoffentlich auch.»

«Und die Marser werden sich ihnen anschließen.»

Ich schaute an Hadgan vorbei und sah ein paar Schritt entfernt Mallovendaz stehen, den jungen Fürsten der Marser, triefend vom Regen. Er hatte unseren Wortwechsel mit angehört.

«Vielleicht hätten fünftausend Krieger mehr den Ausschlag gegeben.» Mallovendaz hielt inne und blickte mir in die Augen. Er wirkte unbehaglich und schien nach Worten zu suchen. Endlich fand er sie: «Ich war nicht so ehrenhaft wie Engilram oder Hrodulf, und ich habe meine Gefolgsmänner untereinander raunen hören, als wir den Angriff beobachteten – sie wollten sich daran beteiligen. Ich weiß, wenn ich ihnen jetzt befehle abzuziehen, wird das mein letzter Befehl sein. Ich habe in dieser vergangenen Stunde viel gelernt. Die Marser bleiben, und ich werde in vorderster Reihe kämpfen und den Respekt meines Volkes wiedererlangen.»

Ich ließ Hadgan los und nahm meinen Helm und die Filzkappe ab, sodass der Regen mir den Schweiß abspülte. «Du wirst es nicht bereuen, Mallovendaz. Ob du überlebst oder stirbst, dein Stamm und alle anderen Stämme in diesem Land werden deinen Namen in Ehren halten.» Dabei warf ich Hadgan einen vielsagenden Blick zu.

«Ich habe nie gesagt, dass wir abziehen», zischte der Chattenfürst.

«Du hast auch nicht gesagt, dass ihr kämpft.» Ich wandte mich an Wulferam. «Schicke Nachrichten an unsere Auxiliartruppen: Sie sollen zu beiden Seiten mit der Kolonne mithalten, gerade eben in Sichtweite, um die Hundesöhne weiter nervös zu machen.» Während Wulferam im Regen verschwand, wandte ich mich an Mallovendaz: «Die Stämme werden die Kolonne abwechselnd an verschiedenen Stellen angreifen und versuchen, sie aufzuspalten, also …» Ich verstummte, um ihm eine Gelegenheit zu bieten, vor seinen Gefolgsmännern einigen Respekt wiederzuerlangen.

Mallovendaz verstand mein Angebot. «Es wird den Marsern eine Ehre sein, den ersten dieser Angriffe zu unternehmen.»

«Und es wird mir ein Vergnügen sein, euch dabei zuzusehen.»

So nahm der erste Tag seinen Fortgang, und die Sonne neigte sich hinter regenschweren, vom Wind getriebenen Wolken verborgen gen Westen, während im Wechsel jeder Stamm die Kolonne an irgendeinem Punkt angriff und jeder dieser Vorstöße abgewehrt wurde. Die Opfer blieben hinter der Kolonne im Schlamm zurück – die verwundeten Stammeskrieger wurden in Sicherheit gebracht, und den Legionären wurde mehr oder weniger gnädig der Rest gegeben, je nachdem, wie viele Kameraden der Krieger, der dies tat, bereits verloren hatte. Varus schickte immer wieder berittene Trupps aus – die beiden gallischen Alae waren ihm treu geblieben –, um versprengte unberittene Stammeskrieger niederzumachen, doch die Verluste, die er uns damit beibrachte, waren nicht besorgniserregend.

Schließlich brach die Nacht herein, ohne dass der Regen nachließ. Varus gönnte seinen Männern keine Ruhe: Sie blieben in Kolonne, da sie unter solchen Bedingungen im dichten Wald kein Lager errichten konnten, und stapften blindlings weiter, denn es hätte kaum Sinn gehabt anzuhalten. Die Nacht war so dunkel, dass wir nicht genug erkennen konnten, um mit Angriffen noch irgendetwas auszurichten. Deshalb beschränkten wir uns darauf, in die Richtung, wo wir ihre Formation vermuteten, Speere zu werfen und Pfeile abzuschießen. Gelegentliche Schmerzensschreie ermutigten uns, doch der Sinn der Übung war nicht so sehr, einzelne Legionäre zu töten. Vielmehr ging es darum, alle zu zwingen, auf der Hut zu bleiben und ihre Schilde hochzuhalten, sodass die Erschöpfung allmählich von ihrer Moral zehrte.

Unsere Krieger durften sich reihum im Wechsel ausruhen, allerdings bezweifle ich, dass sie sich unter diesen Bedingungen und in der Nässe wirklich erholen konnten. Dennoch, als das erste Grau der Morgendämmerung den Nachthimmel heraufkroch, waren unsere Männer begierig, sich wieder in den Kampf zu stürzen.

Speersalven gingen dem Angriff voran, flogen über die Köpfe der Heranstürmenden hinweg und schlugen unmittelbar vor dem Anprall ein. Die Legionäre hatten alle Mühe, auf dem schlammigen Grund, der bereits von Tausenden genagelter Militärsandalen aufgewühlt war, ihre Formation zu halten. Schmerz und Tod ereilten die Männer, die in ihre metallenen Rüstungen eingeschlossen waren und sich hinter ihren halbzylindrischen Schilden versteckten, doch sie teilten stets in gleichem Maße aus, wie sie einsteckten, und ganz gleich, wo wir angriffen, es gelang uns nicht, die Kolonne aufzuspalten. Die Römer hatten nämlich inzwischen den Gepäcktross gleichmäßig im Inneren verteilt, und die Legionäre marschierten in Viererreihen zu beiden Seiten, sodass keine Lücken mehr entstanden. Eine Kohorte folgte übergangslos der anderen, eine Legion ging in die nächste über, sodass die Formation eine einzige schildbewehrte Linie schwerbewaffneter Männer war – und nicht irgendwelcher Männer, sondern der besten Soldaten der Welt. Wir mussten ihren Zusammenhalt aufbrechen, aber wie?

Als der zweite Tag sich dem Ende neigte, ließen die Römer endlich das geschlossene Laubdach hinter sich und gelangten auf etwas offeneres Gelände innerhalb des Teutoburger Waldes, stellenweise bewirtschaftet und mit üppigen Weiden. Ich wusste, in dieser Nacht würden sie trotz des anhaltenden Regens eine Art Lager errichten. So beschloss ich, die Fürsten und ihre Unterhäuptlinge zusammenzurufen, denn es war an der Zeit, gemeinsam Rat zu halten.

«Sie haben ein paar Meilen von hier auf einem Gelände angehalten, das als Weideland gerodet ist, und begonnen, ihr Lager aufzuschlagen», berichtete mein Vater den versammelten Fürsten und Unterhäuptlingen. Wir saßen auf Baumstämmen um ein Feuer, über dem zwei Keiler am Spieß brieten. Über uns war eine Lederplane aufgespannt, die in der Mitte ein Loch hatte, sodass der Rauch abziehen konnte. Alle bis auf die Chatten hatten sich mittlerweile auf die Unternehmung eingelassen und sich an den Kämpfen beteiligt. Unter uns wurde der Marschweg der Legionen vom Schein zahlreicher ölgetränkter Scheiterhaufen beleuchtet, auf denen unsere Toten brannten. Der Feuerschein tanzte über die nackten, regennassen Leichen von zweitausend Legionären, die zurückgeblieben waren – Zeugnisse der massiven Verluste, die wir dem Feind an diesem und dem vorangegangenen Tag beigebracht hatten. «Die Neunzehnte Legion ist in unsere Richtung in Stellung gegangen, die beiden treugebliebenen Alae der Auxiliartruppen auf beiden Flanken, während die anderen zwei Legionen das Lager bauen. Wir versuchen, die Schanzarbeiten nach Möglichkeit zu stören, aber die Arbeitstrupps werden gut abgeschirmt. Bis zum Einbruch der Nacht werden sie das Gelände gesichert haben.»

Enttäuschtes Raunen lief durch die Runde, aber niemand schaute mich vorwurfsvoll an. Der Duft des brutzelnden Fleisches zog durch die Luft und erinnerte uns daran, wie hungrig wir waren.

Ich zuckte die Schultern. «Wir können sie nicht daran hindern, sich in ihrem Lager zu verschanzen, aber wir können verhindern, dass sie darin allzu viel Schlaf bekommen. Zur vierten Stunde der Nacht unternehmen wir einen Brandangriff.»

«Warum nicht gleich nach Einbruch der Dunkelheit?», fragte Engilram. «Dann bekämen sie überhaupt keinen Schlaf.»

«Weil ich Zeit brauche, um einen Boten durch die Linien zu Varus zu schicken.» Das rief bei allen Anwesenden völlige Verständnislosigkeit hervor, doch ich erklärte nicht, was ich vorhatte. «Engilram, du kennst den Wald besser als sonst einer hier. Wenn Varus weiter in die Richtung des vermeintlichen Aufstands im Territorium der Ampsivarier marschiert, führt sein Weg dann an einen Ort, wo wir ihn in die Enge treiben und töten können?»

Der alte Fürst strich sich über den Bart und blickte mit glänzenden Augen ins Feuer, während er sich das Gelände in Erinnerung rief. Er kannte den riesigen Wald schon sein Leben lang. «Es gibt da eine Stelle am Rand des Teutoburger Waldes», sagte er schließlich. «Einen Pass, der für unser Vorhaben gut geeignet wäre. Nordwestlich von hier, etwas mehr als einen Tagesmarsch entfernt, liegt ein ausgedehntes Sumpfgebiet. Zwischen dem westlichen Rand und einer Bergkette verläuft ein

Weg. Ein großer Teil des Geländes zwischen dem Sumpf und den Bergen wurde für den Ackerbau gerodet, ein Streifen, der am Anfang etwa eine halbe Meile breit ist und dann schmaler wird. Wenn Varus in die Richtung marschiert, würde sich dieser Weg anbieten, da er aus dem Wald in offeneres Gelände führt. An einem Punkt reicht die Bergkette so dicht an den Sumpf heran, dass die freie Fläche kaum noch breiter als hundert Schritt ist.»

Ich erkannte sofort, worauf er hinauswollte. «Du meinst, dort könnte man den Weg leicht unpassierbar machen?»

«Ja. Der ganze Bereich erstreckt sich über ungefähr eine Meile Länge, er heißt der Teutoburger Pass, und darüber ragt ein Berg auf, den wir in unserem Dialekt den Kalkriesen nennen. In dem Wald auf seinen Hängen gibt es kaum Unterholz, sodass man sich gut darin bewegen kann, aber dennoch verborgen ist. Der Teil um den Gipfel herum wurde gerodet, um Weideland zu gewinnen. Wir könnten ohne weiteres sämtliche Krieger, die wir bei uns haben, auf diesem Berg verstecken, um Varus aufzulauern. Aber wie sollten wir sicherstellen, dass er in diese Richtung marschiert, wenn es doch viel näher läge, in der Sicherheit seines Lagers zu bleiben, Boten auszusenden und auf Verstärkung zu warten?»

«Nicht wenn er denkt, der gesamte Norden Germaniens befände sich in der Revolte und der heutige Angriff sei ein gezielter Versuch, ihn aufzuhalten, damit er mir nicht zu Hilfe kommt und mit mir zusammen den Aufstand niederschlägt.»

Mein Vater begann zu lächeln und blickte mich voller Stolz an. «Natürlich, Erminaz, das sind kluge Gedanken, meines Sohnes würdig: Man muss ihn glauben machen, die Anführer der Revolte seien darauf aus, dass er in seinem Lager ausharrt und auf Hilfe wartet, dann wird er beschließen, das Gegenteil zu tun. Aber wie bringen wir ihn dazu, so zu denken?»

Ich wandte mich an Wulferam, der neben ihm saß. «Wärest du bereit, den Boten zu spielen und dich nach Einbruch der Dunkelheit in das römische Lager zu schleichen?»

«Wenn du nicht gewesen wärst, würde ich noch immer in der Arena kämpfen, Erminaz – oder wahrscheinlicher wäre ich bereits tot. Ich kann dir nichts abschlagen.»

Diese Äußerung wurde mit allgemeinem Kopfnicken, bedächtigen Lauten und zustimmendem Raunen aufgenommen.

«Ich danke dir», sagte ich und hoffte insgeheim, den Mann nicht in einen äußerst unschönen Tod zu schicken. «Schleiche zur zweiten Nachtstunde ins Lager der Römer und verlange, Varus zu sprechen. Sage, du brächtest eine Nachricht von mir. Er wird dich wiedererkennen, und mit etwas Glück wird er dir glauben, wenn du ihm erzählst, ich kämpfte gegen eine überwältigende Übermacht und bräuchte dringend seine Hilfe, um zu verhindern, dass die Revolte um sich greift. Sage ihm, der heutige Überfall auf ihn sei ein Versuch gewesen, zu verhindern, dass er zu meiner Unterstützung kommt, und die Rebellen seien darauf aus, ihn zu vernichten oder möglichst lange in seinem Lager festzuhalten, damit sie in der Zwischenzeit den gesamten Norden zur Revolte gegen Rom aufstacheln können.»

«Warum sollte er mir glauben?»

«Weil du ihn außerdem vor einem Rebellenangriff auf sein Lager warnen wirst, der für die vierte Stunde der Nacht geplant ist.»

Wulferam grinste, dass seine Zahnstumpen sichtbar wurden. «Und wenn du dann wirklich um diese Zeit angreifst, wird ihn das von meiner Treue zu Rom überzeugen.»

«Ganz genau.» Ich dachte an die Nacht des Brandes zurück, bei dem Lucius und ich Wulferam befreit hatten. «Er wird nicht erkennen, dass du ein falsches Spiel treibst, weil er denken wird, du und er, ihr kämpftet gegen eine gemeinsame Bedrohung.»

«Aber dann ist er auf unseren Überfall vorbereitet», wandte Hadgan mit unverhohlener Verachtung ein. «Und so verlieren wir mehr Männer, als wenn es ein Überraschungsangriff wäre.»

«Ich hätte nicht gedacht, dass du überhaupt Männer verlieren würdest, da du dich noch immer nicht auf den Kampf eingelassen hast. Aber du hast recht: Diejenigen, die sich mit ihren Kriegern beteiligen, werden wahrscheinlich mehr Männer verlieren, als es sonst der Fall gewesen wäre. Doch das ist in meinen Augen kein zu hoher Preis dafür, dass Varus Wulferam Glauben schenkt und beschließt, morgen weiterzuziehen, ins offene Gelände hinaus und auf den Kalkriesen zu. Meine Freunde, habe ich eure Zustimmung?»

«Die Marser werden ihren Beitrag leisten», erklärte Mallovendaz. Seine Unterhäuptlinge, die zu beiden Seiten von ihm saßen, brummten zustimmend in ihre Bärte, offensichtlich erfreut, dass ihr Fürst sich entschieden hatte zu kämpfen. Auch die anderen Fürsten stimmten einer nach dem anderen zu, sodass Hadgan mit seiner Haltung allein dastand, und Wulferam machte sich auf den Weg.

Wir Übrigen versammelten die Krieger für den nächtlichen Überfall. Im Stillen betete ich zu Loki, dem Gott der Tücke und Täuschung, Varus möge Wulferam glauben. Später berichtete mir einer der Sklaven, denen ich dies diktiere, dass er …

«Warte», unterbrach Thumelicaz, «das warst du, nicht wahr, Aius?»

«Ja, Herr. Ich war im Praetorium, als Wulferam zu Varus geführt wurde.»

«Und? Sprich.»

Aius neigte den Kopf und fügte sich der Anweisung seines Herrn. «Wulferam grüßte Varus, als sei er ungemein erleichtert, ihn endlich erreicht zu haben. ‹General›, sagte Wulferam schwer atmend, als habe er große Strapazen hinter sich, ‹den Göttern unserer beiden Länder sei Dank, dass ich Euch hier antreffe. Arminius schickt mich mit der dringenden Bitte, Ihr möget ihm zu Hilfe kommen. Die Ampsivarier befinden sich in der Revolte, und wenn diese nicht bald niedergeschlagen wird, werden die Friesen sich ihr anschließen.›

Ich weiß noch, dass Varus ihn mit merkwürdigem Ausdruck anschaute, als könne er nicht ganz begreifen, was er da sah und hörte. ‹Wie bist du hierher vorgedrungen? Wir sind von Germanen umzingelt.› – ‹Ich weiß, sie wollen Euch am Vormarsch hindern. Aber ich bin selbst Germane – niemand hat mich aufgehalten, als ich zwischen den feindlichen Linien hindurchschlüpfte, und ohnehin sind sie vollauf mit den Vorbereitungen zu einem Überfall beschäftigt. Es scheint, als wollten sie in etwa einer Stunde einen Brandangriff auf Euch unternehmen.›

Daraufhin erteilte der General eine ganze Reihe von Befehlen: Kohorten sollten den Wall bemannen, andere wurden in Bereitschaft versetzt für den Fall, dass eine Bresche geschlagen würde. Als das erledigt war, nahm er Wulferam beiseite und befragte ihn eingehend über die Lage im Norden und wo genau Arminius zu finden sei. Das war der Punkt, an dem sein Schicksal besiegelt wurde.

Wulferam sagte: ‹Als ich aufbrach, befand er sich im Rückzug, da eine riesige Kriegerhorde ihn zu überwältigen drohte. Glücklicherweise waren sie überwiegend unberitten, sodass Arminius ihnen entkommen konnte. Er befindet sich nordwestlich von hier am Rand des Teutoburger Waldes, unmittelbar nördlich eines großen Sumpfgebietes. Er sagte, er werde dort vier Tage auf Euch warten, und wenn Ihr nicht kämt, würde er mit den Mitteln, die er habe, sein Möglichstes gegen die Rebellen versuchen.›

Varus war voller Sorge. ‹Wie lange ist das her?›

Wulferam antwortete: ‹Es war heute bei Tagesanbruch. Ich bin den ganzen Weg schnell und ohne Pause geritten. Ihr könntet in zwei Tagen dort sein, General – es ist noch nicht zu spät, wenn Ihr morgen aufbrecht.›

‹Und bis Ende des Monats könnte ich die Rebellion niedergeschlagen haben.› Varus überlegte kurz, ehe er die Antwort gab, die drei Legionen zum Untergang verdammte. ‹Also gut, reite zu ihm zurück und richte ihm aus, ich werde in zwei Tagen dort sein, was auch immer die Rebellen noch versuchen mögen, um mich aufzuhalten.›

Wulferam verbeugte sich und ging. Ich beaufsichtigte indessen weiter den Trupp, der die Adler und die anderen Standarten an ihrem geweihten Platz im Praetorium polierte.»

Thumelicaz wandte sich an seine Gäste. «Was Varus veranlasste weiterzumarschieren, war also nicht Dummheit, sondern Loyalität und Ehre. Loyalität zu seinem vermeintlichen Freund, meinem Vater, und die Ehre Roms, die er als Statthalter der Germania Magna in Händen hielt. Lies weiter, Aius, von dem nächtlichen Überfall an.»

Der Adlerträger brauchte ein paar Augenblicke, um aus seinen Erinnerungen aufzutauchen, die er eben auf Befehl seines Herrn geteilt hatte. Mit feuchten Augen riss er sich von dem Bild der geheiligten Standarte los, die er verloren hatte.

Feuer ist eine zweischneidige Waffe: Seine Zerstörungskraft ist immens, und es vermag unstrittig selbst dem tapfersten Feind Grauen vor einem qualvollen Tod einzuflößen, doch es hat auch den großen Nachteil, die Position dessen zu verraten, der es bringt. Ein Feind, der vorab gewarnt wurde, kann einen Brandangriff in verheerender Weise vereiteln, aber wir führten den Plan dennoch aus. Wir mussten, aus zwei Gründen: erstens damit Varus sah, dass Wulferam verlässlich war und die Wahrheit sprach, und zweitens weil es das geeignetste Mittel war, um ein befestigtes Lager anzugreifen, da wir für eine Belagerung weder über Maschinen noch über die nötigen Fähigkeiten verfügten.

Und so ließen unsere Männer dutzendweise ihr Leben, als wir mit lodernden Fackeln, pechgetränkten Reisigbündeln und Schläuchen voller Öl über das offene Gelände auf die Befestigungen des Römerlagers zustürmten. Da wir das Überraschungsmoment ohnehin nicht auf unserer Seite hatten, brüllten wir die Schlachtrufe unserer Vorväter und beschworen den Schutz unserer Götter und die Liebe unserer Frauen, während die Brandpfeile über unseren Köpfen ihre flammenden Spuren durch die Luft zogen und dann in die hölzerne Palisade des Lagers einschlugen. Geschützbolzen zischten vorbei, im Dunkeln unsichtbar, um Köpfe zu zertrümmern und mit hohlem, nassem Laut in angestrengt arbeitende Brustkörbe einzuschlagen. Krieger wurden von den Füßen gerissen und prallten schreiend gegen die nachfolgenden, sodass beide durch blutiges Eisen aneinandergepflockt zu Boden gingen, wo sie zuckend liegen blieben.

Von allen Seiten kamen wir, und nach allen Seiten verteidigten sie sich. Unsere Bogenschützen lösten Salve um Salve Brandpfeile, die wie Schwärme aus Sternschnuppen ihre flammenden Bahnen über den Nachthimmel zogen, doch das brachte die Verteidiger nicht dazu, sich hinter die Brustwehr zu ducken. Als wir in Reichweite ihrer Pila kamen, schnellten uns die beschwerten Wurfspeere entgegen, zerschmetterten unsere einst furchtlosen Gesichter, bohrten sich durch Schilde hindurch in Brustkörbe. Beim Einschlag verbogen sich die Schäfte, die Enden blieben in der Erde stecken, wenn die Verwundeten stürzten, sodass die aufgespießten Opfer wie Gepfählte daran hinunterglitten, gequält schreiend, nach Luft ringend, bis sie endlich verbluteten. Doch noch immer rückten wir vor und schleuderten unsere Schläuche mit Öl gegen die Wehranlagen, wo sie aufplatzten. Dann warfen wir Fackeln hinterher, die das ölgetränkte Holz in Brand steckten. Mit dem Mut von Männern, für die es keinen Unterschied machte, ob sie mit ihren Vorvätern in Walhalla schmausten oder mit Freunden und Verwandten in dieser Welt, stürmten wir alsdann in den Graben hinunter, wobei wir auf die im Feuer gehärteten Spieße achtgaben. Während unablässig weiter Wurfgeschosse auf uns niedergingen, versuchten wir, die pechgetränkten Reisigbündel in die Ritzen am Fuß der Palisade zu stecken, um die wachsende Feuersbrunst weiter anzufachen. Dreimal griffen wir an, und dreimal zogen wir uns unter großen Verlusten wieder zurück. Die Wehranlagen standen bald lichterloh in Flammen, und die Verteidiger versuchten verzweifelt, sie mit allen nicht brennbaren Flüssigkeiten zu löschen, die sie auftreiben konnten. Als wir uns um die achte Stunde der Nacht zum dritten Mal zurückzogen, war die Luft von beißendem Holzrauch und Dampf mit starkem Uringeruch erfüllt, doch auch wenn es den Verteidigern gelungen war, die Flammen an der Palisade unter Kontrolle zu halten, wütete das Feuer im Lager ungehindert.

«Holt alle Krieger an die Südseite des Lagers», befahl ich, als wir uns nach dem dritten und letzten Angriff unter den Bäumen am Rand des bewirtschafteten Landes wieder sammelten. «Varus wird gewiss bald aufbrechen, und wir wollen ihn doch nicht daran hindern.»

«Man soll den Feind niemals stören, wenn er im Begriff ist, einen Fehler zu machen», bemerkte mein Vater – eine althergebrachte Maxime der Cheruskerfürsten. «Das wäre unhöflich.»

Ich grinste und blinzelte gegen den Regen an, da wurde auch schon das Tor an der Nordseite des Lagers geöffnet, und die Vorhut aus zwei gallischen Alae kam herausgaloppiert. Sie zügelten ihre Pferde und formierten sich im flackernden Schein der Feuersbrunst im Lager so, dass sie die Legionen abschirmten, die nun unter schallenden Hornsignalen herausmarschierten. Reihe um Reihe kamen ihre Silhouetten zum Vorschein, um dem Mann zu Hilfe zu eilen, der ihren Ausmarsch mit ansah – dem Mann, der in Wahrheit nicht vor, sondern hinter ihnen war. Varus' Loyalität und sein Vertrauen rührten mich, allerdings nicht so sehr, dass ich Mitleid empfunden hätte – ich respektierte lediglich seine Ehre, doch das würde ihm nichts nutzen.

XII

Das genügt einstweilen, Aius.» Thumelicaz hob die Hand. Er ließ den Blick über seine vier Gäste wandern und lächelte. «Nun, Römer, hier können wir etwas Interessantes beobachten: Varus' Sinn für Loyalität sollte für fast alle seine Männer den Tod bedeuten. Er verließ die relative Sicherheit seines befestigten Lagers, um einem Mann zu Hilfe zu kommen, den er für seinen Freund hielt, obwohl Segestes versucht hatte, ihm begreiflich zu machen, welch schwere Fehleinschätzung das war. Dennoch zog er los, blind für die Realität. Aufgrund der ungeheuerlichen Arroganz Roms konnte er sich einfach nicht vorstellen, dass ein Mann, der einmal die Bürgerrechte erlangt hat, der einzigen achtenswerten Zivilisation auf dieser Mittelerde jemals wieder den Rücken kehren könnte. Mit bewundernswerter Motivation machte Varus sich auf, ebenden Mann zu unterstützen, der an seiner bedrohten Lage schuld war, da er ihm eine Rebellion im Norden vorgegaukelt hatte – eine Rebellion, die für Varus nur allzu glaubhaft war, da er wusste, welche Feindseligkeit unter der Oberfläche der neu eroberten Provinz brodelte.»

«Ihn trieb nicht allein seine fehlgeleitete Loyalität zu Arminius», wandte der jüngere Bruder mit gereiztem

Unterton ein. «Ich würde sogar sagen, dieser Faktor war nachrangig: Aus seiner Sicht standen seine Ehre und die Ehre Roms auf dem Spiel. Laut der fingierten Botschaft, die Wulferam überbracht hatte, wollte Arminius vier Tage bei dem Sumpf warten, also muss es für Varus geklungen haben, als sei er nicht in unmittelbarer Gefahr. Ihr solltet das verstehen können, Thumelicaz, da Ihr Erfahrung mit Rom habt: Ja, Ihr habt recht, wenn Ihr sagt, wir sind vom Ideal Roms so überzeugt, dass wir kaum verstehen können, weshalb jemand sich willentlich davon abwenden sollte. Doch dass dieses Konzept so stark in uns verwurzelt ist, liegt an der Verschmelzung der persönlichen Ehre eines Mannes und der seiner Familie mit der Ehre des Imperiums selbst. Beide sind untrennbar. Nun drohte die – wenn auch erfundene – Gefahr, die Revolte könnte auf die Friesen hoch im Norden übergreifen. Das muss Varus als Bedrohung der Ehre Roms erschienen sein und mithin auch seiner eigenen Ehre und der seiner Familie. Sollte er der Rebellion freien Lauf lassen, sich hinter seiner Palisade verschanzen und warten, bis ein anderer Mann von edler Geburt eine Expedition anführte, um ihn und seine Legionen aus ihrer Bedrängnis zu befreien, während um ihn herum die Provinz zerbrach? Das hätte für ihn eine unerträgliche Schande bedeutet, ihm wäre nichts anderes übrig geblieben, als sich in sein Schwert zu stürzen. Also musste er losmarschieren, ob er Arminius für seinen Freund hielt oder nicht. Jeder Einzelne seiner Offiziere und Legionäre muss verstanden haben, warum es keine Option war, im Schutz des Lagers zu bleiben.»

Thumelicaz trank einen Schluck, während er diese Erklärung überdachte, dann richtete er seine Aufmerksamkeit wieder auf Aius. «Was sagst du, Sklave? Als deine Ehre noch intakt war, hättest du da sie und die Ehre Roms verteidigt, auch wenn es bedeutet hätte, unter Gefahren zu einer angenommenen Rebellion zu marschieren und auf dem gesamten Weg von Stammeskriegern und einem Teil der eigenen Hilfstruppen angegriffen zu werden, die vermeintlich zu verhindern suchten, dass du den Ort der Rebellion erreichst?»

Zum ersten Mal sah Aius seinem Herrn in die Augen, und sein Blick verhärtete sich ein wenig, als fielen die Jahre der Sklaverei allmählich von ihm ab, und seine Würde käme wieder zum Vorschein. «Das war unsere einzige Option. Jeder Mann in diesen Legionen hätte ebenso entschieden wie unser General, und alle hätten auch das Lager im gleichen Zustand zurückgelassen, da alle ebenso wie er die Gier unzivilisierter Stämme nur zu gut kannten.» Er senkte den Blick wieder auf die Schriftrolle in seiner Hand.

Thumelicaz spannte sich an und ballte die Faust, als wolle er seinen Sklaven dafür schlagen, dass dieser seine Frage freimütig beantwortet hatte. Doch nach ein paar Herzschlägen entspannte er sich wieder und kicherte düster. «Du hast also nach all den Jahren deine Eier noch am rechten Platz, Sklave. Achte darauf, wie sie deine Rede beeinflussen, sonst wirst du sie noch in diesem Gefäß enden sehen. Aber du hast recht, ich kann es nicht leugnen: Wie Varus sein Lager hinterließ, wirkte sich tatsächlich auf das folgende Geschehen aus. Es erkaufte ihm einen weiteren Tag, zumindest glaubte er das. Für das Endergebnis machte es jedoch keinen Unterschied. Allerdings brachte es Schande über das Bündnis meines Vaters und zeigte das germanische Wesen nicht im besten Licht. Lies weiter, Aius, ich bin sicher, diesen Abschnitt genießt du insgeheim.»

Das Gesicht des alten Sklaven verriet nicht, ob die Vermutung seines Herrn zutraf – der Schleier der Unterwürfigkeit lag nun wieder darüber. Er suchte die richtige Stelle und begann zu lesen.

Die Sonne stand hinter den regenschweren Wolken bereits hoch am Himmel, und die Feuer innerhalb des Lagers waren heruntergebrannt, als die Nachhut durchs Tor hinausmarschierte. Die Auxiliarkohorten, die uns gegenüber in Stellung gegangen waren, um die Flanke der Kolonne zu decken, zogen sich zurück. Während dieser gesamten Zeit zeigten wir uns nicht auf dem offenen Gelände um das Römerlager. Unsere Männer hielten sich im Schutz des Waldes, ruhten aus und aßen, um für das Bevorstehende neue Kraft zu sammeln. Als der Marschtritt der mehr als zehntausend Überlebenden in der Ferne verklang, ließ ich die Stämme antreten, denn nun galt es, den Marsch der Römer durch kleine Angriffe zu erschweren: Die Chauken und Marser hatten ihren Platz rechts der Kolonne, die Cherusker und Brukterer zur Linken, und die Sugambrer hielten sich hinter der Kolonne, um Nachzügler zu töten.

«Den Chatten steht es frei, uns zu folgen, wenn ihr euch dazu imstande fühlt», sagte ich zu Hadgan, als ich mit den Fürsten und ihren Unterhäuptlingen sowie den Präfekten der Auxiliareinheiten zusammenkam, um die Aufteilung der Stämme zu besprechen. Wir mussten Varus nach Nordwesten treiben, dabei jedoch unbedingt sicherstellen, dass er den Weg zwischen dem Sumpf und dem Kalkriesen nahm.

Der Chattenfürst spuckte mir vor die Füße und grinste höhnisch. Seine Gefolgsleute hinter ihm griffen sichtlich erbost nach ihren Schwertheften, bereit, ihren Fürsten zu unterstützen, sollte er die Beleidigung nicht hinnehmen. «Die Chatten werden sich nichts vorzuwerfen haben. Wir werden kämpfen, wenn es euch gelingt, Varus an den Ort des Gemetzels zu treiben – sofern es euch gelingt. Dort werdet ihr sehen, wozu die Chatten imstande sind. Danach, Erminaz, wird es eine Abrechnung geben, und ich denke, du wirst derjenige sein, der sich etwas vorzuwerfen hat: schlechtes Benehmen.»

Ich hob die Hände zu einer versöhnlichen Geste. «Wenn du hiermit zusagst, dich an dem Kampf zu beteiligen, Hadgan, dann entschuldige ich mich für mein Benehmen. Verzeih mir, und wir wollen zusammen für die gemeinsame Sache unsere Schwerter ziehen.»

Wir blickten einander fest in die Augen, und die Spannung war spürbar. Keiner sprach ein Wort, alle Umstehenden hielten sich bereit, falls Gewalt ausbrechen sollte, doch dazu kam es nicht. Hadgan wusste, dass er die Entschuldigung nicht zurückweisen konnte, da sie im Beisein so vieler ranghoher Männer ausgesprochen wurde, geeint in ihrer Feindschaft gegen Rom – was immer er von mir persönlich halten mochte. Langsam entspannte er sich, nickte zustimmend, und sein Mund unter dem Bart verzog sich zu einem Lächeln, das nicht die Augen erreichte. «Wir werden gemeinsam kämpfen, Erminaz, und damit wollen wir es gut sein lassen.»

«Dann werden die Chatten sich den Sugambrern anschließen und die Kolonne von hinten antreiben.»

«Wir werden das tun, weil wir uns dazu entscheiden, nicht weil du es uns befohlen hast.»

«Dann ist es eine gute Entscheidung.» Da mir klar war, dass ich von ihm nicht mehr zu erwarten hatte, wandte ich mich an die übrigen Fürsten. «Wir werden ihre hintersten Einheiten in ungefähr einer Stunde einholen, und dann werden wir den Rest des Tages damit zubringen, sie zu zermürben und das zunichtezumachen, was ihnen an Moral noch geblieben ist. Setzt ihnen unentwegt mit Speersalven und Blitzangriffen zu. Sie dürfen sich keinen Moment sicher fühlen, damit die Angst im Herzen des einfachen Legionärs wächst. Dann, wenn es dunkel ist, wird Engilram uns zum Kalkriesen führen. Die Brukterer, Cherusker, Chatten und Sugambrer werden auf dem Berg selbst in Stellung gehen, während die Marser und Chauken den Römern den Rückweg abschneiden. So sind sie ganz unserer Gnade ausgeliefert, und mit dieser werden wir nicht freigiebig sein.»

«Wie hindern wir sie daran, vorwärts zu entkommen?», fragte Engilram.

«Das liegt bei dir, mein Freund. Schicke alle Krieger, die du entbehren kannst, auf dem kürzesten Weg voraus zum Teutoburger Pass, um das Gelände vorzubereiten.

Der Pass muss blockiert werden. Fällt zwischen eurem Kalkriesen und dem Sumpf so viele Bäume, wie ihr könnt, um den Weg unpassierbar zu machen. Ein anderer Trupp soll unseren Vorrat an Wurfspeeren und Pfeilen mitnehmen, damit dort genügend Material für uns bereitliegt. Unmittelbar bevor die Kolonne die Barrikade erreicht, greifen wir an. Sie werden dann versuchen, schneller voranzukommen, und den Weg versperrt finden. An diesem Punkt werden sie begreifen, dass sie in eine gut vorbereitete Falle getappt sind, und die angestaute Angst in ihren Herzen wird überfließen, wenn sie erkennen, dass sie weder vor noch zurückkönnen, sondern an diesem Ort sterben werden. Sie werden verzweifeln, und dann metzeln wir sie nieder, und nicht einer wird entkommen, nicht einer.» Ich schaute in die Runde. Es gab keine Anzeichen von Widerspruch, selbst Hadgan strich sich über den Bart und brummte zustimmend wie die anderen. Nun wusste ich, dass ich alle diese stolzen Männer für meinen Plan gewonnen hatte, und mit ihnen konnte ich den größten Schlag für unser Vaterland führen, das Land Aller Mannen. Am ersten Tag war es uns nicht gelungen, die Sache zu Ende zu bringen, doch dieser Fehlschlag war Vergangenheit – nun sahen wir alle vor uns, wie Varus im Schatten des Kalkriesen in die Falle gehen würde, und da es keinen Ausweg gab und seine Soldaten demoralisiert waren, würde er keine Chance haben. «Nun, meine Freunde, geht und führt eure Männer gut. Mögen die Götter unseres Landes uns helfen, uns von den Invasoren zu befreien.»

Doch zu den Göttern unseres Landes zählt auch Loki. Er täuscht und hintergeht zu seinem Vergnügen, und an jenem Tag spielte er einen Streich, der unser Land beinahe die Freiheit gekostet hätte. Das verlassene Lager – eine riesige Anlage, fast eine halbe Meile im Durchmesser – lag an unserem Weg, als wir der Spur der Römer folgten. Ich hatte mir keine Gedanken darüber gemacht, warum auch, es war ja nichts als ein verlassenes Marschlager. Die Kolonne war weitergezogen, zurück blieben nur die schwelenden Überreste der Brände, die unser Überfall in der vergangenen Nacht verursacht hatte. Daher erteilte ich keine Befehle, Abstand davon zu halten, und als die Stämme vorrückten, kamen sie zu beiden Seiten daran vorbei und sahen die Tore offen stehen. Was sie drinnen erblickten, war unwiderstehlich, wie Varus sehr wohl gewusst hatte, als Loki ihm diese List eingab: Er hatte nämlich sein Gepäck zurückgelassen und unseren Brandangriff als Tarnung benutzt, um seine eigenen Fuhrwerke anzuzünden.

Innerhalb der Wälle war das Lager noch intakt: Die Reihen lederner Zelte standen da, als lägen die jeweils acht Mann noch schlafend darin. Nun schwärmten unsere Männer zwischen ihnen aus, meine Männer, und waren augenblicklich außer Kontrolle, da es die Habseligkeiten von drei Legionen zu erbeuten galt. Ich verfluchte Varus und Loki gleichermaßen, denn ich erkannte, dass die zwei Kavallerieeinheiten, die den Ausmarsch von Varus' Männern gedeckt hatten, noch zu einem anderen Zweck dort postiert worden waren: Sie sollten nicht nur etwaige Angriffe von uns abwehren, sondern uns auch die Sicht versperren, damit wir nicht bemerkten, dass der Gepäcktross nicht mehr bei der Kolonne war, sondern die Fuhrwerke als schwelende Wracks im Lager zurückblieben. So hatte Varus seinen eigenen Vormarsch beschleunigt, da der Gepäcktross ihn nicht mehr bremste, und zugleich den unseren behindert, denn wir würden nicht weiterziehen, ehe alles durchwühlt war und jeder Wertgegenstand einen neuen Besitzer gefunden hatte. Varus hatte nur mitgenommen, was die Maultiere auf dem Rücken tragen konnten – alles, das auf Fuhrwerken transportiert werden musste, war zurückgeblieben.

Varus hatte mich zum Narren gehalten.

Was konnte ich tun? Ich stand hilflos da angesichts der Gier von Männern, die wenig besaßen und jede Gelegenheit nutzten, ihren Besitz zu mehren. Und es gab viel zu erbeuten, denn es war nicht nur der Tross einer Armee auf Feldzug, die mit leichtem Gepäck reiste – nein, dies war die Habe einer Armee, die von ihrem Sommer- ins Winterlager umzog und alles mitnahm, was sie besaß. Daran konnte man ablesen, wie verzweifelt Varus sein musste: Er und seine Männer waren bereit gewesen, all das zurückzulassen, um sich Zeit zu erkaufen, damit sie im Nordwesten zu mir stoßen konnten – so dachten sie jedenfalls – und wir gemeinsam die Rebellion niederschlagen würden, die es nicht gab. Gewiss hatte er sich ausgerechnet, dass er nach seinem Sieg einen guten Teil der verlorenen Habe von den unterworfenen Stämmen würde zurückfordern können, entweder die erbeuteten Gegenstände selbst oder entsprechenden Ersatz. Was immer ihm durch den Kopf gegangen sein mochte, jedenfalls hatte seine List funktioniert, und so schaute ich nun in ohnmächtiger Wut zu, wie meine sechs Stämme hemmungslos plündernd über die Schätze einer Armee herfielen.

Sie schwärmten durch das Lager aus, rafften an sich, was sie tragen konnten, und mehr. Nicht nur die schweren Lederzelte und die Amphoren mit Wein oder Scheffel Getreide, sondern auch noch die Mühlen, um das Getreide zu mahlen; die Bestände des Quartiermeisters an Rüstungsteilen, Militärsandalen, Tuniken, Mänteln, Decken und Waffen, von denen manche den Brand überdauert hatten, sowie das, was von den Kadavern der geschlachteten Zugochsen übrig war.

Und dann war da noch die Soldschatulle, die unter dem Praetorium vergraben war.

Dieses eine Opfer genügte, um sicherzustellen, dass ich meine Krieger nicht zum Weiterziehen bewegen konnte, ehe jeder Fußbreit Boden umgegraben war. Varus war höchst raffiniert vorgegangen: Die Soldschatulle hatte er so offensichtlich vergraben, dass sie gefunden werden musste; und sie war nicht einmal voll. Doch die meisten Stammeskrieger erkannten nicht, dass er die Schatulle als Köder zurückgelassen hatte, um sie glauben zu machen, da könnte noch mehr sein – was natürlich nicht der Fall war. Aber wenn die Gier von einem Menschen Besitz ergriffen hat, ist vernünftiges Zureden sinnlos.

«Ich habe ein paar unserer Krieger dazu abgestellt,

das Praetorium zu bewachen», sagte Wulferam und riss mich damit aus meinen düsteren Gedanken. Indessen spaltete über uns der Donnerer den Himmel mit einem dröhnenden Schlag, wie um seinen Abscheu über das Verhalten seiner Kinder kundzutun, und Regen flutete durch den Riss. Fast drei Stunden waren vergangen, seit die Plünderung begonnen hatte, doch noch immer war kein Ende in Sicht.

Ich war im ersten Moment verwirrt, als Wulferam mich ansprach, dann sammelte ich mich. «Und der Inhalt des Zeltes?»

«Alles fort. Anscheinend hat Varus zwar freudig alle anderen ihre Habe opfern lassen, die seine jedoch wurde eingepackt und mitgenommen.»

Thumelicaz hob die Hand. «Und so war es, Aius, nicht wahr?» Er deutete auf die kostbare Einrichtung, die Varus' einstiges Kommandozelt zierte, und das wertvolle Silbergeschirr.

Aius neigte zustimmend den Kopf. «In der Tat, Herr, er ließ das alles auf Maultiere laden.»

«Und was durften alle anderen mitnehmen?»

«Wir hatten Proviant für vier Tage erhalten und konnten retten, was immer wir auf das Maultier unseres Contuberniums packen konnten. Deshalb entschieden alle Einheiten, ihr Zelt und die Getreidemühle zurückzulassen, um möglichst viel von ihrer persönlichen Habe auf das Tier zu laden – nun, das hat uns ja dann auch nichts mehr genutzt.»

Thumelicaz lächelte befriedigt. «Ja, wir haben seither

immer wieder Münzen an den Schauplätzen der Kämpfe gefunden, und zweifellos werden wir noch jahrelang welche finden.»

«Aber damals dachten wir, der General täte das Richtige und ohne den Gepäcktross könnten wir schneller vorankommen, den Verfolgern entkommen und uns mit Arminius … Verzeihung, Herr, mit Erminaz zusammenschließen, und wenn wir den Wald erst hinter uns gelassen hätten, könnten wir uns auf offenem Gelände zur Schlacht formieren.»

«Und dann wäre der Sieg euer gewesen», bemerkte Thumelicaz spöttisch.

«Natürlich, Herr, das glaubten wir alle, weil es von jeher so gewesen war: Niemals konnten Barbaren drei römische Legionen im offenen Kampf schlagen, und Euer Vater hatte das erkannt. Deshalb hatte er entschieden, die Kolonne in einen Hinterhalt zu locken, statt sich ihr direkt entgegenzustellen.»

Thumelicaz' Faust schmetterte in das Gesicht des alten Sklaven, sodass dessen Kopf zurückgeschleudert wurde und er überrascht aufschrie. «Maße dir nicht an zu wissen, was mein Vater erkannt oder nicht erkannt hatte, Sklave. Deine Aufgabe ist es, seine Worte vorzulesen und meine Fragen zu beantworten, nicht Mutmaßungen anzustellen, die du unmöglich belegen kannst.»

Der Straßenkämpfer wollte eingreifen, doch die zwei Brüder hielten ihn zurück.

Aius ließ den Kopf hängen, eine Hand vor dem Gesicht. Aus der deformierten Nase rann Blut zwischen seinen Fingern hindurch. «Ich bitte um Verzeihung, Herr», flüsterte er mit vor Schmerz bebender Stimme. «Es stand mir nicht zu, so freimütig zu sprechen.»

Tiburtius verfolgte die Szene regungslos, und sein Gesicht verriet nichts darüber, was er angesichts dieser Behandlung seines Mitsklaven empfand.

«Lies weiter», befahl Thumelicaz, dann wandte er sich wieder an seine Gäste. «Wie Ihr seht, steckt selbst nach mehr als dreißig Jahren Sklaverei noch etwas Eigensinn in ihm.»

Keiner der Römer äußerte seine Ansichten zur Verfassung eines Mannes, der einst einer der angesehensten seiner Legion gewesen war.

Aius wischte sich mit dem Handrücken das Blut vom Gesicht, dann trocknete er sich die Hand an seiner Tunika ab, ehe er wieder nach der Schriftrolle griff.

Ein leeres Praetoriumszelt nutzte mir wenig, aber ich dankte Wulferam dennoch, weil alle meine Krieger von mir erwarten würden, dass ich es als Beute an mich nahm. Anderenfalls hätte ich in ihren Augen das Gesicht verloren, sollte einer der Fürsten Varus' Zelt für sich beanspruchen; nachdem ich eben erst die Kontrolle über die Armee gewonnen hatte, konnte ich es mir nicht leisten, sie wegen einer Prinzipienfrage wieder zu verlieren.

Dann erblickte ich durch das Chaos der Plünderung den Mann, mit dem ich am dringendsten sprechen musste, wenn ich die Situation noch irgendwie retten wollte. «Engilram!», brüllte ich über die Kakophonie der Gier hinweg. «Engilram!»

Der alte Fürst hörte mich und kam auf mich zu.

«Engilram, bitte sage mir, dass wenigstens du eine gewisse Kontrolle über deine Männer hast.»

Engilram blickte sehr ernst drein, doch seine Worte erleichterten mich. «Zweihundert habe ich vorausgeschickt – ich habe ihnen mehr Silber versprochen, als sie aus den Ruinen des Lagers hätten klauben können. Sie sind vor zwei Stunden aufgebrochen. Es war ein hoher Preis, aber anders hätte ich sie nicht davon abbringen können weiterzuplündern.»

Ich fasste ihn an der Schulter und blickte ihm voller Dankbarkeit in die Augen, mein Herz schlug heftig vor Erleichterung. «Du sollst doppelt für das entschädigt werden, was du ihnen zahlen musst, mein Freund. Dank dir haben wir noch eine Chance, diese Sache zu einem guten Abschluss zu bringen.»

«Ich weiß, Erminaz. Aber wir müssen uns beeilen – wenn Varus zügig marschiert, wird er morgen Nachmittag am Kalkriesen sein. Wir müssen bald aufbrechen, damit wir einen Bogen um ihn schlagen und vor ihm dort sein können.»

Das hatte auch ich bereits erkannt, doch ich wusste nicht, wie es zu bewerkstelligen wäre: Nicht nur dass die römische Kolonne inzwischen erheblichen Vorsprung hatte, zudem waren wir auch noch mit Beute beschwert. Ich konnte mir nicht vorstellen, wie wir schnell und unauffällig genug vorankommen sollten, um rechtzeitig in Stellung zu sein und den Römern aufzulauern, ohne dass sie uns zuvor bemerkten. Ich konnte hier nur abwarten, bis der Eifer der Plünderung nachließ, dann vor die gesamte Armee hintreten und an sie appellieren, ihre Beute einstweilen zurückzulassen, um einen größeren Sieg zu erringen.

Vielleicht hatte ich doch noch Verwendung für das Praetorium. Ich wandte mich an Wulferam. «Lass Varus' Zelt einpacken und zu mir bringen.»

Wulferam nickte und ging davon, um meinen Wunsch zu erfüllen. Indessen stand ich da und sah ungeduldig zu, wie das Plündern seinen Fortgang nahm.

Eine weitere kostbare Stunde musste ich warten, bis die Krieger übereinstimmend entschieden, dass das Lager ausgeräumt war und keine weiteren Soldschatullen auf dem Gelände vergraben lagen. Dann rief ich die Fürsten auf, ihre Stämme nördlich des Lagers zu versammeln, und machte mich bereit, die Initiative wiederzuerlangen, indem ich mit gutem Beispiel voranging.

«Meine Brüder und Söhne Aller Mannen», rief ich von dem improvisierten Podium hinab, auf dem ich vor den versammelten Stämmen im stetigen Regen stand, «wir hatten das Glück, uns ohne großen Kampf bereichern zu können. Jeder von uns hat irgendetwas erbeutet – manches von großem Wert, anderes von geringerem.» Ich stieß eine Faust in die Luft. «Lasst uns unser Glück bejubeln!»

Das traf auf ungeteilte Zustimmung, alle Versammelten stießen lautes Gebrüll aus und feierten ihr Glück. Viele Herzschläge lang jubelte ich mit ihnen, bis ich fand, sie seien bereit für das, was ich zu sagen hatte. Ich breitete die Arme weit aus, die Handflächen nach unten, und brachte fast dreißigtausend Mann zum Schweigen, die mir nun zuhören wollten.

«Das Glück war uns hold, jedoch hatte es seinen Preis.»

Ich schwieg ein wenig und ließ ihnen Zeit nachzudenken, welcher Preis das sein könnte. Nach den Gesichtern derer zu urteilen, die mir am nächsten standen, war es für sie nicht offensichtlich.

«Der Preis ist, dass wir von unserer eigentlichen Aufgabe abgelenkt wurden, von dem Grund, weshalb wir diese Unternehmung begonnen haben. Und genau so war es geplant, von unserem Feind geplant. Rom hat uns überlistet.»

Wieder hielt ich inne, um meine Worte wirken zu lassen, damit jeder Mann Empörung darüber empfand, überlistet worden zu sein, auch wenn er nicht verstand, wie.

«Diese Beute, die wir alle hier in Händen halten, wäre uns so oder so zugefallen. Doch dadurch, dass sie schon jetzt vorzeitig in unseren Besitz gelangt ist, fehlt eine entscheidende Zutat: Sie ist nicht mit dem Blut der einstigen Besitzer getränkt. Nein, meine Brüder, wir wurden betrogen: Alles das hier hätten wir über Varus' Leiche und die Leichen seiner Legionen an uns bringen müssen. Und wo ist Varus nun? Wo sind seine Legionen? Seht ihr ihre Leichen am Boden liegen? Nein, meine Brüder! Nein, ihr seht sie nicht! Ihr könnt sie nicht sehen, weil sie meilenweit von hier entfernt sind und ihre Herzen noch schlagen, ihre Körper noch unversehrt sind. Sie leben nach wie vor auf germanischem

Boden, unserem Boden, dem Boden unseres Vaterlandes, wo Alle Mannen in Freiheit leben sollten!»

Das löste entrüstetes Geschrei aus, denn nun begriffen die Männer, dass es stimmte, was ich gesagt hatte, und dass sie blind vor Gier gewesen waren, ganz wie ihr Feind es beabsichtigt hatte. Sie waren beschämt, und ihre Entrüstung begann, in Zorn umzuschlagen.

«Doch es ist nicht zu spät, meine Brüder. Erst ein halber Tag ist vergangen, seit sie von hier aufgebrochen sind – wir können sie noch einholen. Wir können sie noch immer töten, sie alle töten!»

Das Gebrüll, das daraufhin von den vereinigten Stämmen losbrach, übertraf allen vorherigen Lärm; sie schrien nach Blut, nach Rache und nach Ehre.

Nun hatte ich sie. «Wir müssen uns beeilen, meine Brüder, wenn wir sie einholen wollen. Wir müssen unverzüglich aufbrechen, wir müssen schnell vorankommen, mit leichtem Gepäck.» Ich wandte mich an Wulferam, der neben meinem Podium stand. «Wulferam, bringe mir meinen Anteil der Beute.»

Etwa ein Dutzend meiner Cherusker wuchteten und schleppten das zusammengepackte Praetoriumszelt vor das Podium, auf dem ich stand. Ich schaute es an, kratzte mich demonstrativ am Kopf und rieb mir das Kinn, als dächte ich angestrengt nach.

Als das riesige Bündel endlich an seinem Platz war, blickte ich zu meinem Publikum auf. Die Männer verstummten, um mir zuzuhören. «Aber wie soll ich schnell vorankommen, meine Brüder, wenn ich mit meinem Anteil der Beute beschwert bin? Soll ich die

Last anderen aufbürden, damit ich vorauseilen kann, um meinen Stolz zu rächen? Aber was ist dann mit dem Stolz dieser anderen? Nein, meine Brüder, ich werde niemandem ein solches Opfer abverlangen. Stattdessen werde ich meine Beute hier zurücklassen und die Verwundeten bitten, darauf aufzupassen, diejenigen, die mit unserem Tempo ohnehin nicht mithalten könnten. Sie werden die Beute bewachen, bis ich wiederkomme, um sie zu beanspruchen. So habe ich eine Chance, Varus und seine Legionen einzuholen. Wer folgt meinem Beispiel?»

Nun konnte keiner, der auf seine Ehre bedacht war, mehr anders handeln. Bald war das Gelände übersät von abgelegten Beutestücken, und die Verwundeten jedes Stammes wurden herbeigeführt, um auf den Anteil ihrer Stammesbrüder aufzupassen.

Wir waren bereit, die Jagd konnte beginnen.

An der Spitze der Cherusker rannte ich über den zertrampelten Pfad, dicht gefolgt von meinem Vater und meinem Onkel. Regen und tiefhängende Zweige peitschten mir ins Gesicht, und meine Stiefel glitten in dem aufgewühlten Schlamm aus, aber es gelang mir dennoch, das Tempo zu halten. Hinter mir folgten die sechs Stämme, allesamt beschämt darüber, wie Varus sich mit seiner List ihre Habgier zunutze gemacht hatte, allesamt entschlossen, die römische Kolonne einzuholen und sie für die zugefügte Schmach zu bestrafen.

Nie langsamer als im Dauerlauf, manchmal aus Leibeskräften rennend, verfolgten wir unsere Beute, und binnen drei Stunden trafen wir bereits auf die ersten Nachzügler, manche einzeln, andere in kleinen Gruppen. Sie alle starben auf dieselbe Weise: von unseren Klingen schnell im Vorbeilaufen aufgeschlitzt, ohne dass wir auch nur unser Tempo verringerten. Entsetzte Augen starrten auf die Kriegerhorde, die durch den Regen angestürmt kam, da ereilte sie auch schon der Tod. Je näher wir der Nachhut der Neunzehnten Legion kamen, umso mehr Nachzügler trafen wir, und keiner entging unserem Zorn. Manche versuchten zu fliehen, doch es gab keinen Ausweg, denn unsere Front war inzwischen so breit aufgefächert, dass sie uns nicht umgehen konnten, und sie waren zu erschöpft, um vor uns davonzulaufen. Mit Gnade durften sie nicht rechnen, und das wussten sie – keiner flehte um sein Leben, immerhin war ein schneller Tod dem Ende in unseren Feuern vorzuziehen. Manche versuchten noch zu kämpfen, andere fielen ohne Gegenwehr unter unseren Klingen, und die Nachfolgenden trampelten über ihre Körper hinweg.

So stürmten wir durch halboffenes bergiges Gelände, teils bewirtschaftet, teils mit Niederwald bedeckt, nach dem Durchmarsch der drei Legionen menschenleer. Bald wurden die Berge dichter, die bewirtschafteten Flächen weniger – hier hatte wieder der Wald die Oberhand. Wir kamen nun langsamer voran, doch das bereitete mir keine Sorgen, denn mir war klar: Was uns zu schaffen machte, das hielt eine Kolonne aus Tausenden Fußsoldaten in dichter Formation erst recht auf.

Und dann, als die Sonne sich bereits dem westlichen

Horizont näherte, sahen wir sie: die hintersten Reihen der Neunzehnten Legion, die sich nach meiner Schätzung wenigstens anderthalb Meilen hinter der Vorhut der geschrumpften Kolonne befanden. Unsere Freude war so groß, dass wir jubelten und lauthals die Götter unseres Vaterlandes priesen, sodass die Legionäre uns hörten und angstvoll aufschrien. Damit warnten sie die Kameraden weiter vorn, dass sie dem Grauen, welches sie verfolgte, noch nicht entkommen waren. Und so hatten wir das Überraschungsmoment nicht mehr auf unserer Seite, als wir unsere Klingen in die hinterste Kohorte der Neunzehnten stießen.

Wir strömten an ihre linke Flanke, hieben und stachen mit Schwert und Speer. Doch so zahlreich wir auch waren und so erbarmungslos unser Hass, dank ihrer überlegenen Disziplin hielten sie dennoch die Formation, bildeten einen Schildwall, ließen ihre Schwerter durch die Lücken vorschnellen und marschierten langsam weiter. Die hintersten Reihen gingen rückwärts, während sie uns abwehrten. Wir liefen an der Kolonne entlang, doch auch weiter vorn trafen wir auf solide Abwehr. Da und dort war einmal ein weniger erfahrener Legionär nicht auf der Hut und ging unter schnellen Schwerthieben zu Boden, aber sogleich war ein Kamerad zur Stelle, um die Lücke zu schließen. Der Wall aus lederbezogenem Holz schien endlos, und wir vermochten ihn nicht zu durchdringen.

Inzwischen hatten die nachfolgenden Stämme uns eingeholt und strömten auch an der anderen Seite der Kolonne entlang – die Chauken und Marser zur Rechten, die Brukterer schlossen sich uns zur Linken an. Ich befahl meinen Cheruskern, vom Gegner abzulassen, und wir zogen uns gemeinsam mit den Brukterern zwischen die Bäume zurück, um in der Deckung des Waldes die vorderen Teile der Kolonne einzuholen. Die Angst, von einem unsichtbaren Feind umzingelt zu sein, sollte an den Eingeweiden jedes Mannes unter jedem der drei Adler fressen, die unsere Beute waren. In den nächsten paar Stunden bis zur Dämmerung und während der Nacht mussten wir sie gänzlich demoralisieren. Zu diesem Zweck besprach ich mich mit Engilram von den Brukterern, als wir auf gleiche Höhe mit der Spitze der Kolonne kamen.

«Wie weit noch bis zum Kalkriesen?», fragte ich den alten Fürsten.

Engilram fuhr sich mit den Fingern durch den Bart. «Wenn wir davon ausgehen, dass sie in zwei Stunden zur Nacht haltmachen, denke ich, wir sollten morgen kurz nach Mittag dort sein.»

«Wir werden sie weiter bedrängen. Speersalven, um sie aus der Ordnung zu bringen, gefolgt von kurzen Angriffen, solange ihre Abwehr geschwächt ist. Und versucht, ein paar Gefangene zu machen.»

So griffen wir aus unserer Deckung heraus Varus' Männer immer wieder an, während diese sich durch knöcheltiefen Morast vorwärtskämpften, acht Mann nebeneinander, die Schilde bereit, um sich zu verteidigen. Aus dem Schutz des regennassen Waldes zu beiden Seiten der Kolonne stießen wir blitzschnell vor, um zu töten und zu demoralisieren, wählten immer neue

Ziele und hinterließen eine Spur aus Leichen, sodass die nachfolgenden Kohorten in die leeren Augen der Toten blicken mussten. Wenn wir Gegner zu fassen bekamen, zerrten wir sie schreiend aus ihrer Formation und den Hang hinauf. Wir gönnten ihnen keine Ruhe, ebenso wenig wie die Chauken und Marser auf der anderen Seite. Unablässig war die Luft von den Schreien der Verwundeten und Sterbenden erfüllt, und jeder Mann in der Kolonne musste damit rechnen, dass es bald auch ihn erwischte. Beständig schauten sie sich in banger Erwartung um, spähten in die Schatten unter dem tropfenden Laubdach, und die ganze Zeit trieben die Chatten und Sugambrer die Kolonne von hinten an, sodass keine Rast möglich war, keine Gelegenheit, Wunden zu versorgen. Die beste Arznei, auf die ein Verletzter hoffen konnte, war das Schwert, denn keiner wollte uns lebend in die Hände fallen – alle wussten von unseren Feuern und unserer Kunst, Feinden einen langsamen Tod zu bereiten. Und alle hatten gesehen, wie wir Gefangene aus ihren Reihen nahmen. Ich hatte den Befehl erteilt, diese nicht schnell zu töten, und ich hoffte auf viele Gefangene, denn ich hatte für die Nacht Pläne mit ihnen – Pläne, die Lucius gefallen hätten, wäre er jetzt hier gewesen.

Als es zu dämmern begann, erreichte die Spitze der Kolonne eine Anhöhe mit runder Kuppe an einem Ort, von dem Engilram mir erklärte, er heiße wegen des felsigen Bodens Feldenfelt. Hier kam nun den Legionen ihre Ausbildung wirklich zustatten: Die berittenen

Hilfstruppen bildeten einen Schutzschild und ritten jegliche Angreifer nieder, die versuchten, das Manöver der Siebzehnten Legion zu stören. Diese teilte sich der Länge nach in der Mitte auf, vier Reihen gingen auf der linken Seite um die Anhöhe herum und vier auf der rechten. Ehe wir reagieren konnten, hatten sie einen vier Reihen tiefen Kordon um die gesamte Anhöhe gezogen. Je zwei Legionäre standen Wache, während zwei andere gruben, und in weniger als einer Stunde war die Anhöhe von einem vier Fuß tiefen Graben mit hüfthohem Wall umgeben. In diese Abwehrstellung marschierten nun die angeschlagene Achtzehnte und die mittlerweile schwer mitgenommene Neunzehnte Legion hinein. Zwischen ihnen gingen die Überreste ihres zivilen Gefolges – dieses hatte noch schwerere Verluste erlitten, denn wir machten keinen Unterschied zwischen Soldaten und Zivilisten. Alle mussten sterben, und eine unbewaffnete Frau oder ein Kind tötet man leichter als einen Legionär in Rüstung.

So gelang es Varus am Ende dieses Tages, an dem er mir um ein Haar entkommen wäre, seinen Männern eine Gelegenheit zur Nachtruhe zu verschaffen. Seine heutigen Verluste waren nicht annähernd so dramatisch gewesen wie die an den beiden vorangegangenen Tagen, aber dennoch beträchtlich: An diesem Abend schlugen nicht einmal mehr neuntausend Mann auf dem von Regen aufgeweichten Gelände ihr Lager auf, weniger als die Hälfte der Zahl, mit der er ursprünglich losmarschiert war.

«Und wie fühlten sich die Männer, als sie an diesem Abend auf dem felsigen Boden gemeinsam ein kaltes, freudloses Mahl einnahmen, Aius?», unterbrach Thumelicaz den alten Sklaven.

«Die meisten von uns hatten die Hoffnung aufgegeben», antwortete Aius, ohne nachzudenken. «Wir hatten zu allen Göttern gebetet, das zurückgelassene Gepäck möge uns genügend Zeit zur Flucht erkaufen. Doch als die Stämme uns wieder einholten, wussten wir, sie würden uns niemals entkommen lassen. An diesem Punkt begannen viele, Varus' Strategie zu hinterfragen. Es gab eine Versammlung auf der Kuppe der Anhöhe, wo wir unsere Vögel aufgestellt hatten, und nach kurzer Zeit wurden die Stimmen so laut, dass wir mithören konnten.

‹Er wird dort am Rand des Waldes sein, und wir werden gemeinsam aufs offene Gelände hinausziehen und die Rebellion niederschlagen›, schrie Varus die Gruppe der Befehlshaber an, die in ihren roten Mänteln um ihn herumstanden.

‹Hört auf, Euch etwas vorzumachen, Varus!›, brüllte Numonius Vala, der Präfekt der gallischen Kavallerie, zurück. ‹Er wird nicht dort sein, weil er bereits hier ist.› Er wies in die Nacht hinaus. ‹Er war die ganze Zeit hier, dies ist sein Werk. Arminius hat uns verraten und wird uns alle töten, wenn wir weiter in Kolonne nach Nordwesten marschieren. Stunde um Stunde wird er uns zusetzen, ein Leben nach dem anderen auslöschen, bis niemand mehr übrig ist. Wir müssen die nächste freie Fläche erreichen und uns zur Schlacht formieren. Dann werden wir sehen, ob die Barbaren gewillt sind, es in offenem Kampf mit uns aufzunehmen, oder ob sie davonschleichen und sich wieder in ihren Hütten verkriechen.›

Varus entgegnete: ‹Sie werden keines von beidem tun. Sie werden einen Bogen um uns schlagen, Arminius beiseitefegen und sich der Rebellion anschließen, und ehe wir uns versehen, ist der gesamte Norden verloren.›

‹Es gibt keine Rebellion! Jedenfalls nicht im Norden. Die Rebellion ist hier, und wir sind mitten darin, und wenn wir nichts unternehmen, werden wir ihr zum Opfer fallen. Arminius treibt ein falsches Spiel.›

‹Arminius hat mir das Leben gerettet!›, hielt Varus dagegen. ‹Weshalb sollte er das tun und mich dann verraten?›

‹Ebendeshalb: um Euch zu täuschen. Wer hätte Euch besser in eine Falle locken können als der Mann, dem Ihr Euer Leben anvertrauen würdet? Schaut Euch an: Ihr seid blind für seine Falschheit, weil Ihr in seiner Schuld steht, und das hat er die ganze Zeit ausgenutzt. Das wird unser aller Tod sein. Ihr müsst doch inzwischen selbst erkannt haben, dass es so ist.›

Diese Worte schienen zu Varus durchzudringen. Er wandte sich ab und starrte in die Nacht hinaus. Sein Ausdruck war der eines Mannes, der sich eben etwas eingestand, das er im tiefen Inneren bereits gewusst, jedoch vor sich selbst verleugnet hatte, weil es unerträglich war. Nun erkannte er seine eigene Torheit. In diesem Moment ging draußen in der Nacht das Geschrei wieder los, und es kam immer näher. Nun wussten wir, dass es keine Gnade geben würde – entweder wir fanden eine Stelle, wo wir uns formieren und kämpfen konnten, oder wir würden hier sterben, fern der Heimat. Wir hatten begonnen zu verzweifeln.»

«Und du, Tiburtius?», fragte Thumelicaz. «Hattest du auch begonnen zu verzweifeln? Konntest du dir noch vorstellen, je wieder durch die Straßen Roms zu wandeln?»

«Rom?» Der einstige Adlerträger der Neunzehnten Legion schaute ins Leere, als versuchte er, das Bild der Stadt heraufzubeschwören, die er mehr als sein halbes Leben lang nicht mehr gesehen hatte. «Rom? Ja, Herr, ich glaube, zu dem Zeitpunkt verblasste mein inneres Bild von Rom schon allmählich. Und als die Schreie näher kamen, wuchs die Angst in uns allen, denn wir wussten, dass etwas Grauenhaftes bevorstand. Doch wir rechneten nicht mit dem Ausmaß des Grauens. Rings um unser behelfsmäßiges Lager auf der Anhöhe ertönten von allen Seiten durchdringende Schreie in der Dunkelheit. Sie kamen näher, und die Jungs machten sich für einen nächtlichen Angriff bereit. Was dann kam, war zwar kein Angriff im üblichen Wortsinn, doch es hatte die gleiche Auswirkung auf unsere Moral, wie wenn unsere Linien durchbrochen worden wären.

Sie tauchten aus dem Dunkel auf, geisterhafte Schemen, die jeweils zu zweit etwas trugen – eine schreiende, sich windende Last, die sie in unsere Richtung warfen, ehe sie zurück in die Nacht flohen. Einige der Jungs schleuderten ihnen Pila hinterher – die wenigen, die noch welche hatten –, doch ich glaube nicht, dass sie irgendwelchen Schaden anrichteten, außer dass sich unser Vorrat an Waffen dadurch weiter verringerte. Die Schemen verschwanden, aber das Schreien hörte nicht auf. Wir rannten los und schleppten das, was da abgeladen worden war, den Hang herauf. Das war allerdings nicht so leicht, die Körper waren kaum zu packen, weil sie blutverschmiert waren und zappelten wie Aale, und die ganze Zeit schrien sie schriller als Harpyien – kein Wunder, verstümmelt, wie sie waren, nur noch Kopf und Rumpf, die Extremitäten waren abgehackt. Die Stümpfe waren in Pech getaucht worden, um die Blutungen zu stillen, und die Wunden, wo sich ihre Genitalien befunden hatten, waren auf gleiche Weise verschlossen. Die Schreie waren unartikuliert, da in den Mündern nichts mehr war, womit sie Worte hätten formen können, und sie konnten auch nicht sehen, wem sie ihre Qual entgegenschrien, denn anstelle der Augen hatten sie nur blutige Höhlen.

Im ganzen Lager erhob sich verzweifeltes Stöhnen, sodass die Schmerzenslaute der Verstümmelten beinahe darin untergingen. Was konnten wir mit unseren Kameraden tun, die in diesem Zustand zu uns zurückkehrten? Jeder Schrei, jede Regung eines grausigen Stumpfes, jede Zuckung eines gequälten Torsos flößte uns Angst und Schrecken ein, und wir alle wussten: Wären wir eine dieser geblendeten Monstrositäten am Boden, wir würden um das Ende flehen. Binnen Augenblicken waren die Schreie verstummt, da Schwerter in die Rümpfe gesenkt wurden und die rasenden Herzen durchbohrten. Dann richteten wir unsere Wut gegen den unsichtbaren Feind in der Nacht und brüllten unseren ohnmächtigen Hass zu den verborgenen Unholden hinaus, die unseren Kameraden solche Grausamkeiten antun konnten. Doch aus der Dunkelheit kam keine Antwort. Vielen unserer Männer liefen vor Verzweiflung Tränen übers Gesicht; Schlafmangel und der erschöpfende Marsch durch den Schlamm hatten sie so zermürbt, dass sie ihre Gefühle nicht mehr beherrschen konnten, sodass sie wie Weiber auf die Knie fielen und sich die Haare rauften.

Varus sah, in welchem Zustand sich der Rest seiner Armee befand und welche Wirkung die Verstümmelung der Gefangenen auf seine Leute hatte. Da muss ihm bewusst geworden sein, dass all das nur hatte geschehen können, weil er Erminaz' Täuschung aufgesessen war – die Verantwortung lastete allein auf seinen Schultern, denn er war gewarnt worden und hatte die Warnungen in den Wind geschlagen. Nun sah er um sich herum nicht drei mächtige Legionen und ihre Auxiliartruppen, sondern einen Haufen demoralisierter, verängstigter und erschöpfter Männer in römischer Uniform. Er hatte sie geführt, er hatte sie an diesen Punkt gebracht. Jetzt, da er erkannt hatte, wie die Dinge wirklich standen, war die Hoffnung dahin, sich mit Erminaz zusammenzuschließen, und so sah er kein erreichbares Ziel mehr, keinen Weg, weder vor noch zurück. Er sah nichts mehr als Tod, denn der Tod belagerte uns auf dieser steinigen Anhöhe, und er wusste, das Schicksal, das ihn erwarten würde, wenn er seinem einstigen Freund Erminaz in die Hände fiele, wäre schlimmer als das der nunmehr reglosen verstümmelten Körper, die auf dem Gelände des Lagers verteilt lagen.»

XIII

Ihnen blieb keine andere Option mehr, als weiter in dieselbe Richtung zu fliehen, obwohl Varus wusste, dass Erminaz nicht dort war, denn es war der schnellste Weg aus dem Wald hinaus», bemerkte Thumelicaz bedächtig, während Aius im Zelt umherging und Lampen anzündete, denn das Tageslicht wurde schwächer. «Jedoch wusste er nicht, dass er, um aus dem Teutoburger Wald hinauszugelangen, durch den Teutoburger Pass musste. Tiburtius, lies weiter von der Morgendämmerung des vierten Tages an.»

Ins Licht der eben entzündeten Lampen blinzelnd, brauchte der alte Sklave einige Momente, um die richtige Stelle zu finden.

«Sie ziehen weiter», sagte Sigimer, mein Vater, als wir und die Fürsten der anderen Stämme aus dem Wald spähten. Die ersten Sonnenstrahlen streiften die Unterseite der bleiernen Wolkendecke und färbten sie tiefrot.

Ich erinnere mich daran, weil nach der Stammesweisheit der Cherusker ein roter Morgenhimmel eine Warnung des Donnerers bedeutet, dass er beabsichtigt, an diesem Tag seinen Hammer zu schwingen. Der Anblick wärmte mir das Herz, denn ich wusste, in wenigen Stunden würden wir Rom aus seinem Land hinwegfegen.

Ich beobachtete, wie sich die heruntergekommenen Kohorten hinter ihren behelfsmäßigen Wehranlagen auf der Anhöhe im steinigen Feld formierten und dann nach Nordwesten losmarschierten. Die Kolonne war nicht einmal mehr halb so lang wie noch vier Tage zuvor: nicht mehr als fünfzehnhundert Schritt, weniger als eine römische Meile. «Haltet alle Stämme in Bewegung», sagte ich zu den Fürsten, die um mich herumstanden, «damit die Kolonne nicht von ihrem Weg abweicht. Wenn wir uns dem Kalkriesen nähern, eilen wir ihnen voraus, um sie dort zu erwarten. Dann wird der Boden die gleiche Farbe annehmen wie der Himmel, und der Ort wird für immer geweiht sein, übersät mit den Knochen der unbestatteten Feinde.» Dazu murmelte selbst Hadgan zustimmend in seinen Bart. Wir trennten uns und gingen zurück zu unseren wartenden Männern, die alle geschlafen und gut gegessen hatten.

Wir waren bereit für den letzten Tag.

Und der Donnerer war es ebenfalls: Ehe die Sonne eine Handbreit über den Horizont gestiegen war, krachte Donars Hammer nieder und spaltete abermals den Himmel, und Wasser strömte herab. Doch wir Söhne Aller Mannen waren nicht mit Ausrüstung beschwert, die sich hätte vollsaugen können – wenn ein Mantel und ein Paar Hosen einmal nass sind, dann war es das. Die Römer hingegen hatten lederbezogene Schilde, an ihren Tragestangen hingen Lederbeutel, und beides war nach vier Tagen Regen schwer vor Nässe, sodass die erschöpften Soldaten sich noch mehr abmühen mussten. Die Nachzügler – und es gab ihrer viele, schon als das Ende der Kolonne sich erst eine halbe Meile von der Anhöhe entfernt hatte – wurden entweder abgeschlachtet oder für unsere Opferfeuer gefangen genommen. Die Gefangenen wurden in Gruppen mit Stricken um den Hals aneinandergebunden und davongeführt. Wir wollten sie für unsere Siegesfeiern aufsparen, denn an unserem Sieg zweifelte ich nun nicht mehr. Wenn Varus mit seinen Leuten auf offenes Gelände gelangen wollte, um sich uns dort zur Schlacht zu stellen, mussten sie unweigerlich durch den Teutoburger Pass, und der war dank Engilram inzwischen versperrt.

Als der Vormittag voranschritt, machte der Regen keine Anstalten nachzulassen. Das Gelände wurde unwegsamer und der Wald dichter, sodass die römische Kolonne immer langsamer vorwärtskroch. Die Pioniere machten mühsam den Weg frei, geschützt von den Galliern, die zu diesem Zweck abgesessen waren. Sie fällten Bäume und überbrückten Flüsse, die mittlerweile angeschwollen waren und schnell strömten. Doch unsere Männer setzten ihnen unablässig weiter zu, warfen Speere und lösten Pfeile, von denen viele an den Schilden der schützenden Auxiliartruppen vorbeikamen, sodass ihre Zahl zusehends schrumpfte und sie immer langsamer wurden. Doch da der Haupttrupp der Kolonne dadurch praktisch zum Stillstand kam, konnten die verbliebenen Legionäre der Siebzehnten, Achtzehnten und Neunzehnten Legion sich nun wirksamer mit ihren Schilden schützen; und nichts war unserem

Ziel abträglicher, als dass unsere Opfer Hoffnung schöpften.

«Stellt die Angriffe auf die Pioniere und die Vorhut ein, Wulferam», befahl ich, als ich das Problem erkannte.

Wulferam schaute mich verständnislos an.

«Wir müssen sie schneller vorankommen lassen», erklärte ich, «damit sie wieder aus der Ordnung geraten. Wenn sie stillstehen, können wir ihre Abwehr nicht durchdringen.»

«Wie sollen wir dann mit ihnen fertigwerden, wenn wir sie erst an dem Ort haben, wo das Massaker stattfinden soll? Dort werden sie stillstehen.»

Ich lächelte ihn an. «Du wirst schon sehen, vertrau mir. Bis zum Ort des Hinterhalts sind es keine vier Meilen mehr – ich gehe mit der Hälfte unserer Männer voraus. Bleibe du hier, verfolge sie und setze ihnen zu, wenn sie wieder in Bewegung sind. Wir sehen uns im Schatten des Kalkriesen.»

Und so trennte ich mich von ihm, nahm die Hälfte der Cherusker mit und schlüpfte außer Sicht der römischen Kolonne zwischen den Bäumen hindurch, um mich Engilram anzuschließen. Der wartete mit seinen Brukterern an der Stelle, die für den Tod so vieler Römer ausersehen war: am Teutoburger Pass, dort, wo der Wald bis dicht an den Sumpf reicht. Da ich es nicht erwarten konnte, den Ort zu erreichen, eilte ich voraus und überließ meinem Vater das Kommando über meine Männer.

«Wie du siehst, drängt der Kalkriese den Weg immer näher an das Sumpfland heran», sagte Engilram, als wir im strömenden Regen hinter einem hastig aufgeworfenen Erdwall standen und auf das offene Gelände am Fuß des Kalkriesen hinunterschauten, das hauptsächlich aus Weideland bestand. Am südöstlichen Ende, wo die Kolonne bald auftauchen würde, war es vierhundert Schritt breit, doch dann wurde es allmählich schmaler, und an der Mündung des Passes waren es kaum noch mehr als hundert Schritt. Erst dahinter tat sich eine freie Fläche auf, wo die Legionen hätten zu uns herumschwenken und sich zur Schlacht formieren können. Engilram deutete über den Weg hinweg auf etwas, das wie eine ausgedehnte Heidelandschaft aussah und sich nach Norden erstreckte, so weit das Auge reichte. «Das ist der Sumpf, und zwar ein trügerischer Sumpf, erst recht nach all dem Regen. Durch ihn gibt es kein Entkommen, es sei denn, man wäre gerissen wie Loki und hätte das Glück auf seiner Seite. Mag sein, dass ein paar durchkommen, doch die meisten wird der Sumpf verschlucken.» Dann lenkte er meine Aufmerksamkeit nach Nordwesten, wo der Pass sich verengte, und auf den Wald dahinter. «Meine Männer haben einen Großteil der Bäume dort gefällt. Die Stämme werden jeden behindern, der versucht, in dieser Richtung aus dem Pass zu entkommen. Außerdem habe ich fünfhundert meiner Krieger dort in Stellung gebracht, um die Barrikade zu verteidigen, falls die Römer mit vereinten Kräften versuchen auszubrechen.»

Ich nickte beifällig. «Gut gemacht, mein Freund. Und wie steht es mit der anderen Sache?»

«Es ist für alles gesorgt, komm.»

Engilram führte mich schräg den Hang hinauf, sodass die Bäume uns bald die Sicht auf das Weideland versperrten. Nach ein paar hundert Schritt tat sich eine Szene auf, die mich innerlich frohlocken ließ: Da standen Dutzende Fuhrwerke, mit Planen aus Ochsenhaut abgedeckt, um den Inhalt vor dem unablässigen Regen zu schützen. Engilram schlug eine Plane zurück und zeigte mir Hunderte Wurfspeere. «Sie wurden in aller Hast angefertigt, aber sie werden ihren Zweck erfüllen. Ich schätze, es sind fünfhundert oder mehr auf jedem Karren.»

Ich versuchte, die Karren zu zählen.

«Über sechzig», sagte Engilram, der meine Gedanken erriet. «Wir haben zwischen fünfunddreißig- und vierzigtausend Wurfspeere, die wir ihnen entgegenschleudern können.»

Ich grinste den alten Bruktererfürsten an. «Das sollte genügen.»

«Hoffentlich. Ich habe meinen Neffen beauftragt, die Verteilung zu organisieren, wenn die Krieger ankommen. Jeder bekommt vier, bis der Vorrat erschöpft ist, und dann verstecken sie sich hinter dem Erdwall, an dem wir eben waren, sodass sie nicht zu sehen sind. Die erste Salve wird völlig überraschend kommen.»

Genau das hatte ich hören wollen. Engilram hatte mich nicht enttäuscht: Dies war das benötigte Mittel, mit dem wir die Römer daran hindern konnten, erneut ihren Schildwall zu bilden. Als meine Männer eintrafen, bekamen sie ihre Wurfspeere ausgehändigt und schlossen sich den Brukterern bei dem Wall am Waldrand an, etwa zehn Schritt vom Fuß des Berges. Zu Hunderten kauerten sie sich dort nieder, sodass sie vom offenen Gelände aus nicht zu sehen waren. Die Übrigen hielten sich weiter oben am Hang zwischen den Bäumen bereit, um hinunterzustürmen, sobald die Römer in die Falle gegangen waren. Ich rechnete mir aus, dass wir um die fünftausend Krieger am Kalkriesen hatten, und es kamen immer noch mehr, während die Kolonne sich näherte. Bald trafen die Chatten und Sugambrer ein, die ihren Platz hinter der Kolonne den Marsern und Chauken überlassen hatten. Diese würden den Weg versperren und jeden Rückzug vom Ort des Massakers unmöglich machen. Das üppig grüne Weideland, saftig vom Regen, würde bald rot sein vom Blut der Männer, für die in diesem Land kein Platz war.

Und so warteten wir, während die Rufe und Schreie aus dem Wald immer näher kamen, denn noch immer setzten Krieger der Kolonne zu, schürten die Angst der Legionäre, indem sie töteten, verstümmelten und zahlreiche Gefangene machten.

Wir warteten schweigend, jeder Krieger in dem Wissen, dass ein Überraschungsangriff weit mehr Leben fordern würde, als wenn die Legionen mit einem Speerhagel rechneten. Immer lauter wurde der Lärm des Blutvergießens, bis endlich zwischen den Bäumen am Rand des offenen Weidelandes die Spitze der Kolonne zum Vorschein kam. Sofort steigerten die

Legionäre ihr Tempo, eilten fast im Laufschritt durch das hohe Gras. Hinter ihnen kamen weitere nach, die Überreste der ersten Kohorte der Siebzehnten, und alle beschleunigten zum Eilmarsch. Plötzlich füllte sich das ganze Weideland mit Legionären, die verzweifelt versuchten, im offenen Gelände ihren Peinigern zu entkommen, wenn auch nur für kurze Zeit. Als die Spitze der Siebzehnten mit mir auf einer Höhe war, auf halber Länge der freien Fläche, erschien der Adler der Achtzehnten aus dem Wald. Reiter, die abgesessen waren, da man in der Enge des Waldes zu Fuß besser vorankam, saßen nun wieder auf und rückten zu beiden Seiten der Kolonne in leichtem Galopp vor. Ich beobachtete mit angehaltenem Atem den Marsch der verdammten Legionen. Bald kam der Adler der Neunzehnten in Sicht, und die Kolonne nahm nun erheblich mehr Fläche ein, was bedeutete, dass die Formation weniger dicht war: Zwischen den Reihen taten sich Lücken auf. Zwar brüllten die Centurionen und Optiones Befehle, eine geschlossene Formation zu halten, doch die Angst vor den Verfolgern trieb die Legionäre dazu, Schreie und Schläge mit Rebenstäben zu ignorieren.

Als die mittleren Kohorten der Achtzehnten Legion auf meiner Höhe waren, schloss ich die Gesichtsmaske meines Helms, murmelte rasch ein Gebet an den Donnerer, dann sprang ich auf, holte aus und schleuderte einen Wurfspeer hoch in die Luft. Als er den höchsten Punkt seiner Flugbahn erreichte, war er bereits einer von Tausenden, die der römischen Formation entgegenschnellten, und als er sich in einen Legionär bohrte und dieser wie ein nasser Sack zu Boden ging, war schon die zweite Salve in der Luft. Gleichzeitig stürmten die Krieger, die sich weiter oben am Hang versteckt gehalten hatten, zu uns herunter. Als sie uns fast erreicht hatten, sprang ich über den Wall, ließ noch einen Wurfspeer los und führte mein Volk mit dem Kriegsschrei unserer cheruskischen Vorväter in die Schlacht.

Ein Glücksgefühl durchströmte mich, da nun endlich die Gelegenheit gekommen war, unser Vaterland von den Männern aus dem Süden zu befreien. Da waren sie, nur fünfzig Schritt von uns entfernt, aus der Ordnung gebracht, und viele starben bereits unter einem Hagel aus Wurfspeeren, der den schiefergrauen Himmel noch mehr verdüsterte. Zehntausend Wurfgeschosse gingen binnen der ersten zehn Herzschläge des Angriffs auf sie nieder und weitere zehntausend in den nächsten zehn. Dreitausend Leben wurden in dieser kurzen Zeitspanne ausgelöscht, womit sich die Zahl der Gegner um fast ein Drittel verringerte.

Der Hinterhalt traf sie völlig überraschend – gerade als sie eine Chance gesehen hatten, zu entkommen, als sie ganz auf das konzentriert waren, was vor ihnen lag, kamen wir schreiend aus dem Wald zu ihrer Linken gestürmt, mit hasserfüllt gebleckten Zähnen, Mordlust in den Augen: die Männer aus dem Norden. Wie aus ihren schlimmsten Albträumen erstanden, nahmen wir in ihrer unmittelbaren Nähe aus dem düsteren Wald des Nordens Gestalt an. Immer mehr Wurfspeere hagelten herab und streckten Männer nieder, während die sich noch mühten, ihre durchnässten Schilde über die Köpfe zu heben. Doch der endlose Regen hatte seinen Tribut gefordert, und der Leim, der die Holzschichten zusammenhielt, versagte seinen Dienst, sodass die Schilde unter den zahlreichen Einschlägen auseinanderfielen. Währenddessen stürmten wir vom Wall hinunter und schleuderten unsere Wurfgeschosse direkt auf die Kolonne, sodass die Männer an den Flanken, ohnehin bereits durch den schnellen Lauf über freies Gelände aus der Formation geraten, aufgespießt wurden und rücklings gegen ihre Kameraden stürzten – sie waren zu weit voneinander entfernt, um ihren Schildwall rechtzeitig zu schließen. Mein letzter Wurfspeer bohrte sich einem Centurio ins Auge, der schreiende Mann wurde zurückgeschleudert, und sein Schwert flog durch die Luft. Die Männer um ihn herum gerieten für einen Moment ins Zaudern, als ihr Befehlshaber zu Boden ging und stöhnend seine letzten Atemzüge tat. Bevor der Optio seine Leute zur Ordnung rufen konnte, warfen wir uns bereits gegen sie, unsere Schwerter über den Köpfen schwingend, den Rücken durchgebogen, bereit zuzuschlagen. Fast gleichzeitig schnellten unsere Klingen herab, durchschnitten Fleisch und Knochen oder schlugen Funken, wenn sie auf Rüstungsteile trafen. Ich rammte meinen Schildbuckel nach vorn und traf einen panischen Jüngling, dem von dem Anprall die Luft wegblieb. Im selben Moment schlug ich ihm den Schwertarm ab, sodass Blut aufspritzte und er unter schrillen Schreien zusammenbrach. Die Krieger hinter mir gaben ihm den Rest.

Über die gesamte Länge der Kolonne fielen wir sie

an, während Wurfspeere über unsere Köpfe hinwegschnellten, um in den hinteren Reihen Verwüstung anzurichten. Da und dort gab die Linie nach wie eine sich windende Schlange, doch insgesamt hielt sie. Die sechstausend Legionäre, die noch auf den Beinen waren, ließen sich nicht einfach von der Woge unseres Hasses überspülen und hinwegreißen. So verängstigt sie sein mochten, so überrumpelt und aus der Ordnung gebracht, stolperten sie zwar ein paar Schritte rückwärts, doch dann gelang es ihnen durch schiere Willenskraft, getrieben von ihrem Überlebensinstinkt, einen sicheren Stand zu gewinnen und ihre Schilde fest nebeneinanderzuhalten. Indessen strömten die Stammeskrieger noch immer den Hang herab, immer mehr drängten von hinten gegen uns und verstärkten den Druck, und ich erkannte mit Entsetzen, wie verheerend es ausgehen konnte, wenn aus dem Hinterhalt ein Schieben und Drängen, ein Kräftemessen mit der römischen Kriegsmaschine wurde. «Zurück! Zurück!», schrie ich und stieß meinen Hintermann. «Rückzug zum nächsten Angriff!» Ich stürmte los und zerrte meine Nebenmänner mit mir, und die Bewegung setzte sich nach beiden Seiten wie eine Welle fort, da mein Kommando weitergegeben wurde. Die Römer beobachteten uns argwöhnisch, schwer atmend, blutbesudelt, ihre Formation noch intakt, wenn auch nur mit knapper Not. Wir zogen uns fast bis zu unserem Wall zurück und machten uns zu einem neuerlichen Ansturm bereit, diesmal allerdings in dem Wissen, dass sie uns erwarteten.

Doch dann geschah etwas, das die Lage veränderte:

Hinter den römischen Linien ertönte ein *Lituus*, hoch und schrill, und ich erkannte das Signal der Kavallerie zum Rückzug. Jeder einzelne Legionär kannte es ebenfalls, und wer konnte, schaute sich um. Die verbliebene Kavallerie unter Numonius Vala floh nach Nordwesten, auf die Barriere aus gefällten Bäumen zu. Sie desertierten, und von ihren einstigen Kameraden zu Fuß erhob sich lautes Stöhnen. Während die Verzweiflung vom Feind Besitz ergriff, führte ich meine Krieger zum nächsten Angriff.

Thumelicaz beugte sich auf seinem Stuhl zu seinen römischen Gästen vor. «Numonius Vala ein Feigling? Nun, das ist jedenfalls die Sichtweise Eures Geschichtsschreibers Velleius Paterculus.»

Der ältere Bruder winkte ab. «Er sprach mit ein paar der wenigen Männer, die es zurück ins Imperium schafften, und sie berichteten alle dasselbe: Vala floh von der Fahne.»

«Tatsächlich?» Thumelicaz wandte sich an seine Sklaven. «Was sagt ihr?»

Die beiden verständigten sich mit einem raschen Blickwechsel, dann antwortete Tiburtius. «Varus hatte seinen Kommandoposten hinter der Achtzehnten Legion. Wir drei Aquiliferi waren ebenfalls dort, um unsere Vögel so sicher wie möglich zu bewahren. Als die germanischen Krieger sich nach dem ersten Angriff zurückzogen, berief Varus ein Treffen all seiner ranghohen Befehlshaber ein. Ihm war klar, dass dies das Ende war. Er wandte sich an Vala: ‹Geht›, sagte er, ‹und nehmt die Kavallerie mit. Reitet zur Amisia, von dort habt Ihr eine Chance, zurück in die Heimat zu gelangen.›

‹Bei meiner Ehre, ich werde Euch nicht verlassen›, entgegnete Vala.

‹Ihr werdet›, befahl Varus. ‹Was nutzt es, wenn Ihr hier umkommt, denn das wird uns gewiss widerfahren. Flieht, kehrt nach Rom zurück und berichtet dem Kaiser, was geschehen ist, auf dass er mich und meine Männer rächen möge. Geht, mein Freund, und erzählt ihnen, dass ich betrogen wurde.› Er fasste den Befehlshaber seiner Kavallerie an der Schulter. So standen die beiden Männer für einen Moment da, dann nickte Vala knapp und wandte sich ab. Varus richtete das Wort an seine verbliebenen Offiziere. ‹Meine Herren, uns hier bleiben nun drei Möglichkeiten: uns den Barbaren zu ergeben – und wir wissen, was das bedeuten würde –; kämpfend zu sterben, jedoch mit dem Risiko, in Gefangenschaft zu geraten und die gleiche Qual zu erleiden, wie wenn wir uns ergeben hätten; oder die Angelegenheit selbst in die Hand zu nehmen.› Er schwieg und blickte jedem einzelnen seiner Männer ins Gesicht. Nur einer schien anderer Meinung zu sein.

‹Ich bin für die Kapitulation›, sagte Ennius, der Lagerpräfekt der Achtzehnten. ‹Wenn wir jetzt die Waffen niederlegen und so weiteres Blutvergießen verhindern, wird Arminius uns gewiss freies Geleit zurück zum Rhenus gewähren.›

Varus lachte dem Mann ins Gesicht, während der Lituus der Kavallerie ertönte und die Hufschläge der Pferde sich entfernten. ‹Wie ist ein Feigling nur in der Rangordnung so hoch aufgestiegen? Selbstverständlich würde Arminius weder Euch noch sonst jemanden hier verschonen. Und weil ich das weiß, wähle ich den Tod von meiner eigenen Hand.›

Das war für ihn nun die einzige Option, und mit diesem Entschluss im Herzen ging er auf die drei Adler zu, die wir reglos hochhielten. Ohne eine Spur seines gewohnten Stolzes im Gesicht nahm er seinen Brustpanzer ab und legte ihn auf den Boden. Die meisten seiner ranghohen Offiziere kamen dazu, um ihm in seinen letzten Augenblicken beizustehen, und auch sie machten sich bereit, sich den Feuern und Schwertern der rebellischen Stämme zu entziehen. Ich und die beiden anderen Adlerträger standen unter unseren Vögeln, während die Befehlshaber der drei Legionen vor ihnen niederknieten, jeder mit seinem Schwert in den Händen, die Spitze an der linken Seite der Brust dicht unterhalb der Rippen angesetzt. Ohne ein Wort kippte Varus nach vorn, sodass das Heft seines Schwertes in den Boden gerammt wurde und die Klinge sich durch den Schwung des Körpers in den Brustkorb und bis ins Herz bohrte, das nicht mehr am Leben hing. Der Atem entwich ihm, doch kein Schmerzensschrei kam über seine Lippen, als die letzten Todeszuckungen seinen Körper durchliefen und er schließlich erschlaffte. Binnen weniger Augenblicke nach seinem Dahinscheiden waren seine Offiziere ihm auf dem Weg zum Fährmann gefolgt, und die Siebzehnte, Achtzehnte und Neunzehnte Legion hatten ihre Offiziere verloren, gerade als sie sie am dringendsten brauchten. Eben erhoben die Stämme wieder ihr Kriegsgeschrei, und wir wussten, selbst wenn wir ihnen ein zweites Mal widerstehen könnten, so doch gewiss nicht ein drittes Mal.»

Thumelicaz lächelte. «Nun, Römer, Ihr seht also, dass Vala kein Feigling war. Tatsächlich ist Ennius derjenige, der nach der Erinnerung meiner Sklaven am schlechtesten dasteht. Allerdings hinterlässt auch Varus keinen allzu rühmlichen Eindruck. Es gibt keinen richtigen Zeitpunkt, zu sterben, aber gewiss gibt es einen falschen. In seinem Stab fehlten bereits etliche Befehlshaber, die er nach Rom beurlaubt hatte, und nun führte er einen großen Teil der verbliebenen in einen unnützen Selbstmord. Er tötete sich selbst aus Angst vor dem, was ihm im Fall einer Gefangennahme drohte, nicht um seine Ehre zu retten; es war der Selbstmord eines Feiglings. Bis zu diesem Punkt bestand für die Römer noch immer eine geringe Chance, das Blatt zu wenden. Der ursprüngliche Plan meines Vaters hatte vorgesehen, die Kolonne am ersten Tag zu vernichten, denn ihm war klar, wenn sie nur angeschlagen wäre, könnte sie offenes Gelände erreichen und sich den vereinigten Stämmen zum Kampf stellen. Mein Vater gab sich keinen Illusionen hin – er wusste, wer bei einer solchen Begegnung den Sieg davongetragen hätte.

Und hier waren sie nun im Pass auf offenem Gelände – zugegeben, auf einer begrenzten Fläche, nicht vergleichbar mit dem Gelände jenseits der Mündung des Passes, aber doch einigermaßen offen. Und die Männer, die Varus noch geblieben waren, hatten immerhin einen Angriff überlebt und ihre Formation recht gut gehalten. Wie Tiburtius sagte: Es war das, wozu seine Offiziere am Vorabend geraten hatten, es war das einzig Vernünftige, doch statt zu versuchen, an diesem Ort zu kämpfen und vielleicht die Hälfte seiner Männer noch lebend aus Germanien zu führen, tötet er sich selbst und verurteilt damit drei Legionen zum Tode, denn nun war kein ranghoher Befehlshaber mehr übrig, der so vielen verängstigten Männern Mut hätte einflößen können. Die vermeintliche Fahnenflucht der Kavallerie, der Selbstmord ihres Feldherrn und so vieler ihrer Offiziere machte das letzte bisschen Hoffnung zunichte, das den Legionären noch geblieben war. Und dann, als eine weitere Kriegerschar in dem Wald auftauchte, durch den Vala zu fliehen versuchte, und ihn und seine Männer niedermachte, war die Moral vollends dahin. Sie waren an drei Seiten von Feinden umzingelt, und im Rücken hatten sie einen Sumpf, durch den starken Regen noch unwegsamer, als er ohnehin schon war. Fahre fort, Tiburtius.»

Tiburtius schaute auf das Manuskript hinunter, wo sein Finger noch immer die Stelle markierte.

Und als wir uns zum zweiten Mal krachend gegen sie warfen, stießen wir auf schwächeren Widerstand. Die Flucht der Kavallerie hatte die Legionäre tief getroffen. Ihre Verzweiflung war spürbar, sie gaben dem Ansturm unserer Schwerter und Speere nach und wichen zurück. Wiederum hieben und stachen wir, während abermals Wurfspeere über uns durch die Luft zischten – die letzte volle Salve – und in die hinteren Reihen einschlugen. Viele der Männer in diesen hinteren Reihen hatten inzwischen verzweifelt zu graben begonnen, um einen behelfsmäßigen Wall aufzuwerfen in der absurden Hoffnung, dieser könne sie vor unserem Zorn schützen. Immer weiter trieben wir sie zurück, setzten ihnen zu, dünnten ihre Reihen aus. Zu meiner Rechten bedrängten die Chatten die Neunzehnte Legion heftig, während die Marser und Chauken sie von hinten angriffen – dies war die schwächste der drei Legionen, da sie als Nachhut bereits schwer zu leiden gehabt hatte. Zu meiner Linken hieben die Brukterer auf die Siebzehnte ein, und die Sugambrer streiften hinter uns umher und hielten Ausschau, wo sich Lücken auftaten, um dort zuzuschlagen. Bald hatten wir die Gegner bis zu ihrem kümmerlichen Wall zurückgedrängt. Doch dieses Schanzwerk kostete viele von ihnen das Leben, da sie angesichts unserer gnadenlosen Klingen versuchten, es zu überspringen. Ein panisches Maultier wollte darüber hinwegsetzen, überschlug sich und stürzte so unglücklich, dass es sich das Genick brach; es war tot, noch ehe seine Hinterbeine auf dem Boden aufschlugen. Andere Maultiere keilten aus und gingen durch, unablässig wiehernd stifteten sie Chaos in der ohnehin bereits halb aufgelösten Formation, während die Legionäre das Hindernis zu überwinden suchten, das ihre eigenen Kameraden hinter ihnen errichtet hatten. Wenn sie Hals über Kopf hinüberkletterten, boten sie uns den ungeschützten Rücken dar und erlitten unehrenhafte Verletzungen, da meine Krieger, lachend in ihrer Wut, auf das Gesäß zielten. Viele schafften es nicht über den Wall, eine erhebliche Zahl aber doch, und diese verstärkten nun die Linie, die ihn bemannte. Wir hielten daher inne und zogen uns ein weiteres Mal zurück, um uns zum neuerlichen Angriff bereit zu machen – dem letzten Angriff auf die Überreste der drei Legionen, die sich hinter ihre behelfsmäßigen Wehranlagen duckten.

Stille senkte sich über das Gelände, da alle Anwesenden Atem schöpften, und für ein paar Augenblicke war das Stöhnen der Verwundeten das einzige Geräusch, das durch das unablässige Rauschen des Regens drang.

«Arminius!», rief da eine Stimme hinter den römischen Linien. «Arminius!»

Bewegung kam in die Legionäre, und zwischen ihnen ging ein Offizier hindurch, den ich erkannte, umgeben von etwa hundert gemeinen Soldaten. «Ennius, seid Ihr gekommen, um einen schnellen Tod zu erbitten?»

«Ich komme, um unser Leben zu erbitten, Arminius. Wir sind bereit, die Waffen niederzulegen, wenn Ihr uns im Gegenzug sicheres Geleit zum Rhenus zusagt.»

Dieses durch und durch würdelose Verhalten machte mich für einen Moment sprachlos, und viele der Legionäre schienen sich dadurch in ihrer Ehre gekränkt zu fühlen, denn es wurden Rufe der Empörung laut.

«Was ist aus der römischen Ehre geworden?», fragte ich. «Selbst wenn ich Euch ziehen ließe, wie könntet Ihr je wieder Euren Landsleuten in die Augen blicken?»

«Darüber können wir uns den Kopf zerbrechen, wenn wir westlich des Rhenus sind.»

Diese Bemerkung hatte wiederum lautstarke Entrüstung zur Folge.

«Mir scheint, Ihr seid in der Minderheit, Ennius. Aber wenn Ihr Euch ergeben wollt, könnt Ihr das sehr gern tun. Ich kann Euch allerdings versichern, Ihr werdet nicht nach Westen gehen. Einige von Euch werden in unseren Feuern sterben, die Übrigen werden ihr elendes Leben in der Sklaverei beschließen. Kommt jetzt und lasst es darauf ankommen oder bleibt, wo Ihr seid, und macht Euch bereit, ehrenvoll zu sterben.»

Zu meiner Verblüffung kam Ennius mit den meisten der Soldaten aus seinem Gefolge auf mich zu, unter dem Spott aller anderen Römer, die noch atmeten. Als er mich fast erreicht hatte, klappte ich meine Gesichtsmaske hoch und spuckte ihm vor die Füße. «Schaff ihn fort», befahl ich Wulferam, «und sorge dafür, dass er gut bewacht wird. Er soll als Erster brennen.»

Ennius fiel auf die Knie. «Arminius, um der Freundschaft willen, die uns einst verband, verschont mich.»

Ich würdigte ihn keines Blickes. «Mit einem Feigling wie dir kann es keine Freundschaft geben.»

So seltsam es erscheinen mag, das rief einigen Beifall aus der römischen Linie hervor, und ich empfand nichts als Achtung vor denen, die gleich sterben würden, denn sie waren immerhin gewillt, ehrenhaft in den Tod zu gehen. Ich hob mein Schwert und grüßte sie, während Ennius, noch immer flehend, davongeschleift wurde. Zu meiner Überraschung erhoben viele ihre Waffen und erwiderten den Gruß.

Nun war die Zeit gekommen, es zu Ende zu bringen. Meine Klinge schnellte abwärts, und aus meinem tiefsten Inneren stieß ich den Kriegsschrei der Cherusker aus, den meine Gefolgsleute wie ein Echo aufnahmen. Die anderen Stämme brüllten ihre eigenen Schlachtrufe, während die einst mächtigen Soldaten Roms sich in düsterem Schweigen hinter ihre letzte Wehr duckten.

Donars Hammer ging nieder; seine Funken zuckten über den schweren Himmel, ein paar Herzschläge bevor der Donnerer unsere Ohren betäubte und wir losstürmten.

Unsere durchnässten Mäntel und Haare wehten hinter uns, als wir rannten, unsere Waffen auf den Feind gerichtet, und nach seinem Blut schrien. Wieder zerriss ein Blitz den Himmel über uns. Wurfspeere, von den Römern auf dem Schlachtfeld eingesammelt, schnellten uns entgegen, doch wir waren so zahlreich, dass sie nicht viel ausrichten konnten. Auf jeden Krieger, der getroffen zu Boden ging, kamen zwei weitere nach, bereit, seinen Platz einzunehmen in der Gewissheit, dass unsere Götter mit uns waren.

Die Legionäre machten sich bereit, als wir uns in vollem Lauf näherten. Mit einer gewaltigen Anstrengung stieß ich mich mit dem linken Fuß ab, erreichte mit dem rechten die Krone des behelfsmäßigen Walls und warf mich auf die Schilde der Männer dahinter. Ich prallte gegen das lederbezogene Holz, trat mit aller Kraft zu und schmetterte mein Schwert krachend auf den Helm vor mir hinunter. Die durchweichten Schilde fielen unter der Wucht meines Angriffs auseinander. Indessen taten die Krieger zu beiden Seiten von mir ebenso beherzte Sprünge wie ich, und schon waren wir über den Wall. Statt seine Erbauer zu schützen, war er ihnen zum Verhängnis geworden, denn wir hatten seine Höhe ausgenutzt, um auf die Männer hinunterzuspringen, die dahinter im aufgewühlten Schlamm kauerten.

Nun gab es keine Atempause mehr, nun würden wir

keine Gnade walten lassen, sondern alle niedermetzeln. Meine Schwertklinge fuhr so schnell durch die Luft, dass sie vor meinen Augen verschwamm, und Blutstropfen mischten sich in den strömenden Regen, als sie sich in den Hals eines Mannes aus der zweiten Reihe grub. Sein Schrei erstarb, als seine Luftröhre durchtrennt wurde. So heftig war unser Ansturm und so verblüfft waren die Gegner über die Kühnheit, mit der wir den Wall überwunden hatten, dass der Wille zum Widerstand sie verließ. Männer, die eben noch andere für ihre Feigheit verhöhnt hatten, weil diese sich ergeben wollten, legten nun die gleiche Schwäche an den Tag: Sie machten kehrt und flohen.

Überall entlang der Linie war der Wille der Legionen gebrochen, so zerschmettert wie der Schildwall, gegen den wir uns geworfen hatten. In dem folgenden wüsten Tumult schlachteten die Söhne Aller Mannen erbarmungslos jene ab, die versucht hatten, ihnen ihr Land und ihre Freiheit zu rauben.

Während ich Leben auslöschte, erblickte ich vor mir das, worauf ich aus war: die Adler. Sie standen noch immer aufrecht, thronten über dem Gemetzel. Mit einer Brutalität, die alle meine Taten der vergangenen Tage übertraf, hieb und hackte ich mir mit meinem Gefolge den Weg zu ihnen frei, und der Regen konnte das Blut nicht so schnell abwaschen, wie es uns auf Arme und Gesichter spritzte. Als wir durch die letzte Reihe brachen, sahen wir die Adler von einer Wache aus rund zweihundert Mann umgeben. Doch das schüchterte uns nicht ein, denn wir wussten, bald würden wir viel zahlreicher sein – der Zusammenhalt der Legionen bröckelte. Ich stürmte weiter, ohne innezuhalten. Die Männer blickten mir verbissen entgegen, bereit, ihr Leben für die heiligen Symbole zu geben, die Augustus selbst ihnen überreicht hatte. Mein Gefolge und ich fielen über sie her, während hinter uns das Gemetzel seinen Lauf nahm. Und dann schwang über uns der Donnerer erneut seinen Hammer mit einem gewaltigen Krach, als wolle er unsere Taten gutheißen, und die Erde bebte unter unseren eilenden Füßen. Von diesem Zeichen göttlicher Gunst bestärkt, empfanden wir keinerlei Angst, nichts als Glücksgefühl, als wir uns gegen den Schildwall warfen. Die tödlichen Klingen der Kriegsmaschine Roms schnellten durch die Lücken vor und durchtrennten die Lebensfäden vieler Männer um mich herum. Doch irgendwie blieb ich verschont, mein Schwert, triefend von verdünntem Blut, schützte mich und räumte alles aus dem Weg, was mich von meiner kostbaren Beute trennte. Und dann sah ich, dass nur noch zwei Adler standen, und ich verfluchte den Mann, der mir zuvorgekommen war, mir die Ehre abspenstig gemacht hatte, als Erster das höchste Symbol römischer Unterdrückung zu erbeuten. Doch ich arbeitete mich weiter vor, mit zusammengebissenen Zähnen und angestrengten Muskeln, die bei jedem Schritt, jedem Schwung meines Schwertarms schmerzten. Immer näher kam ich, da systematisches Töten die Schar derer ausdünnte, welche die Adler bewachten.

«Und, wo warst du, Aius?», fragte Thumelicaz. «Denn du warst derjenige, der verschwunden war. In Wahrheit war niemand meinem Vater zuvorgekommen.»

Der Sklave senkte den Kopf. «Ich wollte den Adler der Siebzehnten in Sicherheit bringen, doch es gelang mir nicht. Ich hatte gesehen, wie Euer Vater sich zu der Stelle vorkämpfte, wo wir drei Adlerträger standen. Ich wusste, dass alles verloren war und unser aller Ende kurz bevorstand. Mein einziger Gedanke galt der Sicherheit meines Vogels – mein Leben war wertlos, wenn ich nicht verhindern konnte, dass er dem Feind in die Hände fiel. Es gab nur eine Richtung, in der ich eine Chance hatte, deshalb nahm ich meinen Vogel von der Stange, wickelte ihn in meinen Mantel und rannte auf den Sumpf zu. Um mich herum versuchten meine Kameraden zu fliehen, alle Würde war dahin, doch ich hatte das Gefühl, wenigstens einen kleinen Teil davon wiederherstellen zu können, wenn es mir gelänge, zu entkommen und den Vogel zurück über den Rhenus zu bringen. Sollte sich das als unmöglich erweisen, so würde ich ihn im Sumpf versenken.»

«Aber du hast keines von beidem vollbracht», stellte Thumelicaz in verächtlichem Ton fest. «Nicht wahr, Aius?»

«Nein, Herr, das habe ich nicht. Ich habe versucht, den Sumpf zu durchqueren, doch nach all dem Regen war der Boden wie Leim – meine Füße wurden hineingesogen, und ich kam nicht weiter als zehn Schritt, dann steckte ich fest und sank immer tiefer ein. Da hörte ich hinter mir jemanden rufen. Ich erstarrte, denn ich kannte die Stimme – ich hatte sie schon viele Male zuvor gehört: Es war die

Stimme von Erminaz. Ich schaute mich um, und da stand er. Der Anblick war grauenhaft: Er war über und über mit Blut bespritzt, das in Rinnsalen an ihm hinunterlief, und von Kriegern umringt. Zwei von ihnen hielten die anderen Legionsadler. «Marcus Aius, bringe mir diesen Adler, dann erspare ich dir das Feuer», rief er mir zu. Ich wollte mich weiter vorwärtskämpfen, denn meinen Vogel freiwillig dem Feind auszuliefern, kam nicht in Frage. Als er sah, dass ich keine Anstalten machte, mich seinem Willen zu fügen, schickte er zwei seiner Krieger nach mir aus. Sie kannten den Sumpf, und statt zu gehen, krochen sie auf allen vieren. Ich geriet in Panik und versuchte, den Adler im Sumpf zu versenken, doch schon hatten sie mich erreicht, brachten den Adler an sich und zogen auch mich heraus. So wurde ich Erminaz' Gefangener, und da ich mich nicht ergeben hatte, wusste ich, dass ich für die Feuer ihrer Götter bestimmt war.»

«Und du, Tiburtius?», fragte der jüngere Bruder, und seine Miene drückte nicht Verachtung, sondern Interesse aus. «Wie hast du überlebt, als dein Adler erbeutet wurde?»

Thumelicaz erteilte seinem Sklaven mit einem Kopfnicken die Erlaubnis zu sprechen.

«Sie stürmten durch den Regen auf uns zu, brachen durch die Linien der ersten und zweiten Centurie der ersten Kohorte der Achtzehnten, die uns schützen sollten – doch nichts konnte uns vor der Wut derer bewahren, die uns vier Tage lang zermürbt hatten und nun schließlich über uns herfielen. Wir waren verloren. Aius war verschwunden, und als ich mich Graptus zuwandte, dem

Aquilifer der Achtzehnten, der neben mir stand, zog er sein Schwert und stieß es sich ohne Zögern selbst in den Hals. Seine Knie gaben nach, und seine Faust, noch um die Stange seines Vogels geklammert, glitt daran hinunter, während das Leben aus ihm wich. Der Adler der Achtzehnten kippte nach vorn in den Schlamm. Da schoss Feuer durch meinen Oberschenkel, und als ich hinunterschaute, sah ich den Schaft eines Wurfspeers aus meinem linken Bein ragen. Es versagte mir den Dienst, und ich fiel zur Seite. Instinktiv umklammerte ich das verletzte Bein mit beiden Händen, dann wurde mir bewusst, was ich getan hatte, und ich griff hastig wieder nach der Stange des Adlers, damit er nicht fiel. Verzweifelt versuchte ich, mich darauf zu stützen, doch ich hatte zu spät reagiert, und so stürzte ich der Länge nach in den Schlamm. Als ich mir die Augen rieb, sah ich vor mir nichts als die Hosen und ledernen Stiefel unserer Feinde, die über die Leichen meiner Kameraden hinwegsprangen und auf mich zurannten. Ich versuchte noch, mein Schwert zu ziehen, um Graptus auf dem gleichen Weg nachzufolgen und meine Ehre zu bewahren, doch als ich mich auf die Knie aufrichten wollte, traf mich ein Schlag an der linken Schläfe, und ich verlor das Bewusstsein. Als ich wieder zu mir kam …»

«Das genügt», unterbrach Thumelicaz ihn. «Was geschah, als du wieder zu dir kamst, werden wir zu gegebener Zeit behandeln.» Mit einem Lächeln, das nicht seine Augen erreichte, wandte er sich an die Römer. «Mein Vater hatte die Adler dreier Legionen erbeutet, und in der folgenden Stunde brachte er auch noch alle übrigen Legionsstandarten an sich: die der Kohorten und der Centurien sowie die Bildnisse des Kaisers und die Embleme der Legionen. Außerdem nahm er mehr als tausend Gefangene, darunter vierundzwanzig Centurionen, neun Tribune, noch einen Lagerpräfekten und natürlich meine beiden Sklaven hier. Zusätzlich waren vom Tross noch etwa dreihundert Frauen und Kinder sowie rund fünfzig Maultiertreiber übrig geblieben. Es sollte mich wundern, wenn mehr als ein paar hundert durch unsere Linien oder durch den Sumpf entkommen wären. Die gegnerischen Verwundeten wurden getötet und liegen gelassen, jedoch sammelten wir außer ihren Kettenpanzern, Schwertern und anderen nützlichen Dingen auch ihre Hoden ein. Die neu eingeführten Gliederpanzer, die einige trugen, ließen wir zurück, da wir für sie keine Verwendung hatten. Unsere Toten trugen wir mitsamt ihren Waffen zusammen, um sie in Ehren ihren Frauen und Müttern zurückzubringen, damit sie gereinigt und bestattet wurden. Bald trafen die ersten Reiter von all den Siedlungen ein, die Varus gebeten hatten, Schutztruppen zurückzulassen: Alle diese Soldaten waren massakriert worden, ebenso jeder Kaufmann und jeder Amtsträger, der sich noch auf unserem Boden aufhielt. Die römische Besatzung der Germania Magna war binnen vier Tagen auf ein paar Dutzend Flüchtige zusammengeschrumpft – wenigstens nahmen wir das an. Doch eines war nicht nach Plan verlaufen, und davon werden wir hören, nachdem Tiburtius uns berichtet hat, was er zuerst hörte und dann sah, als er wieder zu sich kam.»

XIIII

Das wird dich am Zischen hindern, du kleine Viper›, waren die Worte, die ich hörte, als ich aus der Ohnmacht erwachte», berichtete Tiburtius mit tonloser, gefühlloser Stimme. «Darauf folgte ein flehentlicher Klagelaut, der in ein Gurgeln und Röcheln überging. Als ich die Augen aufschlug, sah ich Marcellus Acilius, den Tribun mit breiten Streifen meiner Legion. Er war nackt und spuckte Blut, jemand hielt ihm seine herausgeschnittene Zunge vor. Mir kamen die Tränen vor Schmerz, Wut und Trauer und auch Tränen der Scham darüber, dass ich weinte, denn der junge Bursche muss ebenfalls all diese Gefühle empfunden haben, als ihm klarwurde, dass er – sofern er diesen Tag überleben sollte – nie mehr würde sprechen können. Doch natürlich würde er den Tag nicht überleben, denn er war ein Offizier, und diese erfuhren eine spezielle Behandlung. Der Jüngling starrte voller Grauen auf die Nadel mit Faden, die er nun anstelle seiner Zunge vor sich sah – diese lag inzwischen im Schlamm. Sein Kopf wurde festgehalten, der Mund zusammengepresst. Er zerrte an den Fesseln, die seine Hände hinter dem Rücken hielten, doch er konnte sich nicht befreien. Als hilfloses Opfer ohne Zunge musste er nun erdulden, dass die Nadel durch seine Unterlippe gestochen wurde, dann durch die Oberlippe. Der Faden wurde festgezogen und verknotet, dann stach die Nadel erneut ein. Stich um Stich wurde angebracht, fest und präzise, bis der Mund des Jünglings so sicher verschlossen war wie ein Weinschlauch und er nur noch durch die blutverklebte Nase mühsam atmen konnte. Dann schnitten sie ihm die Hoden ab.

Und in diesem Zustand übergaben sie ihn dem Feuer.

Ein anderer junger Tribun aus meiner Legion, Caldus Caelius, musste mit ansehen, wie sein kastrierter Kollege sich in den Flammen wand. Vor Grauen schlug er sich selbst seine eisernen Handfesseln mit solcher Kraft an den Kopf, dass sein Schädel brach und er fast augenblicklich tot war.

Erst viel später sollte ich erfahren, dass wir auf dem Gipfel des Berges waren, den sie den Kalkriesen nennen – am selben Ort, an dem wir uns jetzt befinden. Diese Lichtung mit der uralten Eiche ist für die Germanen eine heilige Stätte. Sie hatten alle erbeuteten Standarten um die Eiche herum aufgestellt und in Abständen überall auf der Lichtung Feuer entfacht. Neben jedem stand ein Altar. Priesterinnen beschworen mit schriller, fürchterlicher Stimme die Götter dieses Landes, während Priester auf den Altären Opfer schlachteten und ihre Köpfe an den Ästen der Bäume um die Lichtung und der Eiche in der Mitte aufhängten. Diese Opfer waren noch die Glücklichen – oder die Zweitglücklichsten, denn am glimpflichsten waren jene davongekommen, die in den Kämpfen der vergangenen vier Tage gefallen waren. Ich für meinen

Teil hätte jedenfalls das Opfermesser dem Tod in den Flammen vorgezogen, wenn ich die Wahl gehabt hätte. Von diesen Brandopfern hatte ich gehört, jedoch nie eines mit angesehen. Es ist ein grauenhafter Tod. Sie bauen einen Weidenkäfig in Gestalt eines Menschen und zwingen ihr Opfer hinein. Dann wird es mit einem Flaschenzug hochgezogen, bis der Käfig etliche Fuß über den Flammen hängt. Diese werden angefacht, sodass die Hitze steigt – nicht genügend, um das Weidengeflecht in Brand zu stecken, das zuvor gründlich mit Wasser getränkt wurde, aber genug, um die Haut zu verbrennen. Das Opfer wird langsam geröstet, während es in seiner Qual schreit und um Gnade fleht – doch es gibt keine, denn weshalb sollte man es jemandem ersparen, zum Dank für einen solchen Sieg den Göttern geopfert zu werden? Ich sah zu, wie der Jüngling in seinen Weidenmann gezwängt wurde. Kein Laut kam über seine zugenähten Lippen, nur ein tiefes Stöhnen drang aus seiner Kehle, und aus den mit blutigem Schleim halbverstopften Nasenlöchern quollen Blasen. Er wurde hochgezogen und hing über dem Feuer, und ich sah zu, sah mit an, wie seine Füße langsam zu schmelzen schienen, die Haut an seinen Beinen Blasen schlug und verkohlte, sein, nun ja, sein …» Tiburtius stockte und schüttelte den Kopf über die Erinnerung. «Sein … Er schrumpelte einfach zusammen. An diesem Punkt war seine Qual so groß, dass er in seinem Drang zu schreien den zugenähten Mund aufriss und mit zerfetzten Lippen zu Jupiter flehte, ihn zu retten.

Doch Jupiter war an diesem Tag nicht dort in dem düsteren Wald und wird auch niemals herkommen. Jupiter ist der Gott Roms, der Gott der Stadt. Hier im Norden, in den Wäldern Germaniens, herrschen andere Götter, und sie kennen keine Gnade mit den Menschen aus dem Süden mit ihren ordentlich angelegten Weingärten, Obstgärten und Feldern rund um ihre Städte mit regelmäßigen Markttagen, Tempeln und Gerichten mit Amtsträgern, welche die Macht haben, Steuern zu fordern und Urteile zu fällen. Die Götter Germaniens verstehen nichts von dieser Lebensweise, stattdessen lieben sie ihre Söhne, die Söhne Aller Mannen, die in Freiheit in den dunklen Wäldern hausen, in Hainen Opfer darbringen und Geschichten vom Wald erzählen, die das glorifizieren, was in den Südmenschen nichts als Furcht erregt.»

«Und es sind nicht nur die germanischen Völker», warf Thumelicaz ein. «Dasselbe gilt für alle Völker des Nordens, Britannien eingeschlossen, wie Ihr erfahren werdet, wenn ich Euch helfe zu erlangen, wonach Ihr sucht.» Er sah mit Belustigung, wie die Römer unbehagliche Blicke wechselten, ließ sich jedoch nichts anmerken. Aber was er gesagt hatte, war die Wahrheit. «Doch genug von der Angst des Südmenschen vor dem Wald, den wir Nordmenschen so lieben. Aius, lies von seiner Angst vor den Feuern.»

Aius räusperte sich, als wolle er das, was im nächsten Abschnitt kam, so lange wie möglich hinauszögern. Schließlich blieb ihm nichts anderes übrig, als zu beginnen.

Mein Glücksgefühl steigerte sich mit jedem neuen Opfer, das in den Flammen schrie, und mit jedem weiteren Kopf, der an einen Ast gehängt wurde. Die heilige

Eiche in der Mitte der Lichtung war nun reichlich mit Gaben an unsere Götter bestückt, und die Feuer zischten von herabtropfendem Fett. Keiner der Offiziere war über den Flammen tapfer in den Tod gegangen, alle hatten ohne Rücksicht auf ihre Würde geschrien und gefleht. Doch das kam mir ganz gelegen, denn ich hatte im Sinn, zwei der Gefangenen zurückzubehalten, um diese Memoiren niederzuschreiben, und ich brauchte ein Mittel, sie für immer an mich zu binden. Ich ließ die beiden gefangenen Adlerträger zu mir bringen und weidete mich daran, wie diese einst stolzen Männer im Schlamm knieten.

«Ihr habt unsere Feuer gesehen und wisst, was euch beide erwartet, nicht wahr?», redete ich sie an.

Sie hielten den Blick gesenkt und antworteten nicht.

«Nicht wahr!», schrie ich.

«Ich weiß es», erwiderte der Adlerträger der Siebzehnten, Marcus Aius, mit leiser Stimme, ohne mich anzusehen.

«Ich auch», bestätigte sein Kamerad von der Neunzehnten, Gaius Tiburtius.

«Und was würdet ihr tun, um diesem Schicksal zu entgehen?»

Sie wechselten einen Blick.

«Alles, Herr», sagte Aius. Ich grinste höhnisch – wie unterwürfig er in nur wenigen Stunden geworden war. «Wir haben unsere Ehre mit unseren Adlern verloren – wir hätten unser Leben in dem Versuch hingeben sollen, sie zu schützen.»

«Eure Beweggründe interessieren mich nicht, Unwürdige. Sagt mir nur eines: Wenn ich euch vor die Wahl stellte, im Feuer zu sterben oder am Leben zu bleiben, um mir und meiner Familie für den Rest eurer Tage zu dienen, nachdem ihr geschworen hättet, niemals zu fliehen und euch nicht selbst zu töten – wie würdet ihr euch entscheiden?»

Wieder wechselten sie einen Blick. Diesmal war es Tiburtius, der sprach: «Wir werden Euch dienen, Herr.»

Ich schaute voller Verachtung auf sie hinunter, dann versetzte ich jedem einen Fußtritt gegen die Brust, sodass sie rücklings in den Schlamm fielen. «Ich werde euch meine Entscheidung zu gegebener Zeit mitteilen», sagte ich und ging davon. Dabei hatte ich insgeheim bereits entschieden, sie am Leben zu lassen, damit sie einen Bericht über mein Leben und meinen Hass auf ihresgleichen niederschrieben.

«Diesen Teil höre ich immer am liebsten», kommentierte Thusnelda aus den Schatten im Inneren des Zeltes. «Nach all dem Leid, das Rom mir zugefügt hat, wärmt es mir das Herz, wenn ein Römer laut vorliest, wie mein Mann ihn gedemütigt hat. Unwürdige – wie wahr. Allerdings habe ich nie erlebt, dass jemand willentlich den Tod im Feuer wählte, und ich möchte nicht urteilen, wie ich selbst in dieser Lage entscheiden würde. Wie dem auch sei, ich erinnere mich, dass ich an diesem Punkt in Erminaz' Geschichte eintrat. Wie er bereits erwähnte, hatte er mich schon früher gesehen: als ich zum Haus seines Vaters kam, zusammen mit meinem Vater, dem Verräter Segestes.» Sie hielt inne, um auf den Boden zu spucken. «Ich hingegen hatte ihn nicht gesehen, oder falls doch, so hatte ich ihn nicht bemerkt. Aber Sieg und Macht sind die stärksten Aphrodisiaka, und als ich nach der Schlacht an diesen Ort kam, um gemeinsam mit meiner Mutter um das Leben meines Vaters zu bitten, nahm ich ihn zum ersten Mal wahr. Ein Ruck fuhr durch mein Innerstes, solche Autorität strahlte er nach seinem Sieg aus. Er wandte sich eben von zwei Römern ab, die er mit Fußtritten niedergestreckt hatte, und unsere Blicke trafen sich. Obwohl ich einem anderen versprochen war, wusste ich in diesem Moment, dass ich ihn haben musste, keinen anderen als ihn.

Ich sagte zu meiner Mutter: ‹Ich werde Erminaz um das Leben meines Vaters bitten. Ich denke, ich kann ihn auf andere Weise erreichen.›

‹Da könntest du durchaus recht haben, mein Kind›, erwiderte sie. ‹Erminaz hat für mich ebenso wenig übrig wie für Segestes.›

So blieb meine Mutter am Rand der Lichtung stehen, während ich mit klopfendem Herzen an Erminaz herantrat. Als ich vor ihm stand, hielt ich den Kopf hoch erhoben und hoffte inständig, nicht zu zittern oder mir meine schamlose Begierde irgendwie anmerken zu lassen. Hätte er es von mir verlangt, dann hätte ich mich auf der Stelle dort zwischen Feuern und Opferaltären auf den Rücken gelegt und für ihn die Beine breitgemacht. Doch unser erstes Gespräch verlief anders. ‹Mein Herr Erminaz›, sagte ich, blickte ihm in die Augen und versank schier in ihrer Schönheit. ‹Ich komme, um etwas zu erbitten –›

‹Das Leben deines Vaters?›, erwiderte er, da er meine Absicht erraten hatte. Sein Blick war eindringlich, doch zu diesem Zeitpunkt wusste ich noch nicht und wagte nicht einmal zu hoffen, dass er für mich ebenso empfand wie ich für ihn.

‹So ist es, mein Herr›, bestätigte ich. ‹Ich weiß, er hat versucht, dich zu verraten und –›

Zu meiner Überraschung fiel er mir erneut ins Wort. ‹Du kannst es haben, nimm ihn mit.›

Ich starrte ihn verblüfft an.

Er lachte, und in diesem Moment nahm ich die Schreie der Männer, die geopfert wurden, nicht mehr wahr. Es war kein unfreundliches Lachen, eher ein fröhliches: ein Lachen, das mein ohnehin bereits rasendes Herz noch schneller schlagen ließ, und ich hätte singen und tanzen mögen, selbst an diesem Ort des Todes. Es war Musik in meinen Ohren, und ich wusste, er würde mich für immer glücklich machen, könnte ich nur ihn haben statt Hadgan, dem ich versprochen war. ‹Aber du musst im Gegenzug auch etwas für mich tun, Thusnelda›, fügte er hinzu.

‹Alles›, erwiderte ich, und ich meinte es ernst.

Wieder lachte er. ‹Gib acht, was du versprichst, Thusnelda.›

Ich lächelte. ‹Das tue ich immer.›

‹Dann wünsche ich dies …› Aber nein, es wäre besser, es aus Erminaz' Sicht zu hören. Fahre fort, Aius.»

«Das tue ich immer», sagte sie.

In diesem Moment wusste ich, dass sie ebenso empfand, und nach all dem Töten wurde mit einem Schlag mein ganzes Dasein heller. «Dann, Thusnelda, versprich mir dies: Folge weiter deinen Plänen, bis ich dich auffordere, sie zu ändern.» Ich blickte tief in die blauen Brunnen, die mich so in Bann geschlagen hatten, und für einen Moment teilten wir ein verschwörerisches Lächeln: Sie hatte verstanden und mich zum glücklichsten aller Männer gemacht. Ich wandte mich ab, suchte nach Wulferam und sagte: «Lasse den Verräter Segestes frei und übergib ihn seiner Tochter.»

Dann ging ich davon, an der Eiche in der Mitte der Lichtung vorbei und den Hang hinunter, zurück zum Schauplatz des Gemetzels, denn mir blieb noch ein Letztes zu tun, während ich auf Nachricht von Aldhard wartete. Ich nahm meinen Helm, löste die Gesichtsmaske davon und grub ein Loch in den blutgetränkten Boden. Nie mehr würde ich meine barbarischen Züge verstecken, wie Lucius im Scherz gesagt hatte, als er sie mir schenkte. Nun war ich frei von Rom und brauchte meine wahren Gefühle gegen das Imperium nicht länger zu verbergen. Ich vergrub Lucius' Geschenk auf dem Feld der Niederlage Roms, um endlich alle Bande zu dem verhassten Invasor zu kappen. Ich hatte meinen ermordeten Freund nicht gerächt und wusste, dass ich dazu auch nie mehr Gelegenheit haben würde. So bat ich seinen Schatten, mir mein Versäumnis zu verzeihen, während ich die Maske mit Erde bedeckte. Eine Wärme breitete sich in mir aus, und ich wusste, er verstand. Ich wusste auch, dass er meine Taten zwar nicht guthieß, aber doch nicht umhinkonnte, die Größe der Geste zu bewundern.

Während ich noch in Gedenken an Lucius vor mich hin lächelte, sah ich Aldhard mit vier Kriegern auf mich zukommen, die gemeinsam einen Leichnam trugen. Meine Freude wurde größer – offenbar war ihm gelungen, was ich ihm aufgetragen hatte. «Wo hast du ihn gefunden?»

Aldhard schaute auf den Toten hinunter, zog die Nase hoch und spuckte auf ihn. «Sie hatten versucht, ihn unter einem Maultierkadaver zu verstecken.»

«Bringt ihn in eine kniende Position und zieht seine Arme nach hinten», befahl ich den Kriegern, die ihn trugen, während ich mein Schwert zog. Sie ließen die Beine auf dem Boden einknicken, dann packten sie die Handgelenke und zogen die Arme zurück, sodass der Leichnam vorgebeugt kniete und der Kopf herabhing.

Mit dem Zorn, der sich in all den Jahren erzwungenen Exils in mir angestaut hatte, schwang ich mein Schwert, es zischte durch die Luft und trennte den Kopf von Publius Quinctilius Varus ab, dem ersten und letzten römischen Statthalter der Germania Magna, dem Mann, dem ich einst das Leben gerettet hatte. «Lasse ihn in Zedernharz konservieren, Aldhard, und dann will ich, dass du ihn persönlich Marbod von den Markomannen überbringst. Sage ihm, ich sende ihm dies als Zeichen meiner guten Absichten. Wenn er über die Grenze am Danuvius wacht, während ich an der Grenze am Rhenus dasselbe tue, werden wir gemeinsam Germanien in Freiheit bewahren. Aber um frei zu bleiben, müssen wir einig sein. Wenn wir uns gegenseitig bekämpfen, wird Rom unsere Zwietracht ausnutzen und sich uns erneut aufzwingen. Sage ihm, Aldhard, was ich wünsche, ist ein geeintes Großgermanien.»

«Mit dir als Fürst», ertönte hinter mir eine verächtliche Stimme, ehe Aldhard etwas erwidern konnte.

«Nein, Hadgan», entgegnete ich und drehte mich zum Fürsten der Chatten um, «mit demjenigen als Fürsten, den wir über uns alle zu stellen beschließen.»

«Davon war zuvor keine Rede. Du hast ausdrücklich gesagt, du versuchtest nicht, die Herrschaft über uns zu erlangen.»

«Das versuche ich auch nicht, Hadgan. Was ich versuche, ist, Germanien sicher zu bewahren, seine Kultur, seine Sprache, seine Gesetze, seine Götter, all das, damit es eine germanische Zukunft neben der römischen gibt.»

«Aber wenn du aufgefordert würdest, Fürst eines vereinigten Germanien zu werden, würdest du annehmen, nicht wahr?»

Das konnte ich nicht leugnen, doch ich konnte es auch nicht zugeben. Ich wandte mich an Aldhard. «Geh! Wir treffen uns in zwei Monden im Harz wieder, dann bringe mir seine Antwort.»

«Ja, Herr.»

«Siehst du, Erminaz, schon reden Leute dich mit ‹Herr› an», bemerkte Hadgan, während Aldhard davonging, Varus' Kopf an einem Ohr tragend. «Wenn sie erst damit anfangen, ist es nicht mehr weit, bis du wirklich ihr Herr wirst, und das kann und werde ich nicht dulden. Wir haben in der Schlacht unseren Beitrag geleistet, jetzt werde ich meine Krieger wieder heimführen, ehe sie noch auf den Gedanken kommen, du seist ihr Herr und nicht ich.» Er starrte mich mit loderndem

Hass an, den ich in gleichem Maß erwiderte – ich verachtete ihn dafür, dass er persönlichen Ehrgeiz über das Wohl unseres Vaterlandes stellte, doch zugleich konnte ich ihn verstehen, denn so war unser Volk schon von jeher.

Wir maßen uns mit Blicken von solcher Intensität, dass ich beinahe erschrocken zusammenfuhr, als Engilram sich unbemerkt näherte und mich anredete: «Erminaz, es gibt Nachricht von meinem Volk südlich des Teutoburger Waldes: Es ist ihnen nicht gelungen, die römische Garnison in Aliso zu vernichten.»

«Aliso», wiederholte Thumelicaz nachdenklich, schaute zur Decke empor und streckte die Beine aus. «Welch zweischneidiges Schwert das war.»

«Wie meint Ihr das?», fragte der ältere Bruder spöttisch. «Aliso war in dem ganzen Debakel die eine Gelegenheit, bei der wir ein wenig von unserem Stolz retten konnten. Lucius Caedicius, der Primus Pilus der Achtzehnten Legion und Befehlshaber der Garnison von Aliso am Fluss Lupia, trotzte Eurem Vater und führte seine Leute schließlich aus Germanien hinaus. Das ist zweifellos ein einschneidiges Schwert, eines, an dem sich nur Arminius schneidet.»

Thumelicaz raunte seinen Sklaven etwas zu, ehe er sich wieder an seine römischen Gäste wandte. «Oberflächlich betrachtet habt Ihr recht, Römer: Caedicius rettete tatsächlich seine Truppe und dazu viele römische Zivilisten, die bei ihr Zuflucht gesucht hatten. Und ja, man könnte es als einen Schlag gegen das Ansehen meines Vaters betrachten. Allerdings war er in Wahrheit sogar dankbar dafür, denn der Vorfall verschaffte ihm Zeit und lieferte ihm eine Entschuldigung, die er politisch sehr dringend brauchte.»

«Eine Entschuldigung?», rief der jüngere Bruder aus. «Wozu brauchte er vor seinen Landsleuten eine Entschuldigung?»

«Das erfahren wir im nächsten Abschnitt. Tiburtius, von der Stelle, die ich dir eben genannt habe.»

Exakt ein ganzer Mond war vergangen, seit ich Varus den Kopf abgeschlagen hatte, und seit zwanzig Tagen lagerten nun meine Cherusker und die Brukterer um die hölzernen Wehranlagen von Aliso. Ich hatte auch die anderen Stämme gebeten, zu bleiben und das begonnene Werk zu vollenden, doch sie hatten sich zerstreut, um in ihre jeweilige Heimat zurückzukehren. Ihre Beute hatten sie mitgenommen, ebenso die Trophäen, die wir errungen hatten, darunter die drei Adler und die drei Embleme der Legionen. Diese sowie die Kohortenstandarten hatte ich im Geheimen unter den einzelnen Stämmen verteilt, sodass keiner wusste, was die anderen erhalten hatten.

Das Wetter war milder und etwas freundlicher geworden, allerdings gab es noch immer genug heftige Regenschauer, die uns das Ausharren unbequem machten. Von beiden Stämmen zusammen waren nur mehr weniger als viertausend Krieger vor Ort, denn viele waren zu ihren Familien zurückgekehrt, zufrieden mit dem Sieg, den sie errungen hatten. Nun wollten sie an langen Abenden am Feuer damit prahlen, welchen Beitrag sie dazu geleistet hatten.

Mit unserer geschrumpften Truppe hatten wir zahlreiche Angriffe auf die Wehranlagen unternommen, einer ebenso erfolglos wie der vorige. Ich dachte gerade darüber nach, weshalb der jüngste Angriff gescheitert war, da wurde innerhalb der Befestigungen Geschrei laut. Augenblicke später öffnete sich das Tor, und eine Gruppe von etwa dreißig Kriegern wurde herausgetrieben. Unter Wehklagen hielten sie ihre Arme in die Höhe und zeigten die mit Pech verschlossenen Stümpfe, wo eigentlich Hände hätten sein sollen. Sie rannten weiter, vorbei an den Reihen römischer Köpfe auf Spießen, mit denen wir die Belagerten daran erinnerten, was sie erwartete, und erreichten unser Lager. Dabei starrten sie voller Entsetzen auf ihre verstümmelten Gliedmaßen, mit denen sie nun für den Rest ihres Lebens geschlagen waren.

Nachdem die Stümpfe verbunden waren und die Männer sich von dem erlittenen Grauen so weit erholt hatten, dass sie zusammenhängend reden konnten, befragten mein Vater und ich sie über die Lage in dem römischen Kastell.

«Sie haben genug Nahrungsvorräte, um auszuhalten, bis Verstärkung eintrifft», berichtete der Älteste der Gruppe mir, wobei er den Blick nicht von seinen Armstümpfen losreißen konnte. «Caedicius, der Kommandant, hat uns die Lagerräume gezeigt und wie reichlich sie mit Getreide, gesalzenem Schweinefleisch und Kohl gefüllt sind. Außerdem gibt es genug frisches Wasser aus einem Brunnen.»

«Wie ist es um die Moral bestellt?», fragte ich.

«Gut. Sie leiden keinen Hunger, sie haben Frauen, und sie wahren ihre Disziplin. Alle reden von der Verstärkungstruppe, die angeblich jederzeit eintreffen wird. Niemand verzweifelt, niemand denkt an den Tod, und selbst die rund zwanzig Überlebenden aus dem Teutoburger Wald, die sich hierher gerettet haben, sind einigermaßen guter Dinge. Erst recht nachdem Caedicius ihnen erlaubt hat, uns mit Hackbeilen die Hände abzuschlagen, um ihre gefallenen Kameraden zu rächen.»

Mein Vater warf mir einen besorgten Blick zu. «Wenn wirklich Hilfe kommt, hätten sie eine gute Chance, es zurück zum Rhenus zu schaffen.»

Ich dachte ein wenig nach. «Wäre das denn so schlecht?»

«Es wäre nach der schweren Niederlage ein kleiner Sieg für sie.»

«Ich weiß. Aber wäre das denn so schlecht?»

Er runzelte die Stirn – ihm war nicht klar, worauf ich hinauswollte.

«Ich meine, wenn sie das Gefühl haben, ein wenig von ihrer Ehre gerettet zu haben, wenn auch nur ein kleines bisschen, dann wäre ihnen vielleicht weniger dringend daran gelegen, bald wiederzukommen und Varus zu rächen. Erst recht wenn die Überlebenden anfangen, ihre Geschichten von der Niederlage im Teutoburger Wald zu erzählen. Diese Römer sind zutiefst abergläubisch, und sie lieben die Wälder nicht. Die Angst davor wird in ihnen wachsen, wenn die Berichte von unseren Gräueltaten im Wiedererzählen immer mehr ausgeschmückt werden. Vielleicht erkauft uns das einige Zeit vor dem unvermeidlichen Vergeltungsversuch – Zeit, uns zu einen und zu organisieren.»

«Willst du damit vorschlagen, dass wir sie ziehen lassen?»

«Ich will vorschlagen, dass wir die Verstärkung, wenn sie eintrifft, zu unserem Vorteil nutzen – aus diesem und noch aus einem weiteren Grund: Sie werden wahrscheinlich in ausreichender Truppenstärke kommen, um uns und die Brukterer zurückzuschlagen, also weshalb sollten wir das Leben guter Männer in dem sinnlosen Versuch opfern, das Unvermeidliche aufzuhalten? Wenn es mir gelungen wäre, das Bündnis zusammenzuhalten, dann sähe die Sache anders aus: Dann hätten wir uns zurückziehen und sie später auf dem Weg zum Rhenus überfallen können, wie wir Varus überfallen haben. Aber nun kann ich diese Wendung als Exempel nutzen, was geschieht, wenn jeder Stamm nur an seine eigenen Interessen denkt. Das könnte sich für uns noch als vorteilhaft erweisen, Vater, sogar als sehr vorteilhaft.»

Und so ließen wir einen Teil der Truppe zurück, um die Belagerung zum Schein fortzusetzen, während wir Übrigen uns etwa eine Meile nach Westen zurückzogen und darauf warteten, dass die Römer kamen.

Wir brauchten nicht lange zu warten. Wieder spielte das Wetter seine Rolle in meiner Geschichte, wieder zeigte der Donnerer seine Macht. Der Nachthimmel riss unter den Schlägen von Donars Hammer auf, und Regen fiel in einem noch dichteren Vorhang als je zuvor im vergangenen Monat. Männer kauerten sich in jede verfügbare Deckung und warteten darauf, dass der Zorn des Gottes nachließ. Das Gewitter war so heftig, dass die Flucht der Römer erst bemerkt wurde, als sie bereits am dritten Außenposten vorbeikamen – sie hatten sich im Schutz des Unwetters davongestohlen. Ich sandte ein Dankgebet an den Donnerer und versprach ihm Römerblut dafür, dass er mir eine Möglichkeit geboten hatte, den Feind abziehen zu lassen, ohne dass er etwas von meiner Absicht ahnte. Ich versammelte meine Krieger, und sie begannen, sich in einen Schlachtenrausch zu steigern, während die Legionäre im Schutz von Nacht und Unwetter weitermarschierten, die Zivilisten in ihrer Mitte. Und dann hörten wir Hörner in der Ferne, das Signal zum Eilmarsch – die Verstärkungstruppe nahte. Als das Ende der ausmarschierenden Kolonne das Kastell hinter sich ließ, erlaubte ich meinen Männern anzugreifen, aber nur eben genug, um Caedicius glauben zu machen, er sei mit knapper Not entkommen und hätte es nicht schaffen können, wenn die Verstärkung nicht zur rechten Zeit zur Stelle gewesen wäre. Nachdem wir rund hundert seiner Männer zur Strecke gebracht hatten, ließen sich meine Krieger auf mein Geheiß langsam zurückfallen, sodass wir den Kontakt verloren und die Römer im Wolkenbruch gen Westen verschwanden. Erst später sollte ich erfahren, dass die Hörner, die vermeintlich die Verstärkungstruppe ankündigten, in Wahrheit die der Garnison selbst gewesen waren – eine raffinierte Finte. Das bereitete mir umso größeres Vergnügen, denn Caedicius musste tatsächlich überzeugt sein, mich überlistet zu haben, und es wäre ihm daher gar nicht in den Sinn gekommen, dass er selbst der Überlistete war.

Mit dem Abzug von Caedicius und seiner Truppe verließen die letzten lebenden freien Römer unser Land. Nun war es an der Zeit, mich auf das vorzubereiten, wovon ich wusste, dass es kommen würde – ich hatte lange genug unter Römern gelebt, um sie zu kennen: Die Rache würde so sicher erfolgen, wie der Tod auf das Leben folgt. Die Fragen waren: Wie lange würden wir warten müssen, und wenn die Rache kam, wie konnten wir uns gegen sie verteidigen?

Wir mussten nun entscheiden, wie wir unsere Freiheit nutzen würden: Wollten wir uns gegenseitig bekriegen oder uns darauf vorbereiten, die Römer zurückzuschlagen, wenn sie kamen, um Vergeltung zu üben? Diese Fragen gingen mir durch den Kopf, während ich meine Armee auflöste und zurück in den Harz ging, um auf Aldhard und seine Nachricht von Marbod zu warten. Er traf zwei Tage nach meiner Rückkehr ein, und was er zu berichten hatte, verhieß nichts Gutes für die Zukunft Germaniens.

«Marbod glaubt anscheinend, er könne Varus' Niederlage ausnutzen, um in seinen Verhandlungen mit Rom günstigere Bedingungen herauszuschlagen», eröffnete Aldhard mir, als wir kurz nach seiner Ankunft in meinem Langhaus bei einem lodernden Feuer am Tisch saßen. Er leerte sein Trinkhorn und schenkte sich Bier nach. Noch ganz verdreckt von der Reise, war er aus dem Land der Markomannen direkt zu mir gekommen und hatte sogar darauf verzichtet, sich erst zu waschen, ehe er mir Bericht erstattete.

Ich schnitt ein Stück von einem geräucherten Käse ab und reichte es ihm. «Indem er verspricht, keine Einfälle über den Danuvius zu unternehmen, während Rom über den Rhenus angreift?»

Aldhard biss in seinen Käse und fragte mit vollem Mund: «Woher wusstest du das?»

«Ich an seiner Stelle hätte so gehandelt, wenn ich nur an meine eigene Situation und nicht an Germanien als Ganzes denken würde. Rom wird zum jetzigen Zeitpunkt gewiss mit Freuden einen Friedensvertrag mit ihm schließen, zu äußerst günstigen Bedingungen – wahrscheinlich wird er keinerlei Tribut zahlen müssen. Dann könnten sie ein paar Legionen vom Danuvius abziehen und nach Norden führen, um die Legionen am Rhenus auf ihrem Rachefeldzug zu verstärken.»

«Genau darüber verhandelt er gerade mit Tiberius. Als Zeichen seines guten Willens und seiner Missbilligung deiner Taten hat er Varus' Kopf zu Augustus nach Rom geschickt. Ich war schon erstaunt, dass er mich am Leben gelassen hat, so begierig scheint er darauf zu sein, der beste Freund Roms zu werden.»

«Vorerst. Sobald Rom seine Aufmerksamkeit auf uns hier im Norden richtet, wird er seinen Leuten gestatten, Raubzüge über den Fluss zu unternehmen und Vieh und Sklaven zu erbeuten. Ich hätte mehr von ihm erwartet. Ich hoffte auf ein Bündnis oder wenigstens eine feste Zusage, die Legionen am Danuvius für die nächsten paar Jahre in Atem zu halten.» Ich schlug mit der flachen Hand kräftig auf den Tisch. «Dieser hinterhältige Hundesohn!»

«Du hast eben gesagt, du hättest unter diesen Umständen ebenso gehandelt.»

«*Hätte gehandelt* – jeder Fürst eines jeden Stammes *hätte so gehandelt*, bevor wir einen solch überwältigenden Sieg errungen hatten. Aber nun, da unser Vaterland frei von Invasoren ist, wäre es doch gewiss besser, dafür zu sorgen, dass es frei bleibt, anstatt Rom die Rückkehr zu erleichtern. Was mich ärgert, ist die Kurzsichtigkeit von Marbods Politik: Wenn Rom die Gebiete bis zum Albis erneut besetzt, ist auch sein Land, das Gebiet der Markomannen, bedroht.»

«Und was tun wir jetzt? Eine Gesandtschaft zu ihm schicken und versuchen, ihn umzustimmen?»

«Dazu ist es zu spät. Der Vertrag ist inzwischen sicher schon ausgehandelt und wird wahrscheinlich im Frühjahr unterzeichnet.» Ich schwieg nachdenklich und schenkte mir selbst und Aldhard Bier aus dem Krug nach. «Ich nehme an, daraus können wir folgern, dass es nächstes Jahr keinen Rachefeldzug geben wird.»

«Wieso meinst du das?»

«Wenn der Vertrag erst frühestens im kommenden Frühjahr unterzeichnet wird, können sie nicht vor dem Sommer riskieren, Legionen vom Danuvius abzuziehen. Das heißt, diese wären erst im Herbst am Rhenus, und das wäre zu spät für die Feldzugsaison des nächsten Jahres. Vielleicht hat Marbod uns letztendlich doch einen Gefallen getan, indem er Rom eine Gelegenheit verschafft hat, seine Streitmacht zu verstärken, ehe sie uns angreift. Das braucht Zeit, und diese Zeit können wir dazu nutzen, uns ebenfalls vorzubereiten. Schicke Boten an alle Fürsten des Nordens mit der Einladung, sich nächstes Jahr zu Mittsommer am Kalkriesen zu versammeln. Dort werden wir über unser Schicksal entscheiden.»

Doch bevor ich mit den Fürsten zusammentraf, hatte ich noch …

«Das ewige Problem der germanischen Völker», fiel Thumelicaz Tiburtius ins Wort. «Die Unfähigkeit zur Kooperation. Eure Fähigkeit dazu ist es, die Euch Römer so gewaltig macht. Dabei sollte man nicht vergessen, Euer Volk setzt sich zusammen aus Römern, Etruskern, Kampaniern, Samniten …»

«Sabinern», warf der jüngere Bruder ein.

«Gewiss. Und vielen anderen Stämmen aus Italien, doch die Welt sieht Euch alle nur als Römer.»

«Wir haben viele Kriege geführt, um diesen Zustand zu erreichen», betonte der ältere Bruder.

«Wohl wahr, aber vor hundertdreißig Jahren führten Eure latinischen Verbündeten einen Krieg gegen Euch, um sich Eure Bürgerrechte zu erstreiten, um so zu werden wie Ihr. Welch eine Vorstellung: gegen seinen Feind zu kämpfen, um von ihm assimiliert zu werden! Ich kann mir nicht vorstellen, dass die Chatten mit den Cheruskern um die Ehre kämpfen würden, Teil unseres Stammes zu werden. Die Stämme zu einen, sodass wir uns selbst als Alle Mannen ansehen, das war der Traum meines Vaters, und er starb in dem Wissen, dass das Ziel unerreichbar war. Ich habe diese traurige Wahrheit von ihm gelernt und teile den Traum nicht.» Er wandte sich an Thusnelda. «Aber ich habe die Lesung unterbrochen, kurz bevor dein Teil der Geschichte kam – entschuldige, Mutter. Tiburtius, fahre fort, wo du aufgehört hast.»

Doch bevor ich mit den Fürsten zusammentraf, hatte ich noch eine begonnene Sache zu Ende zu bringen.

Da wir mit Segestes verwandt waren, war es nur natürlich, dass mein Vater und ich zur Hochzeitszeremonie seiner Tochter kamen, ganz gleich, was zwischen uns vorgefallen war. Daher trug ich Sorge, dort zu sein, als Hadgan im folgenden Frühjahr kurz vor der Zeit der Eisgötter in den Harz kam, um sich seine Braut zu holen. Mein Plan war ungeheuer kühn, noch eine große Geste, für die Lucius stolz auf mich gewesen wäre, und damit würde besiegelt sein, dass Hadgan und Segestes für immer meine Feinde waren.

Hadgan kam mit zweihundert seiner Krieger in den Harz geritten. Sie waren in Feierlaune, Girlanden zierten ihre Speerspitzen, ihre Helme und das Zaumzeug ihrer Pferde. Unsere Leute jubelten ihnen zu, als sie tiefer in die Bergkette vordrangen, die das Herz des cheruskischen Heimatlandes bildete, und zwischen den beiden Stämmen, die im Sieg über Rom geeint waren, schien alles zum Besten zu stehen. Das letzte Mal, dass die Chatten in solch großer Zahl hierhergekommen waren, war im Jahr vor meiner Rückkehr gewesen. Damals hatten sie mein Volk überfallen, nun kamen sie in Freundschaft – wenigstens glaubten sie das.

Hadgan wurde von meinem Vater empfangen, wie es ihm als dem Fürsten der Chatten gebührte, und mit seinem Gefolge zum Festmahl ins Langhaus eingeladen. Wegen unserer gegenseitigen Abneigung saßen wir an verschiedenen Enden der hohen Tafel und tauschten während des gesamten Abends nur einmal ein knappes Nicken aus. Am folgenden Nachmittag, nachdem alle den unvermeidlichen Kater ausgeschlafen hatten, führte Hadgan seine Männer nach Südosten zu Segestes' Siedlung. Mein Vater und ich folgten mit unserem Hausstand ein paar Stunden später.

Nun hatte ich Segestes nicht mehr gesehen, seit Thusnelda auf der Lichtung am Gipfel des Kalkriesen um sein Leben gebeten hatte. Er hatte alle Versöhnungsangebote meines Vaters und meines Onkels Inguiomer abgelehnt, ihre Großmut rüde zurückgewiesen, dabei war er es doch gewesen, der versucht hatte, uns an Varus zu verraten, und der mit Freuden gesehen hätte, wenn wir hingerichtet worden wären. Er hatte uns nicht einmal zu der Hochzeit eingeladen, und dementsprechend empfing er auch meinen Vater.

«Du hast Nerven, zur Hochzeit meiner Tochter zu erscheinen!», rief Segestes, als er uns zum Tor seiner Siedlung hereinreiten sah.

Mein Vater saß erst ab, ehe er erwiderte: «Als Fürst der Cherusker habe ich das Recht, in diesem Land zu gehen, wohin es mir beliebt. Und weißt du, warum das so ist, Segestes?»

Der Vetter meines Vaters machte ein finsteres Gesicht, konnte jedoch nicht abstreiten, was mein Vater angedeutet hatte. «Weil es nunmehr von den Römern befreit ist?»

«Sehr gut, mein Vetter. Wäre es nach deinem Willen gegangen, dann wäre mein Sohn als Verräter an Rom gekreuzigt worden, und wir wären noch immer eine Provinz. Doch heute wollen wir all das hinter uns lassen und feiern.» Er ging auf Segestes zu und breitete die Arme aus.

Auf dem Gelände herrschte völlige Stille, während die beiden Männer einander musterten.

Widerstrebend machte auch Segestes einen Schritt nach vorn und ließ sich von seinem Vetter in die Arme schließen. Seine Leute und die unseren jubelten und schlugen sich gegenseitig auf den Rücken. Auch Inguiomer umarmte den entfremdeten Vetter, und dann war ich an der Reihe. Ich ließ mich vom Pferd gleiten und ging auf den Mann zu, der nur wenige Monate zuvor versucht hatte, mich an Varus zu verraten.

Segestes wich zurück, als ich mich ihm näherte. «Das kann ich nicht.»

Ich lächelte kalt und sah ihn aus schmalen Augen an. «Hast du Angst, deine Freunde in Rom könnten erfahren, dass du den umarmt hast, der für ihre Niederlage verantwortlich ist?»

«Du bist hier nicht willkommen, Erminaz. Was die Gründe betrifft, so magst du nach Belieben spekulieren – du bist zur Hochzeit meiner Tochter nicht willkommen.»

«Mache dir darüber keine Gedanken, Segestes – ich werde nicht zur Hochzeit bleiben. Ich werde eine kleine Stärkung zu mir nehmen und dann wieder gehen, da mein Empfang so wenig höflich ausgefallen ist. Du wirst deine Manieren nicht so gänzlich vergessen haben, dass du einem Reisenden Speise und Trank verwehrst, wie?»

Sein Gesichtsausdruck ließ erahnen, dass er es mir tatsächlich am liebsten verwehrt hätte, doch vor all den Leuten konnte er das nicht tun. «Nimm, was du willst, und dann geh.»

«Danke für dieses freundliche Angebot, Segestes. Sei gewiss, ich werde weidlich Gebrauch davon machen.»

Das Festmahl war draußen vor Segestes' Langhaus vorbereitet, wo um die alte Eiche in der Mitte der Siedlung zahlreiche Tische aufgestellt waren. Die Zweige des Baumes waren mit Bändern geschmückt, die bis auf den Boden hingen, und dazwischen zog der Rauch der offenen Feuer hindurch, über denen Wild im Ganzen briet. Überall herrschte Festtagslaune: Kinder spielten in der warmen Sonne, während die Eltern herumsaßen und tranken, plauderten, lachten und darauf warteten, dass das Essen fertig war und das Festmahl begann. Die Zeremonie würde erst stattfinden, wenn alle genug gegessen und getrunken hatten, damit das Paar nicht mit leerem Magen ins Hochzeitsbett musste. Krieger maßen ihre Kräfte in Ringkämpfen oder indem sie gewaltige Felsbrocken über ihre Köpfe hochstemmten, Sklaven gingen umher und bereiteten das Mahl für ihre Herren vor. Eine Gruppe Musikanten mit Flöten und Leiern stimmte eine fröhliche Melodie an, und die Jugend des Dorfes begann, unter der Eiche eine Folge komplizierter Tanzschritte auszuführen. Dabei hielten sie die herabhängenden Bänder in den Händen.

Ich ging umher, genoss dieses germanische Idyll und sinnierte darüber, dass ich im Begriff war, es zu zerstören. Wenn ich diesen Weg einschlug, konnte es nie mehr Freundschaft zwischen den Chatten und den Cheruskern geben. Doch da Freundschaft ohnehin unmöglich war, solange Hadgan lebte, schien mir, ich hätte durch mein Vorhaben nichts zu verlieren und alles zu gewinnen.

Und so betrat ich Segestes' Langhaus.

Thumelicaz hob die Hand. «Mutter, ich denke, es wäre angemessen, wenn du fortfährst, schließlich ist dies dein Auftritt.»

Thusnelda trat aus dem Schatten vor. «Ich erinnere mich gut. Eben wurde ich im hinteren Teil des Langhauses von meiner Mutter und den Jungfrauen aus den führenden Familien unserer Siedlung angekleidet. Ich war niedergeschlagen, denn in wenigen Stunden würde die Zeremonie stattfinden, und trotz dessen, was Erminaz auf dem Kalkriesen gesagt hatte, schien es, als könne er nichts an meinen Plänen ändern. Ich war unruhig, während meine Helferinnen sich bemühten, mein Kleid zu schließen und mir Blumen ins Haar zu flechten. Da erschien ein Schatten im Eingang, und mein Herz tat einen Sprung: Erminaz war gekommen. Meine Mutter schrie ihn an, er solle verschwinden, Männer dürften das Langhaus nicht betreten, während die Braut zurechtgemacht würde. Er ging ohne ein Wort, doch seine Anwesenheit genügte, dass ich wusste, was von mir erwartet wurde.

Nun hatte ich es plötzlich eilig, ich half mit, meinen Gürtel zu schließen, und stieg in meine Schuhe, begierig, den boshaften Hadgan hinter mir zu lassen. Mein Vater hatte die Heirat in der Hoffnung arrangiert, die Chatten zu einer weit romfreundlicheren Politik überreden zu können, einer, für die ich mich geschämt hätte, und ich hätte mich erst recht geschämt, als Werkzeug zur Einführung dieser Politik zu dienen. Wie konnte er denken, er könne meine Jungfräulichkeit benutzen, um unsere Unterwerfung zu erkaufen? Doch er war schon immer ein schwacher Mann, der andere für ihre Stärke verehrte, da er selbst so wenig davon besaß.

Zufrieden mit meinem Aussehen, lief ich beschwingten Schrittes ins Freie hinaus und sah, dass das Festmahl bereit war und mein Vater mich erwartete.

‹Heute wirst du mich stolz machen›, sagte er und trat zurück, um bewundernd mein Haar zu betrachten.

‹Das hoffe ich, Vater›, erwiderte ich, und ich meinte es aufrichtig, denn ich hoffte wirklich, er werde eines Tages erkennen, dass ich das Richtige tat.

Ich nahm seinen Arm, und er führte mich zum Ehrentisch, wo ich zu seiner Linken Platz nahm. Hadgan bekam den Platz an seiner rechten Seite. Wir brachen das Brot, und mein Vater brachte viele Trinksprüche auf uns und unser Glück aus, aber wenn ihm das meine wirklich am Herzen lag, hätte er mich vielleicht in der Wahl meines Ehemannes mitreden lassen sollen. Nachdem viele Hörner geleert worden waren, starrte mein Vater plötzlich geradeaus, dann zeigte er auf Erminaz, der an einem weit entfernten Tisch saß. «Was machst du noch hier?», brüllte er, sprang auf und vergoss den Inhalt seines Trinkhorns über seinen Schoß. «Du hattest doch gesagt, du würdest wieder gehen, nachdem du dich gestärkt hättest.»

Erminaz nahm diesen Ausbruch völlig gelassen auf. Alle Gespräche verstummten, und er stand im Mittelpunkt der Aufmerksamkeit. Gemächlich kaute er den Bissen fertig, den er gerade im Mund hatte, und spülte ihn mit einem großen Schluck Bier hinunter. Dann wischte er sich mit dem Handrücken den Mund ab, stand auf, stieg über die Bank hinweg und sagte: ‹Ich habe mich noch nicht genug gestärkt, Segestes. Aber da es dir anscheinend so eilig ist, dass ich verschwinde, werde ich höflicher sein als du, der du mich davonjagst, und dir deinen Wunsch erfüllen. Allerdings will ich mir vorher noch eine Stärkung nehmen.› Er hob den Arm, und ein Reiter erschien, der ein zweites Pferd am Zügel führte. Als es nah genug heran war, schwang Erminaz sich darauf und ritt im Schritt vor den Ehrentisch, wo er das Pferd zum Stehen brachte.

Erminaz schaute auf Hadgan hinunter und redete ihn an: ‹Sage mir, wie würde es sich anfühlen, wenn deine Frau jedes Mal, wenn du bei ihr liegst, an einen anderen dächte?›

Hadgan erwiderte den Blick voller Hass. ‹Das solltest du besser wissen, Erminaz.›

Er entgegnete: ‹Ich weiß es nicht, aber ich werde dir den Gefallen tun, dafür zu sorgen, dass du diese Schmach nie erlebst. Auch wenn ich selbst keinen Grund weiß, weshalb ich dir helfen sollte.› Mit einem raschen Blick zu mir lenkte Erminaz sein Pferd seitlich an den Tisch heran.

Ich reagierte sofort, sprang auf und kletterte auf den Tisch. ‹Ich wähle Erminaz!›, rief ich, während ich hinter ihm rittlings aufs Pferd stieg und die Arme um seine Taille schlang. ‹Keiner hier soll sagen, ich sei nicht aus freien Stücken gegangen.›

Mein Liebster wendete sein Pferd, während Tumult ausbrach. Er trieb es zum Galopp an, und der andere Reiter, Aldhard, folgte uns. Ehe irgendjemand etwas unternehmen konnte, waren wir bereits zum Tor hinaus und ritten wie der Wind nach Nordwesten. Ich klammerte mich an den Mann, dem ich den Rest meines Lebens widmen wollte, und lachte über seine Verwegenheit. Und er lachte auch, denn wir waren zum ersten Mal zusammen und hofften, es für immer zu bleiben.

Doch wir rechneten nicht damit, zu welcher Bosheit Verwandte fähig sind.»

XV

Zu welcher Bosheit Verwandte fähig sind», wiederholte Thumelicaz nachdenklich, wobei er jedes Wort betonte. «Welch verheerenden Schaden die Bosheit Verwandter in unserem Leben angerichtet hat, wie, Mutter? Du wurdest durch deinen eigenen Vater an Germanicus verraten und an Rom ausgeliefert, als du mit Erminaz' Kind schwanger warst – das war seine Rache dafür, dass Erminaz dich an dem Tag entführte, als er dich Hadgan zur Frau geben wollte. Zwei Jahre später reiste Segestes sogar auf Einladung von Tiberius nach Rom, um zu sehen, wie seine eigene Tochter und sein Enkel – ich, in Gefangenschaft geboren – als Trophäen in Germanicus' Triumphzug zur Schau gestellt wurden. Welche Bosheit, schadenfroh das Unglück der eigenen Tochter anzusehen, das er durch seinen Hass auf den Sohn seines Vetters – nunmehr seinen Schwiegersohn – herbeigeführt hatte. Und dann … Doch nein, das kommt erst am Ende der Geschichte meines Vaters, wir wollen keinen so weiten Sprung nach vorn machen. Allerdings macht auch die Erzählung meines Vaters Sprünge: Sie überspringt nun die vier Jahre bis zu jenem, in dem meine Mutter verraten wurde. Aius wird vorlesen.»

Glück ist ein Gut, das in unserer Welt nicht leicht zu erlangen ist, und auch wenn wir nichts als einander begehrten, war es uns nicht bestimmt, lange zusammen zu sein. Ich bete noch immer darum, dass wir eines Tages wieder vereint sein werden und ich den Sohn kennenlerne, den ich nie gesehen habe – ein Geschenk, ein Trost über den Verlust unserer Tochter, die im zweiten Jahr unserer Ehe tot zur Welt kam. Doch vielleicht wird es eines Tages so weit sein.

Meine Annahme, dass bis zu einem Vergeltungsschlag noch wenigstens ein Jahr verstreichen werde, erwies sich als zutreffend: Tiberius unternahm zwei Jahre nach Varus' Niederlage einen Vorstoß über den Rhenus. Diesmal kommt allerdings anstatt des Wetters ein anderer Faktor in meiner Geschichte zum Tragen: das Alter. Augustus kam in die Jahre, seine Kräfte schwanden. Er rief seinen Erben Tiberius nach Rom zurück und beschied, die Grenze des Imperiums sollte am Rhenus bleiben und nicht weiter ausgedehnt werden. Es schien, als hätten wir gewonnen und als sei unsere Freiheit nunmehr gesichert, und das war gut, denn das von mir einberufene Treffen der Stammesfürsten auf dem Kalkriesen verlief ergebnislos: Keiner war bereit, mich als Anführer eines vereinigten Germanien zu akzeptieren, und man konnte sich auch auf keinen anderen geeigneten Mann einigen, mit dem alle einverstanden gewesen wären. Doch dank Augustus' Beschluss bestand ja nun keine Notwendigkeit zur Einigung mehr. Rom würde theoretisch niemals wiederkommen, somit konnten wir einfach zu den früheren Verhältnissen zurückkehren. Und für drei weitere Jahre taten wir genau das.

Als Tiberius Kaiser wurde, meuterten die Legionen am Rhenus, was unser Gefühl der Sicherheit noch verstärkte. Umso bestürzter waren wir, als sich im Oktober desselben Jahres die Kunde verbreitete, das Land der Marser sei von dem neuen römischen Feldherrn im Norden, meinem alten Bekannten Germanicus, verwüstet worden. Der Feldzug war mit atemberaubender Schnelligkeit durchgeführt worden, sodass alle überrumpelt waren. Doch der Zeitpunkt war der eine Faktor, den wir zu unserem Vorteil nutzen konnten, sofern es uns gelänge, unsere Streitmacht zu mobilisieren: Der Oktober kann in der nördlichen Ebene entlang der Lupia ein rauer Monat sein, und wir hatten die Möglichkeit, Germanicus' Armee auf dem Rückzug zu ihrem Stützpunkt am Westufer des Rhenus zu überfallen – uns konnte noch einmal ein Sieg wie im Teutoburger Wald gelingen.

Ich schickte Botschaften an alle Fürsten mit der dringenden Bitte, an die Lupia zu kommen. Ich selbst machte mich mit so vielen meiner Krieger auf den Weg, wie ich in der Kürze der Zeit versammeln konnte. Mit weniger als dreihundert Mann – doch mehr sollten folgen – erreichte ich das Kastell von Aliso im Süden des Gebiets der Brukterer. Dort stellte ich fest, dass das, was wir verwüstet zurückgelassen hatten, wieder instandgesetzt worden war. Der Einzige, der mich bereits erwartete, war Engilram mit viertausend seiner Männer; uns gegenüber standen vier Legionen in halber

Stärke und eine vergleichbare Anzahl Auxiliartruppen. Doch Germanicus war nicht auf eine Schlacht aus, denn das Wetter verschlechterte sich zusehends, und der Boden war aufgeweicht. Der Winter nahte, deshalb zog er sich zurück – eine kümmerliche Truppe wie die unsere war es nicht wert, sich mit ihr aufzuhalten, da ohnehin nur so wenige Leben auszulöschen gewesen wären, wenn er uns vernichtet hätte. Er marschierte also über die Straße davon, wohl wissend, dass es nicht in meiner Macht stand, ihn aufzuhalten.

«Niemand sonst wird kommen», sagte Engilram, während wir zuschauten, wie die letzte Kohorte außer Sicht verschwand. «Die Marser sind zu angeschlagen, und die übrigen nördlichen Stämme scheuen sich, dir zu einem weiteren Sieg über Rom zu verhelfen.»

Ich sah ihn ungläubig an. «*Mir* zu einem weiteren Sieg zu verhelfen? Müsste es nicht heißen, *uns* zu einem weiteren Sieg zu verhelfen?»

«Hadgan sieht es nicht so. Er ist derjenige, der gegen dich Stimmung gemacht hat – er hat die anderen dazu gebracht, deinen Ehrgeiz zu fürchten.»

«Dieser kurzsichtige, boshafte …»

«Gekränkte und gedemütigte stolze Mann», fiel Engilram mir ins Wort. «Es war nicht recht von dir, ihm Thusnelda so in aller Öffentlichkeit wegzunehmen.»

«Recht oder unrecht – die Gelegenheit, römisches Blut zu vergießen, muss doch seinen Zorn auf mich überwiegen?»

«Du weißt, dass es niemals so sein kann. Aber es wird in den nächsten Jahren noch mehr Gelegenheiten geben – Germanicus wird wiederkommen, und das wird ein paar der pragmatischeren Fürsten zum Umdenken bewegen. Vielleicht kannst du unter ihnen eine gewisse Einigung erreichen. In der Zwischenzeit werden meine Krieger diesen Römern auf dem ganzen Weg bis zum Rhenus zusetzen, damit sie sehen, dass wir noch immer Zähne haben.»

Ich dankte dem alten Bruktererfürsten, verfluchte Hadgans Heimtücke und kehrte in den Harz zurück.

Doch die Götter neigen dazu, stolzen Männern eine Lektion zu erteilen: Im nächsten Jahr waren die Chatten das Ziel des Angriffs. Ich jedoch war anderswo.

«Mein Vater Segestes kam nach der Sommersonnenwende in unsere Siedlung, während Erminaz fort war», sagte Thusnelda, die Aius mit einer energischen Handbewegung zum Schweigen brachte. «Er kam unter einem Friedenszweig und sagte, er wolle mit mir reden. Ich argwöhnte nichts dabei, denn ich hatte seit jenem Tag vier Jahre zuvor, als Erminaz mich vor seinen Augen entführt hatte, nicht mehr mit ihm gesprochen. Er und seine Eskorte wurden durch das Tor eingelassen. Nur wenige Krieger waren anwesend, die meisten waren mit meinem Mann losgezogen, um die Unterhäuptlinge umzustimmen, die zur prorömischen Haltung meines Vaters neigten. Und diesen Umstand machte sich mein Vater zunutze.

‹Du möchtest mich sprechen, Vater›, sagte ich, als er zur Tür unseres Langhauses hereinkam, gefolgt von zweien seiner Krieger.

‹Nein, du Hündin, es gibt nichts zu sagen›, entgegnete

er. Seine beiden Männer packten mich, versetzten mir einen Schlag auf den Hinterkopf und schleiften mich halb bewusstlos aus dem Haus. Indessen hatte der Rest seiner Leute es umstellt. Ich wurde quer über den Rücken eines Pferdes gelegt, und ehe ich wieder richtig zu mir kam, hatten wir bereits die wenigen Krieger niedergeritten, die versuchten, das Tor zu versperren, und waren auf dem Weg zurück zu seiner Siedlung. Als wir dort ankamen, sah ich, dass die Palisade kürzlich verstärkt worden war.

Einen halben Mond lang wurde ich in einem Lagerraum gefangen gehalten. Da bemerkte ich, dass ich wieder schwanger war, und ich weinte. Doch die Tränen hielten nicht lange an, denn als ich am folgenden Morgen erwachte, war mein Liebster gekommen, um mich zu befreien. Aus meinem Gefängnis konnte ich nichts sehen, aber ich konnte hören: Von allen Seiten ertönten laute Rufe. Wir waren umzingelt und wurden belagert.» Thusnelda nickte Aius zu. «Lies von der Stelle an weiter.»

Aius suchte nach der richtigen Zeile.

Ich packte den knienden Gefangenen an den Haaren, riss seinen Kopf zurück und stach ihm mit der Spitze meines Dolches das linke Auge aus. Dann wartete ich, bis seine Schreie nachließen. «Ich frage dich noch einmal: Wo wird sie festgehalten?»

«In einem Lagerraum hinter dem großen Langhaus.»

Mit einem Blick in sein verbliebenes Auge erkannte ich, dass er die Wahrheit sprach. Ich gab Aldhard ein Zeichen, ihm sein Schwert zu geben, sodass er mit einer Waffe in der Hand nach Walhalla gelangen konnte, dann schnitt ich ihm die Kehle durch und ließ den Körper zu Boden fallen. «Aldhard, wir heben einen Graben um die ganze Siedlung aus. Niemand kommt hinein oder heraus, bis ich Thusnelda wiederhabe.»

Er schaute mich verständnislos an. «Aber wer soll den Graben ausheben?»

«Meine Krieger.»

«Du kannst nicht von ihnen verlangen, Sklavenarbeit zu verrichten, das lassen sie sich nicht gefallen. Sie sind hier, um zu kämpfen, nicht um zu graben.»

Da lag das Problem: Unsere Männer waren zu stolz, um zu tun, was für eine wirksame Belagerung nötig war. Für sie bestand eine Belagerung darin, entweder vor dem Tor auszuharren, bis der Feind herauskam und sie zum Kampf Mann gegen Mann forderte, oder – wie in Aliso – auf die Wehranlagen zuzustürmen und vergeblich zu versuchen, sie zu überwinden. Doch das kam hier nicht in Frage, nicht solange Thusnelda sich innerhalb dieser Wehranlagen befand.

So entstand eine Pattsituation – bei Tage kam niemand hinein oder heraus, aber bei Nacht wurden immer wieder heimlich Vorräte in die Siedlung gebracht, und so blieben die Belagerten bei Kräften, bis Mitte September Germanicus' Armee aus dem Westen erschien. Mit weniger als zweitausend Mann konnte ich es nicht mit ihm aufnehmen. Mir standen vor ohnmächtiger Wut Tränen in den Augen, als ich unseren Rückzug befahl und von einer Anhöhe in einiger Entfernung zusah, wie ein Trupp aus der Siedlung kam und sich den Römern anschloss. Meine Frau war nun Germanicus' Gefangene, und ich wusste nicht, wie ich sie zurückholen sollte. Doch wie gesagt, die Götter neigen dazu, stolzen Männern eine Lektion zu erteilen: Thusneldas Verlust führte Hadgan zu mir.

«Sie haben mein Land verheert, meine Hauptsiedlung Mattium niedergebrannt, Tausende meiner Leute getötet. Ich will Rache», sagte er zu mir, als er mit gerade einmal fünfhundert Kriegern in den Harz kam. Germanicus war ein paar Tage zuvor abgezogen, ohne dass es Kämpfe gegeben hätte.

«Und weshalb kommst du zu mir, du, der du alle Anstrengungen unternommen hast, um zu verhindern, dass ich eine vereinigte Armee gegen Rom aufstellte?»

«Weil das, was zwischen uns stand, fort ist und sich nun in römischer Hand befindet.»

«Thusnelda?»

«Ja, jetzt hat sie keiner von uns. Du willst sie zurück, und ich bin ihr dankbar, denn hätte Segestes nicht Germanicus zu Hilfe gerufen, um deiner Belagerung zu entkommen, dann wäre ich jetzt zweifellos tot. Die Beute, die Segestes anbot, war so verlockend, dass Germanicus alles stehen und liegen ließ, um Thusnelda zu holen. Wir saßen in einigen Höhlen im Süden unseres Landes in der Falle und hatten nur noch Nahrung und Wasser für wenige Tage. Dank ihrer Gefangennahme haben wir überlebt. Lass uns vorerst das Geschehene vergessen und unsere Kräfte vereinen.»

Ich schaute meinen Feind an, und auch wenn ich in seinen Augen keine Spur von Freundschaft sah, wusste ich doch, dass er in ehrlicher Absicht sprach: Für den

Moment konnten wir Verbündete werden. Ich schloss ihn in die Arme. «Wir werden die Stämme wieder bei Aliso versammeln. Wir werden versuchen, noch einmal zu vollbringen, was uns im Teutoburger Wald gelungen ist – das hätten wir schon voriges Jahr tun können, wenn nicht … Nun, wie dem auch sei, wir werden es dieses Jahr tun. Sie werden bezahlen, wenn sie versuchen, über die –»

«Die Langen Brücken», warf der Straßenkämpfer ein. «Ich war mit der Fünften Alaudae dort.»

Thumelicaz schien erfreut, das zu hören. «Dann erzähle uns davon, Römer, und meine Sklaven sollen Notizen machen, damit die Geschichte ergänzt werden kann, denn mein Vater hat keinen sehr ausführlichen Bericht hinterlassen.»

Der Straßenkämpfer rieb sich ein Blumenkohlohr und schien seine Gedanken zu ordnen. «Also, im Jahr zuvor hatte es einen spannungsgeladenen Sommer gegeben, weil Tiberius unsere Forderung abgelehnt hatte, den Militärdienst zu verkürzen, von zwanzig Jahren zuzüglich fünf in der Reserve auf sechzehn in der Legion und vier in der Reserve. Keiner der Jungs war sonderlich erfreut, als die Kunde sich verbreitete, und deshalb verweigerten wir den Eid auf den neuen Kaiser. Wir wollten Germanicus als Kaiser – ihn liebten wir, Tiberius hingegen war griesgrämig und unnahbar. Doch er weigerte sich, packte uns bei der Ehre und brachte uns schließlich dazu einzulenken. Sobald die militärische Disziplin wiederhergestellt war, ließ er fast ohne Vorwarnung eine Brücke bauen, und wir zogen mit den rebellischeren Kohorten der vier Legionen der Germania Inferior über den Rhenus ins Land der Marser. Germanicus hielt es für das Beste, wenn wir unsere Enttäuschung an den Germanenstämmen ausließen, anstatt übereinander herzufallen, und wahrscheinlich hatte er recht. So waren wir also wieder im Land der Angst und der Wälder und konnten uns nicht einmal darüber beklagen, da wir uns gerade erst seinem Willen gefügt hatten – hätten wir ein zweites Mal gemeutert, dann hätten wir mit weit härteren Konsequenzen zu rechnen gehabt, als nur die Rädelsführer zur Hinrichtung auszuliefern.

Doch es schien, als sollte sich das Debakel von vor fünf Jahren nicht wiederholen, denn diesmal rechneten die Einheimischen nicht mit uns. Wir überrumpelten sie, brachen wie ein Unwetter über das Land herein, brannten jede Siedlung und jedes Gehöft nieder und schlachteten sämtliche Bewohner ab, die uns in die Hände fielen, ohne Ansehen von Alter und Geschlecht. Ein paar der Jungs – nur sehr wenige – waren dabei, die sich nach Varus' Niederlage aus Germanien hatten retten können und anschließend der Alaudae zugeteilt worden waren. Ihr könnt Euch wohl vorstellen, wie gründlich sie sich jetzt dieser Aufgabe widmeten, wenn Ihr versteht, was ich meine? Nun, nachdem wir ungefähr zwanzig Tage lang alles verwüstet hatten, was uns in den Weg kam, wurde der Adler der Neunzehnten entdeckt. Daraufhin fand Germanicus, das wäre ein schöner Abschluss für diese Feldzugsaison, und so machten wir uns auf den Rückweg zum Kastell von Aliso, das von Auxiliartruppen wiederaufgebaut worden war, während wir unseren Spaß hatten. Von dort wollten wir über die Militärstraße zum Rhenus marschieren und in unsere wohlverdiente Winterpause gehen. Das taten wir auch und verbrachten einen angenehmen Winter. Im nächsten Frühjahr zogen wir wieder in den Osten, diesmal um den Chatten einen Geschmack von unserem Eisen zu geben, und sie mochten es gar nicht, das ist mal sicher. Wir brannten Mattium nieder, töteten oder versklavten die meisten Einwohner und verfolgten dann das, was von der Armee der Chatten noch übrig war, nach Süden bis zu einigen Höhlen hoch in steilen Felswänden. Sie hatten diese Höhlen befestigt, sodass es fast unmöglich war, dort einzudringen. Aber gerade als wir sie fast ausgehungert hatten, brach Germanicus die Belagerung plötzlich ab, und wir zogen im Eilmarsch nach Nordosten. Als wir sahen, weshalb, konnten wir ihn verstehen.» Er schaute Thusnelda an. «Ihr wart eine wunderschöne junge Frau, und uns war klar, dass Ihr für Arminius ein großer Verlust und für Germanicus eine prächtige Trophäe sein würdet. Inzwischen neigte sich die Feldzugsaison bereits wieder dem Ende zu. Germanicus brachte zwei der Legionen per Schiff zurück ins Imperium, über die Amisia und das nördliche Meer – doch das ist eine andere Geschichte. Wir sollten zusammen mit der Zweiten, der Vierzehnten und der Zwanzigsten unter seinem Stellvertreter Caecina über die Militärstraße entlang der Lupia marschieren.

Doch ganz so einfach war das nicht – ganz so einfach ist es in Germanien ja nie.

‹Scheiße!›, sagte mein Kumpel Sextus, als wir am Morgen unseres Aufbruchs vor dem Lager antraten. ‹Das sieht nicht gut aus, Magnus, gar nicht gut.›

Nun ist Sextus nicht der Hellste in der Truppe – genau genommen wäre er wohl in so ziemlich jeder Truppe der am wenigsten Helle –, aber diesmal lag er völlig richtig: Es sah wirklich gar nicht gut aus. ‹Allerdings, Kumpel: Scheiße›, erwiderte ich und sog die Luft durch die Zähne. ‹Die da sind verdammt viele.› Und das waren sie – Tausende, wenigstens schien es so, säumten den Kamm einer Anhöhe ein paar Meilen östlich von uns, und sie sahen aus, als dürsteten sie nach Römerblut. ‹Und wir sind zweihundert Meilen und zwanzig Brücken vom Rhenus entfernt.›

Sextus verzog angestrengt das Gesicht, wie er es immer tat, wenn er sich in Arithmetik versuchte, was selten vorkam. ‹Das macht alle sieben Meilen eine Brücke›, riet er schließlich.

‹So ungefähr, Sextus, alter Kumpel, so ungefähr.›

‹Und wer hat dir erlaubt, eine Meinung zu haben, Soldat!›, schrie Servius, unser Optio, mir von hinten ins Ohr. ‹Wenn hier in der Truppe noch mehr geredet wird, gibt es nur noch eins, wozu du eine Meinung haben wirst, nämlich wie sehr die Striemen an deinem Rücken bei jeder Schaufel Scheiße schmerzen, die ich dich von einer Seite des Latrinengrabens zur anderen und wieder zurück schaufeln lasse.›

Sextus und ich standen stramm, setzten unsere ernsthaftesten Legionärsmienen auf und starrten ins Leere. Aber Servius' Zorn wurde von uns abgelenkt, als der ganze Aufmarsch von vier Legionen in fast voller Truppenstärke gleichzeitig aufstöhnte, als würden wir alle zum ersten Mal von hinten rangenommen. Zu unserer Linken, jenseits des Flusses in den Bergen, die seinem Lauf nach

Westen folgten, erschienen noch Tausende dieser haarigen Hurensöhne ... Ich bitte um Verzeihung, dieser edlen germanischen Krieger. Auf ein unsichtbares Zeichen stießen beide Horden ein Gebrüll aus, das boshaft und entschlossen klang – ein abscheulicher Laut, gelinde gesagt. Er geht einem durch Mark und Bein, wenn man weiß, man hat noch einen Marsch von wenigstens zehn Tagen vor sich, und diese Hurensöhne sind einem immerfort auf den Fersen und setzen einem zu, sind aber jedes Mal gleich auf und davon, wenn wir kehrtmachen, um ihnen einen anständigen Kampf von Angesicht zu Angesicht zu liefern, der danach entschieden wird, wer das schärfere Eisen und die dickeren Eier hat.

Wie dem auch sei, die Bläserjungs ließen ihre *Cornua* dröhnen, Standarten wurden geschwenkt und dann abgesenkt oder erhoben, je nachdem, welche unterschiedlichen Flüche der oberste Centurio der jeweiligen Kohorte brüllte. Unsere Kohortenstandarte neigte sich nach links und wurde dann einmal abgesenkt, während aus den Cornua eine absteigende Tonfolge dröhnte. Der Centurio unserer Centurie, Carrinas Balbillus – liebevoll der Arscherweiterer genannt, weil er eine neue Verwendung für seinen Rebenstab gefunden hatte, wenn er meinte, simple Prügel seien nicht Strafe genug –, forderte uns höflich auf, herumzuschwenken und uns hundert Schritt zurückzuziehen. Nachdem wir das getan hatten, bat er uns, doch gütigst eine Kolonne zu bilden. Wir waren jetzt nach Westen ausgerichtet – wir würden uns nicht zur Schlacht stellen, sondern das Weite suchen. Von unserer Position in der Fünften Alaudae – neunte Kohorte, siebte Centurie – konnten wir unmöglich erkennen, was im Gange war, aber schon bald lief das Gerücht durch die Reihen, dass alle vier Legionen ein hohles Geviert bildeten, mit dem Gepäcktross in der Mitte. Wir waren die linke Seite, die Erste Germanica stand nach vorn ausgerichtet, die Einundzwanzigste Rapax nach rechts, und die Zwanzigste hütete unsere Ärsche. Servius bemerkte ungewohnt geistreich, darin müssten sie eigentlich sehr gut sein, da sie regelmäßig hinter uns in Deckung gingen, wann immer es nach Ärger aussah.

Mars allein weiß, wie lange wir brauchten, um uns ordentlich aufzustellen, aber irgendwann entschieden die Centurionen und Optiones, sie hätten uns vorerst genug angeschrien und wir seien alle am richtigen Platz. An unserer Flanke sahen wir ein paar der gallischen Auxiliarkohorten in Abwehrstellung gehen, als käme ein Angriff, von dem wir bislang noch nichts sehen konnten. Indessen waren zwei Alae hispanischer leichter Reiterei an beiden Flanken in Bewegung, zweifellos um die germanischen Hurensöhne von dem Versuch abzubringen, ein paar gallische Köpfe zu erbeuten – wir alle wissen, dass sie die Gallier ebenso sehr hassen wie die Gallier die Germanen, aber der Anblick eines Galliers in der Uniform Roms ist ihnen ein solcher Gräuel, dass sie ihre eigenen Großmütter niedertrampeln würden, um sich auf ihn zu stürzen. Wie Ihr Euch wohl denken könnt, hatten wir nichts dagegen, die Jungs das unter sich ausmachen zu lassen, wenn wir inzwischen still und friedlich davonmarschieren konnten. Wieder dröhnten Cornua, und Standarten wurden abgesenkt, dann schlug endlich der Arscherweiterer mit größter Rücksicht auf unsere Empfindlichkeiten vor, wir könnten uns vielleicht im bequemen Tempo eines Eilmarsches in Bewegung setzen. Wir taten ihm den Gefallen natürlich gern, da er uns so freundlich darum gebeten hatte. Das Gepäck an der Tragestange über der Schulter, den Schild aber nicht auf dem Rücken, sondern in der Hand, traten wir frohen Mutes unseren Gewaltmarsch nach Westen an.

Aber Germanien ist nicht berühmt dafür, uns Römern das Leben leicht zu machen, und sie haben da ein paar äußerst romfeindliche Götter. Einer davon, Donar, schien uns besonders auf dem Kieker zu haben. Er hat, soweit ich weiß, einen Hammer, und gerade in dem Moment, als wir in Laufschritt fielen, ließ er seinen Hammer auf was auch immer niederkrachen, worauf er ihn eben niederkrachen lässt, und der Himmel riss mit einem Dröhnen auf, das sämtliche Anstrengungen der Bläserjungs bei unserem jüngsten Manöver in den Schatten stellte. Sofort goss es in Strömen, und heftige Windböen trieben den Regen in Schleiern und Wirbeln herum, sodass er uns in die Augen und durch die Kettenhemden drang – unsere Kohorte war noch nicht mit den neuen Gliederpanzern ausgestattet. Ehe wir die erste Meile zurückgelegt hatten, waren wir alle in so elender Verfassung, wie der Arscherweiterer uns am liebsten sah – ihm stand die Freude ins Gesicht geschrieben, wenn er uns spielerisch mit seinem Rebenstab anstupste, um uns auf die Sprünge zu helfen.

Links von uns erschwerte der Regen die Sicht auf die Kämpfe, die unsere Gallier sich mit ihren Freunden lieferten, aber mit der Hilfe der hispanischen Kavallerie und zweier Verstärkungskohorten aus Aquitaniern schienen sie jeden Versuch abzuwehren, einen Schmaus aus unseren Hoden zu machen.» Der Straßenkämpfer hielt inne und warf einen finsteren Blick auf Thumelicaz' Gefäß. «Das ist einfach wider die Natur.» Kopfschüttelnd fuhr er fort: «Wie auch immer, wir bissen die Zähne zusammen und marschierten weiter, Meile um Meile, jede mühsamer als die vorige. Man darf nicht vergessen, dass wir mit vier Legionen ein hohles Geviert bildeten, zweihundert Schritt breit und mehr als eine Meile lang. Da aber die Straße, der wir folgten, nur zehn Schritt breit war, hatten die wenigsten von uns festen Boden unter den Füßen. Wir in unserer privilegierten Position als siebte Centurie der neunten Kohorte erreichten jedes Fleckchen Schlamm erst, wenn vor uns schon ein paar hundert andere Jungs dort gewesen waren, und so war es ein klein wenig unwegsam, wenn Ihr versteht – nicht wie die Rennbahn im Circus Maximus in Rom, wo man gemütlich in leichtem Galopp seine Runden drehen kann. Und dann war da natürlich noch die Kleinigkeit mit den Brücken: Nur die Fuhrwerke konnten sie nutzen, da sie ja auf der Straße waren. Wir Übrigen mussten die Flüsse durchqueren, wie es eben ging, und oft stand uns das Wasser dabei bis zum Hals. Wenn wir noch nicht durchgefroren waren, ehe wir hineingingen, so waren wir es ganz gewiss, wenn wir am anderen Ufer wieder herauskrochen.

Und weiter ging es im Laufschritt, unsere Lungen drohten zu platzen, und unsere Kehlen brannten trotz des Regens wie Feuer. Kaum einer von den Jungs war noch in der Lage, auch nur eine flapsige Bemerkung zu machen, was den Arscherweiterer mächtig grämte, denn so hatte er keinen Vorwand mehr, auf uns einzuprügeln, außer angeblicher Bummelei. Aber niemand dachte daran, zu bummeln, denn das hätte uns entweder Qualen unter den liebevollen Streichen von Balbillus' Rebenstab eingebracht oder die Zuwendung dieser reizenden Jungs, die nur zu gern unsere Zehen über einem ihrer Feuer aufgewärmt hätten.

‹Halt!›, schrie der Arscherweiterer, gerade als ich dachte, ein Feuer wäre vielleicht doch keine so schlechte Sache. Ich tauchte aus dem Albtraum auf, in dem ich wer weiß wie lange gefangen gewesen war, und stellte fest, dass wir alle stillstanden und jetzt freundlich aufgefordert wurden, ein Marschlager für dreißigtausend Mann aufzuschlagen.

Nun, wir hatten noch nie so schnell so hart gearbeitet. Der Boden war derart durchweicht, dass jede Schaufel Erde doppelt so schwer schien wie sonst, aber dennoch hatten wir schon nach kurzer Zeit einen zweieinhalb Meilen langen und vier Fuß tiefen Graben ausgehoben und die Erde am Rand zu einem vier Fuß hohen Wall aufgeworfen. Während wir arbeiteten, schirmten die Auxiliartruppen unsere Kolonne an beiden Flanken ab und hielten uns die Stämme vom Leib, doch sie konnten die Hurensöhne trotz aller Anstrengung nicht weit genug in den Wald zurückdrängen, dass wir das benötigte zusätzliche Holz für eine Palisade hätten schlagen können. Viele der Pfähle, die wir bei uns gehabt hatten, waren verlorengegangen, und so hatten wir zu unserem Schutz nun nichts als den Graben und den Wall. Aber wenigstens hatten wir unsere

Zelte, und bald nahmen wir darin unsere freudlose kalte Mahlzeit ein, dankbar, wenigstens für kurze Zeit dem Regen zu entkommen. Und es *war* eine kurze Zeit, denn nach nur zwei Stunden schmettert der Arscherweiterer seinen Rebenstab auf unser Zeltdach und schlägt vor, ob wir uns nicht der zehnten Kohorte anschließen und für die nächsten paar Stunden das Gelände bewachen wollten, damit die übrige Legion sicher und behaglich in ihre Decken gewickelt schlafen könne in der Gewissheit, dass wir über sie wachen wie besorgte Glucken. Natürlich antworteten wir dem Arscherweiterer, dass wir nichts lieber täten, und er und Servius zeigten uns ihre Dankbarkeit, indem sie uns neben der achten Centurie in Stellung prügelten.

Es war nicht schön, wirklich gar nicht, denn die Auxiliartruppen hatten sich ins Lager zurückgezogen, sodass nichts mehr die blutrünstigen Hurensöhne hindern konnte, bis an den Graben zu kommen und mit Speeren nach uns zu werfen. Und genau das taten sie wieder und wieder. Ich hatte Sextus an meiner linken Seite und rechts von mir diesen Griechen, Cassandros, der erst kürzlich aus einer östlichen Legion in die Fünfte versetzt worden war und all diese fiesen Angewohnheiten aus dem Osten mitgebracht hatte. Wir spähten in den strömenden Regen und konnten undeutlich den Schemen einer Menschenmasse ausmachen, die auf uns zugerannt kam. Sie schrien, heulten und machten allerlei schaurige Geräusche. Wir duckten uns hinter unsere Schilde, die wir oben auf dem Wall aufgesetzt hatten. ‹Mach dich auf was gefasst, Sextus, mein Guter›, murmelte ich, während ich fühlte, wie mein

Arschloch sich so fest zusammenzog, dass es eine neugierige Ratte glatt erwürgt hätte. ‹Ich glaube nicht, dass die kommen, um uns das Frühstück zu bringen und sich zu erkundigen, ob wir gut geschlafen haben.›

Mein Kumpel runzelte die Stirn. ‹Das wäre dumm, es ist noch gar nicht Frühstückszeit, und außerdem sind sie doch diejenigen, die uns am Schlafen hindern.›

‹Ach, Sextus, vergiss es einfach.›

‹Er ist nicht besonders schlau, wie?›, bemerkte Cassandros.

‹Das hat er auch nie von sich behauptet›, erwiderte ich.

Jede weitere Diskussion über das Thema wurde durch das Eintreffen von Wurfspeeren abgebrochen. Sie schlugen überall entlang der Linie mit hohlem Laut in unsere Schilde ein wie Hagel auf mit Ochsenhaut bespannte Trommeln. Ich weiß nicht, wie viele sich in meinen Schild bohrten, aber als die haarigen Hurensöhne anfingen, über unseren hübschen Graben zu stürmen, fühlte er sich jedenfalls überaus unhandlich an, und ich konnte nichts dagegen tun.

Tja, wenn man neu in die Legion kommt, muss man monatelang Tag für Tag einen Holzpfahl mit einem Holzschwert attackieren – das heißt, wenn man nicht gerade mit voller Ausrüstung Zwanzig-Meilen-Märsche zurücklegen muss. Und niemand versteht so recht, warum die Ausbilder so versessen auf diese scheinbar sinnlose Übung sind, bis man zum ersten Mal sein echtes Schwert wirklich gebrauchen muss. In jener Nacht stieß ich nun also meine Klinge durch die Lücke zwischen meinem Schild und dem von Sextus, stach in die Gesichter und zwischen die Rippen der germanischen Krieger, die versuchten, über unser Schanzwerk zu klettern. Manche benutzten die Wurfspeere, die in unseren Schilden steckten, als Griffe und zogen sich daran hoch, und wir mussten mit aller Kraft gegenhalten, um nicht hinuntergezerrt zu werden. Blut spritzte aus durchtrennten Adern und den Stümpfen frisch abgeschlagener Gliedmaßen, während wir ganz automatisch unsere Klingen gebrauchten. Es war uns zur zweiten Natur geworden, und nun ergab das stundenlange Üben an dem Pfosten einen Sinn, und die Flüche der Ausbilder waren in unserer Erinnerung wie Musik, die den Takt zu unseren Stichen vorgab. Zustoßen, drehen, links, rechts, zurückziehen, wieder zustoßen, alle in einer Linie, zwei Reihen tief, mit dem Arscherweiterer in der Mitte. Er brüllte den ungewaschenen Barbaren seinen Hass entgegen, da sie die Dreistigkeit besaßen, in sein Lager eindringen zu wollen, und zum Lohn für diese Frechheit schickte er einen Krieger nach dem anderen ins germanische Totenreich, wie auch immer das aussehen mag. Hinter uns spürte die zweite Reihe den Stock unseres Optios Servius im Rücken – er wollte die Linie gerade halten und zugleich verhindern, dass irgendjemand auf die Idee kam, im Zelt könnte es gemütlicher sein. Um uns aufzumuntern, schrie er uns Beleidigungen zu, während wir die toten und sterbenden Gegner zurückstießen, sodass sie auf dem wachsenden Haufen im Graben landeten. Daraus ergab sich allerdings ein Problem: Je mehr wir töteten, umso flacher wurde der Graben und umso leichter gelangten die Nachfolgenden auf den Wall. Ich fühlte, wie jemand fest an meinem Schild zog, und musste mit aller

Kraft gegenhalten, damit er mir nicht entrissen wurde. Als ich einen raschen Blick nach unten warf, sah ich Finger um den Rand geklammert. Ein schneller Schwertschlag trennte sie ab. Die Schreie des einstigen Besitzers gingen im Schlachtenlärm unter, und ich merkte, dass der Zug an meinem Schild nachließ, da sah ich aus dem Augenwinkel etwas auf mich zuschnellen. Instinktiv riss ich den Schild hoch und lenkte mit der Oberkante einen Speerstoß ab, der genau auf meine Augen gezielt war. Dadurch entstand allerdings eine Lücke zwischen dem Wall und der Unterkante meines Schilds. Gleich darauf traf mich ein so heftiger Stoß in den Bauch, dass mir die Luft wegblieb, und als ich hinunterschaute, sah ich eine Speerspitze in meinem Bauch stecken. Ich ließ meinen Schild darauf hinunterkrachen, und zu meiner Erleichterung löste sich die Speerspitze – sie hatte den Kettenpanzer nicht durchstoßen. Inzwischen war ich allerdings ernsthaft verärgert, ebenso wie Sextus und Cassandros neben mir. Überhaupt war die ganze Centurie nicht in bester Laune, und zu Balbillus' Freude brüllten wir unseren Trotz hinaus und töteten so viele Gegner, wie wir konnten, ehe der Rest sich davonmachte und im strömenden Regen verschwand.

Nun ist das Problem mit den Germanen: Wenn ein Germane etwas vormacht, müssen alle anderen es nachmachen, um nicht an Ansehen zu verlieren. Und so war es nicht damit getan, dass wir diesen Angriff abwehrten, ganz und gar nicht. Sie kamen wieder, aber diesmal waren es andere, die noch frisch bei Kräften waren, weil sie den letzten Versuch ausgesessen hatten. Nun wollten sie ihren geschlagenen Kameraden zeigen, wie man es richtig machte. Wir tauschten die Reihen, sodass Sextus, Cassandros und ich diesmal bloß ein bisschen schieben und dabei unsere Schilde über unsere Vordermänner halten mussten. Nur der Arscherweiterer zog es vor, in der vorderen Reihe zu bleiben, und wir alle gönnten ihm das Vergnügen gern, denn wir hofften, einer der Barbaren würde uns einen Gefallen tun. Aber Spielverderber, die sie nun einmal sind, taten sie es nicht. Als wir zwei Stunden später abgelöst wurden, war er blutverschmiert und fidel wie eh und je. Er hatte vor seinem Abschnitt des Walls einen ordentlichen Berg Leichen aufgehäuft und war mehr als bereit, uns in den Schlaf zu brüllen. Doch das mit dem Schlafen gestaltete sich schwierig, denn die Überfälle gingen die ganze Nacht weiter, und die Schreie der Verstümmelten und Sterbenden nahmen kein Ende. Sie übertönten beinahe das Wecksignal der Bläserjungs eine Stunde vor Tagesanbruch. Das Lager wurde abgebrochen, jede Zeltgemeinschaft lud ihr Zelt auf ihr Maultier, und die schwereren Teile wie die Getreidemühlen und das Zelt des Arscherweiterers kamen auf das Fuhrwerk der Centurie, auf dem auch die Carroballista transportiert wurde. Die Auxiliartruppen formierten sich wieder, um uns abzuschirmen, während wir in die richtige Marschordnung gebrüllt wurden, aber aus irgendeinem Grund hielten die Germanen sich zurück. Sie zogen es vor, uns aus einiger Entfernung zu beobachten und uns mit Hohnrufen und dem Anblick ihrer Ärsche zu beglücken, während wir uns in Marsch setzten.

Erst als das hintere Ende der Kolonne zwei Meilen weit marschiert war, erkannten wir, worauf sie warteten:

Sie waren in der Nacht fleißig gewesen, und bald sanken wir mit den Füßen immer tiefer im Schlamm ein. Dann wurde der Schlamm sehr flüssig, bis wir durch eine endlose Pfütze marschierten, die immer tiefer wurde – nach kurzer Zeit reichte sie bis zu den Knöcheln, dann bis zu den Knien. Die Hurensöhne hatten – wenn sie uns nicht gerade angriffen – die Nacht damit zugebracht, die nächsten beiden Flüsse zu stauen, sodass das Gelände dazwischen überflutet wurde. Ich brauche wohl nicht zu betonen, dass uns das Marschieren inzwischen wirklich schwerfiel. Selbst Sextus, der einen Ochsen niederringen konnte, hatte Mühe, von der Stelle zu kommen. Die Fuhrwerke blieben immer wieder stecken, und die ganze Kolonne bewegte sich nur noch im Schneckentempo vorwärts. Dann ließ dieser Widerling Donar seinen Hammer niederkrachen, und gerade als der Arscherweiterer gedacht hatte, es könnte uns nicht mehr elender ergehen, kam von oben noch mehr Wasser. Gleich darauf gingen die Angriffe auf die Auxiliartruppen wieder los. Aber diesmal konnte die Kavallerie wegen des hohen Wasserstands ihre Flanken nicht annähernd so wirksam schützen, und so dauerte es nicht lange, bis die erste gallische Kohorte den Versuch aufgab, kehrtmachte und auf uns in der Hauptkolonne zugepflügt kam. Dann traten auch die Übrigen den Rückzug an, und die haarigen Wilden stürmten hinter ihnen her, brachten die Fliehenden zur Strecke und hatten ihre helle Freude daran, denn sie kennen keinen schöneren Anblick als einen toten Gallier. Selbst die Kavallerie hatte zu leiden, denn die Pferde wollten im Wasser nicht schnell laufen, und wenn sie angetrieben wurden, scheuten sie. Deshalb saßen viele der Reiter ab in der Hoffnung, zu Fuß schneller zu entkommen.

Unsere Deckung war also dahin, wir waren dem Angriff ausgeliefert. Aber ein Kampf von Angesicht zu Angesicht war nicht das, was unsere Gegner im Sinn hatten. Die Wurfspeere prasselten fast so dicht auf uns nieder wie der Regen, und inzwischen stand uns allen das Bild dessen vor Augen, was Varus widerfahren war, denn wir hatten von der vier Tage dauernden Schlacht gehört. Die Geschichte war immer wieder erzählt worden, bis es in der ganzen Armee niemanden mehr gab, der nicht fürchtete, sie könne sich wiederholen. Und genau das schien jetzt zu geschehen. Hilflos waren wir dem tödlichen Niederschlag ausgesetzt, Salve um Salve ging auf unser Schilddach nieder, und viele Speere drangen auch durch, da wir so aus der Ordnung gebracht waren. Wir konnten die Aufmerksamkeit nicht erwidern, weil wir uns ganz darauf konzentrieren mussten, uns zu schützen und weiter voranzukommen. Außerdem waren nach dem Chaos der vergangenen Nacht keine neuen Pila ausgegeben worden. Unsere wenigen Bogenschützen versuchten, die Wilden auf Abstand zu halten, aber sie waren nicht zahlreich genug, um wirklich etwas auszurichten. Die Germanen wichen einfach zurück, wenn sie sie kommen sahen, und konzentrierten sich auf eine andere Stelle.

Vier Stunden lang wateten wir so vorwärts und ließen nur unsere Toten zurück – die Unglücklichen, die zu schwer verwundet waren, um weiterzugehen, ließen sich lieber von einem Kameraden das Schwert ins Herz stoßen, als lebend zurückzubleiben und im Feuer zu enden. Aber bald holten die Toten uns wieder ein, denn die Wilden schlugen ihnen die Köpfe ab und warfen sie mitten zwischen uns. Wir rasten vor ohnmächtiger Wut, da wir keine Möglichkeit hatten, die Verstümmelung unserer Gefallenen zu rächen.

Der Tag schleppte sich dahin, und wir wurden immer hungriger, da wir nicht anhalten konnten, um zu essen. Ohnehin hätten wir unmöglich Feuer machen können, denn inzwischen befanden wir uns praktisch in einem riesigen See. Doch selbst als wir endlich trockeneren Boden erreichten – mit anderen Worten: Boden, der nur ein einziger Morast war, aber nicht völlig unter Wasser stand –, wussten wir, dass es keine Rast geben konnte. Also kauten wir an irgendwelchen Resten, die wir noch in unserem Gepäck fanden, und wünschten, wir könnten von den Rationen für elf Tage zehren, die jeder von uns mitschleppte – bisher war nicht der Befehl ergangen, sie herauszuholen.

Wir durchquerten einen weiteren Fluss, einen, der nicht gestaut worden war, und fanden uns auf offenerem Gelände wieder. Die Bläserjungs taten, wozu sie da waren, und wenig später ersuchte der Arscherweiterer uns höflich, unseren Abschnitt des Grabens für das Nachtlager auszuheben. Das Lager war nicht besser als das der vorigen Nacht, unser Elend hatte kein Ende und die Angriffe der Wilden ebenso wenig. Aber mittlerweile waren wir so erledigt, dass wir einschliefen, sobald wir unseren Teil der Schanzarbeiten erledigt hatten, ganz gleich, wie viele Verwundete in ihrer Qual zu den Göttern schrien. Selbst Balbillus nahm ein wenig Rücksicht und brüllte uns volle vier Stunden lang nicht an.

‹Ich glaube nicht, dass ich den Tag überstehe›, murmelte Cassandros, als kurz nach dem Wecksignal das Gebrüll wieder losging und wir versuchten, einen kalten Brei aus Mehl und gemahlenen Kichererbsen herzustellen.

‹Tja, du hast die Wahl, ob du durchhältst, dich in dein Schwert stürzt oder dir die Zehen über dem Feuer wärmst›, erwiderte ich nicht besonders hilfreich. ‹Ich persönlich würde die erste Option wählen, denn Feuer mag ich nicht, und was der Arscherweiterer mit mir anstellen würde, wenn ich mich ohne Erlaubnis umbringe, will ich auch lieber nicht erleben.›

Cassandros grummelte etwas, hatte dem aber nichts entgegenzusetzen. Indessen schaute Sextus völlig verwirrt drein und schien zu überlegen, wie der Arscherweiterer ihn bis ins Totenreich verfolgen könnte. Er grübelte noch immer über das Problem, als wir wieder in Marschordnung waren und die Bläserjungs unserer Legion das Kommando zum Eilmarsch gaben.

Tja, ich weiß nicht, was geschah, weil ich damals keine Fragen stellte – ich befolgte einfach das jeweils zuletzt gebrüllte Kommando, um mir das Leben nicht unnötig zu erschweren und damit Balbillus nicht vor versammelter Mannschaft an mir demonstrierte, wie er zu seinem Spitznamen gekommen war. Ich vermute allerdings, der Arscherweiterer selbst wusste auch nicht, wie es zustande kam – aber es kam jedenfalls zustande, und beinahe wäre es unser aller Ende gewesen.

Wir setzten uns also in Marsch und jammerten dabei, sofern wir es wagten, dass wir auf praktisch leeren Magen ein solches Tempo vorlegen sollten. Der Arscherweiterer hatte bis auf ein paar ermutigende Stupser mit seinem Rebenstab kein Mitgefühl für uns übrig. In der Überzeugung, das Richtige zu tun, trabten wir über das allmählich trockener werdende Gelände – Donar hatte offenbar beschlossen, an diesem Tag auszuschlafen, und so gab es keine schlimmeren Widrigkeiten als einen starken, kalten Wind von Norden. In unserer feuchten Kleidung hätte dieser uns allerdings erheblich zu schaffen gemacht, hätten wir nicht das Glück gehabt, durch die Anstrengung des Gewaltmarsches zu schwitzen.

Allerdings schien niemand so recht achtzugeben, was der Rest der Truppe tat, denn die anderen taten jedenfalls nicht dasselbe wie wir – abgesehen von der Einundzwanzigsten auf der linken Flanke, die begeistert im Laufschritt einhertrabte. Die Erste und die Vierzehnte dagegen ließen den Tag ruhiger angehen und schlenderten vor sich hin, als wären sie mit ihren Liebchen auf einer Landpartie. Tja, es dauerte denn auch nicht lange, bis das Unvermeidliche geschah und wir und die Einundzwanzigste den Rest der Kolonne hinter uns ließen. So war der Gepäcktross ungeschützt, und wenn ein Germane etwas noch lieber sieht als einen toten Gallier, dann ist es ein ungeschützter Gepäcktross. Dieser war offenbar unwiderstehlich. So kamen sie unter Jubelgeschrei aus dem Morgendunst und …»

«An dieser Stelle ist der Bericht meines Vaters hörenswert», warf Thumelicaz ein. Er schaute zu seinen beiden Sklaven hinüber, die gewissenhaft Notizen gemacht hatten. Nun legten sie ihre Stili ab. «Ihr könnt nachher eure Mitschrift ausarbeiten, und ich werde entscheiden, was dem Bericht meines Vaters hinzugefügt wird. Aius, lies ab der elften Rolle, beginnend mit dem Moment, da Erminaz das ungeschützte Gepäck sieht. Tiburtius, fülle die Lampen nach und erneuere die Kerzen.»

Kurz darauf hatte Aius die Stelle gefunden und begann zu lesen, während Tiburtius im Zelt umherging und sich um die brennenden Kerzen und Lampen kümmerte.

Mir war unbegreiflich, weshalb ein solcher Befehl erteilt worden war – für mich war es Irrsinn, doch es geschah nun einmal, und eine solche Gelegenheit konnte ich mir nicht entgehen lassen: Dies war meine Chance, die römische Kolonne zu spalten und die beiden Teile einzeln anzugreifen. Dies war meine Chance, einen noch überwältigenderen Sieg zu erringen als am Kalkriesen. Ich stand mit meinem Vater und seiner Haustruppe an der Spitze der Cherusker nördlich der römischen Formation. Ohne Zögern hob ich mein Schwert und brüllte unseren Schlachtruf zu den Göttern, pries sie und schmähte unsere Feinde. Dann rannte ich los, das Schwert mit beiden Händen über der rechten Schulter haltend, den Blick fest auf die Stelle gerichtet, wo der Gepäcktross und die Vierzehnte Legion aneinandergrenzten, am hinteren Rand des hohlen Gevierts, nicht weiter als vierhundert Schritt entfernt. Meine Krieger folgten mir freudig bei der Aussicht auf Blut und Beute, da gewahrte der Befehlshaber der Vierzehnten vor uns plötzlich die Gefahr. Doch hier auf offenem Gelände marschierten seine Leute in Linie, fünf Kohorten breit und zwei tief, um den Abschluss des Gevierts zu bilden – des Gevierts, dessen Seiten jetzt allerdings offen waren. Da nicht genug Zeit für ein Manöver war, um eine Front gegen uns zu bilden, blieb ihnen nichts anderes übrig, als anzuhalten und seitlich zu uns herumzuschwenken, sodass aus der Linie eine Kolonne wurde. In dem Moment, als sie das taten, griffen die Chatten und die Brukterer von Süden an, und die Chauken schlossen sich hinter uns an.

Die Panik in den römischen Reihen war selbst auf zweihundert Schritt Entfernung deutlich zu sehen, als sie sich anschickten, beide Angriffe gleichzeitig abzuwehren. Die Reihen kamen sich gegenseitig in die Quere, weil widersprüchliche Befehle erteilt wurden, in welche Richtung sie sich wenden sollten, und so litt der Zusammenhalt. Der Gepäcktross begann, sich zu zerstreuen, da die Lenker der Fuhrwerke versuchten, entweder die zwei Legionen einzuholen, die sie so unerklärlicherweise schutzlos zurückgelassen hatten, oder diejenige Legion zu erreichen, die am nächsten vor beziehungsweise hinter ihnen war. Doch es gelang ihnen nicht, sich in Sicherheit zu bringen, ehe wir angriffen. Fast viertausend meiner Krieger fielen der Vierzehnten in ihre desorganisierte Flanke und stießen dann in den hinteren Teil des Gepäcktrosses vor. Die Legionäre waren so aus der Ordnung gebracht, dass sie nicht gleichzeitig eine Salve Pila werfen konnten, und die geringen Verluste, die wir bei unserem Ansturm erlitten, waren es wert.

Ich ließ mein Schwert über die rechte Schulter hinabschnellen und schlug mir den Weg durch die ungeordnete Front frei, wobei Köpfe durch die Luft flogen und Blut nach allen Seiten spritzte. Rechts und links von mir durchbrachen die Krieger der Haustruppe meines Vaters an zahlreichen Stellen den Schildwall und begannen zu kämpfen, wie sie es am besten konnten: jeder für sich. Wir stürmten zwischen die Gegner, verstümmelten und töteten, die Reihen wurden zerrissen, und aus der geschlossenen Kriegsmaschine wurde ein Haufen verängstigter Soldaten, der Unterstützung durch ihre Kameraden verlustig gegangen.

Doch selbst in solch schwerer Bedrängnis vermag die römische Armee sich noch immer zusammenzuschließen, dank der Disziplin, die den Männern in jahrelanger Übung eingepflanzt wurde, und vor allem dank der Professionalität ihrer Befehlshaber. Bis wir die ersten zwei Kohorten auf der Flanke zerschlagen hatten, waren die weiter zur Mitte hin bereits in Formation gebracht, denn die Centurionen hatten erkannt, dass sie anderenfalls alle des Todes wären. Wir prallten gegen ihren Schildwall wie eine Welle gegen eine Klippe, und es dauerte nicht lange, bis ich erkannte, dass wir nicht weiter vorstoßen konnten. Es wäre sinnlos gewesen, das Leben meiner Männer in dem Versuch zu vergeuden, eine Nuss zu knacken, die wir nie zuvor geknackt hatten. Außerdem war da noch immer der größte Teil des Gepäcktrosses, den wir plündern konnten. Und so starben die Wagenlenker in Scharen, und durchgehende Maultiere wurden mit Speeren erlegt, als wären wir auf einem Jagdausflug am Feiertag einer Gottheit. Zum zweiten Mal brachten wir das Gepäck einer ganzen Armee in unseren Besitz. Während wir plünderten, flohen die drei vorderen Legionen nach Westen, indessen die Vierzehnte sich sammelte, allein ein hohles Geviert bildete und an uns vorbeimarschierte. Die Toten blieben zuhauf auf der blutigen Erde zurück. Ich ließ die Gegner gern ziehen, denn ich wusste, es würde in den nächsten Tagen noch mehr Gelegenheiten geben, sie anzugreifen, ehe sie den Rhenus erreichten. Bald würden sie nicht mehr sein, und Tiberius würde ebenso wie sein Vorgänger Augustus Legionen zu betrauern haben.

Doch es sollte nicht sein. Wieder einmal durchkreuzte jemand aus meiner Familie meine Pläne, diesmal allerdings nicht Segestes, der mittlerweile sicher in Rom war. Dieser Mann stand mir noch näher. Es geschah am nächsten Morgen, als die Krieger der fünf Stämme sich aufrappelten, die Köpfe bleiern vom übermäßigen Weingenuss, wie es Männern ergeht, die nur an Bier gewöhnt sind. Ich stand mit meinem Vater, Inguiomer, Hadgan und Engilram beisammen und sah zu, wie die Römer ihr Lager abbrachen. Sie hatten es auf offenem, flachem Gelände etwa drei Meilen von dort aufgeschlagen, wo wir ihren Tross geplündert hatten. Nachdem wir alles von Wert an uns gebracht, die Frauen und Kinder versklavt und alle anderen Gefangenen den Göttern zum Dank geopfert hatten, folgten wir ihnen. Wir hatten unser Lager östlich von ihnen aufgeschlagen, damit sie am Morgen ihren Weg nach Westen fortsetzen konnten und hoffentlich einen ähnlichen Fehler erneut begehen würden. Ich wusste, dass ihre Moral erschüttert war, denn in der Nacht hatte es im Lager einen Tumult gegeben, dabei waren wir nicht einmal in der Nähe gewesen.

«Ja», unterbrach Thumelicaz die Erzählung und wandte sich an den Straßenkämpfer, «ich habe mich immer gefragt, was da los war. Vielleicht könntest du mich aufklären?»

Der Straßenkämpfer fuhr sich mit einer Hand durchs Haar und schüttelte bedauernd den Kopf. «Es war keine unserer Sternstunden, das ist mal sicher. Ein Pferd hatte sich losgerissen, und die Sklaven, die es wieder einfangen wollten, machten das Tier so panisch, dass es wild durch den Teil des Lagers galoppierte, wo die Einundzwanzigste sich niedergelassen hatte – eigentlich war es gar kein richtiges Lager, denn wir hatten fast alle unsere Zelte verloren. Tja, wie Ihr Euch wohl denken könnt, waren die Jungs nach allem, was sie in den vergangenen Tagen durchgemacht hatten, reichlich schreckhaft. Viele von ihnen dachten, der Feind sei ins Lager eingedrungen, und leider muss ich sagen, dass einige die Nerven verloren. Da kaum Zelte standen, gab es keine geordneten Reihen und überhaupt wenig Ordnung, und so griff die Panik rasch um sich, als viele der Jungs versuchten, durch das dem Feind abgewandte Tor, das Westtor, zu entkommen. Nun, Caecina hatte am Vortag eine Verletzung davongetragen – sein Pferd war getötet worden, sodass er aus dem Sattel gestürzt war. Deshalb war er ans Bett gefesselt und nicht in der Lage, die Jungs zu beruhigen und ihnen zu erklären, dass sie sich nur vor einem durchgegangenen Pferd erschrocken hatten, sodass sie beschämt auf ihr schlammiges Fleckchen Boden zurückgekehrt wären. Also entstand unweigerlich Gedränge am Tor, als der diensthabende Centurio sich weigerte, es zu öffnen. Die Lage beruhigte sich erst, als der Legatus der Einundzwanzigsten, dessen

Name mir gerade nicht einfällt, dazukam und die verängstigten Damen dazu brachte, die peinliche Wahrheit zu erkennen. Bis sich der Auflauf zerstreut hatte, waren bereits acht Männer im Getümmel totgetrampelt worden. Ich meine gehört zu haben, der Legatus habe sich so für seine Männer geschämt, dass er alle Beteiligten zur Strafe für ein ganzes Jahr aus dem Lager ausschloss. Das hieß, dass sie nachts nicht den Schutz und die Unterstützung ihrer Kameraden genossen, sondern draußen auf sich gestellt waren. Keiner von ihnen überlebte das Jahr.»

Thumelicaz lächelte im Lampenschein, dass man durch den Bart seine Zähne glänzen sah. «Wie befriedigend zu hören, dass die Blüte Roms schon so tief gesunken war, sich vor einem Pferd zu fürchten. Mein Vater hätte das zweifellos erheiternd gefunden. Aber ich denke, an diesem Morgen lag ihm nichts ferner als Heiterkeit. Aius, lies weiter.»

> Doch zu meiner Überraschung entschied Caecina, nicht zu fliehen, sondern sich stattdessen mit seiner demoralisierten Armee zur Schlacht zu stellen. Ich schaute mir seine Lage an und lachte. «Wenn er glaubt, wir wären so dumm, ihm im offenen Kampf gegenüberzutreten, dann ist er wirklich von Sinnen – wir brauchen doch nur auf einen günstigen Moment zu warten, um seine Flanken zu durchbrechen und in den Rumpf seiner Kolonne vorzustoßen.»
>
> Doch bald zeichnete sich ab, dass ich mit dieser Meinung allein dastand. Inguiomer, mein Onkel, spuckte auf den Boden. «Du hast zu viel Zeit fern deiner Hei-

mat verbracht, Erminaz – du hast den wahren Begriff von germanischem Stolz verloren, von cheruskischem Stolz. Sollen wir wirklich weiter herumschleichen, unserem Feind in den Rücken und in die Flanken fallen, versuchen, ihn zu ersäufen, und alles Erdenkliche tun, anstatt ihm gegenüberzutreten, wie es den stolzen Söhnen Aller Mannen geziemt? Er fordert uns zur Schlacht heraus – sind wir so weibisch, uns zu weigern?»

Ich starrte ihn ungläubig an. «Du bist ebenso von Sinnen wie Caecina. Hast du nichts darüber gelernt, wie man die Römer bekämpfen muss? Man muss sie von der Seite angreifen, aus dem Hinterhalt, Speersalven auf ihre Formation niederhageln lassen, Teile von der Truppe abspalten, sodass ihre Übermacht nicht zum Tragen kommt. Greift man sie hingegen direkt und von vorn an, tritt man ihnen von Angesicht zu Angesicht gegenüber, so werden sie immer den Sieg davontragen, selbst wenn der Gegner zahlenmäßig zehnfach überlegen ist. Immer!»

«Diesmal nicht, Erminaz. Sie sind müde, hungrig und entmutigt. Wir werden triumphieren, und es wird ein mannhafter Triumph sein, kein heimtückischer Hinterhalt wie im Teutoburger Pass. Dies wird ein Sieg, dessen wir uns erhobenen Hauptes rühmen können. Wenn wir uns ihm jetzt nicht stellen, stehen wir als unwürdige Männer da, und unsere Frauen werden uns verspotten.»

Mein Vater legte mir eine Hand auf die Schulter. «Er hat recht, mein Sohn: Wir müssen unserem Volk zeigen, dass wir unseren Feind wie Männer besiegen können, nicht nur wie verschlagene Diebe. Ein Herrscher braucht Respekt, und den kann man nur im ehrlichen Kampf gewinnen. Diese erschöpfte, hungrige und demoralisierte Armee ist unsere Chance, und wir müssen sie ergreifen.»

Als ich mich umschaute, las ich in den Gesichtern der Fürsten und ihrer Unterhäuptlinge, dass dieses Argument sie überzeugt hatte. Ich verfluchte innerlich den Stolz der germanischen Männer, der sie dazu treibt, gänzlich unlogische Dinge zu tun. Doch in diesem Moment fiel mir ein, dass sie nie in den Genuss der Lehren Lucius Caesars gekommen waren – es würde mir nicht gelingen, sie von ihrem selbstmörderischen Vorhaben abzubringen. Jede weitere Diskussion wäre sinnlos gewesen. «Also gut, wir werden seine Herausforderung annehmen, und möge das Blut der Krieger, die wir heute verlieren, schwer auf euch lasten, denn es wird viel sein.»

Ich wollte nichts damit zu tun haben, aber was blieb mir anderes übrig, als gemeinsam mit meinem Vater und meinem Onkel an der Spitze meines Stammes zu kämpfen? Die Hörner erschollen, und von allen Seiten strömten unsere Krieger herbei, um sich in ihren Clanverbänden zu sammeln, die sich dann nach Stämmen zusammenschlossen. Bier wurde herumgereicht, und sie tranken sich Mut an, während vor uns Caecina – wenigstens dachte ich damals, er sei es, da ich nichts von seiner Verletzung wusste – seine Armee in Stellung brachte. Vier Legionen, wenn auch alle nicht vollzählig, und fast die gleiche Anzahl Auxiliartruppen standen uns gegenüber, und wir waren nicht viel zahlreicher als sie. Es war eine tollkühne Entscheidung, doch nun, da sie gefallen war, konnte niemand mehr einen Rückzieher machen, ohne das Gesicht zu verlieren. Mit düsterem Lächeln sinnierte ich darüber, dass ein germanischer Krieger lieber sein Leben verliert als sein Gesicht.

Und so rückten wir vor. Unsere Männer schrien und johlten, tranken zwischendurch in großen Schlucken Bier und erbeuteten Wein aus Schläuchen, brüsteten sich ihres Heldenmuts und spornten ihre Kameraden an, große Taten zu vollbringen. So näherten wir uns der römischen Linie, drei Legionen breit, jede drei Kohorten tief gestaffelt mit der vierten in Reserve, an den Flanken von gallischen, aquitanischen und ein paar iberischen Hilfstruppen unterstützt, hinter denen sich leichte Reiterei bereithielt. Die Formation rührte sich nicht und gab keinen Laut von sich. Schweigend standen die Legionen da, abwartend, und ich wusste, mit jedem Schritt, den wir auf sie zukamen, wuchs ihr Selbstvertrauen, denn die Art zu kämpfen, auf die das hier hinauslief, beherrschten sie am besten. Sie freuten sich schon darauf, uns die Schmach heimzuzahlen, mit der wir sie in den vergangenen Tagen überhäuft hatten. Und so führte ich den Angriff voller düsterer Vorahnung.

«Wie sah er aus, dieser Angriff?», erkundigte sich Thumelicaz mit aufrichtigem Interesse.

«Wie jeder andere Angriff schreiender Barbaren», erwiderte der Straßenkämpfer und füllte seinen Becher nach. «Wir hatten nicht viel Schlaf bekommen, und unsere letzte warme Mahlzeit lag lange zurück – ein Kräftemessen von Angesicht zu Angesicht war nun wirklich das Letzte, wonach uns zumute war, aber wir wussten, dass es unsere beste Chance war, zurück zum Rhenus zu gelangen. Also standen wir da, und keiner von uns sprach ein Wort, nicht einmal der Arscherweiterer. Er versäumte es sogar, uns anzuknurren, als die Masse auf uns zustürmte. Ich fühlte Sextus an meiner rechten und Cassandros an meiner linken Schulter. Unsere Kumpel um uns herum atmeten noch einmal tief durch, denn wir wussten aus Erfahrung, dass die Luft bald knapp werden würde. Meine rechte Handfläche war klebrig, als ich das erste meiner zwei Pila packte und auf das Kommando wartete. Ich schaute auf meinen linken Unterarm hinunter – die Muskeln traten hervor, da ich meinen Schild fest vor mich hielt, während ich in derselben Hand das zweite Pilum hatte. Ich erinnerte mich an die Wucht des Zusammenpralls bei all den früheren Frontalangriffen, die ich erlebt hatte. Aber ganz gleich, wie oft man über den Rand seines Schildes einer Horde schwitzender Wilder entgegengeblickt hat, die nach Blut schreien und aus Leibeskräften rennen, weil jeder der Erste sein will, der einem den Kopf abschlägt – es wird nicht leichter. Man konnte riechen, dass einige der weniger erfahrenen Jungs sich eingepisst hatten. Ich hoffte für sie, dass der Arscherweiterer nicht herausfand, wer die Schuldigen waren, denn das konnte er ganz und gar nicht leiden: Pisse macht den Boden glitschig, und er pflegte den Unterschied zwischen glitschig und trocken anschließend mit seinem Rebenstab zu demonstrieren – sofern der Schuldige dann noch am Leben war.

Die Cornua dröhnten, und der Arscherweiterer brüllte. Wir stellten stampfend den linken Fuß vor, holten mit dem rechten Arm aus, und dann, auf ein weiteres gebrülltes Kommando, warfen wir unsere Pila. Ohne das Ergebnis unserer Arbeit zu betrachten, wechselten wir den zweiten Speer in die Wurfhand, und ehe vier Herzschläge vergangen waren, schnellte auch diese Salve in flacherer Flugbahn dem schreienden Hass entgegen, der inzwischen bis auf zwanzig Schritt heran war. Schon hatten wir unsere Schwerter gezogen. Es ist ein prächtiger Anblick, wenn eine Salve Pila einschlägt – Dutzende der Hurensöhne gingen zu Boden, Blut spritzte und sprudelte, Gesichter wurden zerschmettert und Brustkörbe durchbohrt. Und die Nachfolgenden stolperten über die Getroffenen, sodass jeder, der zusammenbrach, wenigstens noch ein weiteres Arschloch zu Fall brachte. Doch Verluste haben nach meiner Erfahrung noch nie einen Barbarenansturm ins Stocken gebracht. «Macht euch bereit, ihr nichtswürdigen Fotzen!», brüllte der Arscherweiterer aufmunternd. «Eure Spielgefährten sind da. Schultern runter!»

Es ist einfach: Das Gewicht aufs linke Bein, die linke Schulter fest gegen die Rückseite des Schildes gestemmt, die Oberkante auf Augenhöhe, und man fühlt, wie der Hintermann einem seinen Schild gegen den Rücken drückt, um die Linie zu verstärken. Bärtig, langhaarig und tätowiert, boten sie einen hässlichen Anblick, als sie näher kamen. Und dann, krach, keine Zeit mehr zu denken – sie werfen sich in vollem Lauf gegen einen, und dann kommt es darauf an, den richtigen Moment abzupassen. Wir in der vordersten Reihe rammten unsere Schilde aufwärts und nach vorn, schlugen ihnen den Schildbuckel gegen die Brust und fingen mit der Kante Abwärtsschläge ihrer Schwerter oder Speerstöße von oben ab. Im nächsten Augenblick sticht man sein Schwert durch die Lücke, hofft, auf Fleisch zu treffen, und so war es. Ich drehte meine Klinge aus dem Handgelenk nach rechts und links, genau wie ich es am ersten Tag meiner Ausbildung gelernt hatte. Blut spritzte auf meinen Arm, ich riss die Waffe zurück und fühlte dabei den Widerstand durch die Saugwirkung der Wunde. Indessen begann Sextus neben mir zu brüllen wie eine widernatürliche Kreatur, während er mit seinem Schild zustieß und mit seinem Schwert stach. Überall entlang unserer Linie wurde geschoben und gestöhnt, und wir warfen kaum einen Blick über den Rand unserer Schilde, denn dann konnte eine vorschnellende Speerspitze das Letzte sein, das man im Leben sah. Wir arbeiteten mit unseren Klingen und Schildbuckeln und scherten uns keinen Furz um irgendwas anderes als darum, unsere Formation zu halten, denn wir wussten, der sicherste Ort in einer Schlacht ist in einem soliden Schildwall römischer schwerer Infanterie mit sieben Reihen Kameraden im Rücken – ausgenommen natürlich, wenn man hinter den Linien zu Pferde sitzt und Anweisungen erteilt.

Nun war ich nur ein einzelner Soldat in einer Centurie irgendwo nahe der Mitte unserer Linie, deshalb habe ich keine Ahnung, was eigentlich geschah. Aber es war kaum die Zeit vergangen, die man braucht, um ein paar Huren zu vögeln, da rannte die ganze haarige Meute davon, und der Boden war mit so vielen Toten und Sterbenden übersät, wie ich nach einem so vergleichsweise kurzen Zusammenstoß noch nie gesehen habe. Es waren Tausende, und dazu kamen noch Hunderte, die versuchten davonzukriechen. Die gallischen Auxiliartruppen auf den Flanken verfolgten die Fliehenden und widmeten sich ihrem liebsten Zeitvertreib, Germanen aufzuspießen, während die Kavallerie seitlich aufholte und Speer um Speer in die Schar warf, um noch Dutzende mehr zur Strecke zu bringen. Es war ein prachtvoller Anblick, das ist mal sicher.

‹Wagt bloß nicht, euch von der Stelle zu rühren, ehe ich es sage, ihr Haufen Saufraß!›, riet uns der Arscherweiterer, und sein begeistertes Grinsen und gewaltiges Brüllen deuteten darauf hin, dass er mächtig Spaß hatte.

Aber er hätte sich die Puste sparen können, denn keiner von uns hatte Lust, den Hurensöhnen hinterherzurennen. Das überließen wir nur zu gern den Auxiliartruppen und schauten ihnen genüsslich dabei zu. Etwa eine Stunde lang standen wir so da, nach Pisse und Scheiße stinkend, und freuten uns, nichts zu tun zu haben. Und dann legten die Bläserjungs los, aber es waren nicht die Cornicenes, sondern die *Buccinatores* – wir marschierten weiter. Nach und nach setzte die Armee sich wieder in Bewegung und zog gen Westen …»

«Und mein Vater sah sie davonziehen und konnte nichts tun, um sie aufzuhalten», sagte Thumelicaz. «Besudelt mit Blut, mehr germanischem als römischem, beobachtete er euren Abmarsch, und neben ihm lag Inguiomer am Boden und verblutete langsam durch die klaffende Wunde in seinem Bauch. Diese Passage habe ich fast wortwörtlich im Gedächtnis. ‹Während ich beobachtete, wie die Legionen eine nach der anderen das Schlachtfeld verließen, schaute ich auf den Mann hinunter, der durch seinen Stolz unsere Chance auf einen Sieg verspielt hatte, und ich brachte es nicht über mich, ihm einen Vorwurf zu machen, denn er lag im Sterben: Er hatte gemäß der germanischen Denkweise richtig gehandelt, und sosehr ich Rom hasste, dieser Tag hatte mir doch bewusst gemacht, wie stark die Römer mein Denken beeinflusst hatten, wie sehr ich wider Willen einer von ihnen war. Ich wandte mich an meinen Vater, der die Hand seines Bruders hielt. ‹Nun haben wir sie entkommen lassen und können sie nicht mehr aufhalten. Sie werden also nächstes Frühjahr wiederkommen, und mehr von unserem Volk werden sterben müssen.› Mein Vater zuckte die Schultern, während ihm Tränen in den Bart liefen. ‹Sollen sie doch kommen, vielleicht machen wir es dann auf deine Weise.› Doch dazu sollte es nicht kommen. Als ich die Nachhut gen Westen verschwinden sah, war mir klar, dass wir nie wieder die Gelegenheit bekommen würden, eine römische Armee auf dem Marsch anzugreifen. Es war vorbei, sofern nicht ein Wunder geschah. Doch tatsächlich kam ein Wunder in Gestalt einer Frau auf einer Brücke.›»

Der Straßenkämpfer runzelte die Stirn. «Ihr meint Agrippina die Ältere, Germanicus' Frau?»

«Nicht ich, sondern mein Vater, ja», erwiderte Thumelicaz, «und er hatte recht. Was geschah, als ihr den Rhenus erreichtet?»

«Nun, wir waren völlig erledigt. Seit der Schlacht waren fünf Tage vergangen, und von den Wilden hatten wir nichts mehr gesehen oder gehört, aber wir marschierten dennoch so schnell, wie wir nur konnten. Selbst der

Arscherweiterer schien mit unserem Tempo zufrieden. Am Abend des fünften Tages kamen wir an die Brücke, die wir gebaut hatten, um den Fluss zu überqueren, und darauf stand am östlichen Ende eine Frau. Als wir näher kamen, erkannten wir Agrippina, und während die Ersten von uns hinübermarschierten, lief in Windeseile das Gerücht durch die Kolonne, der Präfekt von Vetera sei in Panik geraten, als er hörte, dass wir auf unserem Marsch über die Straße der Langen Brücken nach Westen angegriffen wurden – er habe angenommen, wir würden geschlagen und die Germania Inferior würde überrannt werden, wenn er nicht die Brücke zerstörte. Aber Agrippina ließ ihn nicht, sie stand tagelang auf der Brücke, ihre gleichnamige neugeborene Tochter im Arm. Als wir an ihr vorbeimarschierten, jubelten wir ihr zu, weil sie uns davor bewahrt hatte, am anderen Ufer festzusitzen – dort wären wir womöglich leichte Beute geworden, noch ehe Schiffe geschickt worden wären, um uns abzuholen. Wie wir sie für das, was sie getan hatte, liebten.»

«Natürlich liebtet ihr sie», warf Thumelicaz ein. «Aber stell dir nur vor, wie das auf den Kaiser in Rom wirken musste: Die Legionen am Rhenus liebten die Frau eines Feldherrn, in dem er ohnehin schon einen gefährlichen Rivalen sah. Welche Eifersucht und Furcht muss es wohl geweckt haben, als es Tiberius zu Ohren kam?»

XVI

Es war das Ende römischer Ambitionen östlich des Rhenus», gab Thumelicaz selbst die Antwort auf seine rhetorische Frage.

«Aber wir waren im nächsten Jahr wieder dort», wandte der Straßenkämpfer ein und trank abermals seinen Becher leer. «Und wir haben Arminius zweimal geschlagen.»

«Habt ihr das? Habt ihr das wirklich?»

«Aber gewiss doch, ich war selbst dabei, und ich habe eine ganze Menge meiner Kumpel im Uferschlamm des Visurgis zurückgelassen.»

Thumelicaz schob den Bierkrug über den Tisch. «Das stelle ich auch gar nicht in Frage. Ich will auf etwas anderes hinaus: Was dir und Germanicus als Sieg erschien, war in Wahrheit der ausschlaggebende Faktor für das Wunder, um das mein Vater gebetet hatte.»

Der ältere Bruder schnaubte verächtlich. «Ein Wunder, das aus seiner Niederlage entstand! Das zu glauben fällt mir schwer.»

«Und doch war es so. Tiburtius, beginne kurz vor dem Treffen der beiden Brüder.»

Der einstige Aquilifer räusperte sich, während er die letzte der Schriftrollen auf dem Tisch ausbreitete.

Chlodochar, mein jüngerer Bruder, war im Jahr nach der Schlacht der Langen Brücken mit Germanicus' Armee zurückgekehrt. Bei dem Gedanken wurde mir übel – mein eigen Fleisch und Blut kämpfte auf der Seite unserer Feinde. Und doch war er nicht der erste Vaterlandsverräter in meiner Familie: Segestes, der Vetter meines Vaters, hatte mir persönlich etwas viel Schlimmeres angetan, indem er meine schwangere Frau dem Feind auslieferte. Sie hatte inzwischen einen Sohn geboren und ihm den Namen Thumelicaz gegeben, einen guten germanischen Namen. Aber trotz seines schweren Verrats schien Segestes' Verbrechen nichts im Vergleich dazu, wirklich selbst gegen den eigenen Stamm zu den Waffen zu greifen. Es bestand kein Zweifel daran, dass Chlodochar dazu bereit war, und das empörte mich, auch wenn mir schon seit unserem letzten Treffen in Rom vor meiner Rückkehr nach Germanien klar gewesen war, dass wir uns einmal auf dem Schlachtfeld gegenüberstehen würden. Des ungeachtet empfand ich es als meine Pflicht, mit dem Abtrünnigen zu reden, als Germanicus' Armee mit Booten die Amisia herunterkam und dann ostwärts zum Visurgis marschierte, um uns erneut zur Schlacht herauszufordern.

Wir erwarteten sie am östlichen Ufer auf einer weiten Flussaue, welche einer *Idis*, einer germanischen Göttin, geweiht war. Ich stand am Ufer und sah die Kohorten eintreffen. Hinter mir waren fünfundzwanzigtausend Krieger aus drei Stämmen versammelt, die entschlossen waren, in offenem Gelände zu kämpfen. Auch diesmal war es mir nicht gelungen, sie mit Argumenten umzustimmen, und so musste ich mich ihrem Willen beugen. Nun hoffte ich darauf, Germanicus über den Fluss zu locken und ihn während der Überquerung anzugreifen, doch ich wusste, dass meine Chancen gering waren: Er war ein viel zu fähiger Befehlshaber, um eine Situation entstehen zu lassen, in der er bei einem solch heiklen Manöver angegriffen werden konnte. Bald sah ich, dass sein Kommandozelt aufgestellt wurde. Ich rief den Centurio an, der eine Centurie Bogenschützen am Ufer befehligte, und erkundigte mich, ob Germanicus persönlich dort sei. Er fragte nach meinem Namen, und als er die Antwort hörte, schickte er sogleich einen Boten los. Wenig später sah ich eine vertraute Gestalt auf das westliche Ufer zugehen.

«Beharrst du noch immer auf deinem Verrat, Arminius?», rief Germanicus über den fünfzig Schritt breiten Fluss, der uns trennte.

Ich lachte über seine römische Arroganz, und zu meiner Überraschung teilte er meine Heiterkeit.

«Ich weiß, Arminius, du hältst mich für einen dummen, starrsinnigen Römer, der deine wahren Beweggründe nicht versteht, doch du irrst. Ich verstehe dich durchaus und weiß, dass du dich selbst als germanischen Patrioten betrachtest, nicht als einen Verräter an Rom. Ist es nicht so, Erminaz?»

Ich stutzte, da er meinen germanischen Namen gebrauchte, und sein Eingeständnis, dass man nicht alles mit den Augen der Römer betrachten sollte, weckte mein Interesse. «Das bin ich immer gewesen, auch wenn ich gezwungen war, es tief in meinem Inneren zu verbergen, solange ich – zumindest nominell – im Dienste Roms stand.»

«Und als sich eine Gelegenheit bot, nun, sagen wir, diesen Dienst zu quittieren, hast du sie ergriffen. Und ich muss einräumen, Erminaz, du hast ganze Arbeit geleistet: Drei Legionen wurden vernichtet und die größte Militärmacht im Westen in Schande gestürzt. Du hast viel von uns gelernt beziehungsweise von meinem verstorbenen Schwager Lucius: Er hatte von jeher eine Vorliebe für große Gesten, und was für eine große Geste das im Teutoburger Wald war. Selbst wenn ich jeden Einzelnen von euch morgen oder übermorgen töte – was meine Absicht ist –, werde ich niemals die Erinnerung an das Geschehene auslöschen oder es auch nur annähernd angemessen rächen, so groß war das Ausmaß. Ich grüße dich, Erminaz, und du sollst wissen, ich würde einen Freundschaftsvertrag mit dir schließen, wenn ich die Möglichkeit hätte. Aber Tiberius würde es niemals zulassen. Es wird keinen Frieden geben, ehe du tot bist. Allerdings wird es dich freuen zu hören, dass Tiberius das Angebot einer ungenannten Person, dich zu vergiften, abgelehnt hat – er sagte, das sei nicht die römische Art, sich seiner Feinde zu entledigen, und ich stimme ihm von ganzem Herzen zu. Du wirst durch das Schwert sterben, Erminaz, und zwar bald, und ich werde hoffentlich derjenige sein, der das Schwert führt. Erst dann können wir in Ehren Frieden schließen. Ich wünsche dir für das, was dir vom Leben noch bleibt, alles Gute.»

Als er sich zum Gehen wandte, rief ich ihm nach:

«Ich wäre dir dankbar, Germanicus, wenn ich noch mit meinem Bruder sprechen könnte, bevor wir uns auf dem Schlachtfeld begegnen – sofern er bei dir ist.»

Germanicus schaute sich um. «Er ist hier, er weicht nicht von meiner Seite, treuer Freund, der er mir schon immer war. Er ist im Rang aufgestiegen, seit du ihn zuletzt gesehen hast – inzwischen ist er Präfekt einer Auxiliarkohorte, einer germanischen Kohorte.»

Ich zuckte die Achseln, denn das war nichts Neues: Die Batavier und die Ubier dienten Rom schon lange, und selbst nach Varus' Niederlage hatten die Friesen und ein paar andere Stämme bereits wieder begonnen, in den Hilfstruppen zu dienen.

«Du magst die Schultern zucken, Erminaz, aber diese Kohorte wurde nicht aus den Stämmen rekrutiert, die sonst die Auxiliartruppen stellen.» Er lächelte, und trotz der Entfernung erkannte ich das Lächeln eines Mannes, der im Begriff war, eine verblüffende Neuigkeit mitzuteilen. «Dein Bruder befehligt die neue Chaukenkohorte.»

Offenbar war mir die Überraschung anzusehen.

«Ja, und wenn sie in der bevorstehenden Schlacht ihre Sache gut machen, werde ich ihnen einen Präfekten aus ihrem eigenen Stamm zugestehen, und dein Bruder wird der Präfekt der neu gebildeten Cheruskerkohorte. Und das wird geschehen, Erminaz, wenn du tot bist und die Cherusker geschlagen sind. Aber wir wollen nicht weiter davon sprechen – ich lasse deinen Bruder holen, er kann dir selbst erzählen, wie es sein wird. Mögen deine Götter mit dir sein, mein einstiger Freund.»

Damit entfernte er sich, und ich sah ihn nie wieder. Mir blieb nicht viel Zeit, über seine Worte nachzudenken, da erschien auch schon mein Bruder. Ich war bestürzt über seinen Anblick. Ich entließ meine Leibgarde, dann bat ich den Centurio, auch seine Bogenschützen abzuziehen, damit mein Bruder und ich ein vertrauliches Gespräch führen konnten – so vertraulich, wie es eben möglich war, wenn man sich über einen fünfzig Schritt breiten Fluss zurufen musste.

Als wir allein waren, schaute ich meinen Bruder eine Weile lang an und schüttelte den Kopf über sein entstelltes Äußeres. «Wie hast du das Auge verloren, Chlodochar?»

Er antwortete auf Latein, da er seine Muttersprache verachtete. «Voriges Jahr im Kampf gegen die Marser. Ein verirrtes Schleudergeschoss hat es mir ausgeschlagen.»

Das hörte ich nicht gern. Im cheruskischen Dialekt fragte ich weiter: «Du warst also an diesem schändlichen Massaker beteiligt?»

«Es war die gerechte Strafe für die Gräuel im Teutoburger Wald, an denen sie beteiligt waren. Und da du hinter diesen Gräueln stecktest, kannst du dich selbst für das verantwortlich fühlen, was den Marsern widerfahren ist.»

Ich ließ mich nicht auf seine trügerische Argumentation ein. «Ich hoffe, du wurdest gut dafür entlohnt, dass du Frauen und Kinder abgeschlachtet und ein Auge geopfert hast.»

Doch Chlodochar überhörte bewusst meinen Sarkasmus. «Abgesehen davon, dass ich jetzt Präfekt einer Auxiliartruppe bin und als solcher sehr gut bezahlt werde – wie du ja selbst weißt, Arminius –, genieße ich in Rom das Recht, eine Militärkrone zu tragen, und mir wurden noch verschiedene Donativa zuteil, darunter diese goldene Halskette aus Germanicus' eigener Hand.»

Ich schnaubte verächtlich über seine Eitelkeit. «Billiger Tand als karger Lohn für Sklaverei, Chlodochar.»

«Sklaverei! Wie kann ich ein Sklave sein, wenn ich meine eigene Kohorte in der größten Streitmacht befehlige, welche die Menschheit kennt? Sieh doch, wie mächtig Rom ist, Arminius, sieh, wie weit der Arm des Kaisers reicht, dass er dich hier erreichen kann. Morgen wirst du sterben und mit dir Tausende von unserem Stamm – doch es muss nicht so kommen. Befiehl dich der Gnade von Tiberius, und es kann wohl sein, dass er Großmut walten lässt. Es gehört zur Politik Roms, denen Gnade zu gewähren, die sich unterwerfen, wohingegen jene, die es nicht tun, die gnadenlose Behandlung erfahren, die sie verdienen. Du weißt, dass das wahr ist, Arminius – wäre es nicht so, dann erkläre mir doch, weshalb Thusnelda und dein Sohn als Freunde Roms behandelt werden, nicht als Feinde. Sie wurden sogar in meine Obhut gegeben und leben in meinem Haus.»

«Dann gib sie mir zurück, wenn du einen Funken Ehre besitzt! Hier in der Freiheit des Landes unserer Väter, unter dem Schutz der germanischen Götter, hier sollte mein Sohn aufwachsen, nicht bei der Familie eines Abtrünnigen. Hier, Chlodochar, solltest auch du sein. Wie lange ist es her, dass du unsere Mutter zuletzt gesehen hast? Sie trauert um dich und sehnt sich nach deiner Rückkehr, damit sie dem Rest des Stammes wieder gegenübertreten kann, ohne sich für deinen Verrat schämen zu müssen. Und was ist mit unserer Schwester, Chlodochar, denkst du überhaupt jemals an sie?»

Ich sah, dass mein Bruder nachdenklich wurde, und begriff: Er war so lange fort gewesen, ihm war gar nicht mehr bewusst, dass er eine Schwester hatte.

«Ja», sagte er, als tauchte er tief in die Vergangenheit ein. «Wie geht es Erminhild?»

«Sie ist tot, Chlodochar! Schon vor zehn Jahren ist sie gestorben, und du hast dir nie die Mühe gemacht, es in Erfahrung zu bringen, wie? Nein, denn für dich waren wir alle gestorben – du hast deine Familie verraten, deinen Stamm, dein gesamtes Volk hast du verraten und bist nun nichts mehr als ein ehrloser Sklave. Chlodochar, die Kröte, die ihr Dasein im Pfuhl der Unterwürfigkeit fristet.»

Das war zu viel für Chlodochar, und er schrie, man solle ihm sein Pferd und seine Waffen bringen. In diesem Moment hasste ich ihn mehr, als ich je im Leben jemanden gehasst hatte, und ich lachte über seine sinnlose Geste, denn uns trennte noch immer der fünfzig Schritt breite Fluss. «Wenn du mit deinem Pferd herüberschwimmen willst, dann versuche es doch. Aber ich warne dich, Chlodochar, ich werde dir nicht die Ehre eines Kampfes Mann gegen Mann zugestehen. Ich werde dich mit einem Pfeil abschießen, ehe du auch nur halb herüber bist.»

Das machte ihn noch wütender, und schließlich musste ein Tribun ihn fortzerren, während er mir noch immer Drohungen zuschrie.

«Wir klären das morgen», rief ich ihm nach, «sofern ihr es schafft, über diesen Fluss zu kommen, während eine Armee bereitsteht und darauf wartet, dass ihr die Uferböschung heraufkriecht.»

Und natürlich schafften sie es, schließlich waren sie eine römische Armee unter dem Befehl eines ihrer größten Feldherren.

In der Nacht begannen sie, ihre Pläne umzusetzen, und nun, da ich Jahre später dies hier diktiere, empfinde ich noch immer Bewunderung für Germanicus. Ich gestehe auch, dass ich Trauer verspürte, als ich von seinem Tod erfuhr. Er wurde draußen im Osten vergiftet, angeblich auf Anstiftung des eifersüchtigen Tiberius.

Wir erwachten im blassen Licht der Morgendämmerung, feucht von Tau und eingehüllt in den Flussnebel, der in den Bäumen hing und über der Wasserfläche waberte. Das andere Ufer war nur stellenweise sichtbar – was wir durch die Nebelschwaden erkennen konnten, waren zwei Auxiliarkohorten zu Fuß und eine Ala zu Pferde, die sich am Westufer formierten.

«Batavier», sagte ich zu Aldhard, als wir auf unseren Pferden saßen und hinüberspähten, um ihre Feldzeichen auszumachen. «Sie werden versuchen, durch den Fluss zu schwimmen.»

«Sollen sie es nur versuchen», erwiderte Aldhard grinsend. «Sie werden tot sein, ehe …»

Schreie, dumpf im Nebel, aber doch hörbar genug,

dass der Schmerz darin auszumachen war, schollen von Norden herüber. Aldhard und ich wechselten einen raschen Blick, dann trieben wir unsere Pferde an und ritten in die Richtung, aus welcher der Lärm gekommen war. Um uns her im Lager, das bereits erwacht war, brach nun hektische Betriebsamkeit aus, denn alle waren überzeugt, wir würden von der gesamten römischen Streitmacht angegriffen, die irgendwie in der Nacht lautlos über den Fluss gelangt sei. Wieder einmal verfluchte ich die Disziplinlosigkeit meiner Landsleute, da die Anführer von Clans und Kriegerhorden sich gegenseitig zu übertreffen suchten und sofort in die Richtung losstürmen wollten, wo sie den Feind vermuteten.

«Halt!», schrie ich, während wir durch das wachsende Chaos ritten. «Bleibt auf euren Positionen!» Doch meine Rufe fanden kein Gehör – ich hätte ebenso gut versuchen können, diese Männer zu überreden, einen Tanz aufzuführen. Scharen rannten nach Norden los, Tausende, und ich konnte nichts tun, um sie aufzuhalten. Und dann erschienen durch den Dunst südlich von uns schemenhafte Gestalten von Pferden. Die Krieger, die ihnen am nächsten waren, machten kehrt und stürmten unter mächtigem Kriegsgeschrei dem neuen Feind entgegen, der prompt wendete und wieder im Nebel verschwand. Doch das hinderte die Krieger nicht daran, die Verfolgung aufzunehmen, und ich sah verzweifelt, wie Hunderte von ihnen von dem Dunst verschluckt wurden, in dem – das war mir bewusst – vielleicht ihr Tod lauerte. Ich konnte nichts tun, denn mir war klar, dass in diesem Moment die Batavier ihre

Schilde auf ihre aufgeblasenen Trinkschläuche legten, die ihnen Auftrieb gaben, und sich anschickten, den Fluss zu überqueren. Bekannt für ihre Fähigkeit, in voller Rüstung zu schwimmen, würden binnen weniger hundert Herzschläge genügend von ihnen herübergelangen, um einen Brückenkopf zu bilden.

Ich spähte zum anderen Ufer hinüber, und ein leichter Wind verschaffte mir für ein paar Augenblicke freie Sicht – lange genug, um meine Befürchtungen zu bestätigen: Männer und Pferde waren bereits im Fluss, und hinter ihnen wurden Boote ins Wasser geschoben. Doch es waren nicht nur Transportboote, sondern einige von ihnen waren miteinander verbunden, um eine Pontonbrücke über den Visurgis zu bauen. Und meine Armee war zweigeteilt worden, indem zwei kleine Trupps bei Nacht den Fluss überquert hatten. Ich schaute nach Süden und wusste, es war sinnlos, die Krieger zurückrufen zu wollen, die in dieser Richtung hinter den Reitern hergelaufen waren – wenn die Überlebenden zur Haupttruppe zurückkehren wollten, würden ihnen bereits die Batavier den Weg versperren, und sie würden zweifellos entweder umkommen oder fliehen. Somit blieb mir nur der Norden. Ich machte mich also nordwärts auf den Weg, um meine Armee wieder zu einer einigermaßen disziplinierten Einheit zusammenzuziehen – im Augenblick war sie wohl eher eine unbändige Schar ruhmsüchtiger Einzelkämpfer, die keine Vorstellung davon hatten, wie man als geschlossene Einheit agierte, und darauf versessen waren, Germanicus' Finte nachzujagen. Mein ursprünglicher

Vorteil war zunichte, ich hatte keine Möglichkeit mehr, Germanicus anzugreifen, sobald er das Ufer erreichte. Ich hatte das Ostufer kampflos aufgegeben und stand da wie ein Schwachkopf. Nun wusste ich, unsere einzige Hoffnung bestand darin, so in Stellung zu gehen, dass wir den dichten Wald am nördlichen Rand der Ebene der Idis schützend im Rücken hatten, den Fluss an der rechten Flanke und an der linken die Berge, die sich eine Meile östlich des Flusses erhoben. In diesen Bergen brachte ich den Großteil der cheruskischen Krieger in Stellung, während die übrigen Stämme die Ebene besetzten. Und so stellten wir uns der Macht Roms entgegen, im Herzen ein Gebet, die Göttin möge ihre Hände über uns halten. So erwarteten wir Germanicus.

Aber was vermag eine minder bedeutende Göttin schon über acht Legionen und ihre Hilfstruppen? Als die Sonne aufging und der Dunst sich verzog, sahen wir sie Reihe um Reihe über die vier Pontonbrücken marschieren, die sich scheinbar aus dem Nichts materialisiert hatten, und Auxiliarkohorten schirmten sie ab. Bis zur achten Stunde war die gesamte Armee über den Fluss, doch statt die Schlacht zu beginnen, entschied Germanicus, das Lager aufzuschlagen und seinen Männern eine Ruhepause zu gönnen.

Jeder vernünftige Mensch hätte in dieser Situation beschlossen, die Dunkelheit abzuwarten und sich dann zurückzuziehen. Ich jedoch musste im Angesicht der überlegenen Streitmacht bleiben, denn ein Rückzug wäre als der Akt eines Feiglings angesehen worden, und mein Leben wäre verwirkt gewesen. Auf diese Weise war nichts zu gewinnen, denn anschließend wäre die germanische Armee unter der Führung eines anderen abgeschlachtet worden.

Also blieben wir und schliefen im Freien unter dem von Sternen übersäten Himmel unserer Heimat – viele von uns wohl zum letzten Mal, wie ich annahm.

Um das Unvermeidliche vielleicht doch noch abzuwenden, versuchte ich in jener Nacht einen Plan, der mehr aus Verzweiflung denn aus Logik entstanden war. Mit einer kleinen Leibgarde ritt ich durch die Dunkelheit bis in Rufweite an das Lager der Römer heran und hieß Wulferam – denn meine Stimme hätten sie erkannt – versuchen, die Legionäre zur Fahnenflucht zu überreden. Es war eine Farce …

«Und es war eine Beleidigung», unterbrach der Straßenkämpfer die Lesung. «Wir hörten diese Stimme aus der Nacht, die uns hundert Sesterzen pro Tag versprach, dazu ein Stück Land und eine germanische Frau, wenn wir unsere Kumpel im Stich ließen und von der Fahne gingen.» Er hielt inne, um die Nase hochzuziehen und auf den Holzboden zu spucken. «‹Blödsinn!›, riefen wir zurück. ‹Wir nehmen uns ohnehin euer Land und eure Frauen. Warum sollten wir unsere Ehre wegwerfen, um zu bekommen, was schon zum Greifen nahe ist?› Tja, Ihr könnt Euch wohl vorstellen, dass die Jungs sich darüber ziemlich ereiferten. Sie freuten sich jetzt richtig auf die Schlacht am nächsten Tag und überlegten sich, wie sie sich für diese Beleidigung an den ersten haarigen Wilden rächen würden, denen sie begegneten.» Der Straßenkämpfer schwieg kurz und grinste seine Gefährten an. «Arminius hatte sich da gewaltig verkalkuliert, denn vorher hatten wir nichts anderes im Sinn, als so schnell wie möglich heimzukehren. Uns war gar nicht danach zumute, weiter nach Osten vorzudringen. Aber das brachte uns in Fahrt, und Germanicus bekam unseren Stimmungsumschwung mit, denn er streifte des Nachts als gemeiner Soldat verkleidet durch das Lager, um unsere Gespräche zu belauschen.

Nun, als eine Stunde vor Tagesanbruch das Signal zum Wecken ertönte, waren die meisten von uns schon auf und schaufelten sich ihr Frühstück rein, denn wir konnten es gar nicht erwarten, dass es losging. Wir waren kaum noch zu halten, als wir in unseren Kohorten antraten und das Tor geöffnet wurde – es war kein Vergleich zur Schlacht der Langen Brücken, das ist mal sicher. Jedenfalls gingen wir vor dieser Horde grunzender Barbaren in Stellung, und Germanicus beglückte uns mit einer seiner mitreißenden Reden. Er sagte, der Weg zurück zum Rhenus sei weiter als der vorwärts zum Albis, aber darüber hinaus würde es keine Kämpfe geben, wenn wir heute siegten und die Vorherrschaft Roms in dieser Provinz einmal mehr behaupteten. Ich brauche wohl kaum zu erwähnen, dass wir dazu gerade in der richtigen Stimmung waren, und wir jubelten ihm zu, bis wir heiser waren. Als wir schließlich verstummten, hörten wir unsere Feinde ebenfalls jubeln, und wir fragten uns, was Arminius wohl zu ihnen gesagt hatte, das sie angesichts von Reihen um Reihen gründlich verärgerter, schwer gerüsteter Infanterie so zuversichtlich stimmte. Nicht dass wir das dringend hätten wissen müssen, es war reine Neugier. Doch die war bald vergessen, als die Bläserjungs anfingen zu tun, was sie am liebsten tun. Der Arscherweiterer, der nur zwei Plätze von mir entfernt neben Cassandros stand, fing vor Begeisterung an zu sabbern und rollte mit den Augen, während er in lieblichem Ton vorschlug, wir könnten vielleicht gegen eine Kriegerhorde vorrücken, die nichts anderes als unser Ableben im Sinn hatte. Ich glaube, er war richtig bestürzt, als sich herausstellte, dass wir in diesem Moment tatsächlich nichts lieber wollten und er seinen Rebenstab in näherer Zukunft nicht würde sauber wischen müssen.

Wir rückten also vor, die gallischen und germanischen Auxiliarkohorten in vorderster Linie, unterstützt von den Bogenschützen. Wir, die Fünfte, waren Teil des zweiten Treffens, zusammen mit drei anderen Legionen, und weitere vier Legionen bildeten das dritte Treffen. Die ganze Formation wurde an der rechten Flanke von Reiterei unterstützt – überwiegend batavisch, gallisch und hispanisch, auch ein paar Illyrer waren dabei –, die ständig in Bewegung war, um zu verhindern, dass all die Hurensöhne von oben aus den Bergen zu uns herabstürmten und uns ernsthaften Schaden zufügten. Wir hatten schon geglaubt, wir seien so begeistert, wie man nur sein kann, wenn man sich für das Gemetzel des Tages aufwärmt, aber beim Anblick der acht Adler unserer Legionen, die über unseren Köpfen auf die schwitzende Horde zuflogen, kochte die Stimmung über. Manche der Jungs schworen nachher, sie hätten Freudentränen über das Gesicht des Arscherweiterers laufen sehen, als er uns anbrüllte, wir sollten aufhören, uns wie eine Schar mesopotamischer Lustknaben aufzuführen, den Daumen aus dem Arsch nehmen und uns wie römische Legionäre benehmen, die rechtschaffenes Gemetzel unter allen anrichten, welche einen bösen Gedanken gegen Rom und seinen geliebten Kaiser hegen.

Als die Auxiliartruppen in Kontakt mit den ersten Kriegern der germanischen Horde kamen, ertönte auf einmal irgendwo rechts von uns mächtiges Geschrei, und die Berge sahen plötzlich aus, als wimmelte es von Tausenden riesenhafter Ameisen – Scharen von Kriegern strömten herab und wollten uns in die Flanke fallen. Das beglückte das Herz des Arscherweiterers erst recht, da wir, die Fünfte Alaudae, auf der rechten Flanke des zweiten Treffens standen und unsere Kohorte, die neunte, ganz rechts in der Legion. Aber was Balbillus' Glück vollkommen machte, war der Umstand, dass unsere Centurie – seine Centurie – sich an der äußersten Flanke der Kohorte befand, sodass all dieser geballte Hass geradewegs auf uns zustürmte. Die Bläserjungs ließen ihre Hörner dröhnen, und Standarten wurden in diese und jene Richtung abgesenkt, während unser Legatus Kommandos erteilte, damit wir zu den Angreifern herumschwenkten. Der Arscherweiterer und Servius schrien uns Beschimpfungen zu, und ohne innezuhalten oder auch nur unser Tempo zu verringern, wandten wir uns nach rechts, als der Ansturm noch ein paar hundert Schritt entfernt war. Aber es kam kein Kommando, stehen zu bleiben und den Gegner abzufangen – anscheinend sollten wir einfach weiterschlendern, als verbrächten wir einen angenehmen Nachmittag in den Gärten des Lucullus. Und wer waren wir, das zu hinterfragen? Weiter ging es also, während die Reiterei ganz aufgeregt wurde und in weitem Bogen davongaloppierte, anscheinend um den heranstürmenden Hurensöhnen in den Rücken zu fallen. Nun, es versteht sich von selbst, dass wir für jede Hilfe dankbar waren, und es war doch tröstlich zu wissen, dass wir es mit einem Gegner zu tun hatten, der in Kürze umzingelt sein würde. Die Stimme des Arscherweiterers brach vor Rührung, als er vorschlug, wir könnten ja unsere Pila werfen, was wir auch bereitwillig taten. Es folgte eine zweite Salve, dann zogen wir unsere Schwerter, um dem zweitliebsten Zeitvertreib des Arscherweiterers nachzugehen: es darauf anzulegen, sich die Sandalen mit so viel Blut und Scheiße wie möglich einzusauen.

Und sie kamen, brüllend und johlend und bereits über und über voller Blut von den gebührenden Verletzungen, die unsere Pilumsalven verursacht hatten. Schwerter und Speere schwingend, tätowiert, mit wehendem Haar, angeführt von einem großen Hurensohn im erbeuteten Kettenpanzer einer Auxiliartruppe, stürmten sie heran. Der Arscherweiterer brüllte mit unverhohlener Häme, dass der große Hurensohn ihm gehörte, da krachten sie auch schon so heftig gegen unseren Schildwall, dass wir ins Wanken gerieten und froh über die sieben Reihen hinter uns waren, die uns den Rücken stärkten. Ich hielt mit dem linken Arm angestrengt meinen Schild, während Sextus rechts von mir knurrte wie ein tollwütiger Hund. Als ich die Spitze meines Gladius vorschnellen ließ, fühlte ich, wie sie sich an einem Kettenpanzer verfing. Ich duckte mich rechtzeitig unter die Kante meines Schildes, da ich spürte, dass von oben ein Schlag auf mich niederging;

Funken stoben, als Eisen auf Eisen schlug, und von dem Krach klingelten mir die Ohren. Wieder stach ich zu, und diesmal durchdrang meine Schwertspitze den Kettenpanzer und bohrte sich in Fleisch, nicht tief, aber genug, dass mein Gegner zurückwich. Sextus brüllte wie ein brünstiger Keiler und schlug heftig auf den Schild eines jungen Kriegers ein, während Cassandros seinem Gegner griechische Beschimpfungen entgegenschleuderte und dieser in seiner eigenen abscheulichen Sprache zurückschrie.

Dann erhob sich über all den Lärm ein hasserfülltes Getöse, und Waffen schepperten so laut, dass Männer auf beiden Seiten sich umschauten. Der Anblick war furchterregend: Der Arscherweiterer und der große Hurensohn hatten es miteinander aufgenommen und kämpften so heftig, dass sie sich eine eigene kleine Arena von ein paar Schritt Durchmesser geschaffen hatten und alle anderen zu überragen schienen. Mit einer Hemmungslosigkeit, die aus einer tiefen Liebe zur Gewalt erwächst, fielen sie übereinander her und hieben und stachen mit ihren Schwertern aufeinander ein. Dabei umkreisten sie sich in ihrem privaten Todestanz, und niemand wagte, sich einzumischen. Ich meine mich sogar zu erinnern, dass sämtliche Kämpfe in ihrer Nähe für ein paar Momente ins Stocken gerieten, da wir alle wie gebannt auf dieses Bild der Gewalt starrten. Doch bald besannen wir uns darauf, was wir hier eigentlich zu tun hatten, und abermals durchschnitt Eisen die Luft. Ich war einer der Ersten, die wieder bei der Sache waren, und schlitzte dem Mann vor mir mit einem Schlag aus der Rückhand die Kehle auf. Der große Hurensohn warf einen Blick nach links, als mein Opfer auf die Knie fiel, und schrie bei dem Anblick auf. Das verschaffte dem Arscherweiterer die winzige Gelegenheit, die er brauchte, um einen tiefen Schlag auf seinen Oberschenkel zu zielen. Doch er verschätzte sich um einen Wimpernschlag und erwischte den Rand der Kettentunika. Hass wallte in dem großen Hurensohn auf, und mit ohrenbetäubendem Gebrüll riss er seinen Schwertarm herum, so schnell, dass die Bewegung vor den Augen verschwamm. Die Klinge grub sich dem Arscherweiterer in den Kiefer und blieb stecken, und ich schwöre, in seinen Augen stand noch das Hochgefühl des Kampfes, als sie einen letzten Blick auf den Gegner taten, ehe sie brachen.

Nun kann man über den Arscherweiterer sagen, was man will, und wir taten das auch oft, aber er war immerhin unser Centurio. Als die Jungs sahen, wie er von einem bärtigen Barbaren niedergemacht wurde, gerieten sie vollends außer Rand und Band und ich ebenso. Ich stürzte mich auf den nächstbesten Gegner, einen graubärtigen Mann, und schmetterte ihm meine Faust mit dem Schwert ins Gesicht, wobei ich ihm die Zähne ausschlug. Anschließend rammte ich ihm die Kante meines Schilds unters Kinn und drückte ihm damit die Gurgel ein. Cassandros neben mir streckte indessen einen anderen Mann von der Leibgarde des großen Hurensohns nieder, indem er ihn am Oberschenkel verletzte. Ich gab ihm mit einem Stich ins Auge den Rest, und schon war der Weg frei, um mich mit dem Schild voran auf den hünenhaften Wilden zu stürzen. Ich schlug ihm den Schildbuckel mit Wucht gegen die Brust, noch ehe er sein Schwert aus dem zerschmetterten Schädel des Arscherweiterers gezogen hatte. Ihm ging die

Luft aus, und schon ließ ich einen geraden Stich folgen, der auf den Hals gezielt war. Doch er wich aus, und so bohrte sich die Schwertspitze stattdessen durch das Kettenhemd in seine Schulter, bis sie auf Knochen traf. Er taumelte zurück und hätte mir dabei fast das Schwert aus der Hand gerissen. Seine Augen weiteten sich, Blut quoll pulsierend aus der Wunde. Ich wollte mich erneut auf ihn stürzen, aber Sextus hatte dieselbe Idee, und so prallten wir zusammen. Zugleich packten mehrere Hände den großen Hurensohn, um ihn von uns fortzuzerren, und andere Krieger nahmen seinen Platz ein. Doch wir waren in Rage und fielen über sie her, besessen von dem Verlangen nach Rache für den Arscherweiterer und für all die Schmach, die wir erlitten hatten, wann immer wir über den Rhenus in dieses Land der fremden Götter und düsteren Wälder gekommen waren.

Wie lange es danach noch weiterging, weiß ich nicht – mir kam es nicht lange vor. Ich habe auch keine Ahnung, was geschah, denn wir in unserer beengten kleinen Ecke des Schlachtfelds konnten kaum etwas sehen. Ich weiß nur, dass wir sie mit überraschender Leichtigkeit zurückschlugen, nachdem der große Hurensohn verwundet war. Jedenfalls schlugen wir sie zurück, gegen unsere Kavallerie, die ihnen in den Rücken gefallen war, und ehe wir uns versahen, ergriffen sie die Flucht, und wir verfolgten sie und töteten nach Lust und Laune, in dem größten Hochgefühl schwelgend, das ein Soldat erleben kann.»

«Ich denke, ich kann die Frage beantworten, wie lange der Kampf weiterging, ehe die Stammeskrieger in die Flucht geschlagen wurden», warf Thumelicaz ein und schaute den Straßenkämpfer mit aufrichtigem Interesse an. Er nahm Tiburtius die Schriftrolle ab, suchte nach der richtigen Stelle und begann zu lesen:

Ich protestierte lautstark, doch meine Schreie trafen auf taube Ohren. Die anderen ließen nicht zu, dass ich ihn rächte. Aldhard liefen Tränen über das Gesicht, während er mich zurückhielt, die Übrigen nahm ich nur verschwommen wahr. Wie erstarrt gab ich schließlich auf und sah zu, wie der Angriff erst ins Stocken geriet und dann – unvermeidlich, wie es bei disziplinlosen Truppen nun einmal geschieht – scheiterte. Doch dass wir an der Flanke zurückgeschlagen worden waren, wäre für sich genommen noch nicht das Ende gewesen, hätte die Mitte wenigstens versucht standzuhalten – was sie nicht tat. Ich konnte nie herausfinden, wie es zuging, denn alle, die daran beteiligt waren, schämten sich so sehr, dass sie vor der bloßen Erwähnung des Vorfalls zurückscheuten, ganz zu schweigen davon, dass sie die Gründe erörtert hätten. Jedenfalls teilte sich binnen weniger hundert Herzschläge die Haupttruppe der germanischen Armee kampflos auf; die einen flohen nordwärts in den Wald und die anderen in Richtung der Berge. Doch auf der Flucht hat man keine Rückendeckung, und so gingen Tausende mit unehrenhaften Verletzungen zu Boden. Ein Teppich aus Leichen überzog den Weg ihres schändlichen Rückzugs.

Ich trauerte um meine Männer, und ich trauerte um meinen Vater. Aldhard zog mich fort, und ihm selbst liefen noch immer die Tränen um seinen Verlust. Ich wusste, ich sollte mit ihm gehen, meine Trauer für den Moment beiseiteschieben und versuchen, meine Armee weiter nördlich wieder zu sammeln, an der letzten Verteidigungslinie, die ich mir vorstellen konnte. Ich sah mich nach der Stelle um, wo mein Vater und Wulferam gefallen waren, inzwischen beide unter den Füßen des Feindes verschwunden. Dabei ließ der Schmerz in meiner Schulter mich zusammenzucken, und ich verfluchte den hässlichen kleinen Legionär, der seinen von mir getöteten Centurio so entschlossen gerächt hatte.

Wieder sah Thumelicaz den Straßenkämpfer eindringlich an. «Es waren also nur wenige hundert Herzschläge – das ist die Antwort auf deine Frage, wie lange es noch weiterging, nachdem du den großen Hurensohn, wie du ihn nennst, verwundet hattest. Aber das ist völlig uninteressant, verglichen mit der Verflechtung von Lebensfäden, die die Nornen gesponnen haben. Dass du, ausgerechnet du Teil dieser Gruppe bist, die herkommt, um meine Hilfe zu erbitten, zeigt mir, dass ich recht daran getan habe, mich mit euch zu treffen. Die Götter müssen einen größeren Plan haben, der mir verborgen ist. Jedenfalls bestärkt es mich in meinem Entschluss, euch zu helfen. Weshalb sonst sollten die Götter mir den hässlichen kleinen Legionär schicken, der seinen Centurio rächte, indem er meinen Großvater Sigimer und meinen Großonkel Wulferam tötete und meinen Vater Erminaz verwundete?»

XVII

Ich habe Arminius angestochen?» Der Straßenkämpfer konnte seinen Stolz nicht verhehlen. «Wer hätte das gedacht?» Er wandte sich an den jüngeren Bruder. «Was sagt Ihr dazu, Herr?»

«Nach allem, was wir bereits erfahren haben, überrascht mich diese Koinzidenz irgendwie nicht mehr. Immerhin hat mein Vater seinerzeit den jungen Arminius nach Rom eskortiert, und er hat uns sein Messer gegeben, damit wir es dem Sohn, den er nie kennengelernt hat, zurückbringen. Mir scheint, wir alle sind auf die eine oder andere Weise in diese Geschichte verflochten.»

Thumelicaz nickte bedächtig. «Ja, so wirken die Götter. Aber mehr noch – die Wunde schmerzte Erminaz nicht nur, sondern sie schränkte ihn auch ein, als seine Armee nordwärts zu einem Wall verfolgt wurde, den die Angrivarier an der Südgrenze ihres Gebiets am Ostufer des Visurgis errichtet hatten. Diese Stelle hatte er dafür ausersehen, es abermals zur Schlacht kommen zu lassen, und vielleicht wäre alles anders gekommen, wenn er hier erfolgreich gewesen wäre und Germanicus zurückgeschlagen hätte. Doch es sollte nicht sein, und seine Verletzung trug wesentlich zum Scheitern bei: Dadurch hatte mein

Vater nicht seine vollen Kräfte zur Verfügung, um die Verteidigung zu organisieren. Dies war wohl der letzte, ausschlaggebende Faktor, und so geschah das Wunder: Germanicus errang den zweiten Sieg in zwei Tagen. Das war zu viel für den eifersüchtigen Tiberius, dem es wenig später zu Ohren kam. Er fürchtete Germanicus' aufsteigenden Stern und die Macht, die seine Frau Agrippina über die Soldaten am Rhenus hatte, und so rief er ihn zurück, vorgeblich um seinen Triumph zu feiern. Germanicus bat darum, seinen Feldzug erst noch ein weiteres Jahr fortsetzen zu dürfen, doch es wurde ihm verwehrt. Dieses Jahr, wäre es ihm gewährt worden, hätte wohl genügt, um sein Werk zu vollenden und die Germania Magna wieder dem Imperium einzuverleiben.

Rom zog sich also zurück, und wir gingen wieder dazu über, uns gegenseitig zu bekämpfen. Mein Vater führte einen Krieg gegen Marbod von den Markomannen, jedoch gelang es ihm nicht, die natürliche Abwehr von Boiohaemum zu durchdringen. Das Ganze geriet zu einem unbedeutenden Nebenschauplatz ohne irgendwelche Auswirkungen auf den Lauf der Geschichte – ebenso wie all die anderen Kriege unter den Stämmen.

Mein Vater erkannte: Nun, da unser Land sicher war und wir wieder die Freiheit hatten, zu tun, was uns beliebte, würde es ihm niemals gelingen, alle Stämme unter seiner Herrschaft zu vereinen und zu einer Bedrohung für Rom zu werden. Er begnügte sich also damit, Sigimers Nachfolge als Fürst der Cherusker anzutreten, und verwendete viel Zeit darauf, seinen beiden Sklaven seine Geschichte zu diktieren. Was wir gehört haben, ist kaum ein Drittel davon, doch es genügt. Da ich nun gerade das Manuskript in Händen halte, werde ich auch die letzten Zeilen vorlesen, die er diktierte: ‹Ich überdenke Chlodochars Botschaft und Segestes' Zusicherung, um seiner Tochter willen würde mir sicheres Geleit gewährt, und ich weiß, beide sind unaufrichtig. Doch wie könnte ich nicht gehen, wenn auch nur die geringste Möglichkeit besteht, dass ich mich irre und mein Bruder mir wirklich meine Frau und meinen Sohn zurückgeben will? Wenn sie hingegen lügen und beabsichtigen, mich zu töten, dann werde ich ihnen in Gedenken an meinen längst verstorbenen Freund Lucius die größte Geste liefern.›» Thumelicaz schaute zu Thusnelda. «Wo warst du, Mutter? Hatte Flavus dich in dieses Land zurückgebracht? Mich jedenfalls nicht.»

Thusnelda spuckte aus. «Er log, und wir haben gerechte Rache an ihm geübt. Nein, es war nur eine Behauptung, um Erminaz in die Falle zu locken. Er liebte mich so sehr, dass er nicht anders konnte, als der Aufforderung zu folgen.»

«Nun, erzählt unseren Gästen, was geschah», befahl Thumelicaz den beiden Sklaven.

Aius ergriff als Erster das Wort. «Es war so offensichtlich eine Falle, dass es schon wieder schien, als könnte es durchaus ehrlich gemeint sein – wer würde sich einbilden, den großen Erminaz mit einem so simplen Trick täuschen zu können? Und so ging er und nahm uns mit, damit wir Zeugen wären, wenn er verraten würde. Wir erreichten den genannten Treffpunkt am Ufer eines kleinen Nebenflusses des Rhenus, und dort befahl er, wir sollten uns verstecken und beobachten, was vor sich ging. Zitternd in der Morgendämmerung, da es die Zeit der Eisgötter war, schauten wir also aus einiger Entfernung zu, wie zwei Männer sich unserem Herrn näherten.»

Tiburtius unterbrach ihn. «Da waren nicht nur die zwei Männer – ihnen folgte noch etwa ein Dutzend Krieger. Sie sahen zwar aus wie Germanen, aber ihre Ausrüstung war die des Imperiums. Sie blieben jedoch auf Abstand, als Erminaz auf die zwei Männer zuging. ‹Chlodochar, Segestes›, rief mein Herr im Näherkommen, ‹wo sind meine Frau und mein Sohn?› Sie antworteten nicht.»

Aius nahm den Faden auf, da Tiburtius durch die Erinnerung sichtlich aufgewühlt war. «Nun wusste unser Herr, dass es nicht so kommen sollte, wie er wider besseres Wissen gehofft hatte, und an diesem Punkt verlor er seinen Willen weiterzumachen. Im Vorwärtsgehen breitete er die Arme aus, das Schwert in einer Hand, und bot seinem Bruder und seinem Schwiegervater die ungedeckte Brust dar. ‹Ich fliehe nicht vor Verrätern›, rief er, ‹und ich lasse mich auch nicht dazu herab, gegen sie zu kämpfen. Ein Feigling ist, der den Mann niederstreckt, der sich nicht wehrt, und verflucht ist, der seinen Verwandten tötet. Ich beschwöre Donars Fluch auf euch, Flavus und Segestes, und besiegele diesen Fluch mit meinem eigenen Blut.› Dann schrie er zu den Göttern um Rache in diesem Leben oder dem nächsten, und so ließ er sich von ihnen töten, mit einer Waffe in der Hand, auf dass er Walhalla gewänne.»

«Die größte aller Gesten, wie Ihr gewiss einräumen

werdet», kommentierte Thumelicaz. «Das wertlos gewordene eigene Leben zu opfern, um seine Feinde zu verfluchen – auch seine Mutter verstand das. Erzählt uns das Ende, Sklaven.»

Aius sprach weiter. «Als sie fort waren, krochen wir aus unserem Versteck und brachten den Leichnam unseres Herrn heim zu seiner Mutter. Wir berichteten ihr, dass ihr jüngster Sohn am Tod des älteren schuld war.»

Tiburtius berichtete den Rest. «Sie kümmerte sich um die Begräbnisriten für Erminaz. Dann belegte sie ihren jüngsten Sohn und alle seine Nachfahren mit einem starken magischen Fluch, und um ihn mit ihrem eigenen Blut zu besiegeln, warf sie sich selbst auf den Scheiterhaufen.»

Niemand sprach, als die beiden alten Männer geendet hatten und anfingen, die Schriftstücke auf dem Tisch wieder einzurollen und in ihren Röhren zu verwahren, ohne von ihrer Arbeit aufzublicken.

Thumelicaz schaute nachdenklich in seinen Trinkbecher. «Mein Vater war ein großer Mann, und dass ich ihn nie kennengelernt habe, war ein Verlust.» Er sah auf und durchbohrte die Römer einen nach dem anderen mit seinem Blick. «Aber ich habe Euch nicht hier bei mir sitzen und seine Geschichte anhören lassen, nur um mich anschließend ein wenig in Selbstmitleid zu suhlen. Ich wollte, dass Ihr dies hört, damit Ihr meine Beweggründe für das verstehen könnt, was ich als Nächstes tun werde. Ich beabsichtige, mich gegen alles zu wenden, wofür mein Vater stand.»

Der ältere Bruder erwiderte seinen Blick voller Anspannung. «Heißt das, Ihr könnt uns sagen, wo der Adler versteckt ist?»

«Ich kann Euch sagen, welcher Stamm ihn hat, das ist leicht: die Chauken an der Küste nördlich von hier. Aber wie und wo sie ihn versteckt haben, wissen nur sie selbst. Doch ich werde noch mehr tun. Ich werde Euch aktiv helfen, ihn zu finden.»

«Warum solltet Ihr das tun?»

«Mein Vater hat versucht, sich selbst zum Fürsten eines größeren Germanien zu machen, in dem er alle Stämme unter einem einzigen Herrscher vereinen wollte. Stellt Euch nur vor, über welche Macht er verfügt hätte, wenn es ihm gelungen wäre. Er hätte die Kraft gehabt, Gallien zu erobern. Aber hätte er auch die Kraft gehabt, es zu halten? Ich denke nicht – noch nicht, solange Rom so stark ist. Doch das war sein Traum, es ist nicht der meine. Ich blicke weit in die Zukunft auf eine Zeit, da Rom unweigerlich seinen Niedergang beginnt wie alle früheren Reiche vor ihm. Für die Gegenwart betrachte ich die Vorstellung eines größeren Germanien als Bedrohung für alle Stämme, die darin vereint würden. Es könnte Anlass zu hundert Jahren Krieg gegen Rom geben, einem generationenlangen Krieg, den zu gewinnen wir noch nicht genügend Krieger haben.

Deshalb strebe ich nicht danach, der Anführer eines vereinten Germanenvolkes zu werden. Allerdings argwöhnen viele unter meinen Landsleuten, dass ich das will. Manche ermutigen mich aktiv, indem sie mich ihrer Unterstützung versichern, andere hingegen sind eifersüchtig und glauben, mein Tod wäre ihren eigenen Bestrebungen zuträglich. Ich hingegen will nur in Frieden das Leben führen, das mir meine ganze Jugend hindurch verwehrt war: ein Leben als Cherusker in einem freien Germanien. Ich will nichts von Rom, weder Rache noch Gerechtigkeit. Wir haben uns einmal von seiner Herrschaft befreit. Es wäre töricht, uns selbst in eine Lage zu bringen, in der wir erneut für unsere Freiheit kämpfen müssten.

Rom aber wird nie aufhören, seinen Adler zurückhaben zu wollen, und solange er sich auf unserem Grund und Boden befindet, werden immer wieder Römer kommen und nach ihm suchen. Die Chauken werden ihn nicht herausgeben, warum sollten sie? Aber dass sie ihn behalten, bringt uns alle in Gefahr. Ich will, dass Ihr ihn bekommt, Römer. Nehmt ihn und benutzt ihn für Eure Invasion und lasst uns in Frieden. Also werde ich Euch helfen, ihn zu stehlen. Die Stämme werden erfahren, dass ich Rom unterstützt habe, und sie werden nicht mehr wünschen – oder fürchten –, dass ich in die Fußstapfen meines Vaters trete.»

«Werden die Chauken das nicht als Kriegserklärung auffassen?», fragte der jüngere Bruder.

«Das würden sie, wären da nicht noch andere Umstände, die mit hineinspielen. Wisst Ihr, in meiner Position kommt mir so manches zu Ohren: Ich weiß, dass Rom von vielen der Stämme in Germanien Tributzahlungen fordert, und ich weiß auch, dass Publius Gabinius, der Statthalter der Germania Inferior, von den Stämmen an der Küste statt Gold neuerdings Schiffe verlangt. Nun liegen den Nachbarn der Chauken, den Friesen, ihre Schiffe sehr am Herzen, und ich habe gehört, um nicht zu viele davon ausliefern zu müssen, haben sie das Geheimnis um den Verbleib des verlorenen Adlers verkauft, und zwar an …»

«Publius Gabinius!»

«Ganz recht. Die Chauken werden ihren Adler also bald verlieren, aber wenn wir ihn an uns bringen können, ehe Publius Gabinius mit einer römischen Streitmacht eintrifft, könnte dies das Leben vieler Chauken retten.»

«Wie weit ist es?»

«Dreißig Meilen östlich von hier fließt der Visurgis. Auf ihm können wir bis ins Land der Chauken an der Nordküste gelangen. Wenn wir Boote nehmen, sind wir übermorgen dort.»

Thumelicaz ergriff die Hände seiner Mutter und blickte ihr in die Augen. Er hatte Varus' Uniform abgelegt und trug nun eine schlichte Tunika und Hosen. Der Schein der einzigen Talgkerze im Zelt spiegelte sich in Thusneldas Augen; Tränen liefen ihr über die Wangen. Von draußen waren gedämpfte Geräusche zu hören – die Männer brachen das Lager ab, während die Morgendämmerung über den östlichen Horizont kroch.

«Heute Morgen ist es kälter als gestern», flüsterte Thusnelda. «Die Eisgötter werden morgen hier sein – das war schon immer eine unheilvolle Zeit für unsere Familie. Kannst du nicht drei Tage abwarten, bis sie wieder unter die Erde zurückgekehrt sind?»

Thumelicaz umfasste mit einer Hand ihren Nacken, zog sie zu sich heran und küsste sie auf die Stirn. «Nein, Mutter, wenn wir Leben retten wollen, muss es jetzt geschehen. Außerdem habe ich bereits mit Römern gesprochen und die Uniform eines ihrer Statthalter getragen. Donar hat mich nicht dafür gestraft, und wenn mein Schwur sich erfüllt, wird er mich niederstrecken, ob die Eisgötter auf der Erde wandeln oder nicht.»

«Ihr Frost wird seinem Zorn Bitterkeit hinzufügen.»

«Nein, Mutter, es wird keinen Unterschied machen. Was kümmern den Donnerer die Eisgötter?»

Aldhard betrat das Zelt. «Die Römer sind fast bereit, Herr. Wir sollten bald aufbrechen, wenn wir noch vor Mittag den Fluss erreichen wollen.»

«Ich komme gleich.»

Aldhard neigte den Kopf und zog sich zurück.

Thumelicaz wandte sich wieder seiner Mutter zu. «Erinnerst du dich an die Geschichten, die du mir erzählt hast, als ich noch klein war?»

«An jede einzelne.»

«Wenn ich nicht zurückkehre, dann erzähle auch eine Geschichte über mich. Erzähle davon, wie ich den Zorn des Donnerers auf mich genommen habe, um unser Land, das Land Aller Mannen, in Freiheit zu bewahren, bis wir die Stärke haben, gegen Rom anzutreten und es zu schlagen.» Er küsste sie noch einmal, während immer mehr Tränen über ihr vom Alter gefurchtes Gesicht liefen. Dann wandte er sich ab und ließ sie zurück.

Am Vormittag des folgenden Tages erreichte die Kolonne die Überreste eines kleinen römischen Militärhafens, der verlassen lag, seit die Legionen sich vor fünfundzwanzig Jahren über den Rhenus zurückgezogen hatten. Die meisten Dächer der eingeschossigen Baracken und Lagerhäuser waren noch einigermaßen intakt, die Ziegelwände hingegen bröckelten unter dichtem, dunklem Efeu und anderen Kletterpflanzen. Rauchschwalben segelten durch die offenen Fenster ein und aus, deren Läden längst verrottet waren, und bauten ihre Schlammnester unter den Dachvorsprüngen der verlassenen Gebäude. Ein Rudel wilder Hunde, außer den Vögeln anscheinend die einzigen Bewohner, folgte in einigem Abstand der Kolonne, die über die von Gras überwucherte Pflasterstraße hinunter zum Fluss ritt.

«Meine Leute haben diesen Hafen nicht niedergebrannt, weil mein Vater fand, er sei von strategischem Nutzen», erklärte Thumelicaz. «Er hat hier ein Versorgungslager angelegt, von dem er über den Fluss schnell Vorräte zu seinen Truppen bringen konnte, aber nach seiner Ermordung wurde das Lager aufgegeben.»

«Warum?», fragte der jüngere Bruder. «Es könnte Euch noch immer ungemein nützlich sein.»

«Ja, das sollte man meinen, das Problem wäre nur: Wer würde es auffüllen, und wer sollte es bewachen?», warf der Straßenkämpfer ein. «Ich nehme an, um letztere Aufgabe würden sich einige reißen, aber für erstere gäbe es wohl kaum Freiwillige.»

Thumelicaz lachte. «Ich fürchte, du hast meine Landsleute nur allzu gut durchschaut. Kein Clanoberhaupt würde sein Getreide und sein Pökelfleisch Männern eines anderen Clans zur Bewachung anvertrauen, auch wenn sie alle Cherusker sind. Mein Vater besaß die Stärke, sie dazu zu bringen, aber seit er nicht mehr ist, sind die früheren Zustände wieder eingekehrt: Alle streiten untereinander und stehen nur zusammen, wenn Gefahr von einem anderen Stamm droht.»

«Da sieht man mal, wie kurz wir davor standen, die ganze Provinz zu unterwerfen», bemerkte der Patrizier, während sie an einem halbverfallenen Tempel aus Ziegel vorbeikamen. «Dass wir all das hier so tief in Germanien gebaut haben, zeigt doch, dass wir recht zuversichtlich gewesen sein müssen, uns hier halten zu können.»

«Diese Zuversicht, oder eher übertriebene Zuversicht, wurde Varus zum Verhängnis.»

Der Straßenkämpfer machte ein finsteres Gesicht. «Wohl eher Arroganz. Noch so ein selbstherrliches Arschloch.»

Der Meinungsaustausch der Römer wurde unterbrochen, da sie jetzt zwischen einer Reihe Lagerhäuser hindurch auf den Uferkai gelangten. Vor ihnen lagen an hölzernen Stegen vier lange Boote mit breitem Rumpf, hohem Bug und Heck, einem einzelnen Mast mittschiffs und Bänken für fünfzehn Ruderer auf jeder Seite.

«Wir wohnen in Langhäusern und fahren mit Langbooten», bemerkte Thumelicaz geistreich. «Wir Germanen finden, dass das ein guter Witz ist.»

Keiner der Römer teilte seine Heiterkeit, stattdessen zeichnete sich auf allen Gesichtern der gleiche Ausdruck ab: Verwirrung.

«Was ist los?»

Der Patrizier wandte sich ihm zu. «Pferde, Thumelicaz, das ist los. Wie nehmen wir unsere Pferde mit?»

«Gar nicht. Die Pferde sind der Preis für die Boote.»

«Und wie kommen wir dann zurück über den Rhenus?»

«Ihr werdet heimkehren, indem Ihr aufs Meer hinausfahrt und dann westwärts der Küste folgt. Eure Batavier können mit diesen Booten umgehen, sie sind gute Seefahrer.»

«Aber ihre Segelkünste werden uns nicht vor Stürmen bewahren», murmelte der Straßenkämpfer. «Als Germanicus das letzte Mal nach Gallien zurückgesegelt ist, hat er die Hälfte seiner Flotte im nördlichen Meer verloren. Ein paar der armen Hunde wurden sogar in Britannien an Land gespült.»

«Dann seid Ihr ja schon zur Stelle, wenn die Flotte zur Invasion landet.»

Der ältere Bruder warf Thumelicaz einen säuerlichen Blick zu. «Ist das wieder so ein Germanenwitz? Ich fand ihn nämlich auch nicht besonders komisch.»

«Nein, nur eine Feststellung. Jedenfalls ist das mein Angebot: Eure Pferde gegen die Boote, dann seid Ihr morgen im Land der Chauken.»

Die Römer lenkten ihre Pferde dichter zusammen und sprachen gedämpft miteinander.

«So sind die Römer», bemerkte Thumelicaz, an Aldhard gewandt. «Sie wollen nur nehmen und im Gegenzug nichts geben.»

«Was, wenn sie nicht einwilligen?»

«Sie werden, ihnen bleibt keine Wahl. Für sie steht zu

viel auf dem Spiel, als dass sie sich allzu große Gedanken um ein paar Pferde machen könnten – es fällt ihnen nur schwer, etwas herzugeben. Lass die Pferde in eines der Lagerhäuser bringen, ein Mann soll bleiben und sich um sie kümmern, bis wir zurückkehren.»

Der jüngere Bruder wandte sich an Thumelicaz. «Abgemacht.»

«Aber was ist mit meinen Pferden?», fragte der Patrizier mit zusammengebissenen Zähnen. «Es dauert Monate, sie auszubilden und …»

«Ihr werdet tun, was man Euch befiehlt, Präfekt», fiel der jüngere Bruder ihm barsch ins Wort. An Thumelicaz gewandt, ergänzte er: «Aber die Sättel und das Zaumzeug behalten wir.»

«Einverstanden.» Thumelicaz lächelte in sich hinein, und während die Römer absaßen, flüsterte er verstohlen: «Was habe ich gesagt?»

«Er will sein Pferd ganz und gar nicht hergeben», bemerkte Aldhard, der beobachtete, dass der Straßenkämpfer stur im Sattel sitzen blieb.

Thumelicaz wandte sich ihm mit ernster Miene zu. «Derjenige, der aussieht wie ein Straßenkämpfer …»

Aldhard unterbrach ihn mit erhobener Hand. «Ich weiß, er hat meinen Vater und deinen Großvater getötet und Erminaz verwundet. Ich habe es gehört – ich habe die ganze Geschichte gehört, und seltsamerweise war ich gar nicht überrascht. Ich wusste, dass das alles kein bloßer Zufall war. Das Leben deines Vaters war in einer Weise gewoben, dass es hier auf dieser Mittelerde noch nachhallt, während er bereits in Walhalla schmaust.»

Thumelicaz ließ sich vom Pferd gleiten und stieg in ein Boot. «Die Geschichten von Erminaz' Taten und ihrer Wirkung auf das römische Reich und Germanien werden Jahrhunderte überdauern, daran zweifle ich nicht.»

Am nächsten Morgen, dem zweiten Tag ihrer Reise, lag ein dünner, kalter Dunst über beiden Ufern, als sie ihren Weg nach Norden fortsetzten – in der Nacht waren die Eisgötter durchs Land gezogen. Auf ihrem Weg durch Germanien hatten sie einen Überzug aus Reif auf dem Flachland zu beiden Seiten des Flusses hinterlassen; ihr frostiger Atem biss ins Fleisch und machte Thumelicaz ihre Nähe unangenehm bewusst – sie hatten für seine Familie stets Unheil verheißen. Schaudernd griff er nach dem Amulett in Form eines Hammers, das er an einer Lederschnur um den Hals trug, und betete zu Donar um Verzeihung. Doch er wusste: Ob sie ihm gewährt würde oder nicht, er musste um seines Vaters willen den eingeschlagenen Weg weitergehen.

Der Schweißgeruch der Batavier von der Auxiliartruppe lag in der frostigen Luft, und ihr tiefer, düsterer Gesang vermischte sich mit dem der Ruderer in den nachfolgenden Booten.

«Wie empfindest du, Aldhard, nun, da du einige Zeit hattest, darüber nachzudenken, dass der hässliche kleine Legionär deinen Vater getötet hat?», erkundigte sich Thumelicaz mit einem Blick zu dem Straßenkämpfer, der mit seinen Gefährten im Heck des Bootes hinter ihm stand.

Aldhard zuckte die Achseln. «Es war in der Schlacht, und nach seinem Bericht hat er es ehrenhaft getan. Ich kann ihm eigentlich nicht vorwerfen, was in einem fairen Kampf geschehen ist – ebenso wenig, wie du ihm vorwerfen kannst, dass er deinen Großvater getötet hat.»

«Nein, das kann ich nicht. Eher sollten wir ihm sogar dankbar sein, dass er meinen Vater verwundete, sodass er in der Schlacht am Angrivarierwall nicht ganz bei Kräften war. So errang Germanicus einen leichten Sieg, und dieser war möglicherweise ausschlaggebend dafür, dass Tiberius ihn abberief. Vielleicht sehen wir hier den Mann, der unwissentlich der Retter Germaniens wurde.»

Aldhard grinste. «Oder wir sehen einfach einen hässlichen kleinen Legionär.»

Thumelicaz stimmte in die Heiterkeit seines Vetters ein. «Das auch. Aber welch seltsame Laune der Nornen, ihn in mein Leben hineinzuweben – es kann nur bedeuten, dass das, was ich zu tun beschlossen habe, so vorherbestimmt war.» Ein Ruf von der Wache im Bug des Bootes weckte seine Aufmerksamkeit – eben kamen sie um eine Flussbiegung. Eine Meile voraus lagen am östlichen Ufer lauter Schiffe, und Soldaten gingen von Bord. Thumelicaz' Miene verhärtete sich. «Es scheint, als ob Publius Gabinius gekommen ist, um den Adler zu holen. Wenn wir ihm zuvorkommen wollen, sollten wir uns beeilen.» Er wandte sich an den Steuermann. «Wir legen hier an.»

«Das ist die wichtigste Ortschaft der Chauken», flüsterte Thumelicaz und zeigte auf eine große Siedlung, die etwa eine Meile entfernt auf einem niedrigen Höhenrücken erbaut war. Es war die einzige Erhebung in der flachen und tristen Landschaft, über der noch immer leichter Dunst hing. Nordwestlich davon gingen auf dem reifüberzogenen Ackerland sechs Kohorten einer unberittenen Auxiliartruppe in einer Linie in Stellung, schützend vor einer Legion, die gerade aus einer Kolonne in Gefechtsordnung wechselte. Gegenüber der römischen Streitmacht hatte sich eine riesige Masse Chauken versammelt. Sie wuchs ständig weiter, da Männer aus der Umgebung herbeiströmten, von weithin dröhnenden Hornsignalen gerufen. «Ihre heiligen Haine befinden sich in den Wäldern östlich von dort. In einem davon muss der Adler sein.»

«Das könnte uns zupasskommen», bemerkte der jüngere Bruder mit dampfendem Atem, «es lenkt sie ab.»

Der Straßenkämpfer grinste. «Das erste Mal, dass wir hier Glück haben. Sieht aus, als hätten sie für eine Weile alle Hände voll zu tun.»

Der ältere Bruder schien ebenso erfreut. «Wir sollten uns auf den Weg machen, bevor wir uns hier den Hintern abfrieren. Wenn wir uns südlich von ihnen halten, gibt der Dunst uns Deckung, so müssten wir unbemerkt den Wald erreichen können.»

Thumelicaz hingegen war skeptisch. «Es ist nicht ideal. Die Chauken wissen sicher, weshalb diese Männer gekommen sind, und werden den Adler entweder anderswohin bringen oder eine große Truppe dazu abstellen, ihn zu bewachen.»

Der jüngere Bruder blies in seine kalten Hände. «Dann sollten wir uns beeilen. Von hier ist es eine Meile zurück zu den Booten und anderthalb Meilen zu dem Wald dort.

Mit Glück könnten wir schon in einer Stunde mit dem Adler wieder auf dem Fluss sein.» Noch während er sprach, löste sich eine Gruppe Krieger zu Pferde aus den Reihen der Chauken und ritt langsam auf die römische Frontlinie zu. Einer der Reiter hielt einen belaubten Zweig hoch.

Thumelicaz lächelte. «Sie wollen verhandeln. Das verschafft uns vielleicht mehr Zeit. Also los.»

Die Römer kehrten durch das Dickicht zu der Stelle zurück, wo ihre Batavier warteten. Aldhard kauerte sich neben Thumelicaz nieder. «Willst du das noch immer zu Ende bringen, Herr? Es macht nun keinen Unterschied mehr, welche Römer den Adler zuerst erreichen, unsere oder die Legion. So oder so wird Chaukenblut vergossen. Das kannst du nicht mehr verhindern – wir könnten ebenso gut einfach gehen.»

«Das könnten wir, aber wäre dann gewiss, dass sie den Adler finden? Die Chauken werden ihn gut versteckt haben. Ich muss sicherstellen, dass er gefunden wird, also muss ich weiter mit ihnen gehen. Ich habe den Weg gesehen, der mir bestimmt ist, Aldhard, und ebenso wie mein Vater muss ich es wagen, ihm zu folgen.»

Thumelicaz und Aldhard führten die Römer und ihre Auxiliartruppe in flottem Laufschritt über das ebene Gelände. Nördlich von ihnen waren die zwei Armeen noch größtenteils vom eisigen Dunst verborgen, der sich jedoch zusehends lichtete, da die Sonne höher stieg. Hin und wieder hob er sich ein wenig, sodass Gestalten sichtbar wurden. Die beiden Streitmächte standen sich noch immer gegenüber.

Als sie fast eine Meile weit gelaufen waren, ertönte mächtiges Geschrei.

«Die Nornen schicken sich an, die Lebensfäden vieler Männer abzuschneiden», bemerkte Aldhard, als die Chauken begannen, mit ihren Schwertern gegen die Schilde zu schlagen, und den Invasoren trotzig entgegenbrüllten.

Thumelicaz lief schneller. «Die Chauken sind tapfer, aber allzu lange können sie einer Legion nicht standhalten.»

Sie begannen zu rennen, liefen platschend durch einen eisigen Bach, dessen Wasser vom Unrat aus der Chaukensiedlung braun war, und rannten weiter. Dabei hielten sie sich ein ganzes Stück südlich der Anhöhe mit der Siedlung.

Die tief dröhnenden Signale römischer Cornua gaben Kommandos durch die Kohorten weiter. Im Gegenzug ließen die Chauken ihre Hörner erschallen, die mehr dazu dienten, den Feind einzuschüchtern, als dazu, den eigenen Leuten Befehle zu übermitteln.

Wieder zerrissen Gebrüll und Schlachtrufe die Luft, bis sie in den unverkennbaren Schreien und dem Geheul eines Germanenangriffs untergingen. Als Thumelicaz sie in den Wald führte, hallte Schlachtenlärm über die Landschaft, das Scheppern von Eisen auf Eisen und die dumpfen Laute von Schilden, die Schläge abfingen. Wenig später folgten die Schreie von Verwundeten und Sterbenden.

Thumelicaz wandte sich an den jüngeren Bruder. «Der erste Hain ist gleich östlich von hier, etwa vierhundert Schritt entfernt.»

Sie rannten über einen gewundenen Pfad tiefer in den Wald, wobei sie gelegentlich über herabgefallene Äste von Eichen oder Buchen springen mussten. Hinter ihnen mühten die batavischen Decurionen sich ab, ihre Turmae wenigstens einigermaßen in der Form einer zwei Mann breiten Kolonne zu halten, doch es gelang ihnen nicht, da ihre Männer es nicht gewohnt waren, als Fußsoldaten eingesetzt zu werden.

Nun verringerte Thumelicaz das Tempo. Hinter ihm gaben die Befehlshaber der Auxiliartruppe ihren Männern Zeichen, sich zu einer Linie aufzufächern. Tief geduckt liefen sie weiter zwischen den Bäumen hindurch, sorgsam auf jeden Schritt bedacht, die Wurfspeere bereit. «Geradeaus vor uns», flüsterte Thumelicaz und gab das Zeichen zum Anhalten.

Das dichte Laubdach des Waldes hielt das Sonnenlicht ab. Ein Stück voraus war die Atmosphäre lichter, denn die Sonne schien hier ungehindert bis auf den Boden. Von fern war noch schwach der Schlachtenlärm zu hören, doch in der Nähe störte nur Vogelgesang die Stille. Thumelicaz schlich weiter; die zwei Brüder und der Straßenkämpfer folgten ihm, nachdem sie der Auxiliartruppe befohlen hatten zu warten.

Als sie sich dem Hain näherten, sahen sie vor sich eine Lichtung mit vier uralten Eichen in der Mitte. Zwischen diesen lag auf zwei großen, abgeflachten Steinen eine Platte aus grauem Granit. Daneben war Holz aufgeschichtet, über dem leicht schaukelnd ein Käfig aus dickem Weidengeflecht hing. Er hatte genau die Form eines gekreuzigten Mannes, war jedoch etwas größer.

Der Straßenkämpfer spuckte aus, schloss den rechten Daumen in die Faust und murmelte etwas vor sich hin.

Der jüngere Bruder duckte sich neben Thumelicaz. «In dem Käfig ist niemand, durch die Zwischenräume scheint Licht. Thumelicaz, was meint Ihr?»

«Es scheint niemand in der Nähe zu sein. Wenn der Adler hier sein sollte, dann sicher nicht weit vom Altar, aber da keine Wachen postiert sind, halte ich es für unwahrscheinlich.» Er trat auf die Lichtung hinaus, zu beiden Seiten von Aldhard und seinen Männern flankiert. Die drei Römer folgten ihm äußerst vorsichtig, wobei sie mit ihren Wurfspeeren den Boden prüften aus Angst vor verborgenen Fallgruben mit Spießen.

Die Suche am Altar und in der Umgebung verlief ergebnislos. Sie hielten am Boden nach Anzeichen Ausschau, dass etwas vergraben worden war, sahen in dem aufgeschichteten Holz nach und schauten nach Hohlräumen in den Bäumen.

«Unsere römischen Freunde scheinen den Weidenmann zu fürchten», flüsterte Thumelicaz Aldhard zu, als er bemerkte, dass sie nervöse Blicke auf den leicht schaukelnden Käfig warfen.

«Und zu Recht. Ich habe schon so manches Mal mit angesehen, wie ein Römer darin zu Ehren der Götter schreiend sein Ende fand.»

«Er ist nicht hier», stellte Thumelicaz endlich fest. «Wir sollten weiter zum nächsten Hain gehen, etwa eine halbe Meile nördlich von hier.»

Thumelicaz und seine Männer gingen voran, flankiert von einer in Zweiergruppen aufgeteilten Turma, um die

Lage auszukundschaften. Die Römer folgten in einigem Abstand, sodass sie im immer schwächer werdenden Dunst gerade eben noch zu erkennen waren. Das Getöse der Schlacht hatte sich indessen gesteigert, war jedoch nicht näher gekommen. Die Düfte des feuchten Waldes, moderiger Geruch vom alten Laub am Boden und die saubere, frische Luft wirkten belebend auf Thumelicaz – die Gerüche seiner Heimat bildeten einen starken Gegensatz zu den Ausdünstungen der Sümpfe um Ravenna, wo er einen so großen Teil seines Lebens verbracht hatte. Ein leises Wiehern voraus ließ ihn abrupt innehalten, er hob die Hand und ließ sich auf ein Knie sinken. Die beiden Brüder schlossen zu ihm auf.

«Heilige Pferde», flüsterte Thumelicaz und deutete zwischen den Bäumen hindurch.

Die zweite Lichtung war größer als die erste, und diesmal stand in der Mitte ein kleiner Ulmenhain. Er war von einem Kreis aus grob zugehauenen hölzernen Säulen umgeben, zehn Fuß hoch und in einem Schritt Abstand voneinander. Auf jeder Säule lag ein Schädel. Vier weiße Pferde standen angebunden und weideten auf dem saftigen Gras um den Kreis herum. An den Zweigen der Bäume um einen hölzernen Altar hingen drei Köpfe, ein frischer und zwei halb verweste.

Nachdem sie ein paar Herzschläge lang gewartet hatten, wurde klar, dass wiederum niemand in der Nähe war. Die Pferde blickten neugierig zu ihnen auf, als sie auf den Hain zugingen, dann grasten sie weiter, da die Eindringlinge offenbar weder eine Bedrohung darstellten noch Futter bei sich hatten.

Thumelicaz führte die Römer zwischen zwei hölzernen Säulen hindurch in den Hain. Auf dem Boden verstreut lagen noch mehr Köpfe in unterschiedlichen Stadien der Verwesung. Haarbüschel, die an die Zweige darüber gebunden waren, zeigten an, wo sie gehangen hatten, bis die Kopfhaut so stark verwest war, dass sie herabgefallen waren.

«Wer waren diese Menschen, Thumelicaz?», fragte der jüngere Bruder.

«Wahrscheinlich Sklaven, vielleicht auch Krieger von anderen Stämmen, die bei einem Scharmützel gefangen genommen wurden. Jeder, der in Gefangenschaft gerät, weiß, was ihn erwartet.» Thumelicaz deutete auf den Altar. Eingetrocknetes Blut war in das Holz eingezogen.

«Reizend», murmelte der Straßenkämpfer, der mit einem Wurfspeer auf dem Boden stocherte auf der Suche nach Hinweisen darauf, dass hier kürzlich etwas vergraben worden war. «Ich nehme an, Eure Götter gieren danach.»

«Unsere Götter haben uns die Freiheit bewahrt, also müssen sie Menschenopfer wohl schätzen, ja.»

«Eine Freiheit, in der Ihr Euch gegenseitig bekämpft», bemerkte der ältere Bruder spöttisch und bückte sich, um nachzuschauen, ob an der Unterseite des Altars etwas befestigt war.

«So sind die Menschen: Der größte Feind ist immer derjenige, der einem am nächsten ist – so lange, bis Eindringlinge von außerhalb diesen Feind zum wertvollsten Verbündeten machen. Aber kommt jetzt, der Adler ist nicht hier. Es gibt weiter östlich noch einen Hain, wo wir nachsehen können.»

Sie drangen tiefer in den Wald vor. Hier hatte sich an Farn und tiefhängenden Zweigen der Dunst stellenweise noch gehalten. Obwohl sie sich von der Schlacht entfernten, schien der Lärm sich zu steigern. Thumelicaz überhörte ihn ebenso wie die leisen Wortwechsel der Römer hinter ihm und lief geduckt weiter, alle Sinne auf das gerichtet, was vor ihm lag. Da nahm er ein Geräusch wahr. Er brachte die anderen mit einer Geste zum Schweigen und duckte sich.

«Was ist?», flüsterte der jüngere Bruder, der neben ihm in die Hocke ging.

Thumelicaz lauschte, dann deutete er nach vorn. Durch den Dunst waren leise Stimmen zu hören. «Sie sind nicht weiter als hundert Schritt entfernt, das muss bedeuten, dass sie den Hain bewachen. Ich glaube, wir haben Glück.»

Der Römer nickte und erteilte Befehle, ein Kundschafter solle vorausgehen. Augenblicke später schlich ein Batavier in den Dunst hinein.

Während die Römer ihren Angriff planten, ging Thumelicaz zu Aldhard und seinen Männern hinüber. «Das hier geht euch nichts an, ihr braucht nicht an der Seite dieser Männer zu kämpfen.»

«Wirst du mit ihnen kämpfen, Herr?», fragte Aldhard.

«Ja, auch wenn mir nichts daran liegt, Chaukenblut zu vergießen. Aber ich habe diese Römer hergeführt, damit sie ihren Adler zurückholen, und nun wäre es gegen die Ehre, untätig zuzusehen, wie sie ihr Leben für etwas riskieren, das mir und meinem Volk weit größeren Nutzen bringen wird als ihnen.»

«Dann kämpfe ich mit dir.»

Thumelicaz legte Aldhard eine Hand auf die Schulter. «So sei es, mein Freund.» Er nickte den Übrigen zu und schloss sich wieder den Römern an.

Wenig später kehrte der Kundschafter zurück. «Fünfzig, vielleicht sechzig», meldete er auf Latein mit starkem Akzent.

Der jüngere Bruder war sichtlich erleichtert. «Danke, Soldat.» Er wandte sich wieder an den Patrizier. «Nichts, womit wir nicht fertigwerden könnten. Geht jetzt. Wir geben Euch Vorsprung, bis wir bis fünfhundert gezählt haben, damit Ihr im Bogen außen herum auf die andere Seite gelangen könnt.»

«Diese Männer werden keinen Pardon geben», warnte Thumelicaz den Patrizier, als dieser sich anschickte, mit der Hälfte der Batavier aufzubrechen. «Sie haben geschworen, den Adler zu schützen, auf Leben und Tod.»

«Sofern er dort ist», murmelte der Straßenkämpfer.

«Oh, er ist gewiss dort, warum sonst sollten sie diesen Hain bewachen und nicht die anderen beiden?»

«Stimmt auch wieder.»

Der ältere Bruder richtete sich auf. «Dann also los, auf sie.»

Die Lichtung wurde bald sichtbar, bald verschwand sie wieder, da ein leichter Wind aufgekommen war, der den Dunst umhertrieb. Gelegentlich sahen sie die Chaukenkrieger nordöstlich des Hains stehen, der aus etwa zwanzig Bäumen unterschiedlicher Arten bestand.

«Donar, schärfe unsere Schwerter und schenke uns den

Sieg», murmelte Thumelicaz und umklammerte das Amulett in Form eines Hammers, das er am Hals trug. «Mit diesem Adler werden wir unser Vaterland für immer von den Römern befreien.»

«Und wir werden Euch mit Freuden in Ruhe lassen», fügte der Straßenkämpfer hinzu.

Überall in der Linie vollzogen Männer ihre Rituale vor der Schlacht, überprüften ihre Waffen, schnallten Riemen fester und murmelten Gebete an ihre Schutzgötter.

«Also dann, bringen wir es hinter uns», sagte der jüngere Bruder und gab seinen Männern zu beiden Seiten Zeichen vorzurücken.

Fast sechzig Mann schlichen in zwei Linien auf den Rand der Lichtung zu. Vor ihnen redeten die Chauken miteinander, schärften ihre Schwerter und Speerspitzen mit Steinen und ließen ihre Muskeln spielen. Da der Schlachtenlärm noch immer zu hören war, rechneten sie vorerst nicht mit einem Angriff.

Der jüngere Bruder hob den Arm, holte tief Luft, schaute sich nach beiden Seiten um und streckte den Arm dann nach vorn. Wie ein Mann stießen die Batavier ihren Schlachtruf aus und stürmten zwischen den Bäumen hervor auf den Feind zu, Schild an Schild, die Wurfspeere bereit.

Die völlig überrumpelten Chauken versuchten hastig, sich zu zwei Reihen zu formieren. Ihre Befehlshaber brüllten sie an und stießen sie auf ihre Positionen, als auch schon die Salve Wurfspeere aus flacher Flugbahn durch die Lücken in dem unvollständigen Schildwall einschlug. Schreie gellten über die Lichtung, da ein Dutzend und mehr Krieger von den Füßen gerissen wurden, denen die schlanken, blutigen Speerspitzen aus dem Rücken ragten.

Thumelicaz und seine Männer stürmten an der linken Flanke der Batavier vorwärts. Im Laufen zogen sie ihre Langschwerter und formierten sich zu einem kleinen Keil mit Thumelicaz an der Spitze.

Die Batavier hielten ihre Formation und prallten geschlossen gegen die desorganisierten Chauken, rammten ihnen ihre Schildbuckel mit Wucht in die Gesichter, stießen zugleich mit ihren Schwertern tief in Unterleiber und schlitzten Bäuche auf. An ein paar Stellen hatten die Gegner inzwischen ihren Schildwall geschlossen und erwiderten den Angriff mit der Kraft und dem Mut der Verzweiflung. Sie stießen mit ihren langen Speeren so heftig über die Ränder der Schilde hinweg nach ihren heranstürmenden Gegnern, dass, verstärkt durch deren Schwung, die Spitzen durch die Kettentuniken von ein paar Bataviern noch eine halbe Daumenlänge tief in deren Brust getrieben wurden. Die Wunden waren nicht so tief, dass sie direkt tödlich waren, aber doch schmerzhaft genug, um die Männer außer Gefecht zu setzen und mit dem nachfolgenden Schwerthieb zu töten.

Mit einem schnellen Abwärtsschlag hieb Thumelicaz sein Schwert einem fauchenden Gegner mit wildem Blick in die Schulter und zerschmetterte das Schlüsselbein, während er zugleich seinen Schild hochriss, um den Gegenschlag abzufangen. Blut sprudelte aus der tiefen Wunde über den Bart des Mannes, der das Gesicht zum Himmel hob. Mit gebleckten Zähnen und aufgerissenem

Mund stieß er einen Schrei aus, als wolle er die Walküren beschwören. Während der Körper des Gegners zusammensackte, riss Thumelicaz sein Schwert aus dem zertrümmerten Knochen. Gerade duckte Aldhard zu seiner Rechten sich unter einem heftigen Schlag hindurch und trieb die Spitze seines Schwertes mit Wucht in den ungeschützten Hals des Widersachers, der das Schwert führte.

Thumelicaz schmetterte seinen Schild nach links und brach einem anderen Gegner den Schädel. Während das Opfer sich am Boden wand, sprang er darüber hinweg und rammte seine Faust mit dem Schwert dem nächsten Krieger ins Gesicht, wobei er ihm mehrere Zähne ausschlug und sich selbst die Haut von den Fingerknöcheln abschürfte. Er ignorierte den Schmerz und führte einen Querschlag nach links, der dem Krieger die rechte Hand am Handgelenk abtrennte, gerade als dieser sein Schwert niedersausen lassen wollte. Die Hand fiel zu Boden, das Schwert noch in der Faust, und der Armstumpf verspritzte Blut, während er die Abwärtsbewegung weiterführte, doch der Mann hatte über dem Schmerz in seinem zerschlagenen Mund noch gar nicht recht wahrgenommen, was ihm widerfahren war. Als er den frischen Stumpf durch die Luft schnellen sah, verdrehte er die Augen und schrie auf, wobei er Thumelicaz einen feinen roten Nebel und blutige Zahnsplitter entgegensprühte. Thumelicaz riss mit einem Ruck sein Knie hoch und rammte es dem Mann ins Gemächt. Der krümmte sich zusammen, und sein Schrei ging abrupt in ein tiefes Stöhnen über, da ihm die Luft wegblieb. Ein heftiger Schlag mit Thumelicaz'

Schwertheft hinterließ ein Loch in seinem Hinterkopf, und er brach zusammen.

Plötzlich lief eine Schockwelle durch das ganze Getümmel – die Auxiliartruppe hatte die Flanken der Chauken umgangen und war ihnen in den Rücken gefallen. Jetzt war es nur noch eine Frage der Zeit. Die Bataver nutzten ihren Vorteil aus, da die dahinschwindende Truppe der Chauken immer schwächer zurückschlug, bis der Letzte von ihnen auf den aufgewühlten Boden sank und sein Gehirn aus dem zertrümmerten Schädel quoll.

«Halt und neu formieren!», schrie jemand, als die Bataver, keuchend und mit aufgerissenen Augen, sich zu beiden Seiten eines Walls aus stöhnenden Verwundeten und Toten gegenüberstanden, von denen die meisten Chauken waren. Die Befehlshaber brachten ihre Männer mit barschen Kommandos dazu, wieder Linien zu bilden, ehe sie noch im Schlachtentaumel auf ihre eigenen Kameraden losgingen.

Thumelicaz betrachtete seinen Schwertarm – er war blutverschmiert.

«Wir sollten anfangen zu suchen», sagte der jüngere Bruder keuchend.

Thumelicaz nickte, befahl Aldhard und seinen vier Mann, ihm zu folgen, und wandte sich dem Hain zu.

Der Hain bestand aus etwa zwei Dutzend Bäumen unterschiedlicher Arten, die vor vielen Jahren gepflanzt worden waren. Thumelicaz ging zwischen ihnen hindurch zu einem steinernen Altar in der düsteren Mitte des Hains, zwischen einer uralten Stechpalme und einer altehrwürdigen Eibe.

Der Altar war leer.

Die Römer waren ihm gefolgt. Thumelicaz schaute sie verwundert an. «Hier ist keine Spur von dem Adler.» Er stampfte mit dem Fuß auf den moosbewachsenen, gefrorenen Boden, doch der war fest, und nichts deutete darauf hin, dass hier kürzlich etwas vergraben worden war.

«Vielleicht in den Bäumen?», schlug der ältere Bruder vor.

Nach einer vergeblichen Suche schüttelte Thumelicaz den Kopf. «Er ist nicht hier.»

«Aber Ihr habt doch gesagt, er sei hier.» Der jüngere Bruder schrie beinahe vor Enttäuschung.

«Ich habe es angenommen. Aber vielleicht haben sie ihn auch weiter ins Binnenland gebracht.»

«Warum sollten sie dann diesen Hain bewachen?»

«Ich weiß es nicht.»

«Vielleicht wollten sie uns nur glauben machen, er sei hier», vermutete der Straßenkämpfer. «Rund fünfzig Mann wären schließlich nicht genug, um entschlossene Gegner davon abzuhalten, den Adler zu holen, aber durchaus genug, um Leute dazu zu verleiten, am falschen Ort zu suchen.»

Der jüngere Bruder runzelte die Stirn. «Wo können sie ihn dann versteckt haben?»

«Ich weiß nicht, vielleicht sollten wir einen ihrer Verwundeten fragen.»

«Die werden nicht reden, ganz gleich, womit Ihr ihnen droht», erklärte Thumelicaz.

«Wie wäre es mit der Aussicht auf ein fieses Ende in diesem Weidenkäfig auf der ersten Lichtung? Das könnte …»

«Natürlich!», rief der jüngere Bruder aus und wandte sich an den Straßenkämpfer. «Du hast recht. Sie haben tatsächlich versucht, von der Stelle abzulenken, wo er versteckt ist, indem sie den falschen Hain bewachten. Er ist im ersten Hain. Wir haben überall nachgeschaut, nur nicht in dem Weidenkäfig. Es hatte ja den Anschein, er sei leer, das Licht schien durch die Zwischenräume. Und es war ein so grausiger Anblick, dass wir uns scheuten, in seine Nähe zu gehen. Aber wieso schaukelte er, obwohl es doch windstill war? Weil sie ihn eben erst hochgezogen hatten, als wir ankamen! Wir müssen sie knapp verpasst haben. Der Adler ist dort drin.»

Der ältere Bruder schlug sich auf den Hinterkopf. «Natürlich, wie dumm. Beinahe hätte ich im Scherz gesagt, das wäre ein gutes Versteck.»

«Wäre das denn komisch gewesen?», fragte Thumelicaz, der römischen Humor noch nie verstanden hatte.

«Eigentlich nicht.»

«Das finde ich auch. Wir sollten gehen.»

Thumelicaz führte sie in südwestlicher Richtung aus dem Hain, über die Seite des Dreiecks, an der sie noch nicht gewesen waren. Rechts von ihnen klang der wüste Schlachtenlärm immer näher.

Nachdem sie fast eine Meile weit mit brennender Lunge gerannt waren, erreichten sie wieder die erste Lichtung, diesmal von der anderen Seite. Der Weidenmann hing noch immer über dem Altar zwischen den vier Eichen, die den kleinen Hain bildeten. Thumelicaz rannte darauf zu, blieb stehen und blickte zu dem schaurigen Artefakt auf.

«Seht Ihr ihn?», fragte der jüngere Bruder, als er neben ihm anhielt.

«Nein, ich kann im Inneren nichts erkennen. Wir müssen ihn herunterholen.»

«Wir sollten sehr vorsichtig sein.»

«Glaubt Ihr wirklich, ich wüsste nicht, was für Fallen es zum Schutz geben kann?» Thumelicaz wandte sich an Aldhard. «Hrulfstan ist der Leichteste. Er soll in die Bäume klettern, um die Fallen auszulösen.»

Sofort bildete ein anderer mit verschränkten Händen eine Räuberleiter, und Aldhard und seine Männer halfen dem Leichtesten unter ihnen, auf den untersten Ast im Hain zu klettern. «Haltet Abstand von dem Altar», riet Thumelicaz den Römern.

Sie wichen zurück und schauten ängstlich nach oben, wo das Laub raschelte und der Weidenkäfig schwankte und sich um sich selbst drehte, während der Mann höher kletterte.

Thumelicaz warf einen Blick auf den schaukelnden Weidenmann. «Obacht, Hrulfstan, bewege die Äste nicht zu stark.» Der Krieger kletterte langsamer weiter, und das Schaukeln des Weidenkäfigs wurde schwächer.

Plötzlich ertönte ein Schreckensschrei, und man hörte gespannte Seile knarren. Thumelicaz sprang zurück. «Runter!»

Die Seile knarrten lauter, dann schwangen zwei Baumstämme mit angespitzten Enden aus den Wipfeln und im Bogen quer über die Lichtung, sodass sie am tiefsten Punkt auf Brusthöhe waren. Sie sausten an beiden Seiten knapp am Altar vorbei. Das Geräusch der gespannten

Hanfseile wurde höher und lauter, als die Stämme den höchsten Punkt erreichten, einen Herzschlag lang reglos in der Luft hingen und dann zurückpendelten.

Als sie wieder über die Lichtung schwangen, wurde sichtbar, dass sie in der Mitte durch eine schmale Eisenklinge verbunden waren, die zwischen der Oberfläche des Altars und den Füßen des Weidenmannes hindurchglitt. «Damit sollte jeder, der versuchte, den Korbmann herunterzuholen, mitten entzweigeschnitten werden.»

«Ein reizendes Völkchen, diese Germanen», grollte der Straßenkämpfer, als die Stämme mit abnehmendem Schwung zurückpendelten.

«Findest du denn, ihr Römer seid netter, weil ihr Menschen kreuzigt oder wilden Tieren vorwerft?», fragte Thumelicaz, während er sich wieder aufrichtete.

«Stimmt auch wieder.»

«Aldhard, schneide die Seile durch.»

Die Pendelbewegung verlangsamte sich; Aldhard packte die Stämme und brachte sie zum Stillstand. Seine Männer machten sich daran, die Seile mit ihren Schwertern zu durchtrennen. Sie gingen vorsichtig zu Werke, traten nach jedem Seil rasch wieder zurück und schauten nervös in die Bäume hinauf, doch es wurde keine weitere Falle ausgelöst.

«Siehst du da oben noch mehr Seile, Hrulfstan?», rief Thumelicaz.

«Nur das für den Weidenmann, Herr.»

«Er sagt, da oben sind keine Seile mehr zu sehen bis auf das, an dem der Weidenmann hängt», übersetzte Thumelicaz für die Römer. «Es scheint, als könnten wir uns ihm jetzt gefahrlos nähern.» Er kletterte auf den Altar. Als er daraufstand, war sein Kopf auf gleicher Höhe mit den Knien des Weidenmannes. «Sie sind so gebaut, dass man sie öffnen kann – aus naheliegenden Gründen», erklärte er und nahm den Korb aus dicken Weidenruten in Augenschein. «Dieser ist an beiden Seiten zu öffnen. Wir müssen ihn herunterholen.» Er zog sein Schwert und reckte sich auf die Fußballen, sodass er mit der Klinge gerade eben an das Seil reichte, das mittig zwischen allen vier Bäumen hing und oben in dem leichten Dunst verschwand, der noch immer in ihren düsteren Wipfeln hing. Während er begann, es durchzuschneiden, nahmen zwei seiner Männer zu beiden Seiten des Altars Aufstellung, um den Weidenmann aufzufangen. Das Seil summte, als die scharfe Klinge sich hindurchfraß.

Thumelicaz sägte heftiger mit seiner Klinge, und nach und nach trennten sich die Stränge des Seils, bis nur noch zwei übrig waren. Er schaute zu seinen Männern hinunter, um sich zu vergewissern, dass sie zum Auffangen bereitstanden, dann durchtrennte er das Seil vollends. Das lose Ende schnellte in die Bäume hinauf, der Weidenmann fiel und landete mit den Füßen knirschend auf dem Altar. Seine Männer packten die Beine, um zu verhindern, dass er kippte, da ertönte von oben ein leises metallisches Geräusch. Thumelicaz erstarrte für einen Augenblick, dann hob er den Kopf und blickte in die Richtung des Geräuschs. Gerade brach die Sonne durch den Dunst; erschrocken riss er Augen und Mund auf, als zwei grelle Blitze von poliertem Eisen aus dem Laubdach herabfuhren. «Donar!», rief er gen Himmel.

Zwei Schwerter fielen von oben herab.

Eine Klinge drang genau senkrecht in seine Kehle, durchbohrte die inneren Organe und blieb im Beckenknochen stecken. Das zweite Schwert traf den Altar, bog sich ein wenig und federte mit einem Geräusch wie Donner zurück. Ein Zittern durchlief Thumelicaz, und seine Augen richteten sich ungläubig auf das Schwertheft vor ihnen, das aus seinem Mund ragte wie ein Kreuz von der Kuppe einer Hinrichtungsstätte. Blut quoll hervor und lief in seinen Bart. Er wusste nun, der Gott hatte ihn nicht von seinem Schwur entbunden. Seine Beine begannen nachzugeben, ein heiseres Röcheln entfuhr seiner Kehle, und Blut schwappte über das Schwertheft mit der Schnur daran, die hinauf in die dunstverhangenen Zweige lief. Er kippte gegen den Weidenmann, der vom Altar stürzte, da der Schwerpunkt zu hoch lag, als dass die bestürzten Männer ihn noch hätten halten können. Thumelicaz zog eine Spur von Blutströpfchen durch die Luft, als auch er fiel. Krachend landete er auf der Brust des Weidenmannes, dann federte er von dem Zweiggeflecht leicht wieder hoch. Als er zum zweiten Mal aufschlug, öffnete sich der Weidenmann, und ein in weiches Leder gewickeltes Bündel rollte heraus. Seine Sicht begann sich zu trüben, als wirbelte weißer Nebel vor seinen Augen; als der jüngere Bruder das Bündel aufhob, sah er, dass es schwer war; es war der Adler, er wusste es.

Thumelicaz sah, wie der jüngere Bruder den Adler hielt, und er empfand Triumph, während das Leben ihm entwich: Rom hatte seine Trophäe und würde sie dazu benutzen, seine Armeen gen Norden zu führen. Rom war im Begriff, seinen größten Fehler zu begehen. Germanien, das Land Aller Mannen, das Land, das sein Vater von dem eroberungsgierigen Imperium befreit hatte, war auf Generationen hinaus sicher. Sicher, um Krieger hervorzubringen, zu erstarken, zu warten, bis die Zeit reif war, dass Germaniens Stämme aus ihren düsteren Wäldern hervorbrachen und das verhasste Imperium vernichteten.

Der weiße Nebel wurde dichter, und Thumelicaz wusste, bald würde er zum ersten Mal seinem Vater Erminaz gegenübertreten. Er würde aufrecht vor ihm stehen können, ihm in die Augen blicken und in dem Wissen schwelgen, dass sie beide, Vater und Sohn, dem Westen eine germanische Zukunft gesichert hatten. Mit einer letzten Anstrengung griff er nach dem Schwertheft, damit Walhalla ihn erwartete.

Der Nebel nahm ihm nun gänzlich die Sicht, und alles war weiß – weiß wie der Frost der Eisgötter.

Nachwort des Autors

Diese historische Fiktion basiert auf den Schriften von Tacitus, Sueton, Cassius Dio, Flavius Josephus und Velleius Paterculus.

Thumelicus wurde in Rom geboren und gezwungen, Gladiator zu werden. Tacitus sagt, er werde zu gegebener Zeit von seinem Schicksal berichten – dass dieser Bericht fehlt, deutet darauf hin, dass er sich in den verlorenen Teilen der Annalen befand, entweder in den Jahren 30–31 oder 37–47. Das verschafft mir die Freiheit anzunehmen, dass er im Handlungszeitraum dieser Geschichte noch am Leben ist.

Als Geisel in Rom wird Arminius höchstwahrscheinlich in Drusus' Haus gelebt haben, da Drusus derjenige war, dem Sigimer sich ergab und dem er seinen Sohn auslieferte. Deshalb finde ich es plausibel, ihn in der römischen Elite verkehren und Freundschaft mit Lucius Caesar schließen zu lassen. Lucius' ausschweifender Charakter ist meine Fiktion, liegt jedoch im Bereich des Möglichen.

Arminius wurde von Augustus in den Ritterstand erhoben.

Gaius Caesar ging wirklich auf eine Mission ins Partherreich, um einen Vertrag mit Phraates V. abzuschließen. Es gibt keine Hinweise darauf, dass Lucius ihn begleitete, jedoch ist überliefert, dass Seianus einer der Tribune war. Phraates war der Sohn von Musa, einer Hetäre, die Augustus rechtswidrig Phraates IV. schenkte; dieses Geschenk war Teil seiner Verhandlungen um die Rückgabe der in Carrhae verlorenen Adler. Von Flavius Josephus wissen wir, dass sie ihren Sohn heiratete, die Parther dies jedoch nicht hinnahmen und die beiden stürzten.

Lucius starb A.D. 2 unter dubiosen Umständen in Massalia; dass Seianus seinem Gefolge angehörte, ist meine Fiktion. Gaius starb zwei Jahre später, sodass Augustus gezwungen war, Tiberius zurückzurufen – Zufall?

Tiberius plante einen massenhaften Einmarsch in das Gebiet der Markomannen im Jahre 6 und wollte bis nach Maroboden – dem heutigen Prag – vorstoßen, als die Nachricht von der Revolte in Pannonien eintraf. Die nächsten zwei Jahre brachte er damit zu, den Aufstand niederzuschlagen, und Arminius diente unter ihm als Präfekt einer berittenen Auxiliartruppe. Dass Varus beim Einmarsch nach Boiohaemum dabei war, ist meine Fiktion.

Für die Schlacht im Teutoburger Wald habe ich hauptsächlich auf Cassius Dios Bericht über die viertägigen Kämpfe zurückgegriffen, die im Wesentlichen so abgelaufen sind, wie ich sie hier dargestellt habe. Die Stämme beteiligten sich tatsächlich erst nach und nach, und es regnete in Strömen. Dank der phantastischen Arbeit von Major Tony Clunn, der den Ort der letzten Schlacht am Teutoburger Pass identifiziert hat, kann man heute einen großen Teil des Schauplatzes besichtigen – und ich empfehle jedem, der in die Gegend kommt, dringend einen Besuch in dem dortigen Museum. Paterculus berichtet uns von Ennius' Kapitulation, Valas Flucht mit der Kavallerie und davon, wie Caedicius sich in Aliso verschanzte.

Strabon ist der einzige Geschichtsschreiber, durch den Thusneldas Name überliefert ist. Dass Arminius sie entführte, als sie einem anderen versprochen war, wissen wir von Tacitus; dass dieser andere Adgandestrius war, ist meine Fiktion.

Von Tacitus erfahren wir viel über Germanicus' Feldzüge, und meine Erzählung basiert hauptsächlich auf seinen Berichten. Denjenigen Lesern, die mehr über das Thema erfahren möchten, empfehle ich *Rome's Greatest Defeat* von Adrian Murdoch.

Vor der Schlacht von Idistaviso gab es tatsächlich einen Wortwechsel zwischen Arminius und Flavus über den Fluss hinweg, und am Ende verlor Flavus die Beherrschung. Arminius wurde vor der letzten Schlacht am Angrivarierwall verwundet, und seine nicht eben glanzvolle Abwehr wird darauf zurückgeführt. Tiberius rief Germanicus wirklich zurück, ehe die Wiedereroberung vollendet war – vorgeblich um seinen Triumph zu feiern, wahrscheinlicher jedoch, weil er eifersüchtig auf Germanicus' Erfolg war.

Arminius wurde von einem Verwandten getötet – ob es Flavus oder Segestes war, wissen wir nicht, doch ich hielt es für passend, die Tat den beiden zuzuschreiben.

Publius Gabinius holte wirklich im Jahre 41 den Adler der Siebzehnten zurück. Wer erfahren will, wie ihm das gelang, der sollte *Der gefallene Adler* lesen!

Auch wenn dies ein eigenständiger Roman ist, besteht doch eine Verbindung zu *Der gefallene Adler*, denn die Idee, Arminius' Lebensgeschichte zu schreiben, kam mir, als Vespasian in jenem Buch Thumelicus begegnete. Daher haben beide Bücher ein paar Kapitel gemeinsam, allerdings werden sie aus unterschiedlichen Perspektiven erzählt, einmal aus der von Thumelicus und einmal aus der von Vespasian. Ich hoffe, meine lieben Leser werden mir verzeihen, dass ich mich wiederhole.

DANKSAGUNG

Wie immer möchte ich meinem Agenten Ian Drury bei Sheil Land Associates danken – ich habe dieses Buch während vier Sommern geschrieben, und seine Ermutigung, als ich im dritten Sommer in tiefe schriftstellerische Verzweiflung geriet, war von unschätzbarem Wert. Mein Dank gilt auch Gaia Banks und Melissa Mahi von der Abteilung für Auslandslizenzen. Melissa wünsche ich alles Gute in ihrem neuen Job.

Danke an alle bei Atlantic/Corvus, die sich stets für meine Bücher einsetzen, besonders Sara O'Keeffe und Will Atkinson. Danke auch an Louise Cullen, Alison Davis und Lucy Howkins, um nur ein paar zu nennen, für ihren Einsatz.

Wieder einmal danke ich Tamsin Shelton, die den Fehlerteufel ausgetrieben und die vielen Kleinigkeiten entdeckt hat, für die ich einfach keinen Blick habe.

Und schließlich gilt mein Dank den Menschen, die mich stets auf der Reise begleiten: Ihnen, liebe Leser, und meiner wunderbaren Frau Anja.

LESEPROBE

ROBERT FABBRI

ALEXANDERS ERBE

DIE MACHT DEM STÄRKSTEN

Historischer Roman

Aus dem Englischen
von Anja Schünemann

Rowohlt Taschenbuch Verlag

Prolog

Babylon, Sommer 323 v. Chr.

«Dem Stärksten.»

Der große Ring von Makedonien verschwamm in Alexanders sich trübender Sicht; seine Hand zitterte von der Anstrengung, ihn hochzuhalten und dabei zu sprechen. Dieser Ring mit der sechzehnstrahligen Sonne repräsentierte die Macht über das größte Reich, das in der bekannten Welt jemals erobert worden war – ein Reich, das er so früh, zu früh vererben musste. Denn er, Alexander, der dritte König von Makedonien, der diesen Namen trug, hatte nun die endgültige Gewissheit: Er lag im Sterben.

In ihm brodelte Wut auf die launischen Götter, die so vieles gewährten, jedoch einen solch hohen Preis forderten. Sterben zu müssen, obwohl sein Ehrgeiz erst zur Hälfte befriedigt war – diese Ungerechtigkeit vergällte ihm seine Errungenschaften und machte den Geschmack des Todes, der in seiner Kehle aufstieg, umso bitterer. Bislang hatte er lediglich den Osten unter seine Herrschaft gebracht; der Westen hätte erst noch Zeuge seiner Ruhmestaten werden sollen. Und doch – war er nicht gewarnt worden? Hatte nicht der Gott Amun ihn ermahnt, nicht der Hybris zu verfallen, als er vor bald zehn Jahren das Orakel der Gottheit in der Oase Siwa weit draußen in der ägyptischen Wüste befragt hatte? War dies nun seine Strafe dafür, dass er den Rat Amuns missachtet und mehr gewagt hatte als je ein Sterblicher vor ihm? Hätte er noch die Kraft aufgebracht, dann hätte Alexander geweint, um sich selbst und um den Ruhm, der ihm nun durch die Finger glitt.

Er hinterließ keinen natürlichen Erben, wem also würde er erlauben, seine Nachfolge anzutreten? Wem würde er die Gelegenheit geben, in die Höhen aufzusteigen, die er bereits erreicht hatte? Die Liebe seines Lebens, Hephaistion, der einzige Mensch, den er als Gleichgestellten behandelt hatte, sowohl auf dem Schlachtfeld als auch im gemeinsamen Bett, war ihm vor weniger als einem Jahr entrissen worden; nur Hephaistion, der schöne und stolze Hephaistion, wäre würdig gewesen, weiter zu vergrößern, was er, Alexander, bislang erschaffen hatte. Doch Hephaistion war nicht mehr.

Alexander hielt den Ring dem Mann hin, der am nächsten bei ihm stand, rechts von seinem Bett. Er war der ranghöchste seiner sieben Leibwächter, die ihn umringten, begierig zu erfahren, wie er in diesen seinen letzten Augenblicken entscheiden würde. Alle standen reglos lauschend in dem Gemach mit Gewölbedecke, das mit glasierten Fliesen in Tiefblau, Karminrot und Gold dekoriert war, im großen Palast des Nebukadnezar im Herzen Babylons. Hier in der Düsternis, im schwachen Schein weniger Öllampen – denn durch die hohen Fenster drang kaum Licht vom bedeckten frühabendlichen

Himmel herein –, warteten sie darauf, ihr Schicksal zu erfahren.

Perdikkas, der Befehlshaber der Hetairenreiterei, der zum Chiliarchen aufgestiegen war, bislang dem makedonischen Königshaus der Argeaden treu, jedoch von persönlichem Ehrgeiz erfüllt und skrupellos, nahm das Symbol der höchsten Macht vom Zeigefinger seines Königs. Zum zweiten Mal stellte er hörbar angespannt die Frage: «Wem von uns hinterlässt du deinen Ring, Alexander?» Er schaute rasch in die Runde, dann richtete er den Blick wieder auf seinen sterbenden König und fügte hinzu: «Mir?»

Alexander machte keine Anstalten zu antworten. Er betrachtete das Halbrund der Männer, die ihm am nächsten standen, allesamt herausragende Feldherren mit der Fähigkeit, eigenständig zu handeln, und alle von der menschlichen Begierde nach Macht erfüllt: Leonnatos, hochgewachsen und eitel, trug sein langes, blondes Haar genau wie sein König, äffte dessen Äußeres nach, jedoch war er ihm so treu ergeben, dass er ihn mit seinem eigenen Körper gedeckt hatte, als Alexander im fernen Indien verwundet worden war. Peukestas neben ihm begann sich in seiner Kleidung bereits den einheimischen Sitten anzupassen – er hatte auch als Einziger unter den Leibwächtern Persisch gelernt. Lysimachos, der Kühnste von allen, zeichnete sich durch eine Tapferkeit aus, mit der er nicht selten seine eigenen Kameraden in Gefahr brachte. Peithon, mürrisch, aber unerschütterlich, führte selbst die grausamsten Befehle aus, ohne sie zu hinterfragen, wo andere sich gescheut hätten. Dann waren da noch die beiden Älteren: Aristonous, einst der Leibwächter von Alexanders Vater Philipp, dem zweiten dieses Namens; der einzige Überlebende des alten Regimes, aus dessen Rat die Weisheit eines erfahrenen alten Kriegers sprach. Und schließlich Ptolemaios – was war von Ptolemaios zu halten, dessen Aussehen darauf hindeutete, dass er ein Bastard war, ein unehelicher Halbbruder? Einerseits milde und nachsichtig, andererseits jedoch zu skrupellosem und geschicktem politischem Handeln fähig, wenn jemand diese Seite seines Wesens ausnutzte. Auf militärischem Gebiet weniger fähig als die anderen, würde er politisch auf lange Sicht wohl am erfolgreichsten sein.

Als Perdikkas die Frage ein drittes Mal stellte, richtete Alexander den Blick an den sieben vorbei auf die Männer dahinter, Männer, die ihn auf seinem zehnjährigen Eroberungszug begleitet, die Gefahren und Triumphe mit ihm geteilt hatten. Nun standen sie schweigend in den Schatten und lauschten angespannt auf seine Antwort. Sein matter Blick glitt über das runde Dutzend vertrauter Gesichter, bis er an Kassandros hängenblieb, der neben seinem jüngeren Halbbruder Iolaos stand. Alexander glaubte in seinen Augen Triumph zu erkennen. Seine Krankheit hatte begonnen, einen Tag nachdem Kassandros als Bote seines Vaters Antipatros aus Makedonien eingetroffen war. Hatte Antipatros, der Mann, der in den vergangenen zehn Jahren als Regent im Mutterland geherrscht hatte, seinen ältesten Sohn mit Gift, der Waffe der Frauen, zu seiner Ermordung ausgesandt, statt selbst Alexanders Ruf zu folgen? Iolaos als sein Mundschenk hätte ihm das Gift leicht zuführen können. Alexander verfluchte Kassandros im Stillen – er hatte den rotblonden, pockennarbigen Musterknaben schon immer verabscheut, und dieser erwiderte die Abneigung, erst recht da er die Schmach empfand, all die Jahre übergangen worden zu sein. Alexanders Gedanken kehrten zu Antipatros zurück, hundert Tagesreisen entfernt in Pella, der Hauptstadt von Makedonien, und zu dessen andauernder Fehde mit seiner, Alexanders, Mutter Olympias, die in ihrer Heimat Molossien im Königreich Epirus brütete und Ränke schmiedete. Wie würde das ausgehen, wenn er nicht mehr da war und die beiden gegeneinander ausspielte? Wer würde wen töten?

Doch dann erblickte Alexander am hinteren Ende des Sterbegemachs, halb hinter einer Säule verborgen, eine Frau, eine schwangere Frau: seine baktrische Ehefrau Roxane, die drei Monate vor der Niederkunft stand. Welche Aussichten hätte ein Kind aus zwei Welten? Nicht viele teilten seinen Traum, die Völker des Ostens und des Westens zu einen; nur wenige Makedonen würden sich hinter ein Neugeborenes stellen, dessen Mutter eine asiatische Wildkatze war.

Alexander schloss die Augen in der Gewissheit, dass auf sein Dahinscheiden Unruhen und Kämpfe folgen würden, sowohl in Makedonien als auch hier in Babylon und dann überall in den unterworfenen griechischen Stadtstaaten sowie unter denjenigen seiner Satrapen, die sich in dem riesigen von ihm geschaffenen Reich Herrschaftsgebiete zu eigen gemacht hatten; Männern wie Antigonos dem Einäugigen, dem Satrapen von Phrygien, und Menandros, dem Satrapen von Lydien, dem letzten von Philipps Generälen.

Dann war da noch Harpalos, sein Schatzmeister, dem er bereits einmal seine Untreue verziehen und der sich, um sich Alexanders Zorn nicht ein zweites Mal stellen zu müssen, mit achthundert Talenten in Gold und Silber abgesetzt hatte, genug, um eine gewaltige Streitmacht aufzustellen oder den Rest seiner Tage im Überfluss zu leben – welches von beidem würde er wählen?

Und was würde Krateros tun? Krateros, der Liebling der Armee, als Feldherr einzig von Alexander selbst übertroffen? Gerade befand er sich irgendwo zwischen Babylon und Makedonien, mit zehntausend Veteranen auf dem Weg in die Heimat. Würde er finden, er hätte zu Alexanders Nachfolger ernannt werden sollen? Doch Alexander, der nun seine Kräfte schwinden fühlte, hatte seine Entscheidung getroffen, und als Perdikkas die Frage erneut stellte, schüttelte er den Kopf – weshalb sollte er verschenken, was er errungen hatte? Weshalb sollte er einem anderen die Gelegenheit verschaffen, sich mit ihm auf eine Stufe zu stellen oder ihn gar noch zu übertreffen? Weshalb sollte er nicht für alle Zeiten der Einzige sein, den man unter dem Beinamen «der Große» kannte? Nein, er würde es nicht tun; er würde den Stärksten nicht benennen; er würde ihnen keine Hilfestellung geben.

Sollten sie es unter sich ausmachen.

Zum letzten Mal schlug er die Augen auf, blickte zur Decke empor, und sein Atem wurde schwächer.

Alle sieben, die um das Bett herumstanden, beugten sich vor, jeder in der Hoffnung, seinen Namen zu hören.

Alexanders Mundwinkel verzogen sich zu einem letzten Lächeln. «Ich sehe gewaltige Leichenspiele voraus.» Er seufzte, dann schlossen sich seine Augen, die in dieser Welt mehr Wunder geschaut hatten als die irgendeines anderen Menschen zuvor.

Und sie sahen nichts mehr.

Perdikkas der Halberwählte

Der Ring lag schwer in seiner Hand, als Perdikkas die Finger darum schloss; es war nicht das Gewicht des Goldes, aus dem er geschmiedet war, sondern das der Macht, die in ihm lag. Perdikkas schaute auf Alexanders regloses Gesicht hinunter, im Tode ebenso schön wie im Leben, und er fühlte, wie seine Welt ins Wanken geriet, sodass er sich mit der freien Hand am Kopfteil des Bettes festhalten musste. In das alte Eichenholz waren lebendig wirkende Tiergestalten geschnitzt.

Er atmete tief durch, dann richtete er den Blick auf seine Gefährten, die anderen sechs Leibwächter, die auf Leben und Tod auf den nunmehr verstorbenen König eingeschworen waren. Ihre Mienen zeugten von der Bedeutungsschwere des Augenblicks: Leonnatos und Peukestas liefen die Tränen, und ihre Brust bebte von Schluchzern. Ptolemaios' Gesicht war erstarrt, die Augen geschlossen, als sei er tief in Gedanken versunken. Lysimachos spannte immer wieder die Kiefermuskeln an und ballte die Fäuste so fest, dass seine Fingerknöchel weiß wurden. Aristonous rang nach Atem, dann vergaß er seine Würde, sank in die Hocke und stützte sich mit einer Hand am Boden ab. Peithon starrte Alexander mit großen, ausdruckslosen Augen an.

Perdikkas öffnete seine Hand und schaute auf den Ring hinunter. Dies war sein Moment – sollte er es wagen, ihn für sich zu beanspruchen? Immerhin hatte Alexander ihn dazu erwählt, den Ring zu empfangen.

Und er hat klug gewählt, denn von allen hier in diesem Raum bin ich seiner am meisten würdig, ich bin sein wahrer Erbe.

Er nahm den Ring zwischen Daumen und Zeigefinger und betrachtete ihn eingehend: so klein, so mächtig. *Kann ich ihn beanspruchen? Würden die anderen es zulassen?* Die Antwort kam schnell, unliebsam und wenig überraschend. In der zweiten Gruppe abseits des Bettes stand sein jüngerer Bruder Alketas zwischen Eumenes, dem listigen kleinen griechischen Sekretär, und dem ergrauten Veteranen Meleagros. Alketas fing seinen Blick auf und schüttelte langsam den Kopf; er hatte Perdikkas' Gedanken gelesen. Überhaupt hatten alle im Raum seine Gedanken gelesen, denn nun ruhten alle Blicke auf ihm.

«Er hat ihn mir gegeben», betonte Perdikkas, und aus seiner Stimme klang die Autorität des Symbols, das er vor sich hielt. «Er hat mich erwählt.»

Aristonous richtete sich auf und erwiderte mit matter Stimme: «Aber er hat dich nicht benannt, Perdikkas, auch wenn ich wünschte, er hätte es getan.»

«Dennoch halte ich den Ring in Händen.»

Ptolemaios deutete ein verwirrtes Lächeln an und zuckte die Schultern. «Es ist wahrhaftig ein Jammer, aber er hat dich halb erwählt, und ein halberwählter König ist nur ein halber König. Wo ist die andere Hälfte?»

«Ob er jemanden erwählt hat oder nicht», dröhnte eine Stimme, rau vom Kommandieren auf dem Schlachtfeld, «die Heeresversammlung entscheidet darüber, wer König von Makedonien wird. So ist es von jeher gewesen.» Meleagros trat vor, eine Hand am Griff seines Schwertes. Ein grauer Vollbart dominierte sein wettergegerbtes Gesicht. «Freie Makedonen haben zu bestimmen, wer auf dem makedonischen Thron sitzt, und freie Makedonen haben das Recht, den Leichnam des toten Königs zu sehen.»

Zwei dunkle Augen starrten Perdikkas an, forderten ihn heraus, sich den alten Sitten zu widersetzen; Augen, die voller Groll waren, das wusste Perdikkas nur zu gut, denn Meleagros war fast doppelt so alt wie er und doch nicht über den Rang eines Infanteriekommandeurs hinausgekommen – Alexander hatte ihn nie in höhere Ämter erhoben. Doch dass er nicht weiter aufstieg, war nicht mangelnder Fähigkeit geschuldet, sondern gerade seinen Qualitäten als Führer einer Phalanx. Es bedurfte großen Geschicks, die sechzehn Mann breite und tiefe makedonische Phalanx zu befehligen; noch größeren Sachverstand erforderte es, vierzig dieser zweihundertsechsundfünfzig Mann starken Einheiten, *Syntagmata* genannt, im Verbund zu befehligen, und Meleagros war der beste Mann für diese Aufgabe – *möglicherweise mit Ausnahme von Antigonos dem Einäugigen*, räumte Perdikkas ein. Stets das richtige Tempo zu halten, während die Einheit in wechselndem Gelände manövrierte, sodass jeder Mann mit seiner sechzehn Fuß langen *Sarissa*, der

Lanze, seinen Platz in der Formation behielt, das konnte man nicht in einer Feldzugsaison erlernen. Die Stärke der Phalanx bestand in ihrer Fähigkeit, auf jeden Mann in der Frontreihe fünf Lanzen zum Einsatz zu bringen. Armeen waren daran zerbrochen, seit Alexanders Vater diese Formation eingeführt hatte, aber nur weil Männer wie Meleagros es verstanden, die Reihen geordnet zu halten. Nur so konnten die fünf vordersten Reihen ihre Waffen einsetzen, während die hinteren Reihen die ihren dazu nutzten, Wurfgeschosse abzulenken, die von oben auf sie niedergingen. Meleagros sorgte für die Sicherheit seiner Männer, und sie liebten ihn dafür, und sie waren zahlreich. Meleagros durfte man nicht unterschätzen.

Perdikkas wusste, dass er geschlagen war, wenigstens vorerst; um sein Streben zu verwirklichen, brauchte er die Armee auf seiner Seite, sowohl die Infanterie als auch die Kavallerie, und Meleagros vertrat die Infanterie. *Götter, wie ich die Infanterie hasse, und ich hasse diesen Hurensohn dafür, dass er mir im Wege steht – einstweilen.* Er lächelte. «Du hast natürlich recht, Meleagros. Wir stehen hier und diskutieren miteinander, was zu tun ist, und dabei vergessen wir unsere Pflicht gegenüber unseren Männern. Wir sollten die Armee versammeln und ihr die Kunde mitteilen. Alexanders Leichnam sollte in den Thronsaal gebracht werden, damit die Männer daran vorbeidefilieren und ihm die letzte Ehre erweisen können. Sind wir uns wenigstens darüber alle einig?» Er schaute sich um und sah keine Anzeichen von Widerspruch. «Gut. Meleagros, rufe du die Infanterie zusammen, ich werde indessen die Kavallerie versammeln. Außerdem werde ich Boten in alle

Satrapien entsenden, um die Nachricht zu überbringen. Und lasst uns stets daran denken, dass wir alle Alexanders Brüder sind.» Er schwieg kurz, um seine Worte wirken zu lassen, dann nickte er den anderen zu und ging zur Tür. Er brauchte ein wenig Zeit für sich, um seine Position zu überdenken.

Doch es war ihm nicht vergönnt. Während bei Alexanders Leichnam ein Dutzend Gespräche einsetzten, die in dem hohen Raum widerhallten, fühlte Perdikkas, wie jemand neben ihm in Gleichschritt fiel.

«Du brauchst meine Hilfe», sagte Eumenes, ohne zu ihm aufzublicken, als sie durch die Tür in den zentralen Hauptkorridor des Palastes hinaustraten.

Perdikkas schaute auf den Griechen hinunter, der einen ganzen Kopf kleiner war als er, und fragte sich, weshalb Alexander ihm eigentlich das militärische Kommando übertragen hatte, das frei geworden war, als er, Perdikkas, Hephaistions Nachfolge angetreten hatte. Es hatte erheblichen Unmut verursacht, als Alexander Eumenes zum ersten nichtmakedonischen Befehlshaber der Hetaireneiterei ernannt hatte, zum Lohn für seine jahrelangen Dienste als Sekretär Philipps und später, nach dessen Ermordung, als Alexanders eigener Sekretär. «Was könntest *du* denn schon tun?»

«Ich wurde dazu erzogen, höflich zu Leuten zu sein, die Unterstützung anbieten – in Kardia gilt das als gutes Benehmen. Aber ich räume ein, dass wir uns in vielerlei Hinsicht von den Makedonen unterscheiden, beispielsweise haben wir von jeher eine Vorliebe dafür, unsere Schafe zu *essen*.»

«Und wir haben von jeher eine Vorliebe dafür, Griechen zu töten.»

«Nicht so viele, wie von ihren eigenen Landsleuten getötet werden. Aber wie dem auch sei, du brauchst meine Hilfe.»

Perdikkas erwiderte eine Weile lang nichts, während sie nun zügig den Korridor entlanggingen. Er war hoch und breit, vom Alter muffig, und das feuchte Klima Babylons hatte den geometrischen Mustern an den Wänden zugesetzt – die Farben waren verblasst und blätterten ab. «Also gut, du hast mich neugierig gemacht.»

«Eine vorzügliche Verfassung – nur durch Neugier können wir Gewissheit erlangen, denn sie treibt uns dazu, ein Thema von allen Seiten zu betrachten.»

«Ja, ja, das ist bestimmt alles sehr weise, aber …»

«Aber du bist nur ein stumpfsinniger Soldat und hast keinen Sinn für Weisheit?»

«Weißt du, Eumenes, einer der Gründe, weshalb die Leute dich nicht leiden können, ist …»

«Dass ich ihnen immerfort ins Wort falle und ihre Sätze beende?»

«Genau!»

«Dabei dachte ich, es läge nur daran, dass ich ein schmieriger Grieche bin. Nun, mir scheint, man lernt mit dem Alter unweigerlich dazu, es sei denn natürlich, man wäre Peithon.» Ein listiges Funkeln trat in seine Augen, und er blickte zu Perdikkas auf. «Oder Arrhidaios.»

Perdikkas machte eine wegwerfende Handbewegung. «Arrhidaios hat in seinen dreißig Jahren nicht mehr gelernt, als sich zu bemühen, nicht aus beiden Mundwinkeln gleichzeitig zu sabbern. Wahrscheinlich weiß er nicht einmal, wer sein Vater ist.»

«*Er* mag nicht wissen, dass er Philipps Sohn ist, aber wir alle wissen es. Und die Armee ebenfalls.»

Perdikkas blieb stehen und wandte sich dem Griechen zu. «Was soll das heißen?»

«Siehst du, ich sagte doch, du brauchst meine Hilfe. Du hast es selbst ausgesprochen: Er ist Philipps Sohn. Somit ist er Alexanders Halbbruder und als solcher sein legitimer Erbe.»

«Aber er ist geistesschwach.»

«Und? Die einzigen anderen direkten Erben sind Herakles, Barsines vierjähriger Bastard, und was immer die asiatische Hure Roxane im Bauch trägt. Nun, Perdikkas, hinter wen wird sich die Armee stellen, wenn sie zwischen diesen dreien wählen muss?»

Perdikkas knurrte und wandte sich ab. «Niemand würde sich für einen Schwachkopf entscheiden.»

«Wenn du das glaubst, schließt du zugleich dich selbst aus.»

«Schere dich fort, du griechischer Schwächling, und lass mich in Ruhe. Du kannst dich nützlich machen, indem du deine Kavallerie versammelst.»

Doch während Perdikkas davonging, war er sicher, Eumenes murmeln zu hören: «Du brauchst meine Hilfe wirklich dringend, und du wirst sie bekommen, ob es dir passt oder nicht.»